T0243383

La luz perdida

Nino Haratischwili

La luz perdida

Traducción del alemán de Carlos Fortea

ALFAGUARA

Papel certificado por el Forest Stewardship Council®

Título original: *Das mangelnde Licht*
Primera edición en castellano: enero de 2023

© 2022, Frankfurter Verlagsanstalt GmbH, Frankfurt am Main
El trabajo de la autora en el presente libro fue subvencionado por el Deutsche Literaturfonds e.V.
La autora da las gracias a Passa Porta Bruselas y al Comburg-Literaturstipendium Schwäbisch Hall.
© 2023, Penguin Random House Grupo Editorial, S.A.U.
Travessera de Gràcia, 47-49. 08021 Barcelona
© 2023, Carlos Fortea, por la traducción

Este libro ha sido publicado con la ayuda económica del Goethe-Institut.

© Diseño: Penguin Random House Grupo Editorial, inspirado en un diseño original de Enric Satué

Printed in Spain – Impreso en España

ISBN: 978-84-204-6395-7
Depósito legal: B-20241-2022

Compuesto en MT Color & Diseño, S.L.
Impreso en EGEDSA, Sabadell (Barcelona)

A L 6 3 9 5 7

Para Sandro (1977-2014)
y Lela (1976-2015),
los amantes de Tbilisi,

y para Tatuli,
que me enseñó la amistad

Uno
Nosotras

Tanto me he acostumbrado a la muerte
que me sorprende seguir aún vivo.

Tanto me he acostumbrado a los espíritus
que distingo incluso sus huellas en la nieve.

Tanto me he acostumbrado a la pena
que ahogo en lágrimas mis poemas.

Tanto me he acostumbrado a las tinieblas
que la luz me atormenta.

Tanto me he acostumbrado a la muerte
que me sorprende seguir aún vivo.

TERENTI GRANELI

TBILISI, 1987

La luz del atardecer se enredaba en su pelo. Lo conseguiría, superaría también ese obstáculo, apretaría el cuerpo con furia contra la reja hasta que únicamente ofreciese una débil resistencia a su peso, gemiría ligeramente y cedería. Sí, ella rompería ese obstáculo no solo para sí misma, sino también para nosotras tres, para dejar el camino libre a la aventura a sus inseparables compañeras.

Durante una fracción de segundo contuve la respiración. Con los ojos muy abiertos, contemplamos a nuestra amiga, en pie entre dos mundos: uno de los pies de Dina continuaba en la acera de la calle Engels, el otro entraba ya en el oscuro patio interior del jardín botánico; flotaba entre lo permitido y lo prohibido, entre el cosquilleo de lo desconocido y la monotonía de lo familiar, entre el camino a casa y el riesgo. Ella, la más valiente de las cuatro, nos abría un mundo secreto al que solo ella podía darnos acceso, porque para Dina las rejas y las vallas no tenían ningún significado. Ella, cuya vida en el último año de ese siglo plomizo, enfermo, que jadeaba en busca de aire, iba a terminar en una soga, improvisada con la cuerda de unas anillas de gimnasia.

Aquella noche, a muchos ignorantes años de distancia de la muerte, yo estaba cautivada por una sensación que lo abarcaba todo y que no podía clasificar con exactitud. Hoy tal vez lo llamaría una embriaguez, un regalo que la vida le hace a una de manera totalmente imprevista, esa ranura diminuta que se abre raras veces en toda la fea cotidianeidad, todo el trabajo duro de la vida, y permite intuir que

11

detrás de todo lo cotidiano hay mucho más, que tan solo hace falta admitirlo y liberarse de las coacciones y de los modelos prefijados para dar el paso decisivo. Porque, sin entenderlo de lleno, ya intuía entonces que ese momento iba a quedarse grabado para siempre en mi memoria e iba a convertirse con el tiempo en un símbolo de la felicidad. Sentía que ese momento era mágico, y no porque hubiera ocurrido algo especial en sentido estricto, sino porque formábamos, en nuestra cohesión, una fuerza indestructible, una comunidad que ya no iba a retroceder ante ningún reto.

Contuve la respiración y contemplé cómo Dina entraba al patio a través de la verja, con esa expresión alegre y triunfal en el rostro. También yo me sentí por un momento soberana de toda suerte y toda alegría, reina de los audaces, porque por un instante fui ella, Dina, mi valerosísima amiga. Y no solo yo, también las otras dos se convirtieron en ella, compartieron esa sensación de libertad que parecía albergar la promesa de que, detrás de esos oxidados barrotes, un mundo entero esperaba para que nosotras lo conquistásemos, un mundo que quería tenderse a nuestros pies.

Nos acercamos al viejo vallado del jardín botánico, admiramos el milagro culminado por Dina mientras ella bajaba satisfecha la mirada hacia nosotras, como si quisiera aplauso y reconocimiento porque, a pesar de nuestras dudas, había tenido razón en que aquella verja devorada por el óxido de la calle Engels era el portillo ideal para empezar la gran aventura anhelada durante años.

—Qué, ¿venís de una vez? —nos llamó desde el otro lado, y una de nosotras, ya no sé cuál, se llevó el índice a los labios apretados y emitió un preocupado «¡Chis!».

La luz de una farola solitaria, al otro lado de la calle, cayó sobre el rostro de Dina, tenía marcas de óxido en las dos mejillas. Yo di el primer paso, superé con el impulso de la pierna derecha el miedo y la excitación, imposible decir qué predominaba. Me apreté contra Dina, que mantuvo la verja tan abierta como era posible, me quedé enganchada por el pelo en uno de los alambres enredados y absurdamente separados, volví a liberarme con rapidez y caí tambaleándome al patio interior. Coseché a cambio una cabezada benevolente y una astuta sonrisa de Dina. Acicateada por la prueba de valor que había superado, llamé a las dos rezagadas para decirles que se dieran prisa. Ahora era parte del mundo de Dina, parte del mundo de las aventuras y los secretos, ahora también yo podía mirar, satisfecha de mí misma, desde lo alto.

Creí oír el latido del corazón de Nene hasta la entrada del túnel, que se abría ante nosotras como una boca abierta y bostezante, como si quisiera decir: sin duda creéis que habéis superado todos vuestros miedos y habéis llegado lejos, pero aún os espera lo verdaderamente terrible, aún estoy yo, en todo mi oscuro esplendor de hormigón lleno de ratas, sin olvidar las peligrosas corrientes y los ruidos propios de una pesadilla.

Aparté la mirada del negro agujero de hormigón y me concentré en atraer a Nene e Ira al patio interior. Aunque la lluvia que empezaba a caer no me insuflaba precisamente valor, ahuyenté mis preocupaciones a la vista del tramo, todavía largo, que quedaba hasta nuestra verdadera meta.

Pasó un coche. Nene se agachó por puro instinto. Dina se echó a reír.

—Seguro que piensa que su tío ya la está buscando, y que, si no la encuentra enseguida, le echará a sus hienas al cuello.

—¡No le metas más miedo! —la exhortó Ira, la más razonable y pragmática de las cuatro, miembro del club de ajedrez en el Palacio de los Pioneros y ganadora del penúltimo concurso transcaucásico Qué-Cuándo-Dónde de los equipos escolares—. ¡Ven, Nene, ahora nos toca a nosotras! —dijo con su tono uniforme, suave y enfático, y cogió la mano temblorosa y siempre húmeda de Nene.

13

Comenzó por empujar el cuerpo suave y flexible de Nene a través de la reja, que Dina y yo manteníamos separada, y cuando Nene logró colarse Ira fue tras ella.

—¡Hecho! ¿Ha sido tan difícil, gallinas? —gritó Dina triunfal, y soltó la verja, que retrocedió con un lamentable sonido de claqueteo y regresó temblando a su posición original hasta quedar inmóvil.

—Os digo que nos vamos a meter en un buen lío —respondió Ira, pero su voz carecía de énfasis, porque también ella era presa de la euforia y desplazaba todas las preocupaciones y la idea de las dificultades que a buen seguro nos iba a acarrear nuestra aventura nocturna. Luego alzó la vista al cielo, pensativa, como si buscara en él un mapa para nuestro inminente recorrido, y una gruesa gota de lluvia cayó sobre sus gafas.

Aquella tarde, yo había regresado a las tantas de la clase de refuerzo de matemáticas en la que mi padre insistía y que yo me veía obligada a recibir de uno de sus amigos profesores (todos sus amigos eran o profesores o científicos), y Dina ya estaba esperándome en nuestra cocina. Con el pretexto de que íbamos a hacer los deberes juntas, repasamos nuestro plan de fuga. Ira y Nene vendrían más tarde, Ira tenía clase de ajedrez, y Nene tenía que tomar no sé qué «medidas de seguridad» para poder salir de casa por la noche.

En ese instante, Dina sacó una enorme linterna de su raída mochila, y nos sumió por un momento en el asombro.

—Os suena, ¿eh? —Sonrió—. Sí, es la de Beso, pero seguro que ni siquiera se da cuenta, se la devolveremos mañana mismo.

Beso era el conserje de nuestro colegio, y me sorprendió que Dina hubiera conseguido robarle la linterna. Nene rio a carcajadas y, como si su risa le hubiera dado fuerzas, corrió hacia el oscuro túnel. Todas la miramos sorprendidas, porque ella era la más cautelosa de todas. La razón de su cautela era su situación familiar, dominada por un tío tiránico, todopoderoso y omnipresente, al que en el patio llamábamos a escondidas «un hombre del mundo paralelo». El carácter de Nene, en realidad frívolo, casi ingenuo, y de una alegría desbordante, chocaba de frente con la férrea jerarquía de su casa, en la que los hombres gobernaban y las mujeres tenían que someterse sin lucha a las estructuras patriarcales. Por suerte Nene era una naturaleza alegre; su energía y fuerza vital no se dejaban amilanar por ninguna amenaza o castigo.

Ira se limpió las gafas en el mandil blanco de su uniforme escolar, que después de trepar por la verja ya no estaba tan enfermizamente blanco como de costumbre. Todos los días la madre de Ira lavaba, almidonaba y planchaba el mandil de Ira, y se lo ceñía a su hija como si se tratara de un corsé, y, mientras a todas nosotras el lazo de la espalda se nos aflojaba a lo largo del día y la tela se desplazaba, el de ella siempre estaba modélicamente en su sitio, como si estuviera lista para que en cualquier momento irrumpiera un fotógrafo en busca de una niña de escaparate para la portada de *Komsomolskaya Pravda*.

Entonces también Ira se lanzó a correr para alcanzar a Nene. Hasta donde puedo recordar, Nene era la única persona en la vida de Ira por la que era capaz de tirar por la borda su disciplina, su pragmatismo y su sobriedad en cuestión de segundos. Que Ira estuviera participando de nuestra excursión nocturna, del todo irracional, al jardín botánico se debía también al espontáneo consentimiento de Nene. Cuando le hicimos la propuesta, jamás habríamos imaginado que Nene superaría tan fácilmente su indecisión y el miedo a su familia. Cuando declaró —en el recreo grande, en el patio del colegio, entre el ruido de los niños que pasaban corriendo— que «por supuesto que iba con nosotras», nos miramos incrédulas, y durante el cuarto de hora siguiente ella representó el papel de princesa ofendida..., uno de sus papeles favoritos. Todos los intentos de Ira de apartar a su amiga de esa «tonta idea» fracasaron, así que a Ira no le quedó más remedio que aceptar apretando los dientes.

Por algún motivo que se nos escapaba, desde el principio Nene había despertado una especie de instinto protector en Ira, un poco niña vieja. Siempre tendía su mano fuerte, disciplinada, protectora, sobre la cabeza de Nene, fácil de seducir, impulsiva y guiada por confusas emociones, como si esperase a cada minuto que Nene hiciera algo imprudente para dar la cara por ella en ese momento, armada para cualquier combate. Y ahora corría tras ella para ayudarla en cuanto se sumergiera en la paralizante oscuridad del túnel. La lluvia caía con más fuerza. Me eché la mochila al hombro y corrí también. Dina me siguió, y no sé qué hizo que las dos rompiéramos a reír en el mismo instante. Quizá era la conciencia de que estábamos siguiendo la pista a la suerte. Y esa suerte sabía a ciruelas verdes y a polvorienta lluvia de verano, a emoción, incertidumbre y muchos presentimientos espolvoreados de azúcar glas.

BRUSELAS, 2019

Entro titubeando a la espléndida sala desierta, cubierta de un valioso parquet en espiga, dejando a mi espalda la luz primaveral de primera hora de la tarde. En ese momento se encienden los focos con un zumbido. La luz es buena, decido en el acto, eso me alivia. Sus imágenes necesitan esa determinada luz, esa luz misteriosa, casi tímida, que destaca su capacidad, que recalca el decidido blanco y negro de las fotografías, su claridad y rigor, que no requieren de nada chillón, que hablan al observador incluso desde la penumbra y son capaces de iluminar desde la tiniebla. Respiro hondo, impresionada por las dos grandes salas fundidas entre sí. En verdad es una retrospectiva: han reunido aquí un buen número de sus fotografías —entre ellas las famosas e icónicas, pero también las menos conocidas o guardadas hasta ahora bajo llave—, en esta ciudad ajena y curiosa llena de casas modernistas y de concurridos cafés y bares; una ciudad que a pesar de su papel de metrópoli se niega a representarlo y que ha conservado algo de confortable, casi de ciudad pequeña.

Hace años pasé aquí muchas horas frívolas y despreocupadas. En una ocasión incluso estuve en este edificio, en este prestigioso y moderno palacio de las bellas artes. Norin venía entonces conmigo, me acuerdo, habíamos visto juntos no sé qué estrambótica película asiática y no habíamos parado de reírnos, antes de emborracharnos con espumosa cerveza belga. Mis recuerdos de esta ciudad aún me sirven para calentarme por dentro, un pequeño sol que puedo hacer resplandecer a mi antojo en caso de necesidad. Por aquel entonces Norin y yo trabajábamos en el sótano del Museo Real, y estábamos tan orgullosos de poder poner a prueba nuestras capacidades en aquel distinguido lugar... Nos habían confiado —a nosotros, que éramos unos principiantes— los cuadros de máscaras de Ensor, y apenas podíamos creernos nuestra suerte. Acabado el trabajo, nos perdíamos en el trajín nocturno de esta ciudad acogedora, nos contábamos historias y terminamos intimando. Cuánto tiempo hace, me pregunto, y me muevo respetuosa por las salas todavía desiertas, repletas de imágenes que conozco tan bien y que, sin embargo, en este lugar parecen tan ajenas, tan distintas, que casi siento unos curiosos celos, como si este lugar me disputara mi relación dolorosamente íntima con estas fotografías, porque dentro de poco más de una hora las dos salas se llenarán de una horda de clientes exclusivos, se formará una larga cola de visitantes, los elegidos que han sido invitados a la inauguración se saludarán y mantendrán animadas charlas en las

17

más variadas lenguas, probarán vino georgiano y soportarán discursos inaugurales. Y volveré a ver a las dos personas que —junto a las fotografías muertas que nos reúnen aquí— más me han marcado, destruido, bañado mis días en dicha y en desdicha. Dos mujeres, entretanto en el ecuador de sus vidas, a las que hace años que no veo y que sin embargo siempre me persiguen como sombras, da igual adónde vaya.

Sigo paseando ante las imágenes, intento no establecer contacto visual pleno con las fotos para rozar tan solo los rostros de mi pasado, para escapar de ellos; aún podría escapar de todo esto, huir, quizá de hecho debería darme la vuelta ahora mismo, quizá ha sido un error venir aquí, a un acto que está claro que me exige demasiado, algo superior a mis fuerzas. Todo el mundo lo entenderá, puedo explicárselo a Anano, que nos ha reunido aquí a todas, que se negó a aceptar un no por respuesta, que me hizo subir en el avión de Bruselas y me organizó un pase VIP con el que he entrado a esta sala como *special guest* una hora antes de la inauguración. Que me exhortó por teléfono: «Tienes que venir. Tenéis que venir las tres, no acepto excusas».

Quizá aún pueda abandonar la exposición, rebobinarlo todo, porque no sé si soportaré indemne todo lo que esta noche se me viene encima como un alud. He luchado tanto tiempo por mantenerme a salvo, he expulsado el ayer casi con disciplina militar, y ahora camino por esta sala en la que resuenan mis pasos, recorro estos espacios brillantes y desproporcionados y hago cuanto está en mi mano por rechazar los recuerdos, que saltan a mi encuentro desde cada rincón como monos hambrientos.

Pero ¿acaso no he venido a este lugar a celebrar su legado? Lo que significa que tengo que exponerme. Las otras dos lo saben tan bien como yo, y por eso venimos, a pesar de todo el resentimiento y todas las dudas, y no prestamos atención a lo que hemos dejado atrás. Nos lo debemos a nosotras mismas, hemos de soportar nuestro reencuentro... y a todos los que estaban con nosotras. Los que nos miran desde las paredes y reclaman su tributo. ¿Por eso venimos solas? Sin saberlo, parto de la base de que las tres hemos viajado a Bruselas sin compañía..., sin nuestras parejas, sin hijos, sin amigos que pudieran hacer más llevadero el reencuentro.

Aunque aún no hay nadie aquí, aún tengo la posibilidad de huir. Y, si todos se rompen la boca hablando de mi cobardía, ¿qué importa, si es mi única salvación? Pero entonces mi mirada se queda prendida en esa imagen de pequeño formato, con un sencillo marco, bajo un fluorescente de fascinante delgadez. ¿Por qué esa fotografía cuelga tan solitaria de una pared enorme, como si fuera huérfana? Las otras, hasta donde puedo ver, están colgadas en series, pero esta de aquí constituye una excepción, y, cuanto más me acerco a ella, más clara veo su función central: es la única fotografía que muestra a la artista, pero no es suya. Las otras en las que aparece son sin excepción autorretratos, tomas exigentes desde el punto de vista artístico, desafiantes, reveladoras hasta lo insoportable, que vuelcan lo más íntimo hacia el exterior, en una especie de autosaqueo, estoy segura de que habrá unas cuantas de esas. Sin embargo, esa foto, pequeña en comparación, no es una obra de arte, ni siquiera está especialmente lograda desde la perspectiva de un aficionado, pero tiene algo que me recorre la espalda como un escalofrío y me hace contener la respiración por un instante.

La fotografía nos muestra a nosotras cuatro, muestra la versión de nosotras de la que procedemos, algo así como el origen, el huevo del que salimos todas juntas. Nos hallamos en el umbral de la vida, al comienzo de nuestra amistad, que nos lo va a exigir todo, aunque aún no lo sabemos, no conocemos el guion que nos ha asignado la vida, la partida aún no ha empezado, todavía podemos ser libres, todavía podemos quererlo todo y desearlo todo.

La fotografía, que pretende funcionar como una especie de prólogo a esta exposición, no lleva uno de sus títulos, por regla general tan impactantes; tan solo ostenta un rótulo, muy sencillo, con el lugar donde fue tomada y el año: «Tbilisi, 1987». Me quedo como hechizada, no puedo moverme, y las imágenes comienzan a inundar mi cabeza, no tengo elección, voy a dejarme arrastrar por ellas, no tiene sentido luchar contra algo que es como una fuerza de la naturaleza. Carezco de fuerzas, de pronto vuelvo a ser una niña, vuelvo a ser la que me mira desde la foto.

Cuanto más miro esa pequeña copia, sin más compañía en aquella sala majestuosa, más segura estoy de que se trata exactamente de aquel día, el día que entramos en el jardín botánico, ese momento especial en el que por primera vez en la vida sentí la felicidad en las palmas de las manos y en las corvas, en el ombligo y en las pestañas. Tan solo me pregunto por qué ha escogido precisamente esa foto como apertura simbólica. Como hermana de la artista, Anano es su albacea, y al mismo tiempo la comisaria de esta exposición; así me lo contó por teléfono, orgullosa, hace un mes. Esa decisión debe de haberla tomado ella. ¿Sabía lo especial que era ese día? ¿Le habló su hermana de él?

Igual de curioso me parece el hecho de que esa foto, según recuerdo ahora, se hiciese en nuestra casa, que la hiciera mi padre, que en realidad nunca nos fotografiaba, que como mucho nos llevaba de cuando en cuando a mi hermano y a mí a hacernos las obligadas fotos de estudio. Pero, por alguna razón, aquel día nos encontró a todas juntas en nuestra cocina y echó mano a la cámara. No a la odiada Leica de mi madre, que en aquella época aún estaba en el oscuro escondite de su habitación, quizá fuese la vieja Lubitel o la Smena de mi abuela, que por puro de azar tuviera puesto un carrete.

La imagen nos muestra aquella tarde, cuatro chicas planeando nuestra aventura, inclinadas encima de la mesa, enfrascadas en una conversación, muy concentradas, alguna de nosotras algo atemorizada, Dina en cambio eufórica, lista para la gran salida, para la gran prueba de valor. A mi padre le resultaría tan divertida nuestra estampa que consideró necesario interrumpir su amado trabajo y buscar la cámara.

Ira era demasiado razonable como para idear algo así; Nene, demasiado prudente, aunque se pasaba las horas de colegio soñando con la libertad, y con todo cuanto podría hacer con ella, pero sobre todo con el amor, un amor exageradamente romántico, edulcorado, contaminado por las películas, un amor sin respiración. Yo no era ni una cosa ni la otra, y aun así oscilaba entre la pulsión de libertad de Dina, la racionalidad de Ira y las ensoñaciones de Nene, y por tanto en aquella constelación se me había asignado desde el principio el papel de árbitro, de niveladora, como si siempre me tocara a mí mantener nuestra amistad en equilibrio.

Era Dina la que había incubado el plan, la tragafuegos —como yo la llamaba a veces—, la que más expulsiones acumulaba en el colegio, la que aceptaba sin un pestañeo todos los castigos que los adultos le imponían por sus transgresiones. ¿Qué le importaban a ella las reprimendas, las reuniones de padres en las que su madre quedaba expuesta a las miradas despreciativas de los otros padres y tenía que soportar profundos suspiros y cabeceos de la maestra? Aquellos castigos provenían de un mundo que dividía limpiamente a la gente en obediente y rebelde, lista y tonta, buena y mala, conforme y disconforme. En el mundo de Dina no había tales categorías. En su mundo solo existía lo emocionante y lo aburrido, lo interesante y lo falto de interés, lo excitante y lo rutinario. Si de veras hubiesen querido castigarla, tendrían que haberse adaptado a sus escalas y haber pensado algo que se adecuara a sus categorías, pero por suerte su mundo no parecía accesible a los adultos, así que nada ni nadie podía hacerle lo más mínimo. Y, según conjeturaba yo, que Dina hubiera dejado el colegio con unas notas en cierta medida aceptables se debía única y exclusivamente a la compasión de la directora hacia una madre que tenía que educarla en solitario. Nada escapaba a la curiosidad de Dina; la curiosidad era su motor, su brújula, que seguía de manera imperturbable. Todo lo que encendía su imaginación, todo lo que parecía ajeno y atractivo, tenía que ser indagado e investigado, cada frontera estaba para ser transgredida, cada barrera, para romperla. Y la energía que desplegaba en esos casos era como un huracán, era imposible resistirla, nos arrastraba consigo como el tornado de Kansas catapultó a Dorothy y Toto al país de Munchkin..., curiosamente uno de los pocos libros infantiles norteamericanos que no estaban clasificados como «escoria capitalista» y por tanto seguían accesibles.

La que menos a salvo estaba de su huracán era yo. Yo era la más fiel de su séquito, su más leal compañera. La habría seguido a todos sus mundos mágicos, hasta Oz mismo y mucho más allá. Desde el día en que nos conocimos, ejerció una irresistible atracción sobre mí, me contagió con su curiosidad, enfermé de ella. No es que a mí me faltaran impulso o pasión investigadora, no es que yo hubiera sido especialmente buena y obediente, y también mi imaginación era bastante activa. Pero las exploraciones de Dina iban mucho más lejos de lo que yo misma hubiera estado dispuesta a aventurarme.

Y, como es natural, fue idea de Dina irrumpir en el jardín botánico.

Las cuatro corrimos riendo por el túnel, la luz de la linterna de Dina palpitaba epiléptica por el corredor, y nuestras sombras bailaban una danza desfigurada en las húmedas paredes de hormigón. Entre los niños de Tbilisi, el túnel pasaba por ser el definitivo telón de fondo de todas las historias de terror; se suponía que lo habían construido como búnker de protección en la Segunda Guerra Mundial, cuando se decía que los fascistas habían alcanzado el monte Elbrus. El túnel parecía interminable, pero nuestras piernas desnudas habían superado el miedo, y el eco de nuestras voces nos respondía, nos reforzaba en nuestro proyecto, no era cosa de detenerse para que la oscuridad y los aterradores ruidos despertaran de nuevo nuestro temor. Nene era la más excitada, sorprendida de su propia audacia, su risa aguda, explosiva, contagiosa se expandía y parecía hacer que aquel inacabable vacío que nos rodeaba despertara a la vida. La risa nos hacía ir cada vez más rápido, cada vez más relajadas y libres, hasta que, jadeando, sudando, orgullosas, alcanzamos el otro extremo y caímos en brazos de la lluvia de verano.

Las gotas eran enormes, en cuestión de segundos nuestros uniformes, mandiles y cabellos estaban empapados, pero hacía calor y no nos importaba; aquel junio inesperadamente cálido y nuestro valor nos protegían. Nene se dejó caer en el suelo, tratando de recuperar el aliento. Ira se inclinó hacia delante, descansó las manos en las rodillas, yo me apoyé en la fría salida del túnel y cogí aire. Pero Dina no se detuvo, como si la respiración jamás fuese a fallarle, como si sus pulmones estuvieran hechos para velocidades inigualables y distancias infinitas. Abrió los brazos y se precipitó al mar de lluvia, al denso verdor de las plantas, al aire cálido y al canto de la catarata, que ya todas podíamos oír.

—¡Venga, ya estamos llegando, venga! —nos gritó, mientras hacía pasar por nuestras caras el foco de la linterna.

—Espera, tengo que..., tengo que... —jadeó Nene, e Ira negó con la cabeza, como si volviera a enfadarle la insensatez de su amiga, que había venido ignorando todos los peligros.

El objetivo era la pequeña catarata en medio del jardín. La pileta era lo bastante profunda para un salto desde las rocas, y durante el día, en verano, era posible ver allí a los chicos del barrio ejecutar diestros lanzamientos. Hasta entonces siempre nos habíamos limitado a mirarlos con envidia, porque en nuestras visitas al jardín botánico o bien habíamos ido de excursión y había profesores con nosotras, o bien la taquillera vigilaba que nadie se atreviese a hacer nada que pudiera costarle el puesto.

Cuando recobramos el aliento, nos pusimos en marcha, ahora más bien pensativas, hacia la catarata, abriéndonos paso bajo la escasa luz de la luna por el tupido jardín. La lluvia corría por nuestras caras, nuestros cabellos, nuestras ropas y nuestras mochilas, y a cada paso nos daba la sensación de ir dejando charquitos en el suelo. Delante de nosotras veíamos una y otra vez el brillo de la linterna de Dina, y oíamos sus gritos entusiastas, como si tuviera que seducirnos sin parar, convencernos para dar realmente el último paso hacia el objetivo común, y no retroceder antes de tiempo.

Ira cogió de la mano a Nene, que de pronto parecía agotada y asustada, como si hubiera perdido de golpe todo su valor al dejar atrás el oscuro túnel. Caminaron juntas como dos ancianas. Algo en la manera en que Ira arrastraba tras de sí a Nene me conmovía profundamente; el modo en que cuidaba de ella, prestando atención a que sus blandos pies no tropezaran, a sus suaves manos, que podían arañarse con una rama, a su estatura pequeña, rosada, bien formada, a su piel delicada como la de un bebé, a sus pechos, que ya se dibujaban bajo el uniforme; Ira y yo éramos las últimas que teníamos formas planas, mientras que Dina y Nene ya habían empezado a cambiar: Dina sin prestar la menor atención y con una asombrosa indiferencia; Nene en cambio con visible orgullo y gran alegría anticipada por ir a convertirse en mujer, con su espléndida trenza trigueña, sus ojos acuosos del color del cielo, que se volvían aún más acuosos ante cualquier previsible sentimentalidad. Me detuve un momento, les cedí el paso para poder admirarlas mejor en su dualidad intangible.

Alcanzamos el claro, la espesura se abría a un prado cubierto de flores de colores, y a mano izquierda vimos ya el pequeño estanque que la catarata había formado a sus pies con el correr de los años, oímos el susurro incesante, vimos el chorro de agua precipitarse desde lo alto y nos quedamos clavadas en el sitio.

Miré a mi alrededor tratando de localizar a Dina; su linterna y su mochila yacían huérfanas en la orilla, aunque no había ni rastro de ella. La llamé, pero el sonido de la catarata superaba mi voz. Ira se unió a mí. Llamamos y llamamos, hasta que de pronto oímos chillar a Dina arriba del todo y alzamos la vista. Lo había conseguido, a pesar de la lluvia y la oscuridad había trepado por las rocas. Estaba en lo alto de la catarata, como si la hubiera vencido, como si ahora fuera la dueña y señora de aquel lugar.

—¿Cómo ha subido? —se le escapó a Nene, e Ira movió la cabeza de forma significativa.

Yo levanté la vista hacia Dina y me quedé muy tranquila, porque sabía que, si ella había podido hacerlo, yo también podía; ella nos había llevado a la meta y, mientras la tuviera cerca de mí, no tenía nada que temer.

—¡Vamos, sube! —rugió en medio de la noche, y empecé a quitarme las ropas pegadas al cuerpo, los calcetines empapados y los zapatos.

Vestida con las bragas de algodón blanco con el rótulo VIERNES que mi padre me había traído como parte de un «pack semanal» de uno de sus congresos en Varsovia, Praga o Sofía, recogí la linterna que brillaba sin ton ni son y se la puse en la mano a Ira, le pedí que me alumbrara el camino y comencé a escalar las rocas, con aquellas estúpidas bragas que yo nunca llevaba el día de la semana que tocaba.

Me dolían los pies, las piedrecitas me cortaban los talones, pero solo veía los brazos abiertos de Dina esperándome arriba. Me abrí paso agarrándome a ramas y salientes de las rocas, me icé a pulso. Resbalé un par de veces, me dio un vuelco el corazón, pero me rehíce enseguida y persistí en el empeño. El haz de luz de la linterna alumbraba solo de tanto en tanto los sitios que pisaba, y sentía las miradas preocupadas de Ira y Nene puestas en mí; me esforcé en darles la impresión de que subir era pan comido. Entonces vi la mano de Dina y la agarré llena de alegría. Ella tiró de mí, y ya estaba a su lado. Entretanto se había quitado el uniforme y los zapatos, y los tiró al suelo entre risas.

—¿Estás lista? —me preguntó, agarrando mi mano algo más fuerte.

Yo me erguí, me puse junto a ella hombro con hombro, sus pechitos puntiagudos, de pezones casi incoloros, me parecían cuerpos extraños en el suyo, normalmente tan familiar para mí. Asentí y avancé un paso más. No miré abajo. Miré arriba. El cielo estaba negro, pero reconocí la Osa Mayor, de la que tanto le gustaba a mi padre contar historias. Parecía asentir benevolente ante nuestro proyecto. Tiré de la mano de Dina, avanzamos tanteando con las puntas de los dedos el suelo desigual, nos inclinamos hacia delante, nos miramos una vez más, entrelazamos las manos aún con más fuerza y saltamos hacia arriba, para precipitarnos al instante siguiente.

Me sobresalto, alguien me da unos golpecitos en el hombro. Ni siquiera he oído pasos. Es como si me sacaran de un profundo sueño. Veo la foto delante de mí, necesito un segundo para ordenar mis pensamientos y mis recuerdos: la tarde antes de nuestro salto a la catarata. De mi salto a la libertad. El preludio a él.

—No puedo creerlo... ¡Has venido!

Anano se lanza a mi cuello, y no sé en qué tiempo estoy presa, si cuelgo entre las épocas o estoy en todas ellas a la vez. Tiene un aspecto magnífico. Tan feliz, tan radiante, vestida con un sencillo vestido de verano azul oscuro que podría ser de su madre; aquellos sencillos vestidos cruzados que ella y su hija mayor habían llevado con tanta frecuencia, y con los que parecían emperatrices. Lleva unos pendientes de aro dorados y un toque de carmín, unas simples bailarinas, los ojos rodeados de suaves y vivaces arrugas, el alborotado cabello castaño se diría algo entretejido de gris, pero sigue estando tan guapa, tan encantadora como una eterna adolescente, quizá sea también mi manera de mirarla, quizá en esta historia sea para siempre la hermana pequeña, y yo quedo hechizada por un momento, me pregunto cuándo la he visto por última vez. Sé que está casada con un hombre rico, que ha hecho fortuna con el floreciente negocio de la construcción en Georgia, y que tiene dos hijos, que vive en una casa en algún sitio a las afueras de Tbilisi, cuida un jardín... Al menos eso mencionó su madre por teléfono, y no me cuesta imaginarla en un entorno así: como una esposa y madre feliz, una compañera alegre y despreocupada, en un mar de flores. Tiene una galería en la ciudad, promueve a jóvenes artistas y, desde que su madre dejó de tener fuerzas para hacerlo, se ocupa del legado de su hermana. Ella, la más luminosa y optimista de su familia, la menos damnificada de todas, aquella a quien la vida ha compensado por todo el amor y dedicación, oportunidades, confianza y justicia que quitó a los demás miembros de su familia... Ella ha recibido todo eso: perspectiva, normalidad y paz.

Aún tengo que acostumbrarme a la idea de que precisamente ella administre el legado, ese implacable blanco y negro de las obras de su hermana, la radicalidad de su punto de vista y de su persona suponen un inmenso contraste con la suavidad del carácter de Anano. Pero, como es empática e intuitiva, se pone en manos de expertos y comisarios y se mantiene en un discreto segundo plano; lo sé por su madre, y ahora mismo me alegro sinceramente por ella, porque en breve va a llegar su gran momento, en el que recibirá los aplausos en representación de su hermana. Me gustaría retenerla más tiempo en mis brazos, pero la dejo ir; me doy cuenta de que ella se alegra tanto de verme como yo de verla a ella, lucha contra la emoción que la invade, el sentimentalismo que tanto la diferencia de su hermana. Conservo su mano entre las mías.

—¡Oh, Dios, me parece mentira! ¿Te puedes creer que volvamos a vernos todas precisamente en Bruselas? ¿No es una locura? Deda me ha dicho que te dé un beso. Seguro que te has enterado: mi madre se las ha apañado para romperse una pierna justo antes de la exposición, y no puede venir. Esta exposición es una locura, Keto; llevábamos preparándola más de dos años, y estoy tan contenta y aliviada de que por fin se inaugure hoy... También les propuse a Ira y a Nene que vinieran con tiempo para que pudiéramos quizá charlar antes del pistoletazo de salida oficial, pero no sé exactamente cuándo van a llegar. De todos modos, luego lo celebraremos a lo grande, que a ninguna de vosotras se le pase por la cabeza marcharse sin más, en el jardín habrá buena bebida y música. Quiero decir, no podemos hacer una retrospectiva suya y no celebrarlo luego como si no hubiera un mañana...

—Sí, tienes razón —digo, y me esfuerzo en resistir la tentación de volver a dirigir la mirada hacia la foto de las cuatro.

Anano se da cuenta y se ríe.

—¿No es divina? Pasé mucho tiempo dándole vueltas a cuál de vuestras fotos escoger, y entonces... Quiero decir, os capta muy bien a las cuatro, me parece a mí.

—La hizo mi padre. Fue un día muy especial, ¿sabes?... ¿De dónde la has sacado?

—Bueno, de ti; tuviste que dársela a mi hermana en algún momento.

Pero, antes de que pueda decir nada, ella grita extasiada que tiene que presentarme a los comisarios, y me lleva de la mano por la gran sala, que empieza poco a poco a llenarse de gente.

Nos acercamos a una alta georgiana vestida con una gabardina negra y a un hombre insignificante medio calvo y con gafas de concha, que me saludan con exagerada amabilidad.

—¡Keto Kipiani en carne y hueso! —exclama en inglés el hombre bajito, y me tiende la mano.

La georgiana me saluda en georgiano y me planta dos besos en las mejillas.

—Por fin la vemos en persona, aunque con tantas fotos de usted y sus amigas una tiene la impresión de conocerla ya —añade la georgiana, esta vez en inglés.

—¡Exacto! —confirma él.

—Estos son Thea y Mark, los héroes de esta retrospectiva —me explica Anano con una amplia sonrisa—. Mark es un experto en fotografía de fama internacional, y dirige el museo de fotografía de Róterdam, y Thea es una renombrada experta en arte, especialmente de Europa Oriental. Ha creado un grandioso festival fotográfico en Tbilisi, tienes que ir a verlo.

En su papel de anfitriona, salta a la vista que Anano se esfuerza por que todos nos sintamos al menos igual de bien que ella. Yo sonrío confusa y saludo cortésmente. La frase de la georgiana me ha hecho prestar atención: «Con tantas fotos de usted y sus amigas una tiene la impresión de conocerla ya...».

Claro: las cuatro estamos más que expuestas aquí. Tengo que prepararme para encontrar incontables matices de mí misma, los estadios de mi devenir. Tengo que prepararme para que el pasado me abrace. Tengo que prepararme para mirar a los mudos ojos de los muertos.

Vuelvo a sentir el deseo de huir y de nuevo miro, un poco nerviosa, hacia la salida, aún estoy a tiempo, aún puedo correr al hotel, coger mi maletita y tomar el primer tren al aeropuerto, subir a un avión, regresar a casa, a mi pequeño y apartado oasis, sentarme en mi jardín floreciente, que revienta por todas las costuras, descorchar una botella de vino y escapar de todo esto, rehuir el huracán que se avecina, librarme.

Pero de repente oigo pasos detrás de mí, y antes de verla sé que ha llegado Ira. Se ha convertido en otra mujer, otra persona; de todas nosotras es quizá la que más ha cambiado, pero sus pasos siguen siendo los mismos, esos pasos sonoros, rítmicos, pesados, con los que se anuncia y marca al mismo tiempo el compás.

Me parece más alta que en mi recuerdo, no cabía intuir en su estatura infantil semejante tamaño, sus padres eran los dos más bien bajitos, y esa presencia me sorprende cada vez que nos reencontramos después de mucho tiempo sin vernos. Lleva un traje de raya diplomática que le sienta como un guante y recalca su condición andrógina, aunque se ha quitado la chaqueta por el calor y la lleva al brazo, la camiseta blanca entallada subraya su torso entrenado y sus impresionantes bíceps. Ella, que antes despreciaba el deporte como una estúpida pérdida de tiempo, se ha convertido con los años en Estados Unidos en una loca del fitness en toda regla, y al parecer sigue invirtiendo mucho tiempo en que su físico no ceda en nada a su intelecto. Me gusta su peinado, que descubrió hace algunos años y a estas alturas se ha convertido en su sello, junto con los llamativos trajes de diseño en distintos colores que viste como si se tratara de un uniforme. La corta melena es claramente más larga por el lado izquierdo que por el derecho, y lleva la nuca rasurada. Como cabía esperar, no luce adorno alguno, tan solo se ha puesto un poco de *gloss* en los labios. Arrastra elegante por el parquet una maletita de aluminio, se dirige hacia nosotros con paso firme y abre los brazos. Primero estrecha contra sí a Anano, luego saluda a los dos comisarios y se presenta, y después me acoge entre sus brazos. Los otros tres se apartan discretamente y nos dejan solas. Nos quedamos un rato abrazadas con fuerza. Huelo su perfume masculino, que le va como anillo al dedo, y por primera vez desde que he puesto un pie en este edificio me siento bien y segura, con el rostro apoyado en el cuello de Ira. Si está nerviosa, como supongo, no se le nota, y admiro como tantas veces su seguridad en sí misma, una señal de éxito ganada con esfuerzo en su victoriosa carrera como abogada. Muy al contrario que a mí, no se la ve incómoda por regresar a un pasado tan largamente exorcizado.

—Estoy tan contenta... —murmura, y de pronto su voz suena frágil, como si su seguridad vacilara.

Eso me gusta, así no soy la única hecha un manojo de nervios y enfrentada al horror de esas fotografías, a ser expuesta y desenmascarada frente a cientos de personas que dirigen hacia mí sus ojos ansiosos de sensaciones.

—Me alegro mucho de que hayas venido. Sola no podría soportarlo —digo, e incluso a mí me sorprende la elección de los términos.

—Lo conseguiremos. Es un día importante para todas nosotras.

—¿Nene también viene?

Aún no me creo que, después de todo lo que pasó, vaya a pisar esta sala dentro de unos minutos y aceptar con nosotras este experimento. Ella, que quizá pagó el precio más alto de todas, traicionada y abandonada una y otra vez. Ella, que durante tantos años ha evitado cualquier contacto con Ira. ¿Y ahora ha dejado todo eso atrás y se ha subido a un avión, así sin más? Lo creeré cuando lo vea.

—Vendrá. Estoy segura —dice Ira con la confianza de costumbre, y retrocede un poco—. Deja que te vea. Qué buen aspecto tienes.

—Venga ya, anoche casi no pegué ojo, no he podido comer nada y me noto al límite de mis fuerzas, ni siquiera sé cómo voy a superar esta noche...

—¡Vamos, no te pongas así!

Esta reprimenda lapidaria me irrita enseguida. También esto es típico de ella: acostumbrada a dar órdenes, acostumbrada a manipular, acostumbrada a llegar al veredicto deseado.

—No me pongo de ninguna manera, es que no me encuentro a gusto con todo esto.

—Lo siento. —Me mira a los ojos—. Sé que es especialmente duro para ti. Yo también estoy nerviosa. Quiero decir..., esta es la mayor exposición hasta la fecha, y van a venir todos. Sabes que perdértela habría sido imperdonable. Nunca te lo habrías perdonado a ti misma. Y yo tampoco.

Me guiña un ojo.

—¿Sabías que formamos parte de las obras de arte? —pregunto.

—Claro, quiero decir, ¿pensabas que por alguna estúpida piedad iban a quitar las fotos en las que aparecemos?

El trato de Ira y Nene con nuestros retratos siempre ha sido distinto del mío. El carácter ligeramente exhibicionista de Nene y el impresionante ego de Ira se enorgullecen a ojos vistas de haberse convertido en parte de su arte, eternizadas en esas tomas en blanco y negro. A diferencia de mí, ellas ya habían acudido a las otras muchas exposiciones en Georgia o en el extranjero, cuidando de no encontrarse, y en alguna ocasión Nene incluso ha dado un discurso y concedido entrevistas sobre su espectacular amiga.

Pero yo no quería explicar nada, y menos al mundo exterior. Los recuerdos que me unen a las fotografías de Dina son sin duda muy distintos de los trasfondos que el mundo del arte interpreta; jamás en la vida se me ocurriría compartirlos con extraños. Ahora soy parte de su arte, exactamente igual que Ira y Nene. Mi resistencia tiene razones egoístas, de autoprotección, por otro lado sería un crimen perjudicar su arte de cualquier forma mediante mis declaraciones. Yo, que vivo al servicio de imágenes ajenas, bien debería saberlo.

Ira está inmersa en una animada charla con Anano. Mi mirada vaga errática, y me llama la atención otra foto, me desplazo sonámbula, como atraída por el canto de una sirena, hacia esa foto que no conozco, que veo por primera vez; quiero saber de qué periodo creativo proviene, porque en realidad las conozco todas, sé el cuándo y el dónde casi de cada foto, qué ambiente reinaba, de qué acontecimiento se trata, qué ofensa y qué alegría se ocultan tras ella. Pero esta foto no me dice nada, aunque lo reconozco todo, todo me resulta familiar, como si cayera en un matorral de ortigas y se me inflamara la piel.

Es una foto de nuestro patio, de nuestras viviendas, que se distinguen a vista de pájaro; con la distancia y la altura parecen diminutas, la ropa tendida agitándose al viento, el pequeño jardín con el grifo que nunca dejaba de gotear, el balancín, el granado y la morera. Tiene que haberse encaramado al tejado para hacer la foto. Una vez más, no tuvo miedo a los obstáculos y halló el modo de explorar ese lugar tan familiar desde una perspectiva completamente nueva.

EL PATIO

El patio era el universo de nuestros días de infancia, y estaba situado en el más montuoso y colorido de todos los barrios de Tbilisi. «El barrio de Sololaki debe a los numerosos manantiales de las montañas circundantes haber pasado a ser, con el correr de los siglos, de un pueblo arrinconado a un barrio cotizado y floreciente en su abigarrada mezcolanza». Contemplo la foto y oigo la voz de mi padre, que me hablaba con tanta frecuencia de nuestro barrio cuando yo aún recorría de su mano sus angostos callejones. «Bajo el dominio árabe, se necesitaba mucha agua para regar los jardines de la fortaleza, así que tendieron un canal que iba de las colinas de Sololaki al valle. Cuando más tarde los turcos se hicieron con el poder, también sacaron partido de esa agua. En turco, "agua" se dice *su*, de este modo esa palabra turca se convirtió en la denominación georgiana del barrio, con la *u* transformada en *o*. En el siglo XIX, muchos georgianos ricos se asentaron en esta zona y plantaron sus jardines, y también en eso el agua jugó un papel decisivo. De ese modo, el barrio de Sololaki se convirtió en un barrio distinguido, y pronto muchas elegantes villas con vidrieras y pintorescos balcones de madera adornaron las calles adoquinadas».

Cuando vine al mundo y me llevaron a la sombreada y siempre húmeda vivienda del número 12 de la calle de la Vid, que estaba entre la larga calle Engels y la plaza Toneti, los altos funcionarios del Partido Comunista ya se habían trasladado a otros barrios, y el Estado había reconvertido para otros usos las antaño espléndidas villas de Sololaki. Sus habitantes vivían ahora en los llamados patios de Tbilisi. Vuelvo a oír cómo resuena en mi cabeza la voz monótona, tranquilizadora, de mi padre: «En esos patios vivían muchas familias, por culpa de la escasez general de viviendas, y como la vida se trasladaba cada vez más al exterior, aquí había mucho ruido. Era la época del neorrealismo italiano en el cine, así que enseguida hubo quien relacionó ese ruido con el de Italia. De ese modo los patios de Tbilisi se convirtieron en los patios italianos».

Veo ante mí esos patios, paseo por las calles adoquinadas y doblo hacia la calle de la Vid, donde comenzó mi vida. Aquel barrio representaba para mí entonces el mundo entero. Por él camino en mi imaginación, a lo largo del jardín botánico, de la iglesia del Crucificado y de la calle Engels, en la que estaba nuestro colegio, hacia las laderas altas del Mtatsminda con su ferrocarril de cremallera, hacia la torre de televisión y el parque de atracciones, hacia las colinas de Okrokana, avanzando por los numerosos callejones encantados y escaleras de madera entre las vides que cubrían los balcones y las callecitas enrevesadas, por la impresionante plaza Lenin hacia el ayuntamiento, pasando por entre comadres chismosas y hombres que lavan sin tregua sus coches Kamaz, entre ropa tendida al viento y fuentecillas... En esos escenarios se desarrollaron todas mis tragedias y comedias, allí me adentré en la vida, allí viví también el desplome de un mundo, incrédula, con los ojos muy abiertos y un miedo mortal en los pulmones.

Veo delante de mí nuestro patio rectangular. Las dos casas enfrentadas, en medio un diminuto jardín cercado, a mano derecha la casita de piedra de dos plantas sobre pilares que se construyó más tarde y que, menos hermosa y colorida, parecía un tanto fuera de lugar, como sobre patas de pollo, como fugada de un cuento ruso.

Al contrario de las corralas checoslovacas o austriacas, en nuestra casa no solo se accedía a las viviendas desde la calle y la escalera de empinados peldaños, sino también desde el patio y por retorcidas escalas de madera y de caracol. Las viviendas individuales estaban unidas entre sí por un pasillo emparrado, también de madera. Si bien nuestra casa tenía tres pisos y era la que contaba con los pasillos más selváticos, la casa de ladrillo de enfrente, construida en torno a finales del XIX, era la más sólida del patio, cubierta de hiedra, de dos plantas, con adornos florales en los balcones de metal. La verdadera vida de las tres comunidades tenía lugar o en los emparrados o en el patio. Allí se jugaba al backgammon o al dominó, allí se intercambiaban recetas, allí se almacenaban los tarros de conserva de las amas de casa y los juguetes viejos de los niños, allí se cambiaban hierbas por harina, se comentaban las enfermedades y se libraban las crisis conyugales, allí salían a la luz los amoríos. Casi todas las puertas de madera de las viviendas disponían de cristales, así que todos los habitantes del patio tenían claro que cualquier intimidad era de antemano una ilusión. Siempre había algún vecino insomne que registraba cada ir y venir, sin importar la hora, a cuyos oídos llegaba siempre cualquier disputa y que aireaba cualquier apasionada reconciliación. El patio era un organismo en el que todas las viviendas individuales eran los órganos, todos conectados, todos necesarios para mantener el cuerpo en marcha. Solo más adelante sospeché que al repartir las viviendas los comunistas buscaban alojar en ese microcosmos a muchos grupos profesionales distintos, que podían ayudarse unos a otros, de forma que al Estado le supusieran la menor cantidad posible de molestias y gastos: si alguien se ponía enfermo, se le atendía en el patio; si alguien necesitaba unas medias que solo se vendían bajo cuerda, se arreglaba; si alguien quería comprar unas buenas notas para poder estudiar en la universidad, se declaraba al vecindario. El patio era un Estado dentro del Estado. Un Estado socialista modélico, a primera vista: todos eran iguales, con los mismos derechos, con independencia de la etnia y el sexo, pero como es natural también eso era tan solo una apariencia. En el fondo, cada uno tenía su lugar en aquel constructo, y cada uno conocía sus privilegios. Así, al zapatero armenio Artjom no se le ocurriría ni en sueños extender sus tentáculos hacia una georgiana de una familia de académicos, igual que a la familia de fabricantes Tatishvili no se le pasaría por la cabeza invitar a su casa a la familia kurda de enfrente a la derecha.

Incluso nosotros, los niños del patio del 12 de la calle de la Vid, habíamos interiorizado esas leyes no escritas sin ser siquiera conscientes de ello. Nos limitábamos a imitar a los adultos, y, si dejábamos que el kurdo Tarik jugase con nosotras al escondite o a la rayuela —por más que nos bombardearan con que era sucio, mal estudiante, que se comía los mocos y mascaba chicles recogidos del suelo—, se debía única y exclusivamente a que nos gustaba tolerar a alguien como él cerca. Porque también esa era una particularidad de nuestro patio, de nuestro barrio, quizá incluso de nuestra ciudad: queríamos gustar o que nos quisieran a toda costa, y sabíamos que quedaba bien proteger a alguien más débil, en aquella ciudad multiétnica donde se coexistía con el otro desde hacía siglos. Al fin y al cabo, éramos los mejores anfitriones y los vecinos más tolerantes, no le tocábamos un pelo a nadie e invitábamos a todo el mundo, les servíamos y nos reíamos con ellos, pero cuando se iban respirábamos aliviados y arrugábamos la nariz hablando de sus modales en la mesa o su tosquedad. Los otros siempre eran un poco peores y un poco más bastos, un poco más tontos y un poco más desfavorecidos que nosotros.

Nuestra casa se la habían cedido a mi abuela paterna, a la que llamábamos «Babuda uno», después de la rehabilitación de su familia. Tenía techos altos y paredes húmedas, balcones adornados que daban a la calle y grifos que goteaban, ante los que nada podía hacer ningún fontanero. Allí creció mi padre, allí llevó a mi madre después de volver la espalda a Moscú. Allí llevaron también a mi hermano y cinco años más tarde a mí, tras ver la luz del mundo en una sala de partos desnuda en algún sitio próximo a la estación. En mi cuarto —mi diminuto e improvisado reino— colgaban pósters sacados de revistas de «cine extranjero» conseguidas a precio de oro en el mercado negro. De niños, mi hermano y yo habíamos compartido una hermosa habitación, algo más grande, y no pocas veces habíamos organizado guerras de almohadas y pruebas de valor, pero con los años se volvió demasiado estrecha para los dos, así que a mí me trasladaron a la diminuta estancia que había junto a la cocina, la antigua despensa. No me gustaba especialmente, pero estaba mejor que Babuda uno y Babuda dos (consecuentemente, mi abuela materna), que compartían el salón en el que recibían a sus alumnos y traducían libros —y que cada noche se convertía con mucho esfuerzo, empujando unas cosas y tirando de otras, en dormitorio—, donde se veían obligadas a convivir durante sus peores enfrentamientos y también en épocas pacíficas.

El emparrado del segundo piso era tanto nuestro como de Nadia Aleksandrovna, una viuda sola y sin hijos de la que no podíamos imaginar que alguna vez hubiera sido joven, y que había cometido el funesto error de enamorarse de un profesor de guitarra georgiano durante sus estudios en la Universidad Lomonósov de Moscú. Perdió la cabeza y el entendimiento y viajó con él a su patria envuelta en leyenda, que había sido cantada y admirada por muchos de los compatriotas de ella. Una vez que se extinguió el amor tempestuoso y amainó la pasión insensata, el profesor de guitarra dejó sus trofeos rusos en casa de su hermana mayor y desapareció durante semanas en brazos de otras damas. Por lo visto, el amor de Nadia era más testarudo e inquebrantable que el de su marido, porque se mantuvo fiel a él durante toda su vida e incluso más allá, y siempre encontró disculpas para su imperdonable comportamiento. Incluso cuando engendró hijos ilegítimos con dos mujeres y los llevaba de vez en cuando a casa, a Nadia le parecía que el «pobre hombre» estaba en su derecho, dado que una grave enfermedad infantil le impedía a ella tenerlos. Aquel hombre en constante festejo debía de compensar a su frágil y etérea mujer con algo muy de peso, porque no había otra forma de explicar su amor sacrificado hasta la necedad. A la muerte de la hermana soltera del guitarrista y de él mismo de cirrosis hepática, Nadia se quedó con la oscura y húmeda vivienda de dos habitaciones, sus plantas de interior y sus gatos... y su ruso, que hasta el fin de su vida jamás cambió por el georgiano, igual que nunca dejó de regalarnos caramelos de turrón y regaliz a los niños.

Hoy día sigo sin saber por qué las Babudas guardaron en todo momento las distancias con ella; sin duda siempre la trataban con amabilidad, le llevaban de vez en cuando un poco de harina, levadura o huevos, pero mantenían cierto escepticismo. Probablemente se debía a que ambas se acordaban muy bien de su marido y de su «indigna» vida junto a él, y no podían perdonarle esa entrega femenina que casi lindaba con el sacrificio religioso. Y, aunque tenían muchas cosas en común —también Nadia era mujer de literatura y sublimes versos—, no trabaron amistad, así que hasta su muerte Nadia Aleksandrovna no pasó de ser una vecina a la que solo se invitaba a las grandes fiestas y a la que por Pascua se le llevaban huevos rojos y *paska*.

Un piso más abajo, en el primero, vivían los Basilia. ¿Qué habrá sido de ellos? La voluminosa Nani, dependienta a tiempo parcial en un Gastronom de la ciudad, en algún lugar al otro lado del río; como oficio principal, comerciante en el mercado negro y la mujer más ladina de todo el patio (ni siquiera la madre de Ira podía competir con ella en eso). Me acuerdo de la bata de colores que llevaba siempre. Realmente lograba comerciar con todo y con todos: si se le pedía un poquito de sal, al instante siguiente quería medio kilo de arroz como contraprestación. Era capaz de convencer a cualquiera de que comprara cualquier cosa, y en especial las mujeres del patio se mostraban sumisas con ella, aceptaban con paciencia su mal genio y sus modales rudos, porque por un pago adecuado podía conseguir lo que fuese que el corazón deseara y el Estado soviético no fuera capaz de proveer: desde entradas de cine para un pase cerrado hasta ropa interior checa. De su esposo, Tariel, la mayor parte de las veces no se veía salvo la espalda cubierta de impresionante vello, porque incluso en su tiempo libre trabajaba incansablemente en su Kamaz, que para rencor de todos los niños siempre aparcaba en el patio, y que les estorbaba para jugar. Su único hijo, Beso, no había heredado el talento ni de su padre ni de su madre; era un tipo lento, pesado y perezoso, que no paraba de rascarse la entrepierna y ya de niño mostraba una marcada curiosidad hacia todo lo relacionado con la sexualidad.

¿Vivían los Basilia pared con pared con Zizo? Sí, claro, eso debía de ser, porque luego la familia de Ira, los Zhordania, ocuparon parte de la vivienda de la anciana y se produjo el primer gran escándalo del patio. Zizo nunca me gustó, pero siempre tenía que soportárselo todo, así nos habían enseñado a mí y a los otros niños. Porque aquella dama solitaria, con su necio sombrerito en la cabeza y un tono de perpetuo lamento, había perdido hacía años a su único hijo en un accidente de automóvil, y aquella pérdida le confería un estatus de mártir a los ojos de la comunidad del patio. Podía hacer lo que las otras no podían: protestar y lamentarse, regañar y quejarse. Más tarde, una de las habitaciones de su vivienda de dos dormitorios fue a parar a Giuli, la madre de Ira. Pero en aquel momento sin duda no era consciente de que de ese modo se le cegaba el acceso a su casa por la escalera principal y se la condenaba a la eterna queja y el lamento en el camino por la escalera de caracol.

Toda la planta baja pertenecía a los Tatishvili, con su espaciosa vivienda, aquella familia modélica hasta lo irreal, de escaparate, a la que, a pesar de su exagerada hospitalidad, su sociabilidad y las impresionantes artes culinarias de la madre, se miraba con gran desconfianza. El rechazo partía sobre todo de los representantes de la *intelligentsia* del patio, y se debía al oficio que había ejercido antaño el padre de familia, Davit, al que se aludía siempre como «el Chejovik», una palabra cuyo significado yo solo comprendería años después: la encarnación soviética de la depravación y corrupción del Estado. Eran los «cerdos capitalistas» de la era soviética, la espina en el costado de cualquier persona «honrada». A esto se añadía que aquella familia parecía un poco «demasiado perfecta», y por eso todo el mundo se esforzaba incansablemente en encontrarles fallos y problemas.

Anna Tatishvili se sentaba dos bancos por delante de mí, y era la princesa oficiosa del curso, una belleza y la primera de la clase durante muchos años, hasta que Ira pudo disputarle al menos este último estatus. Su hermano Otto, el príncipe de la familia, era un pequeño sádico. Cuánto le odio, qué inquieta me siento aún cuando pienso en él. Ese eterno fugitivo. ¿Cómo puede vivir con el peso de su culpa?

Ya de niño manifestó ciertas peculiaridades, pero sus padres se dieron por satisfechos con una ristra de justificaciones. ¿No decían entonces que era un «chico especial», con el que hacía falta tener mucha paciencia? Solo una vez, el día en que ahogó al gato de Nadia Aleksandrovna en la pileta que había debajo del grifo del patio —el pequeño Tarik fue testigo de la tortura, y nos la contó—, perdieron aquella paciencia casi infinita y profetizaron que aquello «no iba a acabar bien». Qué razón tenían.

La casita sobre pilares de la derecha —también esa era una ley no escrita— albergaba a perdedores y marginales. La llegada de Lika Pirveli y sus dos hijas puso esa ley patas arriba. Antes solo vivían allí el zapatero armenio Artjom, al que su esposa e hijos habían abandonado por su desmedido amor al alcohol, y la familia kurda que de niña yo creía que no tenían apellido, porque nadie los llamaba ni por él ni por sus nombres de pila, sino únicamente «los kurdos». ¿No trabajaba el padre en los baños de azufre, o estoy confundiendo las cosas? Debería preguntar a Ira, sí, ella tiene una memoria estupenda, ella lo sabrá. Los hijos mayores de la familia kurda, en total eran cinco o seis, ya habían salido del nido y algunos se habían casado. Tarik, el más pequeño, era hijo tardío, y se rumoreaba que sus padres creían ya concluida la cuestión reproductoria cuando él se anunció al mundo. Con sus gafas de gruesos cristales, que transformaban sus ojos en puntos diminutos, Tarik era un joven de lo más amable y cortés, sobre el que circulaban de manera injusta toda clase de sandeces, lo que no le ponía precisamente fácil que los otros niños lo aceptasen. Aun así, de algún modo siempre estaba con ellos, y se le veía jugar en el patio en todo momento. Tarik era un amante de los animales, llamaba por su nombre a cualquier chucho y lo alimentaba con golosinas que sisaba a sus padres o a los vecinos. No sé si su madre lo idolatraba porque había llegado al mundo sin previo aviso, como una dicha tardía, o porque no llevaba una vida fácil, pero le quería tanto que sin duda su amor era un obstáculo tan grande para él como todos esos rumores idiotas. Tarik, sí, Tarik, el sismógrafo de la desgracia, el mensajero de la ruina, que anunció el final de nuestra infancia.

Mi mirada sigue vagando por la imagen más allá de nuestro patio, hasta la casa de ladrillo rojo, en el lado opuesto. Las viviendas de la casa roja eran más resistentes, más bonitas, más seguras, los habitantes de la casa roja eran los cimientos del patio, y se les tenía especial respeto. Como en nuestro caso, tampoco allí compartían un mismo piso varias familias; en total solo había dos; o, mejor dicho, una familia y el tío Givi, un nombre que provocaba una admiración infinita en casi todos los habitantes del patio (sobre todo entre los mayores), acompañada la mayor parte de las veces por un cabeceo de lástima.

Tío Givi... No puedo evitar sonreír, y dejo que ese nombre se me funda en la lengua, sobre la que en cuestión de segundos se extiende el sabor de mi infancia, un aroma a helado de crema, a trigo sarraceno, a caramelos de regaliz y limonada de estragón. Se diría que tío Givi había vivido siempre en esa casa de ladrillo, desde la época de los zares, antes de todas las revoluciones y antes de los bolcheviques. Mantenía las ventanas abiertas tanto en verano como en invierno, y de su casa salía música clásica. Pasaba por héroe de la Segunda Guerra Mundial, condecorado con varias medallas al valor; había llegado hasta Berlín, era general retirado y apasionado pianista; autodidacta, se solía añadir con reverencia. Un hombre enérgico, a decir de mis Babudas, a quienes yo imaginaba enamoradas de aquel tipo alto, enjuto, de hombros caídos y andar titubeante.

Sobre todo Eter, Babuda uno —la más detallista y severa de mis dos abuelas, a quien menos capaz consideraba yo de cualquier sentimiento romántico—, flaqueaba en cuanto la conversación derivaba hacia tío Givi, y quién sabe, quizá habría podido conquistar su corazón y charlar con él sin descanso sobre lo sublime de la música y de la lengua alemanas de no haber habido un pero, un obstáculo insalvable que le hacía imposible plantearse una relación seria con él: tío Givi era un estalinista acérrimo, y ni siquiera después de destruido el culto a Stalin había descolgado de la pared su retrato, bajo el que siempre ponía un jarrón con flores frescas.

Sí, aquel viudo galante, sin hijos, con pensión de veterano y debilidad por el ajedrez y Bach, admiraba a ese genocida que había arruinado a los padres de Eter y destruido su futuro. Cada vez que las cosas tomaban una dirección peligrosamente equivocada a los ojos de tío Givi, invocaba al «hombre de acero». «¡Si viera hacia qué abismo está rodando todo!», gemía cuando leía el periódico junto a la ventana abierta por la mañana o escuchaba las noticias en la radio. «Su mano férrea, y todo volvería a estar en su sitio». Aquellas exclamaciones no impedían a las damas del barrio, en su mayoría entradas en años, hablar ensoñadoras de sus finos modales y su atildada manera de vestir, también hablaban con evidente emoción de su ilimitado, «desgarrador» amor hacia su esposa, «por desgracia, por desgracia» muy pronto fallecida. ¡Qué amor, qué entrega, qué ternura! Y, mientras se les humedecían los ojos y se les deformaban las bocas en un trazo nostálgico, surgía la sospecha de que, tal vez sin confesárselo a sí mismas, deseaban estar en el lugar de aquella eterna Julia a la que no le había sido dado envejecer y engendrar descendencia con Givi.

Su lenguaje, que resultaba un tanto artificioso y anticuado, siempre nos hacía reír a los niños, y a veces llamábamos a su puerta, con toda clase de tontos pretextos, para entablar conversación con él y escuchar sus complicadas frases. «La primavera ha florecido con sus delicados tonos de maquillaje en nuestro patio, fíjense, inocentes criaturas», nos dijo en una ocasión al pasar, y nosotras rompimos a reír en cuanto desapareció detrás de su puerta. «Les deseo a todas ustedes un año lleno de asuntos del corazón, que se resuelvan a su mayor satisfacción posible», nos saludó una vez en Año Nuevo, y nos pasamos días repitiendo esas palabras, ya no podíamos contenernos. Y enseguida tengo que pensar en el día en que me puso delante aquel viejo cuaderno...

Me pregunto cuál de mis dos Babudas tuvo la brillante idea de tratar de convencernos a mi hermano y a mí, con un esfuerzo casi sobrehumano, para que tío Givi nos contara algo sobre música clásica. Naturalmente fracasaron con Rati: mi hermano gritó como si lo estuvieran despellejando, no quería convertirse en el hazmerreír del barrio entero como si fuera un niño de papá, pero yo no logré sustraerme a su voluntad, y de hecho fui unas cuantas veces a visitar a su ídolo para recibir alta educación musical. Y es probable que aún hubiera tenido que pasar un tiempo oyendo conferencias sobre los *Estudios* de Bach o la *Séptima* de Shostakóvich, que tío Givi apreciaba especialmente a causa de sus recuerdos de la guerra, si el propio tío Givi no hubiera acudido de manera inesperada a mi rescate.

Durante una de sus charlas, se levantó de pronto para ir a buscar unas partituras al cuarto trasero, y yo aproveché la oportunidad: cogí sin pensar la servilleta que tenía delante, sobre el montón de periódicos, y comencé a dibujar. Como de costumbre, me distraje en la tarea, sin un motivo particular en mente, mientras su voz empezaba a apagarse al fondo. Me ensimismé tanto en mi querida ocupación que al principio no me percaté de que había aparecido a mi espalda. Se detuvo, me sobresalté y dejé caer el lápiz.

—Lo siento —murmuré, intentando hacer desaparecer la servilleta.

—No, no, espere, enséñemelo, parece interesante.

Ahora que pienso en esa escena me doy cuenta de que él hablaba de usted a todo el mundo, y no puedo evitar pensar en cómo nos gustaba aquella particularidad a los niños del patio, puesto que al dirigirse así a nosotros nos hacía sentir mucho más importantes.

Titubeando, empujé hacia él la servilleta. Solo al mirarla con más atención reparé en lo que había tratado de dibujar o, mejor dicho, *a quién* había tratado de dibujar, y me ruboricé al instante. Lo que yo había esbozado con fugaces trazos eran los aristocráticos rasgos de tío Givi: su larga nariz aguileña y su mandíbula un tanto huidiza. Él cogió el dibujo y se lo acercó a los ojos, no llevaba las gafas y, al parecer, no quería perderse ningún detalle.

—No está mal, señorita, nada mal. ¿Dibuja usted a menudo?

—De vez en cuando —dije yo en voz baja.

—¿Sobre todo retratos?

Yo no entendía adónde quería ir a parar, y me encogí de hombros.

—Quiero decir que si le gusta dibujar objetos o se dedica más al rostro humano.

—No sé. Dibujo todo lo que me parece interesante.

—Oh, entonces me siento muy honrado. Debe usted seguir —añadió, todavía ensimismado en el dibujo—. Quizá un día llegue usted a ser un segundo Kramskói.

Me sentí halagada, y contentísima de saber por una vez de quién hablaba. Distintas reproducciones de *La desconocida* adornaron varias de las casas de mi niñez, y, si no ese cuadro, el de *Niña con melocotones* de Serov, que teníamos en forma de postal en la estantería, apoyada en el dorso de los libros, y de la que Dina decía siempre que se me parecía.

También tío Givi tenía *La desconocida* colgada en un marco dorado de la misma pared que adornaba un gigantesco retrato de Stalin. A la izquierda de *La desconocida* había una foto en blanco y negro de su mujer, fallecida tan pronto; con su mirada un tanto tímida, el cabello cuidadosamente recogido y el cuello de redecilla, parecía salida de otro siglo.

—¿No quiere terminar su trabajo? —me animó él—. Voy a traerle una hoja de papel y terminará el retrato, ¿de acuerdo? Los *Estudios* pueden esperar —añadió, como si con eso quisiera hacerme más apetecible la tarea.

Asentí, a pesar de mi inseguridad, porque de hecho me parecía mejor que tener que seguir oyendo interminables charlas sobre música. Trajo un viejo y desvaído cuaderno de pintura y lo puso delante de mí. Yo cogí el lápiz y esperé a que él se levantara y me dejara sola, pero no me atreví a pedirle ese favor. Saltaba a la vista que lo enorgullecía haberse convertido en modelo en un abrir y cerrar de ojos, aunque solo fuera para una adolescente. Yo me esforcé, estudié con más detalle sus rasgos y empecé a trazar unas líneas más precisas. Sus ojos eran hermosos, quería concentrarme en ellos, debían ser el foco. Eran cristalinos, despiertos, como si en ellos se escondiera la fuente de su juventud, porque parecían singularmente jóvenes en comparación con el resto de su rostro.

Durante un breve instante se condensó el tiempo, los sonidos enmudecieron de golpe, incluso se esfumó el tictac del reloj de pared, el mundo, el exterior, todo se volvió sordo y tranquilo. Sentí que se me ponía la piel de gallina en los brazos, y apenas podía soportar esa concentración, pero al tiempo intuía que ese momento era especial, y no quería perderme ninguna emoción, ningún impulso, por diminuto que fuera. También tío Givi parecía contener el aliento, también él parecía encontrarse en un lugar mágico, en el que todo existía al mismo tiempo y a la vez nada tenía importancia.

Siempre me acordaré llena de gratitud de aquel momento, de aquel hombre especial, que me reveló la fuerza que llevaba en mi interior y que debería haberme servido de brújula en la vida. Y, sin embargo, en el mismo instante me siento pesada como el plomo, porque nada me entristece más, nada me arrebata tan despiadadamente el suelo bajo los pies como la idea de que una triste tarde de febrero de hace mucho, mucho tiempo, en el zoo, junto a la jaula de los monos, cambié aquella brújula por la pura supervivencia, y jamás he vuelto a recuperarla desde entonces.

No sé cuánto tiempo estuvimos sentados así, si fue una eternidad o solo cinco minutos. Con mano temblorosa, le tendí el dibujo.

—Tiene usted talento, joven, tiene talento. Y creo que ese talento no está en la música, sino en la pintura. Debería dedicarse a ella en serio —dijo en voz baja, y esta vez se puso las gafas de leer para poder estudiar mejor el dibujo.

Se quedó largo rato inmóvil, y yo habría dado cualquier cosa por saber lo que le pasaba por la cabeza en esos momentos. Me sentía halagada, y a la vez tenía miedo. Como si sus palabras me hubieran impuesto una responsabilidad y no me sintiese a la altura.

—¿Puedo quedarme con el dibujo? —me preguntó.

Nunca nadie había dado antes tanto valor a un dibujo mío. En casa, yo no era más que la niña que «hacía garabatos», y de vez en cuando había miradas benévolas de mi padre o un elogio de las Babudas a mi «imaginación». En el colegio nadie se interesaba por mis ambiciones artísticas, y hasta ese instante tampoco yo me había sentido inclinada a enseñar a lo grande mis «obras de arte». Para mí era algo que hacía como respirar o comer, sin pensar. Por supuesto que seguí desconfiando, y dudaba de que él estuviera realmente entusiasmado, pero sabía que era una persona muy seria, poco dada al humor o la ironía, así que al final no me quedó más remedio que creerle.

Y de hecho, algunas semanas después, al mirar desde el patio la ventana abierta de su casa, descubrí mi sencillo dibujo de su rostro entre su difunta esposa, *La desconocida* de Kramskói y el retrato de Stalin. Me quedé parada, atónita y desbordada, y me puse de puntillas, incapaz de apartar la mirada de aquella curiosa disposición.

Solo dos días después de aquel decisivo encuentro, tío Givi llamó a la puerta de nuestra casa. Las Babudas estaban completamente fuera de sí, como si Jean Gabin se hubiera presentado en persona (reinaba un raro acuerdo entre ellas por el que Jean Gabin era el hombre más guapo del mundo). Dispusieron en la mesa todo lo que había en la despensa, además de té verde recién hecho. Después de una charla superficial, tío Givi fue al grano:

—Creo que no deberíamos seguir obligando a la pequeña Keto a honrarme con sus visitas —dijo, y carraspeó de manera significativa.

—¿Por qué? ¿Qué ha hecho? Keto, ¿qué has roto? —gritó Babuda uno por la casa.

Al oír la voz de tío Givi, yo me había deslizado dentro de mi cuarto y escuchaba a través del fino tabique. Intuía que su visita tenía algo que ver conmigo, y seguía sin saber muy bien qué consecuencias me acarrearía.

—Oh, no, es una niña despierta, encantadora, de eso no hay duda.

Se oyó a las dos Babudas respirar aliviadas.

—¿De qué se trata entonces? —preguntó Oliko, Babuda dos.

—Sencillamente, no creo que su interés sea la música clásica. Y su talento tampoco —confesó tío Givi con una desarmante sinceridad, que hizo enmudecer por un segundo a las dos Babudas.

—Pero ese interés se puede fomentar, se puede educar el oído... —balbuceó por fin Oliko.

—No se puede avivar una pasión apretando un botón, y la música es una pasión, tiene que ser una pasión, cualquier otra cosa sería una pérdida de tiempo, y no sería digno de ella. —Carraspeó—. Pero...

—¿Sí? —preguntaron a coro las Babudas.

¡Cuánta esperanza había en esa pregunta! Quizá había una posibilidad, una ínfima posibilidad, de que pudiera seguir visitando a su ídolo, a ese galante caballero.

—Tiene un talento impresionante para su edad, créanme, aunque no para la música, sino...

48

—¿Sino?

Esta vez fue Babuda uno la que no pudo aguantarse la curiosidad.

—Sino para las artes plásticas, diría yo. Dibuja sorprendentemente bien. Sin duda.

Hubo una pausa, y me irritó no poder ver los rostros de las Babudas. ¿Estaban sorprendidas? ¿Decepcionadas? Un sentimiento triunfal se abrió paso en mi interior, porque sabía cuánto valoraban ellas su opinión. Oí otro carraspeo, una de las Babudas tosió, y escuché cómo Oliko se encendía un cigarrillo, sin duda seguido de una mirada de reproche de Eter.

—Sí, quizá sepa dibujar muy bien, pero una formación musical clásica es otra cosa... —Babuda uno ya no podía contener su decepción.

—Deberían ustedes fomentar su talento. Un pintor profesional debería ver sus dibujos.

La voz de tío Givi parecía algo más áspera que de costumbre.

—Sí, claro, claro, lo haremos, ¿verdad, Eter?

Babuda dos había intervenido e intentaba volver a relajar el ambiente.

—Sabe —insistió tío Givi—, a la música hay que abrirse, hay que permitir que le llegue a uno hasta el alma, que haga algo en ella, en el más auténtico sentido de la palabra, y luego hay que expresar al mundo lo que ha hecho. Keto no podría hacer eso. Necesita su cáscara. Dios sabe por qué, pero es así.

Aquella frase —escuchada desde mi diminuto cuarto— se me quedó grabada en la memoria. Incluso ahora resuena en mi interior, a años luz de aquel momento y a mucha distancia de aquel lugar. Entonces no podía saber lo bien que tío Givi, además de las partituras, sabía leer a las personas.

Pronto las Babudas se quedaron sin argumentos y, decepcionadas, se dieron por vencidas. Con exagerada sumisión, le agradecieron su visita, y apenas se hubo ido me sometieron a un interminable interrogatorio para saber si yo había hecho algo, hasta que una profunda melancolía cayó sobre ambas y se vio cómo se despedían de su sueño de hacer de su nieta una gran música.

Con todas las diferencias, con todas las ambivalencias que presentaban sus biografías, mis dos abuelas eran de parte a parte personas de su época, es decir, tenían una educación soviética y establecían una clara distinción entre arte *sublime* y arte *inferior*. La música clásica, incluyendo el ballet, así como determinados deportes muy populares en la Unión Soviética, se basaba en la disciplina, en el esfuerzo incansable, había que desollarse los dedos tocando, ensangrentarse los pies bailando, entrenar el cuerpo hasta caer rendido para conseguir algo, porque si se era artista o deportista había que tener éxito, visible, con condecoraciones y reconocimiento; como artista había que despertar una admiración sin límites y distinguirse con trofeos, y en cambio todo lo que a una le resultaba fácil (y así era como clasificaban mi capacidad para el dibujo) era sencillamente poco serio, y no se consideraba digno de ser fomentado. No era más que un pasatiempo, un jugueteo juvenil, y no se podía reforzar en la niña la idea de que la vida regalase nada, de que algo se pudiera conseguir sin un duro trabajo, de que algo que a uno «le había caído del cielo» pudiera hacerte feliz en la vida.

Mi mirada se detiene en el primer piso, el diminuto fragmento de la foto visto desde la perspectiva aérea: los Iashvili. Junto a tío Givi, los otros únicos habitantes de la casa de ladrillo rojo. Curiosamente, no es a Levan al primero que veo ante mí; es Nina, su madre, la que se alza frente a mi mirada interior. Esa mujer suave, acogedora, amable y cultivada, de piel de alabastro y ojos verdes, con la mirada eternamente soñadora de una sirena, tenía algo de personaje de Chéjov, con su toquilla de ganchillo, sus cuidados cabellos y sus boinas. Trabajaba en la biblioteca pública, y mis abuelas la querían y respetaban por igual; era una generación más joven que las Babudas, pero parecía tener mucho más en común con ellas que con otras mujeres de su edad del barrio. Qué hermoso trío hacían las Babudas y Nina a la mesa de nuestra cocina, donde se turnaban para jugar por parejas al backgammon. De vez en cuando Nina y Oliko fumaban un cigarrillo juntas o conversaban acerca del libro que acababan de leer. Nina proporcionaba a las Babudas libros incluidos en el índice, a los que los mortales no tenían tan fácil acceso. Y enseguida ese idílico recuerdo se ve oculto por su espantoso aullido de lobo, el día en que la muerte llamó sin anunciarse a su puerta.

El marido de Nina, Rostom; también veo su rostro con exactitud delante de mí, su melancolía, sus gafas desproporcionadamente grandes y sus cabellos claros y ralos. Me veo entrando a su cuarto oscuro, el lugar favorito de Dina. Me pregunto: ¿habría podido imaginarme esa vivienda como mi casa, pensé alguna vez en vivir en ella, creí que iba a ser feliz allí? Ya no lo sé.

Rostom, sí, Rostom. Ese hombre solitario, que vivía en su propio mundo. ¿Era *El Comunista* la revista para la que trabajaba como fotógrafo? Sí, creo que sí, al fin y al cabo se consideraba un puesto de prestigio, aunque él prefiriese revelar sus retratos a gran escala antes que los motivos conformes al Estado que normalmente le requerían. Estoy viendo las paredes de aquella casa amueblada con sencillez, que la mayoría de las veces olía a bizcocho, decorada con sus fotografías, y, aunque los retratados eran vecinos y conocidos, incluso miembros de la familia, en cada ocasión me parecía estar viéndolos en las imágenes por vez primera.

Cómo nos gustaba, cuando éramos niñas, ver las fotos colgadas de una cuerda de tender a la suave luz roja de su cuarto oscuro. Cuántas veces, con el pretexto de ver las fotos de Rostom, busqué allí la proximidad de su hijo menor, que nunca quiso admitir que yo le atraía, pero que aprovechaba la situación para rozar mis hombros, para tocar mi mano. Qué exquisito ese frágil diálogo bajo la luz roja.

Probablemente a Rostom le pasaba lo mismo, probablemente hallaba la paz necesaria bajo esa luz tenue. Solo a veces, cuando uno de sus hijos armaba un lío o Nina perdía la paciencia, salía a la luz diurna y se veía obligado a tomar la palabra y hacer de padre severo, aunque probablemente tuviera muy claro que ni su hijo mayor, Saba, ni el segundo, Levan, temían las amenazas. ¡Cuántas veces se rio Levan de la fingida severidad de su padre! Y Saba, el bello Saba, «Blancanieves», cómo odiaba el atinado apodo con que lo bautizó mi hermano. Tengo que cerrar un momento los ojos, tengo que coger aire, vuelvo a pensar en la huida.

Cuántas veces me he preguntado si mi hermano habría seguido el camino que siguió de no haber ocurrido lo de Saba. Aquel chico guapísimo de rizos negros como la pez, ojos verdes, piel blanca como la nieve. El amigo al que mi hermano más quería y necesitaba. No puedo evitar sonreír cuando pienso en su timidez y torpeza, que no encajaban en absoluto con su desarmante presencia. Qué mal manejaba la atención femenina, que todos sus amigos envidiaban, incluyendo a su hermano. Pero la mayor parte del encanto de Saba provenía precisamente del hecho de que no era consciente del efecto que causaba en los demás, y en particular en el otro sexo. En compañía femenina era torpe y parecía desbordado, se ruborizaba sin cesar cuando se le hablaba de manera directa, y parecía necesitar como modelo a mi hermano —con su arrojo y sus bruscos modales—, como alguien en quien apoyarse para salir adelante en este mundo lleno de exigencias y expectativas.

Nunca he entendido por qué se sentía tan incómodo cuando lo tenía todo para ser admirado, querido, incluso idolatrado; quizá era la herencia de su padre, quizá también le hacía falta un cuarto oscuro que le brindara la paz y la seguridad que necesitaba. También él habría sido un buen personaje de novela, pero no del universo de Chéjov, no; más bien un personaje de una novela francesa, quizá de Flaubert o de Proust. Tanto más absurdo me parecía el hecho de que escogiera precisamente a mi hermano como su mejor amigo. Mi hermano Rati representaba todo lo que no era Saba: Rati era el mascarón de proa de un mundo de hombres que a Saba le resultaba ajeno, él hablaba el lenguaje de la calle, era masculino de la manera que se apreciaba y respetaba en nuestro país. Pero tampoco entiendo las razones de mi hermano para aquella desigual amistad, hasta hoy mismo me sigue resultando inexplicable qué buscó y encontró mi terco, radical, incansable y rebelde hermano al lado de ese chico sensible que encarnaba todo aquello de lo que Rati se burlaba. Saba era su antítesis: tranquilo, introvertido, parco en palabras, torpe, tímido y, sobre todo, miedoso. Nunca he visto a Saba apremiar a alguien, y no digamos ejercer ninguna clase de violencia física o verbal, que era el pan de cada día para Rati y el resto de sus amigos. Debía de haber en mi hermano, en un rincón oculto, algo que anhelaba la sensatez y paz interior de Saba.

Y la mano protectora de Rati garantizaba a Saba la inviolabilidad que necesitaba para poder ser él mismo. El precio de esa intangibilidad era tener que acompañar a Rati y sus amigos a sus disputas y peleas. La obligación de Saba era actuar como una especie de pacificador en las diversas *rasborki* y tirar del freno de mano cuando la situación se salía de madre.

De repente la oigo: la voz de Levan, grave de un modo que no resulta natural, como si a los diez años se fumara un puro diario, y ese tono ligeramente respondón, en el que siempre vibra una vaga provocación. Trago saliva, algo me cierra la garganta. Tengo su olor en la nariz, ese olor tenso, coriáceo, del que está en eterna búsqueda, del que nunca ha encontrado lo que desea. Levan era un torbellino de energía, un eterno niño explosivo y sin miedo. Cuando recuerdo mi época escolar, siempre pienso en alguna jugarreta, alguna broma de la que él era el responsable, y veo el rostro avergonzado de su madre, a la que citaban en el colegio por su conducta desobediente. Aunque a veces me sacaba de quicio con sus estúpidos refranes y su hiperactividad, Levan era mi favorito del entorno de Rati. Irradiaba una confianza tan envidiable, una positividad tan desbordante, que era imposible resistirse a su encanto. Era la oveja negra de la familia Iashvili, por lo demás bastante melancólica e inclinada a la tristeza. Si Nina no hubiera gozado de un prestigio tan grande con nuestra directora por su buen juicio y por su puesto de trabajo, más de una vez lo habrían expulsado del colegio.

Levan era más bajito y ágil que su hermano mayor, también él tenía una buena mata de cabello rizado, aunque sus facciones eran algo más toscas que las del dandi Saba, tan solo los ojos de los dos hermanos eran idénticos: de espesas pestañas, grandes, eternamente asombrados, en una búsqueda permanente; en el caso de Saba, de un verde brillante; en el de Levan, de un verde cenagoso. No sé cuándo miré por última vez los ojos de Levan, y hoy tampoco tiene importancia ya. Pero pienso en sus rizos y mis dedos se mueven mentalmente, impulsivos, por entre su espesa melena.

No sé por qué, pero los hermanos Iashvili me fascinaron desde pequeña. La manera en que aquellas contradicciones se reunían en los dos hermanos tenía algo de cinematográfico, como si la naturaleza se hubiera esforzado en crear imágenes invertidas, casi una minuciosa simetría de las diferencias. A pesar de lo abrumada que me sentía en su presencia, no podía evitar querer a Levan por su carácter impetuoso, apasionado y amable. Con el tiempo me acostumbré a tenerlo cerca, y me parecía extraño perderlo de vista durante un tiempo. Aunque no supiera a ciencia cierta dónde estaba, tenía la certeza de que aparecería en cualquier momento.

¿Cuándo empezó esa peculiar atracción? Solo sé que en algún momento constaté sorprendida que su comportamiento hacia mí cambiaba de golpe cuando estábamos solos, cosa que ocurría muy raras veces, pero en ese instante se convertía de pronto en un chico curioso, que parecía algo tímido, y que todo el tiempo quería saber cosas sobre mí. Me gustaba ese deseo de saber, y estaba dispuesta a darle cualquier información, respondía solícita a sus preguntas. Ya se tratara de mis preferencias culturales o de mis dibujos —que había visto un día por casualidad en nuestra terraza y que, por alguna razón, le interesaban—, me bombardeaba con preguntas apenas nos quedábamos a solas en el patio. Si venía una de las Babudas, regresaba enseguida a su papel y me trataba con la distancia de costumbre.

Cultivamos esa extraña relación durante años, aunque con el tiempo empezó a irritarme. Su actitud me resultaba incomprensible, no entendía por qué quería estar conmigo y a la vez parecía avergonzarse, pero no tenía valor para preguntarle; en vez de eso, me acostumbré a aquel cosquilleante secreto y, conforme crecía, incluso comencé a encontrarlo emocionante. Compartía algo especial con él, una parte de él que solo yo veía, mientras para los otros seguía siendo un gamberro. Yo gozaba de esa exclusividad, disfrutaba de su inagotable curiosidad, de sus miradas ambiguas durante nuestros encuentros casuales, nunca acordados.

Con los años, desarrollé una cierta rutina para esos encuentros: yo intuía cuándo íbamos a quedarnos solos y él confirmaba con un vistazo rápido que realmente nadie iba a molestarnos antes de pasar enseguida al ataque: «¿Por qué siempre dibujas nuestro patio desde la misma perspectiva?». «Tengo un disco nuevo de una inglesa muy rara, se llama Kate Bush, ¿quieres oírlo y decirme qué te parece?».

«El rojo te sienta bien, ¿por qué no lo llevas más a menudo?». «¿Te gusta la música clásica?». A veces las preguntas no tenían relación entre sí, y las lanzaba como una ametralladora. En ocasiones tenía la sensación de que las recopilaba durante el tiempo en que no nos veíamos y esperaba la siguiente oportunidad para someterme a uno de sus interrogatorios cruzados. Poco o poco descubrí una cierta lógica en aquellas confusas preguntas, y mis respuestas también fueron haciéndose más veloces. Ya no me costaba ningún trabajo pasar de mis preferencias musicales a determinadas técnicas de dibujo, de mis platos favoritos a cualquier pelea en el colegio y luego a una nueva película en el cine Octubre. Con el tiempo, aprendí a deducir de sus preguntas los intereses de Levan, resultaban muy reveladoras, y en mí se asentó una nueva imagen, una imagen propia de ese chico, una imagen que, por algún motivo que se me escapaba, solamente quería revelarme a mí.

Estaba obsesionado con la música; no solo amaba la música clásica, sino que incluso la conocía sorprendentemente bien. A diferencia de mí, en su caso habían dado fruto las largas tardes con tío Givi, a las que también a él le obligaba su madre. Tenía algún interés por el arte pero, al contrario de su hermano, no admitía sin tapujos tal interés, solo para no salirse del papel del gamberro duro e inconmovible. Pero al parecer echaba de menos a alguien con quien poder compartir su lado débil. Me había elegido a mí para eso, y yo aceptaba ese amable intercambio como un pequeño e inesperado regalo. A veces me preguntaba qué me impedía cruzar el patio sin más e ir visitarlo para mantener nuestras conversaciones con la calma necesaria, pero algo en mí intuía que con ese paso pondría fin a nuestra titubante y cautelosísima proximidad, y no lo daba.

¿Y cómo describirnos a nosotros, los Kipiani, los últimos habitantes de aquel patio? «Los Kipiani», sí, así nos llamaban en el patio: el apellido lo compartían tres generaciones en aquella vivienda de tres dormitorios, reuniendo en sí tantos años, tantos pasados y posibles versiones del futuro, tantas contradicciones, tantos sueños reducidos a cenizas...

Las Babudas, cuánto las echo de menos. Marcan el comienzo de mi personal cómputo del tiempo. Babuda uno, Babuda dos. Dos comienzos de una misma historia. Antes de que yo viniera al mundo, mi hermano las llamaba a las dos *Bebia*, simplemente «abuela». Pero eso causaba confusión. Si mi hermano llamaba a Bebia, las dos volvían siempre la cabeza y se entregaban a una viva atención, para no ceder en nada la una a la otra en eso. Cuando mi hermano se hartó de aquella eterna competición, decidió negarles a ambas el estatus de abuela. Primero las llamaba, para horror suyo, por su nombre de pila: Eter a mi abuela paterna, y Oliko a la materna; más tarde eligió la denominación de *Babuda*, «hermana del abuelo», cosa que no atendía a ninguna lógica, pero, con una intuición muy infantil, quitaba fuerza al conflicto. Luego las numeró: Eter se convirtió en Babuda uno y Oliko en Babuda dos.

Babuda uno había nacido el año de la absorción de la democracia georgiana, de corta vida, por los bolcheviques, y siempre repetía que aquello «no era casualidad». El violento final de la democracia y su aspiración a la autonomía y la disciplina estaban completamente vinculados. Era una persona muy sobria, intelectual en sentido estricto, que en todo caso tenía tendencia al misticismo y una vena sentimental por el heroísmo. Había nacido en aquel funesto año porque la vida solo exigía puntos de inflexión como ese a los elegidos. El universo sabía que ella sería capaz de superar aquel desafío personal. Le gustaba olvidar que aquel desafío afectaba a su pueblo entero, sobre todo porque nada le importaba más que demostrar su superioridad sobre Babuda dos, que había visto la luz del mundo dos años después, en un año de mucha menor carga simbólica.

Esa vena competitiva un tanto idiota se extendió a lo largo de sus dos vidas como un hilo conductor, como si todo, absolutamente todo, quedase subordinado a aquella coqueta rivalidad. A mí me habría gustado saber cuándo había empezado y, sobre todo, quién había empezado. A veces daba la impresión de que solo habían venido al mundo para complicarse la vida la una a la otra, que incluso mis padres se habían casado únicamente por ese motivo: para reunir a aquellas dos crudas y arbitrarias almas gemelas y rivales, y no para engendrarnos a mi hermano y a mí o ser felices en su corto matrimonio.

Las Babudas eran idénticas en tantas cosas como radicalmente distintas en otras. Se trataba de una fricción continua, que liberaba una energía que las mantenía a ambas con vida. Con el paso de los años, parecieron depender cada vez más de esa fuente de energía, y cuando no surgía ningún tema de discusión, cuando no se les brindaba ningún conflicto externo, buscaban como fuera una discrepancia para montar una disputa. Sus enfrentamientos parecían animarlas, acicatearlas en pos de un mayor rendimiento, de ese modo mantenían sus vidas intelectuales y sus mentes alerta, como quienes se entrenan a diario para estar en forma. Eran los pilares de nuestra familia, y por lo visto no cabía achacar al mero azar que se hubiesen cruzado sus caminos, sino a un secreto plan cósmico que habían seguido desde su infancia.

En los relatos de Eter sobre su niñez aparecían siempre personajes que parecían de cuento: había institutrices de Dresde y profesoras de labores de Cracovia, incluso un profesor de equitación de Armenia para su hermano menor. Por aquel entonces me imaginaba a mi abuela como una niña de mejillas rollizas, con un lazo turquesa en el pelo y zapatitos de charol —como la niña de nuestra vieja edición inglesa de *Alicia en el país de las maravillas*—, que se sienta erguida con rostro serio en una habitación inundada de luz y borda petirrojos en un pañuelo. Esa infancia benévola e inundada de luz me hacía sentir escalofríos, porque sabía por los relatos que pronto la oscuridad y las tinieblas caerían sobre ella y una magia negra se abatiría sobre la hermosa casa de elevados arcos y espejos con marco dorado: los bolcheviques vendrían y se lo quitarían todo. En mi imaginación infantil, todos los bolcheviques eran potencias de las tinieblas, llevaban ropas oscuras y solo tenían un ojo, como el cíclope de nuestro libro de mitología griega, que tanto amaba de niña. Lo que entonces no entendía era que aquellos bolcheviques no habían venido y se habían vuelto a ir, sino que se habían quedado entre nosotros durante setenta años, y que también yo vivía entre ellos.

Aún tengo presente la escena en que, una noche, se llevaban a su padre, un distinguido fabricante de sedas; mi idea sobre lo ocurrido sigue estando tan viva como entonces, cuando escuchaba la horrible historia con los ojos agrandados y la boca abierta. Los veo delante de mí, hombres siniestros que vienen a buscarlo a las tres de la mañana, cuando la ciudad continúa sumida en un sueño profundo, oigo llorar a la madre, oigo al padre consolar a su esposa y darle ánimos, veo cómo ruega a los bolcheviques, con amabilidad y la cabeza erguida, que no le toquen, que subirá con toda dignidad por su propio pie al coche que aguarda fuera. Y cómo los malvados bolcheviques miran al suelo, avergonzados —puestos en evidencia por tan digna actitud—, y cómo la pequeña Eter, a la que el ruido ha despertado, sale descalza al comedor y su padre le dice que no es más que un juego, como un escondite para adultos, y que no tenga miedo, que él va a esconderse «en un sitio muy seguro».

La habitación inundada de luz se vio sustituida por un oscuro y húmedo agujero cerca de la fortaleza de Ortachala, donde no conocían a nadie y donde solo vivían familias obreras, con las que no tenían nada en común.

—Solo nos despreciaban, pensaban que nos creíamos mejores que ellos —recalcaba Eter siempre que llegaba a ese punto.

Las cartas desde la ciudad de Astracán, donde había sido deportado su padre, fueron espaciándose cada vez más, y su madre enfermó de tuberculosis. Cuando, recién cumplidos los diecisiete años, Eter se casó con un joven bolchevique obsesionado con la revolución permanente y el marxismo como última salvación de la humanidad, depositaron todas sus esperanzas en que eso sirviese para ayudar a la familia a salir de aquella amarga pobreza y recuperar a su padre. Porque, como hijos de un «traidor a la patria», no podían optar ni a una educación ni a un buen empleo. Sus esperanzas quedaron reducidas a cenizas: primero les llegó una carta desde Astracán diciendo que el prisionero había sufrido un accidente mortal durante unas obras, luego se proclamó la Gran Guerra Patriótica y enviaron al frente tanto a su hermano como a su flamante esposo. Un año después, su querido hermano Guram, que escribía poemas en alemán y cantaba «como nadie» las arias de Puccini, cayó en la península de Kerch. «No estaba hecho para la guerra, tenía el alma de un cisne», repetía Eter al llegar a este punto, y yo trataba de imaginarme a un Guram que no era mi padre, que se llamaba igual, escribía poemas en alemán y tenía el alma de un cisne, pero ni con la mejor voluntad lo conseguía.

Su marido, al que apenas conocía más que por las cartas que escribía desde el frente, y en el que a toda costa quería ver a un héroe de guerra si es que no servía ya para héroe romántico, dejó una única huella significativa en su vida, y fue que el azar quiso que después de caer herido en el último año de la contienda lo enviaran a curarse a un hospital de Tbilisi. Durante aquella estancia tuvo que ser engendrado mi padre, que ya llegó medio huérfano al mundo porque su padre, apenas curado, volvió a partir para el combate y no logró sobrevivir a los últimos días de la guerra.

Su estatus de joven viuda de guerra le hizo la vida algo más soportable, se tragó su ira y sus frustraciones como una medicina amarga pero necesaria, se remangó y empezó a reinventarse. Dio a su hijo el nombre de su querido hermano, Guram, y pensaba en las cosas que la habían hecho feliz. Pensaba en las tardes inundadas de luz en las que su hermano Guram y ella competían recitando poemas; en la disputa por conseguir el elogio de su institutriz alemana, Martha. Regresaba a aquel lugar mágico una y otra vez, recogía lo que había dejado allí. Y, aunque a muchos les sorprendió —la guerra acababa de terminar, y el alemán era la lengua del enemigo—, decidió estudiar Germanística, porque para ella también existía otra Alemania: la Alemania de Martha, la Alemania de su padre, a la que había viajado a menudo para hacer negocios, la Alemania de los hermanos Grimm y Heine y Kleist y Novalis y Hölderlin... y, naturalmente, la de su querido Goethe.

Estudio Germanística e incluso consiguió una beca con la que pudieron mantenerse a flote. Cuántas veces tuvimos que oír mi hermano y yo que la lengua y la cultura alemanas le habían salvado la vida. Permaneció fiel a aquella lengua hasta el fin de sus días, en ella encontraba calor y consuelo, bondad y grandeza..., todo lo que la vida le había negado desde la detención y deportación de su padre. Más adelante, había un truco de mi hermano que funcionaba siempre: cada vez que él decía que el alemán sonaba «como un martillo hidráulico» y se negaba a aprenderlo, ella se quedaba profundamente sorprendida e indignada.

La verdad es que lamento no haber documentado de alguna manera las interminables peleas y discusiones entre ella y Babuda dos en torno a las ventajas de la lengua alemana respecto de la francesa. Eran auténticos combates de gladiadores, auténticas obras maestras de la disciplina del duelo verbal. Qué argumentos tan absurdos esgrimían en ocasiones, a quién no citarían el *Cantar de los nibelungos* frente a la *Chanson de Roland*, Goethe contra Racine, Voltaire contra Kant, Musil contra Proust. Aquellas disputas, aquellos argumentos interminables, aquella confrontación entre virtudes francesas y alemanas fue la eterna banda sonora de mi infancia. Y todos sabíamos que no podía haber ganador alguno en esa lucha, que siempre se mantendría el mismo equilibrio insatisfactorio.

—El alemán es la lengua más maravillosa del mundo desde el preciso instante en que entre la vida (*Leben*) y el amor (*Liebe*) no hay más que una pequeña *i* —dijo Babuda uno en la mesa del desayuno, una mañana soleada.

Mi padre estaba ensimismado en su periódico, mi hermano y yo discutíamos por algo, Oliko tenía puesto en la radio un programa folclórico; todo era como siempre. Todos intuimos que estaba a punto de desencadenarse otra discusión interminable.

—Deda, por favor, otra vez no, ¡y sobre todo no ahora! —gimió mi padre.

—¿Qué pasa? Alguna vez habrá que decirlo.

Eter miró satisfecha hacia Oliko, que hacía como si no hubiera oído nada, aunque se notaba que tenía respeto a su rival y que su apertura le parecía muy hábil.

—¿Me pasas la mantequilla, mi cielo? —Se volvió Oliko hacia mi hermano.

Eter no esperaba laureles, pero quedó claro que valoró esa frase banal como una pequeña victoria, y siguió desayunando satisfecha. Sin embargo, poco antes de que nos levantásemos de la mesa, vino el contragolpe:

—¿Sabéis por qué el francés es la lengua más bella del mundo?

Los ojos centelleantes de Oliko nos recorrieron a cada uno de nosotros. Estábamos acostumbrados a que nos incluyeran en esas eternas discusiones, éramos la arena, las incitábamos, sin nosotros aquel juego habría sido absurdo y aburrido.

—Porque solo en francés se define el orgasmo como «la pequeña muerte».

La petite mort, añadió complacida en su elegante francés.

Mi padre se atragantó con su té.

—¡Has perdido completamente el juicio, que hay niños delante! —se acaloró en el acto Eter, pero era un enfado a medias: se notaba que valoraba a su adversaria.

—¿Qué es un orgasmo? —preguntó mi hermano, sonriendo con aire inocente a las dos ancianas.

Eter Kipiani pasaba por ser una experta en la Facultad de Germanística de la Universidad Estatal, donde primero trabajó como profesora y luego como directora del centro. Su hijo, mi padre Guram, era un chico que había crecido demasiado pronto y trataba de estar a la altura de las elevadas exigencias intelectuales maternas, y que ya en el instituto se esforzaba por seguir el ritmo de los queridos estudiantes de su madre, de los que ella hablaba sin cesar. Le contaba a su hijo todos sus problemas y preocupaciones, pero subestimaba la carga emocional que le imponía al hacerlo. Por eso, a lo largo de su vida mi padre tuvo que desarrollar una determinada estrategia en el trato con su dominante madre, que mantuvo hasta el final de sus días: le proporcionaba lo que ella quería ver y oír, y se guardaba para sí lo que realmente le impulsaba o preocupaba. Aún hoy estoy convencida de que la interminable rivalidad de las dos Babudas tuvo su origen justo ahí: en el corazón de mi padre.

Mi padre mostró muy pronto gran entusiasmo por las asignaturas de ciencias. Conversando al respecto con su maestra, su madre asintió sin decir palabra y observó, con un leve lamento en la voz: «Me habría encantado que se emocionara con lo esencial...». La profesora miró un tanto confusa a Eter: «Pensaba apuntarle en la olimpiada matemática juvenil, que es de ámbito nacional». Pero Eter se limitó a encogerse de hombros.

Ganó la olimpiada y al año siguiente lo enviaron a la escuela de talentos Komarov, en la que se instruía a otros genios de las matemáticas que llevaban gafas. Allí desarrolló su gran pasión: la física. Y, después de terminar sus estudios con la nota máxima —el «diploma rojo», tan citado especialmente en presencia de mi hermano—, se decidió por esa carrera. Gracias a la intercesión de algunos profesores, logró entrar en el Instituto de Física y Tecnología de Moscú, uno de los centros de élite de la Unión Soviética.

La madre de mi madre, Babuda dos —oficialmente llamada Olga, pero con más frecuencia Oliko—, había tenido un destino no menos trágico que el de su eterna contrincante. También ella había venido al mundo en medio del caos de la sovietización de Georgia, y como retoño de la burguesía había tenido, al igual que Eter, todas las papeletas para llevar una vida fácil y despreocupada. Y en particular hermosa. Porque, a diferencia de la madre de mi padre, ella era una esteta convencida, entregada a muerte a la belleza. Todo en el mundo lo valoraba por la medida de su belleza, y una vez que encontraba hermoso algo —una flor, una persona, una casa, un gato o un libro— se convertía, al menos hasta su próximo descubrimiento, en objeto de su éxtasis. Tenía que estar continuamente enamorada: del mundo, de las personas, de sí misma. Tenía que estar extasiada, embriagada, borracha con todo lo que la rodeaba, para sentirse viva. Estoy convencida de que esa cualidad le salvó con frecuencia la vida, e hizo que a pesar de sus graves pérdidas —la peor, la de su propia hija— no se amargara y no perdiera el mayor de sus dones: la capacidad de ver un milagro en cualquier banalidad. Sí, Babuda uno tenía razón al afirmar que Oliko era como una mariposa que revoloteaba: sin duda hermosa, pero a la vez completamente inconstante. Y a veces su interés se apagaba tan rápido como se había encendido, y como es natural no llevaba a la práctica la mayoría de sus planes y proyectos, algo que la hacía de lo más sospechosa a los ojos de Eter, que era una mujer concienzuda, lo que no se aplicaba en absoluto a Oliko.

Cuando lo pienso ahora, apenas recuerdo a nadie que haya poseído esa ilimitada capacidad para ser feliz. Y que la vida fuera tan tacaña con su suerte me parecía tan injusto como necio. Porque la vida debería salir al encuentro del que está dispuesto a celebrar cada día, debería bailar una danza eterna con esa persona. Pero, como sucede tan a menudo, a la vida le daba igual con qué expectativas salíamos a su encuentro, y, sobre todo en el caso de Oliko, tampoco a los bolcheviques les importaba lo más mínimo.

El padre de Oliko era cirujano y socialdemócrata francófilo de la primera hora, un ferviente seguidor de la república, que solo había podido subsistir tres años en su soleada patria, y aun cuando su hermano, que había podido emigrar a Francia antes de la revolución, le animó a unirse a él, decidió permanecer en su tierra; las cosas no iban a ponerse tan mal. Lo repitió hasta el día en que, expropiado y humillado, unos chequistas vestidos de negro vinieron a llevárselo y lo arrojaron a la prisión de Meteji. (Oliko los llamaba siempre «los chequistas», y necesité un tiempo para comprender que «los chequistas» y «los bolcheviques» eran la misma cosa). Se supone que él siempre repetía que no sería tan fácil meter entre rejas al médico jefe del hospital Mijailovski. Y, sin embargo, cuando lo detuvieron no dijo una palabra, pero sacó de debajo de la cama una maleta que ya tenía lista.

Con el paso de los años, aquella maleta marrón gastada se convirtió también para mí en un símbolo de todo lo colosal y eruptivo que puede irrumpir en nuestra vida de un día para otro, devastando cuanto hemos construido durante años de esfuerzo y de trabajo.

Empezaron largos y angustiosos meses de incertidumbre. La madre de Oliko se pasaba las noches delante de la prisión de Meteji, repleta de gente que no había sido capaz de rendir homenaje a los falsos ídolos.

—Peor habría sido que lo deportasen. Al fin y al cabo, él tenía la esperanza de seguir en su ciudad natal y por tanto cerca de su familia —solía intercalar Eter llegado este punto del relato, como si también tuviera que comparar su sufrimiento con el de su competidora íntima.

A más tardar, cuando Oliko empezaba a hablar del único encuentro que mantuvieron sus padres, de cómo consiguió su madre sobornar a los guardias y colar al otro lado de los gruesos muros de la prisión el paquetito de comida y un par de prendas de vestir limpias que había reunido con el mayor esfuerzo, y de cómo su padre, enfermo de difteria y debilitado, había dejado caer el paquete porque le temblaban demasiado las manos, Eter se hartaba e interrumpía a Oliko con un comentario mordaz. *Su* madre sí que había logrado hacer llegar algo a su padre. Entonces Oliko perdía la paciencia e increpaba a Babuda uno con esa voz elevada tan típica suya:

—¡Cómo te atreves a decir algo así! ¡No tienes ni idea de lo que fue aquello para mi madre y cómo nos sentíamos! A ti al menos te dejaron a tu madre, a mí también me la arrebataron...

Y entonces empezaba todo el teatro desde el principio: con Eter, la severa, disciplinada y áspera madre de nuestro padre, y Oliko, la soñadora, siempre romántica, puerilmente entusiasta madre de nuestra madre muerta, en los papeles principales.

La mayor parte de las veces, aquellas escenas terminaban en que una de las dos salía ofendida de la habitación y cedía el campo a su contrincante. Pero nosotros siempre nos quedábamos atrapados en sus historias, para nosotros no parecían tan distintas: eran igual de tristes, igual de espantosas e igual de lejanas. Mi hermano y yo estábamos condenados a ser los eternos oyentes, e incluso él, que tanto se apartó más tarde de la familia en su rebelión incondicional, sabía ya por entonces que nos necesitaban más que nosotros a ellas. Que sus tragedias y comedias siempre habían tenido lugar a puerta cerrada, y que quizá ese hecho representaba el mayor de los dramas de su vida.

66

El padre de Oliko se libró del gulag, porque las indignas circunstancias de la cárcel, la falta de higiene y sobre todo el modo en que los guardias deshumanizaban a los presos —del que fue testigo el vitalista médico— le depararon un rápido fin. Y, cuando la familia creía haber dejado lo peor atrás, también se llevaron a la madre y la deportaron a Pechora, en la república autónoma de Komi. Metidos como ganado en los angostos camarotes sin ventanas de un pequeño barco, surcaron las altas olas del mar Blanco y navegaron hasta el fin del mundo, allá donde la supervivencia solo era posible si uno se quitaba la humanidad como un hermoso vestido de seda que resulta inútil en lo más crudo del invierno.

Entonces llegaba el punto en el que a mi hermano y a mí se nos llenaban al mismo tiempo los ojos de lágrimas, daba igual cuántas veces hubiéramos oído la historia y con qué exactitud conociéramos la elección de los términos de Oliko cuando describía lo que no supo hasta muchos años después, por boca de un superviviente: cómo en medio del desierto ártico, con un frío inimaginable, su madre enseñaba canciones georgianas a las otras mujeres del campo y cantaban juntas «Zizinatela» mientras cortaban leña. En ese momento la voz de Oliko se quebraba, y se producía un silencio insoportable que ninguno de nosotros se atrevía a romper.

La hermana de Oliko, que según ella nunca había frito un huevo y en vez de eso se pasaba los días leyendo en tres idiomas, se había visto obligada a buscar el modo de hacer algo más segura la vida de ambas, y se había casado, de forma parecida a mi Babuda uno, con un *apparátchik* (otra palabra que me resultaba amenazadora y ajena, como un peligroso ser mágico salido de un libro de cuentos), un colaborador de la NKVD. Dio el sí a alguien al que despreciaba en lo más hondo. Durante toda su vida, Oliko no pudo librarse de la mala conciencia por el sacrificio que su hermana había hecho por ella. Ambas sobrevivieron. También a la guerra que hizo estremecerse al mundo y devolvió el cómputo del tiempo a la hora cero.

Cuando ofrecieron al ambicioso cuñado *apparátchik* de Oliko un puesto en el Comisariado del Pueblo en Moscú, Oliko se quedó sola. Al menos su cuñado le cedió su espaciosa vivienda cerca de la universidad, donde ella emprendió estudios de Lengua y Literatura francesas, creyendo de ese modo rendir el necesario tributo de respeto a su padre. Enseguida se enamoró, en primer curso, de un joven profesor al que llamaba «mi trovador», y se lanzó de cabeza a la aventura del amor. Se había convertido en una joven de lo más encantadora. (Estoy viendo las numerosas fotos en blanco y negro, de bordes dentados, en las que aparece congelada en una juventud eterna). Era delicada y la rodeaba un aura de intemporalidad, completamente distinta de la triste y desgraciada realidad de la posguerra. La gente había vivido demasiados horrores, estaba sedienta de belleza, y Oliko estaba dispuesta a dársela a manos llenas. Al principio hubo que mantener ese amor en secreto; al fin y al cabo ella era una estudiante, aunque poco más joven que él. De modo que se encontraban a escondidas en los pasillos de las casas y en los sombreados callejones adoquinados de la ciudad vieja. Probablemente fue en esa época, en la que tuvo que repartir su amor por toda la ciudad, junto con sus escondites, cuando Oliko absorbió Tbilisi como si se tratara de un poema.

«La calle Ninoshvili es adecuada para comer ciruelas y contar chistes». Hacía no pocas veces esos extraños comentarios. «Detrás del caravasar es un sitio espléndido para besarse, hay una rosaleda maravillosa».

Al parecer, su amor solo era adecuado para los escondites, los susurros secretos y las miradas a hurtadillas, porque se marchitó como una planta de interior en cuanto salió a la luz del día. Ya mientras se dirigía al registro civil, Oliko sintió que la magia desaparecía, pero no se atrevió a torpedear el proyecto largamente anhelado. Su matrimonio duró exactamente un año, Oliko hizo los mayores esfuerzos por ser un ama de casa modélica, e incluso abandonó su puesto de profesora de Lengua y Literatura francesas. Pero hacía mucho tiempo que su trovador se había convertido en un caucasiano típico, que todas las mañanas esperaba tener en la silla las camisas planchadas y una comida caliente cuando llegaba a casa. Oliko se moría de aburrimiento, y empezó a dar largos paseos por la ciudad, canturreando *chansons* francesas. Con una de esas canciones enamoró a un caballero atildado de elegante sombrero que, después de una dolorosa separación, estaba buscando una casa nueva.

El caballero atildado era un galante ingeniero y un montañero apasionado, y de esa manera Oliko descubrió su amor por las montañas del Cáucaso. El amor por las montañas sobrevivió a ese matrimonio, corto y también carente de hijos. Después de la segunda separación, Oliko se entregó al fin a su vocación, a la que habría de mantenerse fiel durante toda su vida. Comenzó a traducir literatura francesa. Perdió su inocencia como traductora con Anatole France, gustaba de añadir al llegar a ese punto, y se reía entre dientes como una niña pequeña. Los maridos iban y venían, pero quedaban France, La Rochefoucauld, Rolland, Balzac, Sand, Flaubert, Verne, Montaigne y su «gran amor», Baudelaire, al que tradujo, en parte de manera ilegal, para el Samizdat.[*]

En la asociación de escritores conoció a un redactor del comité de lírica, su tercer y último marido y nuestro desconocido abuelo. Aquel respetable redactor, que llevaba el literario y heroico nombre de Tariel, amaba la poesía, el buen vino y las mujeres hermosas, y además le precedía una fama de héroe; de hecho, había estado en el asalto al Reichstag de Berlín, y adornaban su pecho numerosas

---

[*] Nombre con el que se conocía a las publicaciones difusoras de literatura prohibida en la Unión Soviética. *(N. del T.)*.

condecoraciones. Por fin, su tercer matrimonio dejó a Oliko algo más importante que la montaña o los callejones secretos de la ciudad: le dejó una hija, que Oliko bautizó con el nombre de Esma, por una mujer de las montañas que había conocido en una ruta por Kasbeg y le había dado a beber leche de sus cabras para que la belleza de Oliko les trajera suerte a ella y a su rebaño. Y, aunque Oliko no podía soportar la leche de cabra, se había bebido la jarra entera. Así lo cuenta al menos la leyenda.

Tariel fue un buen padre, pero no un buen esposo. Su sed de vino y mujeres era insaciable, y el matrimonio se rompió al cabo de cinco años. Poco antes del nacimiento de Rati, Tariel murió de un infarto cuando se encaminaba a una cita con su nuevo amor.

Esma creció hasta convertirse en una joven ansiosa de aventura, y conoció a mi padre en la ciudad que su suegra despreciaba. Se convirtió en nuestra madre, y vivió su vida sin ningún límite de velocidad hasta una vertiginosa mañana de febrero triste y húmeda... Pero esa es otra historia, y prefiero seguir con nuestro patio.

Me detengo en el frontal de nuestras ventanas, que tan diminuto parece desde arriba. Pienso en mi padre, Guram. Pronto aprendí a dejarle solo con sus fórmulas. Las palabras siempre le parecían algo molesto, innecesario. Sin duda respondía cortésmente a todas las preguntas, pero nunca derrochaba ni una sola frase que no sirviera para algún fin. De lo que menos sabía hablar era de sentimientos. En realidad, solo había dos temas en los que no escatimaba palabras: la física y el jazz, de los que se contagió como estudiante y que le brindaron refugio durante toda su vida. Igual que Moscú: amaba esa ciudad y el tiempo que había pasado en ella. Quizá porque fue allí donde encontró a sus primeros amigos de verdad, en los tiempos en que era un inadaptado con gafas y aspiraciones. En Moscú, como estudiante del renombrado Instituto de Física y Tecnología, se hallaba entre iguales; ya no era el sabihondo solitario que siempre despertaba recelo. Cuando regresó a casa para las vacaciones, su madre apenas le reconoció: había dejado de vestir las camisas almidonadas y abrochadas hasta el cuello, llevaba el pelo más largo de lo que aprobaba la doctrina socialista, las boscosas cejas ya no parecían ridículas, sino signo de carácter, no arrastraba los pies, sus hombros parecían más anchos, y así fue como entró al patio de su infancia, con la cabeza erguida y un elegante maletín, y atrajo todas las miradas.

Además, en aquella ciudad grande y gris conoció a su dios personal: el premio Nobel Aleksandr Mijáilovich Prójorov, un precursor en el campo de la electrónica cuántica, que rápidamente se convirtió para él en un segundo padre y mentor. Lo eligió como director de tesis, y el gran científico le ofreció, en su calidad de vicedirector, una plaza de investigador en el laboratorio de electrónica cuántica del Instituto Lebedev. Para Guram, se hacía realidad un gran sueño. Dejó la residencia estudiantil, empezó la vida de un científico patológicamente ambicioso, entró en círculos de artistas subversivos y se inflamó en su segunda gran pasión: el jazz. ¡Cuántas veces tuvimos que oír Rati y yo la historia del jazz soviético! Podía estar hablando sin descanso, en tono soñador, de almacenes vacíos y fábricas abandonadas en las que se celebraban *jam sessions* prohibidas que eran como los encuentros secretos de una secta y a las que cada iniciado solo podía llevar a otro invitado. Y, así, un día alguien llevó a mi madre.

Desde el primer momento, se había quedado «fuertemente impresionado» con ella, contaba mi padre, y quizá esa fuese la descripción más emocional a la que se dejaba arrastrar. Sí, le creo: alguien como él tuvo que quedarse impresionado con aquella joven de descarado peinado a lo paje y con los gestos nerviosos de alguien que no tenía un segundo que perder.

Estaba más que sorprendido cuando entabló conversación con ella y comprobó que también procedía de Georgia y estudiaba la licenciatura de Bellas Artes en la Universidad Lomonósov. Ella se alegró exageradamente de aquel descubrimiento, como si aparte de ellos dos no hubiera ningún otro georgiano en Rusia. Aquella joven cuyo nombre recordaba las montañas caucásicas cubiertas de nieve se convirtió en mi madre y la de Rati.

Aparto la mirada de la fotografía y me doy la vuelta.

DINA

No falta mucho para que se abran las dos grandes puertas de picaportes dorados, la gente entre en tropel y arranque las épocas estrato tras estrato como las hojas de un calendario, las ponga al descubierto, trate de desentrañar sus secretos, se abra paso por rostros y lugares, afanosos arqueólogos en busca de algo especial. Hurgarán en nuestras vidas, intentarán seguirnos la pista. Pasearán ante las imágenes del horror y darán sorbitos a sus copas y se meterán bocaditos en las bien formadas bocas, esforzándose por eludir las imágenes, buscando en vano algo más compasivo. Los menos, los más curtidos, se enfrentarán al horror, absorberán las imágenes porque creen que se lo deben al arte, pero no comprenderán que ese arte no tiene nada que ver con la belleza y la estética, que no es una forma elegida a sabiendas para conseguir un testimonio con relevancia social, sino única y exclusivamente un acto de supervivencia, ni más ni menos.

Siento que el nerviosismo se apodera de mí, quizá le esté ocurriendo lo mismo a Ira, que se esfuerza a ojos vistas por no salirse del marco festivo, que sonríe y muestra interés por lo que le dicen, que asiente y ríe cuando corresponde.

Siento que me acaloro, me sudan las palmas de las manos, el sudor me perla la frente, busco el cartel de EXIT, he de tener siempre las salidas localizadas, he de estar lista para la huida. Me disculpo, me alejo del grupito de los comisarios, de Anano e Ira, y corro hacia donde está indicado el baño; necesito agua, tengo que coger aire, tengo que armarme mejor y sin embargo sé que me es imposible armarme para lo que me espera. Camino con paso apresurado por el parquet, al pasar mi mirada se engancha en una foto, me detengo en el acto, ya no tengo control sobre mi cuerpo, la imagen es como un imán, no puedo hacer nada, la mirada se me queda pegada a ella. También esa foto me resulta desconocida. ¿De qué año es? Sí, tiene que ser una de su etapa inicial, como la foto de nuestro patio.

Un autorretrato, tan sencillo y radical en su sencillez. Ella, con el famoso disparador remoto en la mano. Me quedo como alcanzada por el rayo, siento náuseas; ella, tan indecentemente joven, tan hermosa, tan despiadadamente hambrienta de vida, aún lleva en sí mucho espacio, no, un palacio entero de promesas, promesas que esperan ser cumplidas. Su mirada se dirige a la cámara, es tan ella misma en esa foto que apenas lo soporto, y sin embargo la miro a los ojos. Veo su hambre de mundo, la sinceridad con la que desafía al observador. ¿Qué edad puede tener: diecisiete, dieciocho? ¿Qué ha hecho, vivido, dicho ese día? ¿Nos hemos visto ese día, o incluso, como tantos anteriores y posteriores, lo hemos pasado juntas? ¿Nos hemos reído, nos hemos dado una a la otra algo por lo que emocionarnos? ¿Nos hemos susurrado secretos?

Ya no lo sé, y esa ignorancia me arde en la lengua, corrosiva, quiero recuperar esa certeza, quiero arrebatársela a la arbitrariedad del recuerdo, pero mi deseo es tan absurdo como ridículo.

La miro a los ojos, me dejo provocar por esa mirada oscura que quiere verlo todo, que investiga cada rincón oscuro, examina cada abismo, estudia cada mueca, sigue el rastro de cada peligro. A través de los tiempos me mira, y parece tan viva, mucho más viva que yo y que todos los que estamos en esta sala, que enseguida llenaremos esta sala, como si hubiera engañado a la propia muerte, como si hubiera encontrado un camino para regresar, mirarme y decirme que mereció la pena... a pesar de todo. Es su sonrisa pícara, su manera coqueta de inclinar ligeramente la cabeza, con su pelo indomable y siempre rebelde cayéndole sobre la cara. Sabe mucho más que nosotros. Devuelvo fijamente la mirada, y entonces comprendo mi error: sí, he sacado una falsa conclusión, me he equivocado, no son esas dulces promesas, ese mar de posibilidades, las que vuelvo a encontrar en su rostro cuando contemplo sus primeras fotos, que me forman un nudo en la garganta y me asquean, porque la vida la ha traicionado y la ha decepcionado tanto... No, sería un error creer que en esos primeros autorretratos parece tan desvergonzadamente joven, clara y viva porque aún ignora los feos giros y vueltas de la vida, porque confía en que será clemente con ella y le permitirá hacer realidad sus deseos. Es lo contrario. La magia de esas fotos, la fuerza de esos retratos tempranos, y en especial de este, no se debe a la esperanza sino a su consciente coqueteo con el riesgo mortal, la posibilidad del fracaso, el incumplimiento. Por eso es tan difícil soportar esa foto, porque se celebra a sí misma, al momento y a todo lo que aguarda, se vuelve hacia todas las eventualidades; porque ese rostro ya anticipa hasta qué punto sus propios deseos podrían ser una trampa y la vida resultar un campo de batalla al que no sigue una fiesta embriagadora, sino un abismo insondable, y aun así se atreve a entregarse a él en cuerpo y alma.

Retrocedo tambaleándome, me atrinchero en el baño de señoras y rompo a llorar. Nada puede aliviar lo insoportable de ese conocimiento.

Aún recuerdo muy bien cuándo la vi en el patio por primera vez. Aquel día y cada detalle de aquel día permanecerán para siempre en mi memoria. Dina no se acordaba de aquella tarde, para ella no había sido nada especial, porque para ella solo existía su propio cómputo del tiempo, una subjetividad que era a la vez bendición y maldición. Decidió que nuestra amistad había empezado la noche en que iluminó mi rostro con la linterna. Pero para mí empezó antes, precisamente el día en que un gran camión Kamaz entró al patio y aparcó, cuando su madre bajó de él, se secó el sudor de la frente y envió de un lado a otro a sus hijas cargadas de cajas y maletas. (El trajín de aquel trío tan llamativamente distinto tuvo que fascinarme de tal modo que esa misma noche hice un dibujo de la escena, que conservé durante muchos años en el cajón de mi escritorio).

Yo estaba en la ventana del balcón, y observaba desde allí el ajetreo. Hacía calor, acababan de comenzar las vacaciones de verano y muchos habían huido ya de la ciudad, por eso el patio estaba como muerto. Solo Tarik estaba sentado en el rincón, junto al grifo del agua, comiendo pipas de girasol, sin saber si ofrecer su ayuda o no a las recién llegadas. La altura y la distancia me impedían observar con más precisión los rostros de las nuevas inquilinas, pero recuerdo que los pantalones de campana de aquella mujer joven que dirigía a sus hijas con tanta seguridad, su relajada manera de gesticular, las gafas de sol en lo alto de la cabeza y las alpargatas en los pies —un descubrimiento completamente nuevo, a la moda, que emanaba algo de occidental— me causaron una impresión permanente y me fascinaron al primer golpe de vista. No podía apartar la mirada de aquellos tres nuevos miembros de nuestro microcosmos, que por lo visto se mudaban precisamente a la vivienda del sótano, más abajo aún del zapatero armenio Artjom y la familia kurda. Ya la planta baja estaba reservada a aquellos que no tenían otra elección, pero un sótano

75

en el que apenas entraba el sol, desde el que no se ven más que las piernas de los transeúntes, como si con eso el arquitecto quisiera subrayar el estatus social de sus habitantes, un sótano hecho vivienda, además, que llevaba años vacío y cerrado con una oxidada cerradura de un tamaño desproporcionado, era un alojamiento para parias. Era un completo enigma para mí qué se le había perdido allí a esa mujer elegante y en cierto modo mundana, con sus hijas. La mayor de las dos hermanas debía de tener mi edad, hacía poco que había cumplido ocho años, la menor podía estar recién llegada a primaria. Ambas parecían haber heredado la impresionante desenvoltura y seguridad de su madre, tenían en común el cabello alborotado y de espesos rizos oscuros, algunos mechones les colgaban hasta la mandíbula, y evocaron en mí la imagen de un león en un documental que se apresta a cámara lenta a dar el salto mortífero. Las tres parecían llenas de vida e impetuosas, de una manera desconcertante, como si no pudieran estar un segundo quietas. Irradiaban una forma de libertad que por entonces me resultaba muy ajena, como si no les importase la impresión que causaban; algo que yo nunca había visto en mi infancia socialista.

Pero aquella impresión era también de naturaleza más íntima: desde pequeña, me había formado una imagen muy personal de mi madre, hecha de retazos de informaciones, fotos y fantasías, y en mi imaginación ella era por encima de todo distinta. Distinta de cuanto conocía. Mejor, más libre, más salvaje, más hambrienta de vida, más valiente, más inteligente, más osada..., y probablemente asocié en el acto a aquella joven y hermosa madre, allí en el patio, a la imagen de mi madre muerta que llevaba en el pecho desde que tenía uso de razón.

Mi infancia entera la pasé buscando indicios que pudieran esclarecer la verdad de aquel ideal de madre casi inalcanzable, y aún hoy hay momentos en los que me sorprendo pensando: «Sí, seguro que esto le habría gustado».

«Sí, así habría actuado en estas circunstancias». Me aferraba a esta o aquella condición, que me parecía deseable o especial, y se la atribuía a mi madre. No sé si esa idea respondía solo a mi íntimo deseo de que mi madre amante de la libertad fuera distinta, o si de veras se salía tanto de la norma como algunas historias acerca de ella permitían intuir. Aun así, yo no podía evitar interpretar todo signo de desviación como algo por lo que valía la pena luchar. Por una parte, todas las historias que mi hermano y yo sabíamos de ella, todos los recuerdos que atesorábamos, respaldaban la imagen de una mujer rebelde, vital, curiosa, con hambre de aventuras. Pero, por otra parte, también podía haber sido una mujer desbordada, decepcionada y a merced de su vida cotidiana, que simplemente había querido escapar de su amargura. Por eso creo que mi camino, que me llevó irremediablemente a los brazos de Dina, habría sido impensable sin su madre. De no haber sido por Lika, que había sustituido mi inalcanzable ideal materno por una imagen tangible, real, quizá habría sido más cautelosa, me habría protegido de los vertiginosos deseos de Dina. A toro pasado, diría que fue sobre todo el carácter abierto de Lika que advertí desde mi puesto de observación el que me atrajo de un modo tan mágico. Solo después vinieron su audacia y su asombroso inconformismo, quizá también algo de mentalidad hippy, para lo que yo no tenía entonces denominación alguna.

De buen humor, las tres descargaron sus cosas, y a mí ni siquiera me sorprendió la ausencia de ayuda masculina, que no suele faltar en una mudanza georgiana. Ellas no parecían echar de menos nada ni a nadie, y, aunque yo no tenía ni idea de cómo iban a llevar los pesados muebles a aquella vivienda carente de luz, estaba segura de que tendrían lista una solución. No parecían personas que esperasen ayuda. Tenían un procedimiento claro, sus movimientos eran fluidos, de pasos firmes. Incluso la más pequeña agarraba con sus tiernos bracitos cajas llenas de cacharros y bajaba los cuatro peldaños hasta el sótano con la destreza de un funambulista sobre la cuerda. En algún momento hicieron una pausa y se sentaron en el suelo. La mujer repartió cerezas a las niñas y les sirvió un líquido rojo que llevaba en un termo. En ese instante, sentí el fuerte deseo de sentarme entre ellas, de comer esas mismas cerezas y beber ese mismo líquido rojo. También ansiaba esa ligereza, esa despreocupación para la que no conocía un nombre, quería llevar unas sandalias como las de la mayor y una muñequera de cuero como la de la pequeña. Algo se contrajo en mi interior, casi no podía soportarlo.

Aparté la mirada y me alejé de la ventana. Abrí la puerta de la nevera y busqué algo comestible. Babuda uno entró en la cocina.

—¿Tienes hambre, Bukashka?

Le grité que no volviera a llamarme con ese tonto apelativo cariñoso y pedí cerezas.

—No tenemos cerezas, Bu... Keto, pero sí unas fresas exquisitas, tu padre las trajo del bazar ayer.

—No quiero fresas, quiero cerezas —refunfuñé, y me encerré en mi habitación.

De pronto estaba de mal humor, me sentía informe, mis movimientos eran titubeantes y mi cuerpo estaba tenso, mi ropa era formal, planchada y almidonada por las Babudas, olía a mediocridad, era insignificante, no tenía nada que pudiera hacer que aquella familia se fijara en mí.

Es cierto: era una niña tímida, retraída, siempre a la sombra de mi complicado y acalorado hermano, que siempre ocupaba el centro y atraía toda la atención..., lo que me permitía dedicarme a mí misma. Y eso lo hacía de manera minuciosa y extensa. El mundo me parecía demasiado rápido y voluble, quería ir con calma al fondo de las cosas. Lo que más me ayudaba para eso eran mis lápices y mis cuadernos de dibujo, sin los que casi nunca salía de casa.

Dibujaba en clase cuando me aburría, huía de la realidad. Dibujaba durante la comida en las servilletas de papel plegadas, pintaba con tiza en las paredes de nuestro patio. Dibujaba objetos y personas, a veces con la mayor fidelidad posible a la realidad, a veces como constructos indefinibles, abstractos, que yo misma no podía explicarme; retrataba a Rati y sus amigos en todas las situaciones imaginables, a mi padre cuando escuchaba ensimismado jazz, dibujaba a los gatos de Nadia Aleksándrovna y a Tarik con un perro callejero, las manos de Babuda uno y las horquillas para el pelo de Babuda dos mientras me leía un poema de Verlaine traducido por ella, dibujaba los cipreses interminables de Sololaki y los empinados balcones de pizarra de las casas. Adoraba a mi padre, pero ya desde pequeña intuía que a diario se preguntaba si no habría sido mejor para él renunciar a fundar una familia. Con la excepción de las horas que pasaba con sus libros y sus fórmulas, estaba desbordado por la cotidianeidad familiar. No lograba superar que mi madre lo hubiera dejado en la estacada de ese modo, sentía su muerte como una burla inaudita, como si hubiera querido arruinar sus planes. Por ella había abandonado su puesto de Moscú, pleno de expectativas, había vuelto la espalda a las estrellas más brillantes del firmamento de la física y a futuros premios Nobel, había regresado a la angostura de su patria y se había conformado con años de colaboración en manuales y diccionarios, en su polvoriento despacho de la Academia de las Ciencias, en vez de escalar las verdaderas cimas de la electrónica cuántica. Había cometido el error de enamorarse de una mujer en perpetua búsqueda, nunca satisfecha, para quien la vida cotidiana era un horror. No se había atrevido a dejar sola a su mujer embarazada, pero le había hecho notar que una mujer que le hubiera permitido quedarse investigando en Moscú habría disfrutado más de él, un científico pleno. Habría podido investigar con su director de tesis e ídolo Prójorov, que en 1964 recibió el Premio Nobel por su trabajo en el campo de la electrónica cuántica, y habría podido hacer del mundo un lugar un poco mejor. En vez de eso, estaba condenado a una vida castrada en la que no podía explotar ni la mitad de su potencial como investigador y en la que desempeñaba más mal que bien su papel de padre de familia. Sus aventuras tenían lugar en los laboratorios y centros de investigación, sus excursiones lo llevaban al mundo de los libros y las conferencias, no se interesaba por lo que ocurría fuera de sus teorías, la vida le parecía una triste sucesión de deberes y decepciones, tan solo en sus fórmulas encontraba la felicidad pura; allí había algo oculto que podía ser descubierto, mientras la verdadera vida era deprimentemente previsible.

Me habría gustado preguntarle a mi madre si el matrimonio y nosotros, sus hijos, también habían resultado ser una especie de jaula para ella, y recibir un «no» tajante por respuesta, pero me temo que no habría podido darme ese «no» con la rotundidad que yo ansiaba.

Para mí sigue siendo un enigma qué lleva a personas tan distintas como mis padres a decidirse el uno por el otro. ¿Es el enamoramiento el que anima a esa aventura irracional, o en el fondo siempre buscamos en el otro lo que no tenemos y no somos?

No sé si a mi madre le ocupaban esas cuestiones tanto como a mi padre, que sencillamente no era capaz de admitir que no había una explicación para todo, que no había una solución para todo en el mundo. Porque, si se lo hubieran reconocido a sí mismos, si hubieran intentado derribar esa hormigonada estructura de ideas y expectativas, quizá habrían vuelto a ser libres para ser quienes eran. Y yo no habría pasado toda mi infancia esperando una señal de él, una señal de su reconocimiento, de que me elegía a mí, a nosotros. Entonces quizá mi hermano... Pero esos pensamientos no son más que un callejón sin salida, no conducen a nada.

Hasta que conocí a Dina y su familia, solo quería una cosa: no dar problemas a los adultos. Eso era cosa de mi hermano, que ya tensaba lo suficiente sus nervios, llevaba a menudo a que las cosas fueran mal en la casa, y yo hacía todo lo que estaba en mi mano por establecer cierto equilibrio. Eso incluía ser buena en el colegio, no hacer nada que calentase los ánimos y no agobiar inútilmente a mi padre con mis pequeños problemas. Como resultado, mi padre veía en mí a su soldadito de plomo, que siempre trabajaba, siempre echaba una mano y en general estaba allí para darle la mayor satisfacción posible. Odiaba el modo en que me trataba; las palmaditas automáticas en la mejilla al ver mis buenas notas en lengua rusa, la irascible impaciencia cuando hacía conmigo los deberes y yo no lo entendía todo a la primera como él esperaba, y su asombro en las raras ocasiones en que me ponía enferma y por la noche era incapaz de ver con él *El mundo de los animales*. Para él, yo era un compuesto molecular de perfecto funcionamiento, mientras que mi hermano representaba una especie de núcleo atómico inestable que lo destruía todo. Jamás le entró en la cabeza el hecho de que Rati se rebelase contra esas expectativas, que quisiera delimitarse respecto a él a toda costa.

Hasta que conocí a Dina, yo solo quería pasar por la vida. No quería quemarme con nada, no quería esperar y querer demasiado, no quería escalar montañas, porque tenía el miedo clavado en la nuca. Y, cuando soñaba —y lo hacía a menudo y de forma febril—, era siempre sabiendo que solo eran sueños y no estaban destinados forzosamente a hacerse realidad.

No tardó en llegar el día en el que Dina también supo de mi existencia. Yo había estado con mi padre en la fiesta de cumpleaños de un compañero suyo, me había llevado sobre todo con el fin de tener una excusa para marcharse pronto, y aun así se había hecho tarde, estaba oscuro y el patio se hallaba sumido en un acalorado sueño veraniego.

Mi padre fue hacia la escalera principal, pero yo me empeñé en subir por la escalera de caracol, doblé hacia el patio, y la vi. Estaba sentada en los escalones de su casa, tenía una linterna en una mano e iluminaba con ella algo que tenía en la otra. No pude distinguir lo que era, así que me quedé quieta un momento, como hechizada. Era demasiado pequeña para estar tan tarde sola en el patio, pero entonces yo aún no sabía nada de las libertades que imperaban en su familia. Cuando siguió ignorándome, hice acopio de todo mi valor y me dirigí hacia ella, con las manos en los bolsillos de mi vestido de fiesta, que había cosido Oliko y que solo me ponía en las ocasiones especiales. De pronto giró la linterna y me alumbró el rostro. Y allí estaba yo, ciega y sorprendida, y le debía una respuesta.

—Yo solo quería... —balbuceé.

—Vives ahí arriba, ¿no? —preguntó ella bajando la linterna.

—Sí. Soy Keto. Del segundo.

—Hola, Keto del segundo. Yo soy Dina de ningún piso.

Se echó a reír, y me asombró, porque era imposible que aquella risa saliera de una niña: sonaba áspera y sucia, se reía como un marinero, y me hizo sentir incómoda.

—Ven, voy a enseñarte una cosa, Keto del segundo.

Como si me hubiera leído el pensamiento, me hizo una seña para que me acercara, y acepté agradecida la oferta. Me senté en los duros peldaños a su lado, y me enseñó una foto pegada en un cartón. Al principio no supe lo que era, pero al fijarme mejor me di cuenta de que era una fotografía muy vieja, en blanco y negro. En la foto se veía a tres mujeres jóvenes, todas con vestidos blancos y largos cabellos, también ellas estaban sentadas como nosotras en unos escalones, solo que los peldaños eran de mármol y la casa del fondo era como un palacio: tres ángeles en un mundo perfecto.

Nos quedamos un rato mirando en silencio la fotografía. La linterna iluminaba los rostros de las chicas y reforzaba la impresión sobrenatural.

—La del centro es mi bisabuela, ¿te lo puedes imaginar? —dijo con voz misteriosa, y enseguida me sentí dos cabezas más alta, como si me hubieran iniciado en un secreto de Estado—. Una vez fue princesa, hasta que llegaron los bolcheviques —siguió diciendo en tono conspirativo, y automáticamente me incliné un poco más hacia ella—. Y estuvo prometida con un rey, un jeque de Persia. Él se había enamorado de una foto suya, le bastó con ver la foto para enamorarse hasta la muerte, ¿te imaginas? —preguntó, como si quisiera poner a prueba si tenía suficiente imaginación como para seguir la suya—. Pero luego también un conde ruso se enamoró de ella, y empezaron una guerra por su culpa.

—¿Cuál?

Por mi boca hablaba mi padre, cuya voz yo siempre tenía en la cabeza en cuanto una información me parecía dudosa. Necesitaba pruebas.

—¿Cómo que cuál?

—Bueno, que a qué guerra te refieres —pregunté.

Me miró sorprendida, y por un momento se preguntó si tenía que encontrarme terriblemente engreída o terriblemente inteligente; ya conocía esa reacción por otros compañeros de colegio. Ya estaba lamentando mi estúpida pregunta, e iba a disculparme para no perder su simpatía cuando se me adelantó y me desarmó con su sinceridad:

—Te estaba tomando el pelo. Esta no es mi bisabuela, en la mudanza hemos encontrado una caja llena de fotos, ¡y son todas tan bonitas! —gritó entusiasmada, y miró hacia arriba.

Se había levantado una brisa débil, y empujaba unas nubes oscuras a través de un cielo iluminado por la luna llena.

Me irritó mi credulidad y su tonta broma, pero mi enfado no duró mucho, porque volvió a soltar su risa dura y gutural y de pronto se puso en pie de un salto. Yo la imité, desbordada y confusa, y al mismo tiempo se me ocurrió que ya debían de estar buscándome, pero mi curiosidad era más fuerte, no podía separarme de ella, aún no. Emanaba de ella tanta fuerza, tanta energía bulliciosa. La seguí y entramos al jardín, que estaba separado del resto del patio por una cerca baja, un pequeño espacio cuadrado con lirios y rosales, un albaricoquero, una morera, un granado y una estrecha mesa de madera en la que los hombres solían reunirse a jugar al backgammon y beber vino. Al borde se alzaba un orgulloso ciprés, también había un columpio viejo y abandonado y un chirriante balancín. Aunque conocía el jardín como el forro de mi blusa, en aquel momento me sentí como si entrara por primera vez en él, como un país encantado dentro de un continente sin descubrir. En ese mismo instante comenzaron a susurrar los árboles, la brisa se convirtió en un viento racheado, en el cielo se estaba formando algo, se anunciaba una fuerte tormenta de verano. Pero a mí no me importaba, sentía el torbellino de algo grande, que me resultaba a la vez ajeno y familiar. Ella se agarró al columpio y me llamó. Al principio pensé que quería que le diera impulso, pero exigió que me sentara en el estrecho asiento y se encaramó detrás de mí. Tomó impulso con las piernas, volvió a acuclillarse ligeramente, y empezamos a columpiarnos cada vez más alto, en contra del viento. Su peso me apretaba la espalda, sentía su calor, su fuerza, y una novedosa sensación se abría paso en mi interior: me sentía invencible, en aquel momento me sentía como si fuéramos las reinas del mundo. Y quizá lo éramos, quizá nuestra audacia, nuestra alegría por habernos encontrado, nos facultaba para serlo.

Cuando tengo que explicarle a alguien lo que me unió a Dina, lo que finalmente me hizo sumergirme en ella como en un mar profundo e insondable, comienzo a balbucir y me pierdo en banalidades. Nunca he podido entenderlo del todo, aunque en algunos aspectos creo haberme acercado a la verdad. La verdad sobre esa amistad que ha sobrevivido a todo, incluso a la muerte.

Y ahora estoy aquí, en Bruselas, y no puedo evitar pensar en una foto de Lika; por alguna razón la tengo delante de los ojos, sin duda también está aquí, entre todas las piezas expuestas. Lika, esa mujer maravillosa sin la que no sería quien soy. Esa mujer cuya ausencia hoy aquí es escandalosa. Su cabello oscuro y rizado, su ancha sonrisa. En la imagen que pasa por mi cabeza se la ve descalza en el umbral de una puerta bañada por el sol, como si llevase ese sol en su interior. Justo así, como su hija la captó en la foto, he visto siempre a Lika..., tan llena de vida, tan llena de calor, tan llena de gracia. Esa eterna chica hippy, esa mujer con peto y camisas de hombre, que incluso en las horas más amargas de su vida tenía una sonrisa para los demás. Me asalta una terrible nostalgia de ella, ¿cuánto tiempo hace que no hablamos por teléfono? ¿Cómo justificar el hueco que su ausencia ha dejado en mi vida? Estoy furiosa, y a la vez estoy viendo sus ojos radiantes, tal como están captados en la foto. ¿Qué edad tiene aquí? ¿Treinta y tantos? ¿Cuarenta y pocos? Ya no lo sé, para mí siempre será joven, aunque hace mucho que le salieron canas y tuvo que abandonar su estudio, su refugio y su pequeño oasis, por los dolores en las articulaciones, y vive con su hija menor y su yerno, un banquero, en algún sitio fuera de la ciudad, en una gran casa de ladrillo, y no se cansa de contarme penurias y trucos de jardinería... Otra pasión común, junto a nuestro oficio, que hemos compartido durante años. Esa foto es para caer de rodillas, para enamorar, tengo que encontrarla a toda costa, tengo que volver a embriagarme con ella.

Lika, la hija de una sencilla familia obrera de Batumi, era por encima de todo una mujer de mar. Amaba la ligereza de las tardes de sol y las piedras de colores bajo sus pies, amaba incluso la eterna humedad de su ciudad natal, como si ella misma estuviera hecha de espuma marina. Era una soñadora empedernida que, cuando la conocí, se había visto privada de sus ilusiones por las incontables decepciones y rechazos de la vida, pero seguía conservando algo de niña capaz de volver a entusiasmarse con lo nuevo, como si la vida solo le hubiera mostrado su cara soleada.

A sus padres no les interesaban los sueños juveniles de su hija. Como mujer honrada, al terminar los estudios tenía que casarse y fundar una familia. Esperar de la vida dicha y satisfacción les parecía casi una impertinencia. Lika tenía inclinaciones musicales, y cuando su madre la envió a clases de piano no sospechaba que con eso indicaba a su hija un camino que contradecía de manera abismal sus propias concepciones de una vida «correcta». Lika adoraba el piano y, como en casa no había ninguno, se quedaba durante horas en los parques locales de la vieja escuela de música y practicaba y cantaba en voz baja. Su padre, que consideraba una absurda pérdida de tiempo incluso nadar en el mar Negro, discutía sin cesar con su mujer diciéndole que hiciera entrar en razón a la niña y pusiera fin de una vez por todas a esas «frivolidades». Pero Lika tuvo suerte: encontró una profesora que fomentó su talento, elogió su voz —capaz de subir y bajar sin esfuerzo varias octavas— y le propuso cantar en un cuarteto a cuyos miembros calificó de «pueblo errante». Sin duda Lika no sabía a qué se refería exactamente la profesora con eso, pero la palabra «errante» la cautivó, así que no le importaba lo más mínimo adónde la llevara su compromiso... ni por cuánto tiempo. En una sala vacía del club del Komsomol, dio lo mejor de sí misma y se hizo un hueco en aquel grupo formado hasta entonces por cuatro hombres —tres ucranianos y un georgiano— y que actuaba en distintos barcos de pasajeros soviéticos. A Lika, que acababa de terminar el colegio y —me la imagino— estaba en la flor de la vida, la contrataron sobre la marcha y recogió sus cosas esa misma noche.

Naturalmente no contó su proyecto a nadie de su familia, y por primera vez subió a la cubierta de un barco que pertenecía a una compañía naviera de Alemania Occidental y en el que se encontraban pasajeros occidentales de gran poder adquisitivo, que querían echar un vistazo detrás del telón de acero recorriendo el mar Negro. En un abrir y cerrar de ojos, hechizó en sus veladas nocturnas a unos pasajeros ansiosos de exotismo con sus romanzas rusas y sus canciones georgianas. Como es lógico, también viajaba a bordo un colaborador del KGB, que vigilaba con mirada de águila a los trabajadores soviéticos y a los músicos. Sin duda podía impedir que Lika se enamorase de un pasajero de Bonn o de Stuttgart y que planeara una fuga aventurera con él, y que, llevada por la euforia, huyera de la estrechez de una familia tradicional, pero ni siquiera él pudo evitar que se prendara de un miembro de la banda, un violinista de Odesa. El violinista, cuyo nombre nunca llegué a saber, era un encantador romántico de la vieja escuela, que no hacía ascos al alcohol. Con un pañuelo blanco al cuello, pantalones de raya diplomática y una impresionante provisión de canciones de amor rusas que podía recitar a cualquier hora del día o de la noche, disponía de una gama inagotable de cumplidos capaces de fundir el corazón de cualquier mujer, por viajada que estuviera. Tanto más fácil tuvo que haber sido acelerar el corazón totalmente virgen de Lika y conquistarla en última instancia, a esa Lika tan joven que solo conocía el amor por películas y libros y, en consecuencia, se imaginaba justo así: de pie en la cubierta de un barco, a la puesta de sol, achispada por un par de copas de champán de Crimea y escuchando un poema desgarrador, declamado con ojos brillantes por un hombre postrado de rodillas ante ella. Por supuesto que fue débil, por supuesto que cedió, por supuesto que perdió de vista cualquier plan, si es que tenía alguno, y cualquier meta musical, y le siguió a su camarote.

Y así habría podido seguir años... Durante el día se sumergía en los cumplidos y en la admiración de los pasajeros y por la noche sucumbía a los hermosos poemas de amor de su galante violinista, que, claro está, juraba que no se apartaría de su lado hasta el fin de sus días.

Cuando el barco atracó por un día en el puerto de Odesa y ella, embriagada y feliz por ir a ver la ciudad natal de su amado, quiso seguirle a tierra, no tardó en llamarle la atención su extraño comportamiento. Inventó excusas, dijo que por desgracia no podría enseñarle la ciudad hasta la próxima vez y la dejó vagar sola por ella con los otros miembros de la banda.

Solo cuando el barco volvió a dejar el puerto por la mañana, fue consciente de todo el desastre, porque el violinista acudió al muelle acompañado por una mujer de grandes pechos, vestida con una bata de flores, y dos niños pequeños con pantalones cortos que se quedaron allí como animalitos amaestrados diciendo adiós con la mano hasta convertirse en puntos diminutos en el horizonte.

No quiero imaginar lo que le tuvo que costar a Lika cantar alegres canciones de amor al lado del canalla durante los días siguientes. Pero ella siempre fue profesional en grado superlativo; por lo menos yo creo que ya entonces tenía ese talento maravilloso. Daba igual qué hiciera o en qué circunstancias, se volcaba en ello de manera concienzuda y con toda el alma.

Se quedó en el barco, y todas las noches cantaba canciones de amor eterno, pero en aquellas canciones faltaban el fervor y la fe ilimitada, y todos los intentos de su violinista por calmarla y volver a llevarla a su camarote con innumerables disculpas y protestas carecieron de éxito. Lika era inquebrantablemente consecuente. Así que asumió el inevitable estallido dentro de su familia y regresó a Batumi, con la esperanza de poder inscribirse pronto en una escuela de música. El canto iba a determinar el resto de su vida; el canto, pero ya no los músicos.

El embarazo que se anunció con unas fuertes náuseas echó a perder los planes. El violinista se había ido, vivía en Odesa con dos niños de pantalones cortos y una mujer que decía adiós con la mano, incansable. Era absurdo informarle siquiera del embarazo, pero igual de ilusorio resultaba que sus padres dieran su aprobación al niño y la ayudaran a criar un bastardo. Tendría que hacerlo sola.

A menudo me encuentro pensando en la consecuente actitud de Lika, que me parece impresionante. En las muchas horas que pasé a su lado en su despacho, aquel lugar que tanto llegué a querer después, he intentado entender de dónde sacó las fuerzas, pero nunca he tenido una respuesta clara. Antes de Lika, no conocía a nadie que anduviera descalza todo el día, con un cigarrillo entre los labios, un lápiz en los cabellos, oyendo música de rock a todo volumen y comiendo albaricoques y sandía. Se entregaba con total devoción a lo que estuviera haciendo en cada instante, ya fuera cocinar, restaurar o jugar a las cartas, lo que no pocas veces hacía con sus hijas. Su cuerpo irradiaba una paz y satisfacción que yo solo había visto, como mucho, en las estrellas de las revistas de «cine extranjero». Como le importaba tan poco la impresión que causaba, su caótica apariencia resultaba tanto más deseable y sensual. Era ella misma hasta la médula, algo que su hija mayor habría de irradiar de la misma manera instintiva.

Así que Lika optó por tener el bebé y volvió para recoger sus cosas. Una amiga suya había conseguido una plaza para estudiar en Tbilisi y un cuarto en una residencia, y allí se alojaría por el momento. En el barco había reunido un poco de dinero, bastaría para empezar. Su profesora le había recomendado a la Big Band del Instituto Tecnológico, una formación conocida a escala internacional que pasaba mucho tiempo de gira, pero a ella le parecía poco sensato presentarse allí. En pocos meses estaría en casa, y tendría que ocuparse de cosas distintas de las partituras.

Una vez más, el azar acudió en su ayuda. Acompañó a su amiga a la fiesta de un compañero. Era una casa grande, y el jardín estaba lleno de esculturas, el padre del compañero era un escultor caído en desgracia, que entretanto se había especializado en la restauración de muebles. Se dedicó a dar vueltas por la casa, y por fin, en una habitación reconvertida en taller, encontró a un tipo de barba blanca, parco en palabras, de aspecto un tanto iracundo, y entabló conversación con él. El interés de ella le hizo revivir, y comenzó a hablarle de su trabajo. Antes de que emprendiera el camino de vuelta a la residencia en mitad de la noche, el hombre de barba blanca le preguntó si quería ayudarlo: tenía trabajo a manos llenas y podía necesitar ayuda. Lika cumplió su promesa de regresar dos días después, descansada y llena de energía, y no solo resultó en extremo trabajadora y ansiosa de aprender, sino también competente. Demostró una precisión impresionante. El escultor la ayudó a conseguir un certificado de empadronamiento —en su día había sido un hombre prestigioso, con amigos influyentes, hasta que le salió mal un Lenin—, y Lika pronto pudo ocupar un cuarto propio con baño compartido en un patio en el barrio de la estación.

Su destreza creció a la vez que su tripa. Hasta que Dina vino al mundo tapizó sillas, reparó daños en superficies de madera, arregló mangos, bisagras y ruedecillas, rellenó grietas y decapó mesas y cómodas mientras cantaba su repertorio ruso y georgiano. Rechazaba con vehemencia la idea de convertir aquel oficio en profesión, seguía aferrándose a su sueño de hacer carrera en el canto. Debía sopesar el momento de dar el salto para tener una mejor situación de partida con la niña. Y, como tantas veces, enseguida llevó su decisión a la práctica. Sin duda el escultor se mostró consternado pero comprensivo, y le ofreció la posibilidad de volver junto a él cuando quisiera, si lo de la música terminaba en nada. Le regaló una maravillosa cuna elaborada en madera antigua.

Como si el destino estuviera de su parte, poco después salió una plaza de secretaria en la emisora estatal de radio y, aunque no tenía ninguna experiencia, también se atrevió con ese trabajo, con la esperanza de hacer los contactos necesarios para regresar por fin a los escenarios, allá donde creía estar en casa.

Su amiga de la residencia era la única que esperaba delante del hospital y descorchó una botella cuando Dina vino al mundo. Lika dio a su hija aquel nombre tan inusual por su gran ídolo, Dinah Washington, cuyo doble álbum le había regalado al final del crucero, en señal de agradecimiento, un admirador secreto de Stuttgart o Kaiserslautern.

Cuando Dina tenía tres meses, la dejó al cuidado de una niñera y volvió a la emisora, donde como responsable de la antesala hacía entrar y salir a los más diversos músicos. Ya no tenía la seguridad en sí misma de aquellos días en los que en noches de niebla se lanzaba por sorpresa al abordaje del barco, pero no se le pasaba por la cabeza rendirse. Cantaba de vez en cuando en cumpleaños y fiestas en domicilios privados, no pocas veces acompañada por su hijita, que en más de una ocasión se quedó dormida entre los cojines de los numerosos sofás y camas. Lika estaba ansiosa de reconocimiento, y le gustaba que la quisieran, aunque ya no se lanzara sin pensar a aventuras románticas. Y, por maravilloso que fuera divertirse con ella, soñar con una vida no convencional a su lado durante un breve espacio de tiempo, nadie se llevaba a casa a alguien como Lika: una chica sin un sólido respaldo familiar, con un hijo fuera del matrimonio y ligeros vestidos de verano, que a menudo se ponía sujetador.

Dio la impresión de que iban a cambiar las cosas cuando, en una de esas celebraciones, llamó la atención de un caballero maduro. Trabajaba en el conservatorio, daba clases de canto y reconocía una «buena voz» en cuanto la oía. Además, tenía contactos: su íntimo amigo Maksim trabajaba para la más famosa empresa discográfica soviética, Melodie, de Moscú.

Lo mismo que su hija más adelante, Lika era capaz de desplegar una energía increíblemente ingenua. El profesor de canto la invitó al distinguido restaurante Tbilisi, en el parque funicular, y, achispada y alegre en vista del gran cambio que se anunciaba en su vida, Lika le habló de su esperanza de abandonar algún día la antesala de la emisora. Lika ya veneraba a ese legendario Maksim, ya estaba entusiasmada y aguardaba febril el día en que él viniera a Georgia y se enamorase inevitablemente de su voz. Pero Maksim aplazó su viaje, el celoso docente siguió sacando a pasear a Lika y alimentándola de nuevas ilusiones. Lika desconfiaba de sus propias esperanzas, aunque tenía miedo de rechazar al profesor, porque al final de sus avances le hacía guiños la expectativa de que el famoso Maksim la tomara por fin de la mano y la llevara allí donde tenía que estar: a los escenarios.

Como el profesor nunca se iba a casa más tarde de las diez y sus encuentros jamás tenían lugar en lugares privados, Lika partía de la base de que estaba casado, lo que por una parte la tranquilizaba y por otra la ponía en estado de alerta. Cuando un día, después de una de sus muchas visitas a un restaurante, no dobló como de costumbre hacia la plaza de los Héroes sino que siguió en línea recta hacia Vaké y se detuvo delante de una casa de ladrillo, Lika se sintió de pronto como una idiota. Entraron a una espaciosa vivienda en la que había un piano.

—Es la casa de mi hermano, está en Sujumi con la familia, por fin podemos estar juntos sin que nadie nos moleste —dijo él, y descorchó una botella de vino.

Se sentaron a la mesa, y él le contó algo de sus estudiantes. Lika se tomó el vino con aire ausente. Pues claro que Maksim no vendría, pues claro que su profesor nunca había tenido otra cosa en mente que aquella mesa, aquel vino y luego la cama que a buen seguro la esperaba en algún sitio próximo.

Como si la hubieran liberado de una cadena, ella se puso en pie de un salto, derribando la silla con estrépito, y se volvió hacia su manipulador fan:

—Te doy las gracias por todo, pero me voy.

Él la miró horrorizado, su rostro se ensombreció, y dijo la frase que Lika no olvidaría hasta el fin de sus días:

—¿Sabes lo que me han costado todos esos restaurantes y ese vino que he tomado contigo?

Y, antes de que pudiera responder nada, él la había cogido por los hombros, le había arrancado el vestido y la había tirado en el sofá.

Cuando me enteré de toda la historia, no me atreví a preguntar a Lika por qué había querido conservar un hijo que le había sido implantado con violencia y con falsas promesas. No lo sé, y hace mucho que ya no importa, pero siempre que pienso en eso me pregunto si debo considerar esa decisión un gesto de increíble valor o una especie de advertencia.

Conservó a Anano, y quiso a las dos niñas con la misma entrega, el mismo caos y la misma dispersión que eran inherentes a su amor, dándoles a ambas la libertad de ser ellas mismas.

El profesor no solo resultó ser un violador, sino también un cobarde traidor. Por miedo a que Lika hiciera público su delito y arruinara tanto su reputación como su matrimonio, habló con el jefe de la emisora, que unas semanas después del incidente la llamó a su despacho y le anunció que había habido recortes y, que si quería seguir trabajando en la emisora, tenía que pasar al archivo, en el sótano.

—Da igual lo que te haya contado —le escupió Lika a la cara—, encubres a un monstruo y por tanto tú mismo te conviertes en otro.

Abandonó el edificio de la emisora con la cabeza alta, sin que jamás se le hubiera concedido cruzar la puerta de cristal ante la que se había sentado durante años.

Tras el nacimiento de Anano, completamente sola con dos niñas pequeñas y dependiendo de la compasión de algunos amigos, en lo más hondo de su desesperación, se acordó del escultor de blanca barba, de la calma de su taller, de aquel olor a madera vieja y cola, le llamó y se sintió infinitamente agradecida al no oír en su voz ni rastro de alegría por el mal ajeno. Se lo contó todo, y en cierto modo sintió incluso una especie de alivio de que él fuera testigo de su necia parte de culpa en aquel nuevo y catastrófico fracaso.

—Escúchame, vamos a hacer lo siguiente: no soy un buen profesor. Si lo fuera, habría podido entusiasmarte lo suficiente como para que no te marcharas. Pero conozco a alguien que sí puede enseñarte: el mejor, no hay nadie en Georgia tan bueno como él. Acude a él gente de toda la Unión Soviética. Voy a llamarle. Te enseñará todo lo que se puede saber sobre restauración de muebles.

Y tres días después empezó en el taller de Guram Evgenidze.

Curiosamente, tanto Dina como Lika habían borrado de sus relatos la mayor parte de los nombres. El violinista siempre era el violinista, y el profesor el profesor, pero de él siempre mencionaban el nombre y el apellido. Guram Evgenidze se convirtió para Lika en lo que Prójorov había sido antaño para mi padre. Hoy creo que ese hombre era el padre que le hubiera gustado tener, y el primer hombre que le ofreció una casa, con lealtad ciega y un amor incondicional. Guram Evgenidze había estudiado restauración en Rusia y Polonia y soñado con restaurar antiguos monasterios en las montañas caucasianas. Pero, como el mantenimiento de las iglesias no era la principal prioridad del Estado soviético, se veía obligado a hacer cosas más profanas, y se especializó en restauración de muebles. Con el tiempo se convirtió en un experto en su gremio: de mesas de los tiempos fundacionales del Imperio alemán a tocadores de la Belle Époque, todo iba a parar en algún momento a Guram, y no había casi nada a lo que no pudiera darle una nueva vida, a lo que no pudiera devolver la belleza perdida.

El alivio de Lika tuvo que ser enorme cuando él empezó a encontrar explicaciones e incluso nombres para todas sus «peculiaridades», para las que la sociedad no tenía salvo desprecio. Le dio a leer libros que consideraba imprescindibles para conocerse a uno mismo —desde Jung hasta Burroughs, desde Lao-Tse hasta Gurdjieff— y antes de cada sesión de trabajo hacía ejercicios respiratorios. Muy probablemente no era más que un quijote ajeno al mundo, pero en la realidad soviética era como un loco, un vegetariano en una época en la que ese concepto ni siquiera se conocía, seguidor de las doctrinas budistas, un paladín del psicoanálisis y un archivero del pasado. Su esposa Lilja —una yogui no menos fanática y la perfecta compañera de aquel morador de los márgenes, al que había conocido en un congreso espiritual celebrado en secreto en Bakú— también acogió de buen grado a Lika en su corazón. El matrimonio de Guram y Lilja no había tenido hijos, y ese hecho seguro que reforzó su afecto hacia Lika. De forma totalmente inesperada e intempestiva —ambos estaban cerca de los setenta cuando Lika entró en sus vidas— aparecía así la hija que tal vez siempre habían deseado, y se mostraba tan ansiosa de saber como una niña. La desconfianza aprendida por Lika desapareció con el tiempo, se mudó con sus hijas a casa de los Evgenidze y aprendió a tratar de manera correcta una cómoda de nogal, a distinguir las necesidades de un armario de boda normando estilo Luis XV o a devolver su brillo original a una estantería de cocina gustaviana. En cualquier caso, nunca volvió a tocar una guitarra o un piano, y también su voz de cantante se quedó encerrada para siempre en su cuerpo como el genio en una botella. Ya no contemplaba su oficio como un mero ejercicio secundario, con la esperanza de poder vivir un día su verdadera vocación, sino que aprendió a tener respeto por las cosas que caían en sus manos; una enseñanza que había de tener un impacto nada desdeñable en mi vida.

Cuando, después de cinco años de colaboración, diagnosticaron un tumor cerebral a Guram Evgenidze y le dieron como máximo cuatro meses de vida, ella no se apartó de su lado. Murió pocos días después de dejar su negocio en herencia a Lika. Ella se hizo cargo del taller, y el boca a boca logró el resto: no faltaron los encargos, enviaban muebles para trabajarlos hasta de Tallin o de Budapest. Por fin podía respirar incluso desde el punto de vista económico, y contrató a un profesor particular para sus hijas. Tan solo se mantuvo fiel a su decisión de permanecer alejada de la música, así que, en contra de todo ideal educativo soviético, ni Dina ni Anano recibieron clases de educación musical. A la muerte de Lilja, pocos años más tarde, Lika vendió el viejo domicilio medio en ruinas y se mudó a la vivienda sótano de la calle de la Vid. En los muchos años que había pasado en casa de los Evgenidze se había acostumbrado tanto a la humedad y a la oscuridad que escogió un escondrijo similar como nueva residencia. Instaló su taller en una de las habitaciones, lo equipó con las herramientas de su maestro y colgó en la pared un retrato de él y de su mujer, una foto que yo estudié —sentada durante muchos años a su lado, sumida a veces en viva conversación, a veces en un silencio reflexivo, pero nunca incómodo—, hasta tener la sensación de haber conocido yo misma a esa anciana pareja.

Dina vino a mi clase y, aunque nos sentábamos a varios pupitres de distancia, desde el primer día noté la euforia, tan familiar y a la vez tan inquietante, que había sentido en nuestro primer encuentro: como si no fuera una chica de mi edad con los mismos problemas y preocupaciones que yo, sino una promesa de algo importante. Me saludaba en el pasillo, pero durante el recreo largo hablaba con las otras chicas de la clase. Para mi inmenso asombro, no tenía problemas ni con las empollonas ni con las reinas de la belleza, ni con la descendencia de la élite ni con los parias que habitaban las últimas filas y se ejercitaban en la invisibilidad.

Pocos días después de empezar el colegio, estaba en clase de ciencias naturales con el viejo y desflecado libro *La puerta de la Naturaleza* abierto delante de mí, y ya la odiaba. Parecía interesarse por todos los demás, la había perdido, antes de haberla ganado..., pertenecía a todos, la exclusividad de nuestro columpio ya no tenía valor alguno. Cavilé en silencio y me propuse empujarla al pasar o, mejor aún, caerme delante de ella. Pero no sucedió; después de la última hora de clase, todavía en el aula, se dirigió hacia mí y me preguntó si quería acompañarla.

—¿Adónde? —pregunté sorprendida, mi rencor aún no se había disipado.

—Al cementerio.

—¿Al cementerio?

Odiaba los cementerios. El lunes de muertos, después de Pascua, era el día que más odiaba en mi vida. Ese día siempre íbamos a la tumba de mi madre, allí bebíamos vino, depositábamos huevos rojos en el suelo y encendíamos velas. Yo solía dar vueltas mientras Oliko lloraba en silencio, Eter miraba a lo lejos con una expresión pétrea en el rostro, mi padre hurgaba en el suelo y bebía y mi hermano visitaba tumbas ajenas para después recitar como una letanía los nombres de los muertos, como si se tratara de una ocupación en extremo divertida. Yo no sabía qué sentir, aguantaba todo aquello a duras penas. Por supuesto que sabía que de mí se esperaban tristeza y consternación, sabía que tenía que meterme en el trágico papel de la niña sin madre, y todo en mí se sublevaba contra eso. Mi madre había desaparecido tan pronto de mi vida que no me quedaba nada salvo recuerdos y descripciones ajenas. Así que envidiaba a todos los que me precedían. Todos ellos tenían algo increíblemente valioso —un recuerdo vivo—, mientras yo debía conformarme con las sobras. Pero sobre todo me enfadaba con Rati, que disfrutaba a ojos vistas de ser el niño trágico, el niño al que todos compadecían en cuanto se sabía que faltaba su madre.

Y entonces aquella niña testaruda, con la que aun así estaba furiosa, me pedía que la acompañara al cementerio.

—¿Qué buscas allí? Quiero decir, ¿qué tumba quieres visitar? —pregunté.

—La tumba de mi padre —dijo ella muy sobria, sin rastro de pena, y durante una fracción de segundo la admiré por su carácter adulto. Me cogió de la mano y me arrastró—. Tú ven conmigo.

Con eso estaba dictada mi sentencia, con eso sellaba algo grande, y yo volvía a sentirme exclusiva, especial.

Cogimos el trolebús y fuimos al hipódromo. Yo no solía ir a la ciudad nueva, para mí eso era como dar media vuelta al mundo, por aquel entonces nunca me hubiera atrevido a ir tan lejos de casa sola. Desde allí recorrimos jadeando la calle desierta, orlada de cipreses, que subía al cementerio de Saburtalo. Hacía un día caluroso y polvoriento. En mi recuerdo, la seguí en silencio mientras ella me guiaba con paso seguro por entre las tumbas, por aquel laberinto de nombres, fechas de nacimiento y de muerte, pasando de largo ante flores secas o frescas, montones de tierra innominada y sencillas cruces de madera.

En algún momento nos detuvimos delante de una reja baja y ornamentada, tras la que se alzaba una cuidada lápida en la que había claveles frescos. Se trataba de una sencilla lápida de granito negro, que solo llevaba grabado el nombre de David Pirveli y las fechas. Había muerto bastante joven, lo que naturalmente le daba enseguida un aura trágica. Yo no sabía qué decir, la observaba con el rabillo del ojo y la admiraba por su contención. Se apartó unos segundos, regresó con una regadera, regó un matorral de lilas a un costado, repartió los claveles y se entregó a una reflexiva actividad. Yo estaba de pie junto a ella bajo el ardiente sol de junio y no tenía ni idea de por qué me había llevado consigo a un lugar tan íntimo, pero el hecho de que volviera a iniciarme en una especie de secreto me halagaba muchísimo.

—¿Cómo murió? —pregunté al cabo, cuando el silencio se me hizo incómodo.

—Era demasiado bueno para este mundo —respondió en el mismo tono neutro—. Le explotó el corazón. ¡Pam! ¡Así!

E intentó imitar una explosión con la mano. Yo quedé impresionada con la explicación, y asentí con respeto. Como es natural, había sido el mejor padre del universo, porque a una familia maravillosa llena de mujeres especiales solo le pegaba un hombre del todo especial y en extremo sensible, que había tenido que romperse ante la maldad del mundo.

Durante el camino de vuelta a la parada, que hicimos a pie, dije, poniendo énfasis:

—Seguro que le querías mucho.

—Sí, mucho —respondió. Y por primera vez había pena en su voz contenida. Luego, como si hubiera cambiado de piel, dijo, en un tono de contagiosa alegría—: Ahora vamos a tomar un helado. Conozco una heladería cerca de aquí en la que le ponen al helado muchas virutas de chocolate.

A partir de ese día fuimos inseparables.

Solo dos años y varias visitas al cementerio más tarde supe que Dina solo compartía el apellido con el hombre que yacía bajo aquella lápida y que su padre, el violinista, muy probablemente disfrutaba en Odesa de la mejor salud y no tenía la menor idea de la existencia de Dina. Cuando me enteré del embuste me enfurecí durante unas horas, puse morritos y la llamé mentirosa, pero se me acabó pasando, y no tardé en sucumbir una vez más a su encanto cuando me explicó:

—Los muertos siempre se alegran de que venga alguien. A este no lo visita nadie. Imagínate que estás muerta y nadie viene a visitarte.

No pude objetar nada a eso, y me di por vencida.

IRA

Se ha dado cuenta de mi desaparición, y me sigue. Oigo sus pasos inconfundibles cuando entra al baño de señoras, por lo demás desierto, y me llama.

—¡Voy! —grito detrás de la puerta, e intento sonar lo más contenida posible, disfrazar toda inseguridad en mi voz, pero para mí está claro que percibe mi impotencia y mi miedo, y soy incapaz de decidir qué me parece más espantoso: si esa conciencia o el hecho de que así sea.

Aunque hemos pasado separadas tantos años, aunque entre nosotras reina la mayor distancia posible, bastan pocos segundos para recaer en los patrones de antaño. Estoy frente a ella y sé que cualquier esfuerzo para disimular es inútil. Ella también sabe que yo veo a través de su fingida seguridad en sí misma, que sigo viendo delante de mí a la Ira con gafas, dubitativa, víctima de sus innominados y divergentes deseos. Las dos sabemos de nuestros esfuerzos, de los respectivos éxitos alcanzados con tanto trabajo, de las poses de corte occidental tras las que nos atrincheramos. Sabemos que nos engañamos a nosotras mismas y al mundo entero al hacerle creer que lo hemos logrado y hemos sobrevivido. Porque no hemos podido salvar algo esencial, algo que se quedará pegado para siempre a ese mundo en blanco y negro y llegará a nuestro presente como el eco de un ligero chapoteo.

Salgo de la cabina, evito el contacto visual, me dirijo al lavabo y me echo agua fría a la cara. Ella me mira en el espejo. Hace mucho que aquellas gafas de gruesos cristales tan poco favorecedoras, que le empequeñecían los ojos, se han visto reemplazadas por unas elegantes gafas de carey negro, en cuyas patillas es imposible no ver las rampantes letras YSL; tienen que ser las mejores, estaba claro: al fin y al cabo le ha costado su trabajo conseguirlas. Sus ojos tienen un aspecto completamente distinto, aún he de acostumbrarme, están hundidos; me resulta curioso, ella siempre tendió a tener ojeras, y mirando con más atención vuelvo a ver los círculos oscuros, y casi me alegro de encontrar algo familiar en aquella imagen transformada. Tiene el cutis oliváceo, bastará con un poco de sol para recobrar ese rostro rebosante de salud. Me gusta que no se tiña el pelo, pertenece a esa clase de mujeres a las que la edad confiere un atractivo erótico de nuevo cuño. Su cuerpo revela el ejercicio, su disciplina, ese sudoroso esfuerzo de autocontrol. Ni un gramo de grasa en ninguna parte, ni un segundo de dejarse ir, ni un gramo de ligereza. Oscilo entre el rechazo y la admiración.

Vive en Chicago, es *senior partner* de un enorme despacho de abogados especializado en derecho internacional y responsable de los rendimientos y la optimización de las ganancias de los tocados por el sol de este mundo. Antes quería cambiar ese mismo mundo, luego se dio cuenta de que no podía ganar aquel combate y decidió cambiarse a sí misma en vez de al mundo, optimizarse a sí misma. Ahora quiere disfrutar sin ningún remordimiento de su bien ganada prima. Coge lo que necesita y aparta de su camino cualquier obstáculo. ¿Es tal vez por miedo a mirar atrás por lo que ha diseñado una vida tan seductora, quizá por tener una razón menos para mirar a su espalda? No lo sé. Pero algo de la antigua Ira, que saldrá a mi encuentro en tantas imágenes en esta exposición, sigue ahí, y siento cómo me aferro a eso tan conocido, hasta qué punto lo familiar me brinda la necesaria seguridad, desde ahí puedo tender un puente hacia mí misma para reencontrar en mi interior algo de la mujer que va a mirarme desde esos testimonios en blanco y negro.

—¿Mejor? —me pregunta, y me tiende una botella de agua abierta.

Bebo un sorbo y asiento.

—Lo conseguiremos —asegura, y ensaya una sonrisa.

Las dos estamos juntas y nos miramos en el espejo. Saco la polvera del bolso, trato de cubrir mi desbordamiento.

—En realidad, esto no puede ser —dice ella, y su rostro cambia de golpe; de forma repentina y sin anunciarse la antigua Ira está delante de mí, la gran escéptica, la que se entrega de forma desinteresada, la más enérgica de todas nosotras.

Me gustaría abrazarla, no, prefiero que sea ella quien me tome entre sus brazos entrenados, como cuando volvimos a vernos por primera vez. La noche promete ser larga, aún quedan muchas horas que habrá que superar. Debemos intentarlo, decido en ese momento.

—¿Qué piensas? —pregunto, con algo de retraso.

—Que no nos vemos. Quiero decir, por lo menos nosotras dos. Que sabemos tan poco la una de la otra que tu vida transcurre sin mí y la mía sin ti.

No habría esperado aquella confesión tan abiertamente sentimental en labios de Ira, cuánto tiene que haberle costado decir esas palabras, pero se lo agradezco. ¿Es que no me pregunto yo también por qué, por Dios santo, he tenido que renunciar tanto tiempo a ella, a esos pasos seguros que me siguen en cuanto ve las nubes que se ciernen sobre mi cabeza, a esos brazos de hierro que me recogen y me ofrecen una botella de agua, a esos ojos oscuros que me miran en el espejo? ¿Cómo consigue hacerme sentir a salvo más deprisa que ninguna otra persona? Conozco la respuesta demasiado bien, igual que ella conoce la razón exacta por la que las cosas son como son, y por qué hemos huido a este cuarto de baño a darnos valor para lo que nos espera.

Porque con estos recuerdos no es posible ninguna realidad intacta, porque duele demasiado tener que reprocharnos eternamente que seguimos con vida mientras el mundo del que procedemos está en ruinas.

—Tienes razón, tenemos que cambiar eso. Yo también lo pensé cuando te vi entrar, maldita mujer de negocios *fashion* con maleta de aluminio.

Un intento ridículo de quitar hierro a esa confesión. Ira acepta mi oferta agradecida. Y dispara enseguida:

—Bueno, no tengo nada que hacer al lado de tu *sophistication*.

De vez en cuando intercala palabras inglesas en su georgiano, que se ha vuelto algo torpe.

—Mira tus mocasines, por favor: ¡dime si unos mocasines rojos no son *overkill*! —Se ríe, y me uno a su risa—. Prométeme que no vas a largarte, Keto. No me dejes aquí sola, hoy te necesito —dice, antes de que la risa se haya extinguido.

La miro, me vuelvo hacia ella:

—Te lo prometo. Y esta vez voy a mantener mi promesa.

Ella sabe exactamente a qué me refiero, pero no se permite comentario alguno. En vez de eso me coge la mano, y regresamos juntas con paso decidido al huracán. Volvemos a tener catorce años, enseguida habremos superado la verja torcida de la calle Engels, y dará inicio la gran aventura.

Ese mismo verano, poco antes de acabar las vacaciones, llegaron más refuerzos a nuestro patio. Ira y su familia se mudaron al primer piso, e Ira se sumó a nuestra clase del colegio.

El padre de Ira era médico en el hospital municipal n.º 9, un prestigioso anestesista y apasionado jardinero, que pasaba todo su tiempo libre en su dacha de Kojori, donde cultivaba y cuidaba sus plantas como si fueran sus verdaderos pacientes. Se diría que le repugnaba la ciudad, aunque siempre había vivido en ella, y sin duda habría colgado la bata de médico y se habría ido al campo si su activa mujer, la matriarca de la familia, se lo hubiera permitido. Por amor a ella soportaba la vida en la urbe y contaba los días hasta el fin de semana, cuando escapaba al campo. Entonces se sentaba en su 06 azul y subía a las verdes colinas en las que le esperaban sus seis o siete perros, que un vecino atendía en su ausencia.

Era un hombre silencioso, al que, cuando estaba en casa, solo se veía sentado en un sillón ante el televisor, con una manta a cuadros en las rodillas, o de pie en el balcón de madera, trasplantando sus plantas. En una ocasión en que acompañé a su dacha a Ira y pasé allí un fin de semana con el padre y la hija, no fue poca mi sorpresa al ver lo ágil y despierto que parecía el señor Tamas, como todos le llamaban. Como si la naturaleza lo convirtiera en otra persona.

Para todo el patio era un gran enigma cómo había conocido el señor Tamas a su mujer, y sobre todo cómo se había enamorado de ella. Raras veces había visto una pareja tan desigual. La madre de Ira, Giuli, era lo más opuesto a su marido. Muy pragmática, con la vista puesta siempre en la utilidad, como si la vida no tuviera el menor sentido si no se le arrancaba constantemente algún beneficio. Trabajaba en la oficina de reparto de vivienda, y se pasaba el día colgada del teléfono. O estaba hablando con alguien o alguien estaba hablando con ella. No tardó mucho en ganarse los odios —o el miedo, en el mejor de los casos— de todo el barrio desde que, en las primeras semanas que siguieron a su llegada, convenció a la vieja Zizo —sin prestar atención al mencionado estatus de inviolabilidad del que gozaba a causa de su hijo muerto— de que pusiera a su nombre una habitación por un bajo precio, a lo que Zizo accedió sin gran resistencia, entusiasmada con la idea de poder hacer realidad por fin su gran sueño y viajar a Leningrado para ver el Hermitage. Cuando volvió, Giuli ya había levantado tabiques, ampliado su cocina y cortado a Zizo el acceso a su casa por la escalera principal, así que a la vieja Zizo no le quedó más remedio que entrar por el patio y por tanto emplear la envejecida escalera de caracol, lo que suponía un desafío para una anciana con problemas de cadera. También perdió en un visto y no visto las simpatías de los Tatishvili, al amenazar a Davit con una demanda si no cambiaba enseguida y a las bravas la dirección en que crecían sus parras, para que no cubrieran sus ventanas y le arrebataran la luz del sol.

Giuli siempre iba apresurada y era rápida, castigaba con abierto desprecio a quienes no eran capaces de seguir su ritmo. Solo parecía hacer una excepción con su marido. A Tamas, calzado siempre con zapatillas de cuero, apático, le dejaba hacer, no le amenazaba, como solía hacer con sus congéneres, no le reñía y no le pedía nada, como si hubiera aceptado hacía ya mucho tiempo que no iba a cambiar ni un ápice y se hubiera conformado con su destino. Cuando se veía a la pareja sentada a la mesa o saliendo juntos del patio (lo que ocurría en muy extrañas ocasiones, porque Giuli odiaba la vida en el campo, pero sobre todo a los perros, y nunca acompañaba a su marido a Kojori), uno se preguntaba qué era lo que mantenía unidas a personas tan distintas. Sus conversaciones raras veces iban más allá de las banalidades cotidianas, casi no decían nada que no tuviera que ver con las compras, el tiempo o los programas de la televisión. Tampoco solían tener invitados, Giuli parecía haber disuadido hacía mucho a su marido de llevar a casa colegas o amigos. De todos modos no podía soportar el ruido de los borrachos y las canciones, y los vecinos, que gustaban de festejar hasta entrada la noche, no se libraban de sus sermones y amenazas.

—Lo tuyo es pura envidia, vacaburra, cierra el pico de una vez y deja que los demás disfruten lo que tú no tienes. ¡Quizá alguno se apiade de ti y te invite a su casa alguna vez! —oí gritar una noche a través del patio a Nani, la reina del mercado negro.

Pero tampoco era raro que frases como «¡Estás para que te encierren, pirada, vete a ver al psiquiatra, vieja víbora!» volaban no pocas veces hacia el primer piso, que, con su curiosa construcción, interrumpía el aireado callejón, y que, al ser la única construcción de hormigón en aquella estructura de balcones y emparrados de madera, constituía una especie de cuerpo extraño en el patio.

Por un momento el tiempo se pluraliza, tengo la sensación de estar sufriendo alucinaciones: veo a Ira, esa mujer de hierro, segura de sí misma, que me acoge bajo sus alas y me lleva de vuelta a la sala, y a la vez veo delante de mí a la niña pequeña que fue un día. Con sus movimientos silenciosos y precavidos, tratando siempre de no llamar demasiado la atención, pasea pensativa delante de mí, un poco torpe, con sus rodillas huesudas embutidas en las medias blancas, siempre inmaculadamente subidas. Veo esas gafas desproporcionadas en su nariz, que la hacen parecer muy mayor, y el pelo dolorosamente peinado hacia atrás, que da a su rostro cierto aire doliente. Su oscuro cutis, herencia de su severa madre, es el mismo de antes, pero busco en vano los rastros de su timidez de antaño.

—Mira, esa es la nueva del primero. Parece simpática, ¿qué opinas, Bukashka? —exclamó Babuda uno cuando entramos al patio, y yo le di un codazo, porque no quería en modo alguno que la niña nueva oyera ese tonto nombre cariñoso, que yo odiaba.

Ira estaba en el patio y buscaba algo, como si se le hubiera perdido. Yo hice como si no me interesara especialmente, y pasé por delante de ella con paso tranquilo. En cambio, ella me miró, me clavó su seria mirada detrás de las gruesas gafas y luego pasó de largo ante mí con pasos ligeros, una experta en no ser vista. Algo en aquel paso me entristeció, y no pude evitar pensar en Dina y en lo radicalmente distintas que eran aquellas dos nuevas aportaciones al patio. La una siempre acostumbrada a triunfar y a dar forma al mundo conforme a sus deseos, y la otra como encapsulada en su propio cosmos, que tanto olía a soledad.

Los días que siguieron, previos al comienzo del curso, cuando el patio volvió poco a poco a llenarse de niños que regresaban de las vacaciones de verano al polvoriento calor de agosto en Tbilisi, no volvimos a verla. Solamente una vez la vi en la ventana de su cocina, observando el alegre trajín del patio. Aquella imagen tenía algo de agobiante; parecía tan seria como si estuviera aguardando, esperando algo, una señal de alguien, quizá esperaba que la llamaran para bajar, para unirse al bullicio, pero yo no me atrevía, porque el modo en que estaba allí con los brazos cruzados tenía algo de rechazo.

No sé decir por qué me sorprendí tanto cuando entró en nuestra clase el primer día de colegio. La maestra la llevaba de la mano como si fuera una niña pequeña, seguida de nuestras risas y de nuestros mordaces comentarios. Nos la presentaron como Irine Zhordania. Los padres se habían mudado desde otro barrio de la ciudad, y ahora debíamos hacer el favor de acoger a Irine en nuestra clase y darle la bienvenida. Pero algo me decía que en el caso de Irine iba a ser distinto que con Dina Pirveli, que atraía la atención de todos sus compañeros como una flor rara. Irine no parecía alguien cuya proximidad se buscara. También yo mantuve al principio la distancia respecto a ella. Por una parte, estaba tan completamente sumergida en mi nueva amistad que apenas me quedaba espacio para una segunda persona, y por otra la índole de Irine, que se llamaba a sí misma Ira, hacía que algo en mí guardara las distancias. Esa distancia entre nosotras creció tanto más en las semanas siguientes, cuando quedó claro que con su rendimiento Irine superaba como un cohete a todas —incluso a Anna Tatishvili—, y pronto ascendería al trono de primera de la clase. Era impresionante en todas las asignaturas, su seriedad tenía algo impropio de su edad, lo que como es lógico despertó la envidia de las alumnas modelo y de aquellas que aún aspiraban a semejante puesto, y que se vieron convertidas en competidoras suyas. Pero si algo alteró los ánimos fue el hecho de que, al contrario que, por ejemplo, la estudiante modelo Anna Tatishvili, a ella no le costaba ningún esfuerzo. Era extraño que tomase la palabra sin que se lo pidieran, casi nunca levantaba la mano de manera voluntaria, pero cada vez que los profesores la invitaban a hablar, de su boca salían las respuestas correctas. Eso nos dejaba de piedra a todas. ¿Qué clase de chica era? ¿Se pasaba el día estudiando, o de veras todo aquel conocimiento le venía sin esfuerzo? Se diría que tampoco necesitaba hacer amigos. Solo mucho más tarde comprendí que sencillamente no había conocido otra cosa; siempre había sido la solitaria, y había lamentado con amargura las situaciones en las que había hecho acopio de valor y se había acercado a sus coetáneas. Siempre se la veía subir la calle Engels con su cartera escolar a reventar y doblar hacia nuestra calle. Luego desaparecía en la escalera y volvía a aparecer, horas después, para ir con la misma cartera a alguna actividad extraescolar. Más tarde me enteré por las Babudas, que estaban profundamente impresionadas, de que no solo era miembro del club de debate del Palacio de los Pioneros, sino incluso campeona juvenil regional de ajedrez. En el fondo, solo se la veía entrar y salir, siempre con la misma expresión concentrada, como si no viera nada fuera de sí misma.

En el fondo, Ira era una chica que quería ser amada más que ninguna otra cosa en el mundo. Aprendía porque no le costaba trabajo y porque esperaba obtener de eso reconocimiento; era reservada porque creía que de esa manera no molestaría a nadie; era obediente porque pensaba que de esa manera no llamaría la atención para mal. Y siempre le desconcertaba comprobar que con su conducta había conseguido lo contrario, que solo cosechaba más rechazo. Entonces dejaba de entender, se retiraba y trataba de convencerse de que no necesitaba un mundo que le daba la espalda de ese modo. Su comportamiento siempre correcto provocaba a todos a su alrededor, tampoco yo era una excepción en eso; si uno se la quedaba mirando el tiempo suficiente, surgía a la fuerza el deseo de hacer algo indecoroso en su presencia, incluso algo prohibido, decir algo estúpido y necio. Era como una ley natural, pero que solo entraba en vigor cuando se estaba cerca de Ira. A veces me daba pena, me sorprendía a mí misma rociándola con una pistola de agua en el recreo o saltando por la ventana de la entreplanta cuando ella estaba delante y despellejándome las dos rodillas, o pegando un chicle en su asiento, pero no podía evitarlo. Su *corrección* me movía a una eterna *incorrección*. Pero todo cambió a causa de Dina, como el resto.

Cuando pienso en la historia del diario, mi estado de humor cambia en un abrir y cerrar de ojos, y un peso de plomo me acomete. Me gustaría tanto preguntarle a esa chica de entonces si le gusta la mujer que ahora está a mi lado, pero bajo la vista e invoco el recuerdo de Anna Tatishvili, la chica más guapa de la clase, la antigua primera de la clase, para la que Ira fue desde el primer día un dolor de muelas. (No, no voy a pensar en Ofelia, ni en las huellas que dejó atrás...). Anna estaba acostumbrada a que todos la admirasen, parecía nacida para esa grandeza, y cualquier cosa que la amenazara la combatía con pérfida táctica. Estaba acostumbrada a ser siempre objeto de aplauso y de mimo, a bañarse en un mar de alabanzas: por su belleza, por su modélico comportamiento, por sus buenas notas. Le gustaba ser una reina, y todo aquel al que ella toleraba en sus cercanías podía considerarse afortunado. Incluso en una edad en la que los chicos solo expresan su afecto mediante empujones, burlas y codazos, ella recibía flores el día de la Mujer y le dejaban regalitos anónimos a la puerta el día de su cumpleaños. No el aspecto de Ira, pero sí su inteligencia despertó de inmediato la rivalidad de Anna. Además, ella tenía que esforzarse muchísimo para conseguir ser la primera, le daban clases particulares y siempre hincaba los codos, mientras el conocimiento parecía volar hacia Ira. Anna no podía soportarlo. Puso a dos chicas de su séquito, que la obedecían como vasallas y a las que nosotras llamábamos «las esclavas» a sus espaldas, a averiguar los puntos débiles de Ira. La espiaron, buscaron su proximidad para entablar conversación con ella, y pronto averiguaron que Ira acostumbraba a escribir en un gastado e hinchado cuaderno de notas, y dieron por hecho que tenía que tratarse de un diario. Así que esperaron la primera oportunidad para robárselo. En una ocasión en que Ira tuvo que ir al baño durante la clase y dejó su cartera escolar abierta, Eka, devota de Anna hasta la náusea, robó el grueso cuaderno y se lo entregó a su «jefa». El diario no tardó en circular de mano en mano, el patio entero del colegio lo leía en voz alta, entre risas y burlas. Cuando Ira descubrió horrorizada el robo, trató de quitarle el diario a Anna, pero se dio cuenta de que con eso aún se ponía más en ridículo. Ira era físicamente muy torpe, como si todos sus talentos se hubieran concentrado en sus capacidades intelectuales. En la pelea por el cuaderno, Anna la derribó en tierra y los profesores acabaron enviando a Ira a casa, deshecha en lágrimas, acompañada por las risas burlonas de toda la clase.

Yo me avergonzaba de no haberla ayudado, y odiaba en secreto a Anna, pero me sentía impotente frente a ella; hacía mucho que había puesto de su parte a la clase. Con el pretexto de estar también en el bando de Anna, me pegué a Eka y le pedí que me dejara echar un vistazo al diario al final de la clase. Lo que vi me sorprendió tanto que me dejó muda. En todas las casas socialistas había un calendario en la pared del que se arrancaba una hoja cada día.

A veces había en ella breves biografías de personas modélicas del socialismo que habían nacido o muerto ese día, a veces eran anécdotas, luego ideas para amas de casa modélicas. El cuaderno de Ira estaba lleno de esas hojas de calendario, arrancadas y pegadas, todas ellas escritas con una letra pequeña y muy adulta. El día del cumpleaños de Gagarin había anotado: «He dormido mal, Iago tiene problemas de estómago, espero que no haya que sacrificarlo, padre se queja de sus tercos pacientes, y mamá sigue sin querer saber nada». El día del Trabajo ponía: «Pronto mudanza. Barrio nuevo. Casa nueva. Colegio nuevo. Pero nada cambiará». Y así todo el año. Había algo en la minuciosidad con la que había arrancado y pegado en el cuaderno las hojas del calendario, algo en la seria caligrafía, que resultaba indeciblemente deprimente, y de pronto me sentí miserable; las risas y burlas de Anna Tatishvili y sus esclavas adquirían de pronto un regusto especialmente repugnante. Por medio de aquellos comentarios hablaba una chica solitaria, abandonada por completo a sus propias fuerzas, que no entendía por qué el mundo le daba la espalda y por qué le habían hecho aquella cruel jugarreta. Raras veces había apuntes más alegres, y, si los había, la mayoría trataban de partidas de ajedrez y torneos ganados. También llamaba la atención que apenas escribía de ninguna otra cosa, y si lo hacía era sobre sus padres o sobre los perros de su padre.

Me sentí miserable. En nuestro breve camino a casa, Dina volvía a decir tonterías, bailoteaba delante de mí, y más tarde me iba a enseñar cómo se hacía una tarta. Pero, a pesar de tan alegre expectativa, no podía desprenderme de la sensación que me había acometido al leer el bloc de notas. Me sentía como una fracasada. Pensaba sin parar en aquella chica seria y triste de espesas cejas y ojos inteligentes, y en cómo estaría sintiéndose en ese momento, mientras la estúpida Tatishvili y su séquito exponían ante todos sus más íntimos pensamientos.

—¿Qué te pasa? —me preguntó Dina al advertir mi expresión seria y mi silencio.

—Lo que han hecho con la pobre Ira es terrible —murmuré.

Comprobé sorprendida que Dina no se había enterado de nada, aunque medio colegio estaba involucrado en el asunto. Me miró asombrada y preguntó:

—¿La de nuestro patio? ¿La lista?

—Sí, ella.

Me hizo parar y me pidió que le contara todos los detalles.

—Ven —decidió, después de que se lo repitiera todo varias veces.

También eso era típico de ella: decidir algo sin contárselo a su interlocutor, y luego esperar que se confiara ciegamente en ella, que se la siguiera a ciegas. Lo hice. La mayor parte de las veces lo hacía.

—¿Qué has pensado? ¿Qué vas a hacer?

Ya no obtuve ninguna respuesta a mis eternas preguntas en el camino a casa. En lugar de eso, subí por la escalera y llamé a la puerta de casa de los Tatishvili. La siempre amable Natela abrió la puerta y nos pidió enseguida que pasáramos.

—Aniko está estudiando, pero voy a llamarla. ¿Queréis un poco de tarta de pera? Acabo de hacerla.

De hecho, desprendía un olor exquisito, y estuve a punto de decir que sí, pero Dina me lo impidió.

—No, gracias —respondió de manera un tanto abrupta, y se quedó en el pasillo.

Anna salió de su habitación con el pelo envuelto en una toalla y nos miró aburrida.

—¿Qué pasa?

Nunca se había tomado la molestia de ocultar que nos consideraba indignas de ella.

—Sigues teniendo el diario, ¿no? —preguntó Dina con sorprendente amabilidad.

—Sí, ¿qué pasa?

—Keto dibuja muy bien, y he pensado que sería divertido que hiciera unos cuantos dibujos en él.

Yo no entendía su plan, y traté de no dejar traslucir mi asombro.

—Si tú lo dices... Pero quiero que me lo devuelvas esta noche —respondió Anna con la indiferencia habitual.

Ni por un momento consideró la posibilidad de que le fuéramos a tomar el pelo, no ponía en duda su superioridad. Desapareció durante un breve instante, y yo cuchicheé a Dina:

—¿Qué pretendes?

Pero, antes de que pudiera darme una respuesta, Anna ya estaba de vuelta con el grueso y desflecado cuaderno. Se lo dio sin ningún titubeo, y Dina me lo pasó en el acto.

—Gracias, ¡esto sí que va a ser divertido! —dijo, abrió la puerta y me dejó pasar, para luego darse la vuelta de golpe y empujar con todas sus fuerzas a Anna contra el zapatero—. ¡Mierda de vaca! —le increpó.

El rostro de Anna se convirtió en una mueca dolorida, pero saltaba a la vista que el susto ante lo que Dina acababa de hacer era más fuerte que el verdadero dolor. Estaba indignada y ofendida.

—¿Va todo bien? —se oyó gritar a Natela en la cocina, y Dina se llevó el índice a los labios.

Algo en la expresión de su rostro hizo enmudecer a Anna.

—Sí, todo bien, Deda —exclamó mientras se incorporaba—. ¿Qué te has creído, fracasada? —Nos miraba llena de odio—. ¡Estáis acabadas!

—¿Te has vuelto loca? —pregunté a Dina cuando volvimos a estar en el patio—. ¡Le has pegado!

Algo en mí se rebelaba contra eso, y al mismo tiempo estaba infinitamente orgullosa de mi nueva amiga, que era una caja de sorpresas.

—Solo la he empujado. Se merecía más. A veces hay que sacudir a la gente si no entiende otra cosa —dijo Dina, y yo supe que no tenía nada que hacer frente a la convicción que ponía en cada uno de sus argumentos.

—¿Le devolvemos el diario a Ira? —pregunté.

—Aún no.

Fuimos a casa de Dina, al sótano siempre oscuro, y nos sentamos a la gran mesa redonda de madera del comedor, que también hacía las veces de cocina. En la casa olía a cola húmeda y madera, a pintura y barniz. Por todas partes había muebles viejos que la gente había tirado y a los que Lika había insuflado una segunda vida y transformado en obras de arte. Yo amaba cada uno de ellos. El pesado armario de roble con adornos de colores en el que guardaban las vajillas. La cómoda pintada de blanco con los tiradores dorados en los cajones. Las cortinas bordadas a mano con perritos y leones. La litera de dos pisos en la que dormían las dos hermanas, y que Lika había decorado con puntos rojos, como si la cama tuviera el sarampión. Con aire misterioso, Dina dejó el gran cuaderno encima de la mesa de la cocina y lo abrió. Empezó a leer. Pero se limitó a sobrevolar las notas, sin leer nada hasta el final, como si le resultara incómodo ser parte de aquel proceso íntimo. De pronto se levantó, cogió un estuchito de cuero de su cartera, sacó un lápiz afilado de él y comenzó a escribir algo junto a la limpia caligrafía de Ira. Junto a la entrada del cumpleaños de Gagarin, donde hablaba de los problemas gástricos de Iago y las quejas de su padre, anotó: «Hoy estaba muy guapa». El día del Trabajo, junto al apunte de la mudanza que decía que nada iba a cambiar, escribió: «Todo va a cambiar. Voy a encontrar nuevos amigos. Y serán para siempre». En su cumpleaños, respecto al que Ira había escrito: «He recibido el libro que quería, *El conde de Montecristo*. Pero por lo demás no ha ocurrido nada especial», completó: «Soy un año mayor y aún más inteligente». Al cabo paró, se levantó y se sirvió agua.

—¿Y? —pregunté.

—¿Y qué?

—¿Ella...?

—¿Qué quieres decir exactamente?

—¿... va a encontrar nuevos amigos? ¿Para siempre?

—Sí. *Nosotras* vamos a ser sus amigas.

Cada vez que Dina decidía por mí, sentía un ramalazo de disgusto. Pero la mayor parte de las veces coincidía con ella, y no dejaba entrever mi enfado. Y también en esta ocasión le di la razón en el fondo: a partir de ese instante, también yo iba a ser amiga de Ira.

Por la tarde, llamamos a la puerta de Ira. Apareció en el umbral, todavía con el uniforme de la escuela, y retrocedió de forma instintiva al vernos.

—¿Sí? —balbuceó asustada.

—¿Quién es? ¿Quién aporrea la puerta de ese modo a esta hora? —se oyó gritar a Giuli.

—Es para mí, Deda —respondió Ira con la acostumbrada inseguridad en la voz, tan solo su mirada se mantenía fija en nosotras, tranquila.

—Tengo algo para ti, algo que te pertenece. —Dina le tendió el cuaderno con la cabeza baja.

—Gracias —dijo Ira, y antes de que pudiéramos decir nada nos cerró la puerta en las narices.

Durante los tres días siguientes no apareció por el colegio. La explicación oficial era una caída; la oficiosa, sin duda la vergüenza. Cuando volvió a clase, parecía aún más insegura que de costumbre; se notaba que hubiera preferido volverse invisible. Anna Tatishvili y sus esclavas la dejaron en paz. Pero las miradas de desprecio que nos dirigían revelaban que ya estaban cavilando su próxima venganza. De camino a casa, Ira alcanzó a Dina y le susurró un titubeante «Gracias» al pasar. Luego pasó de largo ante nosotras con rápidos pasos.

—¡Espera! —gritó Dina, y corrió tras ella.

Ella se volvió atemorizada, con los hombros caídos, hurgando en el suelo con la puntera del zapato.

—¿Quieres ir con nosotras al parque Mushtaidi? —preguntó Dina, y le sonrió.

Yo no sabía nada de ese plan, que probablemente había empezado a existir en aquel momento.

—No puedo, tengo que ir a casa y luego a ajedrez —murmuró confusa Ira.

—Tonterías, eso puedes hacerlo siempre. Ahora ven con nosotras, lo pasaremos bien. ¡En el parque tienen el mejor algodón de azúcar de la ciudad!

Y nos precedió, segura de sí misma, como un general que espera la muda obediencia de su ejército. Ira me miró confusa, yo me encogí de hombros.

—Yo también voy a meterme en un lío —fue lo mejor que se me ocurrió decir. Veía ya la duda y la desconfianza en sus ojos, y el miedo a las consecuencias que acarrearía una excursión imprevista como esa.

Aquel día habían puesto el tiovivo, y Dina consiguió colarnos sin pagar, hubo muchas risas y una competición a ver quién era capaz de hacer la mueca más fea, hubo risitas entre dientes y dedos pegajosos de algodón de azúcar. Aquel día nos sentimos orgullosas de nosotras mismas, y solo porque de pronto había alguien que nos demostraba que era tan fácil. Y, de pronto, hubo un Nosotras.

NENE

Ella no está. Así que mis dudas se han confirmado. Siento el nerviosismo creciente de Ira, que trata de camuflar con unas risas demasiado altas y una excesiva indiferencia.

Las puertas están abiertas, los trabajadores del museo permiten, con una cortés sonrisa, que la multitud inunde la sala. Huele a maquillaje, perfumes caros, locales de moda, boutiques de aeropuerto, a champán a mediodía y a exóticas lociones para el afeitado. Los camareros de camisa blanca y chaleco negro se deslizan entre la gente manteniendo en hábil equilibrio sus bandejas. Damas envueltas en telas caras besan en las mejillas a caballeros con afinidades artísticas, el personal de las embajadas estrecha manos con vehemencia, los responsables de cultura de la Unión Europea hacen reverencias y buscan entre la multitud posibles socios para otros proyectos, los patrocinadores se dejan festejar. El espectáculo debe continuar.

Nene no ha venido. Ira aún no quiere aceptar ese hecho, tampoco yo abandono la esperanza, demasiado pronto, demasiado tarde, no lo sé, pero no quiero mirar hacia la puerta a cada instante. Las salas están llenas, repletas, el público ilustre revienta de exclusividad y ansía el espectáculo. Los comisarios se sitúan en el rincón de la derecha, donde se ha instalado un pequeño estrado. Se preparan los micrófonos. Una cacofonía de conversaciones babilónicas llena las salas.

Los comisarios empiezan. Seguirán discursos y agradecimientos agotadores, pero todos somos caballos bien entrenados, conocemos el proceso, nadie tiene intención de perturbarlo. Somos pacientes, la generosa selección de vinos patrocinada por algún vinatero georgiano nos permite superar esa incomodidad; a los asistentes se les entregan copas, se les rellenan cuando se vacían. Ira no se aparta de mi lado, aunque no deja de saludar a gente, a algunas personas apuntando besitos en la mejilla. Ha tenido ya tantos puestos, su espectro profesional cubre tantos ámbitos y lugares, que se ha convertido en una especie de mascarón de proa, tan temida como respetada. Noto sus brazos imaginarios abiertos sobre mí y me siento segura. Ya he probado el vino exquisito, y aflojo un poco las riendas. Estoy furiosamente decidida a disfrutar de esta velada... pase lo que pase. Anano zumba a mi alrededor como una luciérnaga ya no tan joven, su aire adolescente nunca deja de impresionarme, su transparencia, su amabilidad no fingida, su sincero orgullo ante este acontecimiento. La directora del palacio de bellas artes, anfitriona por tanto de la exposición, inaugura esta imponente retrospectiva y habla de su dinámico centro cultural y artístico, de talla internacional, una de las arterias principales que van al corazón del paisaje cultural belga, como ella lo llama, y tampoco olvida mencionar que nos encontramos en una obra maestra del *art déco*, en uno de los mayores tesoros arquitectónicos de Bruselas. Y, aunque el palacio ya ha albergado en sus más de cuatro mil metros cuadrados miles de conciertos, exposiciones, representaciones de teatro y danza, actos literarios y proyecciones cinematográficas, recalca la singularidad de esta muestra. Habla de un empeño personal y de su amor por el Cáucaso y por Georgia en particular, no sin destacar expresamente la precisión con la que las imágenes de Dina le sirvieron de puente hacia la cultura georgiana. Al final, añade con una exagerada sonrisa, por amor al arte de Dina Pirveli se había hecho una gran excepción y permitido servir bebida en las salas, porque en una retrospectiva como esta no podía faltar el vino georgiano, pero nos rogaba que fuéramos cuidadosos y no nos acercáramos demasiado a las fotos llevando las copas en la mano.

Hace mucho que ya no la oigo, en vez de eso me imagino a Dina. Qué pensaría hoy si estuviera aquí y tuviese que escuchar toda esta cháchara ditirámbica sobre su arte y su capacidad, cómo acogería todos esos himnos de alabanza, ¿podría distinguir quién la celebra realmente y quién se limita a ponerse bajo su luz? ¿Me llevaría aparte en algún momento, riendo entre dientes, cogería una copa y bebería conmigo porque la vida no va de todo esto, porque lo que de verdad cuenta nosotras ya lo habíamos encontrado hacía mucho?

Ira me tira de la manga. Abro los ojos, vuelvo a mirar hacia el estrado. Ahora los comisarios intentan indagar en «la magia» de las obras de nuestra amiga muerta, encontrar palabras para lo que no necesita palabras. Explican la composición, el amplio espectro que cubre la retrospectiva, el procedimiento de selección, la forma de presentación, que se orienta por la vida de Dina y su devenir. Lo personal que hay en su obra, una y otra vez resuena la palabra «radical», una y otra vez el británico habla de lo «despiadada que era frente a sí misma y a sus espectadores», explica su singularidad a la hora de poner títulos a las fotos —a primera vista— incomprensibles, y el sentido profundo que en realidad se esconde detrás de ellos. Se turnan para dar las gracias a ese centro cultural festejado en todo el mundo, a la ciudad anfitriona, a los distintos patrocinadores, a la embajada, los que mueven los hilos en Georgia no deben sentirse menoscabados, el pequeño país no puede estar infrarrepresentado aquí, al fin y al cabo todas las obras expuestas tienen que ver con él de uno u otro modo. Acto seguido, el director de museo de Róterdam plantea un par de tesis de historia del arte, no pueden faltar dos citas de Foucault, luego viene alguna de Helmut Newton. Thea, la historiadora del arte georgiana con gabardina negra y tacones color verde ensalada, hace una breve introducción a la historia georgiana de los últimos cien años en la que el punto central lo constituyen la Perestroika y el periodo posterior, porque esa época era el marco de la obra y los oyentes no debían carecer de informaciones importantes y datos reveladores.

Hijas de aquel tiempo, soportábamos aquellas versiones de nosotras mismas, presentadas con cierta sequedad, como si conceptos como «lucha por la independencia», «guerra civil», «manifestaciones aplastadas», «crisis económica» no tuvieran nada que ver con nosotras, como si solo conociéramos de oídas aquellos conceptos, como si ni siquiera hubieran rozado nuestras vidas. El embajador, un hombre rechoncho con una espesa mata de pelo, pronuncia agradecimientos aprendidos de memoria, carraspea varias veces e invita a pasar a la fiesta en el jardín.

A continuación, a Anano también se le permite decir unas palabras, por algún motivo algunos leales seguidores la aplauden en cuanto sube al estrado, y sonríe confusa. Se ruboriza y, por la emoción, necesita un tiempo antes de hablar de su hermana en su encantador inglés con acento georgiano. Ira y yo enseguida quedamos prendidas de sus palabras. Su emoción es desgarradoramente sincera y, aunque ya es una mujer que se acerca a la segunda mitad de su vida, para nosotras sigue siendo la niña que siempre buscaba nuestra atención, la eternamente pequeña, eternamente joven, a la que rodea una enorme ligereza. En ese momento, me parece imperdonable que Nene, que era a quien más admiraba y quería de nosotras, la haya dejado en la estacada.

Habla del talento despiadado con el que estaba bendecida su hermana, y de que a la vez iba a resultar una maldición volcarse en aquella obsesión tanto tiempo, con tanta atención, hasta disolverse ella misma y fundirse con el objetivo de la cámara. Habla de su eterno baile en la cuerda floja en esta vida que se lo había exigido todo, tensa entre lo que quería y lo que tenía que hacer, y de lo cara que pagó su hermana su propia incondicionalidad. Anano intenta no pedir demasiado a los visitantes, les da información bien dosificada, una anécdota aquí, otra allá. Lo grave, lo indecible, queda confiado de lleno a las fotos de su hermana. De manera del todo inesperada, de pronto se vuelve personalmente hacia nosotras, nos presenta como «la inspiración de Dina y su sustento», todas las cabezas se vuelven en nuestra dirección, nos buscan entre la multitud. Ira lo acepta, sonríe, soporta los cuchicheos acerca de ella. Yo en cambio podría matar a Anano, si no estaba claro antes, acaba de declararnos oficialmente piezas de la exposición, y parto de la base de que vamos a ser no menos examinadas que las fotos que cuelgan de las paredes. Nos da las gracias, nos agradece que hayamos venido, y recalca que no nos ha supuesto un impedimento el venir Ira desde

América y yo desde Alemania, y habla de Nene como si estuviera entre nosotras —viene directamente de Tbilisi— y añade: «Vuestra presencia aquí significa mucho para mí, espero que lo sepáis». Anima a los presentes a salir al jardín «a celebrarlo, como a Dina le habría gustado», desea «mucha diversión» a todos y baja del estrado.

Hay aplausos, y en medio de la ola de esos aplausos, en ese instante, la veo. Ira aún no la ha descubierto, y me alegra no tener que compartir con ella este momento, estoy tan feliz, feliz y aliviada, y quiero ser la primera en dar a Ira esta sorpresa tardía. Claro, tenía que haberlo imaginado: Nene llega tarde, ella siempre llega tarde, ¿por qué iba a ser distinto en esta ocasión?

De pronto, estoy tan conmovida que me cuesta un esfuerzo mayúsculo no lanzarme sobre ella y levantarla en brazos, a esa ave del paraíso, esa aparición imposible de ignorar, esa figura suave, delicada, con el rostro de muñeca muy maquillado, esa apariencia tan engañosa..., porque ni siquiera por aproximación es posible intuir la fuerza telúrica que se esconde en esa extravagante personita. Lleva un vestido de columpio amarillo chillón, bordado con golondrinas negras, muestra generosa su imponente escote, calza unos tacones vertiginosos y se mueve encantadora y a la vez agitada, como si el palacio entero le perteneciese tan solo a ella. Mira a su alrededor, está claro que busca un rostro conocido, quizá a nosotras, quiero creerlo; se sumerge en aquel ensordecedor aplauso como si le estuviera destinado a ella, siempre tuvo buena mano para el *timing*.

Le doy a Ira un leve codazo en el costado y señalo con la cabeza en dirección a Nene. Veo el puño que se cierra de golpe en torno a su corazón, cada vez más fuerte, cada vez más intenso. Aprieta los labios, no quiere llorar, no puede llorar, las lágrimas solo proporcionan un breve alivio, y el alivio que ella necesita es el de un siglo entero, el de una vida entera. Necesita una clemencia, una liberación que lleva esperando más de veinte años, y solo una persona en este mundo tiene poder para esa liberación, y esa persona acaba de entrar en la sala, con un vestido amarillo estridente, y varias cabezas se vuelven hacia ella. Ahora soy yo la que sostiene a Ira, creo oír el latido de su corazón cuando ya ha desaparecido por completo, esa asociada senior de Chicago, segura de sí, con sus bíceps de hierro y sus trajes de diseño. En su lugar, vuelvo a tener delante a la pequeña Ira, la chica llena de eternos anhelos, con su deseo latente y aun así invisible. Nene nos ve. Y nos hace señas, antes de dirigirnos su sonrisa tierna y coqueta, y durante una fracción de segundo todo vuelve a estar bien, todo vuelve a estar sano.

Nene y yo nos conocimos debajo de una mesa. Ya no me acuerdo en qué boda fue, solo sé que era grande y solemne y que asistió casi todo el vecindario. A mi hermano y a mí nos peinaron, nos arreglaron y las Babudas nos arrastraron con ellas. La fiesta tuvo lugar en un salón en algún sitio a las afueras de la ciudad, las mesas parecían interminables y se combaban bajo el peso de los platos amontonados, la gente se sentaba tan apretada que no habría cabido un alfiler entre ellos. Se bebió mucho, los brindis fueron sonoros y no parecían tener fin. La novia llevaba un vestido blanco hasta el suelo, con una cola desproporcionadamente larga, que en aquel momento me impresionó de tal modo que decidí en el acto casarme lo antes posible para poder llevar también un vestido así.

Como suele ocurrir en tales fiestas, los niños no aguantamos mucho tiempo en las sillas y empezamos a investigar. Los más pequeños y ágiles exploramos el misterioso mundo que había bajo las mesas de solemne adorno y gateamos por entre el laberinto de zapatos y medias. En una de esas correrías, me di un cabezazo con Nene Koridze. Nos miramos confundidas, y al instante siguiente nos echamos a reír a carcajadas. Enseguida quedé prendada de su aspecto despierto y jovial. Parecía un gatito de peluche, con su rubia coleta, sus grandes ojos azules y sus mejillitas sonrosadas. Llevaba un vestido verde con volantes y una cinta del mismo color en el pelo. Su diminuta y rechoncha figura era de una flexibilidad impresionante, gateaba a un ritmo vertiginoso por entre los innumerables pares de piernas. Más tarde salimos juntas a la puerta y dimos de comer a los perros callejeros en el reseco jardín. Era difícil no querer a Nene desde el primer momento. Atraía una especie de benévola atención hacia ella, y arrancaba una sonrisa conmovida a todo el que la miraba. A su aspecto de ángel renacentista se le sumaba una voz que era como un soplo, como si respirase las palabras en lugar de decirlas, como si todo esfuerzo le resultara ajeno. También su paso tenía algo de aéreo, como si nunca pusiera del todo los pies en la tierra.

Mi alegría fue grande cuando, al llegar al colegio, se sentó a pocos bancos de distancia de mí. Pasó un tiempo hasta que me di cuenta de que esa chica tenía algo especial y su familia disfrutaba de un cierto estatus de excepción. Nuestra profesora bajaba la voz cada vez que pronunciaba el nombre «Nestán Koridze». Y también en las reacciones de los otros adultos yo advertía una mezcla de reverencia, miedo y respeto cuando la conversación recaía en su familia.

Un día, quizá en tercer o cuarto curso, vi a la entrada de nuestro patio un gran coche negro, ante el que caminaban de un lado para otro dos hombres también vestidos de negro, con gafas de sol. En el patio reinaba un vivo cuchicheo, todo el mundo se asomaba por las ventanas, y Zizo incluso se había tomado la molestia de salir con nosotros al emparrado, desde donde tenía mejores vistas. Al cabo se abrió la puerta de los Tatishvili, y Davit acompañó al coche a un hombre alto y fuerte, con una espalda impresionante y una nuca monstruosamente ancha, y se agachó muchas veces, como si quisiera poner aún más de manifiesto la importancia de aquel individuo. El hombre recio llevaba una chaqueta de cuero negro y un pañuelo blanco sobre los hombros, un curioso accesorio cuya función no podía explicarme. Palmoteó con fuerza la espalda de Tatishvili, que no dejaba de hacer reverencias, y desapareció detrás de los cristales tintados de su coche. Durante toda aquella noche, e incluso al día siguiente, en el patio no se oía más que un nombre: «Tapora». Y deduje que alguien que tenía un nombre así no podía ser especialmente simpático. Durante la cena, también mi hermano dejó caer ese nombre, y empezó a desvariar. Parecía eufórico, como si hubiera visto a Dios en persona. Casi seguro que habría seguido hablando sin parar si en algún momento mi padre no hubiera dado una palmada encima de la mesa y se hubiera vuelto indignado hacia Rati:

—¿Te das cuenta de a quién estás mencionando? ¿Y de cómo hablas de él? ¿Te hemos educado para que un usurero y un ladrón se convierta en tu ídolo? ¿Un criminal hasta la médula?

—¿Qué ha hecho, papá? —pregunté yo enseguida, pero en vez de una respuesta recibí un «Chis» admonitorio de una de las Babudas.

—¡Ayuda a mucha gente! —se justificó mi hermano, y yo no sabía a quién debía creer—. Por lo menos juega limpio, y se preocupa por su comunidad...

—Comunidad, ¿qué comunidad? —se indignó mi padre—. ¿Has perdido el juicio? Así que Dito Koridze juega limpio, ¿habéis oído eso, habéis oído lo que dice mi hijo?

—¿Koridze? —De pronto, se me encendió la luz—. ¿Ese hombre es el padre de Nene?

—No, su tío, pero es como si fuera su padre —explicó mi hermano.

—Ese hombre es un ladrón, un... —Mi padre no lograba calmarse y, como solía ocurrir en las extrañas ocasiones en que perdía el control, las Babudas, por lo general tan parlanchinas, enmudecían y le dejaban espacio para desahogarse.

—Quizá sea un ladrón, pero es un ladrón en la ley, ¡eso es distinto! —respondió testarudo Rati, y apuró el té apresuradamente.

No estoy segura de si había oído antes aquel concepto, pero desde entonces se ha quedado, imborrable, en mi memoria. Solo en el curso de mi amistad con Nene llegaría a acceder a ese mundo singularmente tenebroso, a sus leyes y códigos de conducta, y a contar las víctimas que se cobraba. Por aquel entonces era un mundo ajeno, hostil, hasta que a la postre nuestro propio mundo, en apariencia ordenado y pacífico, quedó enterrado en él por completo, y sus leyes cobraron vigencia para todos nosotros. Puede que en aquel instante no entendiese mucho de ese mundo, pero intuí que Dito Koridze, al que todos llamaban tan solo Tapora, era uno de los hombres oscuros más poderosos y temidos de la ciudad. Más tarde, cuando los jóvenes de aquel mundo fueron rehenes suyos, investigué y me asombré no poco de que el concepto «ladrón en la ley» proviniera en realidad del mundo de los campos de concentración, del gulag, que aquel tipo de criminal soviético hubiera surgido de las purgas estalinistas y hubiera sido acuñado por ellas. En la cruel jerarquía de los presos del sistema de campos soviético, los ladrones formaban el grupo de presos más autoritario y parecían predestinados a ejercer una especie de función de administradores o inspectores. Ordenaban la vida cotidiana del campo e imponían sus propias leyes. Crearon una suerte de Estado dentro del Estado, una realidad paralela que tras la muerte de Stalin se extendió también fuera de los campos y en la que solo imperaba la «ley del ladrón», que iba unida al rechazo absoluto a cualesquiera de las estructuras de Estado y a cualquier colaboración con las autoridades. A sus miembros les estaba prohibido ejercer un trabajo regulado. El dinero conseguido de manera ilegal —en la mayoría de los casos, mediante latrocinio y extorsión— se entregaba a la *obshchak*, una caja comunitaria. Era preciso obedecer ciegamente a las autoridades criminales, a los «ancianos» les estaba prohibido formar una familia para ser lo más invulnerables posible. Las leyes no escritas de los ladrones establecían que las drogas y la prostitución se consideraban negocios indignos, igual que algunos tatuajes solo estaban prescritos para determinados rangos. Hoy me pregunto cuándo empezó en realidad la edad de oro de estos hombres en la sombra, y llego a la conclusión de que tiene que haber sido en los años setenta, bajo el *sastoi* de Brézhnev. El estado de letargo del P. C. y la floreciente corrupción ofrecían entonces un caldo de cultivo ideal para ese movimiento criminal, cuyo poder iba a durar tres décadas y, en su punto culminante, en su forma mutada y pervertida, iba a arrojarnos a un abismo tenebroso y precivilizatorio.

¿Fue Nene o mi hermano quien me habló de aquel encuentro en Kislovodsk? En 1970 tuvo lugar, en el lejano balneario de Kislovodsk, una reunión secreta de todos los ladrones renombrados y de los *chejovik*, en la que los ladrones ordenaron a los corruptos *chejovik* entregarles el diez por ciento de sus ingresos, y recibieron garantías de protección a cambio. Sin duda fue Nene, al fin y al cabo para ella era normal hablar de esas cosas. Hablaba de aquella *shodka* con la misma naturalidad que de la «guerra de las putas» o el «beso del cuchillo».

Cuanto más respeto y prestigio perdía el Estado, cuanto más claramente veían los ciudadanos actuar a estafadores, explotadores y manipuladores para papá Estado, cuanto más evidente era el modo en que la ideología se transformaba en farsa, y sobre todo cuanto más perdían los ciudadanos la vinculación más sólida con el Estado, es decir, el miedo, tanto más imparable era el acercamiento de la «ley del ladrón» al centro de la sociedad. Incluso mis abuelas consideraban «ratas» a quienes colaboraban con la milicia.

Oigo a mi hermano gritar a través de los tiempos. Le oigo exponer con vehemencia sus argumentos contra mi padre, los oigo discutir a ambos, no, nunca podrán conciliar sus visiones del mundo, nunca podrán compartir sus valores, y nunca dejarán de enfurecerse el uno contra el otro.

—Al contrario que tus políticos de mierda, ellos mantienen su palabra. Son hombres de una pieza, que no hacen promesas vacías. Le quitan algo a alguien que nos roba a todos, y lo reparten limpiamente. ¡No dejan a su comunidad en la estacada, como hace tu mierda de autoridad! ¡Para ellos, el concepto de honor aún tiene sentido! —oigo a Rati increpar a mi padre—. ¡Porque tu puto Estado, y tú mismo lo sabes, papá, es el mayor ladrón de todos!

A lo largo de toda su infancia, Nene deseó ser una niña con volantes, zapatos de charol y vestidos de vuelo, llevar bisutería y las uñas pintadas, que la quisieran y mimasen. Vivía en un mundo de hombres tan hermético que ansiaba a toda costa oponerle algo, algo que no estuviera al alcance de ellos. Nunca llegué a formarme una auténtica idea del padre de Nene, que murió demasiado pronto. ¿Había sido un criminal convencido, o solo estaba a la sombra de su poderoso hermano? Oficialmente trabajaba en una tabacalera; oficiosamente, ejecutaba ciertos encargos de su omnipresente hermano, que por entonces aún estaba cumpliendo una de sus innumerables penas de prisión, pero desde la cárcel ordenaba y mandaba. Así que el padre de Nene tenía que llevar mensajes secretos, recaudar dinero de deudores, pronunciar la palabra decisiva de su hermano en diversos conflictos y litigios. Sabíamos que había sido víctima de un necio conflicto entre dos cómplices de Tapora. Aquel joven, que pagó con la vida su ilimitada confianza en su hermano mayor, dejaba dos hijos de seis y tres años y una mujer embarazada.

Tapora solo quedó libre dos años después del acontecimiento, pero se contaba que hizo liquidar de manera brutal al asesino desde la propia cárcel: lo hallaron en un bosque, desnudo y con nueve puñaladas en el cuerpo. Tapora salió en libertad y en libertad quedó. No sé si lo hizo porque se sentía culpable con la viuda y los hijos de su hermano o porque, con la muerte de este, entraba en posesión de una familia suplementaria cuando, por su posición, le había sido negado tener una propia. Se convirtió en padre oficioso de los Koridze. En torno a esa familia no dejaban de trenzarse leyendas, una de las cuales decía que ya en su juventud Tapora había estado enamorado de Manana, y que por tanto la muerte de su hermano también le había reportado grandes ventajas. Hasta hoy, sigo sin tener respuesta a si Manana simplemente se entregó a su destino o si de hecho consideraba esa vida la correcta y se puso de buen grado bajo la tutela de su activo cuñado. Siempre que pienso en Manana veo a esa mujer alta, pesada, vestida de negro de los pies a la cabeza, que apenas reía, que más bien estaba triste y agobiada la mayor parte del tiempo y sufría fuertes migrañas que a veces la condenaban a un mudo aislamiento en completa oscuridad durante varios días. Era conservadora hasta la médula y rechazaba con vehemencia cualquier alejamiento de la norma. Sus rasgos siempre revelaban cierto cansancio, pero detrás de esa máscara se ocultaba algo diferente, una aterradora resignación. Me habría gustado verla cuando era una cría, antes de que la vida la reuniera con los hermanos Koridze. Aun así, gracias a ese titán imprevisible llevaba una vida libre de preocupaciones económicas, en una casa grande, y sabía que sus hijos jamás pasarían necesidad y tendrían todo lo que necesitaran..., con una excepción: la libertad de vivir la vida que quisieran vivir.

Su casa de cinco habitaciones en la calle Dzerzhinski, palaciega para los estándares soviéticos, tenía, irónicamente, vistas al edificio del Comité Central y un jardín cercado y florido; Manana podía disponer tanto de jarrones de cristal de Bohemia y porcelana francesa como de joyas de San Petersburgo de la época de los zares, abrigos de piel de los grandes almacenes moscovitas GUM y zapatos italianos. Recibía suministro diario de alimentos frescos del campo, para que nunca tuviera que poner un pie en el bazar o en un miserable Gastronom. Y, cuando se iba de vacaciones con su familia, no lo hacía a la costa georgiana del mar Negro, en absoluto, sino a las doradas playas de Bulgaria o a Estonia, al mar Báltico. Pero el precio de todos aquellos bienes materiales y privilegios era la renuncia a cualquier forma de autodeterminación.

Guga, el mayor de los dos hermanos, creció y se convirtió en un chico temeroso y asustadizo. A pesar de su estatura y sus anchos hombros, era un compañero más bien lento, al que gustaba comer y ver partidos de fútbol. Tenía que ser «viril», dominante, peleón, tenía que defender todo el tiempo el infame honor de la familia y respetar y atender la palabra de su tío. Cuando a los quince años se negó a perder su inocencia con una prostituta, porque hacía mucho tiempo que estaba enamorado hasta el tuétano de Anna Tatishvili, su tío le amenazó con darle una paliza si no abandonaba enseguida su «conducta de maricón», y cosechó además la burla de su hermano, al que su tío había «hecho un hombre» ya a los doce años.

Mientras Guga se ejercitaba en la contención y Nene era la hija cariñosa, siempre mansa y necesitada de gran calor y enorme atención, y siempre intentando apaciguar a su iracundo tío, Zotne, tres años menor, estaba hecho de una pasta totalmente distinta. Era muy delgado, un poco más bajito que su hermano mayor, su rostro parecía el de un adulto cuando aún era muy joven y, al contrario de sus dos hermanos, no tenía nada de romántico. Yo nunca pude ver en él a ese chico atractivo ante el que todas las chicas del barrio se desmayaban en fila. Su ceja partida en dos por una cicatriz, sus ojos azul mar (los hermanos Koridze solo tenían en común el color de los ojos), su cabeza rapada y su carácter nervioso y distraído me impusieron distancia desde niña. A los siete años, él ya maldecía como su tío, y a los doce chantajeaba a otros chicos de la clase contigua y recibía dinero de ellos. Pasaba por ser una persona de sangre fría y carente de miedo; los mejores requisitos para seguir los pasos de su tío. A su madre le estaba vedada la amistad con determinadas mujeres, mujeres cuyos maridos trabajaban en instituciones estatales. Manana solo podía atender sus propias necesidades en los momentos en los que Tapora no estaba, pero eso únicamente duró hasta que Zotne empezó a informar con regularidad a Tapora, y la prisión de Manana se volvió aún más angosta y triste.

Mientras Manana evitaba cualquier conflicto con su hijo menor y Guga tenía miedo de su hermano, Nene se lanzaba a menudo a la guerra contra Zotne. Se peleaban hasta hacerse sangre, como dos animales que, de pura rabia, no ven nada ni a nadie a su alrededor. No pocas veces me sorprendió la fuerza de la pequeña Nene, a primera vista tan inofensiva. Hoy sé mucho más. Nunca se hubiera intuido semejante ira, semejante furia, detrás de aquel rostro inocente, tanta energía concentrada y tanta cólera acumulada en aquel cuerpo tan delicado, tanta decisión. Pero los ataques de rabia de Nene se alternaban con una resignación no menos aterradora. Con frecuencia la oíamos decir frases como «esto no tiene ningún sentido», «de todos modos no puedo hacer nada», «esto no cambiará nunca». La manera en que pronunciaba aquellas frases nos dejaba consternadas a todas, pero la que más se preocupaba era Ira; Ira, que desde el día en que estuvo segura del afecto de Nene no pudo hacer más que idolatrarla.

Al principio, a Nene le divertían los excesivos cuidados que Ira le brindaba, que con los años se convirtieron al tiempo en una necesidad y una carga. Por paradójico que pueda parecer, Ira, la más racional y circunspecta de todas nosotras, no podía evitar creer que había que proteger a Nene de sí misma y de su familia, y pasaba por alto lo mucho que Nene formaba parte de su familia, a pesar de todas las contradicciones y problemas, y que no podía cortar sus lazos con ella. Nene era esa ambigüedad en sí misma. Y estoy convencida de que sigue siéndolo. En esa contradicción tiene lugar su vida. Un día cruza los límites para el siguiente volver por su propio pie a la jaula dorada de la vida prevista para ella. Yo lo entendí, Dina lo entendió, solo Ira fue incapaz de aceptarlo hasta el final, y se negó a mirar a la verdad al rostro. ¿Seguirá negándola también ahora, cuando se enfrenta a Nene rodeada de todas estas fotos en blanco y negro? Espero que haya aprendido a vivir con esa contradicción.

Nene y yo nos hicimos amigas desde primaria. Al principio fue una amistad fugaz, más bien superficial, que no se basaba en lazos de ninguna clase. Buscábamos la proximidad de la otra porque nos caíamos simpáticas sin razón, como aquella vez debajo de la mesa, en la boda, pero no esperábamos nada la una de la otra. Nos invitábamos mutuamente a los cumpleaños, en las excursiones solíamos sentarnos juntas en el autobús e intercambiábamos risitas, hacíamos el tonto en los recreos, pero no quedábamos fuera del colegio. La mayoría de los padres advertían a sus hijos que debían evitar la cercanía excesiva con los niños Koridze, todos ellos temían lo imprevisible de esa proximidad. No sé cuánto hacía que Dina, Ira y yo éramos ya inseparables cuando Nene vino hacia nosotras y preguntó algo muy extraño:

—¿Podéis ayudarme con una cosa?

Se había dirigido directamente a Dina, como si supiera que, de nosotras tres, era a ella a la que primero tenía que convencer.

—¡Claro, dispara! —respondió Dina, y le sopló en la cara una burbuja de chicle rosa de su marca favorita, Donaldo (el olor me viene enseguida a la nariz, ese olor dulce, artificial...).

—Tenemos que distraer a mi hermano para que mi madre pueda encontrarse con una amiga —dijo entonces Nene.

Ira levantó las cejas, como siempre que oía algo que despertaba su famoso escepticismo. Dina miró incrédula un momento a Nene, luego echó la cabeza hacia atrás, rio a su manera profunda y áspera y exclamó, entusiasmada:

—Claro, lo haremos, ¿cuál es el plan?

El plan consistía en sacar a Zotne de su casa para que la madre de Nene pudiera verse sin trabas con una de sus amigas, que había caído en desgracia con Tapora. Nene propuso que dos de nosotras fuéramos a su casa y pidiéramos a Zotne que nos acompañara corriendo, que Nene se había caído y había que ayudarla. Entretanto Manana podría salir de la casa sin ser vista y encontrarse con su amiga sin que su hijo la espiase.

—¿Por qué tu madre tiene que esconderse de tu hermano?

Fui yo quien planteó la pregunta que nos ardía en la lengua a todas. Ninguna de nosotras entendía que a una mujer adulta le prohibiera algo un hijo adolescente. Ira vino detrás de nosotras, pero se le notaba que no aprobaba la idea en absoluto.

Todavía recuerdo los rostros asombrados de mis dos amigas cuando Zotne nos abrió la puerta. Aquel gran pasillo entarimado, el interminable corredor que se abrió a nuestros ojos, los techos de cinco metros de altura, todo aquello sumió a Ira y Dina en el asombro. Yo ya conocía la casa por el cumpleaños de Nene, pero seguía impresionándome cada vez que entraba. Ninguna de nosotras vivía en circunstancias parecidas.

Años después, cuando se rompieron los diques, cuando se apagaron las luces, cuando la gente y los perros recorrían las calles iracundos y en busca de botín como enfermos de rabia y habían aprendido a no oír los disparos, Dina nos dijo a Ira y a mí lo macabro que era que precisamente aquellos pasillos y estancias casi interminables, aquellos espacios colosales, atiborrados de tanto lujo, representaran la mayor de las prisiones. Y ni Ira ni yo pudimos responder nada, y en vez de eso nos hundimos en un silencio meditabundo sobre toda clase de angustias y privaciones que se volvía solitario, porque las angustias y privaciones, por mucho que se parecieran, nos reclamaban de distinta manera a cada una de nosotras.

Pero en aquel momento el nervudo Zotne estaba delante de nosotras, seguro de sí mismo, con su cabeza rapada y su marcada cicatriz, con un trozo de pan en la mano y la boca llena, y nos miraba perplejo.

—¿Qué pasa? —preguntó, y lanzó una mirada despectiva a Dina, que se apresuró a decir:

—Tu hermana se ha caído, tienes que ir al colegio a buscarla, cojea —explicó, tratando de dar énfasis a sus palabras, con mirada sombría.

—¿Qué ha hecho ahora esa idiota?

—Se ha caído, ¿es que no oyes?

Era la voz de Ira desde el fondo, y me sorprendió su decisión. Ira, que durante toda su vida no había sido más que espectadora, pasaba de repente a la acción, y esta vez yo estaba segura de que eso no tenía nada que ver con Dina. Nene había desencadenado algo en ella, alguna clase de delicada atención, había despertado algún instinto reprimido en su interior, y yo no estaba segura de cómo interpretar aquella señal.

—Deberías saber cómo se habla con un adulto —la increpó Zotne, y nos sorprendió la absurda naturalidad con la que se consideraba adulto. Sin esperar otra reacción, gritó mirando hacia el pasillo—: ¡Guga, ven aquí, tienes que ir a recoger a Nene al colegio!

Desapareció, dejando la puerta abierta. No habíamos pensado en esa posibilidad. Sentí crecer el pánico en mi interior, Ira se estremeció y Dina nos miró sobresaltada.

—¿Qué hacemos ahora? Ay, Dios, Nene tenía que haber pensado que ese idiota mandaría a su hermano —susurré. No podíamos defraudar a nuestra nueva amiga, no en la primera gran tarea que nos había encomendado.

De pronto, el recio Guga apareció en la puerta; tan distinto de su hermano pequeño, a pesar de aquellos insobornables ojos Koridze azules, cuyo resplandor era casi imposible de soportar. Pero en ellos no había ni una chispa de rencor, tan solo completa sinceridad, como si no pudiera mirar el mundo, sino que se vertiera dentro de él. Miró confuso a su alrededor, y se ruborizó al vernos.

—Ve con ellas y trae rápido a Nene a casa —dijo Zotne a su hermano, mientras se tragaba el resto del pan.

—¿Ha pasado algo? —preguntó sobresaltado Guga.

—No, nada grave, solo que no puede caminar bien —murmuré confusa, y me sentí la mayor fracasada del planeta.

—Claro, claro, voy con vosotras —respondió Guga, y empezó a ponerse los zapatos.

—No, tienes que ir a recogerla *tú* —dijo de pronto Ira, avanzando un paso dentro de la casa. La miramos sorprendidas: esa no era la Ira que conocíamos. Estaba allí plantada como una pequeña amazona, dispuesta a presentar batalla.

—¿Por qué? —preguntó Zotne.

—No se ha caído sin más. La han empujado —soltó Ira como una ametralladora.

—¿Empujado? ¿Quién ha sido el hijoputa que ha empujado a mi hermana?

El tono de Zotne cambió. El lugar de la arrogancia indiferente lo había ocupado una preocupación agresiva.

—Un chico, y ella quiere que le des una lección.

En los ojos de Dina brilló el reconocimiento. Ira había conseguido lo que nosotras dos no: había comprendido en cuestión de segundos cuál era el idioma que entendía Zotne. Tenía un instinto afilado para detectar los puntos débiles de la gente. Percibía igual que un sismógrafo las oscilaciones que emanaban de los miedos y sueños de las personas, sus necesidades y angustias. Probablemente ese talento

134

hizo de ella la mujer que ahora está a mi lado, acostumbrada a salirse con la suya. Pero había alguien con quien eso no funcionaba, alguien con quien su sensor no surtía efecto, y ese alguien era la soñadora, inestable y siempre ansiosa de afecto Nene.

—Puedes quedarte, Guga, yo me encargo, ese hijoputa se va a arrepentir...

Zotne se había vestido a la velocidad del rayo y bajaba las escaleras delante de nosotras, dejando atrás al confundido Guga en el umbral de la puerta.

Estábamos contentas, casi felices. Habíamos hecho posible la fuga a una mujer adulta. Éramos las heroínas y habíamos engañado al malvado. Bajamos volando la calle Dzerzhinski, cogidas de las manos, mientras el malvado resultaba burlado, nos sentíamos más ligeras a cada paso, estábamos a punto de levitar, de volar sobre los tejados bañados de luz y los recios cipreses de color verde intenso, por encima de las vallas y los balcones, de las calles adoquinadas y los coches aparcados, de los ancianos que jugaban al backgammon y las vecinas que pasaban, de los perros que ladraban y los gatos que tomaban el sol, de nuestra ciudad cada vez más diminuta. Éramos invencibles, el tiempo se rompía pieza a pieza, se desmigajaba como el revoco de la pared, ya no representaba papel alguno, desde ese momento teníamos un cómputo propio para él, y lo seguíamos impertérritas como una brújula. Y, en la plenitud de aquel instante, no intuimos que nuestro mundo ya estaba a punto de desmoronarse. No intuimos que nuestra mayor protección, la casita de caracol de nuestra infancia, pronto iba a desprenderse de nosotras, y quedaríamos expuestas, totalmente desnudas, a unos nuevos tiempos, y volveríamos a encontrarnos en un mundo nuevo.

Seguimos volando, sin querer saber nada de todo eso.

Dos
Los años del perro

Ужасный век, ужасные сердца
Siglo terrible, corazones terribles.

PUSHKIN

Qué fiel se ha mantenido a sí misma, pienso, y respiro su aroma, la cojo por el brazo, no la suelto, siento la mirada nerviosa de Ira ardiendo en mi nuca. Ira no sabe qué hacer con su cuerpo, sigue expuesta, incluso hoy. En cambio, el cuerpo de Nene, después de tres hijos, después de, bueno, nadie sabe cuántos hombres en realidad, tienen que haber sido unos cuantos, después de haber ganado y perdido batallas que harían palidecer de envidia a cualquier mercenario, sigue siendo terso, redondo, liso, la piel delicada. Sigue oliendo a polvos de maquillaje, lleva el pelo igual de artísticamente recogido, sus manos son igual de vivaces, y gesticulan de manera furiosa. La quiero por esa persistencia, aunque sé el precio inconmensurable que ha pagado por ella, tantas veces habría podido desviarse en otra dirección, hacia otro yo, con el que habría podido vivir más fácilmente, pero, a diferencia de Ira, a diferencia de mí, hacía mucho que había decidido otra cosa.

¿Ha venido sola a Bruselas, dónde están sus hijos, cómo está? Quiero saberlo todo, en el acto; me pregunto cómo es posible que haya aguantado tanto tiempo sin esas respuestas. Pero me separo de su cuerpo, tan familiar, y cedo el campo a Ira, les doy a ambas la posibilidad de saludarse. El rostro de Nene ha cambiado, apenas un matiz, su familia la ha convertido en una experta en máscaras. Siempre supo sonreír, incluso cuando su mundo rodaba hacia el abismo. También ahora se mantiene cortés, atenta, y sin embargo, si se la mira con más atención, se nota que las cejas, depiladas hasta dejar una fina línea, se contraen y la nariz se arruga un tanto, cómo traga saliva y su sonrisa se congela con lentitud. Pero sus ojos se mantienen limpios, no se advierte reproche alguno en ellos. Quiere indicar que ha venido a Bruselas en son de paz, y está lista para este encuentro, con el deseo de dejar tranquilo el pasado.

—Hola, Ira —se limita a decir, y se pone un poquito de puntillas, se inclina hacia delante, la besa en la mejilla.

Ira está rígida, como entonces; a pesar de las horas interminables en el estudio de fitness sigue siendo presa de su exigencia, su miedo y su nostalgia al mismo tiempo. Después del beso, Nene retrocede enseguida, su oferta de paz no debe dar una falsa impresión, porque nada ha sido olvidado. No la ha perdonado, tan solo juega a ser indulgente porque de lo contrario no sería posible venir aquí para celebrar esta fiesta con nosotras y rendir honores a nuestra amiga muerta.

—Estoy muy contenta de que hayas venido —murmura Ira.

Me gustaría tanto ayudarla… Hace pocos minutos aún era el animal de rapiña seguro de sí mismo, la abogada estrella; ahora apenas puede mantener la compostura, tiene que aceptar verse rechazada.

—Cómo no iba a venir. —Nene me mira con aire significativo y una sonrisa que desarma.

Debajo de sus ojos descubro nuevas arruguitas que se traslucen bajo la espesa capa de maquillaje, la edad le da otra forma de atractivo, una especie de erotismo durmiente. Lo dispuesto al ataque, levemente vulgar, parece haber desaparecido de sus movimientos y de su mímica, ha llegado a sí misma, no, nunca se ha alejado de sí misma, lo comprendo de pronto: ya no tiene miedo, lo ha superado, lo ha dejado atrás, y eso es lo que la hace tan atractiva. Otra vez duele de manera insoportable, otra vez me parece inaudito no haber sabido nada de aquella evolución, de todos sus combates por liberarse.

Un joven camarero de chaleco negro y camisa blanca, y una sonrisa que podría pertenecer al protagonista de una comedia romántica, se lanza sobre nosotras con una bandeja llena de copas de vino, tinto y blanco; va a decir algo acerca de los vinos georgianos ofrecidos, pero yo lo interrumpo y cojo una copa de vino blanco, busco la salvación en ella. También Ira tiende la mano, visiblemente aliviada. Nene pregunta en su torpe inglés si hay algo más fuerte, ya sabe. El joven está desbordado, se ruboriza y me mira confuso.

—Está bien —trato de quitarle el miedo.

—No irán a hacer una gigantesca retrospectiva de las fotos de Dina sin una gota de vodka o *chacha*, ¿me toma el pelo?

Nene niega con la cabeza y sonríe de manera ambigua. El camarero parece inseguro, aunque no es responsable de nada. Solo entonces recuerdo el efecto que Nene causa en los hombres, esas miradas, algo entre la fascinación y la sorpresa, ¿van a tomarla por una loca, con su aspecto chillón, o sucumbirán a su aire de muñeca? También este joven se lo pregunta sin duda, aún no sabe por qué inclinarse, pero le queda tiempo, podrá decidirse a lo largo de la velada.

Nene le guiña un ojo, provocadora. Ira sonríe, yo me esfuerzo por no romper a toser, me alegra ver lo rápido que volvemos a ser un trío, las amigas que fuimos, al corriente de cada paso de las otras. En su respuesta, él no se dirige a ninguna en particular:

—Puedo bajar y ver, quizá ya hayan abierto el bar, y en ese caso puedo organizar algo. ¿Vodka con hielo estaría bien?

Bien, su decisión está tomada. Podría ser su hijo, se me pasa por la mente; Ira se limita a mover la cabeza y se pasa la mano por el pelo, un gesto familiar.

—¿De verdad serías tan amable? Lo ideal sería un Martini-vodka, pero, si no hay más remedio, puedo tomar vodka con hielo, sí. Encantador de tu parte, de verdad.

Ira y yo nos esforzamos por mantener la seriedad.

—No es nada. Veré qué puedo hacer.

—*You made her day* —le grita Ira en su impecable inglés americano, y también ese tono me resulta tan familiar, un eco de otros tiempos, aquel punto pícaro, levemente sarcástico en su voz.

No puedo por menos de reírme a carcajadas, y también Ira se ríe tapándose la boca con la mano.

—¿Qué pasa? —pregunta Nene con ostentosa ingenuidad, y se encoge de hombros.

—Qué bonito es que haya cosas que no cambien nunca —digo con un pestañeo.

—Pues vosotras habéis cambiado un montón —replica Nene en el acto, y la ligereza del momento ha pasado y nuestra cercanía vuelve a ser el pálido reflejo de un recuerdo.

Desearía no haber dicho eso, mi cumplido ha detonado una bomba.

—No lo decía en ese sentido —mi voz pretende sonar apaciguadora—. Es hermoso que... Bah, olvídalo.

De pronto estoy furiosa con ella, con su tácito reproche. Al fin y al cabo, yo también estoy involucrada en todo eso. Pero conmigo ha buscado una distante cortesía como escapatoria, nunca me ha culpado abiertamente.

Desde que salí de nuestra ciudad y hui hacia una nueva vida, casi no ha habido un día en el que no me haya hecho reproches por ella. Entre Ira y Nene se produjo una de esas colisiones que cambian la vida, una de esas que nunca prescriben, el conflicto entre ellas sigue abierto, pero entre Nene y yo lo no dicho se alza como un monolito que nos corta el camino de la una hacia la otra.

—Vamos a disfrutar de la velada, ¿vale?

De pronto es Ira la que se preocupa de la armonía.

El rostro de Nene vuelve a iluminarse, sí, la velada debe transcurrir de forma positiva, todo lo demás no viene al caso, debemos tomar vodka o Martini y festejar el legado de nuestra amiga.

—¿Cómo están los niños? ¿Cómo te va a ti?

De verdad quiero saberlo, es lo que quiero saber. Las cejas de Nene se alzan apenas, como si fuera a brindarme sin más una contestación rutinaria para esas preguntas, pero en su lugar me da una respuesta paciente y extensa:

—Estamos bien. De verdad. Sin duda los gemelos hacen trastadas, siguen siendo un par de gamberros, pero Luka es un chico maravilloso, todas las chicas están locas por él, es igual de guapo que su padre.

Veo a su padre delante de mí, sus ojos verdes, esa inocente aura de soñador, y algo se contrae en mi interior; los muertos vuelven a estar ahí y llenan la estancia. Esta exposición es un velatorio, un funeral. Me estremezco, me gustaría tanto volverme invisible.

—Luego te enseñaré unas fotos suyas, si quieres —añade Nene—. Y otra cosa..., en julio voy a volver a casarme.

Ríe coqueta, y su mirada se desplaza hacia Ira; no puede evitarlo, quiere ver su reacción, quiere saber si aún queda algo de aquello en lo que confió durante toda su vida: el amor herido e incondicional de Ira. Ira mira hacia un lado, no reacciona, una profesional que se pone su máscara de póquer.

—¡Guau, eso sí que son novedades! No, no has cambiado ni una pizca —se me escapa, y no puedo evitar volver a reír a carcajadas.

—¡Bueno, nunca se es demasiado vieja para el amor! —Se ríe Nene, y su mirada se queda prendida en algún sitio lejano.

Trato de distinguir qué es lo que ha llamado su atención, pero no encuentro nada.

—Oh, Dios, mirad, venid, es la foto de nuestro salto. ¡Esas somos nosotras! —grita eufórica, y sale corriendo.

Como dos quinceañeras, corremos detrás, esquivando diversos grupitos que se detienen con copas en la mano ante las fotos. Ahora reconozco la que ha atraído a Nene, una de la época en la que Dina descubrió por su propia cuenta la fotografía y estaba dispuesta a hacer todos los locos experimentos posibles. Tomada con la cámara de mi madre muerta.

Codo con codo, nos detenemos delante de la foto. Respiramos al unísono, nuestras cajas torácicas se alzan y descienden al mismo compás, así estamos las tres delante del legado de la cuarta, y nos preguntamos qué tienen en común esas chicas de la foto con nosotras, las mujeres adultas que ahora estamos delante, hombro con hombro.

Saltamos todas al mismo tiempo, con las bocas abiertas en una carcajada, solo Ira miraba seria, como la mayoría de las veces cuando la fotografiaban, y tenía la cabeza ligeramente inclinada hacia un costado, como para escapar de la cámara. Dina y yo en el centro, Nene a la derecha e Ira a la izquierda. Un salto de alegría que Dina nos hizo ejecutar, tomado con el disparador automático de la cámara que había pertenecido a mi madre. Yo veo menos un salto que un obstinado triunfo, una fiesta de alegría sobre un volcán.

Fue idea de Dina ir hasta los terrenos del telar abandonado para hacer allí fotos. Al principio yo me negaba en redondo, porque nos arriesgábamos a violar el toque de queda y tener problemas. Ira compartía mi opinión pero, por algún motivo irracional, la propuesta topó con el entusiasmo de Nene, probablemente porque su tío y su hermano se habían ido de viaje y ella quería embriagarse con su parca libertad. Al final, Ira y yo nos dimos por vencidas, la alegría y el ansia de aventura de las otras dos eran demasiado grandes y demasiado contagiosas.

Tan solo unas pocas semanas antes, su madre le había regalado una Smena a Dina, y ella no hablaba de otra cosa que no fueran lugares buenos para hacer fotos, de la luz adecuada y los mejores motivos. Normalmente las cosas nuevas le interesaban con tanta rapidez como lo que tardaba en perder el interés en ellas. Pero aquella pasión iba a perdurar: estaba tan entusiasmada, tan ansiosa de saber, que le pidió prestados libros de fotografía a Rostom Iashvili y le rogó que le explicara todos los detalles; pasó innumerables horas en un cuarto oscuro, y ya no se quitaba del pecho su nueva cámara, que colgaba de una correa de cuero como un valioso amuleto.

Su motivo favorito éramos nosotras tres. Parecía redescubrirnos a nosotras y nuestros rostros a través del objetivo, pulsaba con tanta frecuencia el disparador que ya casi no nos dábamos cuenta. Nene era la única de nosotras que disfrutaba a las claras de que la fotografiasen sin parar. Se ponía en situación, y posaba con ojos de cordero degollado y haciendo mohines con la boca, pero Dina le prohibía tales actitudes. No había nada que le pareciera más necio que aquella forma de mentira. La foto hecha aquel día en los terrenos del telar desierto fue en todo caso una excepción, porque por algún motivo en aquella ocasión Dina optó por una puesta en escena. La foto nos muestra en mitad de un salto, en el aire, con las piernas encogidas, las bocas rientes. Nos festeja en el umbral de la juventud que sobrevenía y celebra la ignorancia de lo que el futuro iba a traer consigo.

En aquel momento, mirábamos un cielo de septiembre furioso y cubierto de nubes. El cambio estaba en el aire, pero nosotras teníamos cosas más importantes que hacer que preocuparnos de la política. Lo único que contaba era el ahora. Hacíamos todo lo posible por sustraernos al bombardeo constante de la propaganda que salía azulada de la pantalla del televisor y al toque de queda impuesto sobre la ciudad desde el 9 de abril. Huíamos cuando los adultos volvían a enredarse en excitadas discusiones políticas, sostenidas a diario, incluso en el patio, entre los vecinos. No queríamos hablar ni de la «cuestión abjasia» ni de la «cuestión nacional», no queríamos ni discutir los «problemas de las minorías» ni contar los muertos que habían dejado la vida hacía pocos meses en la manifestación del 9 de abril, y a los que todos los días nos recordaban los tulipanes rojos del bulevar Rustaveli. Incluso conseguimos ignorar a los soldados que patrullaban y los tanques rusos que bloqueaban las principales avenidas. En todo caso, era difícil sustraerse a la propia familia: porque después del 9 de abril, el gas tóxico, las palas que golpearon las cabezas, sienes y nucas de los manifestantes, las calles inundadas de sangre, los cadáveres cubiertos con sábanas y las esperanzas despellejadas, en Babuda dos había despertado una decisión carente de miedo que realmente podía ser temerosa. Su carácter conciliador y armonioso se había transformado en algo inflexible e iracundo. El odio al sistema que se lo había arrebatado todo, reprimido durante años, se abrió paso y transformó en una ciega agitadora a la por norma tan suave y cariñosa Oliko.

—A ese habría que lapidarlo y ahorcarlo. Habría que perseguirlo por las calles y lincharlo, ¡sí, lincharlo por todo lo que nos ha hecho! —bufaba mientras escuchaba en la televisión el mensaje de Año Nuevo de Gorbachov—. ¡Y en Europa se creen que es un hombre inteligente y que quiere la paz para todos los pueblos! Cómo se puede estar tan ciego. Basta con que les hayan abierto el Muro y ya no quieren ver ni oír nada —seguía despotricando mientras mi padre descorchaba el champán y esperaba con rostro solemne para brindar con nosotros por el nuevo año 1990—. Tan solo es algo astuto y, para variar, no es un borracho, un paleto o un psicópata como sus predecesores. ¡Pero nos va a arruinar igual!

Oliko no lograba tranquilizarse. Nosotros rodeábamos la mesa desconcertados, en algún momento Rati se levantó y apagó la tele para que por fin pudiéramos brindar y desearnos lo mejor, pero no fue posible, claro está, porque entonces fue Babuda uno la que explotó:

—¿Es que has perdido la cabeza? Mira a tu alrededor, escucha lo que dicen tus amigos de la universidad, esos nacionalistas, ¡fascistas sin conciencia es lo que son, te digo, el nacionalismo está en todas partes, y, si nos dejan, nos mataremos unos a otros! —concluyó, y señaló con el dedo la pantalla, ahora oscura—. Escucha cómo hablan de los abjasios tus amigos; hace poco fui a la biblioteca y me encontré a Kote, el de Filología Inglesa, y me quedé de piedra cuando me dijo que había que hacer con ellos lo que Stalin ya había puesto en práctica con tanto éxito. Si no están a gusto con nosotros, dijo, que se suban a un barco y se larguen, hay muchos lugares deshabitados en este mundo, en Siberia podrían brindar con sus rusos por la amistad entre los pueblos —imitaba Eter a ese Kote, el de Filología Inglesa, desconocido para nosotros.

—¿Podemos brindar de una vez? —exclamó irritado mi hermano.

—¡No! —rugió Babuda dos—. ¿A quién le sorprende que Kote hable así? ¿A quién? Durante casi setenta años hemos sido esclavos, y la gente empieza al fin a tener deseos, ¿qué es tan difícil de entender? Pero por cómo hablas advierto lo fantástico que es el funcionamiento de la propaganda: han exterminado a tu familia, y aun así los proteges y quieres seguir siendo su esclava.

—Tus amigos y tú estáis ciegos y sordos, y hundidos en vuestro patriotismo nacionalista degenerado. Sí, somos los mejores, los más estupendos, y nuestra cultura es la más grande, somos el país feliz, bendecido por Dios, y todos nos envidian, ¿de veras te crees todas esas sandeces?

Eter miraba en torno con dramatismo.

Rati, cuya rabia creciente se dejaba sentir en el temblor de las aletas de su nariz, bajó un instante la mirada para evitar el patético parpadeo de Oliko.

Eter continuó:

—Todo va a irse al cuerno de una manera u otra, mira a tu alrededor, el país está en las últimas, ahora mismo los rusos ya tienen suficientes problemas propios, no podrán mantener las repúblicas de la Unión. Ya has visto cómo reaccionaron el 9 de abril. Es que no quiero más derramamiento de sangre sin sentido, y punto.

Eter se dejó caer en su asiento, agotada, agarró la *Literaturnaya Gazeta* que tanto apreciaban las dos Babudas y que estaba en la mesa revistero y se abanicó con ella.

Babuda dos se irguió en su asiento, con gesto petrificado, y lanzó una mirada despectiva a Eter:

—En 1981 estabas delante del palacio de los deportes y le saludabas agitando los brazos, ¿no? Seguro que estabas eufórica, te conozco, y le llevaste flores, y quizá incluso fuiste al concierto y participaste de toda aquella mascarada en su honor...

Rati y yo nos miramos confundidos, no teníamos ni idea de a quién se refería y adónde apuntaba el contraataque de Oliko.

Miré a la delicada madre de mi madre muerta, sus ojos claros y despiertos, los restos de carmín en torno a la fina boca, la afilada nariz estatuaria, el cabello diestramente peinado hacia atrás, teñido de castaño claro, sostenido por un pasador de plata. Y al otro lado a la alta y recia Eter, el pecho abundante temblando de ira envuelto en un vestido de lana marrón oscuro, informe (parecía tener una infinita cantidad de ellos, el corte siempre era el mismo, tan solo el color variaba desde el verde oscuro hasta el gris oscuro). Eter, con el gesto severo de la directora de un internado, con las cejas espesas que mi padre ha heredado, con sus pómulos altos y la nariz aguileña típicamente georgiana, con sus despiertos ojos marrón oscuro, a los que nada parecía escapar. Se me encogió el corazón.

—¿De quién está hablando? ¿A quién has recibido con flores? —preguntó enseguida Rati a Babuda uno, que se abanicaba aún con más brío con la revista literaria, negando con la cabeza, visiblemente indignada.

—Se refiere sin duda a Brézhnev, que en 1981 hizo una visita de Estado a Georgia —explicó Eter—, a la que la llamada élite brindó, como es natural, una acogida triunfal, y a tu abuela no le importa meterme en el mismo saco de esa gente que, sin honor ni vergüenza alguna, se arrastraron ante él esperando obtener más privilegios.

—¡Basta, basta o cojo a Keto y Rati y abandono esta casa de una vez por todas! —bramó mi padre, y castigó a su madre y a su suegra con iracundas miradas, agarrado a la copa de champán.

Rati me guiñó un ojo, y pusimos enseguida caras serias para dar más credibilidad a la amenaza de mi padre. De ese modo, el hacha de guerra quedó enterrada por el momento. Y así hicimos las paces y brindamos todos por el año nuevo.

Rati. ¿Cuál de los muchos Ratis me estará mirando desde estas paredes, ante cuál me detendré más tiempo? Vuelvo a tener delante todo su contradictorio carácter, su facilísima ternura, dulce como la miel, que podía alternarse con una ira biliosa y una ardiente rabia. Él me orientó, él fue mi timonel hacia el mundo impenetrable de los adultos. Y él me dio su recuerdo directo de nuestra madre. Es curioso, pienso, que fuera precisamente Rati el que en mi infancia me daba la mayor seguridad y estabilidad. Cuánto necesitaba su acalorada cabeza, su temperamento efervescente, su capacidad para el entusiasmo y su sentido de la justicia. Todo en él estaba relacionado con nuestra madre muerta; ella era su templo, su santa, su medida. Veneraba la imagen que tenía de ella, y atribuía a su carácter diferente un valor tan alto que, con el paso de los años, sería la legitimación y la clave de cuanto él mismo hiciera. El reverso de esto era que echaba a nuestro padre la culpa de todo: de todos los sueños destruidos, de todas las decepciones y, en particular, de haber crecido sin madre. En su concepción, nuestra madre estaba libre de toda mácula, a lo largo de los años levantó en su memoria una especie de altar en el que únicamente lo bueno tenía cabida, y naturalmente nuestro padre jamás tuvo una sola oportunidad frente a una muerta. En algún momento, para él estuvo claro que nuestro padre tenía que haber empujado a huir a nuestra madre. Por infundado que fuera, para Rati resultaba más fácil tener un culpable al que poder señalar con el dedo cuando perdía el control sobre algo.

Pienso en la primera gran escalada entre mi padre y Rati: estamos sentados en un coche beis, que mi padre, que nunca tuvo uno, ha tomado prestado de un amigo para ir a Racha con nosotros. Queríamos escapar del calor de la ciudad en las montañas, en las cristalinas aguas de un lago y hundirnos en el verde húmedo de las colinas.

Nuestro padre odiaba las vacaciones. Su expresión atormentada cuando estaba condenado a no hacer nada... todavía me da pena. Las vacaciones de verano representaban para él una agobiante sucesión de aburrimientos, por eso cuando aún éramos pequeños y las Babudas todavía no eran demasiado viejas nos enviaba al mar con las dos mujeres. La mayor parte de las veces a Pitsunda, en Abjasia, a un distinguido y cotizadísimo balneario, una estancia que solo podíamos permitirnos gracias a que nuestro padre pertenecía a la Academia de las Ciencias. Él mismo se quedaba en Tbilisi o visitaba a amigos en Moscú, al menos mientras el mundo continuaba intacto y podía permitirse un billete de avión.

Sin embargo, aquel verano hizo una excepción para nosotros. Rati acababa de cumplir doce o trece años, salía de la inofensiva edad infantil y entraba en terreno desconocido, y probablemente mi padre tuvo miedo a los retos que aquello traería consigo y decidió tomarse tiempo para nosotros. Yo iba en el asiento de atrás con la ventanilla bajada, la mano al fresco viento de la marcha, y me alegraba esperando la inminente aventura en las montañas. Rati en cambio iba en el asiento delantero, ceñudo, encerrado en sí mismo, enfurruñado. En algún momento mi padre perdió la paciencia, apagó la radio y se volvió ofendido hacia su hijo:

—¿Vamos a tener que aguantarte esa cara toda la semana?

Se había tomado tantas molestias, lo había planeado todo, organizado todo, y que su ingrato hijo arruinara sus planes le parecía una injusticia que clamaba al cielo.

—No tendrías que haberme traído —admitió Rati con brusquedad.

Yo no dije nada, sin duda mi padre esperaba de mí que le cubriera las espaldas, me dejaba enredar a menudo en sus conflictos por miedo a decepcionar o a mi padre o a mi hermano. Era una especie de paloma de la paz, que alzaba el vuelo cuando ya no quedaba otro recurso. Pero no hubo forma de apaciguar a Rati:

—¡Odio las montañas!

En esa frase había tanta amargura y rabia que sin poder evitarlo tensé los músculos, encogí las piernas y me abracé las rodillas, como si quisiera retirarme a un capullo.

—¿Por qué? Apenas las conoces.

A mi padre se le había escapado la vehemencia de Rati, Guram no era hombre de matices.

—Si no fuera por esa mierda de montañas, Deda estaría con nosotros.

Llegados a este punto, mi padre habría tenido que percibir lo delicado de la situación y zanjar el tema, pero, en vez de hacerlo respondió, irritado:

—Es un motivo absurdo para boicotear esta excursión.

—¿Llamas a eso un motivo absurdo? ¿Llamas a la muerte de mi madre un motivo absurdo? —Rati ya bramaba.

—Rati, te aviso: no hables conmigo en ese tono, todo tiene sus límites, ¿de acuerdo? Iremos a descansar allí te guste o no. No vamos a dejar que eches a perder nuestra excursión, ¿no es verdad, Keto? —Me lanzó una mirada conciliadora por el retrovisor—. Qué culpa tienen las montañas de que al parecer vuestra madre las quisiera más que a su propia familia.

Cerré los ojos mientras llegaba el próximo trueno, que no se hizo esperar.

—¡Retira eso ahora mismo! —gritó Rati—. ¡Se fue a las montañas porque ya no te aguantaba!

—¡De modo que es eso! Si tú lo dices. ¿Así que se fue a Svanetia por mi culpa en lo más crudo del invierno? ¿Dejando en casa a un niño de cinco años y a otra de uno?

Se le había enrojecido el rostro, escupía saliva, agarró el volante y pisó el acelerador.

—Tengo que hacer pis, ¿podemos parar? —gemí desde el asiento de atrás, pero nadie me prestó atención.

—¡Sí, te odiaba, ya no quería saber nada de ti! ¡Y no me sorprende! —rugió Rati.

—¿Y quién te lo ha dicho? ¿Te habla en sueños, o proyectas sobre mí tus sentimientos mal encauzados?

De pronto la ira había desaparecido de su voz, lo que quedaba eran una tristeza aplastante y una decepción abismal porque él, Guram Kipiani, miembro de la Academia de las Ciencias, antiguo discípulo predilecto del premio Nobel Prójorov, que habría podido hacer grandes descubrimientos en el campo de la óptica cuántica, había vuelto por amor a su ciudad natal, y el sacrificio que hizo y el esfuerzo que se tomó no habían podido impedir que la mujer por la que aceptó todas esas renuncias lo dejara un día plantado con dos niños para escalar, en un turbio mes de febrero, los cinco mil doscientos metros del Shjara, la tercera montaña más alta de las «tres grandes», la caprichosa e indomable Gran Dama del Gran Cáucaso. ¿Cómo habían podido las cosas llegar tan lejos, en qué momento de su vida había descarrilado tanto como para encontrarse encerrado en aquel coche, presa de su responsabilidad como padre?

Yo creía ver cómo aquella pregunta sobrevolaba su rostro en el espejo, y me daba pena, sí, siempre me daba pena de una forma especial, y una vez más me sorprendía que mi hermano, que parecía querer ser adulto, mi hermano eternamente enfurruñado, que era capaz de sentir una impresionante compasión por cualquier otra persona, por cualquier ser necesitado, y que tenía un marcado sentido de la justicia, no pudiera advertir aquel desvalimiento de nuestro padre.

Sin esperar reacción, mi padre prosiguió:

—Sabe Dios que por mí no ha quedado. No, *madame* quería aventura, quería diversión, así que ¡venga la diversión, en mitad del invierno, con un clima absolutamente inapropiado! ¿Por qué? ¿Hasta ese punto éramos para ella una carga tan espantosa que tuvo que hacer en febrero esa maldita escalada? ¡Cualquiera sabe que no se sube al Cáucaso con un clima semejante! Y yo estaba en medio de los preparativos de la conferencia más importante de mi vida, pero no, todo eso no contaba...

Era imposible contener a mi padre, Rati había tensado la cuerda en exceso y tenía que contar con la pena máxima. Y yo con él.

—Se pasó todo el otoño con aquellos escaladores alcohólicos e inútiles. Se suponía que querían resucitar el alpinismo georgiano, ¡perdonad que me ría! Solo quería un pretexto para irse de casa, todo le resultaba demasiado angosto y aburrido. ¡Siendo madre de dos hijos! ¡Naturalmente, puede que sea aburrido quedarse en casa y ocuparse de los niños!

—¡Basta, cállate! —le imploró Rati. Pero no iba a parar, yo lo sabía.

—Qué egocentrismo, aún estoy perplejo... ¡Aventura! ¡Aventura con esos inútiles barbudos, solo para mover el culo delante de ellos!

—¡Cierra la boca!

Ya no era un rugido, sino un alarido. En ese mismo instante, la puerta del copiloto se abrió y el cuerpo largo y nervudo de mi hermano rodó por la carretera. Por suerte mi padre acababa de entrar en una curva muy cerrada y había reducido la velocidad. El coche se detuvo de golpe, y yo no pude evitar que mi vejiga se vaciara en el asiento trasero del vehículo prestado.

Aquella tarde en la que fuimos a las montañas para no llegar nunca fue el comienzo de la protesta vitalicia de Rati. Siempre que pienso en mi hermano, lo primero que veo es el aura de un sentimiento que él irradiaba a raudales: la sensación de haber sido estafado. Estafado por la vida, por su propio padre, más tarde por un Estado corrupto y moralmente depravado, en el que tenía la desgracia de haber nacido. Si de niño se había rebelado contra mi padre, a partir de aquella tarde su rebelión fue contra el Estado y su sistema. Lo observaba todo, todo lo cuestionaba, y discutía sin parar con miembros de la familia y profesores, con vecinos y conocidos. Le gustaba romper tabúes y llamar a las cosas por su nombre, del que nunca se hablaba abiertamente. Disfrutaba a ojos vistas poniendo a gente en situaciones delicadas y desenmascarándolos como hipócritas y embusteros con los que no quería tener nada que ver: gente que compraba buenas notas y plazas escolares para sus hijos; gente que vendía bajo cuerda sus mercaderías al doble y al triple de su precio; gente que hacía favores a otros para asegurarse privilegios; gente que traicionaba sus principios y convicciones por unas vacaciones en la costa abjasia o en Crimea; gente que guardaba billetes de tres rublos en la guantera para ponerlos sin decir una palabra en la palma de la mano de los guardianes del orden cuando se topaban con un control de tráfico; gente que gritaba vivas al partido para poder cantar, bailar y publicar en algún sitio; gente que vendía a otra gente material de construcción inservible para emplear el útil en sus propias dachas; o gente que compraba absoluciones sus hijos condenados a penas de cárcel. Para Rati, todos eran culpables, parte de aquel sistema corrupto, tuercas en un complicadísimo mecanismo de relojería, apoyaban a ese Estado y cometían a todas horas traición contra sí mismos, contra sus conciudadanos, y privaban a todos de toda expectativa de libertad. Y, si al principio aquellas batallas se libraban en el salón de nuestra casa, con los años se fueron extendiendo al patio, al colegio y después a las calles del barrio. Cuando se le pedía que se esforzara más en clase, respondía como un resorte que no le veía sentido alguno, que todo era cuestión de dinero, y si uno reunía el suficiente podía estudiar Medicina sin problemas. Si le decían que tenía que mostrar más respeto a los adultos replicaba, respondón, que los adultos tenían que ganarse ese respeto, y que un funcionario corrupto que besaba los pies a la autoridad no merecía ningún respeto, como tampoco lo merecía una redomada usuaria del mercado negro que vendería hasta su alma por un precio adecuado.

Mientras fue posible entregarse a la ilusión de que era joven y maleable, no se dejó nada por intentar para mantenerlo alejado de las «malas influencias». Cuando pienso en todos los absurdos intentos de las Babudas por «hacerle entrar en razón», me cuesta trabajo no echarme a reír. Me acuerdo de cuando lo enviaron al hipódromo a una terapia hípica para chicos difíciles. O de las clases particulares con un filósofo supuestamente genial, que debía hablar con él sobre sus «ideas», lo que tuvo como consecuencia que Rati descubrió a Maquiavelo y se hizo aún más radical en sus posturas. Por pura desesperación, las Babudas sacrificaron incluso su sano entendimiento y llamaron a una mujer con «capacidades suprasensoriales». Rati se burló de ella, fingió un ataque epiléptico, afirmó que un demonio había tomado posesión de él e hizo huir a la pobre mujer.

A los catorce se escapó del colegio por primera vez, había insultado al director llamándole «escoria falsaria del Partido». Oliko responsabilizó de esto a la mala influencia de sus amigos, temerarios y maleducados, que arrastraban a la calle a su «ángel», cosa que, como se sabe, nunca ha hecho bien a nadie. Cuántas veces me enviaron a buscarlo a la esquina de las calles Lérmontov, Kirov o Gogebashvili a uno de los *birsha*, y llevármelo a casa. Todavía me acuerdo de las miradas de curiosidad de aquellos gamberros, rebosantes de energía y a la vez tan ingenuos, que me escupían cáscaras de pipas a los pies y me gritaban: «*Priviet*, Kipiani, ¿qué hay de nuevo?».

Esas hordas de chicos con grandes aspiraciones, salvajes, de mala reputación, que querían ser valientes y creían en el honor y en la moral, que querían mucho y preferían no hacer nada, por miedo a no alcanzar sus objetivos y a que su vida desembocara en el mismo angosto y pequeñoburgués mundo de mentiras de aquellos a los que tanto despreciaban; esos *dsveli bichebi*, esa mezcla de bohemios y vagos, esos presuntos Robin Hood, no eran en el fondo nada más que inútiles de tres al cuarto, que coqueteaban con la criminalidad. Sí, nuestro país siempre ha simpatizado con los Robin Hood de este mundo, con antihéroes y reventadores del sistema, y está lleno de esa nostalgia rebelde de libertad del pueblo pequeño, y de los mitos relativos a su propio carácter indomable que la acompañan. Esa eterna historia del hombre sencillo que acude solo a enfrentarse a un aparato superpoderoso. Nuestra sociedad, que vivía conforme a un doble rasero, repleta de gente que rechazaba y gente que abandonaba el sistema, que no quería ponerse al servicio de un Estado embustero por «honestidad», y que al hacerlo olvidaba que el camino que pasa por el rechazo y el alejamiento y llega hasta el boicot desemboca invariablemente en la criminalidad. Mientras la mayoría jugaban a ser fervientes comunistas y podían disfrutar de la normalidad prescrita por el Estado, quienes iban contra corriente querían ir a las barricadas. Y lo hicieron. Lo hicieron de manera consecuente, hasta que toda normalidad quedó hecha cenizas.

A partir de cierta edad, la vida de Rati se trasladó a la calle. Cada uno tenía su función en la familia: las Babudas eran responsables de llamar por teléfono a sus amigos y a sus familias, yo de la búsqueda activa en el barrio, y mi padre se encargaba de la filípica cuando él volvía. Una de aquellas escenas dramáticas tuvo lugar cuando, nada más cumplida la mayoría de edad, anunció con toda tranquilidad, durante una comida familiar más, que se negaba a hacer la reválida. El sistema educativo era una farsa, como la mayor parte de las cosas en este país, y él no tenía la intención de participar en aquella comedia barata. La noche terminó con que hubo que llamar a Tamas Zhordania porque la tensión de Oliko se había disparado y se había sentido mal, mientras Eter hablaba levantando los brazos —como en un espectáculo clásico— a los dioses ausentes y se lamentaba de la injusticia del destino. Ni los ruegos ni las amenazas sirvieron de nada, Rati se mantuvo en sus trece y se negó a volver al colegio ni un día más.

Dina, a la que Oliko daba clases de refuerzo, había ido a clase también aquel día, y estaba esperando con paciencia a su profesora cuando mi hermano apareció, bienhumorado y sonriente. Tenía ganas de hablar, e hizo un visible esfuerzo por causar buena impresión, lo que raras veces ocurría. Rati y Dina se conocían desde hacía años, aunque tan solo de manera fugaz. Por aquel entonces la diferencia de edad aún era demasiado evidente, y de todos modos yo no tenía especial interés en ponerle, a él o a su grupo de gamberros, en contacto con mis amigas. Pero aquel día ocurrió algo. No tengo más que cerrar los ojos y veo ante mí a la Dina de catorce años, una chica que acaba de decidir, con la resolución y entrega que le son propias, dirigir su interés incondicional hacia alguien. De manera totalmente repentina, Rati entró en su campo de visión con una sacudida, como si a sus ojos se hubiera convertido de un instante al siguiente de joven normal en objeto de investigación al que desde entonces había que dedicar toda la atención. Sí, fue una decisión. No le pasó lo que les pasa a la mayoría, lo que me pasó a mí, cuando a los catorce, quince, quizá dieciséis años, se descubre de pronto aquella inclinación integral hacia alguien, el enamoramiento de esa época suicida de la vida. Rati no formaba parte, como Zotne Koridze, de esa clase de jóvenes que se definen por el interés femenino y el poder resultante de él. Tampoco era empático o romántico que se diga. Así que estaba expuesto ante Dina, él, que hasta entonces había prestado poca atención al otro sexo y se había movido en su mundo de hombres Robin Hood, no tenía nada que oponerle.

—¿Así que vas a dejar el colegio? —preguntó a mi hermano, al que acababan de servir en la mesa un plato de patatas asadas.

Rati alzó la cabeza con lentitud y a regañadientes, no era un buen tema para empezar una conversación con él, y me temí que dijera enseguida algo inadecuado.

—Sí. Eso es justo lo que pretendo. ¿Tienes algún problema? —respondió él, provocador, y se ensimismó en la comida, porque estaba seguro de haber intimidado a aquella niña con su brusquedad y haber zanjado el tema.

Pero a Dina no le importaba que estuviera irritado.

—Nooo, *yo* no tengo ningún problema. Solo que no te creo —dijo, como una niña vieja, y cogió un trozo de pan de la cesta—. Tu hermana dice que el colegio te parece lo peor, pero...

—Pero ¿qué?

—Pero yo creo que le tienes miedo.

—¿Miedo, yo? —Rati rio ostentosamente alto—. ¿De qué iba a tener miedo? ¿Del colegio?

—Sí. Exacto.

—¿Y eso por qué? —Rati se hacía el divertido, pero se veía a la legua que estaba perplejo.

—Bueno, porque podrías hacer los exámenes de pena, cagarla... —Dina buscaba las palabras apropiadas—, porque podrías quedar como un idiota delante de tus compañeros.

—¿Y tú crees que a mis amigos les importan las notas que yo saque?

—Bueno, eres una especie de líder, ¿no? Se supone que un líder tiene que tener algo en la cabeza.

—¿Líder? —Esta vez se rio con ganas.

—Sí, líder, ¿qué pasa? Siempre estás dando la nota. Rati ha dicho esto, Rati ha dicho lo otro. Y yo creo que, si uno es un líder, tiene que tener algo.

Yo estaba sin habla. Tampoco Oliko parecía saber muy bien si mezclarse en aquella conversación, y trajinaba con ollas y sartenes en algún sitio al fondo.

—Oye, mocosa, ¿puede ser que estés metiendo las narices en algo que no te concierne?

Rati estaba irritado. Quería poner fin al tema, no hacía otra cosa que discutir, y aquella niña era la última persona de la que estaba dispuesto a escuchar un sermón.

Dina se metió un trozo de pan en la boca, se encogió de hombros y dijo, con total indiferencia, mientras masticaba ruidosamente:

—Yo solo te doy mi opinión, puedes ignorarla.

—¡Puedes apostar a que sí!

—No me da esa impresión. Mira cómo te pones de nervioso. Uno solo se pone nervioso cuando alguien le dice la verdad.

—Está bien, tranquilizaos y probad las albóndigas, ya casi están listas.

La voz de Oliko sonaba insegura. Tampoco yo sabía qué pensar de la provocación de Dina. ¿Por qué de pronto era tan importante para ella que Rati siguiera yendo al colegio?

—No entiendo qué problema tienes, mocosa. —Rati me miraba con expresión de reproche.

—Solo quiero que lo admitas. Y me llamo Dina, ¿vale?

—¿Qué es lo que tengo que admitir? ¿Qué le pasa a esta, Keto? —Me lanzó una mirada furiosa.

—Que tienes miedo —repitió Dina.

—Tengo cero miedo. ¿Por qué iba a tener miedo, y quién te ha preguntado tu opinión, mocosa?

—Una vez más: me llamo Dina, y no necesito tu permiso para decir mi opinión. Simplemente tienes miedo.

—Eso es una estupidez. ¡Dile que me deje en paz!

Rati estaba desbordado. Dina no era ninguno de sus coleguitas, ante los que podía hacerse el superior. Dina tampoco era nuestro padre, al que podía enfrentarse abiertamente. Dina no era una de las Babudas. Dina no era su hermana, no era ninguna de esas personas a las que podía ignorar.

—¡Pues demuéstralo!

—¿A quién? ¿A ti, quizá? —Rati la miró despreciativo.

—Sí, a mí.

—¿Y cómo tendría que hacerlo?

Entonces, Dina dijo esa frase que se me quedó atravesada en la garganta, como si la hubiera dicho yo y me hubiera atragantado con ella.

—Bailando un rock'n'roll conmigo. Soy la mejor bailarina de rock'n'roll del mundo. Te gusta el rock'n'roll, ¿no?

Oí reír a Oliko a lo lejos, tosí. Rati se echó a reír.

—Está loca, ¿no? Keto, ¿tu amiga está loca?

La verdad es que yo le había contado que a Rati le gustaba bailar, y que bailaba bastante bien. Me había obligado una y otra vez a bailar con él «El rock de la cárcel» de Elvis Presley. Me hacía girar a su alrededor y se entregaba por entero a la música, se sentía tan libre y relajado como pocas veces.

—Quizá yo no quiera bailar contigo, ¿te has planteado esa opción? —replicó autocomplaciente Rati, y volvió a ensimismarse en la comida, pero por el rabillo del ojo pude distinguir la impresión que la desarmante manera de ser de Dina le había causado.

—Querrás cuando me veas bailar.

Volvió a oírse a Oliko reír entre dientes al fondo.

—¿Bailas rock'n'roll?

—Sí.

—¿Tan bien como dices?

—Soy la mejor. ¿Quieres verlo?

—Adelante.

—No voy a hacerlo gratis.

—¿Qué quieres a cambio?

—Me llevarás al baile de tu graduación y bailarás conmigo.

—¿Alguien puede explicarme qué quiere de mí? —Rati alzó los ojos al cielo.

—¿Quieres verme bailar o no? —insistió Dina.

—Está bien, está bien. Keto, trae el Elvis y pon el tocadiscos.

Rati negaba con la cabeza, pero tanto Oliko como yo sentimos que la ligereza de pronto se había apoderado de él, el gusto por el desafío; algo en él se había puesto en marcha.

Corrí a la habitación de mi padre y busqué el disco, puse el tocadiscos, abrí la puerta de par en par para que pudiéramos oír la música a plena potencia, y esperé el espectáculo que Dina nos había prometido. Yo no sabía nada del entusiasmo de Dina por el rock'n'roll, pero Babuda dos y yo estábamos excitadas, porque intuíamos que Dina estaba a punto de alcanzar una victoria colosal, que podía tener gran importancia para nuestra familia, y esperábamos febriles el emocionante duelo. Dina echó la silla hacia atrás, se puso en pie de un salto y tendió la mano a mi hermano:

—¿Se supone que tengo que bailar contigo?

La miraba incrédulo.

—Sí, claro, bailar sola sería de pirados —le gritó ella, riendo, a la cara.

Y Rati se entregó, mi indomable y terco hermano se doblegó a su voluntad. También él se puso en pie de un salto y la arrastró, cogida de la mano, al salón. Oliko y yo los seguimos, y fuimos testigos de un espectáculo que fue mucho más que un simple baile: fue el momento en el que me enamoré de ver juntas a esas dos personas, aunque no pudiera decir cómo clasificar esa sensación y qué pensar del repentino interés de Dina por Rati. Los veo fundirse, los veo volverse ingrávidos. Lo veo haciéndola girar a un lado y a otro, la veo deslizarse entre sus piernas, veo cómo él vuelve a levantarla..., lo perfectamente que armonizan, lo bien sincronizados que están sus cuerpos, como si llevaran meses practicando para un campeonato de baile. Me pregunto dónde ha aprendido ella todo eso, veo a Rati transformarse delante de mis ojos. Veo a mi terco hermano, ese gamberro camorrista, convertirse en un ser permeable, suave, conciliador, feliz de que algo le salga así de bien.

Cuando el leve rascar de la aguja al final del disco los sacó de su éxtasis y los devolvió a la luz somnolienta del salón, atrás quedaron dos sonámbulos que parecían preguntarse sorprendidos cómo habían llegado a ese lugar. Saltaba a la vista que Rati se sentía incómodo ante su propio olvido de sí mismo, se retiró enseguida a su habitación, y Oliko carraspeó como si acabase de ocurrir algo indecoroso, y pidió a Dina que le trajera su material de clases. Yo me puse en pie, sin saber adónde ir. Sentía el sabor salado de las lágrimas en mi boca y no entendía qué me había hecho llorar. Quizá ya lamentaba una pérdida que aún no era capaz de formular, ni siquiera tenía claro si se refería a Rati, a Dina o a los dos. Volví tambaleándome al porche, contenta de que Oliko se hubiera retirado junto a Dina y de poder coger aire antes de abrumar a mi amiga con preguntas cuyas respuestas me daban miedo.

Sin comentarlo nunca, Rati se arrastró de vuelta al colegio, y obligamos tanto a mi padre como a Babuda uno a no mencionarlo siquiera. Se llevó a Dina a la fiesta de fin de curso en la casa de verano de un amigo, en Tskneti, y bailó rock'n'roll sin interrupción con ella durante dos horas. Cuando volvió de la fiesta, se dejó caer en un sillón, un tanto achispado y con las mejillas encendidas, y me atrajo hacia sí para apretarme contra su pecho y revolverme el pelo. Me mantuvo abrazada, y pude oler su cambio: tenía un olor agradable a vino tinto, a ocio. Olía como alguien que está enamorado. Enamorado con el enamoramiento de los dieciocho años, inimitable, con la furia de un alud y a la vez con la ligereza del aleteo de una mariposa. Y, por alguna razón, volvieron a llenárseme los ojos de lágrimas. Esta vez no me molesté en ocultarlas, y caí sollozando en sus brazos. Él me acarició las mejillas, me besó en la frente y me pellizcó la nariz. Pero yo lloraba por la extraña intuición que de repente me acometía. Por una pesada sensación para la que no tenía palabras. Lloraba por el gran fuego que iban a encender juntos, y que me atraía tanto como me impulsaba a la fuga.

Después de la fiesta de fin de curso, Rati eludió a Dina durante largo tiempo. Aquel verano volvió a hacerse el duro cowboy urbano, pasaba el tiempo en el barrio con sus amigos y fue por primera vez, solo con Saba y su eterno cómplice Sancho (¿cómo se les había ocurrido ese nombre? ¿De verdad se parecía a Sancho Panza, y quién de ellos había abierto nunca *El Quijote*?), al mar, a Batumi, un viaje que mi padre pagó de buen grado por la alegría del curso terminado.

Rati regresó a finales de agosto, tostado, atlético, y me preguntó, ya mientras me entregaba el regalito que me había traído de Batumi, por mi «amiga la loca». Le conté que se pasaba todo el día haciendo fotos, que su madre le había regalado una cámara y desde entonces estaba completamente desaparecida. «Ajá», se limitó a decir Rati, y se perdió en una fingida actividad. Unos días después me despertó la voz furibunda de mi padre, y no necesité mucho tiempo para comprender que su furia era a causa de Rati. Salí al porche y vi a mi padre caminar de un lado para otro, mientras Rati se tomaba su querido té negro con absoluta tranquilidad.

—Este idiota ha...

Padre parecía haberse quedado sin aire de pura rabia.

—¿Qué has hecho? ¿Eh?

Miré nerviosa a mi hermano.

—Ha regalado la cámara de tu madre..., de *tu* madre. Una Leica auténtica, un aparato increíblemente valioso, que costó una fortuna...

Apenas podía hablar de indignación. Yo sabía que teníamos una valiosa cámara que Prójorov le había traído en persona desde Europa —eso decía al menos la leyenda—, pero ni con la mejor voluntad podía ligar aquella reacción de mi padre con la cámara, que él no había utilizado nunca y que se había pasado años cogiendo polvo en una estantería.

—¡Se deslizó en mi cuarto como un ladrón, y la sustrajo! La ha regalado para impresionar a una chica.

Solo entonces comprendí el vínculo. Rati le había regalado la Leica de nuestra madre a Dina. Y eso, a su vez, me hizo prestar atención: le había dado a Dina algo de su madre, su gran ídolo, lo que solo podía significar que lo suyo con ella era más serio de lo que yo me había imaginado.

—Se la ha regalado a Dina, papá, a mi Dina. No es una chica cualquiera —traté de conciliar, aunque sin éxito.

—Eso da absolutamente igual. La ha sustraído sin consultarme.

—Nunca la has utilizado. ¡Es absurdo dejar que una cámara como esa se oxide! Ella hará unas fotos espléndidas con ella —insistió Rati.

—El metal noble con aleación de magnesio no se oxida, idiota —maldijo mi padre, y la saliva voló desde su boca hasta la punta de mi nariz.

—Yo se lo explicaré y te la devolverá, papá, tranquilízate, ella lo entenderá —murmuré.

—Ni en broma harás eso, ¿me oyes, Keto? ¡Te mataré si lo haces! —gritó Rati.

—¡Esa cámara nunca debió salir de esta casa!

Con esa frase, mi padre salió en estampida de la habitación. Rati y yo nos quedamos solos, y nos miramos confusos.

—¿Por qué has hecho eso? Quiero decir, sabías que se iba a poner histérico. —Me senté a la mesa y respiré hondo.

—No hacía más que coger polvo.

—Pero él se la regaló a Deda.

—A Deda le habría gustado. Seguro que no quería que terminara como un souvenir en un armario.

—Sí, pero ahora es suya.

—No, no es suya. Era de Deda. Da igual, ahora es de Dina.

Mi padre se pasó despotricando los siguientes días, reclamándonos sin parar que recuperásemos la cámara, hasta que, en algún momento, Eter soltó durante la cena:

—No acorrales al chico. De todos modos se pasa el día esquivándonos, no le des un motivo más para evitar a su familia. Está en una edad difícil, todos tenemos que practicar la indulgencia. En realidad, incluso tendrías que recompensarle y elogiarle, Guram. Quería impresionar a la chica, y, si es por el carrete que hay en la cámara, se le puede pedir que nos lo devuelva, al fin y al cabo es una chica lista. Tu suegra —así llamaba a Oliko siempre que hablaba con su hijo— puede arreglarlo, al fin y al cabo le da clases de refuerzo, y problema resuelto.

—¿Qué carrete? —preguntamos Oliko y yo casi al mismo tiempo.

—¿Te parece oportuno tocar ahora este tema, Deda? —siseó mi padre, echando mano a la mantequilla.

—¿Qué carrete? —Oliko ya no iba a dar tregua.

—Díselo, Guram. Ahora da igual. Tenemos que resolver el problema.

—¡Esta es precisamente la razón por la que no volveré a contarte nada! —rugió mi padre, aludiendo a su estrecha relación con Oliko, que custodiaba sus secretos y no pocas veces se había puesto de su parte en la disputa entre Esma y él, mientras su propia madre le sometía a más presión aún en aquella delicada situación.

—¿Qué carrete? Guram, ¿de qué habla? —Oliko no cedía.

—Dejemos este tema para otro día. Keto...

—No, no voy a marcharme a mi habitación. Esta historia me afecta un poquito. Al fin y al cabo, Dina es mi mejor amiga.

Mis endebles argumentos sonaban poco convincentes, lo sabía, pero no se me ocurría qué más podía decir para que no me echaran como a una niña pequeña.

—Se llevó la cámara a las montañas.

Eter puso fin a la insoportable tensión.

—La llevaba consigo cuando... cuando aquello pasó. Pero él no quiere revelar el carrete. Y está en su derecho —añadió apaciguadora.

—¿Es por...? ¿Es...? ¿No quieres revelar el carrete por *él*? —La voz de Oliko se quebró, y se cubrió la boca con la mano.

—¿De qué «él» hablas? ¿Eh?

Yo no aguantaba más aquella tensión insoportable, y al mismo tiempo temía la respuesta.

—Tu madre tenía un amigo muy querido, del que tu padre estaba un poco celoso.

El tono susurrante de Eter no me gustó. Me hablaba como si tuviera cinco años.

—¿Un amigo muy querido? ¿Un amigo muy querido, Deda? ¡Bravo! ¡Fantástico!

Mi padre giró sobre sus talones y allí nos dejó a la sollozante Oliko, a la ofendida Eter y a mí, su hija presa de su propio miedo, que intentaba parecer más adulta de lo que era.

—Nunca te habría abandonado, no había nada entre ellos, Guram, cuántas veces tengo que decírtelo: eran amigos, se conocían desde la infancia, se entendían bien, por Dios; si hubieran querido hacer algo, lo habrían hecho antes de llegar tú, tan solo compartían una misma pasión, ¡Guram, te lo ruego, no seas tonto y vuelve!

Babuda dos se secó las lágrimas con las mangas, mientras Babuda uno la miraba despectiva y negaba con la cabeza.

Por la noche, llamé a la puerta de mi padre y me senté al borde de su prehistórica cama de madera, siempre crujiente, que no quería cambiar por nada del mundo. Estaba de espaldas a mí, sumido en la lectura de un libro.

—Te conseguiré el carrete —le dije.

—Está bien. Todo esto no debería afectarte a ti, eres una buena chica —murmuró sin mirarme, y en ese momento le odié por aquella respuesta dicha de pasada, que sonaba hueca como una frase hecha.

Hacía mucho que no quería ser una buena chica, quería ser yo, poder ser yo. ¿Qué contendría el carrete que mi padre no había querido ver durante tantos años? ¿Un grupo de audaces y felices montañeros en el Gran Cáucaso antes de que un alud los alcanzase, o una mujer que en busca de sí misma había caído en brazos de otro hombre?

—Te conseguiré el carrete, pero le dejaré la cámara a Dina. Por Rati. Es importante para él —dije—. Te lo conseguiré, pero con una condición —añadí con rapidez, haciendo acopio de todo mi valor.

—¿Condición? ¿Vas a ponerme una condición?

—Que lo tires.

—No puedo. Es el último recuerdo de tu madre...

—Y no te atreves a ver las fotos. No te has atrevido durante todos estos años. Quizá no sea tan importante para ti.

—Lo haré cuando llegue el momento.

—Nunca llegará el momento. Tienes que decidir qué recuerdo quieres tener de ella, lo que hay en esas fotos no tiene ninguna importancia. Si la tuviera, hace mucho que habrías revelado el carrete.

Callé. Por fin, él se incorporó y me miró:

—Quizá tengas razón. Ni yo mismo sé por qué no lo he hecho en todos estos años.

—Tus motivos tendrías, pero ahora ya no son importantes, papá. Y prométeme que Rati no se enterará de nada.

Pareció impresionado por mi determinación, como si deseara haber tenido él esa capacidad de decisión que tanto le hubiera facilitado reconciliarse con su pasado, pero su destino era vivir con su rabia y con sus dudas.

Y ahora estoy delante de esta fotografía y miro nuestro salto, captado con la cámara de mi madre, que al fin conservó sus secretos para siempre y con cuya ayuda su nueva propietaria arrancó tantos momentos mágicos a la fugacidad de la vida. Veo cómo todas —salvo Ira— reímos sin sospechar en qué futuro vamos a aterrizar en cuanto nuestros pies vuelvan a tocar tierra. Contemplo ese salto y pienso en las multitudes que en aquel entonces llenaban las avenidas principales, armadas de pancartas y muchos sueños. Y oigo a Gorbachov hablarnos en las noticias, anunciar sus «planes de reestructuración». Tuvo que ser poco antes de aquel salto cuando Nene nos dijo que estaba enamorada. Estaba perdidamente enamorada de Saba Iashvili, nos comunicó con la sabiduría de una centenaria. Y recuerdo que Ira se levantó y se fue del campo de deportes en el que Nene nos había hecho su confesión.

«¡Estás loca!», le había gritado Nene mientras se iba, indignada.

Me sumerjo en la seria expresión del rostro de Ira en la foto, y me vuelvo a acordar de cómo un día nos declaró que no regresaría a clase de ajedrez, que nunca volvería a jugar al ajedrez. «¿Por qué? —preguntó Nene—. ¿No querías convertirte en la próxima Nona Gaprindashvili?». E Ira respondió: «En el futuro, solo voy a hacer cosas con las que pueda ganar algo *de verdad*. No solo estúpidos diplomas y necias copas». Poco después nos dijo que iba a estudiar Derecho. Las otras tres manteníamos cerradas las puertas del futuro, creíamos que podíamos encerrar el presente y no tener que ver el mar de tulipanes en las calles ensangrentadas después del 9 de abril, y a los soldados rusos, el creciente miedo y la recién fundada Banda Mjedrioni con sus armas. Nos aferrábamos a los últimos días de verano de nuestra infancia. Y así nos detuvimos en los terrenos del telar y posamos para la Leica de Dina, como para reanudar algo interrumpido hacía mucho tiempo en las montañas caucásicas cubiertas de nieve.

—¡Mi tío me matará cuando se entere! —empezó a gimotear Nene cuando volvimos a estar en la calle y percibimos el miedo y el vacío aterradores. Había empezado ya el toque de queda.

—Os lo advertí —comentó Ira con cierta superioridad.

—Ya llegamos, no seáis cobardicas.

Pero Dina también tenía miedo, lo notaba en su tensión, en sus movimientos bruscos y mecánicos.

—Atajaremos, conozco esta zona, evitaremos las calles principales y estaremos en casa como mucho dentro de veinte o veinticinco minutos, ¿vale? —exclamó con el tono fingidamente alegre de un guía de *boy scouts*.

—De verdad que me van a matar —se lamentó Nene. En determinados momentos, perdía su valor y se convertía en una niña pequeña y temerosa que se sentía perdida, sin la vigilancia de los miembros masculinos de su familia.

—Que no cunda el pánico.

Como siempre, Ira mantenía la calma. El pensamiento lógico era su norte, y también ahora buscaba la ruta más segura para volver a casa.

—No tenemos otra elección, y llamar a nuestros padres todavía sería más peligroso. Ellos solo controlan las calles principales, Dina tiene razón en eso, cogeremos callejones y pasadizos.

Dina se puso en marcha sin esperar las opiniones de las demás, así que no nos quedó más remedio que seguirla. Tampoco a mí me resultaba desconocida aquella parte de la ciudad, seguro que con los conocimientos de Dina y los míos llegaríamos a salvo a casa.

—Pero ¿qué es lo que quieren? Quiero decir, ¿a qué viene este maldito toque de queda? —gimió Nene, mientras bajábamos por la estrecha y mal iluminada calleja en dirección a la plaza Vorontsov.

—¿Ahora te vas a hacer la tonta? —siseó Ira. Desde que Nene repetía que Saba Iashvili estaba como «para caer a sus pies», Ira estaba extremadamente irritable, y no había nada ni nadie capaz de animarla.

—¿Por qué te metes conmigo? ¡Concéntrate en el camino!

—¿Así que no sabes qué quieren los rusos de nosotros?

—¡Dina, Keto, decid algo, no me deja en paz!

Nene trató de adelantar a Ira y dejarla atrás.

—No quieren que seamos independientes, es tan sencillo como eso —le gritó Ira—. El 9 de abril no hizo otra cosa que legitimar su invasión. Mataron a gente e hicieron como si hubiera sido inevitable.

Era la primera vez que oía semejante rabia en la voz de Ira. No sabía si era por Saba Iashvili o por las tropas rusas que tenían tomada como rehén a nuestra ciudad. Recuerdo que me detuve un instante y me volví hacia ella, sorprendida por el énfasis de sus palabras. Me miró inquisitiva.

—No sabía que estabas tan... implicada.

No se me ocurrió un concepto mejor. Nuestras palabras producían un eco extraño en la callecita, y eso reforzaba el ambiente inquietante, como si estuviéramos en una ciudad fantasma.

—¿Implicada? *¿Implicada?* —El malhumor de Ira parecía aumentar de minuto en minuto—. A diferencia de vosotras, a mí me interesa en qué país vivo y si soy libre o vivo en la esclavitud —exclamó con énfasis.

Antes de que pudiera responder nada, Nene se dio la vuelta, retrocedió y se plantó ante Ira, respirándole directamente a la cara:

—¿Se te ha ido la olla? Nos insultas todo el tiempo, crees que eres la más lista y que lo tienes todo bajo control. ¡Pero es una imbecilidad por tu parte!

Era algo entre ellas dos, y yo prefería mantenerme al margen, pero no era el momento de mantenerse al margen, igual que no era el momento de discutir; algo se había torcido y ya no había manera de enderezarlo. Dina, que seguía caminando delante, no las oyó o no quiso oírlas, sus pasos eran nuestra orientación en la oscuridad. ¿Qué pasaba con las farolas? ¿También ellas temían a los rusos?

—Eh, tenemos que seguir, no podemos quedarnos aquí paradas —traté de interponerme, pero se comportaban como dos perros que se preparan para el ataque y enseñan los dientes.

—Yo al menos conservo la visión de conjunto, mientras que tú no ves nada ni a nadie fuera de tus antojos y tus caprichos. El mundo entero tiene que girar en torno a ti y a tu inocente Saba. —Ira estaba fuera de sí, sentía una insoportable desesperación que le hacía perder el control.

—¡Solo tienes envidia! ¡Keto, dile que tengo razón! —Se volvió Nene hacia mí. Siempre necesitaba cómplices, necesitaba un defensor, como si solo los demás tuvieran el poder de convertir la verdad en verdad.

—¿Envidia, yo? ¿Envidia de qué? ¿De que mires de lejos a un descerebrado que ni siquiera te ve?

—¡Me conoce, idiota! —se indignó Nene—. ¡Si no te aclaras con eso, lo siento, es mejor que te mantengas al margen de mi vida!

—Eh, vosotras, tenemos que seguir... ¡No gritéis tanto, por favor! —les pedí, pero eran sordas a mis ruegos.

—¿Tu vida? ¡Lo que me importa es precisamente que tengas una vida, y que no te cuelgues de un tío que te diga lo que tienes que pensar y que hacer!

—Así es como me ves, ¿eh? ¡Estupendo, gracias! ¿Qué quieres de mí? ¡Eres la mejor! ¿Cómo es que todavía eres amiga mía?

—Yo... —Ira se interrumpió.

Yo estaba a su lado y no sabía qué hacer. Oí a Dina llamarnos a lo lejos.

—¿Ves? Ni siquiera lo sabes. No necesito una amiga así.

Nene enseñaba su famoso orgullo como último triunfo, se mostraba profundamente ofendida y se hacía la inaccesible. Ira giró sobre sus talones y corrió en dirección contraria. Fui presa del pánico. No podía correr detrás de ella, porque eso significaría dividirnos, y era demasiado peligroso. Decidí encontrar primero a Dina y luego ir las tres a buscarla. Nene corrió tras de mí sin decir palabra, y doblamos hacia la entrada a un patio que parecía completamente muerto. Dina estaba apoyada en una pared de hormigón.

—¿Por qué habéis tardado tanto? ¿Dónde está...?

—Se han peleado, e Ira se ha largado —le expliqué jadeante, sin respiración.

—Ha sido culpa suya, díselo, Keto, ¡ha estado imposible conmigo todo el tiempo! —empezó a justificarse Nene.

—Ahora eso da igual, Nene, no puede andar sola por ahí, tenemos que encontrarla —dije antes de que Dina saliera con un plan.

—Sí, tenemos que hacerlo. —Asintió sin replicarme, y retrocedimos.

Esta vez no corríamos, ya nos habíamos acostumbrado al miedo, a la oscuridad y al agobiante silencio. Recorrimos despacio el tramo que habíamos cubierto con tanta prisa hacía pocos minutos. La localizamos tan solo tres calles más allá. Estaba al pie de un balcón de madera con ropa tendida, flanqueada por dos soldados de uniformes verde pantano, que la arrinconaban cada vez más.

Me quedé petrificada, me olvidé de respirar de pura tensión. Nene se cubrió la boca con la mano para no gritar. En el rostro de Dina se dibujó en pocos segundos una gama completa de sensaciones: primero pánico, luego desbordamiento, luego asco, más tarde el deseo de salir corriendo en dirección contraria, luego otra vez valor, por fin la decisión de actuar.

Sin mirarnos, de pronto avanzó unos pasos y entró en el campo de visión de los soldados, que no llevaban fusiles ametralladores, pero sí pistolas enganchadas al cinto. Ira nos vio enseguida, y siguiendo la mirada de Ira también los dos hombres volvieron la cabeza hacia nosotras. Estábamos al otro lado de la calle, petrificadas y paralizadas por el miedo. Uno de los soldados, poco mayor que nosotras, nos gritó algo, pero en ese momento Dina avanzó un poco más hacia ellos y se levantó la camisa a cuadros, dejando al descubierto el sujetador negro y sus abundantes pechos. Y, antes de que yo pudiera decir nada, vi a Nene hacer lo mismo. Lo hizo deprisa, sin titubear, se abrió los botones del vestido de flores y se plantó en mitad de la calle desierta, iluminada por la escasa luz de una farola, como una modelo que presenta su impresionante cuerpo. Sin pensar, yo también me levanté la camiseta, a la vez que cerraba con fuerza los ojos, como si quisiera volverme invisible.

Ira abrió la boca cuando los soldados, atraídos por nuestra presencia y visiblemente impactados, caminaron despacio hacia nosotras. Y, mientras ellos empezaban a silbar y rugir ante su inesperado y valioso botín, Ira se soltó y corrió calle abajo. Y un segundo después las tres corríamos detrás de ella como almas que lleva el diablo.

La última llamada

Busco, pero no veo a ninguna de las dos. La gente se apretuja ante las fotos. Una confusión de varias lenguas flota sobre la sala como una red superdimensional. He apurado mi copa y espero que uno de los camareros que nos rondan se apresure a ofrecerme otra. Trato de distinguir entre la multitud al menos las golondrinas de Nene, pero sin éxito. Avanzo siguiendo la inflexible cronología de nuestro pasado. Una imagen me hace detenerme, aunque tenía la intención de pasar deprisa esta pared. La imagen pertenece a una serie de pequeños formatos que, con sencillos marcos, forman una especie de tríptico. Fotos borrosas, crípticas. Una cree reconocer algo familiar, y, sin embargo, al observar con más atención, semejante suposición resulta engañosa, porque la forma en que está hecha la foto ha convertido lo familiar en algo ajeno.

Reconozco mi ciudad, reconozco las calles, al fin y al cabo yo iba con ella en el coche mientras se asomaba por la ventanilla con su cámara, con el torso expuesto al viento de la marcha, con su maravilloso y sencillo vestido, chillando de camino a una nueva vida, a la libertad; de camino a su propio baile de graduación, al que la acompañaba el que entonces era su amigo oficial. Levan, el perplejo y feliz Tarik y yo íbamos sentados en el asiento trasero.

De pie delante de las imágenes, tengo la sensación de haberme perdido algo decisivo, de haber pasado por alto algo importante. Al mismo tiempo, me llena de un orgullo insospechado llevar ventaja a toda esta gente que me rodea, que mira con tantísima atención las imágenes expuestas en blanco y negro. En una de las fotos más pequeñas que hay a mano derecha veo el puente de Narikala, por el que pasábamos cuando ella disparó la foto del cartel electoral medio desprendido que flameó en la barandilla al viento que el coche levantó al pasar. «Mesa redonda» – «Georgia libre», leo en él, y veo en un jirón fragmentos del primer presidente, su brazo y sus hombros, una parte de su frente y sus ojos. Ya no se lee el eslogan electoral, la foto es muy poco nítida. Y, aunque era un día cálido, da la impresión de que era frío y ventoso, y de que los dos transeúntes borrosos en el puente están huyendo de algo.

Las elecciones, sí, las elecciones y la absurda tarta de Babuda con ese motivo. Aquel día fue casi tempestuoso, el viento lo alborotaba todo: polvo, hojas, esperanzas, miedos y la ropa en las cuerdas del tendedero. Por primera vez desde la sovietización de Georgia, había una elección multipartidista para el Sóviet Supremo. Las reacciones fueron variadas: triunfo y alegría en Babuda dos ante la victoria de los nacionalistas y su gran esperanza, Gamsajurdia, y en Eter espanto e indignación ante la elección de ese «esotérico radical», una denominación que se me ha quedado grabada. Babuda dos ignoró los reparos de Eter e hizo aquella tarta, que adornó para la solemne oportunidad con la bandera georgiana. Y pienso en la fiesta a la que yo estaba invitada esa misma noche, y que llevaba tanto tiempo esperando: el cumpleaños de Levan, que se celebró con mucha gente en la hermosa vivienda de la casa de ladrillo. Levan y las sombras de sus densas y largas pestañas sobre mis mejillas. Levan y su eterna cerilla entre los dientes, que masticaba como un poseso. El ruido de sus deportivas en el suelo de madera, aquel temblor nervioso e incesante, la imposibilidad de encontrar la calma. La curiosidad de sus ojos brillantes. Su olor a abetos, loción para después del afeitado, cigarrillos.

El salón de los Iashvili está bañado en una luz naranja somnolienta, al fondo se oye «Tom's Diner». Me siento a la mesa repleta que Nina Iashvili ha preparado con tanto cariño, el pensativo y melancólico Rostom lleva pesadas botellas de vino de un lado para otro. La satisfacción que siento: podemos beber, no tenemos que hacerlo a escondidas, muchos de nosotros somos mayores de edad o lo seremos pronto. Veo a la hermosa Anna Tatishvili rodeada por sus esclavas, sentada en una esquina del sofá, riéndose. Por supuesto no nos saluda, es demasiado consciente de su superioridad.

Veo a Zotne Koridze situado al extremo de la mesa, y me sorprendo; ¿de verdad estuvo allí, de verdad puede haber sido así, o estoy confundiendo algo? Pero estuvo allí, todos estaban allí, los tres hermanos Koridze, entonces aún era posible, porque también estaba aún Tarik, aún no había sido sacrificado cordero alguno, no habían sonado disparos, nadie había tirado del gatillo de la escopeta de caza, aún no habíamos estado en aquel zoo enfangado y una vida humana aún valía más de cinco mil dólares.

Zotne Koridze hablaba con Anna Tatishvili, y era imposible pasar por alto la languidez de ella, su admiración, sus mejillas encendidas. También estaba Saba, ese héroe de novela eternamente embebido en sus sueños y encerrado en sí mismo, esa Blancanieves de timidez enfermiza, parecía un poco perdido entre mi hermano y el suyo, el alegre y achispado cumpleañero. Aquel *falso* amigo, y sin embargo el mejor amigo de mi hermano, que aquel año había empezado sus estudios en la Academia de las Artes y, a diferencia de Rati, que se negaba a ir a la universidad y a la escuela superior, se encaminaba con gran pasión hacia su futuro oficio. Su grupo solo le perdonaba aquel paso en dirección a la burguesía porque Rati había dejado inequívocamente claro a todos que no toleraría ninguna frase estúpida dirigida a Saba, y se decía en voz baja que estaba «bajo la protección» de Rati Kipiani.

Intento detenerme en aquel día alegre, en el que el bello Saba va a ser recompensado con su primer beso, y no pensar en los gritos de su madre.

Rati y Dina fueron los primeros en tomar por asalto la parte despejada del salón, y atrajeron todas las miradas. La época de las llamadas telefónicas y los encuentros a escondidas había quedado atrás de una vez por todas para ellos. A mi hermano le parecía que Dina ya era lo bastante mayor como para airear el secreto de su soledad, que hacía mucho que ya no lo era. Aquella noche, ambos estaban tan embriagados por su inconcebible dicha que habrían querido gritársela a la cara al mundo.

La mayoría se habían levantado de la mesa y estaban repartidos por la estancia con sus copas, o se sentaban en grupitos en los rincones y charlaban. Los más curtidos, como Zotne Koridze, se habían quedado sentados y seguían bebiendo de manera férrea. La música subió de volumen, un signo de que la pista de baile había quedado despejada. Todas las miradas se volvieron hacia Rati y Dina, nadie se atrevía a hacerles la competencia, los miraban asombrados, admirativos, como si se tratara de una pareja de novios en el primer baile de su boda. Eran guapos y su baile era furioso, se bastaban a sí mismos, todo a su alrededor se desprendía de ellos, como en un ritual liberador o un exorcismo. Cuando la canción se acabó y su número, que parecía estudiado, hubo llegado a su fin, también los otros se atrevieron a salir a la pista. Nene y yo observamos a su hermano Guga reunir todo su valor y dirigirse a Anna Tatishvili, aunque su paso parecía más bien un anadeo, y pedirle, dubitativo, un baile... seguido de una risa burlona de las esclavas de Anna. Ella le miró desconfiada, sonrió, miró divertida a su alrededor y luego se levantó con lentitud; al fin y al cabo era el hermano de Zotne, y no podía rechazarlo de manera demasiado abrupta.

—¡Menuda mierda! —gimió Nene, expresando lo que Ira y yo ya habíamos notado con terrible claridad al ver a aquella torpe pareja de baile—: ¡Guga está por esa hija de puta! ¡Y ella adora a Zotne!

Me daba pena Guga. No habríamos deseado a Anna Tatishvili como amiga a nadie, a no ser como castigo. Y, si yo no me atreví a expresarlo, Ira lo hizo con su típica falta de tapujos:

—Es malo para Guga, realmente Zotne sería mejor pareja para ella.

Ira no ocultaba que despreciaba a Zotne, y que le hacía responsable a él, y no solo a su tío, de la «jaula de oro» en la que vivía Nene.

—No te pongas así. Zotne puede ser de lo más encantador cuando quiere.

Como siempre, Nene tomaba enseguida a su hermano bajo su protección cuando alguien le criticaba abiertamente, aunque ella misma solía echar pestes de él y le insultaba con las más duras expresiones.

—Claro, es un auténtico caballero, sobre todo cuando te aterroriza y convierte la vida de tu madre en un infierno, entonces es especialmente encantador —repuso irónica Ira.

Por entonces, esas broncas entre Ira y Nene estaban a la orden del día, pero aquella noche yo quería disfrutar, achispada, con la ligereza de aquellos días. Llevaba una falda arreglada de mi madre, una de las pocas reliquias que solo yo tenía, que no tenía que compartir con mi hermano, y me sentía guapa y satisfecha. Al contrario que Nene, que festejaba en toda regla su femineidad y, en cuanto su hermano se alejaba, se abría los botones de la blusa hasta el límite de lo admisible, o Dina, que asumía su nuevo cuerpo con la misma naturalidad que si ya tuviera práctica en ser mujer, y también al contrario que Ira, que reprimía con vehemencia su transformación física, yo oscilaba de un lado a otro, enfrentándome desequilibrada y temerosa a lo venidero. No acababa de encontrarme a gusto en aquel paisaje de ondulaciones, curvas y relieves que hasta entonces no había habido en el mapa de mi cuerpo. Me miraba a menudo en el espejo y reconocía los familiares rasgos de mi rostro. Reconocía los ojos marrones y las cejas marcadas de mi padre, que tanto odiaba, la boca bien formada de mi madre, la pequeña joroba de mi nariz, las mejillas redondeadas. Pero, al mismo tiempo, se había deslizado algo ajeno en aquella visión familiar, algo que ni siquiera era capaz de denominar a las claras.

Una lenta y triste canción de amor empujó a varias parejas a la improvisada pista de baile, por la que se movieron con cierta torpeza, cuidando de no acercarse demasiado. Tras su forzado baile, Anna Tatishvili se había apresurado a separarse de Guga y había vuelto a tomar asiento entre su séquito, en el sofá. Guga estaba visiblemente afectado, como si se acabara de despertar de un sueño. Me pregunté si intuía siquiera que Anna andaba detrás de su hermano. Nos sentamos a horcajadas en las sillas dispersas por la estancia y observamos a los actores de aquel espectáculo marcadamente sentimental. Yo deseaba formar parte de ellos, bailar con Levan junto a Dina y mi hermano, aunque no sabía bailar y me daba vergüenza. Ira no parecía albergar tales deseos. Daba sorbitos a su copa de vino y comentaba todo y a todos. Se había fijado en particular en Anna, nunca le había perdonado el robo de su diario y el escarnio al que había quedado expuesta. Su competición se mantendría hasta el final del colegio, Ira era sin esfuerzo la mejor de la clase, pero Anna también se movía en dirección a un «diploma rojo».

—Creo que muchos la encuentran guapa, pero es inaccesible y arrogante. Y eso es justo lo que parece gustar a los chicos —concluí, cuando de pronto Levan estaba delante de mí y me preguntaba si podíamos salir un momento.

Me levanté como una autómata y le seguí. Me llevó al oscuro dormitorio de sus padres, y allí al balcón que daba a la calle. Todavía puedo evocar la hormigueante inquietud que asaltó mi cuerpo durante aquel breve recorrido.

—Quería enseñarte una cosa —dijo, y se detuvo.

Le costaba un visible esfuerzo llevar a la práctica su proyecto, miró varias veces a su alrededor y, cuando se convenció de que tampoco había nadie en la calle, desapareció durante un instante en la habitación y regresó con un estuche. Parecía un pequeño maletín para instrumentos. Le miré sorprendida, tratando de que no se me notara la sorpresa. Abrió el estuche y sacó un instrumento de madera, parecido a una flauta.

—Es un duduk armenio. ¿Loconoces? —preguntó, sonriendo de oreja a oreja. Tenía la cualidad de decir las palabras atropelladamente, como si quisiera dejarlas atrás con rapidez, de manera que a veces costaba trabajo entenderle.

—Sí, lo he visto alguna vez, pero...

No sabía qué decir.

—Siéntate —me pidió, y me acercó un taburete.

Yo obedecí, agradecida por no tener que estar tan cerca de él y no tener que mirarle a la cara. Se llevó el instrumento a los labios y empezó a tocar una melodía suave, hipnótica. Algo se contrajo en mi interior.

Algo se contrae en mi interior. Oigo esa melodía y miro a mi alrededor, sorprendida de que nadie más que yo parezca oírla en esta sala. Pero está aquí, alto y claro, oriental y melancólico, ese nostálgico sonido. Cierro los ojos y vuelvo, es tan hermoso estar en aquel balcón nocturno y saber que todos están presentes, a tan solo una pared de distancia, achispados, alegres, enamorados y embriagados. No sé cuánto tiempo estuvo tocando, si tres minutos o media hora, había perdido toda noción del tiempo, arrastrada por aquella nostálgica melodía y por la mirada del entregado y tierno Levan, que rodeaba y acariciaba aquel fino instrumento como a un animalito encantador.

Cuando hubo terminado de tocar, guardamos silencio un rato. Me levanté y le miré, y después sonreí:

—Ha sido muy hermoso. De verdad, muy hermoso. ¿Cuánto hace que tocas?

—Ni idea. Empecé de niño, en algún momento, y luego iba a casa de Givi a practicar. Es un instrumento fabuloso, al que se presta muy poca atención —añadió como un profesional, y volvió a dejar cuidadosamente el duduk en el estuche.

—Deberías hacerlo más a menudo. Es grandioso ser capaz de sacar de uno mismo algo tan bello —dije, y me asombró mi propia elección de las palabras.

—¿Tútambiénsabeshacerlo? —Me miraba radiante.

—No, no soy nada musical, lo dice incluso tío Givi.

—Sabes pintar. Eslomismo.

—No, no es lo mismo. Además, yo dibujo, nunca he pintado con colores y en un caballete.

—Deberías —dijo entre dientes, apretando el estuche contra el pecho.

—Y tú deberías dedicar más tiempo a la música.

Me irritó estar hablando como una de mis Babudas, y me avergoncé de mi tono.

—Ahora este es nuestro pequeño secreto, ¿no?

De pronto, me miraba un tanto atemorizado.

—¿A qué te refieres?

—A lo del duduk.

—¿Un secreto?

—Sí, solo lo sabes tú.

—Pero...

—Rati y los chicos no tienen que saberlo —dijo él con seriedad, casi irritado.

A mí aquel aviso me parecía absurdo. ¿Cómo iba a mantener en secreto ante los chicos algo que amaba? ¿Acaso no eran sus mejores amigos? ¿Qué clase de amistad era esa si no podía ser él mismo, si no podía compartir su pasión con ellos? Sacó una cajetilla de tabaco arrugada del bolsillo del pantalón y encendió un cigarrillo. Desde el salón nos llegaban retazos de música, acompañados de una fuerte confusión de voces. En el estrecho balcón, estábamos muy cerca, yo le tocaba el brazo con el codo. No me atrevía a moverme, tan solo su brazo se levantaba para llevar el cigarrillo hasta sus labios. Cuando tiró la colilla desde el balcón se volvió hacia mí, de tal modo que pude sentir su aliento sobre mi piel, y preguntó en un susurro:

—¿Quieres que te enseñe otra cosa?

Fascinada por ese deseo de hacer revelaciones, asentí como una niña obediente. Me cogió de la mano y me atrajo a la oscuridad del dormitorio. Volvimos a salir al pasillo iluminado, él siguió tirando de mí, cruzamos el salón con sus ruidosos y alegres huéspedes y entramos al cuartito que él compartía con Saba. No encendió ninguna lámpara, tan solo la luz que llegaba hasta nosotros por la puerta de cristal del pasillo brindaba algo de claridad. Las paredes estaban cubiertas de recortes de periódicos en blanco y negro y pósters de revistas de cine extranjero. Reconocí a Chuck Norris y Bruce Lee, encima de su cama colgaba un cartel por el que lo envidiaban todos los chicos de la clase: un cartel original de *Érase una vez en América*, una película que mi hermano y muchos de sus amigos idolatraban.

Estoy oyendo en mi cabeza la melodía de Morricone, veo en mi interior, como en un folioscopio, algunas secuencias de la película, y me pregunto por qué precisamente esa película, que llegó a nuestros cines con cinco años de retraso, acabó convirtiéndose en algo parecido a la biblia de una generación. Todos los jóvenes de la mía, sin excepción, parecían identificarse con Noodles y su banda, aunque la película se desarrolla en el Nueva York de los años veinte.

—Seguro que Rati ha visto esa película cien veces —le dije a Levan, porque no se me ocurrió nada mejor y porque el silencio me resultaba incómodo.

Él se arrodilló delante de su cama y buscó algo.

—Claro. Todos nosotros. Por lo menos doscientas —dijo, y sacó una polvorienta caja de zapatos.

Me hizo una seña para que me agachara. Levantó con cuidado la tapa y me dejó mirar. Primero pensé que era un juguete, una imitación, no entendía del todo lo que me estaba enseñando, porque pocos segundos antes me había iniciado en su secreto musical. No podía tender un puente entre lo que estaba viendo y aquel chico que tocaba el duduk.

—Una Makarov auténtica. PM, la llaman también.
—Oí su voz y miré fijamente aquel metal pesado, negro, frío.

Me gustaría tanto gritarme —a mi yo de entonces— que supere mi aversión, coja la pistola y luego salga corriendo tan rápido como pueda, al patio, a la calle, cada vez más lejos, hasta la plaza Lenin, de allí por el estrecho y sinuoso sendero del caravasar y por las escaleras que llevan a la orilla del Mtkvari, para hundir en el río ese objeto pesado, en las aguas turbias y verdosas, en la esperanza de que nunca lo encuentren, de que se pudra en el fondo, nunca se utilice y no determine las vidas de todos. Pero no puedo. En vez de eso me quedé confusa y petrificada, condenada a seguir el curso prefijado de los acontecimientos.

—¿Para qué quieres tú un arma?
—Nos pertenece a todos. Al grupo. Yo la guardo.

Había orgullo en su voz al enseñarme aquel objeto, no le costaba ningún esfuerzo de superación, a diferencia del esbelto y elegante duduk. Conocía el cuchillo de Rati, un Lisichka: lo había escondido encima del zapatero, a la entrada de casa, donde ni las Babudas ni mi padre pudieran encontrarlo; conocía el Victorinox de Sancho, que siempre llevaba consigo y por el que todos lo envidiaban, pero no sabía nada de *auténticas* armas, no sabía nada de una Makarov, llamada PM, guardada debajo de la estrecha cama, cubierta con una colcha de lana a cuadros, de Levan Iashvili.

—¿Para qué queréis un arma? —insistí, y noté que mi respiración se aceleraba y mi rostro enrojecía.

—¿Cómoqueparaqué? Estáclaro. Somos una banda —añadió riendo.

—¿Qué clase de banda?

—Comolasdelaspelículas. —Volvió a cerrar la caja e hizo un ligero movimiento con la cabeza en dirección al cartel.

—¿Eso es lo que quieres? ¿Una *banda*?

—Claro que es lo que quiero. O sea, no vamos a dejar que nos tomen el pelo. Haremos lo que queramos, y nadie nos dirá lo que tenemos que hacer o no. Todos creen que los Koridze tienen el barrio en un puño, Keto, pero eso ya lo veremos... ¡Ahora nos toca a nosotros, sí, a nosotros!

Sonaba como un texto aprendido de memoria, y me parecía estar oyendo a mi hermano. Y por primera vez me sentí incómoda a su lado; quería volver al salón, a la fiesta, a la luz, lejos de aquellos gestos y amenazas extraños y del arma debajo de la cama, quería volver con mis amigos, al mundo al que pertenecía. Lejos de aquella versión sombría de Rati.

Por primera vez, comprendí que algo tocaba a su fin. Inevitablemente. A no ser —y de pronto algo se iluminó en mi cabeza, una idea, como un relámpago— que, igual que Dina había logrado que Rati terminara en el colegio, quizá también lograra librarlo de su extraña melancolía y devolverlo a la realidad. Devolverlo a nosotros. Tenía que hablar con Dina, tenía que utilizar a Dina para apartar a mi hermano de algo para lo que yo no tenía nombre, pero que hasta hacía pocos segundos podía sentir en cada uno de los nervios.

Ya no puedo decir con exactitud cuándo había empezado aquella extraña competencia entre mi hermano y Zotne Koridze. Nunca habían podido soportarse, al principio se toleraban y se respetaban, se atenían a las leyes no escritas de la calle y guardaban las «normas de cortesía».

Pero con los años la lucha por el dominio en el barrio se fue intensificando. Ambos eran machos alfa, a ambos los impulsaba una ambición enfermiza, sin duda sus móviles eran muy distintos, pero los dos estaban igual de ciegos en su ansia de reconocimiento e independencia. Hacía mucho tiempo que yo intuía que entre Zotne y Rati se avecinaba algo, pero que Rati se encaminara a aquello con toda certeza me resultaba nuevo. Al contrario de Zotne, Rati no tenía ningún *krysha*, nadie que le asegurase privilegios y protección. Un enfrentamiento abierto con Zotne iba a ponerle en dificultades, y a todos sus amigos con él.

Quería ir enseguida al salón y correr hacia Dina, advertirla y pedirle que tuviera una conversación con Rati, pero antes de que pudiera llevar a la práctica esa idea sentí el firme apretón de Levan en torno a mi muñeca. Me atrajo hacia sí con toda su fuerza y estampó sus labios sobre los míos. Aquella vergüenza, aquella inocente vergüenza, vuelve a brotar en mí cuando reconstruyo aquel beso. Pensaba que enseguida iba a darse cuenta de que yo no sabía cómo se acepta un beso, y que se iba a reír de mí. Pero me quedé en aquella torpe postura, y mis labios iban un poco por delante de mí, como si supieran algo que yo no sabía, y respondieran a algo que yo nunca había supuesto que sabría responder.

Cuando volvimos al salón, algunos ya se habían ido. Ira aún estaba donde la habíamos dejado, y comía de mi plato restos de tarta. No había ni rastro de Dina y Rati, también Zotne y Anna Tatishvili junto con sus esclavas habían desaparecido. Saba estaba sentado en el sofá en el que antes había estado Anna, y lanzaba de vez en cuando una mirada tímida en dirección a Nene. Solo Nene, al parecer feliz con la desaparición de su vigilante, bailaba relajada con algunos chicos del colegio. Giraba con su vestido de profundo escote, derramando tal hambre a su alrededor, tal codicia, que daba vértigo. Su rostro revelaba una insospechada relajación, una profunda satisfacción, y aquella libertad tenía algo de frívolo y provocador. Guga, que se veía a la legua que había bebido mucho, estaba sentado en un rincón, mascullando algo. Su figura flácida y colosal tenía un aspecto lamentable.

Como Zotne seguía sin aparecer pasada la medianoche, Nene se tomó la libertad de salir un momento con nosotras al jardín de nuestro patio; nos sentamos las tres en el oxidado balancín, entre la morera y el granado, y nos entregamos a nuestra embriagada dicha. Seguía sin haber rastro de Dina.

—¡No os lo podéis imaginar, estoy tan enamorada! —suspiró Nene, y me pasó ambos brazos por los hombros.

Nene y yo estábamos sentadas en uno de los lados del balancín, que nuestro peso sujetaba en tierra, al otro lado Ira movía las piernas en el aire con una sombría expresión en el rostro, y no tenía sino desprecio para nuestra estúpida risa.

—¿Qué ha pasado? ¡Dilo ya! —quise saber, porque, desde que habíamos salido tambaleándonos al patio, no dejaba de mostrar su entusiasmo.

—¡Le he besado! —gritó, y ocultó el rostro en mi cuello.

—¿*Tú* has besado a Saba Iashvili?

—Sí. Es tan tímido que habría podido esperar años a que se decidiera.

—¡Quiero bajar! —oímos decir a Ira al otro lado del balancín.

—¿Cómo, dónde ha ocurrido?

La curiosidad me desbordaba, y me parecía especialmente emocionante porque no solo ella había podido tener esa experiencia.

—Salimos un momento, él fue al baño y le seguí sin más. ¡Dios, qué dulce fue, allí, totalmente perplejo y desbordado por la situación, se puso rojo como un tomate! Y entonces me limité a mirarle, y todo fue muy rápido, no sé, me puse de puntillas y le besé. Ya os he dicho que él está por mí, es tan tímido, tan encantador...

—¡Dejadme bajar de una vez, maldita sea! —oímos la furiosa voz de Ira en la oscuridad.

—¿Y fue bonito? —insistí.

—¡Fue fantástico! Tiene unos labios tan hermosos. ¡Y es tan guapo! ¡Podríamos tener unos bebés preciosos! —chilló Nene.

Habíamos ignorado por completo la amarga voz de Ira.

—¡Estás loca!

Yo me eché a reír.

—Quizá sea un poco pronto para pensar en bebés, ¿no crees?

—No, hay que pensar en todo... ¡No quiero tener niños feos! ¡Y él sabía a limonada de estragón!

—Yo he besado a Levan —exploté, y me sorprendió lo orgullosa que había sonado mi voz.

—¿En serio? —Nene me cogió por los hombros y me miró a los ojos.

—En serio.

—¡Pequeña golfa, ahora soy yo la que no puede creerlo! Cuenta...

De pronto hubo un sordo estampido, y oímos gritar a Ira. Saltamos hacia ella, estaba tirada en el suelo y trataba de incorporarse.

—¿Estás loca?

Nene le tendió la mano.

—¿Te has hecho daño?

—No, dejadme en paz, solo quiero irme a casa, todo esto me resulta demasiado estúpido... —Se levantó y se arregló el vestido, ignorando la mano de Nene.

—¿Qué te pasa, Ira? ¿No puedes alegrarte por nosotras y ya?

Esta vez, yo estaba de parte de Nene. La conducta de Ira era egoísta, su irritabilidad no tenía otra explicación que la envidia. Cuánto me equivocaba.

—Gracias, Keto, ¡por fin alguien dice algo! —gimió Nene, con exagerado dramatismo—. ¡Lleva semanas así!

—Es que no tenéis el menor nivel... No tengo ganas ni de... Dejadme en paz de una vez.

En la voz de Ira se había mezclado una decepción casi pasmosa, que me hizo aguzar el oído y cortarle el paso.

—Por favor, Ira, dinos qué pasa, dinos qué te hemos hecho —le imploré.

—¿Qué? A ella también le habría gustado que la besaran. ¡Pero nunca conseguirá un tío, con lo arisca y cortada que es! —contraatacó Nene, y empezó, como era su costumbre, a bromear para quitarle hierro a sus palabras.

Bailoteó alrededor de Ira, le cortó el paso y comenzó a hacerle cosquillas. Ira se resistió con indignación y la empujó.

—¡Dejadme en paz de una vez! —sonaba alarmantemente desesperada.

—Nene, déjala en paz.

Tenía claro que Ira hablaba en serio.

—No, no, nuestra Irine quiere que a ella también la besen, verdad, verdad, verdad... ¿Quieres que te enseñe cómo se hace? ¡Puedo enseñarte, yo sé besar muy bien!

Y, sin esperar respuesta, se acercó a Ira, se puso de puntillas, tal como había descrito pocos minutos antes, y besó a su mejor amiga. La besó con entrega, con pasión, la besó de manera inadecuada a su edad. Yo me quedé mirándolas como una *voyeur*, sin saber qué me fascinaba más, si la destreza de Nene o el hecho de que pusiera a prueba esa destreza con nuestra amiga. Me quedé allí petrificada y con los ojos muy abiertos, no podía apartar la vista de aquella imagen: dos personas totalmente distintas se daban algo y a la vez se lo arrancaban, la una daba a la otra una fugaz alegría, y al mismo tiempo le inoculaba algo fatal, que echó raíces al instante.

Con nosotras cambiaban el país, la gente y las palabras. Lo no dicho, lo oculto, lo que el Estado mantenía en secreto durante nuestra infancia, quedó de manifiesto como si hubieran apartado una cortina. Cada día iba siendo más difícil ignorar los tanques y vehículos militares en nuestras calles, el toque de queda y el ambiente tenso que pesaba sobre la ciudad como una caperuza de plomo; había interminables manifestaciones, exigencias hechas con megáfonos, multitudes delante de la universidad y el edificio del Comité Central.

Tan solo Nene parecía florecer en aquella atmósfera lúgubre: cuanto más sombrío era el ánimo de los demás, tanto más parecía relajarse ella; cuanto más silenciosos y tristes se volvían sus congéneres, tanto más ruidosa era su risa, tanto más llamativo su maquillaje. Desde aquel momento, toda su atención se volcó en Saba Iashvili. Nene desarrolló una extraña obsesión, como si hubiera ahorrado todo su placer reprimido para ese chico, como si en nombre de ese primer amor quisiera rebelarse contra su jaula de oro.

Entretanto, Ira se encerraba cada vez más en sí misma, como si se resistiera con todas sus fuerzas a los cambios que se producían a su alrededor. Observaba con manifiesta aversión la euforia de Nene. En las largas pausas en el patio del colegio, buscaba un rincón apartado para comerse su querido *kadas*, que había traído de casa envuelto en servilletas. Si antes no le costaba trabajo aprender, en el último año de colegio se convirtió en una persona encarnizada, movida por una ambición enfermiza, que desterraba cualquier alegría de la vida por obtener buenas notas y el elogio de los profesores. Cuando pasaba tiempo con nosotras, no hacía otra cosa que discutir y acusarnos de desinterés político y civil. Éramos unas irresponsables a las que el futuro de su país dejaba frías. Predicaba sin cesar coraje civil y obligaciones ciudadanas, lo que tenía como consecuencia que nosotras tres quedábamos cada vez más a menudo a sus espaldas y dejábamos a un lado la mala conciencia para respirar a pleno pulmón nuestras necesidades apolíticas. Yo

189

sufría por eso, porque no podía ignorar que su estoica negativa a seguir el ritmo de nuestra frivolidad, duramente alcanzada, la condenaba a la soledad, una soledad de la que con tanto esfuerzo la habíamos sacado antaño para ofrecerle una comunidad por primera vez. Me veía atrapada en un dilema constante entre la virtud y seriedad de Ira y la despreocupación y sinceridad de Nene. Aguantaba conteniendo el aliento en espera de algo colosal y funesto. Ira se equivocaba al atribuirme desinterés por mi entorno; desde que tengo uso de razón, esa ha sido incluso mi mayor debilidad, pensar demasiado en los demás. Me preocupaba la distancia cada vez mayor que se abría entre Dina y yo en cuanto ella se retiraba a su mundo imaginario, que solo quería mostrar a mi hermano. Seguía con creciente tensión la furiosa ruptura de Nene con su corsé familiar, como si estuviera invocando una desgracia, igual que una suma sacerdotisa que planea una rebelión en su templo.

Percibía el ambiente de excitación que reinaba en nuestro colegio y en nuestro patio, una tensión temblorosa que se posaba sobre todos y cada uno de nosotros como una capa de arena después de una tempestad al borde del desierto. No hacía más que pensar en Levan con su duduk y en Levan con su Makarov. No podía cambiar lo que ocurría a mi alrededor, y la única ocupación que tenía para soportarlo eran mis dibujos. Dibujaba como una posesa, en todas partes: en el autobús, en el patio del colegio, en clase. Dibujaba porque me tranquilizaba, como si la mera fijación de las cosas pudiera detener la amenaza que se aproximaba.

Nadie me había dicho cómo se llega a adulta, nadie me había contado cómo se persigue a la gente que se quiere por entre toda la incertidumbre que la vida le impone a una. Nadie me había explicado cómo se puede querer a un chico y desear gustarle a toda costa, lanzarle fugaces y devotas miradas, aunque se tenga miedo de sus deseos y de los secretos que guarda debajo de la cama. Nadie me había enseñado a ignorar las voces indignadas, furiosas, de las habitaciones de al lado; sin duda se tenía la idea de que la gramática y las matemáticas la preparaban a una para la vida. Pero yo no había aprendido a seguir el ritmo de los vertiginosos cambios, en un país que desde hacía setenta años había mantenido oculto su verdadero rostro detrás de una máscara.

—¿Qué es todo eso que te cuenta? —pregunté una tarde a Dina, como si nada, mientras en su sombría casa ayudábamos a Anano a prepararse para su aparición en una representación escolar, para la que tenía que aprenderse de memoria la «Carta de Nestán» de *El caballero de la piel de tigre*.

—¿Qué quieres decir con «todo eso que me cuenta»?

Odiaba la manera que tenía de hacerse la tonta cuando quería eludir una pregunta.

—Rati no viene a casa más que para dormir. Mi padre está a punto de volverse loco. Y Levan ha mencionado algo de que él y sus amigos quieren hacer la competencia a los Koridze. Simplemente me preocupo...

—¿Podemos seguir? —nos interrumpió, irritada, Anano, que estaba en medio del cuarto para presentarnos su actuación.

La veo ahí, con su largo vestido, de dónde habría sacado aquel vestido hasta los pies, y miro a mi alrededor, buscando a esa mujer elegante y simpática con sus grandes pendientes de aro. La distingo a lo lejos, su perfil es inconfundible entre la multitud, con los años se parece cada vez más a su hermana. Escucha atentamente a alguien, y no sospecha que ahora mismo está ante mí y ante Dina, con quince o dieciséis años, a punto de recitar el desgarrador lamento de Nestán a su amado.

—Enseguida —prometió Dina en tono apaciguador—. No entiendo qué quieres que te diga.

—¡Dina, por favor! —Ya no podía reprimir mi irritación por más tiempo—. Tú eres su persona más cercana.

—¿Acaso tienes algún problema con nosotros?

Su voz se inclinaba hacia una pegajosa agresividad, y
su ceño se frunció en una raya, en posición de ataque. ¿De
qué tenía miedo? Hasta entonces nunca nos habíamos
ocultado nada, nos lo habíamos contado todo y nos habíamos sentido orgullosas de iniciarnos de forma tan generosa en nuestros deseos, sueños y preocupaciones ocultas.
¿Cuándo había empezado a verme como una amenaza?

—¿No podemos ahora...? —gimoteó Anano.

—Sal un minuto, te llamaremos cuando puedas volver, ¡ya ves que tenemos que discutir un asunto serio! —regañó a su hermana.

Anano, siempre necesitada de armonía, salió ofendida
de la cocina y nos gritó algo a lo que no prestamos atención alguna. A mí me dolió en el mismo instante haber
emprendido aquella discusión.

—Déjala, que lloriquee si no entiende cuándo tiene
que salir —condenó Dina.

Hasta el fin de su vida, no me acostumbraría a aquella
aspereza, a aquella implacabilidad. Aquella dureza que se
aplicaba por igual a sí misma que a sus congéneres. Aquel
estándar casi inalcanzable al que de todos modos no se podía
llegar desde fuera. Aquel vertiginoso acantilado de sí misma.

—Escucha: eres mi mejor amiga y él es mi hermano,
Dios, es normal que me preocupe...

—¿Preocuparte? ¿De qué? ¿De que estemos juntos?

—Sí, eso también, no deberías excluirme de un modo
tan brutal.

Me defendí, y comencé a dudar de mí tan pronto como
ella cuestionó mis intenciones con tanta dureza. ¿Estaba
celosa? ¿No quería concederle a mi intrépido hermano, o
no quería compartir con nadie a mi mejor amiga?

—A mí me parece perfecto tal como es. Y no voy a ser un obstáculo —dijo con énfasis, como si fuera su última palabra y cogió una manzana que había en un cuenco encima de la mesa.

—¿Qué quieres decir con «obstáculo»? ¿A qué?

—Tú solo quieres que le convenza para que haga lo que desea vuestro padre. Pero no lo haré. Me parece fantástico porque es como es, y no porque vaya a convertirse en lo que queréis vosotros.

—¿Vosotros? ¿*Vosotros?* —Me hacía daño a sabiendas—. No sabía que de pronto formaba parte de un «vosotros» —dije, aplastada.

—No quería decir eso, pero no voy a pedirle que haga nada que no quiera hacer. No soy una espía y no voy a pasarte información de qué planea y con quién —dijo, un tanto dramática, y se dejó caer a plomo en una silla.

Ahora sonreía. Mordió la manzana y revolvió ostentosamente los ojos. Desde algún sitio, en una habitación cercana, llegaba música. Lika estaba restaurando un viejo secreter, dos hombres robustos acababan de pasar el mueble por la angosta puerta del sótano. Cuando trabajaba, solía poner música en el tocadiscos, y no pocas veces se la oía tararear.

—Compréndelo: puede meterse en un buen lío. ¿De veras crees que los Koridze aceptarán sin más que él y sus gánsteres de tres al cuarto le disputen sus negocios? Además, ¿en serio puedes estar de acuerdo con que no haga nada con su vida?

—¡Hablas como una auténtica burguesa!

—¿Como una qué?

—Como una burguesa.

—Eso es una idiotez...

¿Eran esas las palabras de mi hermano? ¿Quién estaba aquí bajo la influencia de quién?

—Puede que no siga el mismo camino que toma la mayoría. —De pronto algo prendió en ella, se inflamó, y empezó a proteger a Rati con su habitual vehemencia—: Tu padre dice que tiene que estudiar y aprender. Pero eso no tiene ningún valor, Keto. Si eres sincera, sabes que cualquier idiota puede ir a la universidad y comprarse una plaza o un diploma. ¿No es así? Rati no quiere hacer las cosas a medias, igual que yo. Sobre todo, ya no quiere apoyar todos esos embustes hipócritas. Cada uno de nosotros sabe perfectamente —e hizo un ademán dramático con la mano— que nuestra vida y todo este país es una gran mentira. Queremos ser de una vez libres y dueños de nosotros mismos, no queremos que sigan tomándonos el pelo. Ni los Koridze ni el Estado. Y que sepas que yo tampoco voy a estudiar.

—¡Dios mío, Dina, ya hablas como él! Te tenía por alguien un poco más independiente —dije con intención de hacer sangre—. Todo eso no es más que charlatanería. ¿Qué puede hacer él contra los Koridze? Quiero decir, ¿no sabes quién es Tapora, el poder que tiene? Media ciudad es suya.

—Justo de eso se trata. O se paga a la milicia o se paga a unos criminales. ¿Y por qué? ¡Por miedo! Eso es lo que mantiene a nuestra sociedad en marcha: el miedo. Pero Rati no tiene miedo. A nadie. Por eso no es como los demás —añadió, con un orgullo casi maternal en la voz.

—Todo el mundo tiene miedo a algo —dije, más para mí que para ella—. Y, aunque así fuera, ¿de qué medios dispone? ¿Puedes decirme cómo piensa poner coto a los Koridze?

—Quiere ofrecer protección a la gente. Él y sus chicos. Protección contra ese Tapora y toda esa chusma. Él los protegerá de los chantajistas. Y a cambio pide menos que esos cerdos codiciosos y corruptos.

Yo no podía entenderlo. Rati le había contagiado sus abstrusas convicciones. ¿Cómo podía estar tan ciega? ¿O era yo la que me equivocaba? ¿Me faltaba imaginación, estaba demasiado anclada a mis ideas, me faltaba valor y era demasiado conservadora, como se me acusaba?

—¿Y tú crees que Tapora y su gente van a quedarse cruzados de brazos?

—Los tiempos cambian —dijo, como si se tratara de un hecho.

Me resultaba insoportable el modo en el que me excluía, porque representaba un obstáculo en el camino que ella creía tener que seguir con Rati, y lo hacía de manera tan radical, tan fácil, tan decidida que me dejaba sin respiración.

—Cómo puedes... —Se me llenaron los ojos de lágrimas—. Yo pensaba que nosotras dos, nosotras...

Por un momento vi un leve titubeo en sus oscuros ojos. Se sentía incómoda, arrinconada, quería escapar, huir de la situación, y sin embargo algo la retenía. Y de pronto se puso en pie de un salto, me abrazó y me dio un beso en la nuca.

—No seas tonta. ¡Claro que estamos juntas!

—Yo solo quería que todo fuera como antes —gimoteé, y me enfadó mi incapacidad de estar furiosa con Dina durante más de un segundo, y también en aquella ocasión fue inútil intentarlo.

Me entregué, la abracé y me quedé así, con el rostro hundido en su cuello.

—Vamos a casarnos en septiembre —dijo, separándose de mí.

—¿Qué? —grité.

—¡Ja, ja, te lo has creído! ¡Qué tontería! Yo no me casaré nunca. Ya me conoces. Pero ahora tengo que ir con mi hermana y ensayar con ella, quédate aquí, enseguida volvemos.

Y salió de la estancia.

Yo me quedé un rato en el espacioso comedor, con su hermoso aguamanil antiguo, escuché el tictac del reloj de pared, y quise irme; tenía ya la cartera del colegio en la mano, pero la música que venía del cuarto de atrás, el cuarto más hermoso de la casa, con ventanas que daban a la calle y por las que entraba tan poca luz, me atrajo, me hechizó, así que llamé titubeando a la puerta de madera.

—¡Keto, eres tú, tesoro, pasa!

Lika me sonreía, y volví a quedar completamente expuesta a su acogida. Llevaba un lápiz prendido en el pelo, con el que trataba de contener sus salvajes rizos, y vestía un peto que halagaba su figura casi tanto como un elegante vestido de noche. Iba descalza, como casi siempre cuando estaba en casa, y las bien formadas uñas de sus pies estaban barnizadas de un rojo brillante.

—¿Dónde están las chicas? —preguntó.

—Están ensayando para la representación de Anano en el colegio.

—Ah, sí, claro. Espera, voy a bajar la música, no me oigo ni a mí.

Quise detenerla, pedirle que no me hiciera caso, que se dedicara a sus tareas habituales, solo quería mirar, asistir a su magia. Pero ella bajó el volumen de la música y me hizo sentarme en un taburetito delante de ella.

Era una estancia en la que el tiempo se detenía, como un portal a un mundo paralelo. Allí siempre había refugio. Allí todo olía siempre igual. Las herramientas, cuyos nombres yo no conocía entonces, estaban extendidas por el suelo, siempre había una taza de té cerca y un cigarrillo en el cenicero. Hasta allí no entraba el mundo exterior, a aquel espacio le importaba un comino hacia dónde marchara ese mundo. Y por primera vez entendí por qué siempre me había sentido tan bien y tan segura en él, tan en mi casa: allí el mundo, con sus crecientes exigencias, no podía alcanzarme; allí las voces de los megáfonos se oían tan poco como los exaltados comentarios de la televisión. Todo lo que Lika tenía en sus manos ya había vivido y resistido al tiempo, y solo aquella hechicera de salvaje melena lo había arrancado de las garras de la decadencia y condenado a la perduración. Cuánto me llenó aquella iluminación repentina. El deseo de fundirme con aquel espacio, el deseo de convertirme en parte de ese universo y quedarme para siempre en él, era casi físico y dolorosamente perceptible para mí en aquel instante. Todavía recuerdo muy bien que ese día Lika estaba trabajando en aquel secreter de persiana de estilo Biedermeier. Me acuerdo del desorden que reinaba en torno al mueble, que a mis ojos estaba dispuesto como una bellísima naturaleza muerta: el papel de lija, los distintos pinceles, la cola, el destornillador, un martillo, cera de modelar, bisagras. Me acuerdo de todo eso, de la luz artificial de las lámparas industriales, de la lupa que a veces utilizaba, de los rastros de su lápiz de labios rojo en la taza de té.

Años después, hasta hoy sigo sin poder explicarme por qué, mientras me hallaba en el Palazzo Massimo alle Terme de Roma, delante de una pintura mural datada entre los años 40 y 20 antes de Cristo, no pude evitar acordarme de aquella tarde, del día en que crucé por primera vez el portal secreto y perdí mi inocencia. Estaba allí de pie, y el pino reproducido en la pintura me conmovió hasta el borde de las lágrimas, y no hubo nada que deseara más que poder compartir ese instante con Lika. Aquella increíble intensidad de los colores y a la vez la pátina de los siglos, los incontables destinos que habían estado en contacto con ese árbol... La conciencia de todo se desplomó sobre mí y me arrebató del presente, me llevó a algún sitio más allá del espacio y el tiempo.

—Está claro que todo lo que hay aquí —y dejó vagar la mirada a su alrededor— te resulta más interesante que mis dos hijas —dijo Lika antes de dar un sorbo a su taza de té.

—Sí, me gusta mucho esta habitación... Me gusta que salves cosas que iban a tirar —añadí insegura.

—Lo has expresado de un modo muy hermoso. —Lika me brindó una sonrisa que era como un abrazo.

Yo suspiraba por esa paz con los pies en la tierra que aquella mujer irradiaba de forma tan majestuosa, y comprendí que toda esa paz y seguridad tenían poco que ver con el olor a cola o el silencio de las herramientas, sino que provenían de lo más hondo de su ser.

—Antes, cuando tenía tu edad, quería ser cantante, ¿puedes imaginártelo? —dijo en voz baja, y empezó a limpiar un pincel.

Yo no sabía prácticamente nada de Lika, parecía vivir en su propio mundo. Cuando tomábamos posesión del comedor o saltábamos en la cama del dormitorio, ella se movía entre nosotras sin hacer ruido, como si fuera ingrávida. Lo único que no podía soportar era la descortesía. No soportaba que Dina fuera áspera, que ofendiese a su hermana o diera una respuesta brusca a alguien. Con el tiempo, me convertí en la abogada de Lika, y atacaba con rudeza a quien se mostraba crítico con ella. Como por ejemplo las Babudas, que consideraban que Dina y Anano tenían demasiada libertad, sobre todo Dina necesitaría en un momento u otro una mano más dura, pensaban. Incluso en nuestro colegio circulaban toda clase de noticias sobre la condición librepensadora de Lika. Yo tomaba partido por ella, no pocas veces acusaba a sus críticos de tener envidia, porque —sigo convencida de esto— todo el que se sentía movido a juzgarla de forma negativa la envidiaba en secreto por su libertad.

Pero a lo largo de los años que pasé junto a Lika, más adelante como su discípula y ya no como amiga de su hija, también aprendí a conocerla desde otra perspectiva. Y, naturalmente, corregí esa imagen idealizada. Con el tiempo distinguí sus demonios, en no pocas ocasiones contemplé su lucha solitaria, invisible para la mayoría, con el mundo en el que estaba condenada a vivir; su ira hacia ese mundo, hacia la gente que la había dejado en la estacada, que la había traicionado y abusado de ella. Pero incluso ahora, estudiando las fotografías de su hija, siento aquel calor que lo inundaba todo, aquella confianza casi sobrenatural, cuando evoco su imagen en mi interior.

—Bien, si es así, coge un trapo y limpia los pinceles —me pidió aquella tarde, de manera totalmente imprevista, y, sin saberlo ella misma, puso los cimientos de todo lo que iba a venir después—. ¿Por qué me miras tan sorprendida? ¿Vas a ayudarme o no? Fantástico, coge ese trapo, exacto, aplícalo aquí y limpia con cuidado cada pelo. Esta es una solución química especial, así que es mejor que te pongas guantes para que no te salga un sarpullido, están en el rincón de la izquierda. Sí, justo esos.

La obedecí, infinitamente agradecida porque se hiciera cargo de mí sin que tuviera que rogárselo.

—Bueno, ya ves que no me convertí en cantante. —Rio desdeñosa—. Entonces creí que al menos el amor me compensaría. Pero era una esperanza demasiado necia. Más necia todavía que el deseo de ser cantante. El amor me ha hecho regalos, pero no los que yo esperaba.

Volvió a reír, y esa risa áspera, rasposa, que a veces brotaba sin previo aviso de ella, me recordó la despreocupada risa de Dina.

Después de limpiar los pinceles, tuve que clasificar tornillos y remover cola para madera. Se acercó a la ventana, desde la que solo se veían pies, y encendió un cigarrillo. Me concentré en mis nuevas tareas; habría podido seguir sus instrucciones durante horas, días.

—Antes se partía de la base de que al restaurar una obra de arte, suponiendo que nos pongamos de acuerdo en que cada obra de arte es una pieza única, hay que restablecer su estado original —dijo de espaldas a mí, envuelta en el humo de su cigarrillo—. Solo más tarde, después de la Segunda Guerra Mundial, se abrió paso el criterio de que, en última instancia, lo que importa en una restauración es la conservación. Que es imposible restablecer por completo el estado anterior, porque sencillamente no sabemos cuál era el aspecto de la obra de arte, así que se llegó al acuerdo de conservar lo que uno se encuentra. Ningún acontecimiento, ningún momento histórico, ninguna época puede repetirse, y en consecuencia cada restauración ha de entenderse como la conservación de un fragmento del presente, que encierra el pasado.

Yo no estaba segura de seguir sus palabras, pero intenté recoger cada una de ellas, quería absorber dentro de mí lo que estuviera dispuesta a darme.

—Tienes que imaginártelo así, Keto: seguro que alguna vez has encontrado una piedra especialmente bonita en el mar, en las playas de Batumi o Sujumi. A las piedras más bellas las llaman piedras vivas. Son de colores y tienen una superficie áspera e irregular. Es porque están colonizadas por animales unicelulares y especies de algas, corales e incluso a veces diminutos moluscos. Eso es lo que las hace tan especiales, tan interesantes. Así ocurre también con esto que nosotras tenemos entre manos.

Aquel «nosotras» me sumió en una insospechada euforia; ¿se refería a mí, podía ser que estuviera dispuesta a recibirme en su orden secreta?

—Intentamos conservar un trozo del hoy, que va unido a un trozo del ayer. Te diré que no es tan sencillo… —Carraspeó y se volvió hacia mí, apagó el cigarrillo a medio fumar en una vieja lata de conservas—. Vamos a seguir y lo entenderás.

Lika no me envió a casa hasta que las Babudas llamaron preocupadas una tras otra a las Pirveli para preguntar dónde me había metido. Subí corriendo la escalera, saltando los peldaños de tres en tres, mientras enumeraba los nombres de todas las herramientas que había oído aquel día por vez primera.

Tengo que llamar a Lika, pienso. Tengo que contarle cómo fue mi estancia en Roma, y cómo pensé en ella y lloré sin ruido. Tengo que contarle que pienso en todo eso y compruebo al mismo tiempo que su hija, a su manera única y relajada, hizo lo mismo que nosotras habíamos intentado durante largos años de trabajo. Sí, también ella había tratado de conservar el ahora, que encerraba un fragmento de pasado.

Durante las semanas siguientes, fui casi todos los días a casa de Lika, y me sumergí en su mundo. Mi ansia de saber nunca había sido tan grande, aprender nunca me había resultado tan sencillo. Me puse de buen grado en sus manos y me dejé llevar por el largo túnel al que se asemejaron aquellos meses de mi vida, la elegí para ser mi antorcha.

Lika no hizo preguntas, se limitó a aceptar mi presencia, elogió mi interés en su trabajo y mi destreza, me criticó cuando a veces perdía la concentración o tenía un descuido, me exhortó a mantenerme siempre alerta y mostrar el mayor cuidado en el manejo de las herramientas. Me servía bizcocho azucarado o fruta cuando la tarde se alargaba, hacía té para las dos, fumaba, siempre volviéndome la espalda y mirando hacia la ventana. Y decidía, cuando se acercaba la noche, cuándo era «suficiente por hoy». Solo de tanto en tanto, si no había mucho trabajo o había algo que me era imposible hacer por mí misma, me dejaba sentarme a su lado en el taburetito y dibujar. No hacía comentarios, no decía nada, tan solo me brindaba de vez en cuando una sonrisa apenas perceptible o una mirada de ánimo.

En una ocasión me preguntó por qué no estudiaba pintura; se acercaban los exámenes finales, y quiso saber si tenía alguna idea sobre mi futuro. Y por primera vez expresé sin trabas lo que me había preocupado todo aquel tiempo: mi miedo a la responsabilidad, miedo a verme delante de un lienzo en blanco y no poder estar a su altura. Miedo a los colores y a la imposibilidad de captar la complejidad de lo real. Le confesé que me parecía más fácil seguir instrucciones y hacer una tarea predeterminada. A su lado, en aquella estancia, me sentía segura, tenía un patrón claro que podía seguir, y, si no sabía algo, la tenía a ella a mi lado. La mera idea de cambiar el bloc de dibujo por un caballete y un lienzo me causaba una sensación de parálisis.

—Solo podrás averiguar todo eso haciéndolo —dijo ella, embebida en un libro en el que buscaba algo.

Yo no respondí nada, lo dejé estar, y ella lo entendió, como solía entender sin palabras las necesidades del otro. No iba a obligarme a nada, me daría el tiempo que necesitara, yo sabía que aquel sería un refugio seguro mientras me hiciera falta.

El 26 de mayo de 1991, el día de nuestros exámenes finales, Zviad Gamsajurdia se convirtió en el primer presidente de Georgia elegido en unas elecciones libres. A nosotras no nos importó, preferíamos celebrar nuestra libertad. Y el que esa libertad coincidiera con la libertad de nuestro país para nosotras tuvo poca importancia. Aquel día el timbre del recreo fue especialmente largo, era para nosotras, solo para nosotras, las que nos íbamos. Los profesores nos felicitaron y garabatearon sus nombres en nuestros mandiles y camisetas blancas.

Salimos a los pasillos después de la última clase, simbólica, algo sentimental, en la que hasta los gamberros de la clase estuvieron tranquilos y pensativos, abrimos todas las puertas y chillamos, cantamos y nos entregamos a todas las promesas. Olía a lilas de un modo tan dolorosamente embriagador como es habitual en nuestra ciudad en mayo. (¿Sigue siendo mía esa ciudad? ¿Puedo seguir llamándola así después de haberme perdido tantas floraciones de las lilas? ¿Cuándo deja algo de ser propio, dónde está la frontera en la que lo familiar se convierte en ajeno? ¿Puede resultarnos alguna vez ajena la propia infancia?).

Nos congregamos en el patio, los chicos bebían vino en botellas de limonada, algunas chicas ya se les habían unido. Incluso Ira, que había pasado las últimas semanas como una ermitaña, había vuelto a la vida y resplandecía. Salimos corriendo a la calle, disfrutando de las miradas admirativas de los más pequeños, que nos seguían con una mezcla de envidia y nostalgia. Queríamos atesorar cada instante de aquel día especial, bebérnoslo como una pócima. Todo parecía posible aquel día, como si pudiéramos recorrer todos los caminos.

Nos cogimos de la mano y cruzamos el pelado campo en el que solía tener lugar la clase de «cultura física». Más tarde bajamos, embriagados de alegría, la calle Engels, gritando, todos debían vernos y oírnos, porque al fin éramos dueñas de nuestro propio destino, reinas de nuestro propio reino. Qué ingenuas éramos...

Esa misma noche, las cuatro nos tumbamos en la ancha cama de Nene y nos entregamos a nuestros sueños. Zotne se había ido a pasar el verano a Rostov a causa de no sé qué «negocios» con su tío, así que Nene gozaba de una libertad hasta entonces desconocida. Mientras Guga parecía morir de amor, Nene florecía cada vez más y se volvía cada vez más audaz en las tretas y mentiras que contaba a su madre para poder pasar con Saba el mayor tiempo posible.

—¿Qué vas a hacer, tienes ya una idea de lo que quieres estudiar? —Se volvió Ira de pronto hacia mí, con el cuerpo tieso como una vela, las manos en jarras, manteniendo la postura como una acróbata.

—Keto está aburrida, se pasa el día en el estudio de mi madre haciéndose la alumna modelo —me pinchó Dina, y algo en su voz me reveló que aquello le disgustaba.

De hecho, había cierta tensión entre nosotras desde que pasaba más tiempo en el estudio de Lika. No me apetecía exponerme a sus reproches, así que hacía como si no notara su irritabilidad. Solo en una ocasión me enfrentó con una declaración directa que me dejó sin habla: «Yo tengo a tu hermano y a cambio tú tienes a mi madre. Me parece un buen trato».

—¿Qué haces con Lika? ¿No es aburrido pulir muebles viejos? —comentó Nene, arqueándose en la cama como un gato viejo.

—¡No es aburrido! Hay mucho trabajo, y se pueden hacer muchas cosas.

Así ocurría siempre con Dina. Ella podía repartir, pero los demás no podían hacer ningún reproche que la afectara, y menos aún a alguien a quien ella quisiera.

—No quería decir eso, quiero decir aburrido para Keto —precisó Nene.

—¡Dejadla hablar! —gritó Ira, y volvió a dejarse caer en la cama—. Lo que yo quiero oír es *su* opinión.

—Todavía estoy pensando, pero...

—¿En qué tienes que pensar? Hace mucho que sabes lo que vas a hacer.

Dina me miraba directamente a la cara.

—¿Ah, sí? ¿Y qué es eso que sé hace mucho? —respondí irritada.

—Vas a estudiar restauración. Piensas que de ese modo estarás a salvo. Te falta coraje para la pintura, si es que lo entiendo bien.

Habría podido abofetearla por decirlo, pero en el fondo tenía razón. Coqueteaba con esa idea desde hacía mucho tiempo, pero no me atrevía a expresarla abiertamente. Había recabado algo de información en la Academia de las Artes y no paraba de darle vueltas a esa opción.

—Eso sería muy... inusual, pero por qué no —juzgó Ira, en el tono meditabundo que le era propio.

Durante unos instantes, todas nos sumimos en un significativo silencio.

—Siento tener que decepcionarte, no vas a tener como amiga a una emocionante pintora —dije a Dina, en tono de frialdad.

—¿A qué viene eso? ¿Crees que lo digo por mí?

De pronto su mirada volvía a ser sincera, llena de calor y ternura, y empecé a lamentar haber sido tan mala.

—Entonces ¿por qué insistes? —pregunté, y bajé la mirada—. No soy una artista como tú... Lo siento.

—No se trata de eso. A la mierda las etiquetas. Por mí puedes ser basurera, si te hace feliz. Es solo que creo que deberías tener el valor de ser quien eres. Mi madre no tuvo elección, no llegó a ser lo que es porque quisiera.

—Dios mío, Dina, no tengo ni un solo cuadro, ¿crees que me aceptarían por mis necios dibujos? ¿Sabes cuánta gente quiere estudiar pintura?

—Sí, pero ¿cuántos de ellos lo *son* en realidad, quiero decir, pintores o pintoras?

—¿Y por qué crees con tanta seguridad que yo lo soy?

—¡Porque te conozco!

Algo en aquella frase me conmovió hasta el llanto, y al mismo tiempo me arrinconó. Me hubiera gustado levantarme de un salto y salir corriendo hasta el 12 de la calle de la Vid, para bajar desde allí los pocos peldaños hasta el sótano. No entendí aquella impetuosa reacción. ¿Por qué actuaba de esa manera? ¿Por qué me ponía bajo tanta presión con sus expectativas? Y, sin embargo, no podía más que estarle agradecida: me desafiaba, toda nuestra amistad se basaba en esos desafíos, y, aun sin pretenderlo, me hacía crecer, aunque a veces la maldijera por aquellos acelerones.

—Tu madre es feliz con su profesión, no hables mal de ella —dije, y la miré de frente.

—No hablo mal de nadie —explotó de pronto. Un gélido silencio se extendió por la sala—. ¡No tienes ni idea! ¿Puedes imaginarte las privaciones, lo insoportable que fue todo para Anano y para mí?

Me asombró su rabia y aquel asomo de autocompasión, algo que nunca le había visto.

—Lo siento, Dina, pero tengo la sensación de que hablas de ti. Tú seguirás tu camino, Keto tendrá sus razones para querer ser restauradora —terció pensativa Ira.

Me sentí infinitamente agradecida a Ira por salvar la situación con su tono circunspecto.

—Yo al menos me he apuntado a los exámenes de ingreso en la universidad —concluyó, segura de sí misma, y se levantó de la blanda cama.

Dina se había dado la vuelta y estaba sentada de espaldas a nosotras.

—¿En serio, Ira? ¿Lo conseguirás? ¿De verdad vas a estudiar Derecho?

Aliviada por el cambio de tema, aproveché enseguida la oportunidad para apartar de mí la conversación.

—Sí, lo conseguiré. Somos un país independiente, aprobaremos nuevas leyes, desarrollaremos un pensamiento nuevo, y quiero estar ahí cuando toda esa novedad ocurra —añadió con cierto patetismo.

—Mientras este sistema se mantenga, con independencia o sin ella, yo no iré a la universidad.

Oía a mi hermano hablar a través de Dina, y traté de que no se notara mi irritación.

—Pero tienes que hacer algo... —insistió Ira.

—Ya hago algo: fotografío. O iré a trabajar al zoo, como cuidadora. Creo que los animales son mejores que las personas.

—¿En serio? —se asombró Nene, que siempre picaba en lo que decía Dina, funcionaba en todas las ocasiones.

Pero con Dina también era difícil trazar el límite entre fantasía y realidad, su mundo era siempre un andar en el filo de la navaja, y ella misma jamás percibía sus planteamientos como mentiras; creía en ellos, por eso resultaban tan convincentes.

—Vamos, Nene... ¡No va a ser cuidadora! —comenté malhumorada.

—Tienes tan poca idea como todas las que estamos aquí de lo que va a pasar mañana, no puedes excluir absolutamente nada —repuso ofendida Dina. Y en ese momento Nene saltó de la cama y anunció con voz clara:

—¡Yo solo quiero ser la señora Iashvili, rebosante de felicidad!

Todas la miramos sorprendidas, y estallamos al unísono en una carcajada.

LOS AMANTES DE TBILISI

Anano aparece junto a mí y me brinda su sonrisa conciliadora.

—¿Estás bien, todo en orden? ¿Estás atendida?

Baja la vista hacia mi copa vacía. Yo asiento e intento obligarme a una sonrisa confiada. Parece alguien que lo tiene todo bajo control, sin esforzarse excesivamente. Hablamos de Lika, que desde hace dos años vive con Anano y su familia. Pienso en la época en la que todavía llamaba desde Alemania todas las semanas; qué apoyo y qué constante era para mí entonces. Yo apenas tenía dinero para las caras tarjetas telefónicas. Pero ella era mi puente, mi garantía de que podría volver en cualquier momento si todos los lazos se rompían. Me avergüenzo de no haberla llamado durante tanto tiempo, vuelvo a pensar en mis lágrimas de Roma.

—Mejor háblame de ti, háblame de tu pequeño Rati, que seguro que ya no es pequeño. Sé por mi madre lo ocupada que estás. No hace más que hablar de tu talento, y se siente un poquito orgullosa, como si tu éxito fuera en parte mérito suyo. —Anano me guiña un ojo—. Ya la conoces...

—Es absolutamente mérito suyo, no en parte.

—Dice que estás especializada en el Renacimiento, y que tienes años de reservas.

—Bueno, tengo bastantes encargos y viajo mucho, esa es la ventaja y la desventaja de este oficio. Pero, desde que Rati salió de casa, todo se ha vuelto mucho más sencillo. Tu madre y tú tenéis que venir a visitarme, ya se lo he dicho a Lika muchas veces.

—En fin, ya no es tan joven, y, aunque ella no quiera darse cuenta, la edad reclama su tributo. Pero quizá el invierno próximo yo esté en Alemania. Por la galería, estamos planeando una gran exposición de jóvenes pintores georgianos, Occidente está descubriéndolos cada vez más, y queremos apoyarlos.

—Entonces tendrás la oportunidad de hacer una excursión.

—Mi madre me ha contado que vives en medio del bosque, y tienes un jardín impresionante.

—Es una antigua granja que compré hace años y volví a poner en marcha, el mejor retiro que se pueda desear. Y, sinceramente, el jardín fue idea de tu madre: si tienes tanto sitio, planta algo, eso aporta una paz increíble. Tenía razón. ¿En qué no tiene razón esa mujer?

Ambas nos echamos a reír. Yo prosigo:

—Naturalmente, en algún momento se volvió demasiado aburrido para Rati, que se trasladó a la gran ciudad y disfruta de la vida loca, y le gusta viajar, en eso nos parecemos. Se interesa por la música, pero es una clase de música de la que yo no tengo ni idea. Música electrónica en el más amplio de los sentidos. Bueno, somos ya unas dinosaurias... Tú todavía no, pero está claro que yo sí.

Anano se ríe y niega con la cabeza.

—Qué tontería...

No sé por qué lo hago, en realidad odio que alguien te ponga delante de la cara el smartphone con miles de fotos de fantasmas virtuales, pero sigo un impulso y le enseño el lago color turquesa y mi jardín, que elogio de manera casi maternal. No puedo evitar reírme de mí misma.

Me pregunto cuándo comencé a buscar el aislamiento. ¿Cuánto tiempo vivimos a base de maletas? ¿Cuánto tiempo viví, después de la separación, en alojamientos transitorios apenas amueblados? ¿Quería algún sitio al que llegar? Mirando hacia atrás, no lo comprendo, porque hoy ya no podría vivir sin ese jardín, sin esa calma. Quizá el motivo esté en otra parte. Porque todavía recuerdo con claridad esa sensación que nunca me abandonó los primeros años después de la mudanza, la sensación de que todo era pasajero, de que estaba de paso. Y, aunque nunca lo dije abiertamente, sabía en mi interior que en realidad solo podría haber una meta para mí. Volver a Tbilisi.

Pero me desprendí de mi pasado, avancé, disciplinada como un soldado de una unidad de élite. Lo hice sobre todo por mi hijo. Y lo hice gracias a la tranquila voz de mi padre, al que telefoneaba todas las semanas, y en cuyo tono trataba siempre de detectar alguna preocupación o una enfermedad, como si esperase tener un motivo para poder volver por fin. Pero no me dio ninguno, se guardó sus preocupaciones, su insoportable soledad, siguió oyendo a Cole Porter y mantuvo los malos espíritus encerrados en una botella. Quería mantenerme a distancia por todos los medios, a distancia del infierno del que habíamos huido.

Anano se deja arrastrar a unas cuantas frases admirativas sobre mi jardín, y acto seguido su mirada vuelve a las piezas expuestas esta tarde. Ambas nos detenemos delante de la foto que lleva el título, de resonancias románticas, «Los amantes de Tbilisi». El carácter presente, la vitalidad del momento atrapado son casi insoportables: un enamoramiento congelado para la eternidad, un fragmento de ligereza y juventud que, en el instante en que se tomó la foto, parece indestructible. ¿Cuándo llamó así a esa fotografía, me pregunto, cuando aún amaba y creía poder soportarlo y superarlo todo por ese amor? ¿O cuando ese amor ya había quedado atrás, y ella se había dado cuenta de que los amantes son los últimos en saber apreciar esos dones?

Durante un tiempo, había estado perfeccionando la técnica del disparador automático. De aquella época procede esta foto. (Más tarde no quiso enseñarla, al contrario, la cámara era su escudo protector, tras el que podía ocultarse y desaparecer por completo, mientras hacía hablar a sus motivos en representación suya).

Los amantes de Tbilisi... ¿Dónde han ido a parar todos? La ciudad de mi infancia y juventud, tal como vuelve a aparecer en estas fotografías, ya no existe. Se ha transformado, ha mudado la piel, reina de las metamorfosis, ha escapado de los tiempos sombríos y se ha puesto un vestido nuevo; quién puede tomárselo a mal, al fin y al cabo ha sobrevivido mil quinientos años. Los amantes de Tbilisi ya no son tan resistentes y tan robustos. Sí, ¿dónde han ido a parar todos? ¿Ya no aman, hace mucho que su amor se ha extinguido o ha quedado desplazado por todas las parejas nuevas, modernas, menos dramáticas, más alegres y menos complicadas?

¿Estuve yo entre ellas? ¿Me incluyó entre esos santos destrozados? Y la gente que pasa hoy ante nosotros no nos ve; ¿no ve ese amor conseguido con tanto esfuerzo y por el que pagamos un precio tan alto? ¿Ven esa pólvora disparada tan sin sentido, ese fuego degenerado en ascua, esos besos prescritos y esos abrazos caducados? ¿Ven los otros todo lo que queríamos, y lo implacablemente que los tiempos nos han castigado por nuestra insaciabilidad? Y, aunque la gente que pasa hoy delante de nosotras lo supiera todo, ¿nos reconocería? ¿A nosotros, los amantes de Tbilisi?

No, no lo harían, para que eso sea posible, la vida tiene que ser masticada y digerida una vez, tiene que haber sido vomitada, aquellos a los que la vida se muestra desde el lado luminoso no nos verían, no nos reconocerían.

Vuelvo a pensar en Norin. En su desbordante melancolía, pienso que quizá solo me buscó y encontró porque era la desgracia personificada, la superviviente que nunca se quejaba, y él quería cerciorarse de que su vida, que le había regalado abundantes dones que él siempre ignoraba, era en realidad maravillosa, y se veía obligado a dar gracias a los dioses en los que no creía...

De pronto siento mi rabia, quiero arrancar esas fotos de las paredes, llevármelas conmigo a mi legendario lugar de reposo en Alemania, a ese terreno seguro al que solo tienen acceso aquellos sobre los que la vida ha vomitado. ¿Cómo pueden ver todos aquí ese amor, ese beso? Sus labios, los labios de mi hermano... Bajo la vista, me miro los pies. Anano ha seguido su camino, de repente estoy sola; en medio de innumerables personas.

Y, de pronto, pienso en Reso. Como una llamarada de una nostalgia largamente extinguida. Le echo de menos, su objetiva confianza y el hecho de que me conoce mejor de lo que yo me conoceré nunca, como si fuera un libro escrito en una lengua desconocida, que yo no hablo y él domina a la perfección. Me gustaría preguntarle si es feliz en su nueva vida, con su nueva familia. Si lo aman como se merece. Es extraño que al decir la palabra «amor» piense enseguida en él, aunque, de todos los hombres con los que la vida me ha reunido, con ninguno me vería menos como una *amante*.

Quiero seguir, pero me detengo y vuelvo a dirigir la mirada a la foto. Se besan tan apasionadamente que se siente vértigo. Se funden como dos colores que un maestro mezcla para crear una tonalidad que no existía antes, asombrosa. Son uno, se respiran, y sin embargo, a pesar de toda su pasión, ese beso no tiene nada de destructivo, nada de posesivo. Son libres, aún son medio niños en su voluntad, no valoran nada, no se preguntan nada, *son*, y quizá sea justo eso lo que otorga la fuerza de esta foto.

Ahora, al mirar con más atención, me fijo en el uniforme escolar de ella. Tiene que habérselo puesto expresamente para la foto, porque sin duda la tomó después de terminar nuestros estudios. ¿Por qué lo hizo? Odiaba ese uniforme, como todo lo que borraba su individualidad. ¿Un gesto irónico? No encaja con la incondicionalidad de aquellos años, no encaja con su edad y su aturdido enamoramiento. Mis pensamientos vagan hacia el día en que se quitó el uniforme para siempre y se puso un sencillo vestido de tirantes para celebrar sin inhibiciones su libertad y todo lo que prometía.

Finales de junio, sí, tuvo que ser a finales de junio. Habíamos alquilado una sala de fiestas a la orilla del Mtkvari para nuestro baile de graduación, y no habíamos reparado en gastos: habíamos recolectado dinero, confeccionado un menú abundante, traído un enorme equipo de sonido, y nos habíamos roto la cabeza durante semanas buscando la música adecuada. Hubo invitaciones pintadas a mano y un ramo de flores para cada profesor. Pasamos días dándole vueltas a la ropa que íbamos a ponernos. Lika había cortado para Dina aquel sencillo vestido de tirantes que la convirtió en una reina. Llevaba al cuello un collar de oro maravilloso y fino, y delicadas flores de manzanilla en el pelo, que aquel verano se había cortado más corto y que envolvía su cabeza de manera tanto más imponente. Estaba radiante de expectativa, y los ojos de mi hermano, que nos llevó a las dos a la fiesta en coche, revelaban cierta incomodidad ante aquel esplendor, que le tocaría compartir con innumerables miradas masculinas.

Al principio, yo también me había tomado muchas molestias, hojeado los catálogos de *Burda* de las Babudas en busca del mejor corte; Babuda dos incluso había ido conmigo un día entero a la recién inaugurada «cooperativa», en la que desde hacía poco había «productos de importación» a precios desorbitados. Me había llevado al barrio de la estación, a los «especuladores», que ya no se llamaban así y tampoco eran ya ilegales, con la esperanza de encontrar allí la prenda adecuada, pero nada de lo que caía en mis manos encajaba, nada parecía responder a mis exigencias. Simplemente, yo no tenía la seguridad de Dina para dar fuerza a lo sencillo, ni la teatralidad y sensualidad de Nene para llevar algo exageradamente pomposo, con un escote audaz, que la hiciera parecer Catalina la Grande. (Aprovechaba a tumba abierta cualquier ausencia de su tío y su hermano). Ira, que se limitaba a mirar al cielo en cuanto la conversación recaía en el tema vestidos, llevaría algo con lo que nadie podía contar, pero estaba segura de que resaltaría su carácter distintivo.

Pocos días antes del baile, me rendí y, de pura preocupación, no quise ir. Las dos Babudas trataron de convencerme negando con la cabeza, me acariciaron el pelo, me cocinaron mis platos favoritos, me hablaron sin cesar de mis puntos fuertes, haciéndome sentir cada vez más triste y más idiota. Entre sollozos, caí en la cama y no quise volver a salir de mi cuarto. La situación fue a peor cuando las Babudas enviaron a mi padre a verme; sus intentos de animarme eran casi grotescos, porque decía cosas como: «Tal vez de Lise Meitner también dijeran que no era una belleza, pero qué mujer, qué brillante cerebro, qué dotes divinas...», ante las cuales yo me echaba a llorar con más fuerza aún y lo expulsaba a gritos de mi cuarto.

Entrada la noche —yo estaba agotada, con los ojos hinchados de llorar y me había dormido vestida, rendida por la autocompasión—, Oliko me despertó con un suave contacto de su mano fresca sobre mi frente.

—Despierta, Keto, quiero enseñarte una cosa.

Me froté los ojos, me senté a regañadientes y refunfuñé para mis adentros.

—No voy a intentar hacerte cambiar de opinión, pero a pesar de mis ojos enfermos me he esforzado tanto que tienes que probarte esto, hazlo por mí.

Solo en ese momento vi la cinta métrica que se bamboleaba en torno a su cuello y las dos gafas que llevaba una encima de otra, y que la hacían parecer un payaso triste. Al contrario de Eter, Babuda dos siempre había sido una mujer consciente de la moda, que daba mucho valor a su apariencia y guardaba durante años los ejemplares de *Burda* como si fueran las sagradas escrituras. Pero, desde que su vista había disminuido, la vieja Singer cogía polvo en un rincón del salón dormitorio, dentro de su cúpula de madera.

—¡Ven, levanta! —me exhortó, y se puso en pie, forzando la espalda.

Algo en su estampa me conmovió. Sus cabellos teñidos de castaño, cuidadosamente recogidos, en los que se veían brillar hebras blancas, su espalda ligeramente encorvada, sus estrechos hombros y sus finos tobillos, sus zapatillas diminutas, bordadas en rojo, y el vestido negro y ajustado. Al contrario de Eter, nunca llevaba albornoz, bata o delantal. Ni siquiera se quitaba jamás sus joyas, unos cuantos anillos de plata sencillos y gráciles y una gama inagotable de pendientes.

La veo ante mí y siento esa tierna y amable sensación; la sigo, no puedo apartar la mirada de su espalda, que parece tan frágil, que ha soportado tanto. Aún sigue siendo la madre eternamente romántica de mi madre fantasma; aún sigue siendo la mujer que, cuando yo era pequeña, me hacía recitar los poemas de Hugo; todavía el movimiento independentista y el presidente no la han convertido en aquella agresiva revolucionaria que muy pronto no iba a perderse ni una manifestación.

En la cocina, Oliko me hizo encender la lamparilla de la mesa y me ordenó que me desnudara. Desapareció unos segundos y regresó con una tela suave y deslizante; la llevaba en las manos con tanto cuidado como si sostuviera un bebé. Solo al fijarme más distinguí un hermoso vestido de chifón azul celeste, ceñido bajo el pecho con una cinta blanca.

—Las mangas estaban estropeadas, así que las he quitado, y por encima del talle las polillas habían hecho de las suyas, pero creo que he podido salvarlo, no ha perdido nada de su antiguo esplendor. ¡Pruébatelo!

Y me entregó la valiosa pieza.

—¿Qué vestido es este, Babuda?

—Era el vestido favorito de Esma. Se lo ponía a menudo, en cualquier ocasión especial. Decía que le traía suerte. Lo tenía guardado en mi armario. Puede que te valga.

Pasé los dedos por aquella tela suave, y al cabo me atreví a ponérmelo. Temblando de emoción, me armé para el gran chasco: demasiado pequeño, demasiado grande, el corte equivocado... Pero ni siquiera tuve que mirarme al espejo para constatar que me caía bien, me sentí a gusto desde el primer instante. Traté de contener las lágrimas, no quería pensar en todas las ocasiones solemnes en las que mi madre ya no podría llevar aquella prenda espléndida.

—¿Qué te pasa? —preguntó preocupada Babuda—. ¿No te gusta?

—Gracias —murmuré débilmente, le cogí la mano y la atraje hacia mí.

Sabía cuánto le había costado devolver la vida a ese viejo vestido de su hija; las horas que había tenido que pasar a solas con sus recuerdos, todo para satisfacer mi vanidad.

—Ven, ya eres lo bastante mayor, vamos a tomar un trago de vino. El padre de una alumna lo ha traído de Kajetia y tiene un sabor divino. ¡Brindemos por la nueva etapa de tu vida!

Sacó dos copas del armario, vertió en ellas el líquido carmesí, me tendió una y me arrancó la promesa de ir al día siguiente a la fiesta.

De pronto huelo aquel perfume y me vuelve loca: ¿quién, en esta sala repleta de gente, usa la misma loción para después del afeitado que mi hermano usaba... hace cuántos años? ¿Puede un recuerdo repentino aguzar hasta tal punto los sentidos, e incluso evocar un olor? Pero huelo ese aroma áspero, a madera, y nos veo esperándolo: Dina y yo, arregladas como dos chicas de pueblo casaderas. Estábamos en el patio y oíamos latir nuestros corazones. Rati iba a venir a las seis para recorrer con nosotras la ciudad antes de ir a la sala de fiestas.

El zapatero armenio Artjom cruzó el patio con un cubo de hojalata para llenarlo de agua en el grifo que goteaba eternamente. Desde que yo tenía memoria, siempre había problemas con la conexión de agua de su casa. Su paso tenía algo pesado, plúmbeo, cabía pensar que tuviera cien años, pero sus ojos ardían y las comisuras de sus labios se elevaban rápidas como el viento cuando alguien entraba con unos zapatos rotos en su covacha de la calle de Belén. No había ningún zapato que él no fuera capaz de salvar de la ruina definitiva. No había pies malos, sino malos zapateros, solía decir.

—Oh, ¿quién se casa? ¿Me he perdido algo? —nos preguntó en su divertida mezcla de georgiano y ruso cuando vio cómo íbamos de arregladas.

—No, tío Artjom, nos vamos al baile de graduación —respondimos al unísono Dina y yo.

—¡Tened cuidado de que no os rapte nadie por el camino, con lo guapas que vais! —nos gritó guiñando un ojo, y siguió su paseo hacia el grifo.

Como mi hermano se tomaba su tiempo, fuimos al jardín en el que pronto haría diez años que había comenzado nuestra amistad. Dina se sentó en el columpio oxidado, y yo la empujé. Oímos un susurro y descubrimos a Tarik al pie de la morera. Estaba arrodillado allí, con una expresión de gran concentración en el rostro, y emitía un sonido alegre y silbante. Nunca supimos por qué había dejado su escuela rusa después del noveno curso. Desde entonces pasaba cada vez más tiempo con los perros y gatos callejeros, parecía estar todo el día en el patio o en la calle. Solo de tanto en tanto se le veía acudir a algún sitio con su pesada caja de herramientas; las Babudas decían que tenía unas «manos de oro», y de vez en cuando hacía reparaciones para ganar un poco de dinero, que gastaba en comida para perros y gatos.

Estaba cavando en el suelo, tan embebido en su actividad que ni siquiera advirtió nuestra presencia.

—¡Eh, Tarik! —le gritó Dina.

Él se sobresaltó, miró confuso a su alrededor, como si hubiera despertado de un sueño, guiñó los ojos hasta convertirlos en puntos diminutos y luego sonrió, como solía hacer cuando no sabía de qué otro modo reaccionar.

—¡Ahí, ahí, mira ahí! —susurró.

Nos acercamos, y señaló una diminuta mancha gris justo en la raíz del árbol. Solo al fijarnos mejor advertimos la presencia de un pajarito recién nacido, de pico amarillo y plumaje gris pardo.

—Caído del nido —añadió en tono de sufrimiento.

—¡Oh, no, tenemos que salvarlo!

Era típico de Dina entusiasmarse de un momento al siguiente con algo completamente nuevo.

—Tenemos que atenderlo y ponerlo en un sitio bien visible para que su madre lo encuentre —decidió en el acto.

—¡Sí, sí, tenemos que salvarlo! —Tarik parecía felicísimo de haber encontrado a alguien que pensara como él—. Si no, se lo comerán los gatos.

Yo iba a objetar algo, pero ya era demasiado tarde. Dina nos dio instrucciones precisas. Yo debía traer algodón y pan seco, Tarik un trapo viejo, y ella se ocuparía del nido. Lo conseguimos todo a la velocidad del rayo. Ella había traído una cesta trenzada que aseguramos a la rama más baja del árbol. Pusimos dentro el algodón y al pequeño animal, ante cuyo pico sostuvimos miguitas. De pronto, la supervivencia de aquel pájaro nos parecía más importante que nuestra fiesta de graduación.

—Y, ahora, todos nos cogeremos de la mano y rezaremos por él —nos exigió, como si se tratara de una devota piadosa, al tiempo que nos cogía a ambos de las manos.

Y así nos quedamos, como un pequeño círculo esotérico, alrededor del diminuto polluelo: Dina, rebosante de energía, radiante como una estrella de cine, yo con el vestido azul de mi madre muerta, y Tarik con una gastada camisa a cuadros y unos pantalones demasiado cortos.

Cuando pasó el minuto de silencio, Dina se dio la vuelta, abrazó a Tarik y le preguntó si quería venir con nosotras. Yo le di una patada, con la esperanza de apartarla de su absurda idea, pero fue inútil.

—¡Pero si yo no estaba en vuestro colegio! —respondió con toda lógica Tarik, al entender a qué le estaban invitando.

—¡Eso no importa! ¡Eres el mejor!

Dina estaba en ese extraño estado que yo llamaba «la cabriola de alta tensión», y no había nada que pudiera dominarla. En aquellos momentos parecía ajena incluso a sí misma y decía cosas completamente contradictorias, parecía debatirse entre una vaga e integral nostalgia y un miedo difuso. La mayor parte de las veces quería abrazar a todo el mundo, dar confianza a todos y, en general, creer que el mundo podía ser mejor. Yo en cambio temía la reacción de los otros cuando Tarik apareciera en la fiesta a remolque nuestro. Tampoco me apetecía pasarme toda la noche preocupándome de él; el humor de Dina podía esfumarse tan rápido como había llegado, para volcarse con la misma entrega en algo o alguien totalmente distinto. Pero Dina impuso su voluntad, Tarik se enfundó una americana marrón de su padre y cambió la camisa a cuadros por otra blanca, tan solo se quedó con el pantalón beis demasiado corto. Con el pelo peinado hacia atrás a base de ingentes cantidades de gomina y oliendo de manera penetrante a perfume barato, subió con nosotras al reluciente coche verde abeto a cuyo volante se sentaba mi hermano. Para mi gran asombro, descubrí en el asiento trasero a un elegante Levan de traje negro y pajarita roja, que en él quedaba un tanto rara. Los dos nos miraron incrédulos cuando metimos a Tarik en el asiento de atrás, pero Dina susurró algo al oído de Rati desde el asiento del copiloto y zanjó el tema, y Rati puso el motor en marcha.

—¡El primer coche occidental al que me subo! —exclamó emocionada Dina, y empezó a inspeccionar el vehículo.

—¿De dónde lo habéis sacado? —pregunté.

—Nuevecito. Un Mercedes, importado directamente de Alemania, señoras, y adecuado a vuestra belleza —anunció orgulloso Rati.

—¿Es tuyo? —Me faltaba el habla.

—Es nuestro. Puedes felicitarnos.

—¿Cómo habéis conseguido el dinero? —Me acaloré al instante, pero la severa mirada de Dina en el espejo me hizo ver que no era el momento adecuado para eso.

Rati sacó del bolsillo un paquete azul de Pall Mall y ofreció uno a su novia. Al parecer, quería ganar puntos ante ella con sus logros occidentales, y por lo visto lo estaba consiguiendo. Yo los observaba a ambos en su diálogo satisfecho. El viento cálido acariciaba nuestros rostros por las ventanillas bajadas, y nos tendíamos hacia él. A mí me alegraba que Tarik fuera sentado a mi lado, sin exponerme de forma tan desesperada a la proximidad de Levan. Desde su cumpleaños, nos habíamos visto repetidas veces, pero solo habíamos conversado de pasada, en los húmedos pasillos del colegio, en la calle o en el patio, a veces también en nuestra casa cuando venía a ver a Rati, llenaban de humo la habitación y discutían en tono conspirativo sobre «negocios». Yo siempre buscaba alguna confirmación de que nuestro beso había significado algo, de que debía tener una continuación, y me sentía miserable por no disponer del valor para sacar el tema. Evitaba los encuentros a solas, y no sabía cómo explicarme aquella estrategia de elusión. Aquel punzante deseo, aquella vaga nostalgia me desmoralizaban. Me decía que los secretos en los que me había iniciado solamente estaban destinados a mí. Yo miraba por la ventanilla, el excitado Tarik parloteaba sin cesar, Levan callaba y, al parecer, no se atrevía a mirar hacia donde yo estaba.

Aquel fue tal vez el último día en el que todo transcurrió según un viejo orden que me resultaba familiar; el último día antes de que todo empezara a desplomarse a mi alrededor como en una coreografía apocalíptica especialmente espantosa, que discurría a cámara lenta. Pero también fue uno de los últimos días en los que mi ciudad aún se pareció a sí misma, antes de ponerse también ella una ropa distinta, una ropa manchada de sangre.

Durante el viaje, pensé en mi amor por esa ciudad, me acuerdo de aquel sentimiento nostálgico, sentimental, que mantuvo mi corazón en un puño mientras recorríamos las calles bacheadas y adoquinadas y los bulevares orlados de plátanos. Dina y yo saludábamos sin parar a la gente que pasaba, hacíamos toda clase de muecas, como si quisiéramos hacerles partícipes de nuestra alegría y emoción. Yo no había advertido que ella se había llevado la cámara, y me sorprendí no poco cuando la apuntó hacia los paisajes y edificios que pasaban, hacia los arrancados carteles electorales. Ya he visto esas fotos en una exposición, una de las primeras de ella a las que acudí. Su belleza y nostalgia ya me pusieron melancólica entonces, porque estaban cargadas de una sentimentalidad que apenas podía soportar.

En la pomposa sala con las mesas dispuestas para el banquete, cuyos tableros se combaban bajo el peso de los platos, jugamos a ser adultos. Era un espectáculo desgarrador ver a todos esos chicos que hacían brindis, esas chicas que se aguantaban la risa y solo asentían significativas o daban sorbitos al vino, que sacaban del bolso sus lápices de labios y espejitos y trataban de charlar de tú a tú con los profesores, como si una barrera invisible se hubiera levantado. Nos sentíamos más adultos que los adultos, y ni siquiera los profesores parecían darse cuenta de aquellas tonterías, miraban como si tal cosa cómo el alcohol nos volvía a todos más alegres y relajados, cómo la música sonaba cada vez más alto, cómo empezábamos a quitarnos los zapatos de tacón y brincábamos en la pista de baile levantándonos los vestidos.

Yo estaba sentada entre Ira y Tarik, a la izquierda se había puesto Levan, seguido de Dina y Saba, al que Nene había colado. Oficialmente no estaban permitidos los visitantes externos, pero todos parecían hacer la vista gorda con las parejas, así que no hubo nada raro en que Rati se uniera a la fiesta. Al principio, a Saba se le notaba un tanto incómodo, pero con el creciente consumo de alcohol también su gesto se animó y gozó con su amada de la libertad sin vigilancia. A pesar de toda su sensualidad y amabilidad, aquella noche también irradiaban algo fingido y forzado. Nene, que normalmente siempre estaba bajo observación, se comportaba como si estuviera en el escenario de una ópera; cada gesto, cada atención, cada frase tenían que ser excesivas y exageradas, llenas de sentido y melodrama. Cuando tocaba a Saba, enseguida se lanzaba a su cuello, olvidaba toda aquella decencia duramente entrenada de una hija de buena familia. Saba a su vez soportaba aquellos estallidos pasionales con la misma contención estoica con la que solía caminar por la vida. Ella le amaba con la impulsividad de la primera vez, y en cada abrazo él cerraba los ojos, como si se entregase a su voluntad.

Dina fue una mariposa aquella noche. Nunca se quedaba mucho tiempo sentada, nunca aguantaba mucho una conversación, sino que enseguida volvía a flotar por la sala, apenas probaba la abundante comida, se sentaba en el brazo de una silla y tocaba el hombro de alguien, sin parar de reír, entre dientes y a carcajadas, repartiendo de forma generosa y ecuánime su cordialidad y su encanto.

Entretanto, Levan se había sentado a mi lado, y durante una eternidad no me atreví a levantarme, como si algo fuera a romperse de manera irrevocable si lo hacía. A veces sentía la mirada de Levan sobre mí; yo bajaba los ojos, o hacía como si no me diera cuenta. Aprovechaba cualquier oportunidad para volverme hacia Tarik y atenderle con hospitalario celo. Apenas pude comer nada de la exquisita cena, la emoción me cerraba el estómago, y el poco vino que bebí se me subió enseguida a la cabeza.

En cierto momento, cuando Dina sacó a Tarik a la pista de baile, rechazando a muchos chicos de nuestra clase que hubieran aprovechado con gusto la ocasión de bailar con ella —al fin y al cabo, pasaba por ser la mejor bailarina del colegio—, yo aproveché la oportunidad y hui al patio, de densa vegetación. Altos cipreses se alzaban al cielo oscuro, y el susurro del Mtkvari tenía sobre mí un efecto tranquilizador, casi adormecedor. Descubrí un banco con una mesa de metal sobre la que pendían unas moras maduras, retiré del tablero algunos frutos caídos y me senté. Por desgracia no me gustaban los cigarrillos, porque aquel habría sido el momento adecuado para encender uno. La música del fondo se convertía cada vez más en una lejana alfombra de sonido. Me concentré en el río, en los coches que pasaban por la orilla, cuyos faros rozaban mi mesa una y otra vez y la iluminaban con luz estridente. Una extraña gravidez pesaba sobre mis hombros, y me enfadó conmigo misma no poder disfrutar la fiesta a fondo. Estaba inquieta, como bloqueada. Cuando oí pasos a mi espalda, me volví sobresaltada.

—Soy yo, notengasmiedo.

Reconocí su alegre voz, su ritmo entrecortado, rápido, como si se tragara determinados sonidos que le resultaban incómodos.

—¿Qué haces aquí? —preguntó Levan, sentándose a mi lado.

—Pienso.

—¿En qué?

—En toda clase de cosas. En parte también es triste que el colegio se haya acabado.

—Alégrate de no tener que volver a ver todos esos caretos a diario.

Siempre sería el mismo chistoso, alegre, inconmovible.

—Voy a seguir estudiando —dije de pronto, y aquella revelación me sorprendió incluso a mí—. Voy a matricularme en restauración —añadí con curiosa determinación. Era la primera vez que manifestaba aquel deseo de manera abierta.

—¿En serio es lo que quieres? Qué interesante.

Guardó silencio un rato, luego se cogió un cigarrillo de la oreja y lo encendió con una cerilla. Había algo muy infantil en él, y a la vez irradiaba una impresionante fuerza de voluntad, que no pegaba con su edad.

—Lo harás bien.

Volvió a decir aquellas palabras como si fueran una sola: loharásbien. Me miró con seriedad. Le aguanté la mirada. Inclinó la cabeza hacia mí y me besó.

—¿Y tú? —Me aparté, lo principal era que no se diese cuenta de que me faltaba el aire.

—¿Yo qué? —Tragó saliva, carraspeó.

—¿Vas a estudiar?

—No, bueno, aún no.

—¿Por qué no? ¿Te acuerdas de que en quinto escribiste un poema y nuestra profesora apenas podía aguantar el entusiasmo?

Soltó una risa sucia y estridente. Su reacción revelaba algo amargo, desencantado, que no me gustó.

—¿De qué te ríes? ¿En serio vas a pasarte toda la vida con esos matones, fingiendo que eres una especie de gánster de Nueva York?

Me miró irritado, no quería oír de mis labios aquella frase, no me había seguido hasta allí para hablar de su futuro. Yo había destruido la intimidad que había entre nosotros.

—Se lo digo a mi hermano, Keto, date cuenta: si de verdad queremos que las cosas cambien, no podemos tener miedo a mancharnos las manos.

—¿Qué significa eso exactamente? ¿Qué es lo que hacéis? ¿Y de dónde ha salido ese estúpido coche?

De pronto tuve claro que todo estaba en marcha, que aquellas cosas estaban ocurriendo hacía ya mucho, que hacía mucho que no se trataba de parloteo adolescente, que Rati y sus amigos ya vivían aquella vida.

—Tenemos ya once cooperativas bajo nuestra protección. Eso hace que a Tapora y los suyos les llegue once veces menos beneficio. Once veces menos a esos corruptos.

—¡Pero vosotros no hacéis nada distinto de esos corruptos! Quiero decir, ¿vosotros también cobráis por esa «protección»?

—Cooperamos con esa gente, somos socios y no usureros, les pedimos menos, somos sus amigos, no sus enemigos.

Yo no tenía ganas de discutir con él. Me parecía agobiante, de pronto quería irme a casa, o mejor al sótano de Lika, a dedicarme a una actividad sensata en la que me sintiera útil.

—¡Qué guapa estás hoy! —murmuró él, y no supe cómo acoger aquel cumplido—. ¿De qué tienes miedo, Keto?

No entendí su pregunta.

—¿Qué quieres decir? ¿De qué iba a tener miedo?

—Eso es lo que te pregunto.

—No tengo miedo, solo estoy hecha un lío, porque no sé lo que quieres de mí...

Logré liberarme de su abrazo y me alejé unos pasos de él.

—¿Que qué quiero de ti? —Parecía sorprendido.

—Sí, exacto, qué quieres de mí...

—Yo... Me gustas. Me siento bien cuando estás conmigo.

Balbuceaba, buscaba las palabras adecuadas. De alguna manera, me decepcionó, pero ¿qué esperaba, una mayor decisión o incluso una inequívoca declaración de amor? ¿Quería oír de sus labios cuándo pensaba contarle a mi hermano que yo le gustaba?

—Me vuelvo dentro, ¿vale?

—Pero ¿qué pasa? ¿He dicho algo malo? ¿Keto...?

Ya no me di la vuelta, sino que me precipité a la sala, me solté y me fundí con la masa de los que bailaban. Rati bailaba estrechamente abrazado a Dina; Tarik se bamboleaba feliz, tarareando, de un lado para otro; los profesores bailaban con las alumnas; también estaba Guga, sentado en un rincón con las esclavas de Anna Tatishvili, y mirándola bailar por el rabillo del ojo. No había ni rastro de Nene y Saba. Al principio nadie pareció sorprenderse de su ausencia, la fiesta había empezado a disgregarse, algunos estaban en el patio, otros en la terraza, pero al cabo se vio a Guga buscar algo más nervioso a su hermana. Zotne le había encargado que la vigilara, y, aunque todo el mundo sabía que él no servía para eso, se sentía obligado a estar a la altura del papel. Inquieto, preguntaba por Nene a todo el mundo.

—¡Pero, hombre, deja en paz a los tortolitos! —protestaba alguno que otro.

Cuando se plantó delante de Ira y de mí, su voz sonaba tan desesperada que incluso nosotras nos vimos asaltadas por un mal presagio.

—¿Sigue sin aparecer?

La tensión de Ira me hizo prestar atención.

—¿Qué quiere decir «sigue»? —pregunté, mirando al desvalido Guga.

—Hace ya casi dos horas que se fueron —dijo Ira en tono gélido, y yo sabía que su preocupación sí era de fiar.

—¿Dónde han ido? —preguntó Guga, que parecía pedirme ayuda con la mirada.

Ira le resultaba inquietante, la mayoría de los chicos de nuestra edad no sabían cómo arreglárselas con ella.

—No tengo ni idea.

Ira se encogió de hombros.

—Habrán aprovechado la oportunidad para estar un rato a solas. Volverá cuando sea la hora, no te rompas la cabeza.

Traté de sonar alegre y confiada:

—Vamos a esperar un poquito, tómate otro vino mientras, Guga —añadí un tanto desvalida.

—¿Y si se han largado?

—Oh, no, por favor... —Ira se había estremecido, estaba claro que no había tenido en cuenta semejante opción—. Eso sería una catástrofe, no creo que lo haya hecho...

Mientras Ira murmuraba una y otra vez las mismas frases, me asaltó un oscuro presentimiento: cada vez estaba más segura de que la ausencia de su tío y su hermano, unida a su desmedido enamoramiento, habían inducido a Nene a hacer algo del todo irreflexivo y espontáneo. Y, mientras trataba de imaginar las consecuencias de aquella fuga, vi que los ojos de Ira se llenaban de lágrimas. Era la primera vez que la veía llorar, y hubo otra cosa que me dejó sin habla. Era testigo de algo que intuía hacía mucho tiempo, no, que *sabía* hacía mucho tiempo, y que hasta entonces ninguna de nosotras se había atrevido a decir abiertamente. Sí, claro que Ira quería a Nene, y la quería de un modo distinto al que quizá era *admisible* en nuestra amistad. Me acordé de aquel beso, en el oscuro jardín al pie del granado, y de pronto todo se juntó en una imagen clara. Me superó, pero ¿qué era en ese momento más importante: aquella iluminación o el hecho de que con toda probabilidad Nene se había ido con Saba? Y, sin embargo, me pregunté cómo era posible que Ira pudiera poner todas sus esperanzas precisamente en Nene. ¿Por qué se había enamorado precisamente de la chica que más se definía con relación al sexo masculino? ¿Y qué pasaba con Nene?, ¿se había dado cuenta, se había permitido pensar siquiera en ello? ¿Qué pasaba con Dina? Jamás habíamos hablado de eso, jamás habíamos llevado hasta el final aquella idea. Yo ignoraba las palabras correctas, había crecido en un mundo en el que solo había hombres y mujeres, cada cual atrapado en su papel, que preveía algo determinado y declaraba impensable otra cosa.

—Ira, lo siento mucho... —Fue lo mejor que se me ocurrió en aquel instante.

La miré directamente a los ojos. Ella se quitó las gafas y bajó la cabeza.

—Estoy contigo, quiero decir, si quieres hablar.

Me avergonzaba mi torpeza, pero al mismo tiempo me obligué a pensar en Nene, repasé todas las posibilidades, todos los lugares en los que pudieran estar. ¿Debíamos ir a buscarlos, o era mejor dejarlos estar? ¿Quiénes éramos nosotras para juzgar acerca de su futuro? Estaba claro que su tío jamás aceptaría esa decisión, nunca la dejaría en manos de Saba Iashvili: las consecuencias iban a ser funestas.

—Tenía que ocurrir. Quiero decir, no ahora, pero en algún momento —dijo Ira, y se limpió las gafas con un pico de la camisa. Luego volvió a ponérselas; se forzó a la necesaria contención, aunque el secreto ya no era un secreto.

—Voy a buscar a Dina, se nos ocurrirá algo.

Volví a la sala y arranqué a Dina de los brazos de Rati. Me siguió furiosa hasta la terraza.

—¿Qué te pasa? —Olía a alcohol y cigarrillos.

—Creemos que Nene y Saba se han largado.

Por suerte la terraza estaba desierta, salvo por nosotras tres.

—¿Cómo que se han largado? —Dina me miraba incrédula.

—Ya sabes...

Ira trataba de encontrar las palabras adecuadas. Los ojos de Dina se agrandaron. Negó con la cabeza y le pidió un cigarrillo a uno que pasaba.

—Tenemos que encontrarla antes de que se enteren Tapora y Zotne.

—Pero se han ido, ¿no?

—No sabes lo rápido que estarán de vuelta cuando les llegue la noticia. Y precisamente Saba Iashvili, Tapora va a flipar...

Dina reflexionaba. Iba de un lado a otro, dando caladas al cigarrillo, le ardían las mejillas. Estaba tan guapa, tan llena de su radiante felicidad, como si su alegría fuera un jardín mágico con innumerables plantas que florecieran todas al mismo tiempo.

—Voy a por Rati, nos subiremos al coche e iremos a ver a todos los amigos con los que podría esconderse Saba. Pensad a quién pueden conocer que tenga una dacha o una casa de vacaciones. En esas situaciones se huye a algún sitio en el campo, ¿no? —pensó en voz alta—. Quizá Levan pueda darnos algún consejo.

Y sin esperar mi respuesta, volvió corriendo dentro de la sala.

Guga tenía la frente perlada de sudor, su rostro había perdido todo color. Necesité varios intentos para explicarle lo que sospechábamos. Repetía como un mantra que Zotne iba a matarlo. Al final, Ira lo agarró por la manga de la camisa y lo arrastró tras ella. Sin despedirnos de los otros, bajamos corriendo los anchos escalones de piedra hacia la salida.

Miro a mi alrededor, busco a Nene, a Ira, mis pilares para soportar sana y salva esta velada. No veo a Ira, Nene charla animadamente a unos pasos de mí con dos chicas georgianas que se han propuesto —y han logrado— destacar con su vestimenta. Nene disfruta de la atención. La exclusiva copa de vodka subraya su papel especial. Su pequeña estatura irradia una fuerza increíble, puedo sentirla casi físicamente. Me pregunto cuál de nosotras tres es la que más ha cambiado; quizá no sea Ira, como yo creía, quizá sea yo la que más ha perdido lo que antes me caracterizaba. Ahora ella se ríe; su risa no ha variado, es igual de tintineante, igual de despreocupada y coqueta que antes. ¿Reía también así aquella noche, al lado de Saba, de camino a su supuesta libertad? ¿Se reía de nosotros, de la jugada que nos había hecho? ¿O, embriagada por su victoriosa dicha, nos olvidó por completo, no derrochó en nosotras ni un solo pensamiento? ¿Se imaginaba, pegada a su amado, un futuro de cielos claros? Cuando la veo ahora, veo a aquella chica de sobrecargado atuendo, la celebración casi vulgar de su reciente amor en aquella fiesta que iba a ser la puerta de una nueva vida y condujo tan solo a otra cárcel.

Buscamos toda la noche y todo el día siguiente, sin éxito. Hasta el mediodía, conseguimos engañar a la madre de Nene, le ofrecimos toda clase de excusas para ganar tiempo. Rati y Levan llamaron por teléfono a los amigos cuyas familias tenían una casa de veraneo, pero ninguno de ellos le había dejado una llave a Saba. Aparte de nosotras, Nene no tenía amigas, así que era absurdo interrogar a nuestras borrachas compañeras. No había rastro de Saba y Nene, y hubo que informar a los Iashvili; el pánico de Guga se hacía más contagioso con cada minuto que pasaba.

—Tenemos que encontrarlos como sea, ¡como sea! —dijo Rostom, el padre de Levan y Saba, con voz temblorosa, con un cigarrillo sin filtro entre los resecos labios.

Nos había reunido en el salón de los Iashvili y celebraba una especie de gabinete de crisis. Repasamos en tono conspirativo todas las informaciones de que disponíamos, y nos turnamos para ocuparnos de Guga, totalmente deshecho; se había sentado en el sofá con flores estampadas y la dulce Nina lo cuidaba con sus manos blancas, como si estuvieran empolvadas.

—Hemos buscado en todas partes, telefoneado a todo el mundo, no hay ni rastro —admitió Rati a media voz.

Levan estaba sentado de perfil respecto a mí, y se mordía las uñas. Todos estábamos agotados, éramos la caricatura de una brigada de rescate.

—¡Si me entero de que le estás encubriendo, te mataré con mis propias manos! —gritó Rostom mirando a Levan, era la primera vez que oía levantar la voz a ese hombre.

Pero ¿qué iba a saber Levan? A buen seguro, la pareja ni siquiera había planeado su fuga. Nene nunca habría sabido guardar un secreto como ese. Le habría faltado valor para tomar una decisión sobria, racional, temía demasiado las consecuencias. El ambiente festivo tenía que haber hecho que, animada por el alcohol y por sus desbordantes sentimientos hacia su amado, se dejara arrastrar a una acción irreflexiva como esa.

—Dios mío, si es así, que se casen y formen una familia.

Levan se puso en pie, irritado, ya no podía mantener a raya su propio nerviosismo.

—¡No olvides de quién es sobrina! —respondió secamente su padre.

—¡Cálmate, no es ningún dios!

Levan no quería darse por vencido, aunque yo no me creía su fingida despreocupación.

—¡Son demasiado jóvenes para una cosa así! ¡Primero tienen que hacerse adultos, estudiar algo, y luego podrán pensar si quieren formar una familia! ¡Tu hermano no sabe ni freír un huevo! —se indignó Nina.

—Si le conozco bien, sin duda Tapora tiene otro candidato para Nene —dijo tranquilamente mi hermano, como si hablara consigo mismo—. Querrá hacer negocios con Nene, como con todo y con todos.

Le miramos, confundidos. Se impuso un silencio estremecedor, roto tan solo por el tictac del reloj de pared.

—¿Por qué dices eso? —preguntó Ira.

Casi había olvidado que Ira también estaba en la habitación, hacía una eternidad que no decía una sola palabra, había estado todo el tiempo de pie junto a la ventana abierta, mirando al patio.

—Bueno, son cosas que cuentan...

A Rati le resultaba incómodo que todas las miradas se dirigieran hacia él, bajó la vista y empezó a mirarse los zapatos.

—¿Y *qué* cosas se cuentan?

Esta vez fue Dina la que miró fijamente a mi hermano, con un sordo presentimiento.

—Bueno, no quiero esparcir rumores...

Rati ya se arrepentía de no haber cerrado la boca. El timbre le vino de maravilla, corrió hacia la puerta.

Había pasado el mediodía, el sol estaba en su cenit, y Manana, vestida de negro, entró apresuradamente en el salón, con un abanico de colores en la mano, con el que se daba aire, se lanzó con un sonoro gemido sobre Guga y comenzó a gritarle con todas sus fuerzas. Nina, exageradamente cortés, estaba tan perpleja que se hizo a un lado y se quedó mirando, como convertida en estatua de sal. Guga empezó a sollozar como un niño pequeño.

—¡Idiota, maldito retrasado! —gritaba la furiosa Manana, dándole puñetazos.

Guga se limitó a cubrirse la cara con las manos y aguantar los golpes.

—¿Cómo has podido permitirlo, para qué te mandé allí?

Rostom trató de interponerse entre madre e hijo y tomar partido por Guga.

—Nadie podía imaginarlo. Guga no sabía nada, ninguno de nosotros aquí lo sabía... —La voz de Rostom sacó del trance a Manana, que se volvió hacia él con ojos llameantes de ira.

—¡Habría hecho mejor en educar a su hijo para que fuera un hombre decente, y no un raptor de chicas! Nene jamás habría hecho eso, conozco a mi hija; por respeto a su padre muerto y a su tío jamás lo habría hecho. ¡Él la ha raptado!

Entonces también Nina volvió a la vida:

—¿Raptado, mi Saba? ¿Cómo puede decir una cosa así? ¿Cómo va a haberla raptado? No estamos en la Edad Media, mi hijo y su hija se quieren, simplemente desean estar juntos.

—¡Estar juntos, permita que me ría! ¡Amarse! ¡Ella no tiene ni idea de lo que es el amor!

—Disculpe, pero mi hermano es un tío decente, ¿para qué iba a raptar a una chica que le quiere?

Noté la indignación en la voz de Levan. Me sorprendía que Rati se mantuviera tan calmado, estaba sentado a la mesa, inmóvil, y parecía mirar a través de todos nosotros; traté de adivinar qué información nos ocultaba, qué conocimiento lo dejaba tan desanimado y abatido.

—Espero de ustedes que los encuentren. Ella tiene que volver a casa lo antes posible, antes de que mi hijo y mi cuñado regresen. Y espero, por el bien de todos nosotros, que allá donde estén no se enteren de nada de esto, porque de lo contrario... No, no quiero pensar en eso. ¿Y vosotras, pavas idiotas? Probablemente la habréis reforzado en sus fantasías, ¿no?

Ahora su rencor iba dirigido contra nosotras, sus amigas. Vi que Dina se erguía a mi lado y se preparaba para el ataque, iba a explotar y a escupir a la cara a esa mujer oprimida. Le puse la mano en el brazo y apreté fuerte, era de lejos el peor momento, no podíamos echar gasolina al fuego.

—¡Ella no es una mercancía! —dijo desde su rincón en la ventana Ira, a la que todos habíamos olvidado. Todos volvimos la cabeza hacia ella—. No es un juguete del que se pueda disponer. ¡Tiene su propia voluntad, y debe hacer lo que considere oportuno en cada instante!

Se había vuelto hacia nosotros como a cámara lenta. Tenía los ojos hinchados, la piel enrojecida, las gafas sucias, los labios agrietados. A pesar de todo, se levantó con toda dignidad y nos escupió a la cara la verdad que nadie se atrevía a decir:

—Es una persona libre, os guste o no, y, si quiere a Saba y quiere estar con él, está en su derecho —prosiguió con determinación. Parecía transparente, como si la dura luz del sol pasara a través de ella.

—¡Habría que arrancarte la lengua por decir esas cosas! —gritó Manana con voz chillona—. Antes te daban con el cinturón por algo así, y con razón, con toda la razón, y la próxima vez, Irine, se te habrían quitado las ganas

232

de decir algo semejante. Solo os digo una cosa: encontradlos antes de que mi cuñado y Zotne se enteren. Porque, si Dito tiene que emplear a su gente —siempre llamaba a Tapora por su nombre civil—, creedme que no será bueno para ninguno de nosotros.

Cuando Ira pasó delante de Manana con la cabeza erguida y salió de la casa, aproveché la oportunidad y la seguí. Dina vino detrás de nosotras. El brillante sol nos hizo guiñar los ojos. Nos quedamos delante de las ventanas de tío Givi. Dina había recobrado el control. Ira estaba visiblemente conmovida, pero su tono era de contención, frío y objetivo.

—Tengo que dormir. Estoy muerta. Ella ha tomado su decisión, y esperemos que sea feliz.

—Ya has visto a su madre, no podrá luchar en ese frente —terció Dina, y se alisó el arrugado vestido.

—Tenemos que ayudarla. Si esa es su voluntad, tenemos que hacerlo —dijo Ira, y se dio la vuelta para irse. Aquella frase en sus labios me asombró.

—Ira, has hablado bien, estoy orgullosa de ti —exclamó Dina a su espalda, cuando ella ya había dejado atrás el jardín y se dirigía a la escalera de la casa.

—Eso no ha sido muy inteligente —dije yo, y me puse también en marcha, arrastrando los pies—. No deberíamos animarla, no tiene ninguna posibilidad contra el clan Koridze.

—Y tú eres una cobarde de campeonato, ¿lo sabes, Keto? —Me miraba con tanto desprecio que estuve a punto de romper a llorar.

—Trato de ser razonable —me defendí.

—¡Razonable, tú, claro! ¿A quién quieres engañar?

—¿Qué quieres decir? ¿Quieres que apaleemos a todos los Koridze hasta dejarlos en coma? Tú misma has dicho que nunca permitirán que esté con Saba...

—¡Lo que no significa que haya que rendirse sin combatir!

Ya no esperó mi respuesta, y desapareció dentro de su casa.

Cuando, tres días después, seguía sin haber rastro de la escandalosa pareja de enamorados, Manana intervino y llamó a su hijo para que volviera a Tbilisi. Cuanto más tiempo estuviera desaparecida Nene, tanto más difícil sería salvar la cara y el tristemente famoso «honor de la familia», así que optó por arriesgarse a una escalada del asunto. Todos mis intentos para que Rati me dijera qué supuestos planes tenía Tapora para Nene fracasaron. Solo cuando Zotne ya había vuelto a Tbilisi, Saba llamó a casa y dijo que Nene y él habían alquilado una habitación en Batumi para pasar allí su «luna de miel». Zotne viajó a Batumi directamente desde el aeropuerto. También Rati empezó a recoger sus cosas a toda prisa. Hubo un montón de llamadas telefónicas, y se decidió que Rostom Iashvili debía tomar esa misma noche el tren nocturno a Batumi.

Arrastraron a Nene hasta el coche, también Saba volvió a Tbilisi con mi hermano, Levan y Rostom. De hecho, como Nene admitió más tarde, había sido una decisión espontánea e impulsiva. Se habían besado en la parte trasera de la sala de fiestas, y ella había sabido, no, los dos habían sabido, que no querían seguir separados por más tiempo y que no tenía sentido esperar.

—La amo. Me ama. Es mi mujer y yo su marido, y nadie puede hacer nada en contra de eso —parece ser que dijo Saba, muy decidido, poco antes de llegar a Kutaisi.

Cuánto se equivocaba, cuánto.

Como primera medida, Nene fue enviada al destierro: a Sujumi o Pitsunda, ya no me acuerdo, en compañía de su madre, durante todo el ardiente julio. Aún oigo sus sollozos desesperados cuando intentábamos consolarla mientras hacía la maleta. Dina y yo la mirábamos impotentes

234

y agobiadas; desde el forzado regreso de Nene, Ira se mantenía alejada de nosotras.

—Solo serán unas semanas, hasta que los ánimos se hayan calmado, ya verás. A finales del verano todo será distinto. Y claro que podréis volver a estar juntos...

Tendría que haberme avergonzado de mis ingenuas palabras, pero qué podíamos hacer más allá de consolarla y guardarnos la verdad. Porque su familia nunca permitiría que se casara con Saba Iashvili, no era fácil animarla con esa expectativa. Dina se sentaba a nuestro lado con ojos vacíos, todo en ella hervía.

—Os ayudaremos. Ahorraremos dinero. Con eso podréis aguantar un tiempo en el extranjero. ¡Lo conseguiremos! —dijo de pronto, con la voz resuelta de una luchadora por la libertad, y cerró, teatral, los puños.

Por primera vez, Nene alzó la cabeza y dejó de llorar.

—¿Tú crees?

—¡Sí, lo haremos!

El tono decidido de Dina la animó, me miró esperanzada:

—¿Tú también lo crees, Keto?

—Claro que sí, lo haré.

Aunque estaba muy lejos de creer semejante cosa, no podía seguir decepcionando a mi amiga, enamorada hasta el tuétano. Me resultaba imposible decirle lo que en ese momento se me pasaba por la cabeza. Me resultaba imposible decirle que en nuestra ciudad no se podía amar a quien se amaba. Porque en nuestra ciudad se abandonaban los deseos. En nuestra ciudad, había que renunciar a las aspiraciones para que la vida no fuera leal a la desgracia. Se aprendía a ser ajeno a uno mismo, ese era el mejor camino para arreglárselas en nuestra ciudad. En nuestra ciudad, el amor duraba poco y se esfumaba como una niebla matinal en cuanto salía el sol. En nuestra ciudad, las chicas eran delicadas como un soplo y empolvadas como una muñeca, estaban hechas para tejer el honor de sus maridos y darles pan caliente; estaban hechas para convertirse en imágenes ajenas. En nuestra ciudad, las chicas eran peces de colores para los que los chicos tenían que construir acuarios en los que ver nadar a sus peces favoritos. En nuestra ciudad, las chicas eran ángeles sin alas colgados de finos hilos, sostenidos por madres, tías, abuelas, que tampoco habían podido huir antes que ellas. En nuestra ciudad, los chicos eran copias de sus padres y tíos y abuelos, que tampoco habían conseguido terminar los juegos de su infancia y habían tenido que hacerse de golpe adultos, fuertes y barbados. En nuestra ciudad, los amantes eran animales salvajes, y todos los demás, domadores. Al final, o los animales se dejaban domar o se los encerraba en jaulas para exhibirlos como ejemplo disuasorio. No podía decirle a Nene que los amantes de Tbilisi siempre habían sido fugitivos.

—No os olvidéis de mí, y saludad a Ira. Sé que está enfadada conmigo. Pero decidle que la echo de menos —nos gritó en la escalera, cuando ya estábamos abajo.

Al día siguiente, fui a la Academia de las Artes y me inscribí para los exámenes de ingreso en la Facultad de Restauración y Conservación. Había aplazado hacerlo todo ese tiempo, pero de camino a casa, por las recalentadas calles de Sololakis, me quedó claro hasta qué punto había sido una estupidez por mi parte resistirme y no aprovechar mi oportunidad. Ni siquiera se lo conté a Lika, tenía que demostrármelo a mí misma. La única que pudo acompañarme a uno de los exámenes fue Ira, a quien habían admitido en la Facultad de Derecho de la Universidad Estatal con la puntuación más alta posible. No hizo preguntas, y su presencia me proporcionó una paz y una estabilidad que acallaron mis miedos e inseguridades. Esperó pacientemente hasta que hube dejado atrás el último examen oral, y luego deambulamos por la ladera adoquinada de la Academia de las Artes hasta el bulevar Rustaveli.

—Por suerte este año han abolido el marxismo como asignatura obligatoria, de lo contrario habríamos suspendido las dos —dijo en broma, y me pasó un brazo por el hombro.

Pasamos ante una de las «tiendas comisionistas» que habían surgido como setas, pero no nos detuvimos ante los escaparates, porque de todos modos no habríamos podido permitirnos los productos que ofrecían. Tuvo que ser más o menos también en aquella época cuando experimenté por primera vez un corte de luz de varias horas de duración. Entonces aún no sabíamos que aquella repentina oscuridad iba a ser parte integrante de nuestro futuro, y nos parecía divertido el alboroto que se producía en el patio; los vecinos llegaban con velas, otros habían rescatado viejas lámparas de petróleo, alguien gritaba en el patio que en el futuro no solo habría que acumular velas, sino también agua suficiente, nunca se sabía.

La mayoría de las fábricas o empresas cerraron, de los antiguos koljoses venían oleadas de gente a la ciudad, a ganarse la vida como taxistas o trabajadores de la construcción. También Babuda dos se quejaba de la ausencia de encargos de traducción; nadie estaba de humor para Voltaire o Zola, y faltaba papel para imprimir nuevos libros. Así que se vio obligada a aceptar a dos nuevas discípulas y darles clases de refuerzo en francés. Nuestra ciudad nunca ha sido buena guardando secretos, y una mañana mi padre me llamó y me miró inquisitivo a través de sus gafas de lectura, que siempre le resbalaban por la nariz o se balanceaban en el pecho colgando de una cadena de filigrana.

—¿No tienes nada que contarme?

—¿A qué te refieres?

—¿Restauradora? ¿Restauración y Conservación? ¿Por qué? ¿Por qué en general, y por qué tan en secreto?

—No quería que trataras de hacerme cambiar de opinión, y tampoco que me ayudaras.

—¿Ayudar? No puedo ayudarte, no es mi facultad.

—Ya sabes a lo que me refiero: llamar a alguien, dejar caer una palabra en mi favor, ya sabes cómo es eso.

—Confieso que me quedé un tanto perplejo cuando Otar, mi viejo compañero de colegio, que da clase de escultura, me llamó por teléfono. Sin duda estaba en el tribunal de exámenes, no estaba seguro de que fueras mi hija y tan solo quería indagar.

—¡Oh, no, por favor, no me digas que se lo has dicho, no quiero ningún *krysha*!

—Le he dicho con toda sinceridad que no lo sabía, y que primero tenía que preguntarte.

Podía estar absolutamente segura de que decía la verdad. Hasta hoy, mi padre merece un trofeo como el más incapaz embustero de todos los tiempos.

—¿Es por la madre de Dina? ¿Te lo ha aconsejado?

—¡Por Dios, soy yo la que ha querido! Yo lo he decidido así. Lika no sabe nada de esto.

—Pero no lo entiendo... ¿Por qué no pintura, ya que estamos?, ¿no te has pasado toda tu infancia dibujando nuestros retratos?

—¿Acaso mi disciplina no te parece lo bastante elitista para tu descendencia? —Yo misma me sorprendí de mi tono mordaz.

—Hasta donde yo sé, nunca os he obligado a nada ni a ti ni a tu hermano.

Estaba ofendido.

—No creo que sirva para la pintura —dije, y miré al suelo.

—Bien. Es tu decisión. Ven conmigo, ¿por qué estás tan apartada?

Fui despacio hasta su silla parecida a un sillón, con los brazos decorados, y me senté, como había hecho tantas veces en mi infancia, en el grueso respaldo. Él pasó el brazo en torno a mi cintura, lo que hacía en contadas ocasiones, y nos quedamos así un rato, ambos un poco torpes, pero queriendo mantener la proximidad.

—Estoy orgulloso de que lo hayas hecho de esta forma. Ha sido valiente, y espero que allí queden algunos profesores que no hayan vendido su alma y puedan reconocer tu talento y tu capacidad, y te admitan incluso sin intervención de arriba.

Me acarició las mejillas. Qué torpe era en cuanto abandonaba el territorio de sus fórmulas y sus teorías. Pero en ese instante descubrí en su rostro esa expresión relajada que solo tenía cuando oía a Jimmy Cobb o a Cannonball Adderley, y por primera vez pude entender por qué nuestra madre había podido enamorarse de él. Porque en aquella relajación había tanta libertad, flotaban tantas cosas. Ese momento, esa pequeña, diminuta eclosión en el rostro de mi padre eternamente defraudado, fue una promesa. Luego me echó de su reino de innumerables blocs de notas, libros apilados hasta el techo y la lámpara verde de biblioteca, con sus dos cactus un tanto tristes, que su madre había puesto en la habitación en un mísero intento de llevar «un poco de vida a ese mausoleo», con el viejo y gran globo terráqueo que tanto habíamos querido de niños mi hermano y yo, y al que habíamos hecho girar enloquecido para señalar luego a ciegas un punto con el dedo.

Aunque las notas de Rati eran catastróficas, había una asignatura que adoraba: la geografía. Parecía fascinado por nuestro planeta, era invencible en cualquier juego que tuviera que ver con ciudades, países y ríos, derrotaba incluso a nuestro padre. Adoraba ver programas de televisión sobre países lejanos y animales exóticos, y el gran libro que mi padre había traído de Moscú, y que llevaba el sencillo título de *Nuestra Tierra*. En él estaban reseñados todos los países de nuestro mundo, sus banderas y costumbres, la flora y la fauna, las cifras de habitantes. Pronto se supo el libro de memoria, y fanfarroneó con sus conocimientos durante meses. «¡Madagascar! ¡Es Madagascar!», me grita mi hermano a través de los tiempos. Y yo reviento de orgullo de tener un hermano tan inteligente, que tal vez un día atravesará el Sahara o buscará una especie extinguida en el Amazonas...

Fui aceptada. Alguien que «aún no había vendido su alma» se apiadó de mí. Por la noche, Rati, Dina, Ira, Levan y yo fuimos a Mtsjeta. Cenamos una sabrosa sopa de legumbres y bebimos vino peleón. Rati me acarició la mejilla. Me obligaba a contarles a todos una y otra vez que lo había conseguido «yo sola». De vuelta, viajamos con las ventanillas bajadas, gritamos y cantamos a la noche.

A Lika se le humedecieron los ojos al recibir la noticia, y sacó su querido coñac armenio, que me ofreció por primera vez, así que brindamos y nos abrazamos, de manera un tanto melodramática. Durante las semanas anteriores, la habían desmoralizado las diarias disputas con su hija mayor, que se negaba con terquedad a emprender estudios; ella era fotógrafa, y podía conseguir todo lo que necesitaba, en lugar de estudiar iba a hacer prácticas en el periódico con Rostom Iashvili. Lika sufrió con aquella negativa pero, al contrario que a las Babudas o a mi padre, le importaba menos el reconocimiento social o la garantía de futuro, para ella aquella negativa era como una ofensa personal, porque su hija rechazaba todo aquello por lo que había trabajado tan duro durante todos aquellos años, y lo que había intentado que fuera posible para ella. Ella, que tan caros había pagado sus sueños, quería ahorrar ese destino a sus hijas, y no entendía por qué la primogénita, que era tan lista, ignoraba todo su sacrificio y todos sus esfuerzos. Al final, Lika no pudo más y planteó a su hija un ultimátum: si era tan lista y lo sabía todo, a ver cómo se ganaba la vida por sí misma. Y yo estaba segura de que Dina —a pesar de las difíciles circunstancias— encontraría el modo de hacerlo, aunque solo fuera para demostrárselo a su madre y al mundo entero.

Nos llegó una cursi postal de Nene, que no contenía más que banalidades vacacionales, y enseguida supimos que su correo estaba vigilado. Así que le escribimos mediante alusiones, empleamos claves para asegurarle que Saba estaba bien y, naturalmente, la esperaba lleno de nostalgia. Y me alegró no tener que mentir en eso. Todos los días veíamos a Saba salir del patio arrastrando los pies, como alguien que ha perdido el norte. Rati y Levan no le quitaban ojo, aquella ininterrumpida observación era otro golpe para él, aunque estuviera destinada a protegerlo. La cansada paz del verano me parece, *a posteriori*, una advertencia. Porque los postigos cerrados de la calle Dzerzhinski no presagiaban nada bueno.

Y entonces llegó el día en el que Dina aporreó mi puerta, sin respiración, y gritó, jadeante:

—¡Nene va a casarse con Otto Tatishvili, es increíble! ¡Nene va a casarse con ese follacabras! No podemos permitirlo, tenemos que...

—¿Quién te lo ha dicho?

—Rati acaba de enterarse. Por el propio Otto. Nunca he podido soportar a ese sádico. ¡Ni a esa muñeca hueca que tiene por hermana!

La miré, se veía su espanto ante aquel absurdo. Me dejé caer en cuclillas en el suelo, que había empezado a vacilar bajo mis pies.

¿Precisamente ese chico perverso, ese asesino de gatos, ese ser de ojos fríos que se soplaba todo el tiempo de la cara aquel mechón de pelo castaño, precisamente él iba a ser el marido de Nene? ¿Qué tenían en común, cuándo habían hablado? No, la única razón eran los negocios del padre de él con el tío de ella. ¿Podía legitimar un matrimonio un trasfondo así? ¿Se podía desactivar el amor de Nene y Saba simplemente enviando a la mujer al altar equivocado?

—Sí, tenemos que ayudarla. Tienen que largarse de aquí, quizá ir a Turquía, no es tan difícil conseguir visados, ya reuniremos el dinero de alguna manera.

—No puedo creerlo, ¿cómo puede hacerle eso su propia madre?

El espanto de Dina provenía del descubrimiento, que la dejaba sin habla, de que los hijos también podían tener madres *equivocadas*, de que el amor no siempre ofrece una escapatoria, de que la ternura no protege del horror del mundo, de que para ciertos hombres las mujeres no son más que una mercancía. Las lágrimas la ahogaban.

—Ven, tenemos que hablar con Nene enseguida, debe estar tan desesperada...

Yo había estado pensando en voz alta, pero la expresión del rostro de Dina me hizo detenerme en seco, la miré confundida.

—¿Qué pasa?

—Ya lo he hecho. La he llamado, justo después de que Rati me lo contara. Ha reaccionado de un modo muy extraño, ha dicho que estaba un poco abatida y que me llamaría cuando estuviera mejor. Por favor: ¿abatida? Eso no suena a Nene, no, en absoluto, Keto.

—No estaría sola, probablemente Tapora se pase el día en la casa y la vigile, pero eso da igual, iremos a verla.

Algo en el titubeo de Dina me inquietó y me dio que pensar. Me ocultaba algo.

—¡Qué pasa, Dina, da igual, vamos a verla ahora mismo!

Aporreamos la alta puerta de metal de los Koridze. Nosotras, sin miedo, furiosamente decididas, íbamos a salvar a nuestra amiga de las garras de los malvados.

Manana nos abrió la puerta, con su eterno vestido negro, y nos miró con desconfianza.

—Nene no se encuentra bien, ¿no os lo ha dicho? —dijo, sin esperar nuestro saludo. Nos dedicó su falsa sonrisa.

—Sí, pero hace tanto tiempo que no la vemos..., no nos quedaremos mucho rato —dije, y nos colamos, caminando deprisa sobre el parquet encerado, en el cuarto de su hija.

Nene estaba, de hecho, en la cama. Con un camisón violeta bordado con flores, que parecía un vestido de princesa, estaba tumbada en posición fetal, con las piernas encogidas. Nos lanzamos encima de la cama, la besamos y abrazamos.

—¡Has vuelto! ¡Al fin! —susurró Dina, y la apretó contra su pecho como si fuera una niña pequeña.

El abrazo de Nene fue flojo, parecía ausente, su sonrisa era una máscara.

—¿Qué te pasa? —pregunté.

Manana abrió la puerta, nos dirigió una mirada inquisitiva y nos puso delante un gran plato de frutas con jugosos trozos de melón e higos.

—Nada, solo he tenido... No sé, alguna infección, creo.

—No vas a casarte. Ya tenemos un plan, te lo prometo, os sacaremos del país —murmuró Dina en tono conspirativo—. Turquía sería un plan realista. Las fronteras están abiertas. Se puede conseguir sin problemas un visado y...

—Dina, todo está bien, no te rompas la cabeza. —Nene se sentó, se apartó del rostro los largos cabellos y nos miró, conciliadora—. Lo mío con Saba ha terminado.

De golpe, como un veneno, el asco me inundó, me paralizó los miembros. Habían extirpado del cuerpo de mi amiga un amor que latía y centelleaba.

—¿Qué significa que ha terminado? —El tono de Dina se había vuelto cortante.

—Se acabó.

—¿No habéis vuelto a veros? ¿Qué ha pasado?

—No tiene sentido. Mi familia nunca lo aceptará, y yo no quiero, no puedo... No puedo vivir así.

—¿Cómo puedes decir eso? ¡Solo porque os hayan traído de Batumi no significa que vayan a encontraros en cualquier parte!

Dina se puso furiosa, se dirigió entre grandes aspavientos a Nene, pronunció un encendido alegato refiriéndose a su amor, su valor, su decisión. Pero, cuanto más hablaba Dina, tanto más ausente e irritada se mostraba Nene. Algo en ella parecía dañado de forma irreparable; ya no tenía fe, lo único que quería era dejar atrás la tortura que aquella frívola relación le había traído. Yo miraba su piel, que se diría transparente, sus ojos hundidos; su cuerpo, normalmente tan vital, parecía flácido y, de manera desesperada y aplastante, viejo. Se había rendido.

—¿De verdad vas a casarte con Otto Tatishvili?

Me había alejado de la cama, hacía mucho que ya no escuchaba las palabras y argumentos de Dina, les había vuelto la espalda a ambas, me había metido un trozo de sandía en la boca para tragarme el asco.

—Sí, voy a hacerlo, Keto.

La frase salió como un pistoletazo, Nene expresó al fin, casi aliviada, lo que yo había comprendido hacía mucho, y luego añadió, en tono de disculpa:

—Ahora de verdad tengo que dormir, no puedo más. Por favor, perdonadme, estoy tan agotada. Os llamaré en cuanto esté mejor, ¿vale? No os enfadéis conmigo...

Cayó de espaldas en su gran almohada.

Dina ya no dijo nada, como si todas sus palabras se le hubieran agriado en la lengua. No me esperó, abrió la puerta y desapareció de la habitación. Yo me quedé aún en pie un segundo y, cuando por fin agarré el picaporte, oí la voz baja de Nene:

—Me va a odiar.

Sabía que estaba hablando de Ira. Yo no respondí nada y seguí a Dina.

La encontré en un banco, delante de la fuente del edificio del Comité Central. Estaba sentada con la cabeza entre las manos, y lloraba. Me senté a su lado y apoyé la cabeza en su hombro.

—No va a ser feliz. Le va a odiar, se va a odiar a sí misma. ¿Qué clase de vida es esa? ¿Quién hace una cosa así? Quiero decir, ¿quién vende a su propia hija?

Tardó mucho tiempo en tranquilizarse, antes de que nos pusiéramos en camino a casa bajo el agobiante calor de la tarde de los últimos días de agosto. De pronto, las familiares calles de nuestro barrio parecían distintas, como si nos hubieran cambiado los ojos.

A ritmo acelerado, se fijó la fecha de la boda para finales de septiembre. Naturalmente, debía ser una boda real; naturalmente debían estar todos los que eran alguien en la ciudad; naturalmente que todos debían hablar de aquella fiesta inolvidable.

Me enteré por Rati de que los Iashvili habían mandado a su hijo al campo. Rati se contenía, no dejaba que se le notara nada para no calentar aún más el ambiente cargado del barrio, pero a Levan, que durante aquellos días pasó mucho tiempo en la habitación de Rati, se le notaba el odio creciente. Exhortaba a Rati a no dejar pasar sin más esa humillación de los Koridze, hablaba del «respeto» que iban a perder «en la calle» si se quedaban mirando sin hacer nada. Rati intentaba calmar a Levan:

—Hermano, si la chica dice que eso es lo que quiere, ¿qué podemos hacer? Va a casarse con ese chupapollas. Si fuera contra su voluntad, podríamos hacer papilla a toda la banda de los Koridze, pero ¿así? Dales un poco de tiempo, ese matrimonio es una farsa, no durará mucho, te lo juro, estoy seguro al cien por cien de que ese Tatishvili es impotente, y entonces...

Levan le interrumpió furioso:

—¿Quieres decir con eso que Saba tendrá que aceptar a esa puta cuando Otto Tatishvili la deje?

—¡Si vuelves a llamarla puta, te sacaré los ojos!

Los había escuchado a través del delgado tabique, y al oír esas palabras había ido corriendo a su encuentro. Levan me miró perplejo, también mi hermano torció el rostro.

—¡Y yo que pensaba que eras mejor que estos idiotas! —dije, asqueada, mirando los agrandados ojos de Levan.

La cabeza de Rati iba, incrédula, del uno al otro.

—¿Qué es lo que ocurre entre vosotros? —preguntó abiertamente de pronto, y algo en esa pregunta me alivió, como si alguien me hubiera liberado de una pesada carga.

—¿Qué pasa con qué?

Saltaba a la vista que a Levan la situación le resultaba incómoda y evitó mirarme, encendió un cigarrillo. Yo le miré fijamente y esperé, esperé, esperé. Conté los segundos, que parecieron años, quería creer que él aprovecharía la oportunidad y le diría la verdad a Rati. Quería poner fin a ese ridículo juego del escondite.

—¿Estás por mi hermana?

Los ojos de Rati se estrecharon, una tormenta cruzó su rostro. Y, antes de que Levan pudiera volver a negarme, dije sin pensarlo:

—Sí, yo estoy por él.

Triunfé en mi interior, aunque aquel triunfo dejara detrás un regusto amargo, porque vi el rostro perplejo de Levan. Abrió los labios, fue a decir algo, pero volvió a cerrarlos con rapidez. Rati parecía haberse comido algo amargo, como siempre que no sabía qué hacer.

De pronto sentí una quemazón infernal, la vergüenza empezó a cubrir mi piel como un sarpullido corrosivo.

—¿Estáis locos? —Rati respiraba con rapidez. Buscó cigarrillos para ganar tiempo, pero yo me adelanté:

—No te preocupes, Rati. Lo nuestro va a quedar en nada —dije con rápida decisión, y salí de la estancia.

A mi espalda oí gritos, y un par de insultos de los gordos. Pero ya no me concernían, bajé con Lika al sótano. El trabajo físico era lo único que podía salvarme de mí misma.

¿Cómo se llamaba aquel restaurante, reluciente como un árbol de Navidad, en el que se celebró la gran fiesta? Ya no lo sé, pero me acuerdo de interminables filas de mesas; hasta entonces no había creído posible que tantas personas pudieran coincidir en una sola fiesta. Recuerdo una fila de hombres vestidos de frac y un determinado criminal importante, al que todos llamaban tan solo «el Monje», que se suponía que había venido expresamente de Moscú para oficiar como *tamada*. Rati no se había presentado, por solidaridad con Saba, aunque había recibido una invitación. Dina iba a ser testigo de Nene, Ira había rechazado decididamente aquel honor. Y yo estaba contenta de que no me lo hubiera pedido. Convencer a Ira de que viniera a la celebración fue todo un desafío. Parecía haber hecho voto de silencio; desde que se había enterado del inminente matrimonio de Nene no decía nada, no comentaba nada, pero se mantenía alejada de Nene y se volcaba en sus recién empezados estudios.

Nene reinaba en un mar de blanco junto a su Otto, que sonreía pagado de sí mismo con su traje negro. Su vestido me parecía una prisión, una prisión de tul, capa sobre capa, dentro de aquel vestido de desbordante encaje parecía casi diminuta, casi perdida. Una princesa casada por fines políticos, que subía al trono de un reino que nunca gobernaría.

Mi mirada vaga por la sala repleta de la exposición. La veo no lejos de mí, charlando relajada con el apuesto camarero. Disfruta de cómo se la come con los ojos. Sabe de sobra cuánto puede darle para que su hambre no se sacie nunca del todo. Me gusta su seguridad en sí misma. La veo y reconozco los rasgos de aquella chica vestida con el exagerado vestido de una emperatriz, sentada al extremo de una mesa espantosamente larga, pero al mismo tiempo me parece casi inimaginable que esta mujer segura de sí misma, que coquetea sin inhibición alguna, sea la misma persona que se alza ante mis ojos cuando pienso en aquella farsa, aquella fiesta con truchas en salsa de granada, cochinillo con rábano en la boca, pavo en salsa de nueces y montañas de *pchali* verde y rojo, con fuentes llenas de caviar junto a mantequilla nadando en hielo, recuerdo cómo el aroma de los champiñones del *kezi* me sube a la nariz, el interminable flujo de vino y vodka, los abrazos beodos y los hombres tambaleantes que se aseguraban su amor unos a otros. El obligado baile de la pareja de novios fue tan torpe y forzado que no era posible no sentir vergüenza. Manana se había instalado junto a su cuñado, que, severo, macizo, con la cabeza roja y los brazos tatuados, llevaba al cuello su inevitable pañuelo, con el que no paraba de secarse el sudor del rostro, y que parecía satisfecho, y yo no hacía más que preguntarme por qué esa mujer no había podido proteger mejor a su hija. A una hora tardía, cuando la mayoría asediaban ya borrachos la pista de baile, las cuatro volvimos a encontrarnos en la pequeña colina que había detrás del restaurante, donde Dina y Nene pudieron fumar a escondidas.

Había poco que decir. Ira estaba inmóvil y silenciosa. Nene daba ansiosas caladas a un cigarrillo con filtro que Dina había sacado como por arte de magia de su diminuto bolso de mano. Yo esperaba que aquella fiesta macabra terminase pronto.

—¿Es amable contigo? —rompió Ira el silencio.

Nene se encogió de hombros, como si le diera completamente igual a quién había tomado por esposo mientras no fuera Saba. Me pregunté si podía haber existido nunca una novia más indiferente.

—¿Dónde vais a vivir? —pregunté.

—Por ahora, él va a venirse a nuestra casa. Quería una casa propia, pero me parece del todo absurdo. ¿Qué voy a hacer sola con él en una casa ajena?

—Lo mejor es que os divorciéis, quiero decir, al cabo de un tiempo, cuando la hierba haya crecido sobre este asunto...

Al parecer, Dina se aferraba a una última chispa de esperanza. Pero la abrupta respuesta de Nene nos hizo estremecer a todas:

—Olvidadlo, sin más. Olvidaos de Saba y de mí, eso ha terminado definitivamente. —Le puso a Dina su cigarrillo encendido en la mano—. Tengo que entrar, no quiero que mi hermano y Otto me busquen y nos vean aquí.

Apenas podía moverse con el vestido, desaparecía en él; no, sucumbía en él. La seguimos con la mirada hasta que se esfumó de nuestro campo de visión. Estábamos condenadas a mirar, incapaces de hacer nada, de impedir nada.

—No tengo un buen presentimiento —dijo Dina lo evidente, y dio una calada al cigarrillo de Nene, con la marca rojísima de carmín.

Tampoco yo tenía un buen presentimiento, pero me prohibía las conjeturas, no conducían a nada. Aquella historia iba a tener su continuación. La tensión entre Zotne y sus hombres por una parte y mi hermano y su grupo por la otra se podía palpar en todo el barrio. Aunque solo fuera por el dominio en el barrio, a la corta o a la larga mi hermano iba a provocar una pelea. El poder de Zotne, su influencia y sus posibilidades eran casi inconmensurables comparados con los de Rati, pero Rati tenía una ventaja: mientras en calidad de «hijo» Zotne estaba bajo la constante protección de su tío, Rati trataba de afirmarse por sus propias fuerzas... Una gran baza, porque había empezado la era de los hombres hechos a sí mismos.

Otto Tatishvili se mudó a casa de los Koridze, y Nene se amuralló dentro de aquella casa palaciega. Apenas salía por miedo a encontrarse a Saba. Su vergüenza estaba unida a ese lugar, y yo hervía por dentro al ver la injusticia que se estaba cometiendo con ella. También nos evitaba a nosotras, éramos el espejo de su fracaso, nuestra libertad era como una advertencia para ella; y nuestra libre determinación, sal sobre sus heridas.

Amortigüé mi rabia contra Levan sumergiéndome en mi nuevo mundo, en el ambiente creativo y relajado, caótico y a la vez un tanto polvoriento, de la Academia. Aunque habría deseado un poco más de proximidad a la realidad en mis profesores, aquel era un lugar tranquilo. Estaba orgullosa de haberme convertido en parte de aquel mundo especial y secreto.

Por aquel entonces pasaba mucho tiempo con Ira. También ella se había entregado por completo a su vida cotidiana en la universidad y parecía equilibrada, aunque no hubiera encontrado necesariamente a personas que pensaran como ella; como siempre, aprender no le suponía un problema. Como la Academia estaba en su camino de vuelta, me recogía después de las clases y proseguíamos juntas nuestro paseo hasta la antigua plaza Lenin, que había cambiado su nombre por el de plaza de la Libertad. Yo sabía que ella buscaba y necesitaba mi proximidad, quizá más que nunca, porque yo estaba iniciada en algo que nadie más sabía, y esa complicidad le permitía no tener que esconderse o doblegarse. Yo sabía, aunque ella no dijera una palabra sobre Nene y su matrimonio, que pensaba en ella sin cesar, y que aquella monstruosidad le afectaba incluso de manera física: se veía a la legua que comía poco, y sus mejillas hundidas revelaban su desasosiego, su preocupación, su nostalgia de nuestra amiga, sacrificada de manera tan absurda y cruel.

Rostom Iashvili había mantenido su promesa, pero no había empleado a Dina en la redacción de su revista, ya consagrada a la ruina, sino que la había recomendado para otra recién fundada que se jactaba de ser la primera revista independiente del país, y en la que Dina ocupó poco después un puesto de asistente. No dejaba de soñar; *El Dominical*, un medio crítico, de orientación política, quería convertirse en el nuevo altavoz de la Georgia independiente: libre, apartidaria, que cubriese todos los temas de relevancia social. Dina encontró pronto su sitio allí, su mentor fue nada menos que Alek Posner en persona, el fotógrafo, conocido a lo ancho y largo el país y apreciado por todos, que había captado todos los cambios radicales, todas las explosiones políticas, desde la Primavera de Praga hasta la guerra de Afganistán, y que siempre había conseguido eludir milagrosamente la censura soviética. Aquel hombre atildado, que parecía no tener edad, rusoparlante, iba a convertirse en una especie de figura paterna para Dina.

Mucho de lo que veo aquí y ahora guarda una directa relación con él y, sin haberle conocido de veras, siento una oscura pena porque no pueda festejar a su discípula, porque no pueda elogiarla, no pueda mostrar su orgullo por su capacidad. Qué macabra me parece de pronto su muerte, después de haber sobrevivido a tantas revoluciones, guerras y derramamientos de sangre. Pero por qué me sorprende, al fin y al cabo alguna bala siempre te alcanza... Solo que a veces viene de la dirección que nadie habría esperado.

Guardo un cálido recuerdo de aquella redacción pequeña, bloqueada y atiborrada de pliegos de papel, en un patio trasero del bulevar Plejánov, y me parece un consuelo pensar que allí Dina pudo encontrar una casa, un refugio durante tantos años. Que aquel lugar iba a ser el único en su corta vida en el que no tendría que vivir ninguna decepción y ninguna traición. En el que sus pretensiones nunca serían lo bastante altas, y sus expectativas, nunca lo bastante desmesuradas, porque allí cada una de sus más locas ideas y sus planes más audaces caían en suelo fértil.

Todos los días, Rati llevaba a su novia en su coche nuevo a su puesto de trabajo. Con qué orgullo cruzaban el patio, con qué poco esfuerzo conseguían que las miradas curiosas y en parte burlonas de los vecinos rebotaran en ellos, qué felices parecían. Aunque tuve suficiente tiempo para acostumbrarme a aquella imagen, siempre me quedaba mirándolos cuando salían del patio, cuya entrada mi hermano bloqueaba con su Mercedes verde abeto. Entonces no tenía las palabras adecuadas para expresarlo, pero ahora me parece como si tuvieran algo de invulnerable.

Y entonces estalló la guerra. La guerra, que llegó a Tbilisi, no empezó cuando las gentes se lanzaron las unas contra las otras con granadas de mano y tanques, no, para mí empezó en la calle que hoy se llama Jerusalén y entonces se llamaba Rishinashvili, un día soleado, inesperadamente cálido y luminoso para aquel octubre por lo demás tan ocre. Y la primera víctima de aquella primera batalla en la entonces calle Rishinashvili fue quizá también la más cruel, porque se debió a la ruleta de la arbitrariedad. Quizá nuestro espanto nunca volvió a ser tan grande como en esa primera caída de la montaña de la inocencia. Le seguirían innumerables víctimas más, pero nos acostumbramos a ellas, el tiempo apaciguó el luto, nuestra perplejidad ante el interminable horror se volvió mate, sí, el horror puede ser amortiguado, pero la esperanza queda; es como un dragón de mil cabezas al que, cada vez que se le corta una, le brota otra en los coriáceos hombros.

Como Saba y yo íbamos a la misma Academia, no era raro que fuéramos juntos por la calle de la Vid en dirección al bulevar Rustaveli. No hablábamos mucho, él vivía encerrado en sí mismo, como si diera vueltas por su propio laberinto mental. Pero algo en su actitud, en sus ojos ausentes, en su terrible manera de volverse a mirar, atemorizado, ante cualquier ruido, ante cualquier bocina, me revelaba que nada era como debía ser, y que su rostro solo permitía intuir un esbozo de la profundidad del abismo al que se asomaba cada mañana.

Nadie sabe qué se le había perdido a Saba Iashvili aquel día en la calle Rishinashvili, y por qué estaba sentado allí en un banco. Aunque a causa de sus estudios se había retirado de la «vida callejera», como mi padre la definía, a pesar de toda su agudeza e inteligencia Saba seguía siendo un retoño de aquella ciudad, y le iba a costar recuperarse de la humillación que se le había infligido. Probablemente tuvo que resultarle tentador tener en Rati y Levan a dos perros guardianes que enseñaban los dientes a sus espaldas, pero no podía emplearlos. Sin duda aún era más difícil vivir con la vergüenza que pesaba, agobiante, sobre él. Pero lo más insoportable era el silencio al que estaba condenado.

Lo veo ahí sentado, a ese joven guapo, solitario, agobiado, bajo esa luz de un amarillo saturado como el de la miel, y lo veo hacer una seña a Tarik, que pasa por casualidad por delante de él. Quiere tenerlo cerca solo porque es Tarik, que aún está más perdido y más solo que él. Saba no se habría fijado en ningún amigo o conocido radiante de felicidad o malcriado por el éxito. Pero lo veo sonreír al ver a Tarik, a Tarik con sus andares de payaso, con sus pasos desmedidamente largos, como si siempre tuviera que saltar un charco; Tarik le alegra, y él le hace una seña para que se acerque, porque su presencia le alegra el alma, y quiere conceder una pequeña pausa para respirar a su corazón herido. Y Tarik va hacia él con paso feliz, le quiere desde que eran niños, porque Saba nunca le ordena nada, nunca lo envía a ninguna parte, Saba nunca le dice: «Eh, Tarik, tráenos una bolsa de pipas, puedes quedarte con el cambio». Los pasos de Tarik se hacen aún más grandes, aún más felices, y en cuestión de segundos ha tomado asiento junto a Saba Iashvili. Sí, a veces hay giros sorprendentes en la vida de Tarik y, conforme a su naturaleza, él nunca desconfía, acepta agradecido esas ofertas, ya sean invitaciones a bailes de graduación ajenos o la seña de Saba para que se siente con él en un banco. Y no le alegra menos la limonada de pera que Saba le tiende. Adora las golosinas, en forma sólida o líquida.

—Sabes, Tarik, eres uno de los buenos —oigo decir a Saba.

Tarik no puede entender a su viejo vecino y amigo de los días de la infancia, pero no quiere interrumpir su verborrea, al parecer Saba tiene necesidad de hablar. Tarik no sabe si habla de la fea mueca de nuestra ciudad o de las injusticias de este mundo, del frío corazón de las mujeres, solo sabe que es importante escucharle, que Saba le necesita, y eso le hace sentirse bien. Así que Tarik escucha a Saba, se deja llevar, lo acepta como lo soporta todo en la vida, de vez en cuando asiente, porque es lo que hacen los otros, cuando de pronto Saba se pone de pie de un salto, de forma totalmente inesperada, y empieza a gritar. Tarik está sorprendido, no entiende por qué Saba está así de furioso, brama, Tarik nunca ha visto así a ese chico de rostro angelical, ve a Saba cruzar la calle a la carrera, sin prestar atención a los coches, le pitan, le insultan, le maldicen, pero ni siquiera parece darse cuenta, y solo entonces Tarik ve a Zotne Koridze caminando con un acompañante. Tarik conoce de vista a ese acompañante, no sabe su verdadero nombre, pero su mote es famoso, se lo debe a la navaja Lisichka que tantas veces lleva en la mano y a la que da vueltas como un maldito Chuck Norris, enseñando los antebrazos tatuados, y Tarik sabe que esos brazos pertenecen a los hombres que han cumplido al menos una pena de cárcel.

Y Tarik quiere advertir a Saba, quiere evitar algo que él mismo no entiende del todo, quiere decir algo, pero Saba ya se ha lanzado sobre ellos. Lisichka intenta mantenerlo apartado de Zotne, y ambos van a parar al suelo; algunos transeúntes se detienen, una señora mayor grita, alguien deja caer la bolsa de la compra, llena de manzanas que ruedan calle abajo... (¿Cómo es que estoy viendo esas manzanas rojas y jugosas? ¿Quién me ha hablado de esas manzanas,

254

o las está inventando mi imaginación?). De los labios de Saba salen malas palabras, de las que Tarik nunca le habría creído capaz. Saba grita y golpea a Lisichka, que sigue protegiendo a Zotne, su verdadero objetivo, y quizá Tarik se pregunta cuál es el verdadero Saba, la melancólica Blancanieves con su carpeta de cuero bajo el brazo o ese que se lanza como loco sobre aquellos dos. Y entonces se le ocurre: la navaja, seguro que Lisichka va a sacarla enseguida del bolsillo, tiene que proteger a Saba de alguna manera, Tarik tiene que hacer algo, así que cruza la calle, cierra los ojos, se cubre la cabeza con las manos y se lanza a ese ovillo humano hecho de maldiciones y dolor, que Tarik, como todo lo demás en la vida, cree que ha de soportar. E imita a los chicos de nuestro patio, que en una situación así defenderían a su amigo y lucharían con los puños, así que golpea con furia. Pero alguien le empuja, cae al suelo, aterriza en el duro asfalto, se siente aturdido, su consciencia se desvanece, se ablanda, cada vez más, se va deprisa... Más tarde dirán que la hoja, de diez centímetros de longitud, alcanzó el pericardio, y que no hubo nada que hacer.

GOGLI-MOGLI

Mi móvil vibra, me sobresalto, soy una reliquia de otro siglo, da igual con qué frecuencia utilice este aparato, nunca será un objeto evidente para mí. Saco el teléfono del bolso y, cuando voy a rechazar la llamada, veo que es mi hijo y salgo corriendo. En la escalera, respiro hondo y descuelgo.

—¿Por dónde andas? —Su voz suena alegre, parece irle bien, respiro.

—Estoy en Bruselas. En la retrospectiva. Te lo conté, ¿te acuerdas?

—Ah, claro, la de Dina. Ya no tenía la fecha en la cabeza, *sorry*. ¿Qué tal está?

—Es, bueno, remueve un poquito, pero... pero la exposición en sí es fabulosa.

—¿Te has encontrado con muchos conocidos?

Cuando se mudó a Berlín, pensé que él iba a aprovechar la distancia y yo tendría que telefonearle una y otra vez, pero no ha ocurrido nada semejante, tenerme como una constante en su vida y mantener nuestro contacto parece no menos importante para él que para mí. Y no me atrevo a decirle que me asombra la suerte que tengo de que comparta su vida conmigo tan de buen grado. Me llena de un orgullo casi infantil que, contra toda expectativa y a pesar de todas las insuficiencias y excesos de mi vida, haya logrado convertirme para él en una fortaleza que no resulta tan fácil tomar y desde la que puede lanzarse al mundo.

—¿Estás en Berlín? ¿Has pensado ya en el examen de acceso?

—No, he venido a casa, en realidad, para presentarte a alguien.

—¿Estás en casa? ¿Cómo no me has dicho nada?

Enseguida sentí mala conciencia.

—Quería que fuera una sorpresa. Pero no pasa nada, nos quedaremos unos días. Espero que vuelvas pronto.

—Sí, probablemente coja un avión mañana a las seis de la tarde. Dejé el coche en el aeropuerto, estaré en casa en torno a las ocho. ¿A quién quieres presentarme?

—A Bea.

—¿Quién es Bea?

—La conocerás mañana. Te gustará.

—¿La quieres?

—Sí, la quiero mucho.

—¿Y ella te quiere?

—Eso espero.

—Entonces yo también la querré.

Sonrío. Él suelta su risa contenida, una risa en la que siempre parece dominarse, como si quisiera guardar una parte de su alegría para sí mismo y no manifestarse nunca del todo. Básicamente se guarda muchas cosas, ¿por qué iba a ser distinto con su risa? ¿Hay bastante comida en la nevera? ¿Cuándo hice la compra por última vez? No quiero que deje morir de hambre a la chica. Si es necesario, que vayan al supermercado. Sabrán hacerlo. Ya es lo bastante mayor. Debería dejar de una vez de pensar estas cosas. ¿Se deja alguna vez de pensar estas cosas?

Probablemente está en nuestro comedor, el punto central de nuestra casa; derribé los tabiques para crear este generoso espacio, el corazón del organismo de nuestro hogar. Probablemente está rascándose la nuca o mordiéndose la uña del pulgar, y, si ahora estuviera delante de él, le apartaría el dedo de un manotazo, como hago siempre que se muerde las uñas. Hay ese código secreto entre nosotros, un lenguaje que solo nosotros dos hablamos, con nuestras cejas, con las comisuras de los labios, con las arrugas de la frente, con ligeros codazos. Adoro no tener que decirlo todo. Y adoro que él haya heredado mi manera especial de cerrar los ojos cuando se concentra, y que maldiga en georgiano cuando se enfada por el tráfico. Adoro su torpe georgiano, que mi padre me reprocha todos los veranos, cuando viajamos a Tbilisi.

Su búsqueda aún no ha empezado, querrá volver. Una parte de él, desconocida para sí mismo, lo llamará. El primer signo es que ha buscado el contacto con su padre y le ha escrito, o le ha llamado por teléfono. Me confunde que no me lo cuente, quizá teme herirme con esa precipitación. Pero no lo hace. Busca rastros del pasado que, en realidad, aún son demasiado vagos para él, exactamente igual que el futuro, que por el momento solo es un concepto, y está bien así. Se le ha concedido un presente en el que merece la pena vivir. Y ahora hay una Bea, a la que quiere y que ojalá le quiera, y a la que yo también tengo que querer.

—¿Y qué pasa con la prueba de acceso? —insisto cautelosa, tratando de quitar toda presión a mi voz.

—También quería hablar contigo de eso. Creo que voy a tomarme un poco más de tiempo. No quiero precipitarme, me gustaría tener más claro lo que quiero, y disponer de tiempo para mi música. Tengo bastantes encargos. El mes que viene, un club bastante bueno de Berlín me ha pedido cuatro sesiones, me mantengo a flote, y no, no empieces otra vez, no necesito dinero. Te informaré si estoy a punto de acabar debajo de un puente.

Niego con la cabeza, y tengo la sensación de que pudiera verme.

—No, Deda, no te preocupes, no acabaré debajo de un puente. Además... Además, he estado pensando...

—¿Sí?

—Déjame acabar. He estado pensando estudiar un tiempo en Tbilisi. Bea quiere hacer un voluntariado en algún sitio del extranjero, y he pensado que podríamos unir una cosa y la otra. Viviríamos en casa del abuelo, y no tendrías que estar preocupándote todo el tiempo por él.

—¿En Tbilisi?

La respuesta es más rápida de lo esperado:

—Sí, ¿por qué no?

Sí, por qué no. Tbilisi ya no es una ciudad de velas y lámparas de petróleo, ni de puñaladas y fusiles Kaláshnikov, ni de toques de queda y viviendas gélidas y vidas arrebatadas sin sentido. Ahora es una ciudad «hip», a la que todos quieren ir porque allí hay clubes de mala fama y una escena artística vibrante, es un sitio en el que Occidente puede saciar su sed de «autenticidad». Así que ¿por qué no? Aun así, estoy sorprendida, ¿o es más que sorpresa? ¿Tengo miedo? ¿Qué podría pasarle allí? La ciudad lo recibiría con los brazos abiertos, y quizá él podría quitarse el acento, buscaría unas cosas con su Bea, que ojalá le quiera lo bastante, y encontraría otras. Voy a dejar esa preocupación para mañana, cuando vuelva a estar sentada en el avión y me haya puesto a salvo de estas imágenes que me rodean.

—Podemos hablar de eso mañana, cuando esté de vuelta.

—¿Te ocurre algo?

—¿Qué tiene que ocurrirme?

—Tu voz, ¿no te gusta mi plan?

—Sí, tan solo estoy un poco sorprendida... Has soñado tanto con Berlín, y con que allí la carrera de composición era tan magnífica, tan abierta a la música electrónica y experimental...

—En Tbilisi también hay una carrera de composición —me interrumpe mi hijo—. He estado mirando la página del conservatorio y...

—Naturalmente que la hay. Allí hay de todo, pero...

—Me sorprendo yo misma ante la vehemencia de mi reacción.

—Pero ¿qué?

—Hablaremos tranquilamente cuando vuelva, ¿vale? Ahora tengo que entrar otra vez. Esto es una locura.

—Como quieras. Está todo bien.

Ponemos fin a la conversación. Está ofendido. Odia que no llevemos algo hasta el final, esa es la educación de Reso. Su cuño es innegable. ¿Es que ha hablado ya con él? La idea me produce una pequeña punzada. Siempre he estado celosa de ellos, de su alianza entre hombres. *Está todo bien.* El eco de sus palabras resuena unos segundos en mi cabeza. *Está todo bien.* Qué maravilla tener esa confianza, qué maravilla estar envuelto en una cáscara de juventud y confianza en uno mismo, enamorado de una chica con la que se tienen planes que no pueden ser abatidos por un Kaláshnikov. Está a salvo. Yo lo he puesto a salvo. He cumplido mi deber. En Berlín, o quizá incluso en Tbilisi..., necesito tiempo para esa idea. Y sí, todas las ciudades distintas y las mudanzas no le han hecho daño, al menos no profundo, no le han quitado nada, y la falta del padre después de la desaparición de Reso de su vida, que pende sobre mí como un reproche tácito, compite con todas las posibilidades que le dan libertad que he arrancado al destino, para él. Tengo que aferrarme a ellas como a una barandilla. Respiro hondo, meto el teléfono en el bolso y regreso... al pasado.

De dar crédito a los rumores, Tapora pagó a Lisichka un dineral para que el nombre de Zotne Koridze no se mencionara en relación con el altercado en el que había muerto un hombre inocente. Zotne desapareció durante algunas semanas y volvió luego, como si no hubiera pasado nada, a las calles de nuestro barrio. Lisichka cumplió una pena de prisión ridículamente corta, que hizo que la muerte de Tarik pareciese aún más absurda.

Pero Tarik estaba muerto y siguió muerto. No conocíamos las costumbres kurdas, y nos sentíamos inhibidos, esperamos a que sus padres y otros allegados dieran libre curso a su dolor. Los gritos de su madre cuando llevaron a través del patio el ataúd de madera en el que yacía envuelto en una mortaja blanca fueron los peores lamentos que he oído nunca. Las maldiciones que profirió y la impotencia que la hizo caer de rodillas cuando trasladaron al cementerio a su hijo inocente y muerto fueron las primeras estampas realmente espantosas de mi juventud. Saba y mi hermano, que portaban el ataúd, y los labios apretados con fuerza de Levan; el pacífico, rechoncho, padre de Tarik, cubierto de un vello impresionante, que se desplomó en el cementerio cuando, siguiendo sus costumbres, sacaron a su hijo del ataúd y lo depositaron en la tierra mirando a La Meca.

La muerte de Tarik anunció una guerra todavía invisible, aquel tiempo en el que los hombres de las sombras dejaron de ser los reyes de las celdas de las cárceles y los patios traseros para gobernar a la luz del sol, incidir en las leyes, dar forma al futuro del país, hasta penetrar en el palacio del Gobierno. En aquella espesura era posible metamorfosearse, había empezado la era del camaleón, porque el Estado era un constructo vacilante, un castillo de naipes, que podía desplomarse con cualquier golpe de viento. El presidente, un disidente carismático con inclinaciones hacia lo esotérico, había logrado hacerse enemigos a la velocidad del rayo. Y sus compañeros o estaban muertos o le habían vuelto la espalda.

El poder de uno de los más influyentes hombres de las sombras, el gran criminal y disidente Dzhaba (su nombre completo ni siquiera se pronunciaba, como si no pudiera haber otro Dzhaba en el mundo), idolatrado por las mujeres y respetado por los hombres, alcanzó unas dimensiones insospechadas, disponía de un ejército privado, una unidad paramilitar formada por rebeldes, jóvenes románticos, brutales matones, adolescentes sin rumbo que iban a garantizar la «protección» del pueblo y hacia los que se sentían atraídos cada vez más hombres jóvenes. Todo el que se unía al Mjedrioni llevaba una cadena con un colgante de san Jorge que mostraba al santo matando al dragón todopoderoso, y tenía que prestar juramento por su país, por su pueblo y por su iglesia. Qué grotesco, qué brutal, qué lamentable me resulta pensar en aquello, y entonces veo el rostro de aquel calvo, como si fuera ayer, su uniforme, la cruz de oro en torno al cuello de toro, sus amenazas y sus bramidos, en el barro, en el zoo, junto a la jaula de los monos...

El tiempo me arrastraba entonces como una madre a su hijo testarudo. El otoño se precipitó sobre la ciudad como un animal hambriento, la gente empezaba a armarse para el invierno, que no prometía nada bueno, porque la inflación era galopante. ¿Qué fue primero? ¿El frío o el miedo, mis constantes compañeros de los siguientes años? La peste a queroseno se cernía, con la llegada de los fríos, sobre toda la ciudad; hacía mucho que las calefacciones centrales habían dejado de funcionar, y los radiadores iban poco a poco a parar a manos de los chatarreros. El patio entero respiró cuando se supo que «los kurdos» se iban; una hija casada en Bakú se llevaba a los padres. Después de la muerte de Tarik, la enlutada madre ya no quería barrer las calles de aquel barrio que había convertido en víctima a su hijo de manera tan inconsciente, y el padre ya no iba a los baños de azufre a frotar la espalda de todos aquellos hombres que no habían protegido a su hijo. Un día se habían ido, nadie les dijo adiós ni les deseó suerte. Fue como si nunca hubieran existido, como si nunca hubieran vivido en la calle de la Vid. Y el patio entero pareció aliviado, porque los incansables lamentos de la madre de Tarik y el rostro rígido e inmóvil de su padre nos recordaban constantemente nuestro fracaso, arañaban nuestra fachada de normalidad, mantenida con mucho esfuerzo. Tan solo al ver los gatos y perros hambrientos de nuestro barrio nos estremecíamos durante un breve instante. Todos aquellos animales abandonados parecían huérfanos, formaban un coro triste que fustigaba la frialdad de los humanos.

La sonrisa de Nene me alcanza desde el otro extremo de la sala. Su mirada está llena de secretos, es un tesoro de historias y recuerdos, y le estoy agradecida porque quiera asegurarse de que el viejo vínculo entre nosotras subsiste, sigo su pista, me mantengo cerca de ella. Y al mismo tiempo mis ojos buscan a nuestra tercera mosquetera, busco a Ira, a la que no puedo encontrar en medio de aquel jaleo. Pero no, está ahí, también está esperando a levantar la tapa de aquel arca polvorienta.

A Nene le sirven otra bebida, el galante camarero ha quedado prendido en su red, ya no podrá negarle ningún deseo, y pienso en aquel día gris de noviembre en el que, en las escaleras de la estación del Metro, junto al gran edificio de Univermag, antaño tan espléndidamente lleno y entonces ya de un vacío agobiante, me vi atraída por su reluciente abrigo amarillo y le seguí los pasos, perdida en mis pensamientos. Era un día húmedo, los árboles parecían avergonzarse de su desnudez y la plaza de la Libertad se abría vacía y gris ante nosotras como un regalo desempaquetado sin que lo pidiéramos. La gente se apresuraba con expresión obtusa a bajar al Metro. Pero su aparición me cautivó. Llevaba los espesos cabellos trigueños peinados con un recogido artístico, y unas brillantes botas de charol. La seguí en silencio durante unos minutos, hechizada por completo por su paso, que tenía algo de elástico y vibrante. Parecía flotar, y me asombraba aquella nueva ligereza. ¿Era feliz con Otto? ¿Quizá el matrimonio con él no había sido tan malo como esperábamos? ¿Había hecho las paces con su pasado, había podido encontrar un nuevo comienzo?

—¡Nene! —grité por entre el sirimiri, y ella se detuvo y se dio la vuelta sobresaltada, como si esperase una desgracia.

—¡¿Keto?!

Parecía sorprendida y contenta a un tiempo. Miró nerviosa por encima del hombro, como si quisiera asegurarse de que nadie nos seguía.

—¿Qué haces aquí? —le pregunté mientras la abrazaba.

Llevaba semanas sin verla. Después de su boda, solo habíamos ido a visitarla en una ocasión, Dina y yo, porque Ira se había negado. Había sido una velada artificial, forzada; como estaba presente toda su familia, había sido imposible hablar abiertamente, y sin pretenderlo nos habíamos convertido en actrices de una mala obra de teatro. Manana nos invitó a comer, Otto y Zotne también se sentaron a la mesa, nos sentimos cohibidas y faltas de libertad. Tan solo al despedirnos tuvimos un momento de tranquilidad, y Dina ya no pudo refrenar su curiosidad y preguntó sin rodeos a Nene cómo se estaba portando su antipático marido.

Apenas le veía, respondió ella, últimamente siempre estaba de viaje con su hermano, haciendo no sé qué negocios, así que no lo tenía «pegado al culo».

—¿Y por las noches? —preguntó Dina—. Bueno, ya sabes.

—No llega hasta mí, mi placer nunca le pertenecerá, todo lo demás es soportable —dijo ella sin ninguna amargura, sin ninguna emoción.

Las dos nos sentimos desbordadas por la situación, y dejamos sola a nuestra amiga. Teníamos mala conciencia, y a la vez no queríamos que nos la recordaran a todas horas.

Todo quedó olvidado en el momento en que mi vieja amiga estuvo delante de mí y pude volver a ser libre. La apreté con fuerza, luego la miré. Sí, estaba radiante, era imposible pasarlo por alto, te deslumbraba.

—Tengo que ir al Metro —dijo tan solo, y me miró un poco confusa.

—¿Desde cuándo vas *tú* en Metro?

—Cuando Otto y Zotne están ocupados tengo tiempo para mí. ¡Y entonces voy en Metro!

Rio, a su manera típicamente coqueta, echando la cabeza hacia atrás.

—Sabes una cosa, voy a acompañarte, hace tanto tiempo que no te veo, y puedo saltarme sin problemas las dos primeras clases. Ni siquiera se darán cuenta de que no estoy.

Y, sin esperar su respuesta, me colgué de su brazo. Por una parte parecía contenta de verme, por otra parecía nerviosa, volvió a mirar a su alrededor como si tuviera algo que ocultar.

—¿Te parece bien que vaya contigo? —pregunté cuando estábamos ya en las escaleras mecánicas, y ella asintió, un tanto contenida—. Te he echado tanto de menos... Quiero decir, en los últimos tiempos no nos vemos nada.

—Estáis todas muy ocupadas, Ira ni siquiera se pone al teléfono cuando la llamo —dijo Nene con un reproche en la voz, y yo sentí brotar dentro de mí una inesperada rabia, una rabia contra mí misma, contra mi cobardía y mi debilidad.

Naturalmente que tenía razón, y me avergoncé.

—Ya sabes cuánto te quiere. No acaba de arreglárselas con todo esto. Tampoco habla con nosotras, se refugia en sus libros de leyes.

El olor corrosivo y caliente del Metro se me metió en la nariz.

—¿Y vosotras? ¿Qué pasa con vosotras?

Era una pregunta atípica en labios de Nene, que evitaba a toda costa cualquier conversación desagradable y cualquier posible conflicto, pero esta vez me exigía una respuesta sincera.

—No lo sé, Nene. Nos hemos propuesto tantas veces ir a visitarte, y luego... Creo que no sabemos muy bien cómo manejar el asunto, y también tú te has cerrado, cuando estuvimos contigo la última vez fue tan diferente...

Buscaba las palabras adecuadas.

El andén estaba repleto. Nos abrimos paso. Una vez más, miró a su alrededor como si buscara a alguien. Ya no dijo nada, y nos apretujamos en el tren atiborrado. La gasolina escaseaba, cada vez más gente viajaba en Metro, y eso hacía que el viaje pareciera una lucha por la supervivencia en una era prehistórica. A solo dos paradas desde que salimos, poco después de la estación de Rustaveli, el tren experimentó una repentina sacudida y nos quedamos en total oscuridad. El griterío fue grande:

—¡Esto no puede ser!

—¡Malditos idiotas!

—¡Este país nunca tendría que haber sido independiente, si ni siquiera es capaz de asegurar el suministro de energía!

—¡Bésame el culo!

—Tengo que recoger a mi hijo en el colegio, ¿qué voy a hacer ahora?

—¡La culpa la tienen los que van por ahí en coches de importación y dejan sufrir al pobre pueblo!

—¡Los de ahí arriba y sus familias son los que tendrían que estar en esta oscuridad para siempre jamás!

Eran las quejas de aquellos días. Nene, normalmente tan asustadiza, se mantuvo tranquila y, como si se hubiera estado preparando para esta situación, sacó una delgada linterna del bolso.

—Parece que lo tienes todo previsto —comenté yo mirando la linterna.

—Sí, estas cosas pasan. A esta hora, la corriente se corta con frecuencia.

Su respuesta me dejó perpleja. Si lo sabía, ¿por qué iba en Metro? Al fin y al cabo, su familia no necesitaba recurrir al transporte público. Algunos otros pasajeros con práctica también sacaron sus linternas, los vecinos de asiento entablaron conversación. Alguien del vagón limítrofe empezó a golpear la ventanilla y hacer señas. Una señora mayor se mareó, alguien le tendió un periódico para abanicarse.

—Y, ahora, ¿qué? —pregunté.

—Bajaremos e iremos andando hasta la estación más cercana, porque la luz tardará un rato en volver. Pero el maquinista tiene que autorizarlo.

—¿Y cómo lo hace sin micrófono?

—Alguien del vagón delantero nos lo dice.

Me describió los próximos pasos con la seguridad en sí misma de una vidente. ¿Quizá para ella fuera una gran aventura, quizá fuera su forma de distraerse un poco de la vida conyugal, mezclarse con el pueblo y experimentar las angustias cotidianas de la gente normal? Pero aquello no encajaba con Nene, era demasiado dispersa, demasiado soñadora, demasiado egocéntrica también para eso.

De hecho, no pasó mucho tiempo hasta que nos dijeron desde el vagón delantero que había que ir por el túnel hasta la estación de Marjanishvili. La gente abrió las puertas con las manos, dejó pasar primero a mujeres y niños, hasta que todos entramos en la oscuridad como un ejército obediente. Caminamos un trecho junto a los raíles y nos apretamos todo lo que pudimos para pasar en fila al lado de los robustos vagones y volver a encontrarnos después en un túnel angosto, asfixiante y húmedo. A nuestra columna la guiaban algunos patrulleros equipados con linternas, que dejaban advertir ya cierta práctica en aquella maniobra de liberación. Impávida, mi amiga me iluminó el camino a través del subsuelo. A mí la situación me parecía macabra, el camino se me hizo interminable, había perdido toda noción del tiempo cuando de pronto Nene, sin previo aviso, me agarró por la muñeca y me hizo a un lado. Antes de darme cuenta, me vi en una pequeña galería de suministro, oculta detrás de una oxidada puerta de metal. El techo goteaba, y tuve miedo de las ratas, pero la sonrisa satisfecha de Nene junto a mí irradiaba semejante tranquilidad, que no fui presa del pánico.

—¿Qué hacemos aquí?

Empezaba a sentirme inquieta.

—Me quedo aquí un momento, tú puedes seguir, nos reuniremos dentro de media hora en la estación de Marjanishvili —dijo nerviosa, y sacó un cigarrillo del bolso—. La columna es larga, pero enseguida pasarán por aquí los últimos, y tú irás con ellos, ¿vale?

Luego sacó de Dios sabe dónde una vela clavada en una lata de conservas vacía y la encendió. ¿Se estaba riendo de mí? Ya no entendía nada.

—Nene, ¿no pensarás quedarte aquí?

Y, antes de terminar de decir la frase, comprendí lo que estaba pasando. Naturalmente: era su escondite, aquel absurdo lugar le garantizaba la protección necesaria para estar con él. Se encontraban allí, precisamente en esa galería espantosa y terrorífica. Por supuesto que no se había conformado así como así con su destino. Por supuesto que había descubierto la manera de seguir viéndose con Saba. Sí, volvía a amarle, o más bien nunca había dejado de hacerlo.

—¡Oh, Dios, Nene!

Me tapé la boca con la mano para no gritar. Al mismo tiempo, la situación tenía algo de increíblemente grotesca, pero no estaba segura de que fuera adecuado reírse.

—Es Saba, ¿no? ¿Volvéis a veros?

Ella sonrió y dio una placentera calada a su cigarrillo.

—Entonces ¿nos vemos en la estación de Marjanishvili? Tienes que darte prisa, o la gente se irá y esto se quedará como boca de lobo. —Me dio una palmadita en el hombro—. Enfrente del teatro han abierto un café nuevo, podemos tomarnos algo allí.

Asentí, me divertía su mundana seguridad en sí misma, era evidente que se gustaba en el papel de la *femme fatale* de mala reputación. Salté de la puerta y me uní al último grupo de la columna. Como en una película de catástrofes, caminamos en medio de la oscuridad, nosotros, los últimos supervivientes, los últimos humanos en este planeta. Me volví una vez más, para cerciorarme, y de hecho vi la espesa mata de pelo de Saba desaparecer detrás de la puerta oxidada.

La luz me alcanzó como la ira de un dios sediento de venganza. Estaba sin aliento después de los interminables escalones de la detenida escalera mecánica. Una dama uniformada nos guio fuera del inframundo georgiano. Necesité unos instantes para volver a acostumbrarme a la luz, me senté en la acera y me eché a llorar. Ni siquiera sabía por qué lloraba, si estaba furiosa por haber pasado tantas cosas por alto, por haber entendido tantas cosas mal, por haber ignorado y reprimido tantas cosas, o si estaba conmovida por el ciego valor de esa pareja. Quizá también fuera una preocupación difusa, pero perceptible con todas las fibras de mi cuerpo, por esas dos personas a las que el amor había llevado al subsuelo, en el más auténtico sentido del término. Lloré largo rato y con amargura. El cielo me miraba indiferente, y ninguno de los que salían del Metro se detuvo, cada cual se apresuraba por llegar a alguna parte, agradecido y aliviado, sin duda no por haber llegado a su destino, pero sí por haber escapado del sombrío túnel.

No pude evitar pensar en Levan, que después de nuestra disputa, en la que le había dejado en evidencia delante de mi hermano, había estado evitándome a las claras. Sentía cierto orgullo por mi valor, pero a la vez me entristecía. Sus necios ideales, sacados de algún spaghetti western americano, parecían pesar más que yo; él temía caer en desgracia ante Rati, y a mí no me quedaba más que conformarme. Pero al mismo tiempo lo echaba de menos, echaba de menos al Levan del duduk, su alegría, su curiosidad. Echaba de menos su mirada, aquella forma de confirmación, echaba de menos sus descarados comentarios y su parpadeo tímido y a la vez ambiguo.

Nene se presentó a la hora prevista. El suministro eléctrico del Metro parecía marcar el pulso de su relación amorosa. Tenía el carmín difuminado y las mejillas le ardían con un rubor traicionero. Nos sentamos en el café recién inaugurado y pedimos un café solo cada una.

—Qué aventura, ¿verdad? —exclamó eufórica, como si hubiéramos dejado atrás el acontecimiento más emocionante de nuestra vida.

—Lo que hacéis no carece de riesgo.

Me enfadé enseguida con mi estúpida frase. Pero ¿qué iba a decir? ¿Qué palabras eran las adecuadas? ¿Debía darle valor, o advertirle? ¿Qué papel representaba yo en aquel cambiante escenario?

—¿Has estado llorando?

Me miraba inquisitiva, encendió apresurada un cigarrillo.

—No puedes tener los ojos más rojos.

—Tuve que volver a acostumbrarme a la luz del día —dije, evasiva—. ¿Cómo demonios habéis salido de esa galería repugnante?

—El tren ha salido, ¿no?

Dio una palmada.

—Fue casualidad. Fuimos en el Metro en nuestro primer encuentro, cuando aún no sabíamos dónde vernos. Hicimos como si coincidiéramos por casualidad en el mismo vagón, y entonces, de repente, se fue la luz... Fue tan romántico, y cuando íbamos por el túnel me arrastró a ese rincón y me besó, pensé que me iba a desmayar de lo hermoso que fue. A estas alturas conocemos todas las galerías entre la estación de ferrocarril y la de Samgori. Las llamamos nuestros pozos de amor.

Rio a carcajadas.

—Besa tan increíblemente bien, Keto, ¡esto es la felicidad, te digo, la felicidad pura!

Vuelvo a mirarla, ahora está de espaldas a mí, excepcionalmente no está hablando con nadie, sino ensimismada en una imagen. Paso ante una pared con fotografías en la que no me detengo porque se han congregado demasiados visitantes, pero aun así echo un vistazo a una foto. Muestra a manifestantes ante el edificio del Parlamento, con pancartas pintadas por ellos mismos en las manos. El pasado se superpone enseguida a mi presente, el «entonces» me absorbe de nuevo, el ambiente de aquellos días regresa en el acto: la tensión, la irritabilidad y el terco no-querer-confesar el miedo que acechaba por todas partes como una rapaz hambrienta.

En aquella época, aprovechaba cada oportunidad para huir de mi casa, porque en ella estaba expuesta a la inevitable confrontación entre Eter y Oliko, en la que últimamente también participaba mi padre. Oliko iba una y otra vez a las manifestaciones en apoyo del presidente, y en alguna ocasión había escapado por poco a una trifulca. Eso hizo que mi padre abandonara su castillo de cuento, hecho de jazz y fórmulas de física, para participar en las batallas domésticas entre madre y suegra. Ninguno de nosotros podía entender el fanatismo de Oliko, tan repentinamente avivado. Veía en el presidente a un auténtico patriota que quería desenmascarar a «los chacales de la oposición» y llevar al país hacia la anhelada democracia. Parecía gustar de ignorar sus discursos siempre nacionalistas y su carácter del todo ajeno al mundo. «Ahora habéis fundado una auténtica secta y sois los seguidores del único Mesías verdadero, ¿no?», solía decir mi padre con sarcasmo. Pero a ojos de Oliko los georgianos eran el pueblo más ingrato de la Tierra, y había que hacer ciertos sacrificios.

El hecho de que citaran dos veces a mi padre a un cuartel de la milicia para soportar humillantes interrogatorios acerca de su hijo causó más tensión, en cada una de las dos ocasiones mi padre tuvo que tomar unas gotas de valeriana y las Babudas medirse la tensión. Hasta ese momento nunca había entrado en contacto con los guardianes de la ley, y no parecía estar a su altura. Rati se mantuvo impávido. No había nada en su contra; si tuvieran algo, hace mucho que habrían ido personalmente a por él, tan solo lo envidiaban por su estatus y esperaban percibir un porcentaje de su *business*. Mi padre no debía dejarse intimidar por «esos maricones», seguro que los Koridze estaban detrás de todo aquello, eso estaba claro. Querían quitarlo de en medio, «pero van listos, se han equivocado de persona», decía jovial mi hermano.

Aunque conocía demasiado bien el curso de aquellas discusiones y su resultado, siempre me ponían triste. Sentía compasión por mi padre, que sencillamente no podía entender que su hijo hubiera declarado su mundo una realidad tan ajena, para él incomprensible, amenazadora. Siento esa lástima incluso ahora, cuando pienso en aquellas escenas domésticas, en mi padre con sus camisas almidonadas y sus cejas boscosas, sus ojos reflexivos y su incapacidad de tratar con su hijo, su incomprensión porque Rati hubiera tomado ese camino.

Por desgracia, los interrogatorios de la milicia resultaron ser tan solo la antesala de lo que habría de venir. Poco antes del golpe, por la noche, nos despertaron tres hombres de paisano, armados hasta los dientes, que se presentaron como altos funcionarios de la milicia. Llevaban una orden de registro, y sería «más agradable» para todos nosotros que los dejáramos hacer su trabajo y esperásemos fuera. Obedientes como niños, nos pusimos los abrigos y salimos, también yo salí tambaleándome y medio dormida al emparrado, no entendíamos del todo qué era lo que buscaban aquellos tipos. Tan solo Rati se negó a cooperar y nos pidió una y otra vez que volviéramos a la casa, tenían que llevar a cabo el registro en presencia nuestra, de lo contrario podían «meter sabe Dios qué». Por fin, mi padre consiguió arrastrar hasta el emparrado al indignado Rati, que una vez allí, desbordado por la rabia, perdió el control:

—Esos cabrones no tienen ningún derecho a estar aquí, se arrepentirán de asaltarnos en medio de la noche, esa orden de registro es puro cuento, ¿quién de vosotros la ha visto? ¿Os la han enseñado?

En ese momento los funcionarios salían de nuestra casa, y mi hermano les escupió a la cara que le chuparan la polla, ante lo que el más bajito de ellos le atizó, y los puños de los otros no se hicieron esperar mucho. Como a cámara lenta, vi a mi hermano caer al suelo. Todavía me acuerdo con tanta claridad de aquella sensación de estar viendo una película. Como si todo aquello no fuera cierto, como si su sangre fuera sangre falsa y no tuviera que preocuparme, podía sencillamente reclinarme en mi butaca y mirar, algo asqueada y a la vez fascinada, lo que ocurría en la pantalla. Quizá porque era la primera vez que veía a una persona expuesta de manera tan implacable y la satisfacción en los rostros de los que eran superiores a ella, su gusto por la destrucción que practicaban.

Como es natural, se lo llevaron. Mi padre y yo fuimos a comisaría en cuanto amaneció, y nos costó una eternidad entender que no lo habían detenido por su desobediencia, sino por los diez gramos de heroína que supuestamente le habían encontrado encima. Desde luego, mentían. Por aquel entonces Rati estaba a años luz de cualquier forma de huida de la realidad y aturdimiento, se ejercitaba en su papel de liderazgo y despreciaba la adicción como debilidad. En aquellos tiempos, además, la heroína aún era *terra incognita* en nuestra patria, y alguien como Rati no estaba en condiciones de llegar a ese raro estupefaciente.

Aunque había sido testigo de la brutalidad del Estado, mi padre se negaba a mirar a los hechos a la cara, y culpó a su hijo. Yo grité, pero sobre todo grité contra mi propia impotencia. Oliko lloró y Eter se quedó convertida en estatua de sal en la cocina, y no dijo una palabra. Padre iba de un lado para otro, maldecía, insultaba y se preguntaba en voz alta a quién había que recurrir, qué paso era el siguiente que había que dar. Yo hice café en un hornillo de gas que utilizábamos desde hacía poco, porque no se podía confiar en el suministro centralizado.

Por la tarde pasaron por casa Levan, Saba y Sancho. También ellos estaban fuera de sí, lo único que querían era echarlos del barrio.

—¡Pero esos hijos de puta están muy equivocados! Hámster, de la calle Kirov, me ha contado que Zotne fue a ver hace poco a unos chicos que juegan al póquer y les dijo que ya no iban a poder seguir jugando a puerta cerrada, porque iban a abrir un despacho de apuestas. Ahora también quieren arramblar con las salas de juego —se acaloraba Sancho.

—¿Ese tipo de verdad se llama «Hámster»? —pregunté.

Todos me miraron confundidos, yo no pude evitar echarme a reír al imaginar a un tipo mofletudo con dientes de roedor. Toda la tensión que acumulaba se descargó, no podía volver a controlarme.

—¡Ya está bien!

Oí la irritación en la voz de Levan. Desde que había entrado en casa había eludido mirarme, pero ahora no le quedaba otra, y me miraba con gesto admonitorio.

Sin embargo, yo reía y reía, reía cada vez más alto en la oscuridad que se había cernido de golpe sobre nosotros, porque se había ido la luz. Alguien encendió un mechero. Babuda dos llamó a la puerta y nos trajo una vela.

—¡Esa gentuza ha vuelto a cortarnos la luz! ¡Ni siquiera durante la guerra tuvimos una situación así! —refunfuñó, se refería a la Segunda Guerra Mundial—. ¿Queréis tomar algo, chicos?

—Estamos bien, tía Oliko, no necesitamos nada.

—Tenemos algo de dinero en la *obshchak* —dijo Sancho—. Podríamos ir a ese abogado tan listo, ya sabes, Levan, ¿cómo se llamaba?, el tipo que logró poner en libertad a Gagua, quiero decir, ¡les va a dar por el culo!

—Eh, baja un poco el tono, ¿vale? —terció Saba—. No estamos solos.

—Sí, yo también pienso que tenemos que reunir dinero. ¿Qué pasa con el coche de Rati? ¿No podéis venderlo? Podríamos juntar una suma importante —pregunté a los reunidos.

Tanto Sancho como Levan bajaron la vista, mala señal.

—¿Qué pasa? —insistí.

—Bueno, el coche. Cómo te diría... —Sancho se rascó la cabeza—. El coche es especial, no tiene papeles, no sé si sabes a lo que me refiero.

—¿Quieres decir que es un coche robado? —Mi indignación regresó al instante.

—Tampoco se puede decir eso, solo que no tiene licencia oficial, y no podemos venderlo sin más —explicó Levan, antes de encenderse un cigarrillo.

—Fantástico. Espléndido. ¿Y cómo vamos a reunir tanto dinero? O sea, nosotras podemos vender algunas joyas, pero parto de la base de que la suma nunca será suficiente. —Pensaba en voz alta—. No debe quedarse mucho tiempo ahí dentro.

—¡Lo liberaremos, y luego les daremos por culo a todos! —siseó Levan—. Perdona, Keto.

—Pero tenéis que quedaros tranquilos hasta entonces, nada de peleas, nada de jaleos, los frentes aún podrían endurecerse más. Sabéis que Tapora tiene contactos en la fiscalía —les dije, y me sorprendió lo fácil que me resultaba hablar en su lenguaje, lo tranquila y circunspecta que me mantenía, como si no hubiera hecho otra cosa en toda mi vida que ser parte de aquel inframundo.

—Mírala, Keto ha aterrizado de lleno en la vida de la calle. ¡Rati estará orgulloso de ti! —Rio Sancho, como si me hubiera leído el pensamiento, y se dejó caer en el gastado sillón en el que mi hermano solía ver sus películas favoritas o jugaba muy concentrado al SuperMario o el Tetris.

Al final, Levan echó a Sancho y Saba, y nos quedamos a la luz de las velas en el desolado cuarto de mi hermano. Como si fuera lo más normal del mundo, él había tomado las riendas con una inesperada naturalidad. En cuanto Rati no estaba, era él quien tenía la palabra, quien daba las instrucciones al grupo. Y era también el que iba a buscar el abogado. Una vez más, me di cuenta de que, como mano derecha de Rati, según su código de valores no podía tocarme, no podía amar del modo en que yo deseaba que me amase. Estaba condenada para siempre al papel de hermana pequeña. Odiaba esas reglas estúpidas y esas leyes opacas dictadas y promulgadas por hombres. Cuando le miré a la débil luz de las velas, ya ni siquiera sentía rabia, tan solo pena, una pena amarga, biliosa, porque su decisión me parecía absurda: lo veía como alguien que vive en el celibato para renunciar por propia voluntad a todas las alegrías de la Tierra.

—Últimamente me rechazas —dijo, y me volvió la espalda, miró por la ventana hacia la calle, sumida en la total oscuridad.

—¿Yo? ¿Yo te rechazo? —Creía que había oído mal.

—¿No es así? —Se volvió de golpe.

—Eres *tú* el que mira a través de mí, como si no existiera, desde la última conversación con mi hermano.

—¿Qué esperabas? Me hiciste parecer un idiota, y además un idiota sin huevos.

—¿No tengo razón?

Quería herirle, a sabiendas, quería que sintiera el mismo rechazo que yo.

—Eso tienes que decírmelo tú, Keto Kipiani.

—Pensaba que lo que había entre nosotros significaba algo para ti y... Pero ahora da todo igual. Tenemos que conseguir que vuelva a la calle pronto.

—Sabes que significa algo, incluso mucho. ¿Lo sabes?

—Entonces ¿por qué no noto nada?

—Eres la chica más extraordinaria que conozco —dijo él en voz baja, con una áspera pena en la voz.

Vino hacia mí y yo no supe qué hacer, me quedé sentada, confusa, al borde de la cama, y bajé la vista.

—Antes de quedarme dormido, me imagino que vamos al mar juntos, o al cine, que sostengo tu mano, que te hago un chal... Sí, no te rías, sé tejer muy bien, de niño tejía todo el tiempo chales para mi familia. —Rio como un niño pequeño—. Y entonces me imagino que puedo besarte siempre que quiera.

Se sentó junto a mí y me rodeó con un brazo.

—Y me imagino que te miro mientras dibujas. Y a veces pienso que en tu engreída Academia conoces a tipos a los que mataría solo de pensar que se acercan a ti. Sí, me imagino toda clase de cosas, pero no sé, Keto, cómo amarte *bien*...

Apoyó la cabeza en mi hombro. Yo estaba inmóvil, mirando la llama de la vela, tenía miedo de olvidarme de respirar de pura emoción. Cerré los ojos como si esperase un indulto o una ejecución, las dos cosas igual de terribles, igual de hermosas. Sentí sus labios húmedos en mi cuello. Me parecía que la ciudad contenía el aliento, reinaba un silencio tan terrible, ¿adónde se había ido todo el mundo? ¿Dónde estaban los coches de fuera, o los perros perdidos de Tarik? La oscuridad lo envolvía todo, tan aturdidora, solo la lánguida luz de la vela resplandecía, como si fuera la única fuente de luz en todo el universo.

Nos besamos, lo abracé, él me cogió por la cintura, me dejé caer en la blanda cama de mi hermano, él me siguió. Me tocó el pecho, metí los dedos en su espeso cabello, jugueteé con sus rizos. Yo estaba hecha de sueños, me volví ingrávida, y sin embargo me sentía a salvo, como en una cueva caliente y segura.

Estoy oyendo las protestas de amor que susurra a mi oído; creo, durante una fracción de segundo, que lo tengo a mi lado, le oigo asegurarme lo importante que soy para él, me baño en esa sensación, siento que contraigo el vientre, me encojo, me adapto a él, cómo todo mi cuerpo se tensa, y me veo sorprendida, como si me hubiera entregado a un juego amoroso delante de todo el mundo.

Se tendió sobre mí, nuestro peso nos hizo hundirnos en la cama. Lo amaba, lo comprendí en aquel instante, lo amaba de manera tan desgarradora como solo se puede amar cuando se ama por primera vez. Quería tenerlo, retenerlo conmigo, todo lo demás era tan absurdo, tan contrario a toda ley. Mis pensamientos se iban galopando mientras mi cuerpo aún luchaba con el placer y el desbordamiento. También yo estaba dispuesta a descender a aquella galería sin luz solo para estar con él. No tenía sentido negarse a aquella proximidad. Él gruñía, y miré hacia la puerta, por miedo a que una de las Babudas pudiera entrar sin anunciarse en cualquier momento. Sentí que su mano desaparecía dentro de mis bragas, separaba mis muslos, hundí el rostro en su cuello, me aferré a él.

—¡Te amo, Keto! —dijo de pronto, y yo me eché a llorar.

Lloré sin ruido, él no vio mis lágrimas, no las oyó, lloraba de alivio. Mi mano fue hacia su pantalón, abrí la cremallera, lo ajeno de su cuerpo me resultaba tan excitante, mi curiosidad era infinita. Me liberé, lo hice tumbarse sobre la espalda y me senté sobre él, me miró confundido, con los ojos nublados, incrédulo ante mi rudeza. Yo ya no quería esperar, desear, temer, no quería depender de su clemencia, quería decidir por mí misma y disponer de él exactamente igual que él disponía de mí. Cuando le bajé los pantalones, me apartó de sí y me miró, defraudado, a los ojos.

—¿Qué estás haciendo?

No entendía lo que me preguntaba.

—Te toco —dije, y lamenté enseguida mi impaciencia.

Traté de seguir el curso de sus pensamientos. No podía clasificar mi comportamiento, mi deseo, le habían inoculado que las mujeres tenían que ser pacientes y entregarse, las mujeres no tomaban, sino que siempre daban. Volví a sentir la consternación crecerme dentro, una furia rabiosa apoderarse de mí, seguida de una venenosa amargura.

—No tienes que hacer eso... —dijo él balbuciente, tan torpe, tan desvalido.

Incluso sin tener gran experiencia, sentí que la pasión muere enseguida cuando es domesticada. ¿Cómo era que él no lo entendía? Se metía en ese callejón sin salida de presuposiciones estúpidas y peligrosas falacias.

—Pero yo quiero hacerlo —respondí, la rabia me daba la necesaria seguridad en mí misma.

Le besé, impetuosa, desafiante. Estaba tan desbordado que se entregó sin oponer resistencia. Me senté de nuevo encima de él, pero antes de haberme desnudado por completo él emitió un sonido animal, sonó como una rebelión, una protesta que venía de lo más hondo; se estremeció y se hundió en el frescor de la cama.

Durante mucho tiempo, no dijimos nada. No nos movimos. Nuestra respiración se fue apaciguando poco a poco. Yo no me atrevía a mirarle. No me atrevía a tocarle. Alguien abrió un grifo en la cocina.

—No todas las mujeres son como tú tal vez imaginas.

Era un intento dubitativo de iniciar una conversación sobre lo ocurrido, pero él corrió enseguida un cerrojo.

—Ahora tengo que irme —dijo.

—Lo sé.

—Nos vemos mañana.

—Sí.

—Cogeré el coche de Rati e iré mañana mismo a ver a ese abogado, te mantendré al corriente.

—Bien.

—No te preocupes. Conseguiremos liberar a tu hermano.

—Sí.

—¿Está todo bien?

—No lo sé.

—Soy responsable de ti. No puedo...

Me costó un gran esfuerzo no ponerme a gritar con todas mis fuerzas.

—Encontraré la forma, Keto, no te preocupes, encontraré la forma de estar contigo —dijo, como si quisiera consolarme, volver a poner un poco de esperanza en mis manos.

—Es tan absurdo... —gemí.

—No es absurdo. Cada uno paga su precio.

—Y en tu caso yo soy tu precio, ¿no?

No me respondió. Me besó, vacilante, y salió por la puerta.

El abogado, un tipo sucio y bigotudo con un traje gris que le quedaba estrecho, no dibujó una imagen demasiado alegre de la situación. Resistencia a la autoridad, además de posesión de sustancias ilícitas, al menos esas eran las acusaciones provisionales. Nuestro testimonio contra el testimonio de la milicia no era una buena situación de partida. Haría lo que pudiera, pero lo más sensato era conseguir un acuerdo extrajudicial, si se llegaba a un proceso no podía garantizar nada. La amenaza era de ocho años. Diez gramos eran diez gramos. Posesión y venta ilegal de drogas, no era ninguna bagatela. Bueno, cabía la posibilidad de reducir los diez gramos a dos, pero... entenderíamos que se necesitaba una gran suma de dinero.

—¿De qué suma en concreto estamos hablando? —preguntó mi padre.

—No puedo decirlo con tanta exactitud, pero hay que contar con cinco mil dólares.

—¿Cuánto?

Gritamos al mismo tiempo. Semejante suma era entonces astronómica; en aquella época, en medio de la catastrófica inflación, con ese dinero se podía comprar una casa. Nunca en la vida reuniríamos tanto vendiendo las joyas.

—Eso es absurdo, es imposible... —murmuró mi padre.

—El jefe del departamento, el fiscal, el comisario jefe y naturalmente los tres funcionarios, todos tienen que alimentar a sus familias —añadió el abogado, y se encogió de hombros—. Puedo entender su enfado, e incluso rabia, tengo que vérmelas todos los días con esta injusticia. Tampoco es fácil para mí, sabe.

Lo miré de reojo y estuve a punto de gritarle que cerrara la boca de una vez. Él también era parte de aquel sistema y de esa cadena alimentaria, como todos aquellos a los que acababa de enumerar. Y, naturalmente, también él esperaba su parte.

—Es imposible que reunamos tanto dinero —gimió mi padre—. Hace dos meses que no me pagan la nómina, por todas las joyas de mi madre no conseguiremos ni la décima parte, y el dinero prestado, quiero decir, ¿quién nos va a prestar tanto dinero?, nadie tiene dinero, todos andan arañando y viendo cómo arreglárselas.

Pedí disculpas al abogado y arrastré a mi padre a la cocina.

—Los chicos nos ayudarán. Levan mencionó algo de una *obshchak*. Acepta el trato, no tenemos alternativa, cada día que pasa entre rejas es un veneno para Rati.

—¿Qué clase de *obshchak*? ¿Quieres que acepte dinero robado? ¿Estás loca? ¡En ese caso todos iremos a la cárcel!

—Papá, entiéndelo de una vez: ahora mismo todo el dinero que hay en este país es robado, de una manera o de otra. Tenemos que aceptarlo. ¡No tenemos otra opción!

—¡No, Keto, no puedo hacer eso! ¡De ninguna manera! Puede ser que para la mayoría las leyes ya no cuenten, que la mayor parte de la gente ya no tenga conciencia y que este ya no sea un país, sino un... un... —buscó las palabras— un Gogli-Mogli. Pero aún quedan personas con honor y respeto a sí mismas. Solo porque otros actúen mal no quiere decir que haya que hacer lo mismo.

Algo en el modo en que lo dijo me dejó claro que aquella discusión no tenía sentido, no iba a cambiar de opinión. Bajé la cabeza. Un Gogli-Mogli. ¿Cómo se le ocurría? ¿Cuándo había comido un Gogli-Mogli por última vez? Con lo que a Rati y a mí nos gustaba aquel dulce soviético cuando éramos niños. Aún tengo el sabor en la boca: la yema de huevo mezclada con azúcar y cacao, batida hasta que la masa densa y pegajosa se convierte en una pasta parda y espumosa.

Seguí intentando mediar entre el abogado, Levan, mi padre y Rati. La primera vez que visitamos a Rati —en presencia de dos guardias que parecían gorilas y nos miraban todo el tiempo con escepticismo— me costó un enorme esfuerzo no romper a llorar. Se le veía tan perdido, tan fuera de lugar, tan intimidado, aunque se esforzaba por parecer impávido y seguro de sí. Su rostro aún estaba hinchado y sus brazos mostraban varias manchas azuladas. Mi padre evitaba mirarle a la cara, yo sabía que le estaba costando tanto como a mí no levantarse y salir corriendo. No soportaba la humillación que había en el aspecto de Rati, en aquella pelada sala de hormigón, en aquellas paredes y aquellos vigilantes.

—Los chicos os ayudarán.

Rati trataba de animarnos.

—¡No quiero que tus amigos criminales me ayuden!

Mi padre dio un puñetazo encima de la mesa. Un gesto ridículo; que no decidió nada ni tuvo ningún efecto.

—¿Qué quieres decir con eso? —siseó Rati—. ¡*Tenéis* que dejaros ayudar! —Me miró implorante.

—Sí, encontraremos una solución, no te preocupes. —También yo me esforzaba por sonar tranquila.

—¡No hagas promesas que no puedes cumplir, Keto!

En ese momento habría podido estrangular a mi padre.

—¿Tienes claro que no he hecho nada? ¡Soy inocente, ya sabes quién está detrás de esto! Keto, espero que se lo hayas dejado claro, ¿o no? —La voz de Rati se elevó, los gorilas nos lanzaron una mirada de advertencia.

—Por favor, cálmate. Lo conseguiremos. Ya le conoces...

—¡No hables de mí como si no estuviera!

Mi padre estaba al borde del colapso nervioso. No sabía cuál de los dos estaba en un estado más alarmante, si Rati o él.

—No he hecho nada, esos cabrones me han colgado esa mierda. Tú estabas delante, lo has visto con tus propios ojos, ¿cómo puedes dudar, cómo puedes dejar que me pudra aquí? —Rati perdió el control.

—¡Última advertencia, camarada Kipiani! —llegó desde el rincón.

—¡Yo no soy tu camarada, chupagapos! —rugió él.

Lo vi venir, vi a los guardias lanzarse sobre él, levantarlo de la silla y sacarlo de la estancia. Mi padre apartó el rostro sin dejar de mover la cabeza, como si de ese modo esperase poder sacudirse la realidad.

Empezaba a nevar cuando salimos al día gris y desolado. No me molesté en contener mi indignación.

—¡No vamos a dejar que mi hermano inocente se pudra en la cárcel durante ocho años a causa de tu ego!

—¡No es inocente! Con su forma de vida se ha puesto en esta situación, ¿por qué iban a meternos drogas en casa a ti o a mí?

—¿Qué es lo que te pasa, maldita sea? ¡Eres su padre!

—Sí, y por eso tiene que aprender a asumir la responsabilidad de sus actos.

—Así que quieres darle una lección, ¿eh? Pero ahí dentro no *aprenderá* nada, se vendrá abajo, estará rodeado de *auténticos* criminales, ¿es eso lo que quieres? ¿Sabes que no ha visto esa droga en su vida?

—No se trata de eso...

—¡Sí, se trata justo de eso! ¡Se trata de esos diez putos gramos de heroína! No puedes decidir sobre su vida y su futuro, por las razones que sean. No lo permitiré —dije, antes de que subiéramos al trolebús, que como por un milagro llegó exactamente en el momento en que alcanzábamos la parada.

El día en que comenzó el golpe, estábamos sentadas en una noria bajo una flagelante nevada. Había sido idea de Nene ir las cuatro, como en los viejos tiempos, aquel turbio día de diciembre con el tren de cremallera a la montaña del funicular, al parque de atracciones, y permitirnos «un poquito de diversión» allí. Prometió conseguir algo «para entrar en calor» y nos pidió a todas que lleváramos algo de comer.

El ferrocarril de cremallera funcionaba cuando había luz, y tuvimos suerte de que el tristemente famoso bloque 9 no se hubiera vuelto a caer, paralizando la ciudad. Yo acepté agradecida la propuesta de Nene, por una parte porque quería escapar de la eterna preocupación por mi hermano y de las interminables discusiones con mi padre, y por otra porque esperaba que Nene contara su secreto, porque aquella muda complicidad cada vez me resultaba más pesada.

Los manifestantes asediaban casi todas las plazas centrales de la ciudad, y las barricadas cortaban el paso, como si la falta de medios de transporte no fuera desafío suficiente. A los diarios cortes de luz se añadía ahora la escasez de combustible, las bolsas de agua caliente y los calcetines gordos ya no bastaban para sobrellevar el invierno. Entretanto había que hacer colas de horas para conseguir gasolina, los alimentos estaban racionados, la ciudad parecía un laberinto lleno de peligros.

Como era de esperar, el parque de atracciones estaba desierto. La mayoría de las atracciones estaban paradas, y con aquellas temperaturas por allí solo se extraviaban parejas de enamorados que no querían que las molestaran. Sorprendentemente, la noria estaba en funcionamiento. Nene sufría de vértigo, y también a mí me parecía que el tiempo no estaba como para subir a las alturas, pero queríamos saborear a toda costa aquel día y nuestra rara convivencia, así que aceptamos cuando Dina propuso subir a la noria. Yo estaba aliviada de que Ira quisiera por fin volver a ver a Nene. Nene había traído una botella de coñac, a buen seguro de las inagotables reservas de alcohol de Tapora, y cada una de nosotras llevaba algo de comer. Dina estaba inquietantemente nerviosa. Hablaba entusiasmada de su mentor, Posner, y decía maravillas de sus fabulosos colegas de *El Dominical*, que se imprimía tan pronto en papel pardo como en blanco, tan pronto fino como grueso, según lo que pudiera conseguir la redacción. Habló del aventurero viaje de algunos redactores a Turquía para comprar allí generadores útiles para la imprenta y poder imprimir incluso en caso de que hubiera cortes de luz.

Yo la escuchaba cautivada, aunque ya conocía la mayor parte de las historias, y deseaba que su buen humor se me contagiara, pero no acababa de lograrlo. Mis pensamientos estaban puestos en Nene, que evitaba mirarme, y no podía sacudirme la tensión de las últimas semanas. Echaba de menos la calma de las horas en el taller de Lika.

Al comienzo de mis estudios, me había aconsejado que me tomara una especie de descanso para concentrarme de lleno en mi carrera, y yo había aceptado. Pero además había otras razones para mi alejamiento: le faltaban encargos. Aunque nunca lo dijera abiertamente, me di cuenta de que pasaba apuros económicos. Sus preocupaciones se podían leer en las finas arrugas de su frente, y sabía por Dina que aceptaba cualquier encargo para mantenerse a flote, en los últimos tiempos incluso se había llevado a casa unos cuantos trabajos de sastrería.

Subimos a una góndola crujiente, que olía a óxido húmedo. Tenía en medio una mesa de metal en la que dejamos nuestras cosas. Una joven pareja subió a la góndola siguiente. Ella iba envuelta en un grueso abrigo de piel sintética, y se acurrucaba contra su larguirucho acompañante, que no llevaba más que una fina chaqueta de cuero y al parecer quería comportarse como un curtido y galante admirador. Dos góndolas más abajo se sentó una pareja entrada en años, con gruesas gorras de lana. Nos elevamos hacia el cielo gris. La nieve empezó a caer cada vez con más fuerza, la ciudad comenzó a encogerse a nuestros pies y se fundió en una masa gris verdosa, los edificios se transformaron en casitas en miniatura.

—¿Por qué me hago esto? —se quejó Nene, y cerró los ojos.

—Vamos, no seas cobarde. Toma, bebe, ¡esto calienta y da valor!

Dina le tendió la botella de coñac, de la que Nene tomó un trago con expresión asqueada. Aunque tenía frío, aunque apenas sentía los pies dentro de las botas totalmente caladas, me sentí bien; me parecía que la gravedad de los últimos tiempos perdía peso conforme aumentaba la altura. También Ira tomó un trago de la botella. Dina se levantó, abrió los brazos, respiró hondo y gritó desde la góndola:

—¡Mira aquí, Tbilisi, aquí está la más dura de tus bandas, mirad todos aquí!

Las parejas alzaron nerviosas la vista hacia nosotras, no pudimos por menos de reírnos. Cada una de nosotras habló de su vida cotidiana, de sus actuales preocupaciones y angustias, y, como Nene preguntó varias veces, hablamos también de Rati.

—Y todo por tu hermano y tu marido, que quieren silenciarnos a todos.

Dina no pudo contenerse, y miró despectiva a Nene mientras hacía aquel mordaz comentario.

—¡Él no es «mi marido»! —Nina se mantuvo tranquila, su tono era contenido.

—¿Qué quieres decir con que no es tu marido, qué es entonces? —preguntó Dina.

—Yo ya tengo un hombre al que amo y que me ama.

En aquella frase, por absurda que sonara, vibraba una convicción profunda, inconmovible, una seguridad indomeñable.

—¿De qué estás hablando?

Ira la miraba perpleja. Pero precisamente en ese momento hubo una fuerte sacudida, y nos quedamos paradas en lo más alto.

—Ay, Dios, ¿qué ha pasado? No puede ser cierto. ¿Vamos a caernos?

Nene se cubrió el rostro con las manos. La chica del abrigo de piel sintética empezó a gritar presa del pánico. Yo miré hacia abajo, nos habíamos detenido en el segundo giro, más o menos a media altura, y pude distinguir al maquinista haciendo señas debajo de nosotras.

—¡Callaos!

Ira se asomó.

—Intenta decirnos algo.

—¡Bloque 9, es el bloque 9! Corte total de energía. Debemos tener paciencia —manifesté mi interpretación de sus gestos. Entretanto, aquel maldito número se había convertido en símbolo de las tinieblas.

—Oh, no, no puede ser, aquí arriba todas moriremos. Esto puede durar una eternidad, tienen que llamar a alguien... —Nene no dejaba de gimotear.

—No va a pasarte nada, tan solo tenemos que juntarnos y beber para no pasar frío. —Y alcé la botella.

—¡Adelante, bebamos por nosotras!

—¡Dile que siempre le amaré! —anunció Nene con voz teatral, y tomó un trago mucho más largo con los ojos cerrados.

—O sea: ¡Saba! Seguís viéndoos, ¿no? —Ira quería confirmar su sospecha.

—¿Ahora?

Dina aguzó el oído. Nene me miró. Yo me encogí de hombros y dejé la decisión en sus manos.

—Sí, nos vemos en secreto —dijo con cierto orgullo.

Y luego empezó a hablar a borbotones, como si llevara todo aquel tiempo esperando esta oportunidad. En el tono de máxima exclusividad propio de las personas enamoradas, habló de su primer reencuentro casual después de la muerte de Tarik, de su primer viaje en Metro, del feliz azar del corte de energía, de los encuentros secretos en las galerías del Metro (aquel detalle hizo aplaudir de entusiasmo a Dina, y a Ira abrir los ojos de par en par), y por último de los riesgos cada vez mayores que asumía a causa de su nostalgia.

—¡Guau, está claro que te había subestimado, de veras, estoy sin habla, increíble! ¡Cuéntanos más, quiero decir, es fantástico!

Dina estaba visiblemente impresionada, encendió excitada un cigarrillo. Las demás callábamos.

Mientras escuchábamos el desgarrador monólogo de Nene, debajo de nosotras, por debajo de las ásperas peñas y espesos abetos, de los raíles del ferrocarril de cremallera, de la iglesia del Padre David y el Panteón, de las adoquinadas laderas de Mtatsminda y el barrio de Sololaki, sonaba el primer disparo. El día antes, en Alma-Ata, la actual Almaty, se había decidido la disolución de la URSS. Georgia, como también los Estados Bálticos, se había negado a ingresar en la recién fundada Comunidad de Estados Independientes, organización regulada por Rusia. «¡Rusia no va a dejar como si nada que las cosas se queden así!», había comentado mi padre, sentado delante del televisor, y su madre había estado de acuerdo: «¡Te digo que ese idiota va a sacrificar el país entero por su ego!». Naturalmente, esa frase, referida al presidente georgiano, iba destinada a Oliko, sentada en la habitación de al lado. «¡Alegraos de que lo tenemos, sin él hace mucho que estaríamos perdidos!», el comentario desde el cuarto contiguo no se hizo esperar. El presidente había despojado hacía poco de su poder a la «guardia nacional», lentamente surgida bajo su control, y amenazaba con disolverla. Pero el vividor, nombrado antaño su jefe por el propio presidente, un bohemio con aspecto de mafioso, negó su obediencia y se retiró con sus alrededor de quince mil hombres al lago de Tbilisi. Anunció que iba a unirse a la oposición, e hizo sacar de la cárcel al caudillo militar y dramaturgo Dzhaba, encarcelado por el presidente, que se unió a la resistencia con su potente ejército Mjedrioni, sediento de acción. Junto a él, fueron liberados de la cárcel otros ocho mil presos encarcelados por delitos graves, que echaron todos ellos mano a las armas e inundaron las calles para prestar apoyo a los opositores. Tan solo un día después de la disolución del Imperio rojo, aquel dúo, junto con los seguidores del presidente, convirtió en pocas horas el centro de Tbilisi en un escenario bélico. Se emplearon Kaláshnikov, trasladaron al presidente a un búnker, varios edificios fueron ocupados y en ellos se instalaron francotiradores.

Pero nosotras aún no sospechábamos nada de todo aquello, estábamos sentadas, a medio camino del cielo, en nuestra chirriante góndola, bebíamos coñac y tratábamos de celebrar el amor de Nene, hacíamos callar nuestros temores y bebíamos para darnos valor. Comimos el sabroso pan salado georgiano, un bien por entonces inusual, que Nene había llevado consigo, las patatas asadas que había llevado yo y el bizcocho de polvo de leche que había traído Ira, mientras a nuestros pies la ciudad temblaba y el bulevar Rustaveli se veía rodeado de tanques, como ya había ocurrido hacía dos años, con la diferencia de que entonces eran tanques rusos. Ahora eran georgianos los que se lanzaban unos contra otros, ahora se trataba de personas que afirmaban querer tanto a su país que tenían que recurrir a las armas. El fuego estalló y las llamas lamieron con sus lenguas hambrientas los espléndidos edificios de la calle mayor: el edificio del Parlamento, la Primera Escuela, el hotel Majestic, realmente majestuoso, que hacia finales del siglo anterior había recibido huéspedes de todo el mundo y más tarde, como hotel socialista modelo, había sido rebautizado como hotel Tbilisi; todos fueron devorados por las llamas. Pero nosotras no sabíamos nada, aún estábamos demasiado cerca del cielo.

—¿Cómo vais a seguir, cuánto tiempo pensáis mantenerlo en secreto? Ya sabes cómo reaccionarán tu hermano o tu marido cuando se enteren. —Fue Ira la que rompió el breve silencio.

—No van a enterarse, ninguno de los dos, eso no debe ocurrir y punto —dijo Nene con decisión.

—Pero necesitáis un plan B. Quiero decir, que a la larga no podéis conformaros con encontraros en una galería. —Ira no aflojaba.

—Quizá nos larguemos, sí, creo que sería lo mejor. Quizá incluso a Europa —respondió Nene, perdida en sus pensamientos. Era más que evidente que no tenía ninguna idea concreta de su futuro con Saba. Seguía su deseo, se movía como una ciega en territorio desconocido.

—¡Ahí hay humo, se está quemando algo! —oímos gritar a la chica de la góndola que teníamos debajo. Todas seguimos la dirección que indicaba, y de hecho vimos elevarse el humo.

Cuando regresó la corriente, ya había oscurecido y estábamos completamente heladas. El excitado maquinista nos contó lo que había pasado en la tierra mientras estábamos en el cielo.

—Rustaveli está cerrado con tanques, hay disparos, y se aconseja a la población que se quede en casa...

Hablaba como si le faltase la respiración, y necesitamos un tiempo para comprender lo que estaba diciendo. Primero sospeché que, como Babuda uno había profetizado, Yeltsin había dado rienda suelta a su descontento, y que volvía a ser el ejército ruso el que trataba de conseguir el control de nuestra ciudad.

—Es nuestra gloriosa junta militar, el golpe con el que amenazaban, esta vez los rusos no tienen nada que ver con este infierno, es completamente de fabricación casera —nos aclaró la pareja madura, con una aplastante amargura en la voz.

—Iremos por el atajo a través de las rocas. ¿Tenéis todas calzado resistente? La buena noticia es que estamos en el lado correcto del río, y más o menos dentro de nuestro barrio. —Dina quería insuflarnos valor.

Antes de emprender el camino de vuelta, Nene dijo, coqueta:

—Esta vez no le voy a enseñar las tetas a nadie, solo están destinadas a los ojos de Saba.

Yo discutí con mi padre, mi padre discutió con Rati, Rati envió telegramas y cartas desde la cárcel, nosotros enviamos paquetitos con lo imprescindible y con dinero, que entre rejas era igual de preciso que en libertad. Intenté reunir a espaldas de mi padre los cinco mil dólares para el abogado. Levan me había asegurado la mitad de su caja común y, además de sus joyas, las Babudas vendieron un valioso servicio de porcelana.

En las calles había casquillos dispersos como confeti en Nochevieja. Balas perdidas alcanzaban a inocentes transeúntes, se lanzaban bombas de mano, se prendía fuego a los edificios. Nos asediaba una tos eterna, el espeso humo del bulevar Rustaveli se alzaba hasta las colinas de Sololaki. La gente se deslizaba silenciosa por las calles y se aseguraba, conteniendo la respiración, un sitio en la cola del pan. Se evitaban ciertos tramos. Ya no nos atrevíamos a ir hasta la plaza de la Libertad. Estábamos encerrados en nuestros patios y calles. Solo en una ocasión me atreví a ir con Dina a visitar a Rati. Caminamos tres horas a pie hasta la cárcel de Gldani, sin encontrar ni un solo coche en el trayecto, tampoco el Metro circulaba. Por el camino, oíamos disparos y nos agachábamos instintivamente. Dina me cogió de la mano. Éramos las únicas personas en todo el paseo fluvial, hicimos un trayecto interminable a lo largo del río. Durante todo el tiempo, Dina tenía su cámara aferrada y apretaba una y otra vez el disparador. El clic de la cámara tenía algo de tranquilizador, era lo único familiar en aquella cortina de sonidos tan novedosa que nos rodeaba, hecha sobre todo de disparos y voces de hombre, como si todas las mujeres, todos los niños, todos los animales hubieran caído de pronto en un profundo sueño. No había un solo vendedor de frutas o de verduras, ni un insulto de un conductor, ni un sonido de ventanas abiertas, no se oía el susurro de las ramas de los pinos ni de los cipreses, ni el ladrido de los perros, ni a los niños jugando... Todo había enmudecido como por arte de magia. Recorríamos una ciudad apocalíptica.

—Tienes que hacer como si estuviéramos en una película —le dije al sentir su miedo.

—¿Qué quieres decir? ¿En qué película, por ejemplo?

—Vamos a inventarnos una. Imagínate que somos dos espías en el Berlín de la posguerra. La ciudad está ocupada y dividida en cuatro. Tenemos que ir de un sector a otro.

—Suena como una película, ¡eso no se te acaba de ocurrir ahora! —Rio entre dientes—. Muy bien, vamos a ello. ¿Eres un hombre o una mujer?

—Prefiero ser un hombre. Así podré hacer todo lo que me apetezca —dije con terquedad.

—Tonterías, una mujer es mucho mejor, eres mucho menos sospechosa, y todos piensan que eres débil y tonta. De ese modo consigues pasar de contrabando todas las armas nucleares que quieras. ¿Y cómo vas a llamarte?

—No quiero ser espía soviética. Son aburridas y se visten fatal.

—Okay, ¿entonces somos americanas?

—Sí, con Ray-Ban *cool* y vaqueros Wrangler.

—Keto, estamos en los años cuarenta.

—Quiero sonar francesa. ¡Quiero un nombre francés!

Y así corrimos como dos espías por el Berlín de la posguerra, pegadas a las paredes, agachándonos en cuanto oíamos algo sospechoso, corriendo en los cruces de las calles, cubriéndonos las espaldas la una a la otra y buscando a tientas una y otra vez nuestras pequeñas y elegantes pistolas de cachas decoradas con madreperla, que encajaban con nuestros elegantes vestidos y gabardinas. Éramos invulnerables, y nos movíamos hacia nuestro objetivo con una ensayada coreografía.

Siento un extraño escalofrío, como si alguien en esta sala majestuosa hubiera abierto las ventanas y en lugar del cálido aire de mayo hubiera penetrado en la estancia un frío ártico. Me abrazo, enseguida pasará, no son más que los recuerdos, las imágenes colgadas de las paredes los avivan, se acercan peligrosamente al presente, lo hacen palidecer, debería resistirme a ellos, debería ponerles coto, quizá yo también deba enfrascarme en una de las animadas conversaciones que se producen a mi alrededor. Debería enviar un mensaje a Rati, preguntarle por él y por su Bea, que ojalá le quiera tanto como para seguirle a las montañas del sur. Pero en vez de eso surge en mí aquella imagen, símbolo del frío infinito de entonces, la imagen que me hizo consciente de toda la dimensión de nuestra desventurada situación, de nuestra caída, de toda la desesperación de aquella situación precaria, humillante, carente de salida, completamente desolada. Tuvo que ser poco después del golpe, poco antes de que aquel presidente al que Babuda dos veneraba como a un semidiós huyera del país y las riendas del Estado cayesen en manos de la junta militar. En Año Nuevo, después de la fiesta de Nochevieja más desconsolada y silenciosa de mi vida, que tuvimos que celebrar sin Rati. Brindamos con champán barato, nos deseamos un feliz año nuevo, conscientes de que el año que acababa de empezar prometía serlo poco. A medianoche fui a casa de Dina, también Ira se nos unió. Mordisqueamos el sabroso Gosinaki de Giuli y luego fuimos al patio, con la esperanza de ver algunos fuegos artificiales, pero, cuando íbamos a salir del patio a la calle, Natela Tatishvili abrió la ventana y nos gritó, con pánico en la voz, que volviéramos enseguida, y algo en su desesperación nos hizo obedecer de manera instintiva. Todavía en el emparrado del patio oímos tiros, y cristales que estallaban en las cercanías.

—¿Todo bien? —gritó uno de los vecinos.

—Sí, estamos bien —dije, y noté que me fallaban las rodillas.

Sin embargo, a pesar del miedo desnudo a la muerte que sentí aquella noche, solo más tarde entendí en toda su negrísima integridad lo expuestas que habíamos estado. La imagen de aquella niña pequeña, días o semanas después de aquella macabra Nochevieja, marcó un punto a partir del cual se hizo imposible cualquier retorno. Me gustaría acordarme de su nombre, porque me ha acompañado desde entonces, triste mascarón de proa de mi vida. En lugar de su nombre me acuerdo de su rostro, ese rostro está grabado de manera indeleble en mi memoria. Podría dibujarlo al instante, cautivar en el papel sin falsificación alguna sus rasgos y su lánguida figura. Me acuerdo de los chalecos de colores que llevaba siempre, y de su voz de pito, me acuerdo incluso del abrigo de lana de oveja karakul de su madre. Había sido durante muchos años discípula de Babuda uno, y llevaba aprendiendo alemán desde pequeña. Eter la ensalzaba por encima de toda medida, y se perdía en elogios al mencionarla. A mí la chica me parecía un tanto demasiado pelota, y a veces era poco amable con ella, pero en secreto estaba celosa, la nieta ideal que no hacía otra cosa que recitar a Goethe y Schiller, y que a los ocho años ya sabía que iba a estudiar Germanística y a irse a Jena o Leipzig a hacer un doctorado sobre Hölderlin. A pesar de su edad era extremadamente seria, como si hubiera venido al mundo con un agobiante conocimiento del mismo, que pesaba sobre ella como una carga. Estaba segura de que a los veinte o incluso a los sesenta seguiría teniendo la misma expresión: esa cara asombrada y que a la vez lo veía todo, como si ya tuviera a sus espaldas una vida entera. Caminaba muy erguida y mantenía una postura impecable, como si la hubieran educado en un internado católico para señoritas, llevaba el pelo severamente peinado hacia atrás, sujeto en una trenza perfecta con un lazo, zapatos planos, faldas a cuadros y esos chalecos de distintos colores, de los que parecía poseer muchos. Su voz era tenue e insegura, raras veces se animaba a mirarte cuando hablaba contigo, y Rati y yo nos divertíamos asustándola al tratarla con mucha familiaridad, abrazándola cuando la saludábamos o adoptando un tono de complicidad. Se ruborizaba al instante, sobre todo cuando mi hermano estaba cerca.

Durante mucho tiempo no pude ir a la Academia, se suspendieron las clases porque era imposible atravesar el bulevar Rustaveli y debido a los combates en las cercanías se consideraba demasiado arriesgado impartir docencia.

Así que decidí ir a Didi Digomi, porque alguien me había contado que allí, en la periferia de la ciudad, se podía comprar leña. Las Babudas trataron de disuadirme, pero yo no pude ni quise esperar.

—Morirme de frío aquí o a manos de un golpista ahí fuera viene a ser lo mismo —exclamé en tono heroico, y bajé corriendo las escaleras hacia el patio.

No quería saber dónde había conseguido Levan la gasolina para llevarme, tan solo estaba agradecida porque se hubiera ofrecido a ser mi chófer. Y es que el frío era terrible. El frío me descomponía los pensamientos. Ya nada servía; ni las mantas, ni los calcetines, ni las bolsas de agua. Y la estufa de chapa que mi padre había traído de alguna parte necesitaba leña, que no podíamos sacar de ningún sitio después de haber quemado todas las piñas, trozos de parquet viejo y montones de periódicos. Me parecía que el frío era el mayor enemigo, me impedía dibujar, pensar, sentirme viva. Tenía las manos agarrotadas y la nariz tan roja como un bebedor. El frío era peor que la oscuridad, peor que los tanques, peor que el pan racionado, peor que las miserables caminatas. Levan y yo tuvimos que dar rodeos, cuidar de que nadie nos detuviera, asegurarnos de estar de vuelta antes del toque de queda, porque pasado ese momento la ciudad se transformaba en una devoradora de personas. Los soldados de la guardia nacional o el Mjedrioni, completamente desmandados, recorrían las calles en busca de posibles botines. Aquel ejército privado tenía fama de ser una banda de criminales armados hasta los dientes, gozaba de absoluta libertad y saqueaba y se apoderaba de cuanto quedaba a su alcance.

En el coche, Levan me cogió de la mano, y así recorrimos en silencio la tarde cargada de electricidad. Una vez que nos hubimos abierto paso a través de una jungla de edificios planos, nos encontramos en un patio interior, donde había un camión que cargaba leña, ante el que se había formado una larga cola. Nos pusimos en ella. Levan no me soltó la mano durante todo ese tiempo, y en aquel momento pensé que podría acostumbrarme a eso.

Cuando por fin nos tocó el turno, le di al traficante todo el dinero que tenía y obtuve a cambio unos kilos de leña, que tenían que durar algún tiempo.

—Me encargaré de que no tengas que pasar frío. En cuanto Rati esté libre, recuperaremos lo que nos pertenece —me animó Levan, y su frase me hizo estremecer.

No respondí, y aparté de mi mente cualquier pensamiento relativo al futuro.

Me ayudó a cargar la leña, y luego desapareció con misteriosas excusas. Yo llevaba en brazos unos cuantos palos, y los apretaba como si fueran el tesoro más valioso que jamás había poseído. Harían olvidar durante un rato aquel frío inclemente, y ya iba calculando cuánta leña tendríamos que ceder a las Pirveli, de cuánta podíamos prescindir, porque sabía que ellas aún estaban peor. En aquel sótano ya de por sí húmedo era imposible pasar mucho tiempo sin calefacción.

—¡Mirad lo que he traído!

Me precipité dentro de casa, orgullosa y feliz, pero no hubo respuesta. Oí correr el agua en el baño, tenía que ser una de las Babudas. El balcón estaba desierto, tampoco mi padre había vuelto: se reunía desde hacía unas semanas con sus compañeros en la cercana vivienda de un colega, porque también el camino a la Academia de las Ciencias se había vuelto intransitable. Me dirigí al cuarto de las Babudas, dejando el abrigo por el camino, y entonces la vi.

A veces, en los raros momentos de mi vida adulta en los que el arrepentimiento me asalta como un animalito voraz y carente de escrúpulos y me obliga a lamentar no haber creado nada por mí misma, haber abandonado el dibujo, la fijación del mundo, me viene a la mente aquella imagen, y lamento la ocasión perdida de no haberla captado en un papel al menos como esbozo. Si lo hubiera hecho, me habría permitido un cierto patetismo, y hubiera titulado el dibujo *Madonna georgiana sin niño*.

La chica estaba, como un icono digno de ser adorado, sentada en medio del salón, con su atildada trenza, su rostro serio y su actitud erguida, solo que en el sitio en el que normalmente se sentaba a estudiar a la mesa con Babuda uno había una escalera, en cuyo travesaño más alto había tomado asiento, como si se tratara de un trono de oro en un reino encantado. No llevaba, como de costumbre, un chaleco de alegres colores, sino el gastado chaquetón de nieve de mi hermano, que se ponía de niño en los días de helada. Estaba allí sentada, con un libro gastado en el regazo, y tan ensimismada en la lectura que ni siquiera me vio llegar. Aquella idea tenía que ser de mi padre, de eso no había duda. Probablemente le había dado pena la celosa discípula de su madre, y había decidido ayudarla a su cruda y científica manera. Mientras estaba allí plantada, mirándola con total fascinación, escuchaba en mi oreja la voz de él: «¿Cuál es la segunda ley de la termodinámica? ¿Sabía usted que es posible convertir plenamente la energía mecánica, química o eléctrica en energía térmica?». Seguro que se había plantado delante de la chica como ante un público imaginario, y le había enseñado, con ojos abiertos de par en par, que el aire caliente asciende porque su densidad es menor que la del aire frío. Y algo en esa idea hace que se me contraiga el corazón, porque quizá aquel fue el acto más noble y con mayor sentido de su carrera científica: darle a esa chica la prenda más caliente que pudo encontrar, hacerla encaramarse a una escalera y protegerla así del frío inclemente para que pudiera seguir estudiando aquellos versos que quizá eran lo único que daba sentido, que daba belleza, a su vida joven e inmisericorde. Algo en aquella imagen, en aquella idea, era, no, *es*, insoportablemente conmovedor.

Mantuve las maderas apretadas contra mi pecho como si se tratara de un bebé, y luché por contener las lágrimas. Entonces ella me vio, y alzó la vista de su libro, perdida en sus pensamientos.

—Oh, lo siento, no te he oído entrar —balbuceó, ruborizándose de inmediato. Era una curiosa situación: ella en su trono y yo a sus pies, abrazada a la leña.

—Está bien, todo está bien —dije, y me tragué toda la amargura que me asaltó.

La amargura por la libertad que no había traído otra cosa que frío, y por aquel poquito de leña que pronto se habría carbonizado. Por querer a un chico que nunca iba a permitirse coger mi mano entre las suyas en público. Así me quedé, delante de la pequeña diosa para la que mi padre había erigido un trono, como paralizada. Nos habíamos jugado nuestro futuro antes siquiera de que empezara. Habíamos robado el futuro a esa pequeña María. Todos le mentíamos. La oíamos recitar a Hölderlin mientras lanzábamos granadas, prendíamos fuego a toda la belleza, mientras los que debían protegernos nos estafaban y vendían la libertad por cinco mil dólares. Me avergoncé, no pude soportar quedar expuesta a su mirada, que interrogaba de forma tan sincera.

Cuánto me gustaría creer que ella ha hecho realidad el sueño más anhelado por Eter, y se ha convertido en una germanista de primera fila, con dos doctorados y una cátedra en la universidad pública, y que ahora entusiasma con Hölderlin a otros, cuánto me gustaría creer que la vida no se le ha atravesado.

El presidente huyó primero a Azerbaiyán y más tarde a Armenia; el trío opositor, formado por dos señores de la guerra y un antiguo comunista fiel al partido que había abjurado del mismo, asumió, con guerreras de camuflaje y fusiles Kaláshnikov al hombro, la dirección del Estado. Algunos dijeron que doscientas, algunos dijeron que mil, algunos dijeron que dos mil personas habían muerto durante aquellas semanas. Hoy sigo sin saberlo. Nadie tenía tiempo de contar los muertos, al fin y al cabo había que asegurarse de seguir vivo. Pero el pueblo estaba alborotado, las manifestaciones no se calmaban, el país estaba dividido, los seguidores del presidente —mi abuela entre ellos— reclamaban «justicia» y ocupaban las calles. Oliko se plantaba, con su abrigo de lana con cuello de nutria y su boina negra en la cabeza, con sus puntiagudas botas de cordones, ante el edificio de la televisión pública, ante el edificio rodeado de antorchas del Parlamento, ante la Academia de las Ciencias, y gritaba el nombre de su presidente. Y entretanto Nene se tendía desnuda al sol poniente, como una gata juguetona, ronroneando, maullando, y hacía señas a su amante para que volviera con ella.

A excepción de aquella pobre habitación de Batumi, era la primera cama que los dos compartían, y no podían estar más orgullosos de haber dejado atrás su oscuro escondite. Un viejo amigo de Saba, que había emigrado con su familia a Ucrania, le había dejado la llave de la casa familiar de veraneo en Tskneti. Así que últimamente aprovechaban cualquier oportunidad para huir a ese nido fuera de la ciudad, al elitista domicilio de verano de la antigua nomenclatura.

Me imagino que fueron felices en esa casa. Que ella fue feliz, que quería todo aquello. Todo de él.

EL ZOO

Me acerco ahora a la que quizá sea la más conocida de sus fotografías, la imagen que se asocia con su nombre como *El violín de Ingres* con Man Ray, *El beso* con Cartier-Bresson o *Muerte de un miliciano* con Robert Capa. Es la foto que ilustra la mayoría de los tratados y ensayos acerca de ella, los volúmenes gráficos que se han publicado en renombradas editoriales de arte durante los últimos años, la primera foto que aparece cuando se introduce su nombre en un motor de búsqueda. La foto que odio tanto que, todavía hoy, me gustaría arrancarla de todas las paredes y de todos los libros y destruirla de una vez por todas.

Se trata de una foto perturbadora, absolutamente falta de compasión e insoportablemente desnuda. Marca el peor día de mi vida y de la suya, la intersección entre todo lo que fue y todo lo que vendría después, el punto en el que aún no sabíamos que al final del día nos habríamos convertido en otras personas. Hasta hoy, algo en mí sigue sin poder conformarse con que haya hecho accesible al mundo entero aquel horror, aquel infierno que creíamos haber dejado atrás.

La foto lleva por título *El zoo*, y la mayoría supone que se refiere a las manifestaciones degeneradas en excesos propios de animales, al instante en que la gente se quitó cualquier vestimenta civilizatoria; se han escrito numerosos textos acompañando a esta imagen, en los que la sangre se vincula a los excesos de una manifestación y en los que se parte de la base de que me muestra poco después de mi huida, a salvo. Solo tres personas en esta sala conocen la verdadera razón del título. Pero no vamos a revelar nada. No vamos a aguarle la fiesta a nadie en este festivo ambiente. Sonreiremos con suavidad y festejaremos de manera glamurosa los honores póstumos que se le rinden a nuestra amiga.

Puedo recordar el shock que sufrí cuando, en ese preciso instante, sacó la cámara e, indiferente —así me lo pareció—, me apuntó con ella. Aquella foto en blanco y negro me muestra de manera tan despiadada, me expone con tal crudeza, me presenta llena de miedo, y sin embargo tan fuerte como quizá nunca lo había sido antes. Se intuye el horror, pero no es posible comprenderlo, no es aprehensible. Y justo eso me parece que es la cualidad de esa foto: todo lo que hay que saber, lo que se puede saber, se refleja en el rostro de esa chica que fui alguna vez; esa chica con una gruesa cola de caballo y los ojos muy abiertos. Esa foto se mantiene, a pesar de su desnudez, provocadora y misteriosa... Quizá sea el motivo por el que justo esa foto alcanzó una cifra tremenda en una subasta en los Estados Unidos, y se ha reproducido tantas veces. Parece casi preparada, y a la vez es tan pura como la vida solo puede serlo en sus momentos más espantosos. Me muestra manchada de sangre, de rodillas delante del charco de mi propio vómito, al pie de una farola solitaria, con el rostro señalado por el miedo y a la vez combativo, y, al fondo —y eso es lo que fascina en particular a los estudiosos del arte—, una jaula de monos. En el tronco de un árbol se sienta un mono solitario, sin duda atraído por nuestro trajín nocturno, parece sorprendido ante mi presencia, está sentado casi a la misma altura que yo, tan solo la verja nos separa, sus ojos están asombrados y a la vez llenos de compasión, como si quisiera brindarme consuelo.

Me siento incómoda, ya me preparo interiormente para el murmullo que pronto va a recorrer estas salas repletas, surcadas de olor a perfume caro y *petits fours*. Las cabezas se juntarán para cuchichear y susurrarán: «Mira, es ella, la de la foto del mono...». Y yo me preguntaré si es cierto, si esa chica de la foto en blanco y negro aún tiene algo en común con la mujer que ahora está delante de ella y la contempla.

Levan me había despertado aquella mañana. Él y «los chicos» habían reunido el resto del dinero, y yo tenía que ir a toda prisa al abogado, no había tiempo que perder, dijera lo que dijese mi padre. Me tambaleé descalza y adormilada en medio del frío, y él me tendió bajo el emparrado un sobre grueso, arrugado y manchado. Le añadí el dinero que guardaba debajo del colchón, y empecé a vestirme a toda velocidad.

Dina estaba en la redacción, pero logré que se pusiera al teléfono. Quedamos en la plaza de Marjanishvili para ir desde allí juntas a Saburtalo, donde el abogado tenía su despacho. Dina se había puesto a llorar de alegría al teléfono, algunos de sus compañeros —los oía al fondo— daban gritos de felicidad. Por suerte mi padre ya se había ido, y Eter esperaba a una alumna, estaba peinándose el cabello ceniciento cuando la sorprendí en el baño y la abracé por detrás.

—Oh, Bukashka, ¿qué me ha hecho merecer este repentino estallido de amor?

—Tenemos algo que celebrar: ¡hemos conseguido el dinero, Rati no tardará en salir!

Babuda uno, que normalmente reprimía todo sentimentalismo, olvidó su contención, se volvió hacia mí, me cogió el rostro entre las manos y me besó eufórica en las mejillas.

—¡Oh, mi niña! Mi maravillosa Bukashka, por fin, por fin podremos sacar a ese niño, qué maravillosa hermana eres, estoy tan contenta, tan contenta, ni te imaginas.

Apenas lograba serenarse, y enseguida se puso a hacer uno de sus cafés, porque sabía que yo los adoraba.

—¿Dónde está Oliko? ¡Tiene que celebrarlo con nosotras! —pregunté, mientras la veía echar el polvo de café finamente molido en la antiquísima cafetera.

—Oh, a mí no me preguntes. Hoy hay una gran manifestación, una marcha que va a recorrer media ciudad. Se anuncia la llegada de cincuenta mil seguidores del presidente desde todos los lugares del país. Van a encontrarse en la estación, a manifestarse contra la junta militar y a rendir homenaje a su querido Mesías. Yo lo siento, y me doy por vencida: si ella quiere, que vaya hasta Armenia recitando su nombre por el camino —gimió mientras nos servía la negra bebida de mágico aroma.

Yo veía a Babuda dos, con su abrigo negro, sus botas puntiagudas, su arreglado moño, su fina boina de mohair y sus largos guantes en algún sitio de Armenia, sosteniendo en alto un cartel con la imagen del presidente expulsado y gritando su nombre. No, eso no encajaba con mi elegíaca abuela, con sus traducciones de Rolland y Zola, con su forma de perdonar y abrazar al mundo.

—Rezo todos los días a Dios para que ninguno de nuestros antiguos compañeros la vea en una de esas necias manifestaciones. Me avergüenzo: ¡una lingüista de prestigio, una traductora sin parangón, y está ahí con todos esos plebeyos gritando: «¡Zvad, Zvad!», como si fuera Dios en persona!

—«Una traductora sin parangón» —cité—, y eso ha salido de tu boca, ¡se lo voy a decir!

—Nunca he ocultado sus méritos literarios, pero eso no quiere decir que no tenga nada humano que objetarle.

—Ahora tengo que irme. —Me puse en pie de un salto, le estampé un beso en la mejilla y salí corriendo de la cocina.

—No cojas el Metro, va a haber fallos de corriente y cortes por esa maldita manifestación —gritó a mi espalda.

El estado de excepción continuaba, las heridas de la ciudad seguían abiertas. La brutal guerra civil había cortado la ciudad vieja del resto, en medio ahora había campos de batalla, porque la mayoría de los combates había tenido lugar en pleno centro. Atravesar el bulevar Rustaveli era un reto, muchos de los edificios conocidos, todos los lugares con los que cada una de nosotras vinculaba su infancia, estaban reducidos a escombros. Esqueletos de casas, fachadas reventadas o quemadas como esperanzas carbonizadas, lo viejo ya no existía y lo nuevo había sido asesinado en el vientre materno.

En medio de todo eso, a mí me daba alas la alegría por el dinero que llevaba en el bolsillo interior de mi abrigo. Fui un trecho en trolebús, luego me encontré con una calle cortada. Una y otra vez, veía a los uniformados de la guardia y a los hombres del Mjedrioni con sus guerreras de camuflaje y sus necias cintas en la frente, sus Ray-Ban y sus armas. Traté de ignorarlos y concentrarme en mi objetivo. No llamar la atención, no atraer las miradas, eso era lo único que contaba. Vi una masa de gente que se apiñaba desde la ladera de Elbakidze hacia el puente del Vere, que hace mucho que hoy tiene otro nombre, como si hubiera querido lavar la vergüenza de haber sido testigo de aquel día. La gente gritaba el nombre del presidente y reclamaba su regreso. Ordenados, como en un baile bien estudiado, se movían hacia el puente, irradiaban una impresionante obediencia, y de manera intuitiva yo busqué con los ojos a mi abuela. Por una parte quería encontrarla, y por otra me daba miedo hacerlo. Y había otro sentimiento que se mezclaba con ese temor: vergüenza. Sin saber ni yo misma por qué, me avergonzaba de saberla parte de aquella masa. Algo en mí se rebelaba contra eso. Cuando la plaza de los Héroes fue acercándose poco a poco, me di cuenta de que tendría que abrirme paso por entre la multitud para llegar hasta Dina, porque nuestro punto de encuentro estaba al otro lado del río.

Vi dos tanques rodando a paso de tortuga hacia la plaza de los Héroes. Me llevé una y otra vez la mano al dinero dentro del bolsillo del abrigo, y seguí mi camino con decisión. Cuando llegué al puente del Vere, el ruido aumentó. Me vi presa de una marea humana, que me sobrepasaba y me arrastraba. Aquellas mujeres, la mayoría vestidas de oscuro, me recordaban a las plañideras de una obra antigua. «Zvad, Zvad», gritaban como si fueran una sola persona. Nada ni nadie parecía capaz de intimidarlas, aquella masa de mil cabezas y brazos seguía sus rítmicos movimientos de manera regular e impávida, las mareas no pueden detenerse. Yo sudaba de miedo y no quería confesármelo a mí misma, tenía que cumplir una misión, quizá la tarea más importante de mi vida hasta ese momento: sacar a mi hermano del infierno, devolverle su futuro, un futuro que, a pesar de su negativa a llevar una vida normal, le correspondía. Me sentía como un salmón nadando contra la corriente, atravesaba el mar de la multitud sin perturbar su flujo.

Poco después de haber dejado el puente a mi espalda y de encaminarme al teatro Marjanishvili, ante el que iba a encontrarme con Dina, se oyó el primer disparo en algún sitio, a lo lejos. Me estremecí, y sin embargo en los últimos meses había aprendido a valorar el peligro con ayuda del ruido. Estaba lo bastante lejos, así que seguí mi camino imperterrita. Poco después vi a Dina, y aceleré el paso. Venía corriendo desde la redacción, con la cámara bamboleándose dentro de la gastada bolsa de cuero que le colgaba del hombro. A pesar de la tensa expresión de su rostro, parecía brillar en medio de aquella gris tristeza. Llevaba una chaqueta azul, una falda a cuadros audazmente corta y unas gastadas botas marrón oscuro, su salvaje melena rodeaba su cabeza como el casco de una armadura. Parecía tan libre y tan ajena en medio de aquel campo de minas que un día había sido nuestro país.

La abracé, impulsiva, aliviada hasta el infinito de que, en contra de su costumbre, no hubiera llegado tarde.

—Has tenido que atravesar la mani, ¿no? Está bien, llegaremos a salvo a Saburtalo, allí no hay ni uno de estos locos, te lo juro. —Me guiñó un ojo—. Los cerdos del Mjedrioni también van a concentrarse a este lado del río, en la redacción dicen que la mayor manifestación va a tener lugar en Didube, así que podemos ir a Saburtalo sin problemas.

Me cogió de la mano, como si yo fuera una niña y ella mi madre, y me entregué gustosa a su seguridad y a su decisión; aparté mis dudas, al fin y al cabo entre nosotras y el abogado estaba el edificio de la televisión pública, donde también se había anunciado una concentración.

La boca del Metro de la plaza Marjanishvili estaba cerrada, cogimos un microbús que pasaba en ese momento y de esa manera cruzamos sin problemas el bulevar Plejánov. Solo que los rostros agobiados de los otros pasajeros no presagiaban nada bueno. Cuando doblamos a la izquierda delante de los estudios cinematográficos y el microbús no tomó la salida hacia la orilla sino que fue de vuelta hacia la plaza de los Héroes, me quedó claro que habría sido más inteligente ir a pie. El microbús se detuvo en seco, el conductor bajó la ventanilla encogiéndose de hombros y miró con gesto confundido a sus pasajeros, como si fuera una ofensa personal para él no haberlos llevado sanos y salvos a la meta deseada.

—¿Qué hacemos ahora? ¿Damos la vuelta? —pregunté, indecisa.

—¡Ni hablar, no por estos canallas! —decidió Dina, volvió a cogerme la mano y a arrastrarme tras ella.

Esta vez la seguí mucho más a regañadientes, porque a lo lejos ya empezaba a ver algunas figuras con guerreras de camuflaje y cintas en la frente, con Kaláshnikov y vehículos militares verde pantano, y todo aquello no me inspiraba especial confianza. Volví a palpar el dinero en el bolsillo. Nos rodeaba un silencio inquietante.

—Vamos a pasar por este pasillo, y nos limitaremos a seguir nuestro camino, solo tenemos que dejar atrás esta maldita plaza.

Su voz se volvió frágil, era un poco más alta que de costumbre, como siempre que estaba nerviosa. Entonces vimos cómo desde el otro lado un desfile militar avanzaba lentamente hacia nosotras, los cañones de las ametralladoras de los soldados del Mjedrioni sobresalían como signos de alarma de las ventanillas bajadas de los coches.

¿Qué iba a ocurrir? ¿Iban a encerrarnos en aquella extensa plaza, debíamos quedarnos allí hasta que el último de los presentes hubiera abjurado del presidente? ¿Tendríamos que jurar que jamás volveríamos a saciar nuestra sed democrática, que seríamos obedientes, sumisos, leales a la autoridad? ¿Iban a hacer lo mismo que el ejército ruso hacía tres años escasos, cuando habían golpeado con palas a los estudiantes y colegiales, mezclarían tal vez difenilcloroarsina con el gas lacrimógeno para dejarnos fuera de combate?

De pronto, una paralizante desesperanza se apoderó de mí y me hizo quedarme clavada como si hubiera echado raíces. ¿Cómo íbamos a superar a esas hordas? Empecé a decirle a Dina que debíamos retroceder de inmediato, tomar enseguida la escalera que llevaba al edificio del circo, en el que ambas habíamos estado tantas veces de niñas, en el que habíamos tomado algodón de azúcar y comprado a las ancianas las gominolas de colores hechas por ellas mismas. Muy cerca de mí, sonó un disparo. Provenía de un chico poco mayor que yo, con una ridícula pelusa en el labio superior, todavía recuerdo su rostro. Apuntó con su arma hacia arriba, por encima de la multitud, para demostrar su diminuto poder.

—¡A casa, hijos de puta, marchaos de aquí! —rugió, y la masa comenzó a bramar, los gritos de éxtasis a favor del presidente subieron de volumen.

Dina se mantenía extraordinariamente serena, y me pregunté cómo en las situaciones extremas —ya fueran las peleas en el colegio o la desaparición nocturna de Nene del baile de graduación— era capaz de mantenerse tan tranquila y controlada, como si el momento extremo fuera su estado natural. También entonces conservó el control, me cogió por los hombros, me gritó al oído que tenía un plan y que la siguiera. Acto seguido apartó a un hombre con una bandera, y volvimos a sumergirnos en aquel mar de banderas, personas, retratos del presidente, fusiles Kaláshnikov, sudor frío y violencia creciente y espumosa.

El recorrido por entre la masa fue fácil, el ala izquierda marcaba el ritmo, el resto se adecuaba a ella, yo me abría camino y pensaba que de pronto me había vuelto parte de aquel «pueblo» del que Babuda dos hablaba tanto y con tanto entusiasmo. Volvieron a oírse disparos, esta vez a una distancia indeterminada y varios seguidos, así que tenía que ser un arma de asalto. El mar se encrespó en cuestión de segundos, su ritmo regular quedó destruido, alguien lanzó un grito furioso y luego, como si la gente hubiera estado esperando los disparos, empezó a oírse por todas partes «¡Zvad, Zvad, Zvad!» y «¡Viva Georgia libre!». Y entonces la ola se alzó, se hizo cada vez más grande, enseguida iba a inundar la plaza entera y anegarlo todo.

Mi presión sobre la mano de Dina aumentó, ella me atrajo enérgica tras de sí, sabía lo que hacía, su plan me pareció de pronto la jugada de ajedrez más inteligente del mundo, cuando entendí que se dirigía al zoo, porque delante de su entrada la masa se aclaraba, allí solo había unas cuantas personas aisladas, agotadas y atemorizadas. Pero no les prestamos atención, esta vez era yo la que arrastraba a Dina, corrimos hacia la entrada, con su león de piedra y su puerta giratoria de metal oxidado.

El zoo estaba unido por su parte trasera con el parque Misuri; entre ambas áreas de recreo había un barranco lleno de maleza por el que corría el Vere, al que todo el mundo llamaba «el riachuelo», como si se quisiera restar importancia a su fuerza. El zoo había sido uno de nuestros destinos preferidos cuando nos saltábamos las clases y, para ahorrarnos la entrada, nos colábamos por la parte trasera, caminando por la gruesa tubería oxidada que, a una altura vertiginosa, llevaba por el barranco hasta las jaulas.

—Bajaremos al barranco y entraremos al parque por la tubería. ¡Luego estaremos a salvo!

Esta vez fui yo la que decidió nuestra estrategia de supervivencia. Ella aceptó sin decir palabra y me siguió con pasos rápidos y pesados. Seguía apretando contra sí la funda de la cámara, para asegurarse de que a la valiosa pieza no le ocurría nada. Trepamos por la baja puerta giratoria, pasamos de largo ante las taquillas cerradas y dejamos a un lado a los leones y los tigres, los camellos, mientras seguíamos oyendo disparos a lo lejos, los gritos y el pánico llegaban hasta nosotras desde las verjas y hacían presa en los animales, que recorrían nerviosos sus jaulas de un lado para otro. Los tiros se fueron amortiguando, también el griterío se convirtió en un eco lejano, indefinible, encubierto por los ruidos de los animales; el mundo de la ira y las amenazas, el mundo del odio, se alejaba de nosotras. Alcanzamos la ladera, enseguida estuvimos en la espesura; el «riachuelo», difícil de atravesar, era nuestra promesa de salvación. Y entonces lo oímos: no lejos de la jaula de los monos, con sus descarados chimpancés y sus sabios orangutanes, resonaba la interminable música de acompañamiento de nuestra juventud, aquellos gestos amenazadores y vulgares insultos, el lenguaje inconfundible, universal, de la violencia.

—Voy a frotar tus tripas contra la verja, hijo de puta, vas a reventar aquí igual que tu amigo, no eres capaz de mantener tu palabra, pederasta de mierda, pero pierdes nuestro dinero, ¿no?

Luego hubo un golpe sordo, como de un culatazo en un hueso. Un alarido y una patada, otra amenaza, una imprecación, un espantoso imperativo.

Nos quedamos clavadas en el suelo, incapaces de dar un paso en dirección alguna. Estábamos al pie de la única farola que aún funcionaba, y mirábamos fijamente a los dos hombres con guerrera de camuflaje que tenían en las manos grandes escopetas de cañón recortado y se dedicaban a matar a golpes a un joven con unos vaqueros destrozados, empapados en sangre. Al lado había una figura con una chaqueta de borrego, con el rostro enterrado en el barro, y no se movía.

La conciencia de lo que iba a pasar me recorrió como un relámpago. No íbamos a escapar. Estábamos presas entre los disparos y los gruñidos, al pie del único cono de luz de la ciudad, en un país que no existía, que ya había dejado de existir o todavía no, porque no había ninguna versión mejor de nosotros, porque éramos los que éramos..., con nuestros fusiles, con el dinero ahorrado en el bolsillo del abrigo, con nuestro Mesías en el pecho, con nuestra voluntad de sobrevivir y el miedo a confesarnos que habíamos olvidado aquella libertad tan anhelada, y comprada a un precio tan alto, como una lengua extranjera que no se ha tenido oportunidad de hablar durante décadas. Éramos prisioneras de una repetición interminable.

El cabecilla, con el cráneo afeitado, que acababa de golpear con la culata al hombre de la pierna ensangrentada, volvió la cabeza hacia nosotras. El otro, que parecía un poco más inseguro y se aferraba a su arma gigantesca, lo hizo un instante después. Tan solo la figura tendida en el suelo, de la que ahora veía la nuca de un rojo reluciente, no vio nada.

—¿Qué se os ha perdido aquí? —preguntó el calvo, ahora completamente vuelto hacia nosotras.

—Nosotras... Nosotras solo queremos ir a casa, hemos ido a parar a la mani y... —balbuceé, y al mirar la figura vestida de borrego que continuaba inmóvil sentí crecer las náuseas.

—Solo a casa, entiendo. —El matón se rascaba la oreja—. ¿Tú qué crees, Ika, debemos dejarlas ir? —Se volvió a su compañero, que por su parte se rascó la nuca y luego se encogió de hombros—. ¿O vais a contar en casa lo que creéis haber visto, es así?

Yo negué con fuerza con la cabeza. Dina se limitaba a estar allí de pie, no se movía. Me sorprendía que estuviera tan callada.

—No, no hemos visto nada...

Iba a vomitar, porque tenía cada vez más claro lo que habíamos visto y seguíamos viendo.

—De verdad, solamente queríamos cruzar el río y... —balbuceé, y lancé una mirada de reojo a Dina, que estaba como en trance mirando ante sí, como si viera a través de todo.

Y entonces, de pronto, como si alguien le hubiera abofeteado, el pelirrojo cubierto de sangre empezó a gritar:

—¿Qué habéis hecho con él, qué habéis hecho con él, cerdos?

Mientras sus atormentadores estaban distraídos, había logrado arrastrarse hasta su amigo inmóvil y había intentado darle la vuelta. Miré a Dina, que abrió la boca sin que de su garganta saliera sonido alguno, y que jadeaba como un cuco hambriento. Y, entonces, también yo lo vi. Veo la masa sanguinolenta que brota del cráneo y se mezcla con el suelo fangoso. Y contengo la respiración, porque de golpe me llega la certeza, cruel y aturdidora: está muerto.

—¡Cierra el pico!

El calvo le da una patada en la boca del estómago.

—Eh, Ika, ¿qué hacemos ahora, dejamos irse a las chicas?

Los oigo. Cierro los ojos, ya no estoy allí, estoy aquí, estoy a salvo, ya no puede pasarme nada más, todo lo que podía pasar ya ha ocurrido, me encuentro en un lugar hermoso y a salvo, a años luz de distancia de aquella orgía de sangre, puedo respirar; pero no, la escena dura, no ha terminado nunca, jamás he escapado de aquel espantoso lugar. Me siento mal, no debería beber tanto vino, ¿cuándo he tomado algo razonable por última vez, aparte del acartonado sándwich del avión? Busco con los ojos a mis compañeras, verlas me tranquilizará. Descubro a Ira, embebida no lejos de mí en una foto, expuesta a sus propios recuerdos. Respiro hondo, sigo estando delante de mí misma, con el mono en la jaula detrás de mí, compadeciéndome por ser humana.

¿Es cierta mi impresión de que, entonces, el nervioso Ika se sentía visiblemente peor que su jefe, con su nauseabunda seguridad en sí mismo, y que parecía tener ya cierta experiencia en matanzas? Él sabía que había llegado su hora, que les pertenecía todo a él y a los que eran como él, que ya no había ninguna instancia que pudiera impedirles nada. Eran el ejército del rey, eran vigilantes, jueces y verdugos a un tiempo, su poder era ilimitado, así que, al fin y al cabo, le daba exactamente igual que Dina y yo pudiéramos reconocer su rostro, denunciarlos, acusarlos, porque sabía que no teníamos ninguna oportunidad frente a él y los miles que les guardaban las espaldas. A sus ojos no éramos más que dos chicas tontas, atemorizadas, con las que podía jugar un rato, a las que quería intimidar y provocar un poco.

—¿O queréis quedaros? Tu amiga parece bastante intrigada. ¿Te gustan las armas, los tipos fuertes con armas, chica? —preguntó, y rio a carcajadas.

Luego se volvió de nuevo hacia su víctima, volvió a darle una patada en el costado y le rugió, de tal modo que salpicó saliva:

—¡Necesito el dinero, hoy mismo! Os lo he dicho, os lo he dicho, ¿no es cierto, pederasta? Lo necesito hoy, no mañana, no pasado mañana. ¿Se lo he dicho a tu estúpido amigo o no? Que ese aborto de amigo tuyo esté liquidado solo es culpa tuya, y, si no me dices ahora mismo de dónde saco el dinero, vas a terminar exactamente igual, maricón, ¿me has entendido? —Se inclinó hacia él y le apretó el cañón del fusil en la mejilla. El pelirrojo no se movió.

—Lo has matado, sencillamente lo has matado, rata, lo has... —murmuró, incorporándose con mucho esfuerzo.

—Basta, has agotado mi paciencia. Dime dónde está mi dinero, o tus tripas irán a parar encima de tu amigo.

—No tengo el dinero. No he visto nada de ese dinero. Ni siquiera juego. Lo has matado... ¿Qué más quieres? Y deja que las chicas se vayan, deja que se vayan. No tienen nada que ver con esto.

Aquella frase hizo que se me helara la sangre en las venas. Cogí la mano de Dina y di un paso inseguro hacia delante.

La detonación explotó en mis oídos, un silbido agudo se tendió sobre todo. Aquel disparo era distinto de los anteriores, supe de manera instintiva que no había disparado al aire, sino que perseguía un claro objetivo: una vida humana. Solo con retraso me di cuenta de que Dina gritaba como si la estuvieran despellejando, y con su voz se mezclaba otra, más grave, la del pelirrojo, al que habían disparado en la pierna y que se retorcía de dolor.

—Te doy exactamente quince minutos para decirme de dónde saco el dinero, chupapollas, luego te volaré el cerebro por los aires.

Todo es ahora, todo se borra, todo lo ocurrido, todo lo venidero, todo se ha borrado. Oigo latir mi corazón, y en mi cabeza pulsa una sola idea: tenemos que escapar de la muerte. Y tomo una decisión que no tiene vuelta atrás, me aparto un paso de mí misma, de lo que creía ser. Opto por Dina y por mi vida y por el futuro de mi hermano, que llevo en el bolsillo de mi abrigo. Opto en contra del pelirrojo.

La oscuridad iba a tragarnos en cualquier instante, iba a hacer imposible la fuga sobre la tubería que cruzaba el barranco a una altura vertiginosa. Agarré la mano de Dina y la arrastré detrás de mí, sorprendida yo misma por la claridad de mis pensamientos, porque lograra dejar de pensar en el chico muerto del suelo, y en vez de eso pensara en Rati y su puesta en libertad. Esperaba oír un grito en cualquier momento, esperaba que aquellos hombres nos detuvieran, que nos arrastraran de vuelta con ellos, pero no ocurrió nada parecido. Así que mis pasos se hicieron cada vez más rápidos, mi presa cada vez más firme. Oía a Dina jadear detrás de mí, pero de su boca no salía sonido alguno, y yo le estaba agradecida por aquel silencio sin resistencia.

Corrí como un animal de rapiña por la oscuridad que nos acechaba hasta el barranco que tenía que ser nuestra salvación, atraída por el monótono y tranquilizador susurro del río. Corría cada vez más deprisa, estaba en fuga, creía tener que huir de la muerte, pero hoy creo que sobre todo huía de una cualidad de testigo a cuya altura no estaba.

¿Por qué me traicioné a mí misma? Hasta hoy, me he planteado esa pregunta innumerables veces, con una brutalidad masoquista, disecando una y otra vez aquel momento. ¿Habría podido intuir que no solo es posible morir por las armas de forma repentina, sino que el miedo paralizante se convierte en un monumento que se erige para guardar luto por uno mismo durante toda la vida, un monumento a quien se era antes de tener que acostumbrarse a la visión de la tierra húmeda de febrero mezclada con masa encefálica? ¿Habría podido suponer que las decisiones se habían tomado hacía mucho tiempo, y que cualquier desviación nos habría conducido a la ruina aquella tarde?

Proseguí mi camino impertérrita, arrastrando tras de mí a la paralizada Dina, no me detuve, no miré atrás. Volví a sentir náuseas, pero tenía que aguantar, no podía derrumbarme hasta que todo hubiera pasado, hasta entonces tenía que llevarnos a Dina y a mí sanas y salvas hasta el otro lado, lejos de los disparos, lejos de los cadáveres, lejos de lo indecible. Alcanzamos la tubería, la tarde nos atrapaba ya peligrosamente entre sus brazos, pero yo esperaba llegar aún a tiempo al otro lado, y puse con cuidado un pie detrás de otro sin soltar a Dina. Más o menos a mitad de camino sentí un tirón. Dina había retirado de golpe la mano y se había detenido. Me volví hacia ella. La expresión de su rostro me dio miedo. Todo el temor y todo el asco, toda la inseguridad habían desaparecido de repente.

Delante de mí volvía a estar la tragafuegos, parecía haber vuelto, la auténtica, la verdadera Dina, la mejor Dina de todas las posibles, y a la vez la más imprevisible.

—¿A qué viene esto? —pregunté, temerosa.

—Tenemos que volver —dijo con decisión—. No podemos largarnos sin más. Sabes que van a matarlo. No podemos irnos sin más y vivir con eso.

Los gritos a nuestra espalda habían enmudecido, yo no sabía si eso era una buena o una mala señal. Odiaba lo que ella decía, aunque estaba claro que tenía razón y que enseguida iba a pedirme algo más grande que yo misma.

—¿Qué debemos hacer?

Una pregunta superflua, porque hacía mucho que sabía la respuesta.

—Dame el dinero, Keto. —Me tendió la mano, sucia y temblorosa.

Se sorbió varias veces los mocos, y solo entonces comprendí que estaba llorando, mudas lágrimas corrían sin queja por sus mejillas.

—¿Qué va a ser de Rati? —Me falló la voz, también yo me eché a llorar.

—Sacaré a Rati, te lo prometo, lo sacaré, pero antes tenemos que volver, sabes que tenemos que hacerlo.

Como si el destino fuera testigo de sus palabras, detrás de nosotras sonó otro disparo, nos quedamos petrificadas. Las lágrimas, ahora liberadas sin freno alguno, me hicieron presa de convulsiones, y en ese mismo instante oí un grito, el pelirrojo vivía.

—Le daremos una parte, ¿no? No vamos a darle todo el dinero... Dina, Dina, quiero decir... —balbuceé, rompí el sobre y empecé a clasificar los billetes en la oscuridad.

A lo lejos volvimos a oír gritos.

—¡Dame el dinero, Keto! —me gritó—. ¡Y deja de hacer eso! No tenemos tiempo, vamos, dame el sobre. De todos modos van a registrarnos cuando saquemos la pasta. ¡Dámelo!

—Pero... —Traté de aferrarme a una absurda esperanza.

—¡Keto, maldita sea!

Me arrancó de la mano el sobre arrugado y retrocedió manteniendo el equilibrio con los brazos abiertos, sin esperarme. Yo vacilé, por un instante tuve miedo de caerme, la oscuridad ya nos había engullido.

—¡Eh, vosotros, esperad! —oí la voz controlada y clara de Dina.

—¿Qué haces aquí otra vez? ¡No te lo decía, Ika, a la pequeña le gustan las armas! ¿Quieres matarlo tú? ¿Qué me das si te dejo disparar?

—¡Tenéis que dejarlo en libertad! Ahora, ya —oí la tajante orden de Dina.

Acto seguido resonó una sarcástica carcajada.

—Él y su amigo nos deben un montón de pasta. Y su amigo ya no va a poder devolvernos nada... Por desgracia, sin el dinero no puedo dejarle ir, cielo. Y, antes de que me enfade, tú deberías largarte. Tu amiga ha sido lo bastante lista como para desaparecer, así que no te hagas la valiente.

Aquella frase fue la bofetada que necesitaba. Me sequé las lágrimas con las mangas del abrigo y recorrí el último tramo de vuelta al espantoso escenario de aquel diálogo.

—¿Cuánto?

Percibí todo el autocontrol que aquella conversación exigía a Dina, y lo rápido que podía perderlo.

—No he desaparecido —dije con calma, y miré al pelirrojo, que tenía la pernera del pantalón completamente empapada de sangre. A la débil luz de la farola se veía el color de su piel, alarmantemente enfermizo.

—Demasiado. Ahora, largaos, tenemos que hacer.

Cargó su Obrez y dio un paso hacia el pelirrojo.

—¿Basta con cinco mil? —gritó Dina.

—¿Qué has dicho?

La estúpida sonrisa había desaparecido de su rostro. Se le acercó con la semiautomática cargada, casi le tocó la punta de la nariz cuando se detuvo delante de ella.

—¡Dólares! ¿Basta con cinco mil dólares?

—¿Y tú vas a conseguirlos? ¿Tú? —Cogió un cigarrillo que llevaba en la oreja y se lo puso entre los labios.

—Sí —dijo Dina, y oí que su respiración se intensificaba.

—¿Cuándo?

—En cuanto lo dejes irse.

—¿Y de dónde vas a sacar ese dinero, cielo?

—¡No me llames así, comepollas!

Me estremecí, debía tener cuidado, no podía provocarle demasiado. Vi los ojos vidriosos de él. Aquellos ojos no conocían la piedad, no conocían el respeto, no tenían límites.

—Perdona, hermana.

Al parecer, aún se estaba divirtiendo lo bastante como para ignorar su insulto.

—Eso es asunto mío. ¿Vas a dejarlo ir?

—Pero claro, ningún problema. Si ese culito te gusta, es todo tuyo.

—Mi amiga lo llevará hasta la salida, y, cuando estén fuera, tendrás tu dinero. Yo me quedaré aquí. Como rehén, si quieres —dijo, y no retrocedió ni un centímetro.

—Si tú lo dices. Pero ¿sabes lo que pasará si no mantienes tu palabra? No te voy a dar ventaja solo por ser una chica, ¿sabes? Incluso para una chica podría ser un poquito peor que para este degenerado, eso también lo sabes, ¿no? —Y sonrió con repugnante indecencia.

—Sí, puedo imaginarlo —dijo Dina—. Ahora, déjalos ir a los dos.

La miré horrorizada, pero por suerte el calvo se me adelantó:

—No, no, no, las cosas no funcionan así, cielo. Tu amiguita acompañará a vuestro héroe hasta la salida y volverá, a no ser que quiera que te pase algo realmente feo. Pero seguro que no quiere, es una chica tan... Mírala, Ika. Lo sacará y regresará. Dos siempre son mejor garantía que una.

—¡No, no te dejaré sola con ellos! —grité.

—Sí, Keto, haz lo que dice. Y date prisa, está perdiendo demasiada sangre.

No toleraba réplica. Sí, era ella, la mejor Dina de las posibles, la Dina a la que ya de niña me había entregado en cuerpo y alma. Vi la sangre y obedecí. El nervioso compinche se movió hacia mí, se plantó ante mí, y, aunque la intimidación no acababa de salirle, quedaba claro que, a su nauseabunda manera, estaba ansioso por aprender.

—Déjala, Ika —Rio el calvo.

—No, no puedo dejaros solas aquí, me quedo —intervino de pronto el pelirrojo, cuya vida acababa de cambiar por el futuro de mi hermano.

—¡Tú cierra la boca! —le ladró Dina, y no pude por menos de sentir admiración por ella, aunque en el mismo instante odié su insoportable determinación—. ¡No va a pasarnos nada! —Lanzó una mirada despreciativa en dirección al calvo—. Ella va contigo, te ayudará.

La frase se refería a mí. E iba a tener razón. Naturalmente, la codicia era la fuerza motriz. Ika empezó a registrarme, los bolsillos del pantalón, mi bolsito, mi monedero, luego a Dina, y al fin encontró el sobre. Jamás olvidaré la expresión de su rostro cuando lo abrió y contó los billetes, la manera en que el calvo se chupó los labios y palmeó una y otra vez los hombros de su compinche, el asombro mezclado con la incomprensible alegría que se le brindaba.

Siento esa mano seca, fría, en mi pecho derecho, contengo la respiración, no quiero que se me note el miedo, pero él tiene casi más miedo que yo, y eso lo vuelve aún más imprevisible, confía en el calvo y en su Obrez, no tiene más seguridad en la vida. Dónde estará ahora, me pregunto; posiblemente esté muerto, en sus rapiñas habrá ido a dar con la persona equivocada, alguien más despiadado, más decidido que él, o un día el calvo lo sustituyó por un matarife más seguro, más diestro. Siento cómo su mano me aferra el pecho, siento su mano áspera, escamosa por el frío y el metal, una mano que sabe sostener armas, pero no tocar a una mujer, siento los latidos de su corazón, su frío aliento, apestoso a nicotina y a malestar, me roza, me gustaría darle un empujón, me gustaría quitarle el arma, ponérsela en la sien y apretar el gatillo... Al menos eso pienso, al menos es así como me lo imagino. Hasta hoy, esas fantasías son lo único que me proporciona alivio, algo que me ha permitido una breve satisfacción a lo largo de todos estos años. A veces me entrego a ellas como a un amante conocido que sabe exactamente lo que necesito; incluso ahora no me resisto a ellas, me emborracho con ellas, mientras la presión de su mano en mi pecho se hace más y más fuerte, hasta que no puedo evitar gritar.

Alguien se da la vuelta, un hombre alto con un traje azul oscuro, es difícil saber de dónde procede, sin duda no es georgiano.

—¿Está todo bien? —me pregunta en un impecable inglés.

—Todo bien, gracias, todo de fábula.

—Me parecía que había dicho usted algo. —No afloja. Parece uno de esos que quieren ayudar siempre y a toda costa.

—Estaba un tanto demasiado sumida en mis pensamientos, lo siento.

—Espere, ¿es *usted*?

Me mira inquisitivo, luego mira la foto que cuelga delante de nosotros y de la que no me he despegado un centímetro desde hace muchos minutos, no, desde hace muchos años. Asiento de manera apenas perceptible y me maldigo por mi indeseada exclamación. Quiero que me deje en paz, y a la vez le estoy agradecida por esa distracción banal y sin embargo tan insospechadamente benéfica.

—Oh, Dios mío, es increíble, en serio. Soy uno de los mayores admiradores de Dina Pirveli.

Desea entablar conversación. Conozco de sobra estas situaciones: soy interesante porque he estado cerca de ella, porque poseo un secreto conocimiento y por tanto disfruto de una posición especial entre los visitantes. Cuántas veces ha habido personas que han tratado de atraer mi atención hacia ellas para entregarse a la ilusión de aproximarse un poco más a Dina. Qué ridículo, y al mismo tiempo qué conmovedor. Nene e Ira también lo sabrán, me pregunto si también Anano se encuentra sometida al mismo asedio, pero Anano no ha sido ni remotamente tan a menudo motivo de sus fotos como nosotras, como si hubiera querido proteger a su hermana pequeña.

Tengo que defraudarle, y murmuro algo acerca de un acompañante, de que no estoy sola. El caballero es galante y, por suerte, me lo pone fácil. Aun así, me tiende su tarjeta de visita, se presenta como un galerista de Copenhague, planea hacer pronto una «pequeña exposición exclusiva» de las obras de Dina en su patria. Le doy las gracias con una fórmula y regreso... al zoo.

—¡Así no! —oigo gritar de pronto a Dina—. El sobre se lo lleva mi amiga. Lo acompañará a la salida, y solo cuando él esté fuera volverá y tendréis el dinero, ¿está claro? Así es como lo habíamos acordado, ¿vas a romper tu palabra, vas a ir sobre seguro como un cobarde, hasta con una chica?

Quería provocarle, quería contraponerlo al débil Ika, carente de voluntad. Temía lo que también a mí se me pasaba por la cabeza, ahora que habían descubierto el dinero: podían derribarnos junto al chico inmóvil, coger el dinero y desaparecer. Por otra parte, no éramos un peligro lo bastante serio, matarnos o dejarnos con vida les daba igual, dependía única y exclusivamente de su capricho. Si el calvo hubiera estado solo, es posible que nos hubiera reducido al silencio en el acto, hubiera cogido el dinero y se hubiera largado. Pero le parecía que se trataba de otra cosa: quería montar un espectáculo, hacer de hombre fuerte que respeta el código de honor de los ladrones, y demostrar así tanto mayor superioridad. Así que aceptó el trato. Miró nervioso hacia donde estábamos, me miró escéptico durante un rato y luego ordenó a Ika que devolviera el sobre.

—Por mi parte, bien.

Esa fue su sentencia, esa fue su sentencia sobre nuestro futuro.

Solo al tercer intento logré incorporar al herido. En mi nariz penetraba el olor corrosivo y metálico de la sangre. Su sangre me manchaba el abrigo, los pantalones, las manos. Él se apoyó en mi hombro con todo su peso, nunca habría imaginado que alguien podía pesar tanto, pero de alguna manera conseguí poner, vacilante, un pie detrás de otro, él arrastraba la pierna ensangrentada como un objeto molesto e inútil. Temblaba, y no parecía entender que en ese momento le estaba ocurriendo un milagro. Pero al mismo tiempo se daba la vuelta una y otra vez, como si luchara consigo mismo.

—¡Vamos! ¡Largaos de una vez!

Dina gritó, y su voz sonaba desesperada, alarmante. Pasó una eternidad hasta que lo deposité, más bien lo dejé, en la puerta, lo apoyé contra el muro de piedra; parecía cada vez más débil, seguía perdiendo sangre. Di una patada a la verja y miré hacia la plaza de los Héroes. Los manifestantes habían desaparecido. Toda la plaza parecía desolada. Había basura, prendas de ropa sueltas, incluso zapatos, por todas partes, restos miserables de lo ocurrido. A cierta distancia, vi a una pareja que buscaba algo en el suelo, algo que tenían que haber perdido durante la manifestación, y empecé a dar voces. Miraron confusos a su alrededor hasta que me descubrieron y corrieron hacia mí, cruzando la plaza con pasos apresurados.

—¿Qué ha pasado?

Cuando oí la voz preocupada de la mujer y supe que el pelirrojo estaba a salvo, di la vuelta sin más y salí corriendo.

—¿Cómo te llamas, cómo os llamáis, eh? —le oí gritar con sus últimas fuerzas.

Pero ya no tenía palabras para una respuesta, y quizá ya tampoco tenía nombre.

Entregué el dinero por el pelirrojo desconocido, el dinero que, en realidad, estaba destinado a la libertad de mi hermano. Los verdugos se fueron, dejando atrás el cadáver de su joven deudor como prueba de su victoria, de su falta de conciencia, y Dina y yo nos quedamos con la solitaria farola, con el espanto para el que no teníamos palabras, y con los animales alterados. Cuando me desplomé delante de la jaula de los monos, ella sacó la cámara y fotografió el campo de batalla conmigo en primer plano, vomitando el miedo, el asco, la consternación, la pena, el espanto de haber optado en contra de una vida humana y por la fuga, por mi hermano, la rabia contra Dina por haberme hecho actuar de manera correcta, el shock por lo ocurrido, la ira contra este país en el que una vida valía cinco mil dólares, mi absoluto fracaso.

Entré al patio tambaleándome, con la ropa manchada de sangre, oliendo a vómito y con los ojos hinchados. En casa, las dos contamos que habíamos ido a parar a la manifestación y habíamos huido al zoo para refugiarnos de los disparos, y allí habíamos encontrado a un chico herido de bala, al que habíamos llevado al hospital. Todo lo demás nos lo callamos. Dina me lo había exigido, apretándome la mano, con los párpados temblorosos y las mejillas flojas, cuando habíamos dejado el zoo a nuestras espaldas.

—Aclararé el asunto con Rati, te lo he prometido, dame solo un poquito de tiempo y no digas nada, ¿vale?

Yo ya no había replicado nada. Ya no tenía fuerzas.

—¿Qué pasa con Babuda? ¿Dónde está Oliko?

Eso era lo único que aún quería saber aquella noche.

—En casa. Ha tenido suerte. Tenía dolores muy fuertes a causa del reúma, y se dio la vuelta a mitad de camino.

Mi descanso fue largo y carente de sueños. Cuando Dina me despertó a la mañana siguiente, necesité mucho tiempo para volver en mí. Enseguida, los acontecimientos del día anterior cayeron sobre mí con toda su violencia.

—¿Qué hora es?

—Pronto serán las diez. Las Babudas me han dejado pasar. Dame dos días, ¿vale?

—¿Dos días para qué? —Me senté en la cama y me froté los ojos.

—Dos días para arreglar este asunto. Sin contarle nada a Levan y los chicos. ¿De acuerdo?

—Dina, ¿qué pretendes? ¿Cómo voy a mantener esto en secreto? El dinero ha desaparecido, y los chicos pronto se enterarán de que no fuimos a ver al abogado.

—Voy a ir a ver a Zotne. He llamado a Nene y le he preguntado dónde está.

—¿Zotne? ¿Precisamente Zotne? ¿Y qué piensas conseguir? ¿Que entierre el hacha de guerra? ¡No seas idiota, por favor!

—Eso es asunto mío.

—¡No admitirá que está detrás de la detención de Rati! —Ahora estaba más despierta de lo que me gustaba.

—Confía en mí, Keto.

—Además, Rati se va a volver loco si se entera de que tú... —No aflojaba.

—Precisamente por eso ni él ni ninguno de sus amigos debe enterarse.

—Pero..., Dina..., espera.

Ella ya se había levantado.

—Ayer te prometí que sacaría a Rati, así que lo sacaré.

—¿Por qué iba Zotne a hacerte un favor precisamente a ti?

—Porque yo le gusto.

Me quedé sin habla.

Me dio un beso en la mejilla y fue hacia la puerta. Antes de dejar el diminuto dormitorio, se volvió una vez más hacia mí y dijo:

—Hemos hecho lo único correcto, Keto.

Fui a tientas hasta la cocina y me serví el café de Eter, que estaba con una alumna en el salón. Me senté en el balcón, di un sorbo a la mágica bebida negra y oí a Babuda uno pronunciar una apasionada conferencia sobre *La marcha de Radetzky* de Joseph Roth, mientras trataba de borrar de mi interior las imágenes del día previo, que empezaban a titilar como flashes delante de mis ojos. Tan solo el reloj de pared encima de la mesa, herencia de la abuela de Oliko, rompía el espantoso silencio que reinaba dentro de mí. Aún tenía metido en la nariz el olor corrosivo, oxidado, que derramaba el pelirrojo cuando lo ayudé a ir hasta la salida. Me puse en pie de un salto y corrí hacia el teléfono.

Fue Guga el que cogió el auricular. Nene había salido con Otto. Le pedí que me devolviera urgentemente la llamada. Luego me vestí a toda prisa y bajé corriendo a ver a Lika, que desde hacía semanas se mantenía a flote haciendo trabajos de sastrería. Dina ya se había ido. Sin hacer ningún comentario, Lika me preparó su querido té verde. Anano había vuelto del colegio antes de tiempo porque no había habido clase por falta de calefacción, y hablaba por teléfono en la habitación de al lado.

—Nos habéis dado un susto —dijo Lika, y me brindó una sanadora sonrisa antes de sentarse conmigo a la mesa redonda y dirigirme una mirada penetrante—. ¿Va todo bien, Keto? ¿Habéis dicho toda la verdad? Me conoces, no me gusta insistir, pero ¿os ha pasado algo?

Me costaba trabajo mentir a Lika, aunque era mejor para todos que nos atuviéramos a nuestro acuerdo. A pesar de que habría dado tanto por liberarme de todo, por poder sacudírmelo como se sacude una espantosa pesadilla. Pero seguí otro rastro y pensé en cómo formular mi pregunta sin despertar en Lika una preocupación infundada. «Porque yo le gusto», resonaba en mi mente, amenazador, y tenía que averiguar cuánto de seria o de ingenua era aquella frase, y hasta qué punto estaba cargada de consecuencias. ¿De verdad se me podía haber pasado por alto? Si la respuesta era sí, ¿por qué me lo había ocultado ella? ¿Y cuándo había tenido Zotne oportunidad de manifestar su inclinación por Dina? Hasta donde recordaba, Zotne jamás había buscado nuestra proximidad y nunca había mostrado interés por las amigas de su hermana; al contrario, se sentía una permanente irritabilidad cuando estábamos cerca de él, y era imposible pasar por alto su aversión hacia Ira. Además, por todo lo que contaban, gozaba de gran atención femenina y salía a menudo con chicas mayores o con mujeres, sin haber llegado nunca a tener una relación seria. El interés de Zotne, yo creía en eso de manera firme, estaba dirigido única y exclusivamente a los negocios de su tío, a su poder y a la posición que ese poder le daba. Nene había hablado una y otra vez de tensiones entre Zotne y su tío, de que no pocas veces Zotne tensaba la cuerda, de que reclamaba cada vez más derechos y libertades, de que incluso Tapora le había amenazado con desterrarlo a Rusia si no se moderaba. Según la descripción de Nene, Zotne era una mezcla imprevisible y explosiva, fácilmente inflamable, sin miedo y capaz de ir hasta el límite. ¿Qué quería Dina de él? ¿Que llamara al orden a esos polis corruptos? ¿Que le diera el dinero? Aquello no tenía ningún sentido. Todo el mundo en el barrio conocía la rivalidad entre Rati y Zotne. ¿Cómo iba Zotne a querer ayudar a Dina cuando él y su tío eran personalmente responsables de que mi hermano estuviera entre rejas?

—Vivimos en tiempos peligrosos, Keto. Si os habéis metido en algo, tenéis que contárnoslo, podría tener consecuencias graves, debemos buscar soluciones juntas.

Quiero decir, que os veis obligadas a actuar como adultas, pero aún no lo sois —dijo Lika, y sopló su té.

Yo guardé silencio.

—Tío Givi ha contado que ayer perdieron la vida veintitrés personas... No quiero ni siquiera imaginarlo. —Se cubrió el rostro con las manos.

—¿Puedo preguntarte una cosa totalmente distinta? —la interrumpí.

—Claro.

—¿Ha estado alguna vez aquí Zotne Koridze? Quiero decir, ¿ha venido alguna vez a visitar a Dina, o ha hecho alguna, bueno, no sé, sugerencia?

—¿Qué Zotne? Ah, te refieres al hermano de Nene, ¿no?

—Exacto.

—No, hasta donde yo recuerdo, no. Naturalmente, ella no me lo cuenta todo. Pero no me lo puedo imaginar, es un tipo de lo más antipático.

—Le ha regalado un buen pedrusco —oí la voz de Anano desde la habitación de al lado, al parecer había terminado su llamada y había escuchado nuestra conversación.

Como Dina y ella discutían a menudo, la forma de Anano de vengarse de una ofensa o agravio era chivarse. Enseguida apareció en la puerta.

—¿Cómo has dicho? —Lika miraba sorprendida a su hija.

—Sí que lo ha hecho, claro que ella intentó devolvérselo, pero Zotne no quiso, y entonces ella lo vendió abajo, en Pirimse, yo la acompañé. Con ese dinero te compró aquellos pinceles caros, y a mí la muñeca grande, ¿te acuerdas?

Anano había entrado en la habitación, y se frotaba las manos.

—¿Tenemos algo de comer? ¡Tengo un hambre canina!

—¿Cuándo ocurrió eso, Anano? —Me había levantado y la miraba cara a cara.

—Oh, eso fue hace uno o dos años, ni idea. Deda, ¿cuándo fue eso?

—Me dijo que se había encontrado el dinero —dijo Lika, negando con la cabeza—. Yo sabía que era mentira, pero mantuvo la versión con tanta terquedad que al final estuve a punto de creerla. ¿Y tú lo sabías y no me dijiste nada?

—Bueno, quería conservar la muñeca —dijo Anano, y se echó a reír.

—Me voy.

Me levanté, Lika me acompañó hasta la puerta. También eso me gustaba de ella: jamás intentaba retenerte.

—¿Está metida en un lío? —preguntó, inquisitiva.

—No, tan solo ha mencionado algo, y quería asegurarme —mentí, sin creerme a mí misma.

—Deberíais manteneros al margen de todo, Keto. Los hombres juegan a la guerra, y los chicos los imitan, y en algún momento estarán listos para ir más lejos que sus padres. Pronto asumirán el mando, y entonces la ciudad les pertenecerá, todo se hundirá en el caos, en uno aún más grande que el que ya tenemos —dijo pensativa, y me apretó contra su pecho—. No vayáis solas a ver al abogado, ¿de acuerdo? Que os acompañe un adulto —me pidió mientras me iba.

Yo evité su mirada, me limité a asentir y corrí al patio. Tenía la sensación de estar prisionera en una vida equivocada. Y, entonces, esa sensación inconfundible que iba a serme fiel durante tantos años llamó a la puerta por primera vez, aparejada a la impotencia. Sin saber lo que hacía, fui a casa, abrí la puerta del baño, encontré hojas nuevas y sin utilizar para la cuchilla de afeitar de mi hermano, saqué una del paquete, me senté al borde de la bañera, me bajé los pantalones y me hice dos cortes horizontales, iguales, en los muslos. El dolor hizo que el alivio sobreviniera al instante.

LA CIUDAD DE LOS CHICOS

Me bebo el resto del vino. La noche se desliza hacia la oscuridad. Estoy rodeada de gente y, sin embargo, estoy sola. Ira pasa delante de mí y me guiña un ojo, parece tener prisa, se dirige a una foto, busca algo en concreto. La sigo con la mirada, contenta de que nadie se dirija a mí, de poder dar la espalda a la herida recién abierta, al zoo. Me pregunto cuándo he dejado de hablar mentalmente con ella. ¿He dejado de hacerlo alguna vez? Los primeros años de mi segunda vida, mi nuevo comienzo en Alemania, fueron un diálogo jamás interrumpido con ella. Discutíamos sin parar, y aquellas discusiones me daban la fuerza necesaria para reencontrarme, redefinirme, me mantenían con vida. Me empujaban hacia lo incierto, completamente conforme a su gusto, completamente conforme a su voluntad. La buscaba en cada espejo y en cada encuentro, buscaba sus rastros en cada cuadro. La busqué todos aquellos años, sin respiración, sin esperanza, y aun así con obstinación.

Era como si se la hubiera tragado la tierra. Tampoco se había presentado en la redacción, algo muy impropio de ella, según me dijeron por teléfono. Yo por mi parte evitaba a Levan, hice que las Babudas mintieran por mí al teléfono cuando quiso hablar conmigo, y corrí a refugiarme a casa de Ira. Pero ella se había ido con su padre a Kojori, a conseguir allí fruta y verdura, por entonces un bien casi impagable, envidiable, por el que la mayoría de la gente de la ciudad habría pagado una fortuna. Me parecía inapropiado ir a casa de los Koridze, tenía miedo de encontrarme con Zotne por casualidad. Por otra parte, no me quedaba más remedio. Prometí a mi padre que estaría de vuelta en casa antes del toque de queda y me puse en camino hacia la calle Dzerzhinski.

En ese momento, un jeep negro se detuvo frente a la casa de Nene. Otto y Nene bajaron de él. Apenas los había visto juntos desde su boda, y sabiendo del amor clandestino entre ella y Saba me costaba trabajo representar aquella farsa. Me detuve un instante, sin que me vieran, a contemplar a la forzada pareja. Me concentré sobre todo en él, en aquel joven malcriado, de sangre fría, que hacía poco que llevaba barba y un corte de pelo militar, casi rapado. Un hombre alto de nuca ancha, que siempre me había causado inquietud. ¿Sospechaba algo? Aquella pregunta se me imponía sin que pudiera evitarlo. ¿O creía que con el tiempo ella aprendería a amarle? Parecían dos tristes desconocidos que no tienen nada que decirse. Él ni siquiera la miró cuando le sostuvo casi mecánicamente la puerta del coche, ella pasó ante él sumida por completo en sus pensamientos, reconocí su paso elástico, el amor olvidado de sí mismo, ardiente, irracional en cada uno de sus movimientos, solo que no era para él, para ese hombre barbudo que caminaba detrás de ella rascándose la cabeza como si no supiera adónde iba.

Otto se había puesto en las desalmadas manos de Tapora sin resistencia alguna, de buen grado, y vivía su vida sin carácter, lisa como una anguila. La indiferencia que le brindaba era distinta, mucho más definitiva que la de Nene. Su falta de interés por él se debía a su amor por otro hombre, sencillamente no quedaba sitio para nadie más en sus pensamientos. Pero a él sus pensamientos le daban igual. No pude evitar pensar en el gato ahogado de Nadia Aleksandrovna, al que él había matado porque tenía curiosidad por saber qué se sentía al quitar la vida a un ser vivo, y porque el gato *le daba igual*. Algo en aquella idea tenía un regusto devastador, pero yo no podía seguir dándole vueltas, mis preocupaciones iban dirigidas a otra persona.

—¡Nene!

Se detuvo de golpe. Llevaba un abrigo de piel sintética con estampado de leopardo y unos aros desproporcionadamente grandes en las orejas, los labios pintados de rojo fuego y el pelo trenzado en una corona alrededor de la cabeza. Al verme, su rostro se iluminó, y corrió hacia mí. Otto me dio un beso en la mejilla con labios pétreos.

—Bueno, Kipiani, ¿todo en orden? —me saludó, en su tono impostado de costumbre.

—¿Puedo hablar un momento a solas contigo?

Las palabras salieron disparadas de mi boca. La imagen del cuerpo muerto en medio del fango había reaparecido en mi mente, y parpadeé varias veces para librarme de ella.

—Claro. Sube conmigo —dijo Nene, y me apretó contra sí—. ¿Todo bien?

—No, no quiero... Quiero decir, me gustaría hablar al aire libre contigo, ¿podemos quedarnos aquí?

—Tu madre se va a poner nerviosa, ya sabes... —interfirió Otto, y tuve la tentación de escupirle a la cara, pero por suerte Nene dijo con rapidez:

—Está bien. Ve arriba y dile que estoy sentada en el banco que hay detrás de casa. No hace falta que me esperéis para comer.

—Como quieras —dijo él, y entró en la casa con pesados pasos—. Que te vaya bien, Kipiani.

Yo me colgué de Nene, y no fuimos detrás de la casa, sino que caminamos hasta llegar a una casa en ruinas de la calle Chaikovski.

—¿Qué hacemos aquí? —dije, sorprendida.

—Aquí no nos molestarán. A veces me encuentro aquí con Saba, o vengo a fumar un cigarrillo. Hace poco una carga explosiva alcanzó esta casa. Y ahora está como ves... Siéntate.

Señaló un pesado bloque de ladrillo como si se tratara de un cómodo sofá. Me senté y noté que un pánico negro y pegajoso volvía a apoderarse de mí, se me ablandaban las rodillas, regresaban las náuseas del día anterior.

—¿Qué pasa, Keto?

Me dio una palmadita en los hombros y sacó del bolso un paquete de Marlboro.

—Tienes que decirme dos cosas, y júrame que serás sincera conmigo.

—Naturalmente, todo lo que quieras —dijo, y sus ojos azul mar se agrandaron.

—¿Ha mandado tu tío encerrar a mi hermano?

Ella dudó un momento. Bajó la mirada, apagó con la punta de la bota el cigarrillo que acababa de encender.

—Tapora, no, nunca. Claro que Rati no le gusta, eso ya lo sabes, cree que es un problema, pero nunca en la vida cooperaría con los polis. Claro que paga sobornos, pero jamás entra en contacto directo con ellos. Pero en cuanto a Zotne... Es mi hermano, pero no puedo poner la mano en el fuego por él. Zotne está intentando ascender. Últimamente está involucrado en el negocio de las apuestas. De verdad que no sé nada más.

Sentía obligarla a hablar de todo aquello. Sabía lo mucho que le costaba. Hasta entonces siempre habíamos bordeado los temas que giraban en torno a nuestros hermanos, su rivalidad, sus planes, las tensiones entre Zotne y Rati se quedaban fuera, como si no existieran o no jugaran ningún papel en nuestro mundo. Le estaba agradecida a Nene por su sincera respuesta. No albergaba ningún rencor hacia ella, cómo iba a hacerlo, era inimaginable responsabilizar a Nene por los actos de su hermano. A menudo nos habíamos preguntado cuánto llegaba a saber Nene de las maquinaciones de los Koridze, cómo de al tanto estaba respecto a sus negocios. Se hacía la inocente, era su estrategia, se mantenía al margen de los «asuntos de los hombres», como ella los llamaba. Pero Nene no era en absoluto tan ingenua como fingía ser, y a más tardar desde nuestro encuentro en el Metro yo la miraba con otros ojos.

—¿Y la segunda pregunta? —Nene me miraba con desconfianza.

—¿Ha hecho Zotne alguna vez alguna observación acerca de Dina? ¿Hay algo entre ellos?

—¿Cómo? —Me miraba incrédula—. ¿Zotne y Dina? Eso sería..., eso es... —Su rostro se puso rígido—. ¿Adónde quieres ir a parar?

Sacó un nuevo cigarrillo del paquete, no sin antes echar una mirada de seguridad a la calle, que estaba totalmente desierta.

—Dina va a hablar con Zotne. Espera obtener ayuda de él para poner en libertad a Rati. Y ha dicho algo extraño que no me deja en paz.

—Quieres decir que...

Parecía buscar, muy concentrada, algo en su memoria.

—¿Qué pasa, Nene? ¿Ha dicho él algo alguna vez, sugerido algo?

—Bueno, hace una eternidad, pero en una ocasión descubrí una foto de Dina en uno de sus cajones. Hizo como si no supiera cómo había ido a parar allí, pero yo no me lo tragué. Era una de la serie del lago de Tbilisi, ¿te acuerdas? Tu padre fue arriba con nosotras, fuimos a nadar, y tomó esas fotos de nosotras cuatro. En una de ellas aparece Dina en bañador, en la orilla, mirando con mucho descaro.

—Sí, me suena.

—En aquella ocasión se puso hecho una fiera, que cómo se me ocurría hurgar en sus cosas. Pero que mi hermano.... Quiero decir, es que no me lo puedo imaginar.

Durante las últimas horas, yo misma no había hecho otra cosa que asombrarme ante ese secreto. Me sentía, de una manera extraña, engañada, y no podía creer que Dina hubiera podido ocultarme durante años una información de una importancia tan devastadora.

—Os ayudaré, te lo prometo. Hablaré con él, o mandaré a Otto a que le diga que llame a sus buitres carroñeros para que dejen en libertad a Rati, y tú le dirás a tu hermano que en lo sucesivo se mantenga al margen de los negocios de Zotne. Quizá de ese modo sea posible enterrar esa estúpida hacha de guerra. ¡Lo conseguiremos, no te desesperes, mi pobre y pequeña Keto! —Me abrazó, consoladora—. Si es necesario, hablaré con mi tío. Le diré que le quiero pedir un favor, que no puede negármelo, te lo juro.

Su voz, su decisión me hicieron confiar. Era la primera vez que tomaba partido tan abiertamente. Saba la había cambiado, se había vuelto más valerosa, quizá en verdad lo consiguiera. La abracé y corrí a casa bajo los últimos rayos del sol.

Esperé a Dina hasta medianoche. También Lika estaba preocupada. A Anano le atormentaba la mala conciencia, se reprochaba haber traicionado a su hermana. Tan solo poco antes de medianoche, Dina dobló la entrada del patio. Ya de lejos pude darme cuenta de que tenía que haber ocurrido algo, de que era demasiado tarde, de que había tomado una decisión, por todos nosotros. De una manera extraña, no parecía ella, nunca la había visto vestida así: una corta falda vaquera, las botas blancas de su madre, una fina chaqueta de cuero claramente demasiado fresca para aquella estación del año, y una blusa con un escote bastante profundo. Llevaba el pelo recogido en un moño y se había maquillado, cosa que jamás hacía. Pero lo que más me asustó fue el brillo febril en sus ojos, como el lejano resplandor de un fuego. Le olía el aliento a alcohol y se le veía una sonrisa cínica en la comisura de los labios. Era demasiado tarde, yo no había podido impedirlo. Ella había hecho un sacrificio más grande de lo que yo podía calcular. Su «hacer lo correcto» a medio camino sobre el Vere hacia la libertad había

333

desatado toda una reacción en cadena hacia lo «erróneo», y ahora iban a caer más piezas del dominó.

Lika corrió hacia ella, la regañó a voces y al final, agotada, le echó los brazos al cuello.

—Lo siento, no me he dado cuenta de la hora, había una fiesta en la redacción —mintió, mirándome de reojo—. Estoy agotada, me voy a acostar, ¿vale? Ha sido un día muy largo —dijo, y desapareció en el dormitorio.

La seguí.

—¿Qué has hecho?

La miré mientras se desnudaba, temiendo que su cuerpo pudiera revelarme algo que me repugnaría.

—Nada. Van a retirar la demanda y a decir que era para consumo propio. Saldrá con una multa, que no tendrá que pagar.

—¿Cómo que no? ¿Y quién va a pagarla entonces? Por favor, Dina, háblame...

—No puedo. Me muero de cansancio. Más tarde, ¿vale?

Ya no pregunté más, pero la idea de que Zotne Koridze «indemnizara» por dejarlo libre a los funcionarios corruptos a los que antes había sobornado para meter entre rejas a mi hermano tenía algo de audaz que superaba mi comprensión. Al mismo tiempo, esperaba que mi hermano jamás supiera la verdad acerca de su liberación.

Rati salió en libertad con el primer sol de la primavera, con las furiosas explosiones de los magnolios y los cerezos, que bordeaban las calles en grotesco contraste con nuestro estado de desolación. Nos hallábamos delante de aquel lugar perdido, parco, un edificio solitario, venido a menos, asegurado con alambre de espino, con oxidados barrotes en las ventanas, en medio de un campo vacío, y le esperábamos con el corazón palpitante, mi padre, Levan, Dina y yo. (Después del susto de la manifestación a la que supuestamente habíamos ido a parar Dina y yo, mi padre había dejado de resistirse y había venido con nosotras sin hacer comentario alguno).

Rati había adelgazado y, con el cráneo rapado, parecía un huérfano salido del universo de Dickens. Tenía los ojos acuosos cuando Dina lo abrazó y giró en torbellino con él. Levan no hacía más que darle palmadas en los hombros y acariciarle la cabeza. Yo esperé con paciencia a que me tocara el turno, y lo apreté tan fuerte que me crujieron las articulaciones.

—¡Estoy tan contento de volver a ser libre! —gritó él, bajó la ventanilla del copiloto y sacó la palma de la mano al sol.

—Las Babudas ya han puesto la mesa, y hemos conseguido vino.

Trataba de sonar solemne para ignorar la inquietud interior que no me abandonaba desde el trato secreto entre Dina y Zotne Koridze. Desde aquella noche en la que había ido a visitar a Zotne, Dina había cambiado. Parecía evitarme y se la veía, de manera inaprehensible, dispersa y ausente. Cuando se lo decía, se limitaba a asegurar que había mucho que hacer en la redacción, y se mostraba indignada cuando le reprochaba que no quería estar conmigo. Yo no hallaba la paz, y quería saber lo que había pasado entre ella y Zotne para que este hubiera puesto a mi hermano en libertad. Vacilaba entre la preocupación, que me hacía helar la sangre, y la rabia, en cuanto pensaba en su trato. Las noches en las que las imágenes del zoo me asediaban me volvían hipersensible y me dejaban insomne. Ni lograba concentrarme en mis estudios ni ocuparme en ninguna otra cosa. Estaba presa dentro de mí misma, y salvo con Dina no podía compartir con nadie aquellos sentimientos y miedos; era la única testigo de aquella pesadilla, y que hiciera como si no hubiera pasado nada me parecía ominoso.

Durante aquellas noches en vela, cuando daba vueltas de un lado a otro intentando ahuyentar los fantasmas de mi habitación, me imaginaba lo que podía haber hecho

Dina y me estremecía. La veía desnuda en los brazos de Zotne y me incorporaba de golpe, respirando pesadamente. No soportaba aquella imagen. Durante el día, cuando pasaba ante los esqueletos de los edificios del bulevar Rustaveli rumbo a la Academia, me decía que era imposible que eso hubiera ocurrido, que ella jamás habría puesto un triunfo así en manos de Zotne.

Poco antes de la liberación de Rati no había podido más, la había recogido en la redacción y me la había llevado a un jardincito del bulevar Plejánov, en el que aún seguían los últimos restos del invierno y que se extendía desnudo y desolado ante nosotros.

—¡Tienes que hablar conmigo! —le había exigido.

—No hay nada de lo que hablar, Keto. Olvidémoslo todo. Pronto volveremos a tener a Rati con nosotras, y todo estará bien.

—Eso es una estupidez, y lo sabes. Tienes que contarme lo que pasó entre Zotne y tú.

—Rati pronto estará libre, eso es lo más importante.

—Muy bien, pero su libertad no justifica cualquier precio, Dina...

—¿Ah, no? ¿Y qué teníamos que hacer? ¿Teníamos que haber dejado que se lo cargaran? ¿Habrías podido vivir con eso? ¿Habrías podido, Keto?

—No lo sé...

Me senté en el banco húmedo, con la esperanza de que se sentara a mi lado, pero ella se quedó de pie, fumando un cigarrillo.

—Yo sí lo sé: no habría podido y no habría querido.

—Sí, lo comprendo, pero me refería al asunto con Zotne...

—«El asunto con Zotne», como tú lo llamas de forma tan hermosa, es una consecuencia, una inevitabilidad, si quieres, un resultado de nuestra decisión.

—Pero Zotne lo empleará contra Rati, jamás se lo callará. Quiero decir, ¿desde cuándo consideras a Zotne un hombre de honor?

—Eso es un asunto entre él y yo. Siempre ha sido un asunto entre él y yo.

—¡Eso me resulta demasiado idiota! Habla de una vez de manera que pueda entender lo que dices.

—No quiero hablar, Keto. Cuanto menos sepas, menos pesará sobre ti, créeme. Rati va a salir libre, y el chico del zoo ha sobrevivido. Eso es lo único que cuenta.

—Dina..., *tengo* que entenderlo.

Ella miró al cielo. Luego gimió.

—Me di cuenta muy pronto. No puedo describirlo con exactitud, ya sabes cómo es él. En una ocasión, en un cumpleaños en casa de los Koridze, incluso se lo dije, como es natural él lo negó todo. Pero yo sé cuándo los chicos sienten algo por mí.

Lo dijo sin ninguna jactancia, al contrario, sonaba como una sentencia injusta, un pesado destino que le había sido asignado.

—¡Pero qué significa eso exactamente! Quiero decir, ¡no hablamos de cualquiera, sino de Zotne Koridze!

—Que insistiera tanto en negarlo era la verdadera prueba de que yo tenía razón. Soy lo contrario de todo lo que le gusta y considera correcto, soy definitivamente la peor de las opciones. Por eso mismo, no habría podido aceptar que le rechazara. Así que decidió guardárselo todo, hasta que algún día lo olvidara.

—Pero ¿no lo hizo?

—No, no lo hizo.

—Dios mío, Dina, ¿por qué no me lo has contado nunca?

De pronto su mirada se volvió fría y distante, se sentía acorralada. Tuve que desistir para que no se me escabullera. Pero se dominó, se forzó a seguir hablando.

—Lo hice por Rati. Fui a ver a Zotne...

Sentí que se me cerraba la garganta, y la miré.

—¡Odio cómo me miras, Keto! ¡Baja de tu corcel moral! —me increpó.

—Solo quiero que todo este horror termine —dije a media voz.

—¡Este horror es ahora nuestra vida, entiéndelo de una vez! Lo que nos ha pasado no es ninguna excepción, pasa todos los días. También habría podido ser tu hermano o Levan el que estuviera allí tirado en el barro. Ya no podemos permitirnos la moral, nadie en este país actúa de forma moral. ¿Esperas de mí que deje a Rati pudrirse en la cárcel mientras juego a la casta doncella?

—Pero Rati se enterará, Zotne nunca lo guardará para sí...

—No soy cualquier trofeo para él, Keto, yo... ¡Bah, olvídalo!

Negó con la cabeza, resignada.

Yo no aflojé, aunque no estaba segura de estar lista para la verdad.

—¿Qué ha hecho contigo?

—Follar.

Mientras lo decía, me miró a la cara como si disfrutara de todo el nivel de destrucción que me estaba causando.

Disfrutamos del día hora tras hora, y Rati miró incrédulo los muros derruidos de los edificios destrozados y el hollín, la herencia de las cargas explosivas de las batallas libradas en medio de la ciudad. Disfrutamos del día hora tras hora, y Rati no hacía más que tocar la rodilla de su amada, que, para liberarlo, había ofrecido su cuerpo como mercancía. Disfrutamos del día hora tras hora, y me imaginé a Nene en casa del amigo ausente de Saba en Tskneti, jugando al ama de casa que cuida a su amado y lo mima. Disfrutamos del día hora tras hora, y yo me preguntaba sin cesar si tenía derecho a juzgar la doble decisión de Dina, si yo habría tenido la fuerza de vivir con mi media decisión, que gracias a mi amiga había podido revisar en el último instante. Disfrutamos del día hora tras hora, y nos alimentamos mutuamente de nuestra alegría, de nuestra recién germinada esperanza. Yo me preguntaba si podrían amarse, si el deseo y la nostalgia le harían tirar por la borda sus reservas y pedirle a Dina que se quedara con él. Porque, a pesar de su liberación, Rati seguía estando prisionero de su mundo y de las leyes que imperaban en él, a las que incluso su deseo se sometía: una verdadera relación con Dina solo podía legitimarse con un matrimonio. Pero Dina, la eterna rebelde, la tragafuegos, no reconocía sus leyes. Pintaba el mundo en sus propios colores. Y así lo había liberado paso a paso de sus reservas, lo había llevado a romper las reglas, a zafarse del estrecho corsé de las prohibiciones y a lanzarse de cabeza al placer. Pero ahora ella había dado su cuerpo a otro hombre para quien ese regalo era una moneda. Disfrutamos del día hora tras hora, y a mí me estremecía el pensamiento de que mi hermano pudiera de algún modo encontrar en su piel las huellas de su odiado enemigo.

Nos perdimos en nuestra fugaz alegría y nos dejamos aturdir por el aroma de las magnolias, nos dejamos distraer y contagiar de frivolidad. No hablamos de cadáveres ni de disparos, festejamos y bebimos un vino de color ámbar, la mesa se llenó de los amigos de Rati, que venían a celebrarlo a él y su libertad. Yo veía la dicha en los ojos de mi hermano cuando besaba a Dina con la mirada y le acariciaba el pelo. Bebimos desinhibidos y olvidados de nosotros mismos. Nos esforzamos en ser sencillamente jóvenes, frívolos, irracionales y egoístas, nos embriagamos unos a otros con el futuro, que yacía tendido ante nosotros como un fértil valle. Deseábamos tanto volver a empezar donde creíamos haber parado, antes de que el tiempo se volviera en nuestra contra como una flecha mal disparada.

Lo más agobiante de nuestra fingida fiesta era la soledad a la que todos estábamos condenados, de una manera u otra. ¿Cómo iba yo a leer lo que se ocultaba detrás de los ojos de mi hermano? ¿Lo que había vivido en su celda de la prisión? ¿Cómo iba a entender la falta de escapatoria de Saba, el odio de Nene a un hombre extraño dentro de su cama? ¿Cómo iba a acoger el desgarro de Levan, el dolor de Nina, que creía tener que soportar por mi hermano? ¿Y cómo hablar a nadie del alivio que sentía en cuanto la hoja de afeitar me cortaba la piel?

Zotne volvía a acompañar a su tío a un «viaje de negocios» y Otto se había ido con su padre a Racha a cazar, una de las pasiones que Davit Tatishvili cultivaba desde su más temprana juventud. Así que Nene había aprovechado la ocasión y a Ira como coartada y afirmado en casa que se iba a pasar el fin de semana a Kojori en compañía de su amiga.

Había sustraído alimentos de la opulenta despensa de la familia, había encargado a Saba que consiguiera vino de Kindzmarauli dulce, que le gustaba tanto beber, y se habían ido juntos a la gran casa vacía del amigo ausente en Tskneti, a ensayar la vida de enamorados. Por fin podían dormir y despertar juntos, pasar tiempo juntos sin verse acosados por el tictac del reloj. Nene hacía de señora de su casa aunque reconocía ser un ama de casa lamentable y no haber frito nunca un huevo, y se lanzó con entusiasmo a preparar una cena para su amado. Con un vestido color albaricoque que parecía completamente fuera de lugar y unas zapatillas de tacones, se plantó en una cocina ajena y preparó para su amado un plato a base de comida robada. Lo sirvió a medio hacer en la mesa puesta con todo detalle, porque no había nada que le diera más miedo que quemarlo, y Saba se lo tragó como un buen chico fingiendo entusiasmo. Pero después del primer bocado Nene advirtió el desastre e interrumpió toda la ceremonia; se apagaron las velas, se volvió a poner el delantal y dio comienzo al segundo intento. Hacia las ocho y media volvieron a sentarse a la mesa, y esta vez el souflé estaba un tanto aguado y no tan especiado como acostumbraba a hacerlo su madre, pero al menos ya no estaba crudo. Saba afirmó no haber comido nunca nada mejor. Ella sonrió y dejó que la besara en las orejas, en la mandíbula, la frente y la nuca, millones de pequeños y tiernos gestos como pequeñas medallas, la recompensa por su ilimitado amor.

Con el pesado Kindzmarauli, que Saba había podido conseguir a través de Nani, que traficaba en el mercado negro, Saba se perdió en un largo monólogo sobre la belleza de la arquitectura; era la primera vez que le hablaba tan claramente de sus grandes sueños y de su pasión, y ella le escuchó fascinada. Le asombraba la dicha de estar junto a ese hombre sensible y sutil, le miraba con atención; en algún momento, la voz de él se perdió en la lejanía, y con ella el apellido, que sonaba francés, de Le Corbusier, del que él hablaba en tono soñador, pero qué importaba de qué hablase si era tan maravilloso escuchar esa voz, animada por el vino y por la propia audacia, por el conocimiento de que ese instante era perfecto. Así, me imagino, tiene que haber sido, e incluso ahora que estoy aquí y lo pienso veo esa alegría derrochadora, casi puedo tocarla. Y qué maravilloso era ese brillo en los ojos de él, esos ojos electrizantes, que esperaba (nos lo había dicho a menudo) que sus hijos heredaran algún día, y qué desgarrador era, con qué júbilo interior la miraba, como si el mundo entero se alegrase de que hubiera conseguido a aquella mujer. Eso era justo lo que ella quería. Ni más ni menos. ¿Tan reprobable era que no planteara más exigencias a este mundo? No quería cambiarlo como Ira o Dina, solo quería sentarse así, preparar algo rico a su amado y oír el entusiasmo en su voz, quería que le besara la nuca y las sienes y saber que ella era suficiente.

La veo delante de mí, a la Nene de entonces, e intento tender el puente con la mujer que, a pocos pasos de distancia, deja que un camarero tatuado le sirva un Martini vodka y se ríe coqueta, fiel a sus propios sueños, aunque no dude ni por un segundo de que ya nunca se harán realidad.

Sin embargo, aquella noche en que escuchaba los relatos de él, tenía una confianza ciega en ellos: sencillamente iba a coger las joyas de su madre, recoger a Saba en la Academia, e irse directos al aeropuerto y volar a un país extranjero, a otro continente, muy lejos de su hermano camorrista y su omnipotente tío, de su marido loco por la violencia, cuya fea verdad ella creía tener que ocultar. Si dijera la verdad de sus luchas nocturnas con Otto, algo repugnante saldría al mundo, enfermaría aún más a Saba, sus amigas se sentirían aún más impotentes de lo que ya se sentían. Tenía miedo a perder el control.

Así que callaba, y solo conocimos de lleno la medida de su desesperación cuando hacía mucho que todo había saltado ya en pedazos. Que la obligaba a arrodillarse delante él, con el vestido levantado, mientras se masturbaba, porque Nene se negaba a acostarse con él. Que aquello se convirtió para él en una obsesión. Que le decía que le había convertido en un enfermo porque no le daba lo que le correspondía. Que se llevaba a prostitutas a casa y exigía a Nene que los mirase. Que un día le pegó con el cinturón y una noche apagó un cigarrillo en su espalda. Que se iba poniendo cada vez más agresivo cuando ella se negaba a aceptar sus caprichos. Que la abofeteaba y le gritaba que era culpable de su «perversión». Que le gustaba cada vez más causarle dolor, como castigo por no atender sus obligaciones conyugales. Que todas las noches se marchaba a la cama aterrorizada, con el temor de que por fin perdiera el control y tomara por la fuerza aquello a lo que creía tener derecho. Y que siguió aferrándose a su propósito de soportar cualquier dolor, solo para negarle la satisfacción última, solo para no tener que soportar su cuerpo.

—Puedes salir con otras, no me importa —le había ofrecido poco después de la boda—. No tenemos que hacer como si nos quisiéramos, ¿vale? Basta con que rememos en la misma dirección.

Esa había sido la oferta que le había hecho, una especie de tratado de paz, y había esperado que él lo aceptara agradecido. Pero él guardó silencio, y ella interpretó aquel silencio como aceptación. Debería haber conocido mejor a su enemigo, porque quizá habría intuido que el tratado de paz iba a convertirse en su martirio. Ahora era demasiado tarde, y no sabía cómo librarse de aquella deplorable situación. Daba igual el interés con el que lo buscara, no encontraba el talón de Aquiles de su odiado marido. Parecía mirar la vida y a la gente con inalterable y despreciativa indiferencia.

Con el paso de los años, se había convertido en una buena domadora, sabía cómo amansar a esas fieras, las calmaba. Dominaba los gestos sutiles que hacían enfriar el temperamento de Zotne, dominaba el lenguaje capaz de apaciguar a su tío, pero con Otto estaba impotente, porque nada parecía importarle, todo tenía la misma carencia de valor y era igual de poco interesante. Él era el centro de su propio mundo, y los otros solo le afectaban cuando esperaba de ellos la satisfacción de sus deseos. Así que la única arma que le quedó a Nene fue su ausencia emocional: no mostraba dolor, no mostraba rabia, nunca alzaba la voz, nunca se quejaba, ni tan siquiera amenazaba. Su arma más poderosa contra él era algo que tenía en abundancia: desprecio. Esa era su revuelta silenciosa, su forma de combatir, esa era su venganza.

Cuando, más adelante, nos confesó los tormentos y el esfuerzo que le había costado soportar la humillación y el dolor, dijo que lo peor había sido conseguir que Saba no notase nada. Habían llegado al tácito acuerdo de no hablar de Otto, y ambos sabían que era la única posibilidad de mantener vivo su amor. Así que se atuvo al acuerdo hasta aquella noche en la que metió la comida en el horno, siguiendo la receta aprendida de memoria de su madre, y se vio acometida por una desconocida confianza en sí misma. Sí, aquella noche creyó que podría soportarlo todo con tal de que él se quedara con ella, de que no la privara de su amor, entonces ella vencería a todos los falsos maridos y a todos los cabezas de familia, a todo el sexo masculino.

—¿Qué pasa? —preguntó él, y la miró mientras ella encendía un cigarrillo.

—Creo que voy a conseguirlo. Esta vez voy a conseguirlo, Saba. Tengo miedo, pero lo conseguiremos.

—¿De qué estás hablando?

—Habla con tus conocidos. Consíguenos el visado para Turquía. Ya no soporto todo esto. Ya no quiero volver a casa. Con *él*.

—Aún no he reunido el dinero —objetó enseguida Saba.

—Cogeré las joyas de mi madre. Tiene de sobra. Por el momento bastará. Además, conozco un par de sitios de mi casa donde hay dinero escondido.

—¡Eso no puede ser!

—No empieces tú también. Da igual qué dinero nos ayude a desaparecer juntos y empezar una nueva vida. De entrada podríamos irnos a Estambul. Podrías estudiar, yo aprendería turco y trabajaría de cocinera...

Él la miró, y ambos estallaron en una carcajada. Luego, él dijo, con expresión seria:

—No volveré a cometer el mismo error, Nene. Esta vez quiero planearlo todo al detalle. —Su mirada se ensombreció, y su tono se volvió serio—. Si desaparecemos de aquí, quiero estar seguro de que nadie nos encuentre.

De que nadie nos traiga de vuelta. No volveré a pasar por ese infierno.

—Lo sé, pero...

—Nada de peros. Te he hablado de ese programa de intercambio. Si me esfuerzo, me aceptarán, y podré ir a Europa. En él hay unas cuantas universidades europeas: Francia, Alemania, Suiza. El plazo acaba a finales de junio, ya he empezado a trabajar mi inglés. Yo iré primero, me instalaré y luego te llevaré conmigo. Allí estaremos a salvo.

—No sé si aguantaré tanto tiempo —dijo ella, y gimió—. Y, además, si te vas, quiero decir, si te vas de aquí...

Se cubrió el rostro con las manos, no quería que él viera sus lágrimas de indignación.

—Nestán, Nene, eh, mírame.

Empezó a besarla, al principio dudando, inseguro, pero su calor le volvió más valiente, más brusco, más desafiante. La besó, saboreó sus lágrimas saladas, y ella se sometió, su resolución le quitó las dudas. Y entonces despertó lo oculto, lo que solo estaba destinado a él, lo que él tanto amaba. Lo suave y devoto que parecía propio de ella desapareció por entero, y en su lugar apareció algo imperativo, algo placentero y torturador. Al principio de su intimidad, él había tenido miedo, tenía la sensación de que ella podía devorarlo, no dejar nada de él, si se le entregaba por entero, pero entretanto amaba su hambre y sentía un orgullo irracional por ser el causante de aquel fuego, el destinatario de aquella pasión. Le quitó el cigarrillo de la mano y lo apagó, ella lo desnudó, tiró de él, lo envolvió con sus fuertes muslos, sin dejar de mirarlo, como si tuviera que convencerse de que él era el adecuado, el que ella pensaba, y entonces lo cubrió de besos, guio su mano entre sus piernas. (Me estremezco al recordar en qué circunstancias y en qué estado me describió esa noche con todos sus detalles, como si tuviera que archivar esos recuerdos, que parecían darle su sustento, los necesitaba para no perder la cordura, y yo la escuchaba, sencillamente la escuchaba...).

Él no sabía que ella ahorraba para su amado todo lo que le negaba a su legítimo esposo, y que tenía que amarle con tanta mayor desinhibición y olvido de sí misma para olvidar todas las humillaciones y la vergüenza, para lavar el amor y el deseo del asco y el desprecio. Tenía que amarle con una entrega tan terrorífica para cerciorarse de que había otro mundo distinto de aquel del que era rehén. Tenía que meter toda su energía reprimida y mal encauzada en aquel amor, mostrarse de una vez, con todo lo que había dentro de ella y de lo que ella misma apenas tenía una idea. Él la miró a la cara, y el deseo dibujado en ella le volvió débil y sumiso, siguió la senda que ella abrió para él. Ella gritó, se cubrió la boca con la mano y se desplomó sobre su pecho. Le ardían las mejillas, diminutas perlas de sudor le cubrían la frente. Con cuidado, él retiró su mano, la abrazó, la retuvo.

El pastor alemán de los vecinos empezó a ladrar, algo cayó al suelo. El ruido venía de la inmediata proximidad. Nene se sobresaltó.

—¿Qué ha sido eso? —preguntó en voz baja, sin levantar la cabeza, todavía respirando pesadamente.

En ese mismo instante oyeron pasos apresurados justo delante de la casa, alguien tenía que haber entrado en el jardín. Saba saltó de un golpe, corrió hacia la ventana, pero fuera estaba demasiado oscuro, una profunda negrura había engullido el jardín. Pero allí había alguien, de eso no había ninguna duda. Saba abrió la ventana, iba a gritar algo, pero en ese momento ella le tapó la boca, tiró con suavidad de él y le puso el índice en los labios.

—Chis —repitió en voz baja, y volvió a cerrar la ventana.

Ahora los pasos sonaban lejanos.

—¿Por qué me has detenido?

—Podría ser uno de los míos —respondió ella. El color había huido del rostro de Nene, se le notaba el esfuerzo por no dejarse dominar por el miedo.

—O era solo un ladrón. Quiero decir, que aquí pronto se enterarán de que los dueños llevan tiempo sin venir —Saba trató de sonar jovial y tranquilizarla.

Ella encendió otro cigarrillo, y él fue hacia ella y le masajeó la nuca; poco a poco, se relajó. Un resto de miedo seguía palpitando a ojos vistas, como una sombra, en las paredes de la habitación, pero se fueron rápido a la cama, en un dormitorio de matrimonio ajeno con sábanas húmedas y frías. Se cogieron del brazo, se pegaron el uno al otro, no hablaron del presente, se aferraron al futuro, esperaron poner al tiempo de su parte.

Cuando el ruido volvió a despertarlos, poco después, necesitaron un rato para relacionar los sonidos extraños con pasos. Una sacudida, alguien golpeaba contra la vieja puerta del porche, así que tenía que haber pasado ya la puerta de hierro del jardín o haber trepado por ella, aunque Saba la había cerrado cuidadosamente.

—Seguro que es Zotne, alguien tiene que habernos visto, ha vuelto antes de tiempo o no ha ido con Tapora, maldita sea... —susurró Nene, y se mordió el puño para no gritar.

—Bien, que así sea, aclararemos este asunto de una vez por todas. —Saba empezó a vestirse apresuradamente.

—¡No, por favor, de ninguna manera, Saba, no debes abrir la puerta! Tenemos que largarnos, por alguna puerta trasera, y llegar a Kojori; Ira está al tanto, me cubrirá.

Normalmente, en situaciones extremas no se podía confiar en el juicio de Nene, pero aquella noche debió de intuir la desgracia, debió de prever sus dimensiones. Cortó el paso a Saba. Él pareció dudar, y ella vio la inseguridad en su mirada. Por suerte, los dueños de la casa habían sido cuidadosos, había rejas de metal montadas en todas las ventanas. Podían atrincherarse durante un tiempo, pero Zotne sería capaz de traer un grupo entero y asediarlos, como en una maldita guerra. Febril, Nene repasó todas las opciones que les quedaban, se preguntó de qué sería capaz su hermano, y se dio cuenta de que su imaginación no bastaba. Y, mientras agarraba con fuerza por la manga a su amado y contenía el aliento, oyó de pronto la voz rasposa que tanto odiaba.

—¡Abre la puerta, puta, o te mato! Enseguida, ¿o quieres que reúna a todos tus parientes?

Su voz estaba tomada por el alcohol. En un primer instante, Nene se sintió casi aliviada, porque no eran Zotne ni Tapora, pero por otra parte Otto, como su marido, estaba repugnantemente *legitimado* para presentarse allí.

—¡Abre, puta! —volvieron a gritar fuera, y Saba se soltó, trastabilló, se rehízo y corrió hacia la puerta.

Ella trató de retenerlo, trató de agarrarle el brazo, tropezó a su vez, falló y no logró impedirle por segunda vez descorrer el cerrojo y abrir la puerta. Al principio no entendió lo que estaba pasando cuando Saba cayó al suelo como a cámara lenta, porque solo cuando hubo dado un par de pasos vio a Otto apuntarle con una escopeta de caza. Saba se incorporó con esfuerzo y se arrastró de espaldas hacia el interior de la casa, mientras Otto le empujaba con el cañón.

—¿Te has quedado sin habla, rata? ¿Dónde está tu valor? —dijo, satisfecho de sí mismo—. ¿Dónde está esa perra de mujer mía?

Nene empezó a gritar, pero Otto la ignoró, en vez de eso obligó a Saba a levantarse y lo empujó hacia el salón, donde le indicó con el cañón de la escopeta que se sentara a la mesa.

—Cómo has podido atreverte —rugió Otto, y golpeó a Saba en la cara con la culata.

La sangre brotó de su nariz. Nene se lanzó sobre Otto, pero él la agarró por los cabellos, la arrastró al suelo y la obligó a sentarse en una silla. Ensangrentado, Saba se incorporó y trastabilló hacia Otto, en un ridículo intento de desarmarlo, pero Otto era un robusto soldado, un buen guerrero, al contrario que a Saba la violencia nunca le había espantado, siempre era capaz de pegar bien, y raras veces erraba su objetivo. Saba en cambio carecía de práctica, no había tenido que emplear los puños desde su infancia, su hermano y Rati se habían ocupado de que en las peleas pudiera quedarse siempre en las últimas filas, y quizá lamentó ese hecho en aquel instante. Otto volvió a golpearle, y lo dejó momentáneamente fuera de combate.

—Si nos tocas, aunque solo sea un pelo, mi hermano te matará, ojalá eso lo tengas claro, cerdo pervertido e impotente.

Era la voz de Nene, casi contenida y carente de emoción, que, de haber estado consciente, habría hecho escuchar sorprendido a Saba. Aquella voz hizo detenerse a Otto. Nene percibió su inseguridad, estaba claro que no encajaba en sus planes que ella tomara las riendas, él era el que dictaba las reglas del juego.

—¿En serio crees que tu hermano no entendería que perdiera el control porque este cabrón se tira a mi mujer?

—Quizá te entienda, pero te matará de todos modos.

«De pronto tuve una sensación casi liberadora, como si por fin todo el castillo de naipes se desplomara, como si todas las mentiras, todas las repugnantes medias verdades, salieran a la luz del día y yo estuviera libre. Me convertí en otra persona —oigo a Nene hablarme a través de los tiempos—. Keto, fue una voz ajena la que salió de mi boca, ¿y sabes qué era lo más absurdo? Ya no tenía miedo, por primera vez en mi vida ya no tenía miedo... de nada ni de nadie. Y, menos que de nadie, de aquel sádico».

—No lo hará cuando le diga que le has chupado la polla como una perra sarnosa. Porque lo has hecho, ¿no?

—Sí, lo he hecho. Y no puedes imaginarte con qué gusto.

—Entonces mírale, tu gran amor, ahí sentado, ¿nos oye siquiera? ¿O se ha desmayado como una chica? Eh, chica, ¿puedes oírnos?

—Puedes llamarle chica todo lo que quieras, pero folla como un hombre —dijo ella, y se encendió con toda calma un cigarrillo.

Su voz, su tranquilidad, su dominio le hicieron perder el control a él.

—Y yo no era bastante hombre para ti, ¿no?

Su réplica sonó lamentable, luchaba por encontrar las palabras. Echó mano a la jarra con el resto del vino, se dejó caer en una silla y dio un largo trago. Dejó el arma en el regazo, cariñoso, como a un gato enfermo.

—No solo no eres lo bastante hombre, eres un calzonazos. Deja a un lado el chopo si te atreves —dijo ella, soplando el humo en dirección a él.

Él se contuvo y no prestó atención a sus palabras.

—Lo sabía desde el principio, ¿y sabes por qué? Porque siempre olías a hombre cuando te acostabas a mi lado.

—Pensaba que él era una chica, ¿cómo podía yo oler a hombre?

Le miraba fijamente. Las comisuras de la boca de él temblaban. Enseguida su ego le tendería una trampa, esperaba ella. Se reclinó satisfecha y, por primera vez desde que se habían sentado a esa mesa, echó una mirada en dirección a Saba. Con espanto, advirtió que su rostro ensangrentado y su ojo hinchado la perseguirían durante toda su vida, ya nunca podría volver a ver en él solo a un chico sano y guapo, lo destrozado, lo indecible, se fundiría para siempre con él y con su rostro de finos rasgos.

—Arréglalo conmigo. Vamos, tú y yo, marido y mujer. Deja ir a Saba, tiene que ir al médico. Cuéntame de una vez cuál es tu problema, sigo sin entender por qué eres el pobre desgraciado que eres.

Saba había recobrado la consciencia, miró desvalido y confuso a su alrededor, tenía el ojo izquierdo casi cerrado por la hinchazón, y le sangraba el labio inferior. Nene apartó la vista y trató de controlar la respiración. Ahora no podía soltar las riendas, tenía que vencerlo con sus propios medios. Otto empezó a andar de un lado para otro, saltaba a la vista que su calma le ponía nervioso.

—¿De qué quieres hablar conmigo, zorra?

—De que tienes que humillar a otros para que se te levante. ¿No crees que mi hermano y mi tío comprenderían que un día te matara en uno de los cuartos trasteros a los que me arrastras?

Esperaba y rezaba para poder explicárselo todo a Saba cuando aquella pesadilla hubiera pasado y ella le hubiera salvado la vida. Prosiguió, sin aliento:

—Te he dicho desde el principio que nunca te amaré, tendrías que haberme dejado simplemente en paz, vivir tu vida y gastar el dinero de mi familia, hacerte el tío grande, beber y divertirte en los burdeles, porque dudo que ninguna mujer se vaya contigo por voluntad propia... ¿Por qué me miras así? Vamos, apúntame a mí, ¿o no tienes huevos? ¿Tanto miedo le tienes a Zotne?

—Nene, basta...

Era Saba. También tendría en los oídos durante toda su vida aquel ruego, su ruego y la conciencia de que no podía hacer realidad ese deseo, que tenía que aniquilar todo lo sano y sagrado que había entre ellos.

—¡Cierra la boca, golfa, créeme, no estás en situación de plantear exigencias, créeme, no quieras saber de lo que soy capaz!

Nene se acercó a su atormentador. No iba a disparar contra ella. No era la clase de hombre que actúa por arrebatos. Era el observador mudo. *Observador*, aquella palabra resonó dentro de su cabeza, mientras trazaba círculos a su alrededor como un animal de rapiña hambriento, mientras le hacía sudar. *Observador*..., ¡esa era la palabra mágica, allí estaba la solución! Podía sacar a Saba, podía sacarlo del pantano. Tenía que irse de allí, tenía que desaparecer, eso era lo único que se le pasaba por la cabeza.

Como una marioneta, Saba colgaba de su silla con los miembros flácidos, toda fuerza, toda fe habían escapado de él, como si ya no hubiera nada por lo que mereciera la pena luchar. Estaba sentado como un preso derrumbado que espera sumiso la ejecución de su sentencia. Ella sintió un soplo de ira, aunque su rabia hacia Otto lo devoraba todo, porque valía por diez, era tan grande que iba a poder legársela a sus nietos. Sin embargo, Saba era una persona a la que nada parecía más espantoso que la fealdad, y lo que estaba pasando en ese instante entre ella y Otto tenía que ser lo más feo que había visto nunca. El miedo volvió a angustiarla. ¿Y si aquel idiota apretaba el gatillo? ¿Se atrevería? Se había venido demasiado arriba, y ahora sentía debilidad en las corvas, ¿cuánto tiempo aguantaría? Pero ahora tenía que actuar, con urgencia, rápido. *Observador...*, no le quedaba otra elección. Tendría que llegar hasta el extremo.

Lentamente, casi bailando, se movió hacia Saba.

—¿Qué haces? ¡Siéntate, zorra! —oyó a su marido, pero le ignoró.

Apretó el trasero contra el pecho de Saba. Este retrocedió, murmuró algo, apenas podía hablar con la boca llena de sangre. Pero ella se mantuvo testaruda. Tenía que comprender que ella tenía un plan. Y debía colaborar. Su cuerpo parecía funcionar mecánicamente, se le entregaría, tenía que entregársele, no podía rechazarla. Se pegó a él, se frotó contra él.

—¿Qué haces? ¿Estás loca? —preguntó Otto, y, sin mirarle, solo con oír su voz, ella se dio cuenta de que su hechizo tenía efecto.

—He pensado que voy a hacerte un favor. Y luego quedamos en paz, coges tus cosas y desapareces de mi vida. ¿Qué opinas del trato?

Se movía lasciva contra el cuerpo aturdido de Saba, e ignoró su arcada, que sintió en la nuca.

—¿Qué? ¿Por qué me miras así? ¿Esto es lo que te gusta, esto es lo que quieres? ¿Mirar? ¿Mirar cómo lo hacen otros? ¿O hay algo en nuestro matrimonio que he malinterpretado?

Había tanto silencio que oyó gotear en el oscuro suelo de madera las gotas de sangre que caían de la boca de Saba. Pronto amanecería, iba a salir el sol, para entonces tenía que haber sacado a Saba sano y salvo de allí. Tenía que verle recibir su beca y viajar por Europa, admirar la arquitectura... Quizá incluso tuviera que aprender a desprenderse de él.

Por primera vez estaba dispuesta a dejarle ir, por primera vez aquella opción no parecía significar el fin del mundo, porque el fin del mundo ya se había producido. Saba tenía que desaparecer de allí, esa idea se hacía cada vez más ruidosa, más apremiante, esa idea la impulsaba, convertía su miedo en un manso animalito. Y a cambio estaba dispuesta a *regalar* algo por primera vez a ese hombre.

—Nene, por favor, para... —oyó susurrar a Saba, pero estaba demasiado débil, no podía oponer nada a su voluntad incondicional de conseguir que él pudiera admirar Venecia y París.

—¡De qué va esto!

La voz de Otto era áspera, su atención ya estaba cautivada por encima de toda medida, no iba a poder resistirse, no iba a poder escapar. Y ella no podía ser débil, no podía tener dudas, no podía mirar a Saba, tenía que llevar a cabo su plan, tenía que mandar al diablo toda vergüenza, toda reserva.

—¡Tú quieres! ¿No es exactamente lo que quieres?

Nene se sentó a horcajadas encima de Saba, de espaldas a él, el peligro de mirarlo y abandonar su plan era demasiado grande.

—Déjale ir y haré lo que tú quieras. Podrás verlo todo, podrás memorizar hasta el último detalle. Pero déjale ir —dijo en voz baja.

Olía la sangre de Saba y su impotencia, saboreaba su vergüenza en la boca, pero ahora no podía detenerse, no podía vacilar, tenía que poner en práctica lo que se había propuesto. Y él estaría a salvo. De ella y de la maldición que pesaba sobre ella.

—¡Has perdido el juicio! —murmuró Otto, y bajó el arma, sus palabras pretendían atestiguar raciocinio y control, pero su voz revelaba fascinación, aparejada con incomodidad.

Ella se volvió de pronto, empezó, con los ojos cerrados, a besar la boca ensangrentada de Saba, lo abrazó, se pegó a él, se hizo pequeña, dócil, sin perder de vista a su atormentador. Saba estaba rígido de horror, como si no pudiera entender lo que ella estaba haciendo, como si no conociera a esa mujer que había dicho todas esas frases, parecía asqueado, y sin embargo se había entregado, y, aunque aquel hecho la ponía en sus manos, aun así la odió. Más tarde, le he preguntado muchas veces si le hubiera parecido mejor que él hubiera peleado, que hubiera replicado algo, que la hubiera apartado de su proyecto, pero nunca me ha dado una respuesta.

Sentía la ardiente mirada de Otto sobre su piel. Hubiera querido vomitar, pero sabía que estaba dispuesta a librar ese combate hasta el amargo final, que todos los medios le servían y que hacía mucho que había dejado de reclamar para sí forma alguna de sublimidad. Saba aún susurró un par de veces un débil «para», apenas perceptible. Pero su cuerpo no se le resistía, al contrario, parecía casi aliviado de que ella se hiciera cargo de él, como si eso le diera una breve ilusión de curación. Ella lo atrapaba, bálsamo para sus heridas, le quitaba aquel dolor pulsátil. Ella estaba haciendo algo con su cuerpo, y él reaccionó, a pesar de aquellas circunstancias imposibles. Y se diría que no tenía control alguno, su cuerpo le traicionó, y ella lo aprovechó como arma contra su enemigo común.

Su mirada se mantuvo ininterrumpidamente fija en Otto mientras se apropiaba del cuerpo de Saba, mientras hacía realidad todos los secretos deseos que él le había susurrado en tantos escondites y galerías, durante los largos y oscuros meses de su amor condenado al inframundo.

Otto la miraba sin parpadear, no podía evitarlo, su instinto era más fuerte que su entendimiento, y por primera vez en aquella noche ella sintió una especie de triunfo, sabía que estaba en camino hacia la libertad. Ya no tendría poder sobre ella, ahora que ella había sacado a la luz sus secretos, sus ocultos deseos. Y ni la escopeta de caza de su padre ni la posibilidad de contarle su traición a Zotne podrían cambiar nada en eso. Muy despacio, como una polilla atraída por la luz, él se movió hacia su mujer, que en ese momento desabrochaba los pantalones de otro hombre. La miró fijamente, no podía hacer otra cosa; igual que una pulga, necesitaba la sangre ajena para sobrevivir. El amor de los otros era lo que él más codiciaba. Quería saber qué se sentía, quería saber cómo era vivir como si uno hubiera venido ya muerto al mundo. Quizá se imaginaba en el lugar de Saba, no lo sé.

Y, así, ella concedió por vez primera a su legítimo esposo acceso a lo que realmente significaba algo para ella, le dejó entrar en los escondrijos y secretos pasadizos de su corazón. Pasó la mano por el pecho desnudo de Saba, percibió, a la palpitante luz de la vela, el temblor de los párpados de Otto, su excitación enfermiza, febril. El arma fue bajando cada vez más, se acercó a la pareja, callaba, y sin embargo ella oía su excitación en su respiración cada vez más intensa.

En ese mismo instante, Saba la miró por primera vez a los ojos, y encontró en ellos todo el espanto, esa capitulación absolutamente colosal ante su propia impotencia, ante la falta de escapatoria; aun así, en ellos brillaba otra cosa, algo que nunca había visto en ella antes: desprecio. Ella apartó la vista de inmediato, miró a un lado, aunque durante una fracción de segundo quiso parar, abrir la puerta, correr hacia la noche y olvidarlo todo, dejar tras de sí todo y a todos.

Pasó la punta de la lengua por su oreja ensangrentada.

—¡Arrodíllate! —resonó de repente al fondo de la estancia.

Otto había retrocedido y ahora estaba apoyado en la pared, había dejado la escopeta junto a su pierna derecha. Impulsado por el deseo, asumía su papel en aquel juego pérfido. Ella se alegró, pronto lo habría conseguido, aquella noche pronto habría terminado. Pero antes tenía que seguirle por cada circunvolución perversa y apartada de su cerebro. Sabía que podía, porque había vivido mucho tiempo entre animales de rapiña, ahora se convertía en uno de ellos.

Se puso de rodillas y empezó a bajar los pantalones a Saba, que se estremeció y se puso una mano protectora entre las piernas.

—¡Para! —murmuró.

—Colabora, quédate sentado y colabora, confía en mí... —susurró ella.

—¡Vamos!

Otto se volvía más despierto, más agresivo, de pronto parecía de vuelta a su elemento. De un tirón, ella bajó los vaqueros a Saba hasta los tobillos.

—Saba, por favor... —le susurró.

Pero en ese instante se alborotó algo, una tormenta de verano que nadie esperaba. Saba se soltó, se levantó del suelo con toda su furia, saltó gritando, se subió los pantalones con un movimiento de la mano y se lanzó sobre el hombre de los ojos ardientes y la escopeta baja.

—¡Estáis enfermos, los dos estáis enfermos, te mataré, te mataré, cerdo asqueroso y perverso!

Nene Koridze jamás olvidaría aquella última frase de labios de su amado, la furia con la que brota la sangre de una persona, como una lluvia roja que se precipita, cuando un cuerpo es abatido en la inmediata proximidad con una escopeta de caza. Igual que el silencio que sigue al fin del eco del disparo. Y el aspecto que tiene lo definitivo cuando sale el sol.

Hay personas que esperan formando cola ante la siguiente imagen. Europeos civilizados se han alineado correcta y pacientemente, mientras los georgianos, forjados en la lucha por la supervivencia durante los últimos treinta años, se apiñan por todas partes contra la imagen y buscan sus privilegios en el caos. No puedo evitar sonreír. Pero ¿de qué imagen se trata, que goza de tanta popularidad? ¿Representa eso algún papel? ¿No valen todas sus fotos la pena de formar cola delante de ellas? ¿Tengo yo que ponerme también y esperar a que me toque para echar un vistazo a mi propio pasado? Decido que no tengo que hacerlo. Ya he esperado bastante, y sigo andando. Y cuánto he esperado...

Esperábamos día y noche, en colas miserablemente largas: con la esperanza de conseguir pan de molde duro, insípido, con la esperanza de una vida mejor, con la esperanza de conseguir alimentos de Estados Unidos, enviados como ayuda humanitaria y revendidos por debajo de la mesa a precios terribles. Esperábamos con la esperanza de un poco de compasión. Esperábamos y oíamos los últimos rumores, las colas eran una agencia de prensa de nuevo cuño, que funcionaba incluso sin luz eléctrica. Esperábamos también porque esperando juntos y pasando frío juntos se podía pasar mejor el tiempo. Íbamos a las tiendas vacías, de persianas cerradas, para asegurarnos un sitio en la cola horas antes de que llegara el envío esperado, de pan, de leña, de judías, de leche en polvo americana.

En la cola nos ocurrían catástrofes y en la cola se celebraban pequeñas fiestas. Me acuerdo de haber tropezado con un recién nacido en la cola del pan de la calle Kirov: un hombre bien vestido estaba repartiendo unas tazas de hojalata y una garrafa de vino casero porque acababa de enterarse de que su hijo había venido al mundo mientras él hacía cola por su mujer en avanzado estado de gestación. Fue también en la cola del pan de la calle Kirov donde me encontré a Ira, que vino hacia mí con rostro petrificado y paso lento. Eso no anunciaba nada bueno, y tensé los músculos en espera del siguiente acontecimiento desgraciado. Me había asegurado un sitio ventajoso en la cola, desde el que estaría enseguida junto al camión gris cuando doblara la esquina, abriera la compuerta y la multitud se lanzara, y las dos gruesas vendedoras aplicaran los codos entre maldiciones para dispersarla.

—Tienes que venir —me dijo, y su rostro no admitía réplica.

Aún era muy temprano por la mañana, yo tenía previsto ir a la Academia después de comprar el pan, porque, desde que la primavera había vuelto a insuflar calidez a la ciudad y la empujaba a regresar a la vida, volvía a haber clases regulares. Una de mis profesoras favoritas me había hablado de un viaje que planeaba hacer a Kajetia, donde iba a restaurar algunos frescos de una vieja iglesia y buscaba una ayudante capaz, y yo me había propuesto pasar a la última fase de la selección.

Seguí a Ira sin titubear, y en vista de la urgencia que emanaba cedí el puesto duramente alcanzado. Ante el impresionante edificio del banco central, pronunció aquellas tres palabras, poniendo un punto detrás de cada una, como si se resistiera a cada una de ellas:

—Saba. Está. Muerto.

El sol brillaba. La ciudad olía a lilas. Todo anhelaba vida. El largo y cruel invierno iba a ser borrado de la memoria y la naturaleza parecía querer contribuir a eso. Aquella frase no encajaba en ese día soleado. No encajaba con esa mañana llena de pequeñas esperanzas. Sobre todo, aquella frase no encajaba con Saba y sus hermosos ojos verdes, ni con sus sueños, que tenían que haberlo llevado a Europa. Aquella frase no encajaba con nuestra Nene hambrienta de vida y con su amor, por el que había descendido al subsuelo. Aquella frase no encajaba con un hombre de veintitrés años. Aquella frase era falsa, todo en ella era falso. Y me acuerdo de que, durante los primeros segundos, me aferré a la extraña esperanza de que Ira se equivocaba, de que tenía que tratarse de una información errónea, de un cruel chiste fallido.

Negué con la cabeza, y sabía que aquella infantil negativa no iba a protegerme de nada, no iba a hacer que nada hubiera ocurrido. El hermoso Saba y la muerte, eso no entraba en tres palabras, eso era impensable y espantoso.

—Cómo es posible, no, no puede ser...

—Ha sido Otto.

Miré a Ira a los ojos, que empezaban a llenarse de lágrimas tras los gruesos cristales de sus gafas, y me fallaron las rodillas. Me dejé caer sobre las duras losas, a los pies de aquel Atlas cincelado en piedra que cargaba el edificio sobre sus musculosos hombros; junto con su gemelo al otro lado, sostenía entregado y sin palabras todo el peso del edificio, de toda la historia universal. Ira no podía saber que al oír sus palabras yo no había podido evitar pensar enseguida en aquel cuerpo inmóvil en el fango con su chaqueta de borrego, y que en mí surgía la necesidad de hacerme un corte para no ahogarme en aquella inmensidad. Un corte profundo y exacto junto a los muchos otros que se habían acumulado en mis muslos a lo largo de los últimos meses. Pero no podía marcharme de allí, estaba expuesta sin protección a aquella noticia y a aquellos gigantes de piedra.

—Keto, ahora tenemos que dominarnos. Dina lleva ya tiempo buscando a Rati, y tú tienes que detener a Levan para que no corra todavía más sangre —siseó Ira por entre los dientes apretados, tirando de mis muñecas.

Necesité varios intentos para poder volver a ponerme de pie; los espasmos paralizaban mi cuerpo, el mundo a mi alrededor se había detenido, y odiaba aquel sol que se atrevía a brillar en el cielo, tan luminoso y tan pagado de sí mismo.

A lo lejos ladraban unos perros, hacía mucho que recorrían la ciudad en manadas, impulsados por el hambre, difundiendo el terror, porque decían que todos estaban rabiosos y habían perdido el miedo a las personas.

¿Cómo iba Nene a seguir viviendo con aquel hecho, cómo iba a llegar hasta la orilla de aquel mar negro de pegajoso alquitrán? ¿Cómo iba yo a detener a Levan? ¿A consolarlo? No habría brazos en el mundo entero para contener el dolor que un fin así de abrupto dejaba detrás. Seguí a Ira sin preguntar adónde íbamos. Al parecer tenía una tarea para mí, que iba a confiarme enseguida, y era un alivio que se ocupara de pensar por mí. De pronto se detuvo en la calle Majaradze y empezó a temblar, se estremeció y se dobló.

—¡Yo era su coartada! ¡Keto, entiéndelo, yo era su excusa! Me sobrepuse, dejé a un lado mi egoísmo y me forcé a alegrarme con ella... Estaba tan feliz de poder pasar un fin de semana con él arriba, en Tskneti, lejos de su familia de locos. Quería ser una buena amiga para ella, sabía que me necesitaba, se ha sentido abandonada por mí desde la boda, y de alguna manera tenía razón. La evité durante los últimos meses, pensaba que le hacía reproches, pero en realidad me avergonzaba, porque la echaba tanto, tanto de menos... Y le cubrí las espaldas, le contó a su familia que íbamos juntas a Kojori. Oh, Dios mío, oh, Dios mío, Keto... ¡No estoy preparada para algo así, cómo vamos a superarlo, esta no es una vida que se deba llevar a nuestra edad!

Sollozaba, y sus labios temblaban como si estuviera bajo cero. Cogí su mano entre las mías. ¿Cómo iba a protegerla de la caída? Nunca había visto así a Ira, jamás había sentido esa clase de disolución en ella. Hablaba sin aliento, como si la persiguieran, tenía que hacer pausas una y otra vez.

—Por las noches, me he preguntado qué tiene que sentir, lo que ha sufrido por él. Todo lo que tiene que hacer que le repugna. La he dejado en la estacada, todas lo hemos hecho, y quería repararlo. Cuando supe que volvía a ver a Saba, me alegró. Él la hacía feliz.

Temblaba de pies a cabeza, y delante de mí estaba una Ira desnuda, desprotegida, insegura, que amaba de manera obsesiva y deseaba ser reconocida. La abracé fuerte. Nos quedamos plantadas en la calle Majaradze, nuestros brazos entrelazados como las ramas de un sauce, nos apoyábamos la una a la otra, y al mismo tiempo éramos tan ligeras que cualquier golpe de viento habría podido llevárselos. Delante de nosotras pasaba gente, pasaba el tiempo, pero nosotras seguíamos en el mismo sitio, no nos atrevíamos a movernos. Esperar un poco, engañar un poco al tiempo, porque enseguida iba a fustigarnos y a echarnos de allí.

—Disparó a Saba directamente al corazón. En presencia de Nene.

En cuanto doblamos hacia la calle de la Vid, oí la voz desgarradora de la pérdida. La por norma tan delicada, silenciosa y contenida Nina Iashvili hacía enmudecer al mundo. Lamentaba aquel grotesco fin, y el patio entero estaba lleno de gente, los vecinos se acumulaban en su centro como hormigas, reinaba una consternada agitación. En los rincones había hombres con la cabeza baja, que resoplaban o carraspeaban, más de uno sacó un almidonado pañuelo de tela. Las mujeres se perdían en una actividad carente de objeto, corrían preocupadas de un lado para otro. Había puertas que se abrían y volvían a cerrarse. Y, una y otra vez, el lamento bestial de la madre de Saba rompía la cortina de ruidos y hacía que la sangre se nos helara en las venas. Los ojos de Eter estaban hinchados, también ella formaba parte del coro de dolientes. Aun así, mis ojos buscaban otros rostros, buscaban a alguien de la familia Tatishvili, pero era la única que no estaba entre los vecinos. La familia del asesino no se atrevía a salir a la calle. ¿Tal vez aún no sabía nada del destino al que su hijo la había condenado?

—¿Dónde está Rati? —pregunté a Babuda, y ella hizo un leve movimiento con la cabeza.

Salí corriendo y aporreé la puerta del sótano de las Pirveli. Como si hubiera estado esperándome, Lika abrió la puerta pocos segundos después.

—Oh, Keto... —susurró, y me echó los brazos al cuello.

Ira estaba detrás de mí, con la cabeza gacha; como si al entrar al patio hubiéramos intercambiado los papeles, ahora era ella la que me seguía, la que esperaba instrucciones mías. Entonces oí un ruido sordo que provenía de la cocina. Rati estaba golpeando la pared, con el puño ensangrentado, mientras Dina lo abrazaba por detrás.

—Lo mataré, lo mataré —gritaba una y otra vez, mientras la pared comenzaba a descascarillarse.

—Eso no le devolverá la vida —oí a Lika decir a mi hermano, en tono admonitorio; no era el lenguaje que él entendía. Había que encontrar otra manera de disuadirle de que empezara la caza de Otto.

—¡Todo es culpa de ella!

Se volvió hacia nosotras, con el rostro inflamado por la ira. Necesité unos segundos para entender a quién se refería.

—¡Los ha metido a los dos en la mierda, es culpa suya que Saba esté muerto!

El odio convertía su rostro en una máscara.

—¡Cómo te atreves! ¡Vosotros sois los monstruos, vosotros sois los enfermos, vuestro mundo está completamente enfermo, vais a hundiros todos en vuestra ciénaga! Ella lo amaba, y la han empleado contra su voluntad como mercancía en un trueque, ¿y ahora afirmas que ha sido culpa suya?

Era Ira la que había alzado la voz contra mi hermano.

—Ira... —empezó Dina, mientras intentaba envolver en una toalla el puño de Rati.

—Sabía exactamente lo que iba a conseguir con su conducta —respondió Rati, contenido después del alegato de Ira, probablemente nunca había tenido que escuchar tanto de golpe.

—¿Y él? ¡Él también lo sabía! —le siseó Ira.

La situación estaba bajo control, Dina estaba con Rati, y yo pedí a Ira que no se apartara de su lado. Entonces pasé ante las Babudas, ante el tío Givi, que ponía cara de no poder entender todo aquello, ante Nadia Aleksandrovna con su albornoz de flores, que apretaba contra el pecho a un gato atigrado y rezaba el padrenuestro en ruso, pasé ante Tariel y su competente esposa y ante Artjom, al que le caían las lágrimas por el rostro surcado de arrugas, y corrí a la casa de ladrillo rojo, al primer piso..., al corazón del luto al que nadie se atrevía a entrar, del que salían los gritos estremecedores.

La puerta estaba abierta de par en par, entré. El enjuto Rostom estaba sentado en un sillón del comedor, con la mirada perdida. Allí habíamos festejado. Todos juntos. Allí había recibido Nene su primer beso, allí había sellado su amor por Saba Iashvili y nos lo había anunciado orgullosa. Allí me había hecho su hermano una muda promesa y luego me había enseñado un arma. Rostom estaba sentado, no decía nada, no hacía nada, tampoco lloraba, como si no estuviera, como un santo que se ha desprendido de todas las cosas del mundo. No le hablé, ¿qué podía oponer a su desesperación? Una vez más, fue la voz penetrante de Nina la que me arrancó de mis pensamientos. Aquel lamento sin escapatoria que salía del dormitorio me hizo detenerme de nuevo. Tenía miedo de aquella voz, que parecía habitada por una magia funesta. Cuando ya estaba a punto de dar la vuelta, lo vi salir del dormitorio. Con el rostro sombrío y los párpados hinchados, se dirigió como un borracho a su habitación. Se sobresaltó un momento, no había contado conmigo, seguramente esperaba a mi hermano, a su armada, con la que quería planear la venganza, el único consuelo al que se aferraría, estaba convencida de eso. Fui hacia él. No tenía palabras. Me miró a los ojos. Su rostro resultaba ajeno, ya no podía leer nada en él.

—Lo siento tanto —susurré—. No tendría que haber ocurrido.

—¿Qué sabías tú? ¿Sabías que seguían viéndose? —me preguntó, penetrante.

Yo callé.

—Tenías que habérmelo dicho.

—Se querían.

—Ese amor le ha costado la vida.

Su tono era frío, de rechazo.

—Ahora no podéis cometer un error...

—No me digas lo que puedo hacer y lo que no. ¿O crees que el asesino de mi hermano va a librarse tan fácilmente?

Yo no tenía argumentos contra su dolor, su rabia era ciega. E Ira tenía razón: estábamos condenadas a formular advertencias que se esfumaban en el aire. Éramos un hermoso accesorio, una decoración. Se bebía por nosotras y se elogiaba nuestra belleza, pero debíamos tener la boca cerrada y obedecer, pronunciar frases inofensivas. Ni siquiera podíamos protegernos unas a otras, estábamos expuestas a esos modelos, reglas y leyes no escritas, y para colmo de males teníamos que aceptarlo como si todo fuera por nuestro bien, para nuestra protección. ¿Por qué estaba delante de él, por qué Dina vendaba la mano de Rati, por qué pronunciaba Ira la acusación que nadie quería oír? Sí, ¿por qué Nene y Saba tenían que descender al inframundo como un maldito Orfeo con su Eurídice? Sí, Ira tenía razón. Habíamos dejado a Nene sola.

Sentí un cansancio plúmbeo. De manera instintiva, retrocedí un paso.

—Tú me gustas, Levan, me gustaría hacer algo por ti.

—¡No intentes detenerme, eso es todo! —se limitó a responder en tono amargo; al fondo oí a Rostom que salía del trance y se dirigía a su hijo:

—Saca el traje azul oscuro. El que llevaba el día de la graduación. Debe tener buen aspecto en el ataúd.

¿Es Kajetia? ¿El viejo monasterio? Sí, tiene que serlo. No me acuerdo de haber visto nunca esta foto. Tuvo que hacerla cuando Ira y ella vinieron a visitarme aquel verano. Pienso en el vino espeso que bebimos, en la radio a pilas que escuchamos, el único contacto con el mundo exterior. Pienso con nostalgia en aquellas semanas que, a pesar de la gravedad de aquel verano, están bañadas en los colores saturados, otoñales, típicos de aquella región.

Y enseguida alzo la cabeza, me acuerdo de la sensación de ingravidez, de cómo me levantan las cuerdas, cómo me vuelvo más ligera a cada centímetro, siento que me crecen alas. Me vuelvo ligera como una pluma, con la altura creciente desaparecen los pensamientos, las preocupaciones. Me desprendo de todo lo superfluo y me quedo con esa luz mágica, quebrada, que ella, mi amiga muerta, ha captado de forma tan espléndida... La nostalgia de ella será siempre la carga más espantosa de mi vida. Miro fijamente la foto, me baño en ella, en aquella luz ambarina que entra de costado por la estrecha ventana sin cristales.

Me gusta flotar en el aire, me siento agradecida en cada ocasión, me alboroto cuando Maia, mi profesora, me da permiso para abandonar el andamio y descolgarme, con mi lámpara en la frente y mis armas mágicas, las herramientas.

—En los últimos diez años, se han dejado oír voces por parte de la ciencia que se pronuncian expresamente en contra del pan como medio para limpiar las partes secas, porque se supone que los restos que quedan son caldo de cultivo para mohos y otros microorganismos. También Lagi limpió con telas de lino y pan los frescos de Miguel Ángel en la Capilla Sixtina. Soy una gran defensora de este método. Ernst Berger (deberías dedicarte a él, Keto) aconseja, después de limpiar el polvo con un pincel grueso, retirar la capa de hollín de los frescos con pan no demasiado reciente. Súbela, Reso, más alto, más alto, espero que no tengas vértigo, Kipiani —oigo la voz de Maia. Y oigo mi alegre y prolongado «¡Noooo!» resonar en la cúpula—. Fantástico, ¡entonces sin miedo, Reso, súbela más!

Hace cuatro días que hemos tendido «nuestro campamento», como lo expresaba nuestra profesora, Maia Sanikidse, a dos kilómetros de Bodbe, en un diminuto pueblo vinícola al borde de Sagarejo. Apenas me podía creer mi suerte cuando me dijo que me había escogido como aprendiza y que me iba a llevar a Kajetia durante el verano. De todos modos habría seguido a cualquier parte a aquella mujer diminuta de suaves redondeces, rostro de impresionante simetría y cabellos teñidos de rojo fuego, porque me abría un arca llena de tesoros, llena de conocimiento tanto útil como inútil, y además desde la muerte de Saba el impulso de huir y dejarlo todo atrás se había convertido casi en una tortura física. Su muerte me había vuelto odioso lo familiar de nuestro patio, nuestras calles, y la bostezante normalidad con la que la vida seguía su curso me parecía un escarnio.

Tras el entierro, todo se hundió en una extraña apatía. La gente a mi alrededor parecía contener la respiración, como en espera de una violenta tormenta que después de un calor insoportable tenía que descargarse sobre nuestras cabezas. Pero no ocurrió nada semejante. Se esperaba algo que no se produjo, y de lo que sin embargo nadie quería apartarse.

Como cabía esperar, a Otto Tatishvili se lo tragó la tierra. Dijeron que Zotne le había ayudado a huir por orden de Tapora, para evitar una guerra entre bandas. Incluso Rati se rindió al cabo, no tenía sentido buscarle. Sin duda lo habían llevado fuera del país, y además estaba bajo la protección de Tapora. Ejercería la paciencia, aguantaría, esperaría hasta que el enemigo cometiera un error. El que tuviera más resistencia probaría al final el dulce fruto de la venganza. Y hacer pagar a Zotne en lugar de Otto no respondía al código, y no era por tanto una opción.

Levan se mantuvo frío y despreciativo, iracundo y hostil. La pena le había envenenado, tenía el odio metido en los huesos. Rati se lanzó a una incansable actividad, como si de ese modo quisiera acallar su dolor. Practicaba un trajín maniático, siempre tenía ideas nuevas para modelos de negocio, recorría las calles con sus chicos de la mañana a la noche y se volvía cada vez más audaz, más provocador, más seguro de su poder. Mi padre se retiró por completo al mundo de sus fórmulas. Las circunstancias externas, bajo las que él y sus amigos seguían trabajando impertérritos, eran absurdas: a pesar de la falta de salarios, a pesar de la falta absoluta de escapatoria, a pesar del colapso total de la vida científica del país, iban todos los días a una Academia parcialmente quemada para seguir trabajando allí en su diccionario. También las Babudas seguían con sus clases. Durante un breve periodo, el luto por Saba las había reconciliado. Las discusiones políticas habían enmudecido después de que el presidente emprendiera la fuga y la junta militar asumiera el poder, para volver a estallar con furia insospechada cuando precisamente esa junta militar recuperó al georgiano de exportación por antonomasia, el antiguo ministro de Exteriores de la Unión Soviética, Shevardnadze, el «zorro plateado», y lo convirtió en presidente del Parlamento. Eter veía en él al largamente anhelado «político de la razón y la moderación»; Oliko le llamaba «hombre de poder carente de escrúpulos» al que el país le daba igual, que se había hecho rogar «como un gallo» para supuestamente «salvar a su patria», aunque solo pensaba en su propio beneficio y volvía a poner en peligro la independencia alcanzada a tan alto coste.

Pero, sobre todo, fue Nene la que me empujó a huir, mi incapacidad para aliviar su sufrimiento. Después de la primera visita que Ira y yo le hicimos tras el entierro de Saba, yo había salido a la calle Dzerzhinski desconcertada y con una angustia espantosa en el pecho, y había tenido que sentarme en el bordillo. Ella estaba tumbada en la cama, recostada como una princesa anémica a la que le quedaran pocos días de vida, vestida con un camisón blanco hasta los tobillos que acentuaba su palidez, con el espeso cabello suelto, largo hasta la cintura, y unos ojos de brillo insano. Nos había cogido las manos y dicho un par de frases inconexas. El día en el que Maia Sanikidse me confirmó mi participación en el viaje al antiguo monasterio de monjas de Bodbe, para devolver la luz a los empalidecidos frescos, hubo otros dos acontecimientos que se encargaron de convertir mi viaje a Kajetia en una acción casi de rescate.

Cuando salí al patio aquella mañana, para ponerme en camino a la Academia bajo el calor de junio, fui testigo de una pelea que nadie hubiera sospechado. Antes habría creído capaz de una pelea a mi padre. Y, sin embargo, fue precisamente el inteligente, el sutil Rostom, el que en los cumpleaños se sentaba sonriente en un rincón y hacía retratos nuestros, quien estaba apaleando a Davit Tatishvili. Este yacía en el suelo con la camisa rota y no se defendía, como si reconociera que el dolor sufrido era el justo castigo por lo que su hijo le había hecho al hijo de Rostom, como si se entregara sin resistencia a su destino. Rostom le golpeaba con insospechada brutalidad, y le gritaba: «¡Devuélveme a mi hijo, asesino, devuélveme a mi hijo!».

Curiosamente el patio estaba desierto, no había ni un mirón en la ventana que hubiera podido dar la voz de alarma. Así que no me quedó más remedio que interponerme yo misma y separar al vociferante Rostom de Davit, lo que, claro está, no logré hasta que el mecánico de automoción Tariel y su hijo Beso aparecieron y apartaron al furioso fotógrafo de Davit, que respiraba pesadamente y permaneció inmóvil en el suelo. No puedo quedarme aquí, se me pasó en ese momento por la cabeza y, sin lavarme la cara ni cambiarme el vestido sucio, corrí a la Academia. Desde el desastre del zoo, repetidas veces tenía la agobiante sensación de que la Muerte me seguía la pista, y debía correr para salvar la vida.

El segundo acontecimiento sucedió justo antes de la invitación de Maia a Kajetia. Era uno de esos días de verano inundados de luz en los que el calor en Tbilisi es encantador y aún no se ha convertido en asfixiante, cuando oí el claxon y me volví, asustada. Acababa de salir de la Academia, e iba como siempre a descender por la ladera adoquinada en dirección al bulevar Rustaveli. Reconocí a Levan, que iba en un coche negro para mí desconocido y era obvio que me había estado esperando. Sentí una especie de incomodidad, como si me avergonzara de que hubiera tenido que esperarme precisamente allí, dado que ese lugar había sido también alma máter de Saba. Me hizo una seña, gritó mi nombre, y yo salté deprisa al asiento del copiloto. El coche olía a colonia fuerte y a humo. Se había afeitado el pelo, y desde entonces las Babudas le llamaban en broma «Fantomas», por la película protagonizada por su queridísimo Jean Marais. Aquello le hacía parecer más duro, le hacía parecer, de una manera extraña, claro como un lago helado. Apenas lo había visto a solas desde la muerte de Saba, y temía ese momento. Entre nosotros se había levantado un muro invisible. Se me encogía el corazón al pensar en el hermoso rostro de su hermano metido en el ataúd. Lo irrevocable de aquella muerte se había posado sobre todos nosotros como la ceniza después de un gran incendio.

—Vamos a dar una vuelta, ¿vale? —dijo, y pisó el acelerador sin esperar mi respuesta.

Era entrada la tarde, la luz había adquirido una maravillosa tonalidad rojiza, el corazón empezó a latirme más deprisa.

—¿Te gusta mi nuevo trineo? —me preguntó, en tono indiferente.

—Qué elegante. Pero ya sabes que no entiendo de coches.

—Me lo ha regalado tu hermano.

—¿Cómo? Parece que vuestros negocios van viento en popa, ¿eh?

—Ese comentario sobra. ¿No puedes simplemente alegrarte conmigo?

Sí, no era el momento adecuado para reprocharle su forma de vida. Durante una fracción de segundo, sentí incluso rencor porque Rati hubiera conseguido algo que yo había cortado de raíz: darle una alegría.

El coche tenía una instalación estereofónica que brillaba y centelleaba como un juguete infantil, y que me confundió. Orgulloso, Levan puso una cinta de música clásica. Ya no me acuerdo de lo que era, aunque habló de un director determinado y admiró la belleza de la música, y el hecho de que volviera a ser capaz de advertir precisamente esa belleza me conmovió, y volví la cara. Le estaba agradecida por permitirme participar de algo que era importante para él; se trataba de un regalo inesperado. Me pregunté quién aparte de mí conocía esa faceta especial de él, y sentí unos latentes celos. No quería compartir esa particularidad con nadie, porque era lo único que él me concedía, y al menos quería tener un derecho exclusivo sobre eso.

El viento cálido que entraba por las ventanillas abiertas alborotó mi pelo y acarició nuestros rostros. Callamos un rato. También eso era nuevo. A él siempre le había gustado hablar, incluso parlotear sin sentido, volviéndonos locos a sus amigos y a mí. Ahora parecía completamente sumido en sus pensamientos, como si dentro de él existiera un universo paralelo de silencio y dolor. Lo que una persona amada deja es un cráter abierto; no se puede conceder a nadie acceso al propio e insondable abismo para que lo vea a uno y advierta la dimensión del daño.

Yo siempre he sabido callar bien, nunca he entendido por qué la gente emplea una y otra vez la expresión «soportar el silencio». Pero el silencio de Levan no era natural. Había sido un hombre jovial, juguetón y curioso, que no aguantaba la calma. Antaño, su padre había utilizado a veces la palabra «azogue» para referirse a su hijo menor, mientras negaba con la cabeza y suspiraba. El Levan que se sentaba entonces a mi lado no parecía tener nada en común con aquel chico mercurial. ¿Dónde había ido a parar aquel polemista enemigo del sistema, dónde su interés por mí, su locuacidad, su jugueteo y su gran interés hacia las mujeres? Pocas veces he visto un hombre que amara a las mujeres de forma tan respetuosa y disfrutara tanto de su compañía. Y no parecía tratarse tanto de atracción erótica, buscaba la cercanía de las mujeres con independencia de su edad y su atractivo. Cuando se le observaba en compañía exclusivamente femenina, salía algo a la luz que le hacía a mis ojos más agradable aún, una entrega casi física a lo que él percibía como diferencia y que le asombraba, unido a una profunda aceptación que no he visto en casi ningún otro hombre. Como si el otro sexo le resultara ajeno, y ya solo por eso digno de atención, como si cada movimiento, cada conducta incomprensible a sus ojos, cada emoción inexplicable, incluso cada reproche, le insuflara una notable humildad. A diferencia de mi hermano y sus compinches, él jamás daba la impresión de pensar que su género biológico fuera superior. Al contrario: las mujeres parecían impresionarle. Y siempre que me rozaba esa determinada mirada suya, cuando veía su cabeza ligeramente inclinada, sus ojos un tanto entrecerrados y su atención dirigida hacia mí, no quería otra cosa que permanecer inmóvil en el sitio y quedarme para siempre dentro de esa gracia, debajo de esa cúpula de seguridad y admiración. Adoraba los momentos en los que, en nuestro balcón, flirteaba con las dos Babudas y las hacía ruborizarse y que le llamaran una y otra vez «descarado» u otras tonterías igual de anticuadas. En esos momentos, deseaba por encima de todo que el mundo entero supiera que estábamos juntos.

Pero la muerte de Saba lo había cambiado todo. Y aquella tarde soleada sentí por primera vez la incomodidad inherente a tal conocimiento, cuando recorríamos las polvorientas carreteras de nuestra ciudad herida y él me mantenía alejada con su silencio.

—¿Cuánto tiempo vamos a estar callados? Me gustaría saber cómo estás —me atreví a decir al fin, cuando el silencio se me hizo insoportable.

—¿Y tú cómo crees que estoy?

Era imposible ignorar la agresividad en su voz. ¿Por qué había venido a recogerme si no quería hablar conmigo, si mis palabras le irritaban tanto?

—Creo que estás muy mal.

—¿Y qué debo hacer, en tu opinión?

—¿Tal vez hablar conmigo?

—No, la cháchara no me sirve. Lo único que me sirve es el cadáver de Otto Tatishvili a mis pies. Pero Rati tiene razón, voy a ser el hombre más paciente de la Tierra, esperaré todo lo necesario, pero le cogeré.

—¿Así que sigue ilocalizable? —pregunté por preguntar, aunque ya conocía la respuesta.

Quizá debíamos dejar de imaginarnos cosas. Hacía mucho que habíamos renunciado a toda apariencia de civilización para regresar a las sombrías selvas vírgenes de la Edad de Piedra, los paradigmas morales nos resultaban ajenos. Saqué la mano por la ventanilla y mostré la palma al viento, rastreé mis pensamientos hasta sus últimas consecuencias, y en ese instante ante mis ojos apareció la chica con el traje de nieve en la escalera del cuarto de Babuda, y mi siniestra distopía se esfumó. Pensé en mi profesora, que hablaba sin cesar de la belleza del arte y se entusiasmaba con el «oro mágico» de algunos iconos. Aún existían personas que no se habían convertido en bestias. Y no solo porque no se les hubiera dado ocasión, sino porque habían decidido en contra de eso y defendían su decisión por todos los medios y contra viento y marea. Teníamos elección, siempre se tiene elección. Pero yo temía que, sin esas personas, abandonada a mi suerte, no tendría la fuerza para tomar la decisión correcta. ¿No había demostrado ya esa incapacidad?

—Vamos a apretarle las clavijas a la gente de Zotne. Está rodeado de traidores e hijos de puta. Piensa que le son fieles, pero en lo más hondo solo le son leales por miedo a Tapora; a la primera de cambio le clavarán un cuchillo en la espalda, puedes apostar. Haremos que uno u otro abran la boca, y entonces será solo cuestión de tiempo atrapar a Otto. —La presa de sus manos en el volante se hizo más fuerte, se escurrió un poco hacia delante en el asiento—. Es una cuestión de honor, porque sería fácil averiguar dónde está. Quiero decir, su hermana sería una presa fácil...

Aquella frase me dejó en estado de shock, lo abismal de aquella alusión me dio vértigo. No tenía ningún aprecio a la arrogante Anna, pero ninguna hermana del mundo merecía pagar por los errores de su hermano.

—¿Estás hablando en serio?

—Te lo he dicho muy claro: es una cuestión de honor. ¿Es que no me escuchas?

—¡No podéis ni siquiera pensar una cosa así! ¡Es repugnante! ¿Qué vais a hacer con ella? ¿Apalearla hasta que lo suelte?

—Oh, hay otros métodos.

Sacó un cigarrillo de la guantera y lo encendió. Yo sentía el urgente deseo de bajarme del coche. Él tuvo que advertirlo, porque su tono volvió a hacerse más suave, más apaciguador.

—Tranquilízate. No vamos a tocarla. Al fin y al cabo, esa familia enferma ha desaparecido de nuestro patio. Mi madre ya no tendrá que soportar sus jetas.

—¿De veras se han ido?

—Sí. No volverán. Después de que mi padre le arreglara la cara a Davit, se han dado cuenta; y han tenido suerte, porque de lo contrario yo habría recurrido a medios totalmente distintos.

Pensé en los gritos desesperados de Rostom mientras pegaba a Davit. También en el dolor en mis costillas cuando me alcanzó su puño desorientado por la rabia.

Después de vagar sin rumbo un rato por la ciudad, cogió la salida del Museo Etnográfico y remontó la carretera llena de curvas que subía la colina.

—¿Quieres que te enseñe lo que este coche lleva dentro?

De pronto sonrió de oreja a oreja y pisó el acelerador. Enseguida el coche ganó velocidad, se me encogió el estómago, grité:

—¡Por favor, ve más despacio!

Pero él me ignoró, y en cambio pisó aún más a fondo el acelerador. La ciudad se encogió a nuestros pies, se volvió diminuta, el día se condensó, desapareció, desembocó en una tibia tarde de verano. Por suerte apenas venían coches en dirección contraria, nadie parecía estar de humor para excursiones a la naturaleza. Él reía y me lanzaba sin cesar miradas, como si espoleara mi miedo con más travesura. Yo sentía que iba a vomitar si no paraba. El camino hacia el lago de las tortugas era sinuoso, y él derrapaba tan deprisa en las curvas que yo pensaba que de un momento a otro íbamos a salirnos de la carretera y volcar. Poco antes de llegar a la polvorienta desviación que llevaba al bosque al pie del lago, vi un camión que venía hacia nosotros por la estrecha carretera, y contuve el aliento. Ya no me acuerdo de si dije algo, le grité o simplemente me quedé rígida, en espera de la muerte a la que habíamos invocado de forma tan absurda, tan idiota, tan total e imperdonablemente necia. Por primera vez durante aquel temerario recorrido, vi brillar en su rostro algo parecido al miedo, antes de dar un volantazo con todas sus fuerzas y detenerse en el sendero del bosque en medio de un torbellino de polvo, brincando sobre los baches. El camión pitó excitado y el conductor nos lanzó unos cuantos insultos.

Abrí la portezuela, salí tambaleándome y me dejé caer al suelo. El sol ya estaba a punto de ponerse, los pinos bordeaban el estrecho sendero, que se extendía prometedor ante nosotros e invitaba a descenderlo. Levan me tendió una botella de agua, con la que me lavé la cara. No sabía qué decir, el miedo y la rabia me habían dejado sin palabras. Solo cuando la tensión aflojó noté que mi cuerpo se desplomaba, y me quedé un rato sentada inmóvil.

Un poco más arriba, por encima del bosque, estaba el lago de las tortugas. Cuántas veces habíamos ido allí a montar en piragua de niños, cuántas veces había reído allí con mi hermano. De pronto, me sentí tan vieja como si hubiera dejado atrás toda la vida y ya no me quedara nada que esperar de ella. Me levanté y di unos cuantos pasos. Quería recuperar el control.

El aire era espléndido, y el silencio que nos rodeaba aturdía. Le oí abrir el maletero, luego encendió los faros, que iluminaron el camino polvoriento delante de mí. Se me acercó, llevando en la mano una garrafa de plástico con un líquido oscuro.

—Lo siento, no sé qué me ha pasado...

La forma en la que lo dijo, tan de pasada, me reforzó en la creencia de que ya no coqueteaba con la vida, como hacía antes, sino que hacía mucho que coqueteaba con la muerte.

—Es un tinto muy bueno. Se lo han regalado a Rostom, viene directamente de Racha, ¿te gusta el vino tinto?

Entonces vi que llevaba dos vasos de plástico en la otra mano. Yo seguía aturdida, incapaz de decir nada, le miré incrédula. Estaba sorprendida ante aquella minuciosa planificación, tan impropia de él, pero me apaciguó que hubiera pensado e incluso hubiera traído un mantel, que extendió en un claro. Dejó el coche abierto y subió el volumen de la música. Me senté y cogí uno de los vasos, y bebí codiciosa aquel líquido rojo, como si fuera la medicina que me devolvería el necesario autocontrol. Él se sentó a mi lado, y bajamos la vista hacia la ciudad, en la que ya parpadeaba alguna luz; al parecer el tristemente famoso bloque 9, la arteria principal de abastecimiento de energía, funcionaba sin problemas. Él se acercó y me pasó un brazo por los hombros.

—Ha sido una tontería por tu parte —susurré.

—Ven, no seas así, olvídalo, ¿vale? Quería fardar un poco de coche nuevo, concédeme esa alegría.

—Has podido matarnos.

—Ahora estás exagerando, Keto.

—Crees que exagero, ¿eh? —Volví a coger el vaso, que él había rellenado—. Antes de que te emborraches y me lleves a casa bebido, prefiero volver.

—Me ofende que confíes tan poco en mí.

—¿Confiar? Puede que tu dolor lo disculpe todo, pero no lo justifica todo.

Durante un rato, él no dijo nada, fumó y bebió. Yo apenas había comido aquel día, y aún tenía el miedo metido en los huesos; sentía que aquel vino espeso se me subía a la cabeza. Pero también tenía un efecto tranquilizador, y toda la agitación me abandonó. Flotaba, me sentía ligera, quería tomarme tiempo, quería quedarme con él en aquel lugar, ya no deseaba regresar al mundo. La rabia fue abandonando mi cuerpo muy despacio, me ablandé y no quise nada más que esa ilusión de paz. Quería ese vino, su proximidad, la ciudad a nuestros pies.

En algún momento, él me puso la mano en la rodilla. Caía la tarde, la oscuridad y el alcohol le insuflaban valor. Pero, al contrario de mí, a la que el vino había serenado, de

376

pronto él volvía a parecer nervioso y tenso, agitado y agresivo. Masticó una rama y se rascó detrás de la oreja. Yo me tumbé, no quería volver al zoo, al ataúd de su hermano, al cuerpo desnudo de Dina en los brazos de Zotne Koridze.

Me acarició, empezó a besarme, si bien sus besos eran bruscos y mecánicos. Me pregunté en qué estaba pensando, parecía ausente. Pero nuestros momentos de cercanía eran tan infrecuentes que no me atreví a interrumpirle. Esperaba que mi mansedumbre volviera a apaciguarlo, esperaba recuperarlo. Él continuaba avanzando como por un territorio desconocido, y no parecía interesarle si yo quería seguirle. Claro que quería darle una alegría, como había hecho mi hermano; quería que viera que yo era lo bastante fuerte como para acoger toda su tristeza. Le besé las sienes, lo abracé, él se tumbó sobre mí, me levantó la falda plisada. Yo me aferré a un recuerdo, deseé que volviera la pasión que se había apoderado de nosotros entonces, en la habitación de Rati, a la luz de las velas. Aunque me daba cuenta de que algo no iba bien, de que en realidad no estaba pensando en mí.

—Levan, espera, espera, eh...

Intenté llegar hasta él. Pero estaba demasiado lejos.

Se había abierto los pantalones y me abría las piernas. Sentí que todo se resistía en mí, que tensaba los músculos en espera de lo que vendría. No me había imaginado así mi primera noche de amor. Todos los años que habíamos dado vueltas el uno alrededor del otro, buscándonos una y otra vez, todo eso no podía desembocar ahí, en aquella sucesión de movimientos carentes de toda sensibilidad. Me pareció absurdo oponerle resistencia, era mucho más fuerte e iba a hacerme más daño todavía. Traté de liberarme de su abrazo, traté de indicarle que me hacía daño, que quería dar la vuelta, que no quería seguirle a ese país extraño y traicionero. La impotencia me ahogaba, y algo dentro de mí comenzó a odiarle. Quería que sintiera la misma incomodidad, el mismo miedo, el mismo asco que me estaba dando.

—¡Para!

El grito había surgido de mí de pronto, y como por un reflejo cogí el vaso de plástico y le tiré el vino a la cara. Pero él se limitó a emitir un sonido gutural, y me enterró aún más debajo de él.

—No quiero, así no... ¡Para ya! —repetí, esforzándome en ocultar el miedo bajo un tono de decisión.

De algún modo, logré quitármelo de encima, liberarme de él y de su mala carga. Él cayó torpemente al suelo en una pose ridícula, como un escarabajo patas arriba. La excitación que su cuerpo revelaba me pareció extraña comparada con mi abatimiento. Entonces, de pronto, él se enroscó como un embrión y emitió un sonido desgarrador, que anhelaba ruina, como el aullido de un animal aterrador, aparejado con un grito de socorro. Aquel espantoso sonido se me clavó en la piel, me golpeó en las costillas, me alcanzó directamente las vísceras. Aquel sonido mostraba pura desesperación, y me aferró y me lanzó contra una pared imaginaria.

—¿Qué quieres de mí? —me gritó.

Olía a vino, tenía el rostro pegajoso de él. Ni siquiera se tomó la molestia de volver a abrocharse los pantalones, el pene le colgaba flácido de la bragueta y parecía un cuerpo extraño. Me sentí espantosamente mal, me puse en pie de un salto, me ordené las ropas de manera maniaca, como si se tratara de borrar los rastros de una vergonzosa derrota. Quería amar tanto a ese otro Levan, que seguía existiendo en un lejano recuerdo, en el que aún vivía su bellísimo hermano de piel clara, en el que él no cobraba por extorsiones y no escondía una Makarov debajo de la cama. Pero aquel Levan ajeno a mí, que ya no era un niño y aún no era un hombre, que ahora estaba tan lamentablemente de rodillas a mi lado, no me inspiraba más que incomodidad.

—Quiero que vuelvas a ser tú mismo —dije con una voz áspera, tomada, que tenía que volver a acostumbrarse a la normalidad.

Él se incorporó con lentitud, los faros del coche iluminaron su rostro, me clavó una mirada penetrante.

—¿No soy lo bastante bueno para ti?

Oí desprecio en su voz. Yo me sentía mal, por el vino y por lo ocurrido aquel día. Solo quería irme a casa y olvidarlo todo.

—Vámonos. Ahora todo esto no tiene sentido.

Me sorprendió mi contención, porque por dentro me estaba desmoronando.

—Irnos... ¿Ahora tengo que llevarte? ¿Y si te mato por el camino? ¿Vosotros qué os creíais? ¿Que mi hermano muere y todo sigue como hasta ahora? ¿Que le pegan un tiro como a un animal, y yo lo acepto y sigo viviendo como si no hubiera pasado nada?

Me hubiera gustado preguntarle a quién se refería con «vosotros», pero me mordí la lengua. Mientras seguía hablando de manera inconexa, imaginé que nos amábamos en un universo paralelo, la pareja que haríamos. Una pareja que planea un futuro común, que atiende sus trabajos, una pareja terriblemente normal, con una vida cotidiana aburrida hasta el bostezo. Pero no estaríamos huyendo sin tregua de la muerte, y no llevaríamos cráteres en el corazón. Y por las noches nos amaríamos, en una casa pequeña y agradable que amueblaríamos juntos, como hacen las personas civilizadas en los países civilizados, con entrega y ternura, sin tener que hacernos daño el uno al otro para sentirnos, sin abusar mutuamente de nuestros cuerpos para olvidar algo. Seríamos mejores versiones de nosotros mismos, y nos ahorraríamos muchas cosas.

Recogí las colillas mientras él seguía hablando, y vacié el vino que quedaba en los vasos. Esperaba que él me siguiera, pero se quedó sentado y encendió el siguiente cigarrillo.

—Eres igual que todas las demás —me tiró a la cara—. Ni un poco mejor. Tú y tu mierda de idea del amor. Pensaba que eras diferente, pero no lo eres, no lo eres.

—Déjalo, vámonos. Me has hecho daño, ¿qué esperabas?

—No puedes ofrecérteme sin parar, ponerme ojitos y luego gritar «Oh, cielos» y hacerte la sorprendida cuando te meto mano...

—¿Así es como lo ves? ¿Que me ofrezco a ti?

Ya era suficiente. Cogí el bolso, giré sobre los talones y me fui hacia la carretera principal. Me siguió.

—¡Quédate quieta, te estoy hablando, Keto!

—¿Sí? ¿De pronto quieres hablar conmigo? Yo no quiero perder mi tiempo con alguien que piensa así de mí.

—¡Para, maldita sea! —Me cogió por la muñeca y me detuvo. Le brillaban los ojos, febriles.

—¡Por lo menos abróchate los putos pantalones! —bufé.

Quería irme, estar lo más lejos posible de él. Bajó la vista para mirarse, luego me miró. En sus ojos chispeaba la alegría por el mal ajeno, quería a toda costa que todo vacilara, que todo se desplomara, cada palabra, cada gesto parecían tener únicamente esa finalidad.

—Olvídame, Levan, olvídame y punto, y ahora deja que me vaya.

—¿Adónde piensas ir? Está oscuro como boca de lobo, y no pasa nadie por aquí.

—Da igual. Iré andando. No está tan lejos.

—Como quieras.

No había pensado que aceptaría, pero su humor cambiaba de un momento para otro. De hecho, me daba algo de miedo la idea de tener que recorrer sola ese camino en medio de la oscuridad. Pero aún me parecía más insoportable tener más discusiones y pasar más minutos de tortura a su lado en el coche. Ya no quería exponerme a él, bajo ningún concepto.

Me abrí paso en la tiniebla, que era realmente aterradora, y noté que mi cuerpo se aflojaba, se desprendía de algo, y unas lágrimas saladas me corrieron por las mejillas.

Lloraba sin ruido, como si tuviera que tener cuidado de no llamar la atención, como si tuviera que ser muda e invisible hasta que alcanzara la luz. Las luces de la ciudad a mis pies titilaban tenues, como luciérnagas. Caminaba con paso seguro, la niebla en la que el vino me había envuelto se había disipado, me sentía despejada y fuerte. Lo conseguiría, llegaría sana y salva a casa, había sobrevivido a cosas peores.

Poco después, oí el ruido de un motor detrás de mí. Incluso antes de darme la vuelta, supe que era Levan, que ahora bajaba la ventanilla a mi altura, rodando despacio, y volvía a mirarme con la sonrisa que me resultaba tan familiar.

—Lo siento, por favor, perdóname —dijo en voz baja.

Yo seguí mi camino impávida, no dejé que me hiciera cambiar el ritmo.

—No quería que pasara esto, lo sabes, ¿verdad, Keto? Soy ese que va detrás de ti, siempre lo he sido. Siempre he estado enamorado de ti, ni siquiera recuerdo desde cuándo no puedo sacarte de mi cabeza, cuándo acampaste dentro de mí.

—Deja de decir tonterías. Vete y ya.

—Jamás en la vida voy a dejarte ir sola por este camino oscuro, espero que lo sepas.

—Acabas de hacer cosas mucho peores, ahora ya no se trata de eso.

—Está bien, entonces iré junto a ti a este ritmo matador. A más tardar en la calle Barnov alguien me apaleará por obstaculizar el tráfico.

No pude por menos de sonreír, y me alegré de que estuviera oscuro y no pudiera ver mi rostro.

—Bueno, por lo menos vamos a oír música, ¿vale?

Resonó una cálida voz de mujer, muy alta, cantaba una canción que me hizo pensar en un castillo medieval envuelto en la niebla.

—Es Bedřich Smetana, ¿lo conoces? Fue un compositor checo. Esta es una canción de cuna, Smetana fue un hombre muy desgraciado, que al final de su vida terminó en un psiquiátrico. Oía un silbido constante, solo podía seguir componiendo con mucho sufrimiento...

Levan habló de la desdichada vida de Smetana como si se tratara de un buen amigo suyo, describió sus altibajos durante todo el camino, hasta llegar al ramal que llevaba a la carretera principal. Yo escuchaba en silencio. Si la muerte no estuviera entre nosotros, me habría sido fácil amarle, pero lo que había ocurrido entre ambos no podía quedar ignorado, mi cuerpo todavía se doblaba bajo el peso de su rabia, de su desconsideración, de su ansia de destrucción.

Al llegar al parque Vaké subí por fin al coche, estaba cansada, solamente quería irme a la cama, y además las Babudas y mi padre estarían preocupados por mi ausencia tan prolongada. Seguí sin decir una palabra hasta que dobló hacia la calle de la Vid y me abrió la puerta. No nos abrazamos. Esperó a que desapareciera en la entrada del patio. «Te llamaré», alcanzó a decirme.

Durante todo ese tiempo, yo había estado en la cola de espera: para un yo mejor, para un mundo mejor y para un Levan mejor, pero al parecer nunca me tocaba el turno. Así que aquella noche pensé por primera vez si no sería hora de salir de la cola.

—Según la leyenda, el monasterio de Bodbe se erigió en el lugar en que murió santa Nino. ¿Sabe alguien por casualidad cuándo llegó el cristianismo a Georgia? Claro que no. Mirad, hijos del socialismo, dedicaos a vuestra herencia cristiana, la religión no es la respuesta a todo, pero es imprescindible para vuestra profesión, encontraréis muchas respuestas en las viejas iglesias. Ocupaos de vuestra herencia y de los logros arquitectónicos que produjo. Bodbe vivió su época de esplendor entre los siglos XI y XV, primero como monasterio masculino, luego femenino, y dicen que albergaba una de las bibliotecas de escritos religiosos más valiosas. Más tarde se le añadió una escuela de artesanía para mujeres. Algunos reyes se hicieron coronar en Bodbe, era, por así decir, un lugar de prestigio para los poderosos. Eso hace las cosas aún más difíciles para nosotros, porque sobre todo la basílica principal ha sido restaurada varias veces. En 1811 la Iglesia georgiana perdió la autocefalia, es decir, la independencia canónica, y la vida monacal se extinguió. Solo el emperador ruso Alejandro II volvió a abrirlo como convento de monjas. De esa época proviene la mayoría de los frescos actualmente conservados, la mayor parte se atribuyen a la iconógrafa Sabinin. Los soviéticos cerraron el monasterio en 1924 y lo convirtieron en hospital. Y ahora, desde hace un año, la Iglesia ha vuelto a encargar trabajos de restauración. Quieren reabrir la basílica lo antes posible, y vamos a hacer nuestra pequeña contribución. Cuando se limpiaron las paredes apareció este tesoro, que muestra a la santa que da nombre al convento. Pero intuyo que aún habrá más tesoros inesperados.

Escuchaba las palabras de Maia en el gran auditorio y envidiaba ya a el o la elegida, su decisión iba a anunciarse al final de aquella clase. Estaba a punto de escabullirme sin llamar la atención cuando me nombró y elogió el último trabajo que había escrito para ella. Casi de pasada, me dijo que su elección había recaído en mí y que me invitaba a acompañarla a Bodbe durante las vacaciones de verano. La abracé. Ella me apartó con elegancia, confundida por mi impetuosa reacción:

—No soy amiga de sentimentalismos, Kipiani. Coja su bolso.

Dejo que la luz que entra al bies en el monasterio baile sobre mi mejilla. Cierro los ojos y tiendo el rostro al imaginario calor. He escapado de la realidad, que hace mucho que se ha convertido en un pasado pálido y empolvado; sí, aquel verano había conseguido huir. Con la lámpara en la frente, me acerqué al rostro de santa Nino, un rostro simétrico, pacífico, casi juvenil, pálido y reconocible tan solo fragmentariamente bajo las capas de repintado, pero lo bastante bueno como para sumirme en una emoción infantil. Pronto arrancaríamos sus secretos a Nino. Pronto nos hablaría a través de los siglos.

—Bien, Kipiani, la posición podría servir. Fije la cintita de colores a la pared, ahí es donde haré poner mañana el andamio colgante —oí abajo a la profesora, admirada y temida a la vez, mientras aprendía a volar—. Primero hay que datar los frescos, luego habrá que quitar los repintados del siglo XIX. Apuesto por el siglo XI o XII, pero las pruebas periciales podrán delimitarlo con más precisión. Mañana nos pondremos a trabajar. Ya he hablado de las ventajas de la limpieza con pan, porque en un caso así los limpiadores de papel amasables de caucho y otras masas son peligrosos. A menudo contienen sustancias oleosas que dejan restos en las superficies limpiadas.

Miré fijamente los conciliadores ojos de la santa. Algo en aquel lugar, algo en aquella situación, algo en aquella altura me hacía feliz. Por primera vez desde hacía semanas era libre, libre de preocupaciones y presentimientos, por fin podía hacer lo que de verdad me gustaba.

En los últimos días, había sido consciente de que desde aquella tarde funesta de febrero no había empuñado un lápiz ni una sola vez. Ni siquiera se me había ocurrido. Y, al constatarlo, sentí un miedo desconocido, una confusión que no sabía clasificar. ¿Cómo era posible que desde hacía meses hubiera renunciado a algo que me había ocupado todos los años anteriores, que había determinado mi vida? ¿Y cómo era posible que ni siquiera representase ya un papel? ¿Había sido todo, desde el principio, una fantasía, una infantil pérdida de tiempo, como suponían las Babudas? ¿O aquella repentina incapacidad estaba relacionada con los acontecimientos de los últimos meses, como las secuelas de una enfermedad? ¿Había expectativa de curación?

Como no podía hablar de esto con nadie y todos estaban ocupados con sus propias preocupaciones, espanté las preguntas que me asediaban y esperé que las respuestas se me revelaran por sí mismas.

Sin embargo, en aquel lugar el tiempo parecía detenido. La luz era saturada y mágica, el sol brillante y el vino, que crecía silvestre, omnipresente. Los burros corrían por las calles, y los campesinos empujaban sus carretillas de un lado a otro. Se comía lo que daban la granja y el terreno. Por la mañana había café de soja con el letrero USAID, a mediodía una exquisita ensalada de tomates y pepinos madurados por el sol, rociados de albahaca azul y aromático aceite de girasol, patatas o a veces alubias, y en días especiales había *shashlik*, hecho directamente en un fuego abierto en el jardín. Después de los meses de hambre pasados en la capital, aquel pueblo me parecía el país de Jauja.

Nos alojábamos en casa de un vinatero, como cada uno de nosotros en aquel pueblo. Vivíamos en el piso de arriba de la antigua casa de madera, con un hermoso porche, y dormíamos en viejas camas de metal con gastados colchones. Y, sin embargo, hacía años que mi sueño no era tan profundo y despreocupado, hacía una eternidad que no lograba con tanto éxito mantener alejadas de mí las pesadillas.

Maia ocupaba la habitación grande, la intermedia la tenía Reso, un hombre peculiar, alto, cínico, cuya edad me era imposible calcular y al que Maia me había presentado como «el mejor restaurador de frescos de Georgia». Al principio, no me había quedado del todo clara su función en nuestro pequeño grupo. A mí se me asignó la habitación más pequeña, un cuarto de chaflán con vistas al viñedo. Desde el primer día amé aquel lugar, el silencio monótono que en él reinaba, nuestros viajes en el camión traqueteante hasta el convento. Todos los jirones de memoria que acostumbraban a atormentarme, que poblaban mi mente, todas las espantosas imágenes de los meses pasados parecían convertirse en polvo durante aquel recorrido matinal, todo desaparecía de pronto, se desprendía de mis hombros como una túnica despedazada en cuanto me sentaba en la zona de carga del viejo camión y ofrecía el rostro al sol. Lo único que no podía sacudirme era la royente nostalgia de Levan. Era absurdo echarle de menos, y sin embargo le echaba de menos. Incluso sin la muerte de Saba, no habría habido un camino en común para nosotros, pero después de que su hermano muriera de un disparo en el corazón ya no había la menor esperanza. Entonces aprendí a volar, en la cúpula bañada en una luz mística, y me esforcé por expulsar de mí toda expectativa, pero no lo lograba, como si hubiera en mi interior un órgano secreto, no menos decisivo que el corazón o los pulmones.

Estaba pendiente de lo que decía mi profesora, lo empapaba todo, la observaba con cien ojos, siempre con miedo a que se me pudiera escapar algo esencial, porque cada día estaba más segura de que eso era justo lo que quería: seguir el rastro del pasado, respirar la historia, aunque fuera para estar lo más lejos posible de mi presente. Hacía mucho que no me preguntaba las razones, no eran importantes. Aquella actividad era lo único que podía protegerme de mí misma, de mí y de la época en la que estaba condenada a vivir. Me sentía orgullosa de la confianza de Maia.

Durante semanas, pusimos a la joven Nino una capa protectora de barniz en torno a su halo. Para mí fue como un milagro cuando Maia me dijo un día, después del desayuno, que sospechaba que había multitud de frescos más en las paredes de la basílica, y que había llamado a unos cuantos expertos de Tbilisi para que investigaran el asunto, porque no se atrevía a actuar sola y retirar las capas superiores. Sin duda la comunidad eclesiástica solo le había hecho un encargo, la restauración de santa Nino, pero no podría perdonarse que se le escapara una oportunidad como esa. ¿Me plantearía quizá prolongar mi estancia? En ese momento habría podido abrazarla, pero me limité a asentir, con una expresión seria en el rostro.

Iba a tener razón: la parte izquierda de la basílica estaba llena de tesoros ocultos, que sus amigos, venidos a escondidas de la capital, pusieron al descubierto en una acción nocturna y clandestina. Se produjo una viva discusión entre el obispo recién nombrado y el grupo de restauradores. Por lo visto, la Iglesia no quería invertir más tiempo, y sobre todo más dinero, en el proyecto, sino reabrir lo antes posible la basílica y recibir visitantes. Un argumento que Maia no aceptaba. El obispo acudió expresamente y tuvo que escuchar las razones de Maia: se trataba de tesoros de la historia de la cultura de primer orden, y de gran valor para toda Georgia, no solo para su futura comunidad. Valiosos frescos ocultos bajo varias capas de repintados. En última instancia, obtuvo el permiso para poder seguir trabajando hasta mediados de agosto, ni un día más. Al fin y al cabo, la Iglesia no era millonaria y el Estado tenía otras preocupaciones, como sin duda sabíamos.

—Esto es Georgia —dijo más tarde mi profesora—, justo ese ha sido siempre nuestro problema. Desconocemos nuestra propia herencia y dejamos que lo que los rusos pintaron hace cien años permanezca sobre nuestras pinturas del siglo XII. Aun así, tenemos que celebrarlo. ¡Cada fresco rescatado es un triunfo nuestro!

Y esa misma noche nos fuimos con sus colegas de Tbilisi a Signagi y celebramos en un sencillo local, al aire libre, a orillas de la cuenca del Alazani, y bebimos por litros un vino color ocre y comimos carne a la brasa. Aquella noche dirigí por primera vez mi atención a Reso, aunque hacía semanas que trabajábamos juntos, y me daba la impresión de que no muy mal. Era un antiguo discípulo de Maia especializado en pintura mural, ella tenía en mucha estima su talento y hablaba sin descanso de su «olfato sin igual», al que se debía que algunos encargos lo hubieran llevado ya al extranjero.

Es curioso rebobinar el tiempo y acordarse de una de las personas más familiares como si fuera un extraño. Qué poco encaja mi imagen de entonces con lo que hoy veo en él, con lo que hoy le conozco.

Al principio no me resultó simpático, estaba al final de la veintena, pero también hubiera podido tener cuarenta años, lo encontré extremadamente meticuloso y de un enervante pragmatismo. Tenía mucho ojo, y era bueno poniendo sus conjeturas en relación con la realidad. Era todo lo contrario de un idealista, y por tanto lo más opuesto a Maia. Pero ella apreciaba precisamente su vena pragmática. Aquella noche lo vi reír por primera vez, y advertí su humor, un humor sutil, muy poco habitual, que a veces centelleaba detrás de su aguda inteligencia.

Durante aquel tiempo, raras veces fui a la casa vecina para hablar por teléfono con las Babudas o con mi padre. El teléfono estaba previsto solo para casos de emergencia, costaba un dinero que ninguno de nosotros tenía, y la comunicación era mala. Una vez por semana, Ira o Dina llamaban a una hora acordada a la casa vecina y me ponían al corriente a toda prisa de su vida cotidiana, en llamadas en las que evitábamos todo lo doloroso y delicado, como si nos moviéramos encima de un lago helado. En vez de eso me sumergía en soluciones resinosas, en capas de cal, aceite de linaza y espesantes, me sumergía en *El bautismo de Jesús*, en el azul del Jordán, que habíamos descubierto en la esquina superior izquierda. Me gustaba dejarme consolar por los santos y sus rostros tranquilos, bondadosos, que todo lo perdonaban, por su fe inconmovible en que todo iba a ir bien, porque al final siempre nos esperaba la redención, solamente teníamos que esforzarnos, solamente teníamos que tomarnos la molestia.

De una manera extraña, Reso me ponía nerviosa. Había algo en él de sabelotodo y compulsivo; parecía no dudar nunca, estaba tan seguro de sí mismo, tan en paz consigo, que me parecía casi inhumano. A veces, en su linealidad, me recordaba a mi padre, aunque le faltaba la parte ajena al mundo y, a diferencia de mi padre, tenía dotes extremadamente prácticas. Pese a mi escepticismo inicial, me aceptó con rapidez, y me elogiaba de vez en cuando si me dedicaba con especial entrega a una tarea. En algún momento me preguntó qué me había llevado a escoger ese oficio, y le hablé de Lika y de mis dibujos.

—Entonces deberías intentarlo con los cuadros —me aconsejó—. Voy a ver si puedo conseguirte un encargo, siempre se necesitan unas buenas manos —dijo, un tanto grandilocuente, después de haber trabajado en silencio juntos durante casi dos horas.

Cuánto amaba aquel silencio.

Tuvo que ser a finales de julio cuando Ira y Dina vinieron a visitarme. Llegaron en un viejo microbús, con la mochila al hombro, agotadas por el calor y asombradas por el bucólico escenario que encontraron. Nos abrazamos; solo al volver a verlas me di cuenta de lo mucho que las había extrañado. Dina estaba morena y radiante, llevaba un vestido amarillo y sus queridas alpargatas, y el pelo como siempre enmarañado. Era la vida en flor, y ya en el corto camino desde la parada hasta la granja atrajo sobre sí todas las miradas. Muy al contrario que Ira, que parecía cansada y hundida, sus hombros caídos y su paso siempre un tanto encorvado tenían algo de atormentado. Tenía ojeras y estaba sorprendentemente pálida para la estación del año. Parecía haber adelgazado, y daba la impresión de que su padre le hubiera prestado la ropa: unos pantalones de lino negro y una camisa informe. Le había pedido a Maia un fin de semana libre para poder pasar tiempo con ellas. Nuestra anfitriona había puesto a mi disposición una cama plegable y un colchón extra.

Nos sentamos las tres delante de la casa, se ponía el sol, la corriente eléctrica era un bien poco habitual, pero aquella noche tuvimos suerte y una temblorosa bombilla alumbró nuestra cena. Maia se había ido a Tbilisi; a nuestro pequeño equipo le faltaba de todo, y esperaba conseguir material suplementario con el escaso dinero que teníamos. Reso no se dejó ver, lo que me pareció bien; de esa forma no nos molestaba nadie. Aquella paz pareció arrancar también a Ira y Dina, en pocas horas, del agarrotamiento de la ciudad, se calmaron, sus movimientos se hicieron más lentos, respiraban el aire fresco y gozaban de cada inspiración.

—¡Keto, mi pequeña estudiante magistral, cuánto te he echado de menos! —exclamó Dina, y me dio un ruidoso beso en la sien.

Ira había puesto los pies en alto y se bebía el vino del dueño de la casa.

—Yo también os he echado de menos, pero me ha sentado muy bien estar aquí. Tengo la sensación de haber recuperado la calma por primera vez desde hace años.

—Nene está embarazada —dijo Ira de pronto, y tendió a Dina el fuego con el que encendió un cigarrillo.

—¿Cómo?

Aquella idea pareció hacerlo temblar todo. La bucólica estampa conseguida con tanto esfuerzo se llenó de grietas.

—¿Qué? —Al parecer, Dina estaba igual de sorprendida.

—Sí, embarazada.

—¿De quién? —Dina trataba de que no se notara su espanto.

—Ella dice que el niño es de Saba. No puede ser de Otto, ellos nunca... Bueno, ya sabéis.

—¿Nunca qué?

—Que nunca se acostaron *de verdad*. Jura que es hijo de Saba, y que ha vencido.

—¿Vencido?

—Sí. Dice que es su victoria sobre todos ellos, en especial sobre Otto.

—¿Lo sabe su familia?

—No, no quiere decírselo hasta que ya no pueda ocultarlo. Y entonces no podrán hacer nada.

—Quieres decir... —insistió Dina, y sus pupilas se agrandaron.

—Sí, exacto, ya no podrán hacerla abortar. Su madre se va con ella a algún sitio en Crimea, supuestamente a una cura. Luego hará estallar la bomba. Tendrá, probablemente, que hacerla estallar. Cree que va a vomitar bastante a menudo, y...

Ira suspiró y se frotó el rostro con ambas manos. Luego dio una calada a su cigarrillo, mientras yo observaba una polilla que se posaba en la bombilla. Su palpitar, su lucha por la luz. Mis pensamientos iban a la deriva, vi a la polilla besar su desgracia.

—Mierda.

Ese fue el comentario de Dina, que daba nerviosas caladas a su cigarrillo y miraba el oscuro e interminable mar de los viñedos.

—Su familia se pondrá hecha una furia —dije. Ya me estaba imaginando la escena.

—Qué más pueden hacerle, está más envalentonada que nunca. Dice que en caso necesario se esconderá. Quiere tener el niño, y quiere el divorcio en cuanto Otto... —Ira se detuvo—. Pero puede que no vuelva tan pronto a la palestra.

—Eso creo yo también.

Pensaba en el centelleo en los ojos de Levan cuando hablaba de adiestrarse en la paciencia.

—¿Os habéis enterado? Abjasia proclamó su independencia ayer. Ahora todos temen una escalada. Nuestra redacción está haciendo horas extra, Posner está pensando viajar allí. —La voz de Dina venía de muy lejos, como si lanzara un ancla.

—¿Qué está pasando?

Mis pensamientos estaban puestos en Nene, y necesité un rato para volver al presente. Claro que no me había enterado de nada. Por suerte. En la casa no había televisión; el vecino, que también disponía de teléfono, tenía un aparato, pero lo acaparaban día y noche las mujeres del pueblo, con sus culebrones sudamericanos, una ocupación increíblemente popular entre todos los estratos populares y grupos de edad femeninos en los últimos tiempos.

—Ahora todos volverán a dispararse unos a otros. Y dicen que los rusos proporcionan armas a Abjasia. Esto no tiene buena pinta...

La voz de Dina cambió, parecía muy seria e introvertida, la ligereza de las primeras horas tras su llegada parecía haberse esfumado.

—¿Crees de veras que llegaremos a eso?

Tenía la cabeza embotada, el vino me había nublado un poco, y además toda mi concentración estaba puesta en Nene y en su problema. Sin esperar la respuesta de Dina, añadí deprisa:

—De verdad que ya no tengo ganas de toda esta mierda. Por mí, que se saquen los ojos. Ya no quiero tener nada que ver con eso.

Dina me miró horrorizada.

—No se pueden cerrar sin más los postigos cuando todo se está quemando fuera y esperar librarse. ¿Qué clase de actitud es esa, Keto?

—¿No empiezas a estar harta de toda esta locura?

—Esta es la época en la que vivimos. La mitad de la población de Abjasia son georgianos. No creo que digan: muy bien, nos vamos, coged los fusiles rusos y proclamad vuestra independencia —se indignó Dina.

Me pregunté desde cuándo le interesaba tanto la política, y también si aquello tenía que ver con los acontecimientos del zoo o con su trabajo en la redacción.

—¿Y no crees que nosotros tenemos la misma culpa? —preguntó Ira—. Quiero decir, nuestro presidente no ha hecho más que gritar eslóganes nacionalistas, «¡Georgia para los georgianos!», y esas cosas. O sea, ¿cuántas etnias distintas viven aquí? ¿Es que todos ellos no son georgianos? ¿Quién decide quién es georgiano y quién no, quién decide acerca de tu identidad?

—Un momento, un momento, Abjasia tiene que esperar... ¡Tenemos que ocuparnos de Nene! —No me apetecía aquella discusión, quería volver a hablar de nuestra amiga.

—Sí, tienes razón. —Dina, como siempre increíblemente rápida en sus saltos mentales, asintió—. Esta vez, tenemos que hacerle sentir que puede contar con nosotras. Que somos sus amigas, y apoyamos sus decisiones. Y, si quiere largarse, hemos de ayudarla. Tendríamos que haberlo hecho antes, haberlos ayudado a ella y a Saba...

De repente, me sentí exhausta. Mi paz veraniega no había sido más que una bambalina. Volvía a estar en el epicentro de los hechos, absorbida por vertiginosos acontecimientos. Suspiré y apoyé la cabeza en la fresca mesa de metal. Dina me la acarició con ternura. Cuánto hubiera querido hacer retroceder el tiempo hasta el día en que habíamos entrado al jardín botánico para saltar desde lo alto de las rocas a las aguas oscuras. Qué fácil parecía todo entonces, el futuro se extendía ante nosotras como un libro redactado en una escritura secreta, que solo teníamos que aprender a descifrar.

—¿Qué pasa? ¿No estás de acuerdo? —Ira parecía ligeramente irritada, como si no aceptara réplica, como si ya no le quedara paciencia para otras opiniones. Me miraba fijamente.

—Claro que lo estoy. Pero me pregunto: ¿qué podemos hacer? Quiero decir, algo que *de verdad* consiga algo —susurré, en mi agotamiento.

—¡Qué pregunta es esa! Haremos todo lo que sea necesario.

La mala conciencia de Ira la hacía radicalizarse. No pude evitar pensar en sus lágrimas desenfrenadas, el día que fue a buscarme a la cola. Y tuve la sensación de que de nuevo esperaba —una vez que Nene había perdido a la persona que amaba— que ella volviera a necesitarla como antes. Cualquier objeción lógica me parecía carente de sentido. Y quizá las dos tenían razón, quizá ya no se trataba de soluciones concretas, quizá simplemente teníamos que estar ahí, dispuestas a todo lo que ella considerase necesario.

Se fue la luz. Nos quedamos a oscuras. Ninguna de nosotras se movió.

De pronto, en el cielo brillaron una medialuna como una guadaña e incontables estrellas. Desde fuera, teníamos que parecer seres felices en un lugar pintoresco. Estábamos juntas, una unidad, y el universo nos parecía proclive.

—Voy a ir con ella —dijo Ira—. A esa cura. He ahorrado. Me limitaré a estar cerca de ella, por si me necesita. No volveré a cometer el mismo error —añadió con énfasis—. Alquilaré un cuartito y cogeré el autobús, es barato, aunque me lleve una eternidad el viaje.

Dina no dijo nada. Parecía hundida en sus pensamientos.

—¿Qué dice Nene?

—Aún no sabe nada. Pero da igual. No volveré a dejarla en la estacada —recalcó Ira, con cierta autocomplacencia—. En realidad, tenía la opción de irme dos semestres al extranjero desde septiembre. Pero ya lo he rechazado.

—¿Dónde en el extranjero? —Dina había despertado de golpe, y se volvió hacia Ira.

—Me propusieron y me seleccionaron para una beca. Tres de los mejores estudiantes de nuestra facultad podían ir a Estados Unidos, con todos los gastos pagados.

A la Pennsylvania State University —dijo con acento americano, como si quisiera demostrar lo bien que hablaba inglés.

—¿A Estados Unidos? —nos cercioramos Dina y yo al unísono.

Estados Unidos era la tierra prometida, el lejano y anhelado país de las películas, el dulce continente prohibido de nuestras nostalgias. ¿Habíamos entendido bien, de verdad Ira iba a rechazar esa oportunidad? Eso sería tan necio, tan tonto, que no encontrábamos las palabras.

—¡Ira! —se acaloró Dina tras un breve silencio.

—¡No puedes hacer eso! —me excité también yo.

—Ahora Nene es lo más importante —dijo Ira con decisión fanática.

—Pero...

Enmudecí, porque me di cuenta de que era absurdo presionarla. Le remordía la conciencia, y eso era más fuerte que cualquier nostalgia, más fuerte que su intacta sed de saber y su deseo de alcanzar algún día algo grande con ese conocimiento.

Cuando ya íbamos a entrar, Reso salió como de la nada. Con su linterna de bolsillo, se iba abriendo camino en las tinieblas. Era una distracción bienvenida para nuestra charla, que había ido a parar a un callejón sin salida, así que nos alegramos cuando nos preguntó si podía sentarse con nosotras, y le ofrecimos los restos de nuestra cena.

—Siempre esos malditos curas —dijo, y suspiró agotado—. Boicotean nuestro trabajo. Necesitamos más gente, tenemos que dejar al descubierto todos los techos y paredes. Es tan agotador y tan necio.

Por alguna razón que se me escapa, a Dina le cayó bien enseguida, quería saber más y más cosas de él, lo interrogó, y él dio gustoso la información. Yo conocía el atractivo de Dina, pero me impresionó que incluso aquel pragmático estoico sucumbiera a su encanto.

Al amanecer, cuando Dina se acostó a mi lado en la oxidada y chirriante cama plegable, anunció, de esa manera suya que no admitía réplica:

—Tú le gustas.

Había esperado cualquier cosa menos esa.

—¡Estás loca! —dije, me costaba trabajo mantener los ojos abiertos.

—Sí, sí, créeme, tengo olfato para estas cosas.

—Creo que a Reso solo le gusta él mismo. Es un tipo curioso.

—Solo es diferente. Pero eso no tiene que ser malo.

—¿Cómo que diferente? ¿Diferente de *quién*?

Al fondo de la estancia, oíamos la respiración regular de Ira.

—Diferente de los hombres que conoces.

—Quieres decir diferente de nosotras.

—Sí, si quieres diferente de nosotras.

—Aun así, eso es una tontería.

—Todo lo que ha contado con tanta euforia se refiere a ti. Créeme.

—*Vosotros* habéis estado hablando todo el tiempo, y por supuesto que le parece genial que alguien como tú se interese por sus cosas.

—¿Qué significa alguien como yo?

—Ya lo sabes. Normalmente alguien como tú no se interesa por los Reso de este mundo.

—Le gustas. Y es un buen tipo, creo que deberías darle una oportunidad.

Yo ya estaba completamente desvelada, y me incorporé, presa de la indignación. Ella, el volcán emocional, la insaciable, la agitada e incansable; me ofendía que hubiera previsto para mí a un aburrido arrogante como ese mientras para ella no se podía ser lo bastante extravagante y poco convencional.

—¿Te olvidas de Levan? Además, Reso no solo es que sea distinto..., es como de otro planeta.

—Quizá, pero es que quizá nuestro planeta ya no sea habitable. Quizá deberíamos partir hacia un nuevo mundo, porque el mundo que conocemos no va a durar mucho.

Aquellas frases tan llenas de sentido raras veces salían de los labios de Dina. Me sorprendió su pesimismo, el miedo que había en su voz baja.

—Dina, ¿qué te pasa?

—Todo esto va a continuar hasta que todos se hayan cortado el cuello unos a otros. Y Rati... planea una ofensiva. Ya se han hecho con un par de tiendas que antes estaban bajo la protección de los Koridze. Esto no va a durar mucho más, va a salirse de madre, todos tienen armas. Y Levan, veo por dónde vais. Se vuelve cada vez más agresivo, si no explota pronto se ahogará en su ira. Sé que entre vosotros ha pasado algo, aunque trates de ocultarlo. Te has retirado aquí como a la concha de un caracol, pero antes o después tendrás que volver, te guste o no. Te quiero, y ya es suficiente con lo que le ha pasado a Nene, con que Ira esté a punto de tirar su futuro a la basura, con que Saba esté muerto...

Se detuvo. Había vuelto la cara, y solo me podía imaginar lo que se dibujaba en ella mientras me hablaba. Algo en cómo lo decía, en lo claras y meditadas que sonaban sus palabras, me parecía terriblemente definitivo.

—¿Y qué pasa contigo? Quiero decir, ¿por qué no intentamos juntas partir hacia un nuevo mundo, como tú lo has llamado?

—Sabes que formo parte de esto.

—¿Y por qué piensas que yo no?

—Porque eres *distinta*. Porque puedes ser distinta.

—¿Y tú no?

No respondió. Esperé a ver si tenía algo más que decir y, cuando comprobé que no, hice acopio de todo mi valor y le planteé la pregunta que me rondaba la cabeza todo aquel tiempo.

—¿Hay algo que quieras decirme, Dina?

Siguió una pequeña pausa, como si se preguntara si podía decirme la verdad. Luego, se decidió:

—Zotne...

—¿Qué pasa con él?

—Quiere más... ¡Mierda, puta mierda! —gimió.

—¿Qué vas a hacer?

—Resistirme. Mientras pueda.

Aquel añadido me inquietó aún más.

—Hablaré con Rati, asumiré la responsabilidad, le diré que...

Sí, ¿qué? Qué podía decirle más que la verdad, que tendría funestas consecuencias. Rati jamás entendería las razones de Dina. Entre Rati y Zotne había un ascua ardiendo, solo era cuestión de tiempo que estallara una guerra abierta. Y la verdad sobre los cinco mil dólares, la supuesta cédula de liberación de Rati, era la mecha. Para Zotne, Dina no era solo una mujer a la que deseaba en silencio, sino un arma todopoderosa en la lucha contra mi hermano. No había nada con lo que pudiera humillar a Rati de manera más espantosa, y dejarlo sin suelo bajo los pies.

—¿Te hizo daño?

—No.

No sabía si creerla o no. Odiaba su silencio, y a la vez temía el momento en que contara lo que había ocurrido aquella noche. Las imágenes que surgían en mi mente en cuanto imaginaba aquella escena me asqueaban.

—Vamos a dormir —dijo ella, y se tapó hasta las orejas con la fina sábana.

Yo aún estuve un rato insomne. Por supuesto, mi paz de las últimas semanas se había pulverizado. Pronto tendría que volver, y la realidad me enterraría, una realidad hecha de sueños despellejados, trozos de luto, bolas rabiosas de cosas sin digerir. ¿Cómo pensaba Dina que podría deslizarme sin esfuerzo en una nueva vida mientras ella seguía siendo para siempre rehén de nuestro presente?

¿Y qué pasaba con Ira? Ella, a la que con su ambición habíamos creído capaz de todo, estaba a punto de optar en contra de la mejor versión de su futuro, solo porque creía que debía hacer lo correcto. Y ¿eran las personas como Reso de verdad indicadores hacia otra vida, que podían sacarnos del mundo angosto de la ropa tendida, los hombres trajinados, la guerra y los columpios oxidados al pie de las moreras? ¿Debíamos pegarnos a sus talones porque posiblemente eran el futuro, un nuevo mundo sin grietas ni rabia, un mundo de luz? Aquel mundo nuevo y luminoso me daba tanto miedo como el que conocía. Ignoraba sus reglas, no conocía ningún orden pacífico, ni las normas de una conversación cuidada, ni los buenos restaurantes con platos estrafalarios. Eso eran leyendas desconocidas salidas de libros o películas en las que la gente se trataba con respeto y paseaba descalza por parques verdes, visitaba a sus padres tan solo los festivos y se iba de vacaciones a países soleados en los que se mecían árboles aromáticos, conducía hermosos coches, conservaba entre sus cuatro paredes, mediante imanes en la nevera, todos los lugares que había visitado, y compraba muy caros ramos de flores envueltos con esfuerzo solo para dar gusto a los ojos, sin ninguna ocasión solemne, solo para ponerlos en sus casas amuebladas con elegancia. Eran leyendas de un mundo en el que los jóvenes podían seguir siendo jóvenes durante mucho tiempo, en el que se permitían el lujo de buscarse a sí mismos y encontrarse.

Conocía todo eso tan poco como tú, y sin embargo tú, como siempre, tenías razón. Tuviste razón en todas las bifurcaciones y cruces decisivos de la vida. Hasta hoy, no te perdono que predijeras mi futuro, porque yo no quería ese futuro. Nunca quise partir sin ti hacia un nuevo mundo. Odio que con tu muerte me hayas empujado a la fuga y me hayas hecho convertirme en la que soy hoy. No porque esta versión de mí misma sea tan mala, no, estoy agradecida por muchas cosas, y aun así... daría tanto por saber qué habría pasado si hubieras continuado viva. Cómo habría sido no ser superviviente de un colosal sueño fracasado, no honrarte como visionaria o icono con celebradas exposiciones, como tan solo se honra a los muertos, sino saber cómo era la vida contigo, a mi lado, siendo la incansable, la que lo quería todo, la insaciable, la mordaz, la mujer que tenía la mayoría de las respuestas a mis interminables preguntas. Ya no te lo reprocho, Dina, mi tragafuegos; lo he entendido, siempre te he entendido, y pese a todo no pasa un solo día en el que no te haga seguir viviendo, en el que no te enteteja con mis años añadidos. De esa forma me perteneces, tu futuro me pertenece, puedo cubrirte de felicidad, puedo celebrar triunfos para ti y permitirte recobrar todo lo que te fue negado.

Tú viste venir todo esto, mientras yo seguía errando en mi ignorancia. Tuviste que vivir en el carril de adelantamiento, y yo no podía seguirte el paso. Ya en aquella noche empezaste, titubeante, a dibujar un futuro para mí en la arena, un futuro lejos de ti. Entonces no entendí lo que querías decirme con eso, pero, sin sospecharlo tú misma, estabas comenzando a prepararme para tu muerte, y ponías con Reso a mi lado al barquero más seguro, que, al contrario de Caronte, me llevaría de vuelta del mundo de los muertos al de los vivos.

Los dos días siguientes evitamos aquel tema agobiante. Bebimos vino, y nos mostramos frívolas e infantiles. Hicimos autostop y comimos con el dinero que juntamos en un local sencillo en Signagi. Nos tumbamos al pie de recias higueras y comimos sandías que vendían por las calles. Poníamos el transistor para oír música, que tenía que ser a toda costa alegre y bonita. Nos regodeamos con los recuerdos y nos contamos anécdotas de los tiempos del colegio hasta llorar de risa. Nos cogimos de las manos, reímos, nos abrazamos constantemente y admiramos el atardecer, que todas anhelábamos después del fuerte calor del día. Jugamos al póquer con el tiempo, y le pedimos un aplazamiento. Elogiamos el cielo agotado, polvoriento, que nos cubría. Regalamos alegría y revivimos los días de la infancia. Revoloteamos por encima de nuestras preocupaciones como mariposas de colores. Nos sacudimos todo el dolor como los perros mojados se sacuden el agua. Le sacamos la lengua al destino.

Y seguimos besando a la desgracia.

EL MAR DE LOS ABATIDOS

Maia, Reso y yo nos quedamos en Kajetia hasta mediados de agosto. El dinero se acabó, y vivimos los últimos días con la incertidumbre de tener que irnos sin haber descubierto por completo *El bautismo de Jesús*. Pero, en el último instante, Maia consiguió los pigmentos necesarios, aceite de linaza, caseína y otros aglutinantes y fijadores. Cada día esperábamos a los supuestos expertos de la capital llamados por el obispo, que debían hacer un análisis definitivo.

Yo no podía seguir huyendo de mí misma, Tbilisi me convocaba de vuelta a sus brazos; pensar en Nene, en Levan, en mi familia, en Dina, me impedía dormir por las noches. A mediados de agosto, Maia se dio por vencida. Anunció que ya no tenía más recursos ni reservas. *El bautismo* iba a ser por el momento nuestro último encargo. La Iglesia aplazaba todos los demás trabajos de restauración hasta nueva orden, así que ya no había nada para nosotros.

Los tres nos sentamos abatidos en el jardín, rompía la tarde, y cada uno de nosotros estaba ensimismado, cada uno tenía sus propias preocupaciones respecto al regreso. Reso había conectado el pequeño transistor, y comimos queso salado con un poco de pan, pepino y tomate, cuyo aroma se olía por toda la granja.

—Al menos hemos podido salvar la *Nino* y *El bautismo* —dijo Maia, e intentó alegrarnos, a su optimista manera.

—No saben el favor que les hemos hecho por este salario miserable —dijo Reso con el cinismo habitual.

—Sí, podemos estar orgullosos de todos nosotros —dijo Maia.

Reso había puesto los pies encima de un tocón y dejaba errar la mirada. Era muy alto, y su figura enjuta y nervuda recordaba a una cigüeña. Sus movimientos eran flexibles e hipercautelosos, se movía con tal sigilo que una se sobresaltaba siempre que aparecía de repente, como si hubiera entrado en la habitación flotando y no sobre dos piernas. Los rasgos de su rostro eran de una finura femenina y muy regulares, salvo la mandíbula un tanto saliente, que influía en su modo de hablar, como si tuviera la boca llena de agua. En contraste con su expresión siempre pícara, sus ojos castaño oscuro inspiraban confianza y calor. Llevaba camisas de manga corta y pantalones cortos, que no pocas veces le reportaban observaciones críticas del personal eclesiástico. «Al fin y al cabo aquí trabajo para Dios. No puede tomarme a mal que a veces haga calor», era su único comentario. Algo que no terminaba de encajar con su cuidada presencia era su impresionante mata de pelo. Ya fuera el pelo de la cabeza, espesas greñas castañas, o las patillas, que le crecían a ritmo vertiginoso, la barba, el pelo de las piernas o el del pecho, que le sobresalía de vez en cuando de la camisa, todo en él despertaba inevitablemente la impresión de que la naturaleza quería reírse de su atildamiento. Mi aversión inicial hacia él había desaparecido, tan solo seguía sin abandonarme cierta incomodidad en su cercanía. Aun así, a lo largo de las últimas semanas había surgido entre nosotros un vínculo peculiar, que vivía sobre todo de su humor mordaz y de nuestras conversaciones. También me gustaba que, a su muy discreta manera, me elogiara. Lo hacía poquísimas veces, y tanto más lo agradecía cuando era el caso, porque con el paso del tiempo valoraba cada vez más su competencia. Me llevaba tanta experiencia, le envidiaba por sus conocimientos especializados y su coraje, porque a menudo tomaba caminos muy poco convencionales. Me imponía también la calma que irradiaba durante el proceso, la introversión, la entrega que su mirada revelaba en los momentos de máxima concentración, y que me hacía pensar siempre en Lika. Y Dina estaba en lo cierto: sobre todo me gustaba que era muy diferente a todos los hombres que solían rodearme, que definían mi mundo. Era el polo opuesto de los mundos masculinos que yo conocía. El mundo de mi padre era tan grotescamente ensimismado, tan espantosamente ajeno a la realidad, como si llevara una vida monacal más allá de todo lo terreno. Ni siquiera quería pensar en el mundo de los chicos, el de Rati o Zotne. Reso era como un representante de una especie para mí desconocida hasta entonces, una categoría totalmente distinta de hombre georgiano. Alguien a quien las doctrinas patriarcales y la ética masculina resultaban por completo indiferentes. No se jactaba de ello; más aún, era alguien que rechazaba cualquier papel social, que incluso se reía de ellos. Parecía despreciar toda forma de poder y privilegios patriarcales. Tan solo el hecho de que ni siquiera fuera capaz de freír un huevo permitía intuir una imagen de mujer tradicional al fondo. Tenía una aversión en toda regla a cualquier clase de estereotipo y dogma, pero especialmente a la dominación masculina.

Me hacía reír sin parar. Su humor malvado, a veces sarcástico, en mí caía en suelo fértil; no podía por menos que estallar en carcajadas. Y ni siquiera Maia, que era una persona muy poco complicada y bastante receptiva, podía entender del todo esa conexión entre nosotros. Era cada vez más evidente que en mi presencia él alcanzaba su punto máximo, una broma seguía a la otra, y a pesar de nuestro concentrado trabajo no dejaba escapar oportunidad alguna de hacerme reír. Aun así, estaba convencida de que

Reso seguiría resultándome ajeno, a despecho de su titubeante aproximación, y que después de nuestra estancia en el monasterio probablemente nunca volvería a verle.

Durante uno de nuestros parcos desayunos juntos, a primera hora de la mañana, Maia ya se había ido, tuvo lugar una conversación que en un primer momento me dejó perpleja y no pude quitarme de la cabeza en todo el día.

—De verdad que podrías ser grande, Kipiani.

Su insistencia en llamarme por mi apellido marcaba una extraña distancia entre nosotros, trazaba una frontera, que a su vez permitía una forma de sinceridad totalmente distinta.

—Quiero decir que en este estrambótico oficio nunca cosecharás un auténtico reconocimiento, y no digamos fama y honores, así que piénsalo bien. Pero, si vas a seguir y eres fiel a ti misma, podrías llegar a ser realmente buena, pero que muy buena. Y tú sabes que no hablo por hablar.

—Todavía estoy empezando —murmuré avergonzada.

—Sin duda Maia y yo te estamos guiando bien, pero tienes que dejarnos atrás y seguir tu camino, ir donde de verdad puedan aportarte algo que te incentive. Lo que hacemos aquí lo dominarás muy pronto. Al menos si entretanto no te casas con algún idiota y lo dejas todo.

—¿Por qué piensas que tengo esa intención?

—Estás enamorada, se nota a la legua.

Me pregunté si podía habernos escuchado la noche en que Dina, Ira y yo estábamos sentadas en el jardín a la luz de las velas y se unió a nuestro grupo.

—No sé si lo estoy.

Me sorprendí a mí misma al responderle. Hasta hacía dos segundos, no tenía la menor intención de compartir con él nada relativo a mi vida privada.

—Lo estás.

—¿Así que también eres experto en cuestiones del corazón? No lo pareces.

Lamenté el comentario nada más hacerlo. Él volvió la cabeza y miró a lo lejos.

—Lo siento, no pretendía hacerte daño. Me refiero a que no te conozco en absoluto...

—No me has hecho daño —me espetó—. Yo quería hablar de tu futuro, no de hombres.

—Empezaste tú —dije, testaruda.

—Deseo que progreses, es a eso a lo que me refería con mi observación.

—No es como tú piensas.

También aquella revelación fue imprevista, no intencionada, no pensaba hablar con él de Levan.

—Eso dicen todas, y al final, como aquí nuestra casera, acaban en casa junto al fogón.

—No pareces tener una imagen especialmente buena de las mujeres georgianas.

—Sobre todo, no tengo una imagen especialmente buena de los hombres georgianos. Y déjate los dedos, vas a necesitarlos.

No me miró, lo dijo con el rostro vuelto hacia otro sitio, dando un sorbo al café, que se le había quedado frío. Yo había estado mordiéndome el pulgar, sumida en mis pensamientos.

—¿Así que no ves a tu mujer... en casa?

Mi pregunta me pareció de algún modo estúpida, pero no supe formularla mejor.

—¿Qué clase de pregunta idiota es esa? ¿En qué siglo vivimos, en la Edad Media?

—Quiero decir... Me refiero, ¿no querrías tenerla *para ti solo*?

También aquella formulación era bastante torpe, pero estaba inhibida y no encontraba las palabras adecuadas.

—¿A qué te refieres?

—A que, cuando se ama, no se quiere compartir con nadie a la persona amada...

—Claro, conozco ese impulso.

Aquella respuesta me sorprendió.

—Pero es una ilusión poder ser suficiente para una persona, sustituir el mundo para ella. Da igual con cuánta entrega se ame, hay que dejar libertad a la pareja, tiene que echarlo a uno de menos por sí sola. Y, si no, pues se acabó. Todos tenemos tantos deseos, que un único individuo nunca podrá satisfacerlos. Sería una exigencia insoportable.

—No todo el mundo lo ve de ese modo...

—Eso no son más que necias ideas romántico-cursilonas. En una sociedad sana, en un país intacto, el deseo de amor no debería contraponerse nunca a la autorrealización.

—¿Así que nuestro país no está intacto?

Por un momento me miró confundido, luego empezó a sonreír, a su burlona manera, al descubrir la ironía en mi rostro.

—A veces ni siquiera sé lo que quiero, y de alguna forma es agotador —dije, con pretendido desenfado, y estiré las piernas.

—Aún eres joven, tienes todo el tiempo del mundo para averiguarlo, suponiendo que antes no hagas ninguna tontería.

—Así que a tus ojos estar con la persona a la que se ama es una tontería.

Algo en sus palabras me provocaba, aunque supiera que las decía con buena intención y, en realidad, pretendía decirme otra cosa.

—Con ese con quien estás, sí, lo es.

Me sonrojé al instante. ¿Qué me había traicionado?

—Te veo, Kipiani.

—Eres un presuntuoso.

—Soy realista.

—¿Cómo debo entender eso?

—Por lo que sé, deduzco que es *complicado*. Y «complicado» en Georgia suele significar que quiere algo distinto que tú y espera un sacrificio. ¿Me equivoco?

—No puedo decírtelo... —Me rendí—. Okay, es complicado. Pero *complicado de distinta manera* de lo que tú piensas. Y ni siquiera sé qué es lo que yo quiero exactamente de él.

—Lo principal es que no sea aprender a quererte a ti misma con ayuda de la mirada masculina. Justo ahí está el error que cometen muchas mujeres...

Iba a responder, pero Maia nos llamó. Nos levantamos a toda prisa y recogimos los platos y los restos de la comida para prepararnos para la marcha.

Así que la noche de nuestro último día de trabajo estábamos sentados a la suave luz vespertina, escuchábamos el transistor y comíamos los tomates más que maduros, de embriagador aroma.

—Buen trabajo, Kipiani —dijo de pronto, y me miró de frente, cosa que hacía en muy contadas ocasiones.

—Gracias, gran maestro —respondí medio en broma, y mojé el pan que quedaba en el sabroso aceite de girasol.

—Tengo un olfato excelente para los talentos ocultos. —Maia nos guiñó un ojo y encendió un cigarrillo sin filtro, que siempre se permitía únicamente una vez terminado el trabajo.

—¿Se te puede enrolar para nuevas tareas, Kipiani? —preguntó Reso, y la pregunta me sorprendió un poco, porque, hasta donde yo sabía, él solía trabajar solo, y al parecer también trabajaba mucho en países vecinos.

Desconfiaba de él, sin saber por qué. Desde que Dina me había puesto la mosca detrás de la oreja de que podía estar interesado en mí, yo quería demostrar lo contrario.

—Estaría dispuesta —dije, dubitativa.

Al mismo tiempo, una alegría inesperada se apoderó de mí, de pronto me parecía como una dulce y consoladora promesa de que nuestro paraíso podía tener una continuación.

—Bien. Maravilloso. Así será. —Chasqueó la lengua—. Necesito tu número de teléfono.

Asentí y se lo escribí en un trozo de periódico. Me miró, me guiñó un ojo y dijo, a su manera típicamente seca:

—Me gustas, Kipiani. Me gustas de verdad. Espero que no arrojes tu talento a los pies de ese intento de héroe del Oeste.

Pensé en las chicas de nuestro vecindario o de nuestro colegio que querían complacer a sus familias y quedarse en casa después del compromiso o el matrimonio. Me ofendía que pareciera incluirme entre aquellas mujeres. ¿Daría yo ese paso por Levan? ¿Me bastaría, podría sustituir para mí al mundo entero? Sí, estaba rodeada de esas chicas que creían que debían a los hombres su propia libertad, que prestaban un juramento social en cuanto llegaban a la pubertad: dejar de ser dueñas de sí mismas. Que no soportaban la presión porque siempre había un dudoso «honor» que defender, pero que al mismo tiempo estaban temblorosamente enamoradas, insomnes, ofuscadas y dispuestas a sacrificarlo todo a sus inflamados deseos. No todo el mundo era tan fuerte como Dina, casi ninguna recibía la libertad como dote.

—No lo haré —dije, y deseé haberlo dicho con un poco más de énfasis. Me forcé a una sonrisa.

—No creas que tienes que hacer un sacrificio. El que recibe el sacrificio nunca sabe apreciarlo, y quien sacrifica se queda con las manos vacías. Créeme, sé de lo que te estoy hablando.

Por primera vez desde que nos conocíamos, su voz tenía algo de transparente, frágil, la fingida autocomplacencia había desaparecido de un instante al siguiente. Me confundía su elección de palabras, pero no le interrumpí, sentía que era importante para él, que aquel reconocimiento lo llenaba de dolor, que hablaba por propia experiencia. Estábamos a punto de acostarnos, Maia ya nos había precedido, pero yo no quería poner fin a nuestra conversación, quería saborear a fondo el resto de nuestra paz. Así que le miré con interés, y traté de darle a entender que debía seguir hablando.

—A mí me educó una madre así. Y ahora es una mujer triste, temerosa, solitaria. Bah, dejémoslo, Kipiani. Nuestro país está lleno de mujeres así, no tienes más que mirar a tu alrededor.

Una hermosa melodía salía de la radio. Los grillos cantaban, hacía mucho que se había puesto el sol, y estábamos sentados en la oscuridad; solo un poco más lejos brillaba una bombilla solitaria encima de la entrada de la casa. Era fácil vivir en ese instante, también Reso parecía notarlo.

—¿Echamos una carrera? —preguntó de repente, y tuve que parpadear varias veces, como para convencerme de que lo decía en serio.

—¿Cómo que una carrera?

—Una carrera, como los niños, ¿no has echado una carrera nunca en tu vida, Kipiani?

—¿*Tú* quieres echar una carrera conmigo?

—Voy al baño, ronco en sueños y, cuando me corto, sangro.

—¿Ahora mismo?

Él asintió, se puso en pie de un salto y adoptó de manera ostentosa una pose de velocista.

—Hasta la entrada del patio. ¡El primero que llegue gana! —gritó complacido.

Yo no sabía muy bien qué pensar de aquella idea loca, pero estaba tan sorprendida que le obedecí instintivamente. Hizo una dramática cuenta atrás, y salimos corriendo. Llegamos casi a la vez a la oxidada puerta de metal, y caímos a la hierba seca riendo y con la respiración agitada. De pronto, él me cogió la mano, la suya estaba un poco húmeda y caliente, lo hizo con la misma determinación y seguridad con la que utilizaba sus herramientas. Nunca había estado tan cerca de él. De una manera extraña, su olor me resultaba familiar. Me pregunté qué clase de pareja éramos, en aquel momento, en aquel jardín, por qué habíamos corrido como si nos fuera la vida en ello, por qué estábamos tumbados allí juntos y si quizá era embarazoso, y al mismo tiempo me enfadó mi confusión. Era hermoso ser ligera, estar solo en el aquí y el ahora, con los grillos aplaudiéndonos y el cielo saturado de estrellas.

Él se encogió de hombros y miró al cielo.

—¿Cuántos años tienes?

La pregunta se me había escapado sin pensar.

—¡Dios, Kipiani, qué clase de pregunta descortés es esa! —Rio en voz baja, y su voz sonó como si viniera de una gran distancia.

Cerró los ojos, le imité, de todos modos era más fácil así. Era una de esas noches que no se pueden dejar escapar tan fácilmente, una de esas noches que una quiere abrazar y retener.

—Tengo treinta y dos. —Se levantó de golpe—. Muchas gracias por la carrera.

También yo me incorporé, con cierta torpeza, y me planté delante de él. Estábamos inmóviles, antinaturalmente rígidos, pero al mismo tiempo erguidos, pocas veces había estado tanto tiempo así delante de alguien, mirándolo a los ojos. Algo en mí se resistía a dejar escapar ese momento. Me sentía libre con él, me sentía, de un modo particular, carente de vergüenza, como si me diera igual gustarle o no. Era un sentimiento liberador. «Así tiene que sentirse Dina», se me pasó por la cabeza. Y también: «¿Qué haría ella?». Al instante siguiente, y sin haberme dado a mí misma una respuesta, me puse de puntillas y besé a Reso en los secos labios. Él no respondió al beso, retrocedió un poco, como si quisiera impedirme algo, pero yo no le obedecí, era valiente, era loca, era Dina, quería demostrarle y demostrarme que no era esclava de las convenciones, que oponía resistencia al mundo de mi hermano, que Levan no era un peligro para mí, que iba a pasar por encima de él. Así que tomé impulso por segunda vez y apreté con más fuerza los labios sobre los suyos. Esta vez abrió la boca, y sentí su lengua.

—No tan deprisa, no creo que quieras esto, Kipiani...

—No me llames así, llámame Keto —exigí, y volví a besarle.

Esta vez respondió a mi beso con más determinación, me atrajo hacia sí, me apretó contra su pecho. Me gustó no tener, por primera vez en mi vida, ni una chispa de duda en presencia de un hombre. Yo misma no entendía qué me volvía tan audaz, pero en ese instante me daba igual. Me gustaba cómo era y quería ser así, seguir siendo así...

—De verdad que no creo que quieras esto, Keto —hizo él un último intento de liberarse de mí. Su «Keto» me hizo estremecer, sonaba tan íntimo en su boca, era como una frívola revelación.

—Tú no sabes lo que quiero —dije—. ¿Vamos?

Señalé la casa con la cabeza. Me miró con escepticismo. Parecía dudar, pero me siguió con pasos ligeros, entramos a la casa ya dormida, sumida en el silencio, y subimos por la ancha escalera de piedra al primer piso, donde se encontraban nuestros dormitorios, uno al lado del otro. Abrí la puerta del mío. Él se detuvo en el umbral.

—Entra —dije, y encendí la lamparilla.

Casi me entristecía que hubiera luz, una vela habría sido más adecuada, y además, después de la oscuridad del exterior, mis ojos tenían que acostumbrarse a la claridad.

—Kip... Keto, vamos a ser amigos, antes de que se estropee algo que aún está empezando. Voy a seguir trabajando contigo, no quiero que nada se tuerza entre nosotros...

—¿No te gusto? —Me había sentado en la cama chirriante y le miraba de frente.

—Claro que me gustas, y créeme, mis dudas no quieren decir que no quiera estar contigo...

Me asombró la claridad con la que era capaz de hablar, con la que sabía escoger las palabras, incluso en esa situación.

—... pero creo que buscas otra cosa. Esto es un capricho y nada más, quizá mañana te arrepientas y...

—Si sigues hablando así, está claro que voy a arrepentirme. ¿Quieres pasar o no?

Me daba cuenta de que el valor que Dina me prestaba pronto me abandonaría si él seguía negándose a llevar hasta el final lo que había empezado en el jardín.

De pronto pareció tomar impulso, y entró en la habitación con paso rápido, decidido, y se sentó conmigo en la cama. Entonces apagó la luz. Se lo agradecí, ambos estábamos acostumbrados a la oscuridad y nos orientábamos bien en ella. Me acometió una temblorosa inquietud, mi audacia vacilaba a cada segundo que pasaba. Me pregunté qué estaba haciendo allí, qué pretendía, qué tenía que demostrarme a mí misma. Él me cogió la mano, y de pronto todo volvió a parecer fácil. Pero no hizo lo que yo habría esperado. Se sentó en la cama y, cuando me pasé la camiseta por la cabeza y la dejé caer al suelo, me agarró suavemente las muñecas y me detuvo. De pronto yo ya no tenía fuerzas, un milenario agotamiento se apoderó de mí, me hundí en la almohada y presté oídos a la noche. Me pasó la mano por el rostro, y volví a constatar cuánto me gustaba su olor. Me acarició el cuello, enterró el rostro en mi nuca y me besó las sienes. Me sentía como una niña, y quizá él quería darme precisamente esa sensación. Me acariciaba, pero su mano velluda no se detenía en ningún sitio.

—Todo irá bien. Seguirás tu camino. No tengas miedo —me susurró al oído.

De un modo extraño, su voz volvía a parecer ensimismada, pero me calmaba, me mecía hacia el sueño. Mi cuerpo se relajó, la inquietud había desaparecido de mis miembros, no deseaba otra cosa que descanso y sueño.

Probablemente él tenía razón, probablemente le estaría agradecida de que me hubiera impedido querer ser otra...

Cuando desperté a la mañana siguiente, la noche anterior me pareció como un sueño lejano.

Hicimos el camino de vuelta en un camión Kamaz, ya no me acuerdo de a quién pertenecía. Maia iba sentada delante con el conductor, y Reso y yo en un banco de madera improvisado atrás, en la zona de carga. Hacía un calor aplastante, y el aire que soplaba no nos proporcionaba ningún alivio. No mencionamos en absoluto nuestro encuentro nocturno. Él estaba como siempre: un tanto arrogante y algo malhumorado, de vez en cuando me guiñaba un ojo o sonreía de manera ambigua. Yo trataba de parecer controlada y adulta.

Pasamos junto a una fila interminable de cipreses, el juego del sol apareciendo y desapareciendo entre ellos era mágico, y se me llenaron los ojos de lágrimas. Volví la vista, y mi corazón se inundó de alegría y preocupación en igual medida. Hacía mucho tiempo que no sentía algo parecido a la felicidad, e incluso un leve orgullo de mí misma. Había superado todo aquello, había devuelto la luz a los ojos centenarios de Nino y no había decepcionado a aquellas dos personas.

Siempre que pienso en aquella escena, en el juego de luces y sombras en nuestros rostros, en el viento en el denso cabello de Reso, siento esa indecible proximidad a él, mezclada con una pizca de lamento, y a la vez con gratitud por su paciencia y su capacidad para perdonarme. Y luego pienso que tendría que llamarle, preguntarle cómo está, con la esperanza de que el tiempo se haya llevado todas las decepciones y mi voz pueda procurarle alegría. Pienso en aquel viaje bañado por el sol, durante el que entendí que detrás de una fachada de arrogancia podía ocultarse una delicadeza inimaginable.

Poco antes de llegar a la ciudad, vimos unos cuantos vehículos militares, y cuanto más nos acercábamos más vehículos había, más soldados armados se movían por las calles. Cerca del aeropuerto había apostado un tanque, y a su alrededor se había formado un pequeño tumulto.

—¿Qué demonios está pasando aquí?

Reso se asomó fuera del camión y trató de ver algo. No teníamos ni idea. Y era hermoso poder envolverse en la ignorancia unas horas más, tal vez solo minutos. Habría tenido que gritarles a todos: esperad, esperad, no sigáis, bajad, escondeos de lo que viene, escondeos de esos hombres con fusiles, escondeos de esos monstruos que devoran niños y de los fantasmas que habitan los tanques, corred por vuestra vida... Pero era demasiado tarde, hacía mucho que el lazo se había cerrado en torno a nosotros.

Así que oigo gritar a Reso, en el año 1992: «Eh, los de delante, ¿podéis poner la radio?». Veintisiete años después, ahora que lo dejo ir, cuando lo entrego a su desesperación y su desconcierto, con toda mi impotencia y mi incapacidad para ser la amiga que merece, para amarlo con toda la lealtad, entrega, fidelidad y también disponibilidad, ahora que me acerco un poco más a mí misma en esta sala iluminada y me trago la pena como una medicina amarga pero necesaria y me deslizo hacia la guerra, suave, inocente, como sobre patines, hacia la ciudad que se acerca cada vez más, me llega la respuesta por la ventanilla abierta del conductor, desde una distancia de más de dos décadas: «Está estropeada».

Antes de llegar desde la carretera del aeropuerto al desvío hacia el centro, nos detuvieron en un control obviamente instalado a toda prisa, improvisado, ante el que se había formado una fila de coches. Esperamos con paciencia que nos tocara el turno. Hombres del Mjedrioni controlaban los documentos de los que pasaban.

—¿Qué pasa? —preguntaron a coro Maia y Reso.

—Hemos invadido Abjasia. Ya era hora —dijo uno de los guardias, con orgullo imposible de ocultar—. Hay movilización general, y tenemos trabajo —añadió, autocomplaciente—, déjense de tonterías y enseñen rápido los papeles.

Me acuerdo de que nos miramos, pero no dijimos nada. Una eternidad después, oí decir a Reso:

—Así que estamos en guerra...

Así que estábamos en guerra. Nuestro país se había convertido en Saturno, y empezaba a devorar a sus propios hijos.

Me dejaron, la primera, en Sololaki. Reso bajó conmigo y preguntó si necesitaba ayuda con mi bolsa, le dije que no y le di las gracias. Entonces se acercó a mí y me abrazó.

—Cuídate, Kipiani. Y, por favor, llámame siempre que quieras, tienes mi número. Me alegraría que volviéramos a vernos pronto.

—Gracias por todo, Reso —dije, con un poco de torpeza.

Luego me despedí de Maia, que odiaba las despedidas y se me quitó de encima en un visto y no visto. Subí corriendo las escaleras, saltando varios peldaños de una vez.

Nene pasa ante mí dando saltitos, visiblemente achispada, pero del mejor humor. Atrae las miradas y sabe disfrutarlo. Admiro lo perfecto que le sienta el vestido, su maquillaje, me arranca de las fotos y dirige mi atención hacia ella, como si fuera la verdadera pieza de esa exposición.

—Bueno, ¿cómo estás? —me susurra al oído, acelerada, mientras saluda a alguien en la sala.

—No va mal. Gracias. Veo que lo controlas todo de manera modélica.

Me pregunto por qué mi tono suena tan respondón. Ella distingue el ligero reproche y me pellizca.

—No todo el mundo es como tú, Keto —dice, equívoca, y la miro con una sonrisa torcida.

Nos conocemos. Aquello no ha desaparecido, nunca desaparecerá.

—¿Te abastece tu nuevo admirador de las bebidas deseadas? —Le guiño un ojo.

—Es un auténtico encanto —me dice mientras se va, al parecer la está llamando alguien, alguien le hace señas, no distingo bien quién.

—¿Dónde está Ira? —pregunto aún, y ella se encoge de hombros, con marcada indiferencia.

¿Acabará esto alguna vez? ¿Podrá perdonarla algún día? ¿Y de qué lado estoy, en realidad? ¿He adoptado una postura clara alguna vez? Al menos eso me preguntaba yo, porque veía en todo aquello la razón del final de nuestra azarosa amistad: que me hace el tácito reproche por haberme puesto de parte de Ira, por no haber defendido su postura con la suficiente vehemencia. O que supone que, debido a mi historia personal, me alivió lo que pasó con su hermano. Pero no es el caso. Me gustaría decírselo, aunque probablemente no cambiaría nada. Huele a vainilla, y a vermut dulzón. Es difícil mirarla y no pensar en algo turbio, entiendo al joven belga. Se aleja contoneando las caderas, sobre sus zapatos de criminal altura.

Y pienso en nuestro reencuentro al final de aquel verano sin aliento, cuando la vi a la entrada del jardín botánico, y no supe cómo reaccionar. Aún puedo sentir su presencia, que tanto me asombró, su sobrenatural seguridad en sí misma y la calma que entonces emanaba de ella. Nunca antes y nunca después irradió esa imperial confianza en sí misma como durante su primer embarazo, el amor a su hijo aún nonato y la vinculación que resucitaba con su amado muerto la rodeaban como una muralla protectora. Yo llevaba varias semanas sin verla y quería encontrarme a toda costa con ella antes del inminente viaje a Crimea con su madre, pero cuando vino hacia mí a la entrada del jardín botánico no pude dar crédito a mis ojos. No podía entender que aquella persona excéntrica, teatral, pudiera ser mi amiga. Siempre le había gustado vestirse de colores estridentes, claro. Pero su despliegue en ese momento tenía algo de extravagante, era impostado en el más puro sentido del término, como si se tratara de ser otra persona. A pesar de las elevadas temperaturas, llevaba botas hasta las rodillas y un vestido rojo con lunares blancos, con una combinación de tul que recordaba un tutú. De sus orejas colgaban unos pendientes de aro gigantescos, el escote era tan audaz que costaba trabajo concentrarse en cualquier otra parte de su cuerpo, y llevaba la cara tan exageradamente pintada que era inevitable pensar en un personaje de la Commedia dell'arte. ¿A qué venía aquel disfraz? Me pregunté si debía decírselo o hacer como si todo fuera como siempre.

Se colgó de mi brazo, como si entre nosotras no hubiera una muerte y una nueva vida, y paseamos por el verde oasis de nuestros días de infancia. Me daba miedo la verdadera razón por la que quería hablar con ella, y me odiaba por tener que hacerlo. Pero pensar en Ira y en su oportunidad perdida no me dejaba en paz. Ira tenía que ir a Estados Unidos, no podía quedarse aquí. Nosotras —Dina y yo— apoyaríamos a Nene, esta vez lo haríamos, y ella no volvería a tirar por la borda nuestras esperanzas sin ningún esfuerzo. Ira iría a estudiar al otro extremo del mundo, era una de las elegidas, podía descubrir por sí misma ese nuevo mundo, un mundo que prometía felicidad y aventura. Ira viajaba en representación de todas nosotras. La acompañaríamos como una sombra hasta el otro lado del océano, y con su ayuda también nosotras experimentaríamos esa gran aventura. Nene lo entendería, estaba convencida de

417

eso, y le quitaría de la cabeza la idea de ir con ella a Crimea.

Nene se alegró de verme, afirmó una y otra vez que echaba de menos nuestra amistad, y no mencionó ni de pasada a los hombres, ni a su hermano ni al mío. Tampoco parecía querer hablar de Saba, ni del embarazo, que al principio yo no comenté. Así que, después de contarle mi estancia en Kajetia, fui directamente al grano:

—Ira tiene intención de acompañarte.

—¿Cómo? ¿Adónde? —Parecía confundida por el giro de nuestra conversación.

—A Crimea. Dijo que ibas a irte allí de vacaciones con tu madre.

—A Crimea no, a Sochi. ¿Y por qué iba Ira a acompañarme?

—Bueno, ya sabes... Quiere estar contigo cuando tu madre se entere. Yo me alegro por ti, y también por Saba, Nene... Quiero decir que vas a ser una madre fantástica —dije, y me avergonzó mi torpe elección de palabras.

—Aprecio la lealtad de Ira, y también sé que deseaba otra vida para mí y para ella. —La forma en que lo dijo fue como si me diera un puñetazo en el estómago—. No voy a abortar el niño. Da igual lo que diga mi madre, lo que hagan mi tío o mi hermano. Tendrán que matarme.

—No digas tonterías...

—No son tonterías. Dirán que es una vergüenza, y para ellos la vergüenza es peor que la muerte.

En ese momento no pude evitar pensar en Rati, pero reprimí a toda prisa la idea, no era el momento apropiado para hablar de nuestros hermanos.

—Probablemente te obliguen a decir que es hijo de Otto.

—¡Jamás haré tal cosa! ¡No llevo dentro al hijo de un asesino! ¡Ya es lo bastante horrible que mi tío encubra al asesino de *mi marido*!

Nos acercábamos a la catarata. No había ningún niño, nadie. Solo se oía el canto de los pájaros y de los grillos.

—No sé qué haría sin Ira, me da valor —dijo de pronto.

Por mi parte, yo hice acopio del mío:

—Tienes que quitárselo de la cabeza.

Tenía claro que estaba obligándola a renunciar a la persona en quien probablemente más se apoyaba en aquel momento.

—¿Por qué?

Le conté en pocas palabras lo de la invitación a Pensilvania.

—Maldita sea, no me ha dicho una sola palabra —murmuró, secándose las gotas de sudor de la frente.

—Ya ha rechazado la beca. No quiere escucharnos.

—Tiene que ir.

Había cierto desbordamiento en la voz de Nene, su seguridad vacilaba.

—Sé que no podemos sustituir a Ira, pero estaremos a tu lado, quiero que lo sepas. Todas tendríamos que haberte protegido mejor...

—Bah, tonterías. Nadie habría podido protegerme. ¿Cómo se puede proteger a alguien de su propia familia, Keto, tú lo sabes? —Hurgó en su bolso y sacó un paquete de cigarrillos; miró a su alrededor, antes de encender uno.

—No deberías... —dije, mecánicamente. En el fondo no tenía ni idea de lo que debía y no debía hacer, de lo que todas nosotras debíamos o no hacer.

—Y Saba no debería estar muerto y su asesino no debería estar vivo. El niño debería tener un padre, y Dios debería haber enviado un rayo a mi familia. Tendría que haberlo hecho, a más tardar, el día en que Otto Tatishvili me puso un anillo en el dedo.

Hablaba con absoluta calma, en tono monocorde. A través de su obstinación se traslucía la chica joven; de pronto la madre circunspecta y protectora había desaparecido y la chica testaruda, egoísta, irracional que no podía ser volvía a estar delante de mí.

—¿Cuánto tiempo estará fuera? —Pareció quitarse algo de encima, se puso en marcha y cambió de tema.

—Creo que dos semestres. Y sabe hablar inglés muy bien, o sea...

—Sí, ya lo sé. En realidad sabe hacer todo menos...

—¿Menos?

No obtuve respuesta, en vez de eso miró a los antiquísimos, hechizados árboles ante los que pasábamos en ese instante. Pensé algo que no iba a decir en voz alta, pero que no se me iba de la cabeza desde la visita de Ira a Kajetia: junto a las oportunidades profesionales, yo esperaba para Ira algo así como una liberación personal. Esperaba que con la distancia respecto a Nene dejara de necesitarla de ese modo. Deseaba que encontrase a alguien que fuera como ella y amara como ella y le diera la posibilidad de ser ella misma.

—Hablaré con ella —dijo Nene, rompiendo nuestro largo silencio.

—Sé que es duro, es duro para todas nosotras dejarla ir precisamente ahora, pero...

—Y tú, ¿le has dejado ir? —me preguntó, mirándome de frente con sus ojos azules como el agua.

Bajé la cabeza. Sabía de quién hablaba, y no tenía la respuesta. No lo había visto desde mi regreso, decían que había acompañado al campo a sus padres, que su madre estaba mal. Y siempre que entraba al patio alzaba la vista hacia su casa para ver si los postigos estaban abiertos, y en cada ocasión suspiraba defraudada al comprobar que allí no había nadie.

—Hace semanas que no me llama, Nene.

—Nunca se curará. Tienes que saberlo, Keto.

Me sorprendió oír esas palabras, tristes y transparentes, en labios de Nene, en labios de la mayor optimista que había conocido. Ella no esperaba ninguna respuesta, giró sobre sus tacones y dijo que quería volver a casa, volver a la batalla.

Con el otoño, suave y somnoliento, el castillo de naipes que era nuestro país empezó a desplomarse. A pesar del armisticio acordado en septiembre, durante las semanas siguientes el mar trajo a la costa cada vez más cadáveres. Personas que antes vivían codo con codo eran ahora enemigas. Los fugitivos comenzaban a afluir hacia el interior del país, expuestos, indefensos a la arbitrariedad de las armas rusas. Las llamadas fuerzas armadas georgianas las formaban padres de familia desprevenidos y chicos menores de edad, que se subían directamente de la calle a los camiones, unos cuantos patriotas románticos que querían probar su heroísmo a toda costa y artistas que antes habían predicado el pacifismo y ahora, atacados por una extraña fiebre, se sentían llamados a defender su país..., y seguidores del Mjedrioni, que proseguían con su rapiña. Pero también era el remedio mágico de la heroína, salido como de la nada, el que atraía a los hombres a la guerra. Aún no conocíamos ese veneno incoloro e inodoro, no sospechábamos la magia poderosa que habitaba en él, la clase de ladrona de almas que era; corrió por nuestras calles peor que la guerra y los Kaláshnikov rusos. Maia y su entusiasmo indestructible me devolvieron a la Academia, y me aferré a esas irregulares regularidades de mis estudios. De vez en cuando pensaba en Reso, varias veces saqué del cajón su número de teléfono, pero al final siempre lo dejaba estar. ¿Qué iba a decirle?

Tuvo que ser a principios de septiembre cuando llamaron a nuestra puerta, y recuerdo que empezaron a temblarme las rodillas y la boca se me secó de golpe. Fui incapaz de decir una sola palabra. Levan me abrazó sin decir nada y luego me susurró al oído:

421

—Lo siento, lo siento tanto, por favor, perdóname, no volveré a hacerte daño, ¡te quiero, Keto!

Incluso aunque no le hubiera creído, yo necesitaba esas palabras, las había deseado, y en ese momento fue como si alguien me liberase de una oscura estancia sin ventanas, en la que me habían retenido durante meses contra mi voluntad. Todo se derrumbó, y aquel derrumbe fue maravilloso. Lo abracé y, de hecho, creí por un instante que habíamos superado lo peor, que a partir de ahí solo cosecharíamos felicidad, como compensación por todo lo que habíamos dejado atrás.

Todavía recuerdo que me fui con él sin decírselo a nadie, me puse a toda prisa las zapatillas de deporte y le seguí al cálido sol de septiembre. Vagamos sin rumbo. Nos perdimos, nos desprendimos de la ciudad, el mundo cayó de nosotros como se cae la costra de una herida, y en aquellas horas nos sentimos curados, por nosotros, de nosotros.

Él habló de Saba, hablaba sin parar de su hermano, y solo se acordaba de lo mejor y más hermoso de él. Yo le oía y me bebía cada una de sus palabras, como si ya supiera que no volveríamos a compartir a menudo momentos como ese, y acepté aquel instante como lo que debía ser: una profesión de fe en mí, en nosotros. Me colgué de su brazo, estar juntos parecía tan evidente, tan natural. Y él fue tierno y atento, me ofreció su cazadora vaquera cuando se puso el sol, me pasó el brazo por los hombros delante de todos; qué agradecida le estuve por aquel gesto. Al cabo, tuvo que ser cerca de Pikris Gora, me atrajo hacia él y me besó, liberado. Y también aquel beso pareció fácil, como si desde nuestra infancia no hubiéramos hecho otra cosa que besarnos.

Con él a mi lado, volví a sentir de pronto algo así como amor por nuestra ciudad maltratada, atormentada y sumida en el caos, que desde su fundación hacía un milenio y medio no parecía conocer salvo ocupación, liberación, sangre y lágrimas, guerra y más guerra. Y entretanto todas esas vidas, las de toda la gente que siglo tras siglo peleaba por sus diminutas porciones de felicidad, y cuyo destino resultaba sellado tantas veces en un lugar distinto. También nosotros éramos ahora parte de ella, también por nuestras venas corría la sangre de todos los que allí habían caído y los que la habían construido, de aquellos que habían sido traicionados, que habían festejado y amado allí, de todos aquellos que habían sido detenidos y deportados, que habían desaparecido de pronto sin dejar tumbas detrás, tan solo huellas que conducían al infinito. También nosotros éramos hijos del tiempo, también nosotros éramos sus prometidos. Nos mantenía abrazados con fuerza, y sin embargo aquel día quisimos escapar, quisimos engañarla y jugarle una pasada, nos sentíamos invencibles porque estábamos enamorados, y los enamorados tienen derecho a que el mundo los mantenga intactos.

Un amigo le había dejado la llave de su casa. Podíamos ir allí, dijo, siempre que yo también quisiera. Un leve titubeo me hizo detenerme. Aún tenía metido en los huesos el recuerdo de nuestro último acercamiento. Pero el miedo desapareció de repente, cuando lo miré y vi su rostro luminoso. «Bien, vamos», dije, y le cogí de la mano. Me sorprendió mi determinación. En la universidad, me detuve delante de una cabina y llamé a casa. No quería que mi padre o las Babudas enviaran a mi hermano a buscarnos. Inventé una excusa creíble para pasar la noche fuera y colgué.

Era una casa mal ventilada, atiborrada, con muchos cactus en las ventanas. Levan parecía conocerla, se orientaba en ella, y encendió una lámpara de petróleo. Luego peló unos cuantos caquis, con tanto esmero como si estuviera practicando una cirugía, y me los ofreció. La escasa luz confería a su rostro algo de santo, parecía un mártir, con su espeso cabello y sus marcados pómulos. Una extraña y febril agitación había tomado posesión de él desde que habíamos entrado en aquella casa mugrienta.

—¿Has hablado con Rati?

Aproveché la oportunidad para hacer aquella pregunta, para mí tan decisiva.

—Lo haré, te lo prometo.

—No quiero ningún secreto que guardar, ya no quiero estos absurdos escondites y todo ese secretismo. No puedo... —Quería que me mirase, y le toqué la barbilla—. Si quieres, hablaremos con él juntos. No tengo miedo a mi hermano —anuncié, y en ese mismo instante me pregunté si era cierto, si la ira de Rati (y se pondría furioso, eso era seguro) de verdad no importaba.

—No, tengo que arreglarlo solo.

No esperó mi respuesta, en vez de eso se levantó y me besó furiosamente. Yo cedí, ya no quería aplazar nada. Me desabrochó la blusa, y detuvo mi mano cuando quise subirle la camiseta.

—Quédate así. Quédate así —dijo, y sus manos empezaron a trepar por mi cuerpo como lagartijas.

Me desnudó despacio, y tuve que hacer acopio de todo mi valor para soportar su mirada. En el último momento le impedí que me quitara los pantalones. Los últimos velos solo debían caer cuando la lámpara estuviera apagada, cuando la oscuridad se encargase de ocultar mis cicatrices. Se movía de forma tan entrenada y segura de sí que me asaltó una ola de celos; me pregunté dónde y con quién había aprendido todo aquello. Esos movimientos tan naturales, aquellos besos tan expertos que repartía por todo mi cuerpo. Su mirada, tan directa y carente de vergüenza, como si fuera un hombre experimentado y no solo un chico que fingía ser adulto ante la vida. Era cuidadoso, quería darme placer. El Levan del coche en el bosque parecía haber desaparecido. Esperé, no, me convencí, de que para siempre.

Me acerqué a su cuerpo con infantil curiosidad; quería cartografiarlo, quería retenerlo con todos sus rasguños e irregularidades, con su calidez y su inquietud. Él lo aceptó, se dejó caer, y, sin embargo, cuando llegué a sus caderas, me levantó de un fuerte empujón y me tiró sobre la cama.

—No debes hacer eso.

No entendí a qué se refería. No respondí nada, no entendía por qué mi placer, amarle sin reservas, le causaba tanta repugnancia. Me tragué la confusión, mi incomodidad nuevamente despierta.

Y, en esa misma noche tibia de septiembre en la que amé de forma tan hambrienta —en mi mente fue esa misma noche, aunque sé que no pudo ser así, que entre los acontecimientos tuvo que haber por lo menos días, cuando no semanas—, mis amigas también determinaron el curso del tiempo, en parte con intención y en parte sin ser conscientes de las consecuencias. En mi memoria, aquellos acontecimientos están inseparablemente fundidos para siempre. Se condicionan, parecen solaparse, son distintos hilos de la misma historia, porque no puedo contarme a mí misma sin contarlas a ellas; sin Dina, Nene e Ira yo no sería más que un fragmento.

Nene hizo la maleta que iba a llevarse junto al mar Negro. Al menos a una costa de ese mar a la que no arribaban cadáveres. Y había llamado a su reino a su más fiel seguidora, a la que desde entonces encerró con una llave, como si quisiera proteger a su hijo no nacido de cualquier influencia perniciosa, de cualquier crítica, de cualquier mirada hostil de su familia. Era tarde, su madre dormía, Zotne aún estaba en camino y últimamente Guga pasaba el tiempo en un club deportivo. La muerte de Saba también había dejado huellas en él, aunque nunca le había sido próximo. Fue apartándose cada vez más de la vida de su hermano y de su tío, y redescubrió sus antiguas pasiones. Siempre le había entusiasmado el deporte, pero había sido más bien un apasionado espectador, y ahora se atrevía por primera vez a entregarse a sus propias ambiciones deportivas. A Guga se le había notado pronto que el mundo de sombras de su familia no era para él, que se movía allí como por encima de un lago helado, esperando siempre que la capa de hielo se rompiera. Nunca había tenido la energía para levantarse contra su hermano o su tío, pero la tragedia estremecedora a la que su querida hermana se había visto arrastrada de manera tan funesta parecía haber cambiado radicalmente algo, haber desatado algo dentro de él. Nene hablaba de su entusiasmo por la lucha libre, un deporte antaño popular en Georgia, del que ninguna de nosotras tenía idea. Cuando lo vi pasar casualmente por delante de mí, ante el antiguo edificio del Comité Central, apenas lo reconocí. Tuve que mirar varias veces para cerciorarme de que de verdad se trataba de Guga, tanto se habían transformado su actitud y sobre todo su cuerpo un tanto fofo, poco hábil, en los de un férreo atleta.

Ira se tumbó en la cama de Nene y la miró mientras metía todo en la maleta, al azar desganada, hasta que de pronto Nene se detuvo, como si se hubiera quedado sin fuerzas, y se dejó caer en la gran cama al lado de su amiga. Se pegó a ella, apoyó la cabeza en su plano pecho y respiró su olor.

—No vas a venir conmigo. Vas a irte a América. Vas a hacerlo por mí —dijo con determinación, y le apartó del rostro un mechón de pelo rebelde.

Ira se estremeció. Sentía la respiración de Nene, que olía a cerezas maduras y a placer, pero, en vez de ofrecerle un refugio, sus palabras le hicieron apartarse de ella.

—¿Quién te lo ha contado?

—Eso no importa. Vas a irte a Estados Unidos, o nunca volveré a hablarte.

El tono de Nene no admitía réplica. Estaba a pocos centímetros del rostro de Ira y la miraba directamente a los ojos.

—No volveré a dejarte en la estacada.

—Voy a tener el niño. Sea como sea. No tienes que preocuparte por mí. Pero debes seguir tu camino. También por mí —dijo, y le acarició la mejilla.

Ira notaba que todo se le iba de las manos. Si Nene hubiera sabido a qué misión enviaba a su amiga, y de qué manera tan *distinta* iba Ira a entender su petición, ¿la habría enviado a ella de todos modos? ¿Aun así la habría obligado a buscar la libertad?

—Ya he renunciado a la beca...

—Entonces vas a rectificar. Lo conseguirás.

—No entiendo que te lo hayan contado —murmuró Ira, y sintió que enrojecía de rabia.

—Lo habría averiguado de todas formas. Quiero que te vayas.

—Pero yo quiero quedarme contigo. —Una lágrima rodó por su mejilla—. Lo siento tanto, Nene.

—Lo sé, lo sé, Irinka.

—También puedo intentarlo más adelante, el año que viene habrá otro programa como este...

—¡No digas tonterías! Nadie puede saber lo que pasará el año que viene. Y por eso mañana por la mañana iremos juntas a la universidad, y rectificarás tu decisión.

—Pero ya es fin de mes. Ni siquiera te veré cuando vuelvas.

Lloraba. Ahora lloraba sin freno, sin ocultar sus lágrimas.

—Volverás. Y yo estaré aquí esperándote, todas nosotras. ¿Adónde íbamos a ir?

Nene sonreía, con los azules ojos muy abiertos, e Ira buscaba en ellos la inseguridad que les era típica, pero solo encontraba una extraña y plúmbea decisión.

—Es mucho tiempo, un año entero, pueden pasar tantas cosas. A ti y a todos, en esta mierda de país. Y yo estaré muy lejos y sin duda no tendré bastante dinero para volver sin más si pasa algo. Quizá tú podrías...

—Sabes que no puedo salir de aquí. ¿Qué iba a hacer en cualquier otro sitio? No sé nada. No hablo inglés, ni francés, ni ninguna otra cosa elegante. Estoy tan encadenada a este lugar como el puto Amirán al Cáucaso.

Antes de volverse hacia su maleta, Nene cogió la barbilla de Ira y le estampó en los labios un beso húmedo, cálido, que lo prometía todo y no prometía nada, y permanecieron así unos instantes. Ira no pudo evitar seguir su instinto y abrazó a su amiga, se atrevió a poner los labios en el cuello de Nene y susurró:

—Nene, quiero quedarme contigo.

—Lo sé. Lo sé, Irinka —respondió tranquilamente, antes de liberarse del abrazo con una suave sacudida y volver a dedicarse a su montaña de ropa. Quizá ese fue el momento en el que Ira vio con claridad que tenía que irse.

Siempre que pienso en aquella funesta despedida, veo a Dina tapándole la boca a mi hermano en ese mismo instante. Tal como lo rememoro, lo hacía mientras Ira se daba cuenta de que Nene jamás podría darle lo que ella, en su innombrable amor, buscaba de manera tan desesperada, y mientras Levan me obligaba a envolver mi placer en una vestimenta «honorable».

Aquella noche, Rati estaba de un humor extrañamente relajado. Había despedido a sus amigos y recogido a Dina en la redacción sin su eterno séquito a la espalda. Ambos habían caminado por las calles otoñales, mirando cómo caían las hojas, cogidos de las manos, se habían besado al pie de una farola rota, habían comido *lobio* y bebido cerveza en un local desierto de la margen derecha del río, se habían abrazado y susurrado promesas de amor y habían vuelto a casa por la ribera, bajo la protección de los plátanos. Cuando Dina iba a bajar las escaleras hacia el sótano, Rati la detuvo y le pidió que subiera con él. La familia ya estaría durmiendo, no los molestarían.

En su habitación, puso un disco y bailaron estrechamente unidos. Él le apartaba del rostro el cabello rebelde una y otra vez, y la miraba como si no diera crédito a su felicidad. Es curioso: jamás he podido imaginar a mi hermano en el juego amoroso, y no se me había perdido nada en su habitación, pero veo esa escena, que Dina me describió con todos sus detalles, como en una película en la que Rati representa el papel principal. En este punto del eje cronológico en el que, en mi pensamiento, nuestras biografías se solapan con tanta claridad, y hacia el que confluíamos inevitablemente desde nuestra huida del zoo, no puedo evitar pensar en mi hermano. Veo su rostro ante mí, como si se tratara de descubrir algo determinado en él, algo que a lo mejor se me ha escapado, y que habría podido ser tan decisivo para todo lo que vino después.

En mi película, Rati le desabrocha la blusa, tira de un golpe de la cremallera de sus queridos vaqueros grises, ella hace ademán de detenerle, de indicarle que se trata del sitio equivocado para entregarse el uno al otro sin reparos. Pero el ansia de él pide ser aplacada, el sentimiento ha de ser apurado hasta la última gota. En mi película, ella se deja arrastrar, como hacía siempre cuando era testigo de una pasión incondicional, lo que ejercía sobre ella una atracción mágica. Así que se deja llevar por el deseo de él, espera el momento adecuado —sí, incluso en medio del desenfreno se mantenía tenazmente fiel a sí misma— y le quita el timón. Porque la obediencia le era ajena, así que tuvo que ser ella la que lo desnudó y le avisó, poniendo el índice sobre sus labios, de que fuera silencioso, para no despertar a las Babudas. Muchos confundían con desvergüenza la falta de vergüenza de Dina. Era libre en su forma de pensar y sentir, ¿por qué iba a domesticar precisamente su cuerpo? En ese sentido era por completo niña, libre y curiosa hasta el extremo. En mi película se amaron sin aliento, y ella le tapó la boca con sus besos. No tuvieron cautela y se arrancaron el uno al otro promesas sin palabras, apartaron con las manos los oscuros presagios, sus sombras apenas podían seguir el paso a su agitación, se quedaron petrificadas en las paredes y en el hecho, mirando sus acciones asombradas. Eran tan desvergonzadamente jóvenes e insaciables, estaban tan embriagados de sí mismos y tan arrogantes en su soledad compartida, que en sus vientres, en sus costillas, en sus bocas estallaban pequeños relámpagos. Ya no querían saber nada del mundo exterior, se limitaron a olvidarlo. Encontraban el uno en el otro todo lo que necesitaban. Ella se sentó a horcajadas sobre él y se movió como en un ritual pagano, como si quisiera apaciguar a los dioses iracundos, su voluntad empañó las ventanas. Eran una unidad, y se diría que nada podía separarlos, ni siquiera aquel siglo en sus estertores que se encaminaba a su fin, ni siquiera la guerra, ni esa incertidumbre llamada futuro, eran invulnerables estando juntos. Se cogieron de las manos, bailaron una danza rítmica y estudiada al dedillo, una coreografía solo para ellos. La ternura goteaba de su frente, y él la recogía con su boca. Contemplaba a aquella amazona superior a él, la única a la que permitía vencerle, admiraba sus pechos resplandecientes a la escasa luz y la curva elegante de su cuello, sus salientes costillas, el abismo insondable entre sus muslos y su vientre infantil, ligeramente abombado, el diminuto ombligo, los brazos nervudos, las fuertes caderas, el cabello rebelde, enmarañado, sudoroso, el brillo en sus ojos, y no quería salir de su interminable laberinto de secretos.

—Dime que no es verdad —le susurró al oído cuando le cogió el rostro entre las manos y lo atrajo hacia sí.

Ella gimió ligeramente, al principio no entendía lo que le estaba diciendo.

—¡Dímelo! —repitió él, esta vez en un tono apremiante.

—¿Qué quieres?

Jadeaba, se esforzaba por no gritar, por no dejar salir toda aquella dolorosa ternura y aquella ansia inmensa.

—¿De verdad tienes algo con Zotne?

Ella se quedó petrificada, se apretó contra él; él no se movió, aún no había cortado la cinta de su soledad compartida.

—Qué estás diciendo...

Se estremeció.

—Él, él...

No pudo terminar de hablar, porque el placer lo desbordó, lo hizo estremecer, se convulsionó, cerró los ojos, la abrazó y la embistió, se entregó, se dejó caer, gritó.

Esta vez, ella tan solo le miró, ya no le tapó la boca, porque sabía que lo indecible había sido dicho. Le cogió la mano y la deslizó entre sus piernas.

—¿Has hecho lo mismo con él? —murmuró, pero no retiró la mano.

—No sabes nada, cierra la boca, tú solo cierra la boca, ámame, ámame hasta el final —le exigió, y él obedeció.

—Sabes lo que significaría para nosotros si fuera cierto.

—Nada es cierto. Tú no sabes nada de la verdad.

—¡Entonces explícamela!

—No pares.

—¡Habla!

—¿Qué te ha contado?

—Nada.

—Entonces a qué viene...

Su voz se quebró, su respiración se aceleró.

—No dijo nada más que «Déjame a tu novia, de todos modos disfruta más conmigo». Entonces yo podría quedarme con el barrio, con todos los negocios, porque él tiene un plan más grande. Eso fue lo que dijo. Imagínate. Me lo dijo en mitad de la calle. *¡De todos modos disfruta más conmigo!*

—No pares...

—Supe desde el principio lo que ibas a ser para mí: mi mayor felicidad, o la soga en torno a mi cuello.

Ella cogió una almohada y la apretó contra su rostro. Luego se quedó inmóvil. Él no dejó de acariciar su cuerpo. Ella trató de recuperar el aliento, intentó ganar tiempo, tenía que pensar cómo recobrar el control. Y entonces hubo uno de esos especiales momentos-Dina: hizo justo lo contrario de lo que pensaba que tenía que hacer pocos minutos antes, ese absurdo cambio de decisión, ese vuelco radical a la situación, que tan bien dominaba. Empuñó las riendas y buscó la confrontación. Ya no había soporte, los diques iban a romperse de todos modos. Quería la certeza de que ese instante de máxima intimidad podría soportar una confesión así. De que su amor superaría esa prueba. Estaba convencida de que Rati gestionaría junto con ella esa catástrofe. De que su confesión sería recogida por su amor.

Se puso en pie de un salto. Estaba desnuda, ya no quería protegerse, seguir soportando aquella carga, quería poner fin a esa exposición, quería destruir el poder de Zotne, su amor lo destruiría. Empezó a contar, sin detenerse, sin respirar, todas las palabras reprimidas salieron de ella a borbotones. Confesó, y no tener que seguir ocultando aquel secreto ante él le procuró casi la misma satisfacción que la que él había dado a su cuerpo pocos minutos antes. Habló del día en que la manifestación había inundado la ciudad y la había cogido por el cuello, habló del zoo y de los gritos solitarios de los animales, habló de los ojos vidriosos del calvo, del pelirrojo y su compañero, que estaba tendido inmóvil en el fango y que, para toda la eternidad, no tendría rostro.

Habló y habló, y él la dejó hablar, la dejó hacer, no la interrumpió, fumó un cigarrillo tras otro, y sin duda a la vista de una Dina que caminaba desnuda de un lado para otro volvió a sentir crecer el hambre en él, pero no podía ser, la ahogó en su germen. Y mi cámara apunta hacia su rostro, hace zoom, se detiene en él y en el miedo que trata de ocultar por todos los medios. Porque, por más libre que Rati fuera en su amor por Dina, era esclavo del mundo que él mismo había elegido. Un esclavo de las consecuencias, un esclavo de las tradiciones por las que había optado, un esclavo de un sistema que se estaba desgarrando a sí mismo. Y quizá había creído ser más fuerte que ese sistema, pero se equivocaba. Al final, ella se detuvo, le miró y dijo:

—Fui a su casa, me desnudé y lo hice. Él no me obligó a nada, lo hice y luego le dije el precio.

Por un instante, descendió sobre ella un silencio que no prometía nada y sin embargo lo decía todo. Era un silencio envenenado, era insoportable.

—No estaba dispuesta a convertirme en asesina. Ni siquiera por ti, Rati. Y no lo hice solo por ti. También lo hice por mí. Quería que volvieras a mi lado. Porque no puedo y no quiero estar sin ti.

Con eso terminó su confesión. De repente su voz había vuelto a ser tranquila, había dicho con calma las últimas frases, en tono contenido. Él se sentó al borde de la cama, con la cabeza baja. Ella no podía ver sus ojos.

—¿Te gustó? —preguntó él, y la miró con una extraña expresión en el rostro. Nunca la había mirado de ese modo: con asco.

—Esa pregunta está por debajo de tu dignidad.

Ella empezó a recoger su ropa.

—¿Te gustó? Te atendió bien, ¿eh?

—No estás hablando en serio, ¿no?

—Oh, ¿así que te niegas a responder? ¡Maldita sea, cómo pudiste hacerlo!

Algo estalló. Ella mantuvo la calma. Era un pesado cuenco de cristal que había saltado en mil pedazos cuando él lo había estrellado contra la pared.

—Ratuna, ¿está todo bien? —llegó la voz preocupada de una de las Babudas desde el cuarto de al lado.

—¡Dejadme en paz! —rugió él.

En algún sitio se encendió una luz. Naturalmente que no iban a dejarle en paz.

—¿Hubieras preferido reventar en la cárcel?

—¡Sí, lo habría preferido! Además, mis chicos...

—No, no habrían hecho nada. Si hubieran podido, ya te habrían sacado. ¿O hubieras preferido que dejara que mataran a ese chico del zoo? ¿Cómo habría podido vivir entonces? ¿Cómo?

Se le llenaron los ojos de lágrimas, pero no, se contuvo, se forzó a contenerse, por orgullo. Fuerte de un modo antinatural; fuerte de un modo autodestructivo....

—No se trata de eso. Habríais podido conseguir el dinero...

—No habríamos podido. ¡Mira a tu alrededor! ¡La gente pasa hambre!

—Lo habría devuelto todo. Habría...

—No tengo nada más que decir. Me voy. Tendrás que dictar tu sentencia sin mí.

—¡Quédate aquí, maldita sea!

—Nunca vas a volver a ordenarme nada, ¿me has oído?

Fue hacia la puerta. Él saltó y se interpuso en su camino. Le agarró la muñeca, tiró de ella, la cogió, la sacudió, estaba fuera de sí, ya no era él mismo, o quizá era más él que nunca. Ella le miró, le hacía daño, el mismo cuerpo que hacía tan poco tiempo le había proporcionado tales alegrías, un goce tan arrebatador. Tomó distancia y le abofeteó con todas sus fuerzas. Él la empujó, la lanzó contra la pared, el reloj se soltó de su clavo, cayó al suelo, en el cuarto de al lado se oyeron pasos apresurados, las Babudas venían corriendo. Él rugía, maldiciendo al mundo entero.

—¿Te ha gustado? ¿Te ha gustado, puta? —Empezó a sollozar. Lloraba como un niño—. Lo mataré y luego te mataré a ti, ¡te mataré, Dina!

Babuda dos abrió la puerta de golpe.

—¡Largo, largaos todos! —gritó él con voz ahogada.

—Lo siento muchísimo, Rati, pero no tenía elección. Sexo con él o la muerte de un ser humano... Ya ves por lo que opté. Ahora te toca a ti sacar conclusiones.

Pasó por delante de él, que no la retuvo; estaba rígido como una estatua, y tuvo que pasar también por delante de las dos perplejas Babudas, les brindó una cansada sonrisa, cerró la puerta tras de sí y desapareció en la noche. Tan solo unos pocos minutos después, el silencio nocturno se vio roto por el alarido de una sirena envejecida, no del todo intacta, y una traqueteante ambulancia entró en el patio con las luces azules apagadas. Dos hombres corrieron a la casa de dos pisos que había enfrente de la nuestra y sacaron, al poco, el cuerpo inanimado de tío Givi. Su corazón se había parado. Al fondo se oía su querido Shostakóvich; si no me equivoco, era la *Novena sinfonía*.

No la perdonó, claro está. Se lo noté enseguida, se lo noté todo. Justo a la mañana siguiente, cuando entré en la cocina y me lo encontré en calzoncillos, descalzo y fumando sentado a la mesa. Aunque no había vivido los acontecimientos de la noche anterior, intuí lo que había pasado. Fui al baño y comprobé que no había agua. Furiosa, le di una patada a la bañera y me lavé la cara y las manos con el agua del cubo. Luego respiré hondo y volví a la cocina. Estaba esperándome, y me aguardaba la misma batalla que, sospechaba, Dina y él habían librado la noche anterior.

Puse agua en el fogón para hacer té y me senté frente a él.

—¿Dónde andas todo el tiempo últimamente, que apenas se te ve?

Me miraba con una expresión despectiva, como si mi presencia le asqueara. Antes de que pudiera contestar, llegó la siguiente pregunta:

—¿O quizá tienes amantes secretos, como tu amiga?

Yo conocía las provocaciones de Rati, conocía su incapacidad para detenerse ante el límite. Al mismo tiempo, sabía que yo no era Dina, que no podía soportar la agresión con el mismo grado de autocontrol. Tenía que defenderme de otro modo.

—No tiene ningún amante secreto. Te quiere a ti.

—Ah, ¿y por eso folla con Zotne Koridze? ¿Con el hombre que me metió entre rejas, se folla a una rata?

Era presa de una arcaica furia destructiva, a ser posible quería arrastrar consigo al mundo hacia el abismo.

—¡Y tú lo sabías todo y no me dijiste nada, tú la encubriste! ¡Tú, mi propia carne y mi sangre!

—Ella hizo lo que era necesario. No teníamos elección. Si nos hubiéramos largado, ese cerdo del Mjedrioni habría matado al otro chico. No sabes cómo es...

Instintivamente, me pasé la mano por los muslos.

—Oh, sí, sé muy bien cómo es. Y ahora sé también cómo es la peor traición. ¡La he querido tanto, maldita sea, iba a ser mi mujer!

Me levanté y aproveché la oportunidad para hacerme un té.

—Quería salvarte.

A mis palabras les faltaba énfasis. Necesitaba otros argumentos, más sólidos, algo que contara dentro de su mundo.

—¿Cómo íbamos a reunir los cinco mil dólares que habíamos perdido?

—Hubierais podido vender algo o tomar dinero prestado, yo lo habría devuelto, ¿qué crees que hago todo el tiempo? Gano dinero para nosotros, para nuestra familia, para ella...

—Tienes que perdonarla.

Sabía que aquella observación era casi un insulto para él, pero tenía que desarmarle, tenía que desbordarle para que me escuchara.

—Lo hizo porque te quiere. Nada puede hacer tanto daño a Zotne como que la perdones y te quedes con ella. De ese modo podrás neutralizarlo, jugar conforme a tus propias reglas y arrebatarle todas las ventajas.

—Y quedar como un castrado, un pelele, ¿no? ¿De verdad crees que se lo va a guardar?

—Sí, lo hará.

Escuchó pensativo mi terrorífica oferta.

—¿Por qué iba a hacerlo? No, se lo contará a todo el mundo para acabar conmigo. En su lugar, yo también lo haría.

—No lo hará, porque la ama.

Dudé antes de decir aquella frase, que era la que más miedo me daba.

—¿Qué estás diciendo?

—La ama. Lo sé. La ama desde hace años. No te sacó de la cárcel a cambio de una noche con Dina, lo hizo *por* ella, *por amor* a ella.

—¡Cierra la boca, Keto!

Descargó la palma de la mano sobre la mesa, el té se salió de la taza, pero no me dejé alterar.

—Ni siquiera sé si Dina lo sabe, pero *yo* lo sé. Por eso mantendrá la boca cerrada. Y tú seguirás con Dina y te casarás con ella, fundarás una familia y qué sé yo, lo que quieras. Dina es *tu* triunfo para expulsar a Zotne de tu vida de una vez por todas. Tú puedes elevarte, por Dina, por mamá, por mí, por encima de toda esta mierda y ser *grande*, sincero...

—¡Esa es la última mierda que se te ocurre! Quería tirársela para meterme una. ¡Y tú eres tan ingenua como para creer que la ama!

—¡Es así! —Yo misma me sorprendí del volumen de mi voz, ¿de verdad creía en esa tesis?—. Y, en el fondo de tu corazón, sabes que hicimos lo único que estaba bien. Que ella fue valiente. Y yo no.

—¿Qué significa eso? ¿Que no fuiste valiente porque no quisiste meterte en la cama con nadie?

—No fui valiente porque quise largarme y dejar a ese chico allí tirado.

Por primera vez en nuestra conversación, me miró directamente a los ojos. Su hermoso rostro estaba deformado por el dolor, no parecía capaz de responderme nada. Me quedé mirando el oscuro lunar que tenía en el labio superior y esperé. La sentencia en un juicio espurio.

—No se trata de eso —dijo al fin, pensativo—. No tengo nada en contra de que quisierais salvar a ese tipo. Y seguiré el rastro a ese asunto, localizaré a esos cerdos. Eso lo entiendo, eso lo acepto. Pero tendríais que habérmelo contado o encontrar una solución con los chicos, reunir el dinero de otro modo... ¡No me creo esa mierda!

—¿Cómo? Maldita sea, Rati, ¿cómo? ¡No había tiempo! Y tus amigos no lo habrían conseguido solos. ¿Sabes lo difícil que fue para nosotras? ¡Deberías mostrar humildad!

—¿Humildad? ¿Se te ha ido del todo la cabeza?

—No. Humildad ante el hecho de que haya personas que te quieran y te necesiten tanto que hagan cualquier cosa por ti...

—Estoy sin habla, de veras, me vuelves loco, ¿ahora tengo que estar agradecido a que la mujer a la que adoraba sea una maldita puta?

—¡No vuelvas a llamarla así! —le increpé.

De pronto, sentía una fuerte necesidad de abrazarle, pero temía un rechazo. Algo en mi tono tuvo que dejarle claro que había ido demasiado lejos. Porque de pronto su agresividad pareció esfumarse, se derrumbó y apoyó la cabeza en las manos, sollozó. Aquel sollozo era el de un anciano estafado por la vida, abandonado por las personas que eran importantes para él. Yo no quería darme por vencida tan fácilmente.

—¿Puedes pensar en eso, puedes al menos tomar en serio mis palabras durante unos minutos y pensar en mi plan?

—¿Plan? ¿Llamas plan a ponerme en ridículo? ¿Quién va a respetarme si soy un pichafloja, un imbécil, un calzonazos?

—Nadie va a enterarse...

—Pero él me lo dice en plena calle, ¿eh, qué opinas? Y cómo voy a volver a confiar en ella, cómo voy a mirarla y no pensar en que él...

Volvió a arquearse, su cuerpo se tensó, se irguió y me miró lleno de odio.

—Lo conseguirás, porque la quieres. Dina es lo mejor que te ha pasado nunca, y te ha salvado el culo. ¡Olvida a Zotne, olvida al mundo entero, cógele la mano y sé feliz! Nunca volverás a encontrar a nadie como ella.

—Tu moral pone los pelos de punta.

—¿Moral? ¿Cómo puedes tú hablar de moral? ¡Mírate! ¡Todo lo que hacéis es inmoral! ¡Todo lo que está ocurriendo a nuestro alrededor es inmoral!

De pronto, resonaron en mí las palabras de Reso. Me había advertido, y estaba en lo cierto. Sí, ya no quería hacer más sacrificios. Ya no tenía paciencia con mi hermano, y tampoco con Zotne Koridze, y ni siquiera me alcanzaba para Levan. Pero algo me impedía hablar con él del zoo, de cómo me había sentido después de aquello, él no entendería mis cicatrices. No, no tenía sentido hablar de ellas. Solo más tarde me lo pregunté, si debería haberle hablado de las huellas sangrientas del zoo, ¿habría impedido algo, lo habría apartado de algo?

Me había acercado a la ventana y miraba al desolado patio. Qué desconsolado y solitario parecía de pronto el jardincito central, los columpios vacíos, antes un lugar alegre, ahora allí flameaban, perdidas al viento, unas prendas de ropa colgadas de una cuerda.

—Ya no me apetecen vuestros principios, vuestros juegos del escondite. ¿Qué os creéis que sois? ¿Dioses? No, no lo sois. Sois tan ignorantes como todos nosotros.

—Ajá, ¿escondite? Vamos, dilo de una vez, ya que estamos en esto. ¿Qué se me ha escapado?

—Quiero a Levan.

No habría podido encontrar un momento peor para esa confesión, pero de pronto me daba completamente igual.

—¿Estás hablando de *mi* Levan?

—Sí, de *tu* Levan.

—¿Me estás tomando el pelo? ¿Y está él enterado de su suerte?

—Sí, y me corresponde. Nos vemos de vez en cuando.

—Os... ¿qué?

—Sí, nos vemos.

—¿Cuándo? ¿Y dónde?

—Dios mío, Rati, qué importancia tiene eso.

Me había imaginado peor aquel momento, casi me llenaba de una macabra satisfacción la manera en que todo se desplomaba. A veces la desconsideración puede resultar grandiosa, constaté en ese instante.

—¿Cuánto dura ya esto? —siseó él.

—No lo sé, quizá desde siempre. No se atreve a hablar abiertamente contigo.

—¡Con razón! Le voy a dar...

—¿De verdad es lo único que se te ocurre? ¿Me vas a romper la cara también a mí? ¡Vamos, hazlo, pégame, si es lo único de lo que eres capaz! ¡No tengo miedo, no te tengo miedo!

Le temblaba la barbilla, volví a fijarme en el lunar perfecto que tenía encima del labio, sus ojos eran turbios y oscuros, insondables. Me pregunté si de verdad le conocía, si de verdad sabía de qué era capaz.

—¡Entonces, que os den por culo a todos! —me gritó a la cara, y salió corriendo de la habitación.

Las cosas se afilaban, las palabras se volvían cuchillas de afeitar en manos equivocadas.

¿Cuántos caminos erróneos es preciso tomar para encontrar la salida correcta? ¿Cuántas falsas promesas hay que hacer para poder mantener tu palabra? ¿Cuántas veces hay que cambiar de país para llegar a casa? ¿Cómo puede una cambiar su vida cuando se la ha aprendido como quien memoriza un poema? ¿Cuántas horas tenía que contar, cuántos relojes de arena tenía que vaciar, para volver al punto en el que los relojes aún marchaban bien?

Veo tus fotos y encuentro tus respuestas por todas partes, aunque ya no planteo las preguntas. Decapito los años que me separan de ti, que me separan de todas tus decisiones correctas y tu equivocada aplicación de las mismas, tengo la guadaña en la mano y la agito día tras día, semana tras semana, mes tras mes, año tras año. Y, sin embargo, tú te has ido. Y tus fotos no me consuelan, siempre he querido decírtelo, son implacables...

Agarro la siguiente copa y me pregunto: ¿quién habría llegado a ser sin ti, no habría sido mi vida más satisfactoria si no me hubieras llevado a los acantilados de tu audacia, si no hubiéramos entrado en el zoo, Dina? ¿Quién sería yo si estuvieras aquí, si estuvieras conmigo? ¿Estaría contigo mi hermano?

Me vuelve a inundar un odio puro hacia esta fiesta, ¡porque celebran tu muerte, Dina! Estas fotos te han sobrevivido, y todo el mundo las quiere. Pero a mí no me importan, no te sustituyen, nunca. ¡Me cago en el arte, Dina, si hay que pagarlo con la propia vida! Cuántas veces me has llevado la contraria, cuántas veces soñabas con tus ídolos, con todos esos cuadros y fotografías majestuosas, y siempre parecías dispuesta a darlo todo por eternizar también tus huellas. Pero ¿valía la pena? Sí, ¿valía la pena? Una risa tuya, un puro grito, una frase furibunda y llena de reproches, no importa qué signo de vida, y estaría dispuesta a prender fuego a toda esta sala.

Rati desapareció durante unos días. La espera era igual que el tictac de una bomba de tiempo. Ira no fue a Sochi. Nene la acompañó a hablar con el decano de la facultad y le convenció para que anulase la renuncia de Ira. Dina se aferró a su cámara, se convirtió en su casa, su refugio. La realidad parecía resultarle insoportable sin su lente. Me prohibió hablar con ella de mi hermano, y en vez de eso comenzó a hablar como poseída de la guerra, de su deseo de ir con Posner a Abjasia y jugar a la ruleta rusa con la muerte. Aquella idea me dejaba perpleja y furiosa.

Me acuerdo de cada una de las palabras que me dijiste aquella tarde, de camino a casa, me acuerdo de cómo empezaste como de pasada, de forma casi escueta, a hablar de la guerra, a coquetear con lo definitivo, con el dolor inconmensurable que querías captar para hacer enmudecer el tuyo, para convencerte de que tu dolor no valía la pena de morir por él, pero la guerra sí, algo tan grande y espantoso, algo tan impensable y sin embargo tan habitual, eso tenía importancia, tu pequeño sufrimiento personal no, tu drama de relación púber tardía no, tu locura privada no iba a terminar contigo, querías sucumbir por algo más importante.

Te costó tanto trabajo confesarte que su traición —así fue como entendiste su rechazo— te había llegado hasta la médula, que la palabra «puta», gastada y malograda, había reducido tu fe a escombros. Que querías hallar tu paz en medio de la guerra, tomar té con los muertos y contar casquillos, que querías enterrar tu corazón en las trincheras, con la esperanza de acabar por no sentir nada. Con la esperanza de encontrar una verdad distinta de la que se lleva sobre los hombros como un sarcófago que se deja en el suelo en un lugar predeterminado. Que esperabas que el miedo te arrancara el amor del cuerpo.

Las fuerzas armadas georgianas eran una ridícula denominación de algo que no existía. Había innumerables agrupaciones, bandas y formaciones con cabecillas propios. Pero no había ni por asomo nada parecido a un plan estratégico. Cada uno peleaba por sus medios, cada uno llegaba tan lejos como le permitían su valor, su conciencia, su falta de ella o la suerte.

El tratado de paz que Shevarnadze había firmado con Yeltsin y Ardzinba en Moscú a principios de septiembre, y que preveía la suspensión de todas las actividades bélicas en territorio abjasio, pronto iba a demostrarse papel mojado. El 26 de septiembre, un soldado abjasio fue tomado prisionero en Gagra. Los interrogatorios dieron como resultado que la parte abjasia planeaba una gran ofensiva y quería poner Gagra bajo su control. Se acercaba el invierno, y, si la frontera con Rusia seguía bloqueada y las montañas intransitables, la ciudad no podría superarlo.

Las tropas georgianas, de tres mil hombres, estacionadas en Gagra, sometidas a un funcionario ministerial de Tbilisi, no estaban ni por asomo preparadas para lo que se les venía encima, y a primeros de octubre se vieron expulsadas en cuestión de horas. Encabezaron la ofensiva un batallón checheno y una agrupación de cosacos, una tropa mercenaria de Abjasia pagada con rublos rusos. Al amanecer, comenzó la tormenta que en menos de una hora iba a barrer a los cien chicos ignorantes que debían proteger los accesos a la ciudad y una superficie de cuatro kilómetros cuadrados. Los cadáveres de aquellos inocentes pavimentaron el camino que llevaba al corazón de la ciudad, y Abjasia izó su bandera propia en la frontera ruso-abjasia. Empezó una campaña de venganza contra la población civil georgiana: se dedicaron a «limpiar» la ciudad. Las casas ardieron en un infierno mágico y estremecedor que iluminó hasta el borde del mar. No quedaba nadie que pudiera salvar a sus habitantes, que, en espera de un milagro, cayeron derribados en una danza solitaria al hilo de la música de los Kaláshnikov. El mar acogió a los abatidos, acarició sus heridas, lamió su sangre y les prometió el sueño eterno.

Tres
Heroína

¡Oh, qué espantoso, qué oscuro y absurdo
es nuestro camino a la luz del día!

JULI KIM

Aunque estaba preparada para esta foto, me sorprende cuando de pronto estoy delante de ella. Su tamaño, lo que tiene de voyeurismo, me perturba de nuevo. Muestra el rostro joven, inmaculado, de Zotne Koridze, sus ojos casi fosforescentes, que parecen mirarme directamente. Su expresión descarada, impenetrable, un tanto cínica, me resulta tan familiar, y a la vez tan odiosa. Ese rostro atractivo y despiadado, en el que tantas miradas de mujer se detienen, esa fina nariz y ese labio inferior abultado, la frente alta, los ojos azul claro que compartía con sus dos hermanos y también con su todopoderoso tío, la cicatriz que le parte en dos la ceja izquierda, y la obligada barba de tres días. Está sentado en su coche. La ventanilla está bajada, y el brazo izquierdo cuelga por fuera. Mira desafiante a la fotógrafa, no baja la vista, no le resulta incómodo que ella hurgue en su alma con su objetivo, le gusta, incluso le atrae.

No puedo soportar su mirada: esos ojos de agua clara, que para mí, desde siempre, anunciaron desgracia. Ese rostro de efebo que conoce el efecto que causa y lo utiliza en su beneficio. Desprecio toda esa seguridad en sí mismo, esa audaz expresión del rostro. Pero la razón por la que me gustaría descolgar esa imagen, entregarla al olvido, es otra. Cuando vi por primera vez la foto, hace años, me sobresalté porque, además de lo obvio, descubrí en ese rostro otra cosa que me dio miedo. Y sentí algo así como compasión por él, porque al mirar con más atención descubrí detrás de la pose del poderoso, del eterno ganador, a una persona que ama. Y que ama con la entrega y la determinación de una persona responsable de pies a cabeza, que conoce las insuficiencias y peligros, los abismos de ese sentimiento. Ese joven no está enamorado como corresponde a su edad, sus sentimientos por aquella a la que observa no son frívolos y alegres, son graves y llenos de consecuencias, de las que es consciente. Si se contempla la fotografía durante más tiempo, ese joven satisfecho de sí mismo, de mirada provocadora, se convierte en una persona necesitada, vulnerable, que huye de sí misma, que acepta su destino de una manera terroríficamente clara, y está dispuesta a pagar el precio por sus sentimientos.

A Zotne lo prepararon para su futuro desde su infancia. Sabía que algún día sería el heredero de Tapora. Se había puesto a su servicio de forma silenciosa, entregada y leal, había pagado sobornos a diversos funcionarios de la milicia y recaudado tasas mensuales a distintos *chejoviks* a los que Tapora aseguraba protección. Había molido a palos a algún que otro rebelde o les había colocado una Obrez en la sien. Con el tiempo, su tío puso bajo su control cada vez más negocios. Los puntos culminantes de su ascensión criminal eran los viajes con su tío a Rusia, a los tristemente famosos *shodkas* de los distintos *bratvas*, las hermandades de ladrones, en las que conoció a peces gordos del grupo de Izmailovskaya. Pero, a más tardar, desde que se vio a Zotne con los hombres del Mjedrioni, el conflicto entre él y su tío estaba escrito, era una afrenta contra Tapora. Los del Mjedrioni estaban sometidos a otra autoridad, al dramaturgo e intelectual Ioseliani. Incluso la proximidad simbólica de Zotne a ese hombre ponía en cuestión su lealtad a su tío. Otro motivo de disputa era mi hermano. En su conflicto privado con Rati, Zotne había empleado a guardianes corruptos de la ley para sacar de la circulación a Rati, lo que chocaba contra el honor de los ladrones. También la muerte de Saba —el escándalo en que se habían visto envueltos Nene y, por tanto, todo el clan Koridze— era una sucia mancha en el blanco chaleco de Tapora, de la que culpaba a su sobrino. En su último viaje a Rusia, Zotne había hecho contactos en Rostov, había estado informándose y, según le parecía a él, había descubierto nuevas y lucrativas áreas de negocio. Desde la invasión soviética de Afganistán, la heroína afluía a Rusia y a las antiguas repúblicas soviéticas. La descomposición del gran imperio y las nuevas fronteras resultantes de ella, que no estaban lo bastante aseguradas, ni siquiera demarcadas, abrieron las puertas al comercio ilegal. El contrabando de opio en bruto, su elaboración para convertirlo en base de morfina y finalmente su transformación en heroína era una mina de oro, y traía consigo aún más dinero procedente de la extorsión, el robo, la prostitución y el juego de azar, y gritaba pidiendo estructuras organizadas. El único pero era que el código de honor de los «ladrones en la Ley» prohibía tanto el tráfico de drogas como la prostitución, estas dos ramas de negocio estaban consideradas impuras. Pero los tiempos cambiaban con rapidez, y Zotne vio llegada su oportunidad. Estaba en el lugar adecuado en el momento adecuado, y, mientras Estados enteros se hundían en la ciénaga y la palabra «honor» parecía de un siglo pasado, países enteros se deshacían y todo el mundo arramblaba con lo que podía, Zotne estaba decidido a no dejar escapar esa oportunidad única. Entró en conversación con un joven asentado en Rostov al que todos conocían tan solo por el nombre de Begemot, «el hipopótamo», y que buscaba un socio para la expansión de sus negocios en el sur. Tomaron bebidas caras y luego se dejaron satisfacer por unas jóvenes rubias en somnolientos reservados; una «pequeña atención» de Begemot al que esperaba que fuera su futuro socio.

Zotne tuvo que sentirse como un jefe mafioso de *El padrino*, y sobre todo: latiendo al pulso de los tiempos. La era de su tío y sus amigos había pasado, le explicó Begemot durante la siguiente y opulenta cena. Era la hora de crear nuevas estructuras y nuevas ideas, otros aliados y otras formas de pensar. Puedo imaginarme perfectamente aquella escena en la que el pequeño Begemot le pasa un brazo por los hombros a Zotne, con las mejillas encendidas y un cigarrillo humeante entre los labios, y prosigue:

—Respeto a tu tío, hermano, ¡tienes que saberlo! De verdad es un gran hombre, eso hay que concedérselo. Y un modelo, hermano, de verdad. No es como uno de esos *frajers* que andan por aquí y afirman vivir conforme a las viejas reglas. ¡Él las encarna de veras! Pero estarás de acuerdo conmigo en que el mundo ha cambiado. Me pareces un tío formidable, creo que nos entenderemos. Voy al grano: tengo gente buena en Tayikistán. Por el momento, de allí llega al mercado la mejor mercancía, ya lo sabes. La más pura. Mejor que la de Afganistán. Tayikistán es lo más puro que hay. ¡Allí está el futuro!

Y quizá cogió una servilleta y garabateó encima de ella la ruta del oro. Quizá...

—Así es como ocurre. Mira, hermano. Dusambé, esta es la capital. Aquí, mira, desde aquí se sigue a Uzbekistán. La seguridad de las fronteras es un chiste, te lo digo yo. Luego tenemos un trocito de Kazajistán, allí todo les importa una mierda, unos cuantos dólares y todos contentos. Ya tengo allí a mi gente por todas partes. Caravanas pequeñas, coches. Solo coches. Buenos coches occidentales. Y desde Kazajistán no hay más que un salto hasta el mar Caspio, pero no nos encaja, allí están en guerra, la frontera entre Armenia y Azerbaiyán me resulta demasiado arriesgada, así que tomamos un pequeño desvío, rodeamos la zona y vamos por arriba directamente a Rusia, pasamos por Piatigorsk y montamos allí un punto de apoyo en el que se reparte la mercancía, ¿entiendes? Vladikavkaz sería una buena alternativa, pero tenéis vuestros problemas con los osetios, no quiero nada con los militares, los sobornos nunca tienen fin, al fin y al cabo el negocio debe dar liquidez, no, que se jodan todo lo que quieran, nosotros no nos vamos a dejar joder. Piatigorsk está bien, allí conozco unos cuantos buenos chicos que nos ayudarán, y allí se reparte el transporte: una parte sigue hasta mi casa, a Rostov, y la otra a Tbilisi. Venimos de arriba, por las montañas, y luego hasta Mingrelia, espero que siga tranquila, ¿tú qué opinas, los mingrelianos van a querer pronto su independencia, como los abjasios?

Y quizá Begemot soltó una carcajada en ese momento, mientras la saliva salpicaba de su boca.

—¿Qué opinas, hermano? ¿Suena a que es un buen plan, o no?

—Sí, creo que sí.

—¿A qué viene tanto titubeo, hermano? ¿Es que tienes miedo de tu tío? Pensaba que tenías lo que hay que tener. Ve y habla con él. Dile que es una oportunidad única y que mi oferta no se va a repetir, que, si no sois vosotros, encontraré a otros georgianos listos que no se lo hagan decir dos veces. Eres un hombre del futuro, hermano, sabrás lo que hay que hacer.

Y Zotne lo sabía.

Begemot le había dado un mes. Durante ese mes, Zotne Koridze tenía que convencer a su poderoso tío de que se le subordinara, o iría a la guerra contra él.

Naturalmente, Tapora rechazó la propuesta. Ni drogas ni putas, nada había cambiado para él. Así que Zotne Koridze empezó a montar la necesaria red a espaldas de su tío, estableció contactos con las patrullas fronterizas, sobornó, halagó, corrompió; no debía haber obstáculos en el camino de su gran ofensiva. Fue a Zugdidi y allí entabló conversaciones con peces gordos de la administración provincial, calculó noche tras noche a quién le correspondían qué porcentajes y qué pagos por guardar silencio.

La guerra en Osetia, y ahora también en Abjasia, jugaba a su favor, porque su mercancía no era menos cotizada que las armas. Con unos cuantos de sus más íntimos, a principios de octubre fue a Piatigorsk en el más estricto secreto, y allí se reunió con Begemot y los intermediarios, vio los campos y se metió su primer chute de heroína. Aquel «producto realmente bueno» de Dusambé. El polvo blanco se calentaba en una cucharilla sobre una escasa llama, cambiaba de color, se volvía marrón, se licuaba, se absorbía con una jeringuilla y se inyectaba directamente en vena.

Intento imaginar cómo puede haber sido aquel primer chute para él, para una persona como él. Cómo perdió su inocencia respecto a la heroína; ¿se perdió en campos pacíficos y meditativos, o su ego se hinchó como un globo? Más tarde tuve ocasión de intuir el efecto de la droga en los ojos de los adictos, y también el de la privación. Cuál de ellos robaría, cuál se volvería agresivo, cuál lloraría amargamente como un niño pequeño. Me propongo asistir a su «desvirgamiento» desde el punto de vista de mi amiga muerta:

De pronto, el mundo se detuvo. Las aristas se hicieron menos cortantes, todo lo duro y anguloso se fundió y se convirtió en nieve que goteaba sobre él, el mundo se volvió conciliador y desapareció la ira, su eterno acompañante, su más fiel compañero desde los primeros días de la infancia, desde la muerte de su padre no había tenido un amigo tan entregado como esa ira eternamente ardiente, eternamente hambrienta. Se hundió en el sofá floreado de una casa espaciosa que Begemot había puesto a su disposición, con espejos de marco sobredorado y pesadas cortinas de terciopelo, jarrones de cristal y flores artificiales. Sus oídos se llenaron del susurro del mar, como si le hubieran volcado el océano en las orejas. Las constantes de su vida se disolvieron, y encontró una breve paz. Se abrazó. Su ira se había calmado. Probablemente, sí, probablemente así fue su primera noche con la heroína. Y con la ira desapareció otra cosa, mucho más decisiva: el miedo que le había cerrado la garganta, el miedo a fracasar, a no estar a la altura de las expectativas, a no salir adelante en el mundo de Tapora y sus iguales. También tuvo que desaparecer la amargura en la lengua, amargura por su madre, a la que hacía responsable de que el trono de su reino hubiera pasado con tan poco esfuerzo a Tapora, como si se hubiera doblegado demasiado deprisa ante el poderoso hermano de su marido muerto, ella, la fría Gertrude, y él, Claudius, el lujurioso, el obsesionado con el poder. No podía dejar de culpar a su madre por no haber protegido de ese hombre a su camada.

Incluso hoy, me cuesta trabajo pensar en el amor de Zotne. Su amor compite con el de mi hermano, y sí, soy así de tonta, no puedo abandonar a los muertos, sigo sopesando pros y contras, ponderando. De pronto pienso que esa foto es para mí, para mí sola, como si ella hubiera querido hacerme mirar su rostro, su negro corazón. Y quizá, sí, quizá un corazón perdido. Así miró ella dentro de él, así lo vio. Así que yo también tengo que hacerlo. Me toca a mí volver a aprender la piedad que los tiempos me han quitado. Porque nunca fueron piadosos conmigo.

Durante los años que precedieron a su adolescencia, Dina y Zotne apenas cambiaron una frase que tuviera sentido. Nunca se vieron a solas. Ella ni siquiera se tomaba la molestia de ocultar que le rechazaba. Y, aun así, a lo largo de los años él había estudiado sus movimientos, su forma de quitarse el pelo de la cara, su típico y brusco gesto de cabeza, la concentración con la que escuchaba a alguien, la forma en que se abrazaba las rodillas cuando no se sentía a gusto; con los años, llegó a ser un maestro en la secreta investigación de sus peculiaridades.

A veces pienso que sigue habiendo un punto de litigio ente nosotros: que Zotne buscó un camino distinto hacia ella que el de Rati, que se ejercitó en la infinita paciencia, que quiso hacérsele *imprescindible*, y afirmo que al final lo consiguió. Pero ella nunca estuvo de acuerdo conmigo. Y, después de todos los años en que la he sobrevivido, puedo decir: yo tenía razón.

El miedo desapareció, y otra cosa distinta empezó a llenar su corazón, ese punzante sentimiento del que había intentado liberarse durante tantos años. Quizá no pudo evitar pensar en el decimonoveno o el vigésimo cumpleaños de Guga, el día al que regresaba mentalmente una y otra vez, que tantas veces tuvo que maldecir, por no haber ahogado su miedo en su origen y no haberse expuesto a él a tumba abierta. Porque posiblemente, o al menos eso se decía, desde entonces las cosas habrían sido distintas, distintas de parte a parte...

Como casi siempre, Nene y sus amigos habían ido al cumpleaños de Guga, porque el propio Guga no tenía muchos. Zotne fue a parar a la mesa de Dina, fue su vecino inmediato, una constatación que le causó mareo y náuseas. Iba a pasar la noche cerca de ella, a respirar su aroma y recoger su risa. Tendría que charlar con ella y atenderla. Hacía calor, ella llevaba un sencillo vestido rojo, y sus brazos y piernas desnudas le tocaban con alegre y ligera indiferencia. No olía tan bien ni iba tan perfumada como la mayoría de las chicas que conocía, olía a ella misma, solo a ella misma, como si no tuviera necesidad de ponerse «más agradable» para nadie.

De pronto, de forma del todo inesperada, se volvió hacia él y preguntó:

—¿Por qué me miras todo el tiempo, Zotne?

—¿Cómo?

Su tono era contenido, distante, y sin embargo se le había desbocado el corazón, tenía miedo de que todos los que estaban sentados a la mesa pudieran oír su martilleo.

—Creo que sabes de lo que estoy hablando.

—¿Cuánto se supone que te he estado mirando? ¿Y por qué iba yo a mirarte?

Se odió por su tono arrogante, por la expresión indiferente de su rostro, que se ponía como una máscara, por sus labios apenas entrecerrados. Porque la forma en la que ella había hecho la pregunta no tenía nada de reproche, era completamente abierta, como un cruce del que partían varios senderos, y él habría podido recorrerlos todos, explorarlos todos, y en vez de eso se quedó en terreno seguro.

—No lo sé, por eso te pregunto. No soy ciega. Vamos...

Ella lo intentó entonces con una cordial sonrisa, quería quitarle hierro a la pregunta, pero él se mantuvo testarudo.

—Tonterías. Si hubiera algo, te lo diría.

Sonó marcadamente hostil, y ella lo notó, los rasgos de su rostro se contrajeron, como si se estuviera formando una tormenta.

—Oh, no lo dudo. Siempre consigues lo que quieres, ¿eh?

Aquella pregunta lo desconcertó. En los ojos de ella brillaba una ira eléctrica.

—Eso parece. —Se avergonzó de aquella respuesta.

—Bien, entonces seguro que he malinterpretado algo.

—Será eso —dijo él, y se apartó de ella.

La tenía tan cerca, tan cerca que todo el tiempo debía contenerse para no extender la mano hacia ella, para no llevársela lejos de todo.

Poco después, sintió que le rozaba su pierna desnuda. Ella la apretaba cada vez más contra su muslo, era imposible que estuviera ocurriendo por azar, pero nada en aquel gesto era provocador o seductor, al contrario, era agresivo. Ella le desafiaba, quería saber cómo iba a reaccionar. Se sobresaltó, se dio cuenta de que el sudor le perlaba la frente, en cuestión de segundos se convirtió en el niño pequeño que había sido algún día y al que entretanto solo conocía por las fotos, en el regazo de su padre, con pantalones cortos y una ancha sonrisa en el rostro, un niño tímido, más bien introvertido, al que había expulsado expresamente después de convertirse en un obediente soldado de su tío.

Ignoró su provocación tanto tiempo como le fue posible, y volvió a su dureza entrenada. Encontró fuerzas para volverse hacia ella y mirarla de frente.

—¿A qué viene eso?

—Odio que me mientan.

—Estás loca, chica —dijo él, esforzándose por sonar lo más casual posible. Ella le aguantó la mirada.

Más tarde, mucho más tarde, él le confesó que aquella noche había errado, borracho e insomne, por las silenciosas habitaciones de su gran vivienda. Aquella misma noche había descubierto la foto de Dina en el lago de Tbilisi, y la había escondido en el cajón. Allí se quedó hasta que le traicionó cuando su hermana topó por casualidad con ella. El fuego eterno dentro de él. Aquella nostalgia provocadora, punzante, dolorosa, que latía en su interior como una herida incurable dentro de su cuerpo.

La droga desplegó su poder, porque sus promesas parecían infinitas. Él se entregó a ella sin resistencia y trató de volver al punto en el que perdió el control durante trabajado durante años, y le regaló el anillo. Los motivos parecían sencillos y, sin embargo, no eran suficientes. Es posible que no haya respuestas en el amor, Zotne, sino solo preguntas. Sí, es posible que sea así.

Había bebido demasiado, y pensar en ella se volvió un azote tan terrible que, por primera vez, marcó su número. Cuando ella descolgó, le pidió que fuera hasta el cruce de la calle, tenía algo para ella. El día antes —también eso Dina me lo contó después—, Tapora lo había enviado a cobrar al bazar del oro, y por algún motivo él se había parado delante de un puesto y había cogido aquel preciso anillo de diamantes, con mucha filigrana. Lo había comprado perdido en sus pensamientos, y solo en el camino de vuelta a casa se había dado cuenta de para quién lo había comprado.

Le estuvo infinitamente agradecido porque ella no pareciera sorprenderse y aceptara el encuentro, como si llevara años esperando aquella llamada. Sin hacer preguntas, se sentó en el asiento del copiloto y le miró con amabilidad. La chaqueta echada por encima de los hombros y el pelo enmarañado la volvían aún más atractiva a sus ojos. Le gustó que no se hubiera tomado la molestia ni por un segundo de ponerse guapa, que nunca emanara el deseo de gustar. Palpó la cajita que guardaba en el bolsillo. Balbuceó, tartamudeó, se avergonzó, sentía el alcohol que llevaba en la sangre, y que, contra todo pronóstico, no le daba ningún tipo de audacia. Sacó la cajita de terciopelo rojo, la abrió con manos empapadas de sudor y se la tendió. Ella miró el regalo sorprendida, saltaba a la vista que se esforzaba por entender la relación entre él, ese anillo y ella misma; buscaba en sus recuerdos algún acontecimiento que hubiera podido llevar hasta ese anillo. Luego se echó a reír, a su relajada manera, y puso la mano encima de la de él:

—Zotne, ¿qué es esto? ¿A qué viene este anillo?

—No es más que un regalo, nada especial... —volvió a balbucear, y miró por la ventanilla.

—Pero *es* algo especial, ¿vale? —exclamó ella con fingido dramatismo.

Luego le preguntó si podía dar una calada a su cigarrillo. Entonces aún fumaba en secreto, en los baños del colegio y en escaleras solitarias.

—Puedo darte otro... —Se llevó la mano al bolsillo.

—No, dame el tuyo, no quiero otro.

Él se lo tendió, rezando por que ella no advirtiera el temblor de su mano. Observó cómo se ponía el cigarrillo a medio fumar entre los carnosos labios y le daba una calada. Hacía todo lo que hacía con una inimitable naturalidad, que provocaba una incomodidad casi física en él.

—¿De dónde lo has sacado? —preguntó, y extrajo el anillo de la caja, lo sostuvo a la luz, lo examinó—. Es bonito. Muy fino, no te hubiera creído capaz.

—Lo he comprado para ti.

—¿Por qué?

En realidad, sabía la respuesta, la había sabido todo el tiempo, y, aunque él se repitiera una y otra vez lo contrario, una parte de él se sentía aliviado de que lo supiera.

—Quiero que sepas que me gustas. Y..., si alguien te pone tonto, no tienes más que decírmelo.

—No necesito protección, nadie se me pone tonto, relájate.

La miró de frente. Por alguna razón, de pronto tuvo valor para hacerlo. Ella bajó la vista. Tiró el cigarrillo por la ventanilla, cerró la cajetilla, volvió a mirar hacia arriba. Entonces él se inclinó hacia ella y la besó. La besó mientras se preguntaba a cuántos habría besado antes que a él. ¿Qué habría sentido de haber sabido que era su primer beso? Ella cedió, titubeante, insegura, no se resistió, parecía abrumada, abrumada por su propia curiosidad, por el giro inesperado de aquel día. Él besaba bien, pero su experiencia no le sirvió con ella, con aquella chica impetuosa. Con ella no tenía ni siquiera la ilusión del control, era la única con la que se había sentido expuesto.

Miro fijamente la foto en blanco y negro y me imagino el primer beso entre Dina y ese hombre como un columpio que pende tenso, de unas cuerdas muy finas, encima de un abismo infinito. Se elevan hasta el punto más alto, pero no se caen, no, entonces aún no. Habría tenido que saber que la caída solamente podían provocarla ellos. Ella se alzó sin mirar hacia abajo, en vez de eso mantuvo la mirada puesta en el cielo. Por eso él la amó, sí, probablemente fue por eso: por su carácter indómito y por el hecho de que, incluso al borde del más mortal abismo, jamás tuvo vértigo. A él le corrieron lágrimas saladas por las mejillas, no pudo evitarlas, ella no dejó que se le notara nada, no hizo preguntas.

Después de haber intentado un par de veces convencerle de que se quedara con el anillo, y de que él se hubiera encrespado incrédulo, ella se bajó del coche sin hacer comentario alguno y volvió a la calle de la Vid, sin darse la vuelta ni una sola vez. Sí, es probable que Zotne Koridze también pensara en aquella escena cuando se metió el primer chute de su vida.

¿Cuánto tiempo hacía de aquel beso, volviendo a aquel día en que su mundo se derrumbó, en que creyó que nunca había odiado a alguien tanto como a ella? El día en el que supo que Dina y Rati Kipiani se habían convertido en pareja.

Precisamente Rati, aquel eterno aprendiz de rebelde, aquel gánster hecho a sí mismo, arrogante, camorrista, que siempre tenía que demostrarle algo al mundo, ¿por qué él, por qué él? Esa pregunta le quitaba el sueño, le hacía caminar sonámbulo sobre mil cristales rotos. ¿Qué tenía Rati que él no tuviera? ¿Qué podía ofrecerle que él no pudiera darle? Si se hubiera enamorado de un apuesto estudiante de Medicina, de un violinista con gafas, de un hombre de mundo aficionado a la bebida, de un retraído arqueólogo, él habría despreciado cualquier elección que hubiera podido hacer, cualquiera de ellas le habría arrancado el corazón, pero lo habría entendido. Se habría dado cuenta de que no estaba dispuesta a pasarse la vida a su lado. Pero en Rati veía una mala copia de sí mismo, un pálido reflejo de sus ambiciones, provenía del mismo mundo de las audaces bifurcaciones. Zotne no había intentado conquistarla, la había protegido al evitarle su amor. Y entonces ella optaba por una mala imitación de sí mismo.

Y, como es natural, seguro que nadó alegremente en un mar de gozo cuando logró dar una lección a Rati a espaldas de Tapora. Quería recortar su poder, ponerle de rodillas, humillarlo, sentar un ejemplo, arrancar de raíz cualquier espíritu levantisco dentro de su zona. Y, sobre todo, obtenía satisfacción del hecho de que podía volver a dormir tranquilo, sabiendo que desde ahora Rati iba a estar lejos de él. Pero el giro que esa decisión trajo consigo superó sus más audaces fantasías. Nunca en su vida habría contado con que una tarde de lluvia Dina fuera a verle, peinada y maquillada, con una minifalda vaquera y botas blancas, y a preguntarle directamente en el umbral:

—¿Sigues queriéndome?

Su corazón se había contraído ante aquella pregunta, sentía excitación y alegría en la misma medida en que sentía asco. La idea de haberla llevado a ese punto, a esa situación, tuvo que ser como una bofetada que se diera a sí mismo.

Le pidió que entrara. Por suerte estaban solos, por suerte no estaba ninguno de sus amigos, por suerte Tapora estaba en Moscú. Cerró la puerta, y ella le siguió a la espléndida casa de su tío, que tantas veces le había servido de refugio. Se sentó en el pesado sofá tapizado en terciopelo, sobre el que pendía un icono sobredorado, desproporcionadamente grande, de la Virgen María; no se quitó la chaqueta, no quiso tomar nada, quería dejar todo aquello atrás lo antes posible.

—Responde a mi pregunta —le presionó, sin respiración.

Estaba furiosa, le odiaba, él podía percibirlo, durante mucho tiempo había creído albergar esa misma rabia hacia ella.

—Tranquilízate. Si quieres tomar algo, tengo cerveza en la nevera.

—¡No quiero nada!

Su voz se quebró. Se cubrió la cara con las manos, se frotó el rostro, como si quisiera ahuyentar un cansancio de plomo. Olía a lluvia, a todas las oportunidades perdidas, a todo lo que se le había escapado, a él y a su amor de picadura de pez globo, un amor para el que no había antídoto.

Aun así, él fue a la cocina y trajo dos botellas de la cerveza checoslovaca que le hacían llegar regularmente en cajas a su tío. Le tendió una. Solo al acercársele olió el alcohol que ella ya había bebido, al parecer su valor le jugaba de vez en cuando una mala pasada.

—Entonces ¿aún me quieres?

Él calló, y buscó la salvación en la fría botella de cerveza, que tenía agarrada con tanta fuerza que se le pusieron blancos los nudillos.

—Lo sabes —susurró.

—Bien. Entonces, ocúpate de que salga y tendrás lo que quieres. Y estaremos en paz.

Su manera de hablar, su manera de negociar con él, tiene que haber sido un puñal para Zotne. ¿Cómo se podía estar nunca «en paz» en el amor?

—Deja de hablar así, no eres tú.

—Sí, soy yo, exactamente igual que tú eres el que ha metido a Rati en el trullo.

Él miró la ventana, de visillos corridos. Como todas las personas del mundo de las sombras, su tío odiaba la luz directa. En aquella casa siempre reinaba la penumbra, con independencia de la hora del día. Ella dijo más tarde que agradeció que él no se negara, que no la expusiera también a esa humillación.

—Ahora eso ya no importa. Tú has hecho lo que has hecho, y yo también haré lo que tengo que hacer.

—¿Qué quieres decir?

Se apoderó de él una excitación, un malestar que causaba inquietud, se había imaginado aquello tantas veces, una aproximación, un contacto, la inimaginable satisfacción de sus más secretos deseos, pero nunca así, nunca allí, nunca en aquellas condiciones.

—Tendrás lo que quieres. Y luego te ocuparás de que pongan en libertad a Rati.

Él se puso agresivo, volvía a tener la boca seca, arenosa, como aquella vez en el coche, cuando le había regalado aquel estúpido anillo que ella nunca había llevado, claro que no. La había deseado tanto tiempo que hacía mucho que se había acostumbrado a la Dina que imaginaba. En casi cualquier situación, pensaba en lo que aquella Dina imaginaria habría considerado adecuado o inadecuado, lo que permitiría o prohibiría, pero lo que estaba pasando en ese instante despedazaba a su novia imaginaria de la manera más espantosa, y él no lo soportaba, no le podía robar también sus ilusiones.

—Dina, sabes lo que significas para mí. Basta, no quiero que te humilles por mi causa.

—La libertad de Rati me merece cualquier humillación. Además...

—¿Además?

Ella se incorporó. Se plantó delante de él. Estaba pálida. Llevaba un recogido, era algo muy inusual, la mayoría del tiempo el pelo le colgaba sobre la cara, la mayoría de las veces apartaba un mechón cuando se ponía furiosa. Se le acercó peligrosamente. Sabía que no podría contenerse si ella insistía, y aun así no podía creer, seguía sin poder creer, que en verdad lo haría, así, de ese modo. ¿O tenía que considerarlo un rayo de esperanza? ¿Debía leer en su mirada, en contra de su intuición, algo distinto a la ira y el desprecio?

—Además, no es tan humillante acostarse con alguien que te quiere —susurró ella, se quitó la chaqueta con cuidado y la dejó muy despacio en el suelo.

Él quería llorar, pero temió que las lágrimas lo quebraran, que lo hicieran estallar en mil pedacitos.

Ella se quitó las botas, las dejó ordenadamente a un lado. Temblaba. Él no se atrevió a darle calor. No quería tocarla. Miraba sin parpadear su botella. Olía su piel besada por el sol, como si en su mundo siempre fuera verano.

—¡Por favor, para, Dina! Vete, vete y ya —susurró.

Pero ella se quitó la blusa azul con mangas de farol y la dejó junto a su chaqueta, después de plegarla con esmero.

Luego vino la falda. Él trató de apartar la vista. Se quedó en ropa interior delante de él. Y entonces él la miró. Tenía los muslos más fuertes de lo que él había imaginado, el talle más estrecho, los pechos más firmes, más hermosos aún de lo que imaginaba, los hombros más infantiles, el ombligo más vergonzoso, los pies más largos y delicados que en su memoria, los tobillos más orgullosos y las clavículas y las muñecas más encantadoras. Se levantó. Cogió el rostro de ella entre sus manos. Ya no había vuelta atrás, todo daba igual, iba a tomar lo que se le ofrecía, no importaba cuáles fueran las consecuencias. Le acarició la cara, se detuvo en la barbilla y después la besó con toda la nostalgia, la impaciencia, el apremio, el hambre y el miedo acumulados.

Ella me describió esa escena después, mucho después, en un momento en el que ya todo estaba desmoronándose. Siempre me acordaré de su rostro bañado en lágrimas y de sus preguntas, que me acompañarán durante toda mi vida, y ahora, aquí, de pie delante de sus fotografías, me siento agradecida por ese legado que fue una exigencia, aquel dolor, aquella desnudez, y la necesidad de tener que buscar las respuestas yo misma. Le estoy agradecida por su férrea fortaleza, desgarradora, que nunca se dejó doblegar o deformar. Y estoy segura de que también Zotne guardará ese legado, de que volverá una y otra vez a él en su memoria. Y quizá su memoria sea a veces un salvavidas, a veces un trapo rojo, pero siempre despertará algo dentro de él que será como una embriaguez, un eterno tambaleo de felicidad, alimentado con una única certeza: que ella *gozó*, que bajo su ternura experimentó ese consuelo tan necesario e infrecuente. Sin duda alguna pensará en su rigidez inicial, que se fue rompiendo poco a poco, en sus labios apretados, que empezaron a abrirse despacio bajo el peso del placer, en su delicada espalda, sus vértebras salientes, su flexibilidad. Quizá piense también en su defensa, el fingido desinterés, y en su agitada respiración después, la presa de sus piernas enlazadas en torno a su espalda. Pensará en su grito, al final del todo, cuando él desaparece con el rostro entre sus piernas, una vez abolida la prohibición que ella le había impuesto sin palabras. Sí, volverá a pensar a menudo en eso, y se estremecerá de alegría, porque sabrá que ella fue feliz, sí, feliz por descuido.

Y, mientras él se acuerda, yo tendré ante mis ojos el rostro de ella bañado en lágrimas, en su oscuro y pequeño escondite en aquel edificio abandonado que, en los últimos años de nuestra amistad, fue el único refugio que nos quedó en un mundo despiadado. Y sabré que al lado mi hermano, ausente, que intenta tan lamentablemente devolver a la vida su antiguo amor, lucha por una última esperanza: Dina. Y sabré lo peligrosa que esa esperanza arruinada será para ella si se le acerca demasiado. Y no podré impedir nada.

En las primeras semanas que siguieron a aquel giro tan colosal e inesperado, Zotne aún estaba absolutamente seguro de que quería llevarse a la tumba ese acontecimiento. Había un silencio tácito entre ellos. Y, por mucho que aquel secreto le ardiera en la lengua, sabía que jamás podría emplear contra Rati esa arma taimada si no quería perderla para siempre. Era un asunto entre él y ella. Pero entonces pasó.

Cuando, después de un recorrido por el barrio con sus chicos, dobló la esquina de la calle Kirov, vio a Rati y sus compañeros discutir con el dueño de una tienda de cachivaches. Después de su puesta en libertad, Rati se había vuelto arrogante, penetraba cada vez más en su territorio, al que pertenecía la calle Kirov. Zotne paró, bajó del coche y se dirigió en línea recta hacia su odiado competidor, al que había sacado personalmente de la cárcel. Sus chicos, que seguían en el coche, esperaron con alegría anticipada la pelea largamente pendiente con Rati y su banda. También a él le resultaba más que atractiva la idea de romperle la cara a Rati, patearle la tripa con sus pesadas botas y machacarle los dedos, pero desechó esa posibilidad y se obligó a pensar en *ella*, en su titubeante, arriesgada y tan invisible proximidad, que él había creído sentir aquella noche. No, no le iba a romper las costillas, no azuzaría a sus perros hambrientos contra sus seguidores, mantendría el control, allí hacía falta un *razborka* clásico.

Los ojos del tendero se agrandaron de miedo al ver venir a Zotne. Pero este se limitó a pedir a aquel hombrecillo rechoncho que desapareciera dentro de su tienda, la cosa no tenía nada que ver con él, no tenía nada que temer. Sin decir palabra, como si se hubieran puesto de acuerdo, todos los que acompañaban a Zotne y a Rati se metieron en una oscura calle lateral y formaron al instante dos frentes, doce hombres jóvenes unos frente a otros.

—Aquí no se te ha perdido nada, ¿es que no lo sabes, Kipiani?

Zotne se dirigía directamente a Rati.

—Que te haya dejado cruzar la calle Lérmontov y la Gogebashvili no significa ni por asomo que puedas *reclutar* aquí.

Mientras decía aquellas frases, le miraba de frente a los ojos.

Por supuesto, Rati no retrocedió.

—Vivimos en un país libre, Koridze, los dueños de las tiendas pueden escoger por sí mismos qué *krysha* eligen.

Tanto los chicos de Rati como los de Zotne arrastraban ya los cascos por el suelo, dispuestos al combate, con ganas de pelea; deseaban la batalla pendiente desde hacía tanto. Pero Zotne apartó a su gente, una petición sin palabras a Rati de que hiciera lo mismo, de que arreglaran el asunto entre ellos. Así que se quedaron solos, cara a cara en aquel oscuro callejón sin salida. Cuando lo miró de cerca, Zotne no pudo evitar pensar en el cuerpo de Dina, en el secreto que latía en su cabeza. La idea de que había abierto para ese hombre la puerta de la libertad y le daba con eso la posibilidad de tocarla todos los días era devastadora. Quería arrebatarle esa narcisista seguridad en sí mismo, esa sonrisa autocomplaciente en la comisura de la boca, esa orgullosa mirada de príncipe seguro de su trono. La conversación fue dura, ninguno de los dos cedió; la ira de Rati, acumulada durante años, hirviente desde la muerte de Saba y su detención, tenía que encontrar una válvula de escape.

—Vas a dejar en paz la calle Kirov, Kipiani. Es mi última palabra.

—Tú no tienes nada que decidir, Koridze.

—Si intervienen los viejos, sabes cómo terminará la *razborka*. No solo perderéis las tiendas, sino también vuestras *birshas*.

—Está claro que no tienes cojones para arreglar esto a solas conmigo, maricón. ¿Por qué siempre necesitas la *strajovka* de tu tío?

Sabía que a Rati le gustaba jugar aquella carta, era su único triunfo. Pero no le faltaba mucho, pensó, no le faltaba mucho para salir de la sombra de su tío...

—Donde uno se vuelve maricón es en la cárcel —repuso fríamente Zotne, acercándose tanto a Rati que le rozó su aliento.

—¿Y tú sabes lo que hacen en la cárcel con un puto? ¿Sabes cómo llaman a la gente así? ¿Lo sabes, Koridze?

Y entonces ocurrió. Para Zotne, el odio hacia Rati se había convertido con el paso de los años en una sombra, y entonces despertó en él una necesidad que nunca antes había sentido de un punto final, quería destruir a ese tipo, quitarle el suelo bajo los pies. Lo único en lo que podía pensar en ese instante era en ella. Ella y sus ojos de avellana sorprendidos ante su propio placer. Él no la había protegido de su amor durante todos aquellos años para que ese arrogante idiota la cogiera como un trofeo y se adornara con ella, haciéndola dar vueltas en todas las fiestas como un maldito Fred Astaire.

—Me lo he pensado mejor. Te dejaré la Kirov, incluso los billares de la esquina. Por mí, puedes jugar a rey de Sololaki...

Se detuvo. Qué placer tuvo que sentir, qué dulce tuvo que ser el poder...

—¿Y cuál es el pero?

Rati, que parecía a punto de estallar de asco y tensión, se puso un cigarrillo en la boca y echó el humo directamente a la cara de Zotne.

—Déjame a tu novia, de todos modos disfruta más conmigo.

Probablemente Zotne recordará hasta el fin de sus días el rostro de su adversario en aquel momento. Aquella mezcla de incredulidad y shock ante la maldad de su contrincante, y luego el miedo repentino a que pudiera haber algo de verdad en aquello. La razón, que volvió muy despacio y quiso hacerle ver que se trataba solo de una provocación. Y su propio sentimiento de triunfo, esa embriaguez increíble. Enseguida Rati iba a tomar impulso, su puño iba a aterrizar en la cara de él, pero no cedería, porque el dolor convertiría su rabia en un infierno, como la gasolina en fuego.

Pero en ese mismo instante oyeron los gritos de los chicos, ambos necesitaron un momento para que les llegara el contenido de las palabras y los obligara a actuar:

—¡Los polis están aquí, vamos, al coche, rápido! —gritó uno.

En este caso excepcional, la milicia fue la salvación. A la velocidad del rayo, todos se metieron en los coches y salieron corriendo. Estoy segura de que Rati habría perdido la paciencia en aquella calle oscura. Rati nunca había sido un estratega, Zotne sí.

Zotne, de eso no hay duda alguna, no quería tener nada que un día pudiera pulverizarse. Se había conformado a sí mismo como un escultor, conforme a la escala de su tío, a las expectativas de su mundo. Se había abierto paso, encarnizado como un bull terrier, para alcanzar sus objetivos. Le daba igual que la gente le quisiera, tan solo les pedía respeto. Y el respeto se conseguía —esa era la lección más importante de su infancia— cuando se tenía suficiente poder. Rati a su vez quería ser amado a cualquier precio, quería reconocimiento y aprobación a todas sus audaces acciones, mientras que Zotne —el hombre de la foto en blanco y negro ante la que continúo cruelmente fascinada, como en presencia de un accidente— no perseguía otra cosa que el poder. Mientras durante toda su vida Rati había intentado ser alguien que en el fondo no era, pero creía tener que ser, Zotne había bailado desde la infancia en el parquet de la violencia y la intimidación, y llevaba metida en la sangre la falta de escrúpulos necesaria, que Rati había tenido que entrenar con esfuerzo, que alcanzar. Y, desde que Dina había ido a visitarlo en casa de su tío, desde que compartían aquel secreto ardiente, desde que aquella pequeña, peligrosa esperanza había germinado en él y había sido consciente de que, además de la intimidación, la demostración de poder, la violencia, la capacidad de recaudar dinero y la de dar órdenes, tenía otras aptitudes, su paciencia era infinita: estaba dispuesto a esperarla muchos años más, porque sabía que estaba en condiciones de hacerla feliz.

Manana —a la que él nunca llamaba Deda, sino siempre por su nombre— y su hermana regresaron de Sochi a Tbilisi un día de septiembre extraordinariamente caluroso. Nene estaba morena, y su vientre hinchado como una provocación, desde la muerte de Saba se había convertido en una presencia extraña, una transformación frente a la que incluso su poderoso tío parecía impotente. Zotne había esperado que el viaje veraniego le sentaría bien, y que el mar le devolvería las fuerzas necesarias. En cuanto las recogió a ella y a Manana en el aeropuerto, le llamó la atención algo que no podía denominar con exactitud, pero que le inquietó: su cuerpo derrochaba una curiosa energía y satisfacción, como si hubiera descubierto un camino para reconciliarse con el mundo.

Zotne nunca había creído capaz a su hermana de seguir encontrándose con ese intelectual de Saba siendo ya una mujer casada, y el descubrimiento le había causado un profundo shock. Aunque se había sublevado interiormente contra la decisión de Tapora de casar a su hermana con Otto Tatishvili, en última instancia la había aceptado, como todo el mundo en la familia. El bien de la familia estaba siempre por encima de la felicidad personal. Más tarde, en todo caso, se podía leer en su rostro el sentimiento de culpa. Era la culpa del cómplice, del coadyuvante, la culpa de no haberlo impedido, un sentimiento mucho más complejo que la conciencia de culpa del que hace algo, que en la mayoría de los casos tiene motivos o convicciones para sus actos.

Manana preparó una comida de bienvenida; como siempre, todo lo no dicho acabó en la olla, se mezcló con la pasta. Guga, que rara vez bebía, abrió una botella de champán para festejar la jornada, se sentaron a la gran mesa de roble del salón. Hablaron de cosas sin importancia. Hasta que se oyó la frase.

—¿Qué acabas de decir?

—He dicho que ha pasado el plazo. Ya no podéis obligarme a abortar.

—¿De quién es? —preguntó Zotne.

—¡Qué pregunta! De Saba, por supuesto —dijo, satisfecha, como si hubiera encontrado una receta contra la pena, como si ya nadie pudiera hacerle nada.

Manana dio tal golpe en el borde de la mesa con ambas manos que la mesa tembló. Nene siguió comiendo con total tranquilidad.

—Está embarazada, eso es maravilloso... —Como siempre, Guga trató de mediar, aumentando con eso el potencial de la escalada.

—¿Qué estás diciendo? ¿Has perdido el juicio? ¡Cuanto más te entrenas, más tonto eres! —le increpó Zotne, y se arrepintió en el mismo instante.

—¿Cómo has podido ocultármelo todo este tiempo? ¡Nos pones en una situación catastrófica! Tenemos la sangre de ese chico en las manos porque tú no has tenido vergüenza ni honor, como una cualquiera...

—Lo amaba, y él a mí. Nunca quise casarme con ese parásito —dijo ella, mientras cortaba en trocitos su pechuga de pollo, casi alegremente, como si le aliviara que todas las cartas estuvieran encima de la mesa—. Me obligasteis a casarme con ese hombre, le odio, es un cerdo sádico. Me da igual lo que hagáis conmigo, por mí podéis desheredarme o ponerme en la calle, así podré por fin vivir mi vida y educar a mi hijo como considere oportuno.

—¿Y cómo se lo piensas explicar a tu tío? Has mancillado a nuestra familia, has traído la vergüenza sobre nosotros...

—Ahora cálmate, Deda. Podemos decir que es hijo de Otto —dijo Guga, en busca del camino más sencillo, menos complicado, hacia una solución que no hiciera daño a nadie.

—¡Jamás! No daré a luz al hijo de un asesino. —Se encrespó Nene.

Todos habían dejado de comer salvo Nene, que volvió a servirse; parecía que nada pudiera echarle a perder el apetito. Manana había salido indignada de la habitación.

—Tapora no podrá aceptar esto, Nene. Lo sabes —puso Zotne fin al silencio.

Ella se encogió de hombros.

—Pensará en algo malo —valoró Guga en voz alta—. Tenemos que proteger a Nene —concluyó, hurgando en su comida con el tenedor.

Zotne se sorprendió de la decisión que había en la voz de su hermano mayor, eternamente débil a sus ojos.

—No podemos librarla de su destino, ¿por qué no lo comprendes de una vez? —dijo irritado Zotne.

—Podríamos sacarlos de la ciudad, por lo menos al niño...

—¡Guga! ¡Crece de una vez!

—¿Qué tiene de adulto colaborar con lo que exige Tapora?

—Necesitamos más tiempo. Tengo planes... Cuando pueda ser independiente, por mí puede hacer lo que quiera, buscarse un tipo, volver a casarse o qué sé yo. Pero eso tardará. Aún no tengo gente suficiente en la que confiar.

—¿Es esa la razón por la que hace poco Tapora se te echó encima?

—Puede ser —dijo elusivo Zotne. Le sorprendía el repentino interés de su hermano, que por norma se mantenía al margen de todos los negocios de la familia.

—¿Qué pretendes?

—No puedo decírtelo. Es arriesgado. Pero, si no lo hago, lo hará otro hijo de puta. Sí o sí.

—¿Es algo... peligroso?

—¿Cómo es que de pronto te interesa lo que hago? Siempre te ha importado una mierda.

—Las cosas han cambiado. Vamos a ser tíos.

Zotne no supo qué decir a eso. El sentimentalismo de su hermano siempre le había parecido completamente fuera de lugar.

—He estado pensando. Quiero ser útil, y...

—¿Adónde quieres ir a parar?

—Tienes que ayudarla. Tía Natalie vive en Odesa, y se alegraría de acoger a Nene. Quítale a Tapora de encima. Dale dinero. Deja a Deda fuera del asunto. No debe saber nada. Esa es mi condición.

—¿Condición para qué? —Zotne no pudo contener la risa.

—Para ayudarte. Me uniré a ti. Haré lo que sea necesario. Y otra cosa, aún hay otra cosa...

—Olvídalo, Guga, tú no estás hecho para esta vida.

—Me da igual. Puedes enseñarme. Has dicho que necesitas gente en quien confiar.

—¿Qué otra cosa? ¿Qué ibas a decir?

Guga bajó la cabeza y enmudeció. Se miró las manos entrelazadas en el regazo. Parecía un gigante dentro de una casa de muñecas, su aspecto conmovía y divertía a Zotne al mismo tiempo.

—Tienes que hacerme un favor.

—¿Qué favor?

Zotne no podía imaginarse, ni con la mejor voluntad, adónde quería ir a parar Guga.

—Anna Tatishvili.

—¿Qué pasa con ella?

—Yo... Yo...

—¡Venga ya! Pensaba que esa historia lamentable había terminado.

—La quiero. La quiero de veras. Quiero que se case conmigo.

Zotne suspiró, negó con la cabeza y apagó el cigarrillo directamente en el plato.

—Oh, Dios, Guga...

—He cambiado. Tengo mucho mejor aspecto que antes, estoy más seguro de mí mismo, puedo ofrecerle una buena vida.

—¿Y qué debo yo hacer exactamente, en tu opinión?

—Solo quiero que me dé una oportunidad. A ti te escuchará. Una cita —añadió a media voz.

—Está bien. Veré qué se puede hacer —respondió Zotne, ahora visiblemente divertido. ¡Una cita! Quién seguía empleando esos conceptos.

Zotne se levantó y salió del comedor con paso rápido. Tenía que pensar en todo aquello, tenía que trazar un plan. Temía exponer a Guga a ese peligro. Por otra parte, necesitaba hombres en los que confiar a ciegas. Su decisión de aceptar la oferta de Begemot significaba de manera inevitable entrar en guerra con su tío. Y era difícil encontrar apoyos, porque no podía ser nadie del círculo de Tapora, y la mayoría de los miembros de su banda, no se engañaba, buscaban su proximidad a causa de su tío.

A Tapora le dieron la noticia durante una comida familiar. Terminó de comer sin hacer ningún comentario, chasqueó sonoramente la lengua, como tenía por costumbre, como si él estuviera por encima de los modales, se tomó el vino a tragos avariciosos y luego dejó vagar la mirada por los reunidos. Carraspeó y anunció su sentencia sin emoción alguna:

—Bien. Si quieres conservar a ese bastardo, volverás a casarte. Ya encontraremos un candidato. Me ocuparé en persona, porque tu hermano —miró a Zotne— ni siquiera ha podido controlar a ese chupapollas lobotomizado.

Rabia, gritos, habían esperado cualquier cosa menos una sentencia semejante. Volver a pasar por aquel infierno, volver a casarse con alguien al que despreciaría... Nene se echó a reír. Era una risa que daba miedo, que resonó por toda la casa.

—¡Calla ahora mismo! —increpó Manana a su hija.

Pero Nene no podía calmarse, rio y rio, con una risa que iba volviéndose cada vez más histérica, hasta que tuvo que secarse las lágrimas de las mejillas. El enorme puño de Tapora golpeó el borde de la mesa e hizo estremecer la porcelana de Sajonia reunida por Manana a lo largo de los años.

—¡Basta! —rugió—. ¡Deja esa risa enferma, mujerzuela estúpida!

Tapora jamás había insultado a Nene, jamás le había dirigido una palabra vulgar. La mayoría de las reglas y prohibiciones que le imponía le eran comunicadas a través de su cuñada o de sus sobrinos, como si nunca quisiera caer en desgracia con ella. Nene dejó de reír de golpe y se levantó de la mesa. Sonámbula, como se movía en los últimos tiempos, abandonó la estancia.

Entonces Zotne supo que era el momento de actuar. No podía seguir permitiéndose ser exigente. Guga era el sacrificio que tenía que hacer por su hermana.

Tres días después estaban en la cocina de la hermosa Anna Tatishvili, antigua princesa del colegio, que ahora estaba en el mejor de los caminos para convertirse en una persona caída en desgracia por culpa de su hermano, temerosa y amargada. Sus padres aún no habían vuelto, se habían retirado a pasar el verano a su casa de campo en un pueblo del sur de Georgia, avergonzados de tener por hijo a un asesino. Anna estudiaba para sus exámenes.

Me la imagino en una de las insignificantes viviendas de un rascacielos, en algún lugar de Saburtalo, veo sus ojos celestes y el mohín de su boca, su blanca piel, sus grandes pechos y su esbelto talle, siempre peinada y bien vestida, como si esperase que la vida fuera a hacerle en cualquier momento una oferta que no podría rechazar. Ya no me acuerdo de lo que estudiaba. Le habría pegado que fuera algo exigente. Quizá incluso Medicina. Pero después de la tragedia con Otto tuvo que rebajar sus expectativas. En ese entonces vivía en el décimo piso de aquel rascacielos recién construido, detrás de una puerta de metal asegurada con varios cerrojos, marcada para siempre, para siempre por el miedo de que pudieran encontrar a su hermano huido.

Anna era una mujer destinada a tener por esposo a un médico de camisas limpias y almidonadas o a un profesor de universidad, y a llevar una vida ordenada, ligeramente elitista, habitar una casa espaciosa decorada con estilo, tener una dacha en Tskneti y criar varios hijos. Sería una buena anfitriona y una madre y esposa cordial, un poco arrogante, un poco esnob, como muchas chicas de Tbilisi de clase alta. Con los años se amargaría en alguna medida, pensaría que la vida le había quitado algo, quizá empezaría a despreciar un poco a los de abajo, a ejercer algo de presión para compensar lo que creía haberse perdido. Pero, a causa de la enfermiza autoafirmación de Otto, decidida por el odio, estaba condenada a terminar siendo un daño colateral.

Quizá antes Zotne no hubiera tenido nada en contra de un fugaz asunto con Anna, unos cuantos regalos, unas cuantas invitaciones a restaurantes, unos cuantos besos en un rincón oscuro, pero no se trataba solo de que Anna no era chica para algo semejante, sino que él también había visto los ojos enamorados de Guga y había desechado en el acto cualquiera idea semejante.

Anna pareció sorprendida, casi desbordada, cuando le abrió la puerta. Pero, como había sido educada para la cortesía, le pidió que pasara y le sirvió una sencilla cena.

Probablemente iba guapa, como siempre..., con un vestido de verano, la piel de albaricoque, sin duda; el pelo recogido bajo un turbante negro, como solía llevarlo, una reina africana de piel de alabastro. Animada por su deseo de gustar, le ofreció algo de beber, quizá tamborileó nerviosa con los dedos en el borde de la mesa. Parloteó un poco acerca de su vida cotidiana en la universidad y de los problemas de la facultad, de las clases que no hacían más que suspender. Y él la dejó hablar sin interrumpirla, quizá quería retrasar el momento de ser responsable de su desgracia. En algún punto, ella se levantó a cortar unas rodajas de sandía, y rozó sus hombros con el brazo. Como alcanzada por un hechizo, se quedó clavada de espaldas a él. Y él supo que iba a romperle el cuello a su ingenuo amor, que había durado tanto tiempo.

—Zotne —empezó ella, y se le quebró la voz.

—Anna, tengo que hablar contigo.

Ella se dio la vuelta de golpe, y le miró expectante. Tenía esperanzas, claro que las tenía. Enseguida, enseguida, lo veo, todo va a desplomarse, su amor va a desembocar en la aversión y la perplejidad. Pero él tenía que pensar en el vientre abombado de su hermana.

—No, espera, yo también tengo que decirte algo, y, si no lo hago ahora, ya no seré capaz.

—Anna, no es buena idea...

Ella seguía de espaldas a él.

—Zotne, probablemente llevas intuyéndolo todo este tiempo, pero lo de mi hermano... Después de todo eso, me costaba trabajo hablar contigo, pero yo... Me gustas mucho, Zotne, y...

—Anna, por favor, siéntate.

Más tarde, cuando salió a la calle, no habría sabido decir cómo ella había podido aterrizar de manera tan rápida y flexible en sus rodillas, y cómo había podido estampar en los suyos aquellos labios carnosos, inexpertos, que sabían a licor dulce. Besaba exactamente como él se lo había imaginado: entregada y pasiva, con la expectativa de que él la guiara, como en una danza tradicional georgiana. Y, por un breve instante, él asumió el mando, le rodeó el talle y sintió que el pecho de ella se pegaba al suyo, subiendo y bajando con rapidez. Luego se liberó del abrazo.

—Anna, tienes que dar una oportunidad a Guga —dijo.

Ella había esperado cualquier cosa menos aquella frase. Se levantó, y la vergüenza cubrió su rostro, la dejó petrificada. Quizá contuvo la respiración, sin duda enrojeció, seguro que las comisuras de sus labios palpitaron de forma incontrolada.

—Guga te idolatra. Lo sabes. Desde que tengo uso de razón, te persigue con la esperanza de que algún día le des

476

una oportunidad. Es un buen tipo, nunca te haría daño, sería un buen marido para ti. Alguien que yo no podría ser.

—¿De qué estás hablando? —balbuceó ella, y ahora su perplejidad se mezclaba con el espanto.

—Quiero que le des una oportunidad, que lo hagas *por mí*. Solo una oportunidad, no te pido más.

—Pero... yo no quiero a Guga, yo quiero...

Él no quería oírla hablar, no quería verla más vulnerable aún, se sentía incómodo, deseaba huir de aquella cocina y de aquella casa, de aquel agradable aroma a patatas asadas y sandía, que hacía que todo fuera aún peor.

—Lo sé. Pero no puedo. Créeme, tú no me conoces, mereces algo mejor que yo.

Solo se le ocurrió aquella frase manida, y su voz había descendido una octava, como siempre que la rabia se apoderaba de él.

—¿Cómo? —Ella retrocedió un poco, su indignación desapareció para dejar espacio a la pura ira—. Quiero a tu hermano, quiero decir, claro que sí, pero Guga solo es un buen amigo para mí, y así seguirá.

—Me temo que no, Anna —dijo él, en voz amenazadoramente baja, y se incorporó.

—¿Qué significa esto, Zotne? Creo que es mejor que te vayas. —Luchaba por controlarse, pero las lágrimas ya le estaban aflorando a los ojos.

—Vas a... tener que dar una oportunidad a Guga.

—¿Quién te crees que eres, el gran dictador?

—Me cuesta trabajo, créeme, y ojalá tuviera otra elección; pero aquí está en juego mucho más que tú o yo. Está en juego el futuro de nuestras familias, y necesito que me hagas ese favor.

—¿Favor? —gritó desesperada—. ¿Llamas a eso un favor?

—Tendrás que darle una oportunidad a Guga, si quieres que tu hermano *no sea encontrado* —concluyó, se levantó y fue hacia la puerta—. Gracias por la exquisita comida. Quédate, por favor, no hace falta que me acompañes.

«Esos caballeros»

Su autorretrato, que tanto adoro. Retrocedo unos pasos para poder verlo mejor. Es mi preferido de sus autorretratos, el que perfeccionó a lo largo de los años, practicando una despiadada autoexplotación. Todavía recuerdo exactamente cuándo vi esta foto por primera vez, y cómo me estremeció hasta la médula. Estaba en mi cocina cuando abrí ese elegante volumen de sus fotografías, publicado en Alemania, en el que se reproducía la foto, y me deslicé muy despacio pared abajo. Enseguida recordé aquella sombría noche de febrero en la que la había visto con aquella ropa, en el frío pasillo del hospital.

Incluso ahora, cuando miro esa foto, su mirada despiadada sobre sí misma, sentada con los pantis desgarrados y una falda vaquera a la que le falta un trozo, como si la hubiera mordido un perro rabioso, la oigo maldecir el amor y pisotear sus sueños. La oigo dirigiéndome aquel espantoso ultimátum: *En ese caso, por mí puedes alejarte y buscarte una amiga mejor...*

La foto solo se publicó después de su muerte. Quizá no quería publicarla, o no se dio la oportunidad. Por aquel entonces interesaban más los exteriores, reinaba la desolación por todas partes. La mirada interior solo cobró peso con los años, con la distancia. Como si nuestros descendientes quisieran entender cómo habíamos escapado con vida a aquellos tiempos.

Dina tiene en la mano el disparador, cuyo largo cable se enrosca a sus pies como una serpiente. Su mirada está fija en la cámara. Los cabellos están enmarañados, el jersey desvaído ha resbalado sobre el hombro izquierdo, las piernas musculosas, de aspecto atlético, están embutidas en unos pantis agujereados y unas botas altas, de cordones. Profundas ojeras, piel pálida, un cansancio de siglos en el rostro: en esa imagen, parece un guerrero poco después de una batalla decisiva, que al mismo tiempo no es más que una de las próximas. Una Pentesilea a punto de entablar el combate decisivo con Aquiles.

Está sentada delante de una pared blanca y neutra, el foco está en su rostro agotado y la expresión de sus ojos, en la que se puede leer que acaba de perder algo, tiene algo de vital.

Me acaloro. Me pregunto si es por el vino, si debo salir un momento a tomar el aire, pero la imagen ya no me suelta, se apodera de mí. Tuvo que hacerla justo después de aquella noche, quizá cuando llegó a casa al amanecer. Después de haber recorrido a pie todo el camino del hospital a casa. Habrá necesitado un tiempo. Habrá pensado mucho, durante esa maratón fría y nocturna por la ciudad.

El título, que me sacudió de pies a cabeza cuando lo leí por primera vez en el volumen, me resultó extraño. No podía establecer ninguna relación con ese tonto «Esos caballeros». ¿A qué se refería? ¿De qué caballeros hablaba? Al principio, partí de la base de que era un ataque sarcástico al patriarcado. Luego, cuando reconstruí los acontecimientos de aquella noche, llegué a la conclusión de que ese título estaba dedicado a su dramático encuentro con Rati, que fustigaba al sexo masculino en tanto que tal, que había arrastrado a todo nuestro país al abismo. Más tarde leí en un blog un ensayo en torno a esa foto. Una investigadora se manifestaba acerca de la fuerza feminista y progresista de aquella foto, y reforzaba mi suposición inicial. Escribía que Dina criticaba con ese título las estructuras tóxicas de la masculinidad. Pero luego empecé a desconfiar de aquella teoría: Dina era demasiado sutil y demasiado imaginativa como para hacer una acusación tan directa, sin duda plana a sus ojos. Ella siempre ponía el dedo en la llaga, en la propia y en la ajena, pero su crítica estaba más bien en el lugar inesperado, nunca le saltaba a una a la vista, no acusaba. Era más sutil, te pillaba completamente desprevenida.

Caí en la cuenta tal vez dos o tres años después de haber comprado el volumen: estaba en la cama, de noche, y me eché a reír, no pude evitar reírme a carcajadas, y al mismo tiempo todo se retorció dentro de mí, porque sentí, con estremecedora certeza, que jamás podría compartir con ella la alegría de haberla descubierto. Pero había encontrado lo que buscaba. No, ni siquiera en la muerte le permitía tener secretos conmigo.

Así que resolví aquel acertijo años después, tumbada, helada, en la cama de un hotel, tuvo que ser en Madrid, ya no recuerdo en qué cuadro estábamos trabajando entonces, pero sí la fiebre y aquel placentero sentimiento de mi infancia al que regreso siempre que tengo un resfriado. Y fue exactamente ese sentimiento el que me llevó a la explicación de aquel extraño título. Estaba tumbada en la blanca cama doble de una habitación anónima, y pensaba en cuando tuve el sarampión, a los seis años. Las Babudas llamaban «esos caballeros» a todas las enfermedades infantiles que pasábamos mi hermano y yo. A «esos caballeros» se les atribuían determinadas cualidades, eran caprichosos y mandones, exigían determinados sacrificios y reclamaban la estricta observancia de ciertos rituales. Aunque mi padre no dejaba de protestar ante aquella patraña, porque no podía entender que su madre y su suegra —académicas ambas, ambas en sus cabales— celebraran esas absurdas ceremonias, a «esos caballeros» se les seguía tratando con el debido respeto para que volvieran a dejar nuestra casa lo más rápido posible.

Lo primero que hacían era fregar el suelo con un paño húmedo, después poner sábanas almidonadas en la cama y tumbar al niño sobre esa ropa rasposa. Luego empezaba el verdadero acontecimiento: las dos Babudas, con la ayuda de Nadia Aleksandrovna, que también creía en esos rituales teatrales, daban vueltas alrededor de mi cama vestidas de colores chillones, sosteniendo collares de nueces que habían ensartado hábilmente en un hilo, y murmuraban fórmulas apaciguadoras que parecían salidas de una lengua extranjera. Después de haber practicado varias veces aquel ritual, con total seriedad, se agrupaban alrededor de la cama y conversaban en voz baja. Porque «esos caballeros» querían que por ellos se mantuvieran despiertas toda la noche. Charlaban de esto y de aquello, experiencias juveniles, libros que habían leído, sus antiguos amigos, la mayoría de los cuales ya no estaban en este mundo. Y, en algún momento, yo caía en un sueño pacífico, el más profundo y reparador de mi vida. Estaba a salvo y protegida, las malvadas pústulas rojas en mi piel parecían incapaces de hacerme nada, porque mis Babudas y Nadia Aleksandrovna velaban junto a mí como un ejército de ángeles.

Cuando «esos caballeros» se quedaban con nosotros más de lo deseado por las Babudas, tomaban medidas más drásticas, como ocurrió en el caso del sarampión: compraron en el gran bazar un gallo pintado a rayas rojas, que trajeron a casa presas de la mayor excitación. Mi padre estaba al borde del colapso nervioso. No podía entender que aquellas dos mujeres llegaran tan lejos como para traer a casa un gallo vivo con el que apaciguar a «esos caballeros». Guiñando los ojos, con las manos arañadas, levantaron en alto al animal y lo arrojaron dentro de mi habitación, mientras pronunciaban oraciones. El gallo revoloteó cacareando furiosamente, emitió otros sonidos, que hasta entonces no conocíamos, saltó al respaldo del sofá, volvió a bajar y empezó a correr como un loco por mi habitación. Mi padre, que no soportaba aquel absurdo, puso a Dizzy Gillespie a todo volumen mientras yo seguía con la vista, completamente fascinada, a aquel animal confundido. Al día siguiente, «esos caballeros» dejaron nuestra casa, y las preguntas que hice durante semanas acerca del paradero del gallo no obtuvieron respuesta.

Y, cuando me volví a acordar de aquella escena en mi habitación de hotel de Madrid, también volvió el recuerdo de aquella cama fría. Era el antepenúltimo día de un año que solo había traído consigo espanto y derramamiento de sangre, y estaba helada, con los dedos agarrotados, que no lograba hacer entrar en calor. Por aquel entonces, no había nada que deseara más que volver a tener seis años, deseaba que «esos caballeros» volvieran a estar de visita y tener a las Babudas y Nadia Aleksandrovna a mi alrededor, con vestidos de colores, pronunciando fórmulas heréticas, velándome, y que volvieran a lanzar un gallo a mi habitación que devolviera todo a su lugar, expulsara los malos espíritus y alejara todos los peligros. Quería volver a estar sana. Quería despertar de aquel estupor y aquella preocupación permanente, salir de aquella falta de futuro y volver a encontrar la energía para creer en algo.

Odiaba esa sensación de estar perdida que me atormentaba desde que Rati se había amputado a Dina como se amputa un brazo; desde que Dina se había retirado a su silencio y a su fotografía, que practicaba de manera excesiva; desde que Nene había acabado en Odesa, en casa de su tía —«por su propio bien», decían—; desde que todo el barrio hablaba de la tensión entre Zotne y Rati, de los intentos de expansión de Rati, y nadie sabía muy bien por qué Zotne, y por tanto Tapora, se quedaba mirando sin hacer nada; desde que Ira solo se preparaba como una loca para su inminente viaje, mejoraba su inglés y se informaba sobre los derechos fundamentales en Estados Unidos; y desde que Levan me había dado a entender con toda claridad que no era un buen momento para hacer pública nuestra relación porque tenía que «dejar los pies quietos», pues la situación en el barrio era difícil y no podía permitirse conflictos internos con Rati.

Nos habíamos encontrado por última vez en un callejón oscuro. Como dos ladrones después de una rapiña, estábamos sentados en su coche y tratábamos de entrar en calor.

—¿Dónde está escrito que no se pueda estar con la hermana de tu mejor amigo? ¿Y quién es él, Dios? ¡Esto es solo porque ha roto con Dina, está amargado y no permite a otros lo que se le niega a él! —protesté yo, totalmente indignada.

—Él tampoco lo toleraba antes, lo sabes, Keto —murmuró él, y pasó un brazo en torno a mis hombros—. Ya se me ocurrirá algo. Cuando pase un tiempo y este pleito entre él y los Koridze se haya calmado, podré volver a hablar con él...

—Oh, Levan, todo esto es tan agotador.

Me aparté de él. No soportaba aquella proximidad fingida. No quería seguir escondiéndome. Todo en mí estaba a punto de estallar, y por algún motivo pensé en Reso, en sus palabras, en la cálida luz de aquella tarde y en nuestra carrera infantil y relajada.

—Keto, sabes que te quiero, que no hay nada que desee más que...

—¡Tonterías! ¡Si eso fuera verdad, no tendríamos que encontrarnos en este coche como dos criminales!

—Sin Rati, no tengo ninguna posibilidad de atrapar a Otto Tatishvili, compréndelo.

Por supuesto, tendría que haberme dado cuenta, por supuesto que era eso lo que le importaba. Su obsesión no tendría descanso hasta que consiguiera lo que quería. Por supuesto, había sido estúpido por mi parte creer que estar juntos podría ser más fuerte que su ansia de venganza absoluta, despiadada.

Bajé del coche sin decir palabra y corrí a casa.

A primera vista, daba la impresión de que Rati hubiera aceptado la oferta de Zotne y se hubiera hecho cargo de sus negocios, porque Zotne se retiraba cada vez más de la vida callejera del barrio. Ahora tenía cosas «más grandes» que hacer, de las que nadie podía decir nada más preciso, y sobre las que se elaboraban cada vez más conjeturas. Yo sabía que el miedo paralizaba a Dina tanto como a mí, solo que lo manejábamos de distinta manera. Pero ambas vivíamos conteniendo la respiración, ambas sabíamos que las apariencias engañaban. Desconfiábamos de aquella paz apestada. Cada una de nosotras sospechaba un motivo distinto, un abismo distinto detrás. Vivíamos esperando un terremoto. ¿Cómo era posible que a la descarada oferta de Zotne de hacer un intercambio no siguieran medidas de venganza, sino al contrario, que Rati pareciera haber llegado a un acuerdo con Zotne? ¿Cómo era posible que Rati encajara esa humillación, esa ofensa de toneladas de peso, en apariencia con tan poco esfuerzo? Yo estaba segura de que no importaba qué privilegios pudiera haberle otorgado Zotne, aquel trato tenía que ser un falso armisticio, la calma que precede a la tempestad.

Era imposible hablar con Dina. No quería saber nada ni de Rati ni de Zotne. En sus rasgos se había marcado una plúmbea decepción, su expresión había adquirido algo severo, inaccesible; seguía fingiendo que no le importaba incluso delante de nosotras, sus amigas, pero se veía la energía que le reclamaba no desplomarse bajo las consecuencias de su trato. Una decisión por la que Rati la castigaba con un desprecio tan brutal, por algo que había hecho exclusivamente por él y su supervivencia. Yo la conocía demasiado bien como para ignorar aquel vacío desolado en ella, aquel abismo abierto que se agrandaba en ella día tras día y en el que amenazaba con precipitarse.

—Me he equivocado con él. Es débil. No puedo estar con un hombre débil —fue su escueta sentencia después de la separación, y a mí me dio miedo su tranquilidad.

Tuvo que ser a finales de noviembre, la tierra estaba húmeda y el cielo gris, cuando Rati llegó a casa totalmente borracho. Levan lo soltó en el pasillo y pidió a mi padre que no le dejara solo porque no estaba «en buen estado» y amenazaba con ir a casa de Dina y «acabar con ella». Las Babudas ya dormían, yo salí tambaleándome al pasillo, con el jersey más grueso que tenía, que me ponía en la cama desde que había aumentado el frío, con una lamparita solar fabricada por mi padre en la mano, y vi venir la desgracia. Profiriendo ruidosas maldiciones, Rati manoteaba y trataba de librarse de la presa de Levan.

—Dejadme, voy a matarla...

Me acerqué a él y traté de mirarle a los ojos para buscar en ellos algo parecido a una conciencia a la que poder apelar. Pero en ese mismo instante se soltó y bajó corriendo, descalzo, las escaleras, seguido de Levan y de mi padre.

—¡Rati, vuelve en ti, vas a matarnos a todos con tu rabia!

Mi padre no dejaba de llamarlo a entrar en razón. Abajo, en el patio, le cogí por la manga y quise devolverlo a la escalera, pero por supuesto él era más fuerte.

—¡Dina, maldita sea, Dina, sal! —rugió por todo el patio.

En casa de los Iashvili se encendió una lamparilla, en la de Nadia Aleksandrovna se encendió una vela. La puerta del sótano se abrió de golpe, y Dina salió con una camisa de hombre a cuadros, calcetines gruesos y el abrigo de piel de cordero de su madre. A pesar de la lentitud de su paso, advertí en su lenguaje corporal que estaba dispuesta al combate. Se veía en su rostro una especie de alivio, como si llevara todo ese tiempo esperando salir a la lucha final con su amado. Incluso mi padre se quedó confundido al verla, y se detuvo en mitad de un movimiento, mientras Levan gemía ligeramente y se cubría el rostro con las manos.

—¿Qué pasa, Kipiani? Soy toda oídos, dispara, aquí estoy. ¿He oído que quieres matarme? —le chilló a la cara, acercándose tanto que pensé que iba a morderle el cuello.

Di un paso hacia ella, pero me ahuyentó.

—¡Lárgate, Keto, ese es un asunto entre él y yo!

—Os mataré, os mataré a los dos... —gritó él, y sin embargo en ese momento ocurrió algo, la expresión de su rostro cambió, su cercanía lo desarmó, su rostro tan próximo al de él, su aroma cálido y nocturno, ablandó algo en él, y quizá comprendió en ese instante que jamás ganaría una guerra contra Dina.

—¿Eso es todo lo que tienes que decirme? ¿Es todo de lo que eres capaz? —preguntó ella bajando la voz, y justo entonces salieron al patio Lika y Anano.

Nos miraron incrédulas y confusas.

—¿Qué está pasando aquí? —preguntó Lika—. Dina, ¿está todo en orden?

—Vuelve a casa, todo está perfecto —respondió ella, sin apartar la mirada de Rati.

—Lo siento, tía Lika —dijo Rati de pronto, giró sobre sus talones y volvió a casa.

Nos quedamos plantados, perplejos. Mi padre y Levan lo siguieron, después de disculparse muchas veces con Lika y Anano. Yo me quedé con Dina, la acompañé los pocos pasos que distaban de su casa.

—Dina, habla conmigo, tienes que confiarte a alguien...

—Está bien, está bien, ahora vete a dormir, es tarde, pequeña Keto —murmuró, me dio un beso en la mejilla y desapareció detrás de la puerta.

El frío aumentaba, llegó la primera helada, y el flujo de refugiados procedentes de Abjasia parecía no tener fin. Se alojaba a los recién llegados en míseras viviendas y hoteles venidos a menos, se veían sus ojos agrandados por el espanto, su desesperación. Las colas para comprar pan eran cada vez más largas, ocupaban calles y avenidas enteras. El queroseno y las improvisadas estufas de carbón habían ennegrecido las paredes de las casas. Las albóndigas se hacían con pan y agua salada, los agujeros de las botas se tapaban con papel. No había en ningún sitio posibilidad de entrar en calor, el agotamiento se apoderaba de la gente, todos los días se acudía corriendo allá donde decían que había papel higiénico o pasta de dientes, a lo que seguía la humillante decepción de oír que habías llegado demasiado tarde y la mercancía ya estaba agotada, la infinita oscuridad... ¿Qué otra cosa quedaba salvo refugiarse en el abandono? A finales de diciembre capitulé, me entregué a la presente circunstancia, ya no tenía fuerzas. Era muy fácil aceptar la indiferencia una vez que se le había abierto la puerta. Ya no quería pensar en un mañana, en una mejoría, un alivio, una nueva esperanza, y en vez de eso me las arreglaba con una falta de salidas que dejaba sin habla.

Oliko entró en mi cuarto sin llamar; llevaba una vela en una mano y en la otra un objeto pesado que no identifiqué enseguida.

—¿Qué pasa, Babuda? —le pregunté, bajando un poco el embozo.

Hacía horas que no entraba en calor, probablemente estaba luchando con un catarro, y estaba próxima a las lágrimas. Raras veces me había sentido tan mal, el mundo entero parecía desmoronarse a mi alrededor, como el revoco de una porosa fachada.

—Esta es la plancha de hierro fundido de mi madre. Me la dieron como dote —añadió con sonrisa pícara—. Todo lo demás nos lo quitaron. Pero tengo que decir que en los tiempos que corren, y jamás habría podido soñarlo, esto vale tanto como el oro.

—¿Qué pretendes hacer?

—Entonces no había electricidad, la plancha simplemente se calienta en el fogón o en la estufa de queroseno y, en cuestión de segundos, tu cama se convierte en un pequeño oasis de calor. Deja, échate a un lado.

Me aparté hacia un rincón, un poco asustada, y Oliko empezó a planchar mi cama.

—Mira, enseguida vas a estar muy calentita...

Yo habría podido llorar de alivio, pero esperé con paciencia y gratitud el milagro. La sábana absorbió el calor de la plancha. Era libre.

—Gracias, Babuda. Gracias —susurré.

Aquel poquito de calor bastaba para volverme humilde. Oliko tomó asiento a mi cabecera. Me acarició la cabeza con una mano saturada de manchas de edad, una mano caliente, y yo quise caer en ese instante en un interminable letargo invernal, y pedirle que me despertara cuando aquella pesadilla hubiera acabado.

—Este año termina pasado mañana. Luego podremos volver a esperar tiempos mejores. Nuestro presidente regresará y...

Yo no podía entender que volviera a empezar con eso. Llevaba mucho tiempo sin pronunciar aquel nombre antaño tan omnipresente, y teníamos la esperanza de que su obsesión pasara de una vez a la historia.

—Está bien, Bukashka. Sé que no queréis saber nada de esto, pero su huida es una vergüenza para todo nuestro país, y pronto recobrará fuerzas para regresar con la ayuda de quienes le apoyan y sacar al país de esta tiniebla.

—¿De verdad lo crees?

—Sí, claro que sí.

Me miraba indignada. En ese momento, creí reconocer en ella a mi madre. Quizá ese era el motivo por el que me costaba tanto reprocharle algo, por el que le perdonaba las cosas con más facilidad que a otros miembros de la familia. Me aferraba a los restos de mi madre en ella, en Oliko, que la había parido, educado, que le había dado el valor de ser libre, sin sospechar que precisamente esa cualidad iba a ser funesta para ella.

—¡Sí, claro, y yo creo en Papá Noel!

—De niña creías en él, incluso durante mucho tiempo —me replicó, un tanto ofendida.

—De niña sí, Oliko, todos los niños lo hacen, pero ya no soy una niña.

Estiré los miembros. Poco a poco, mi cuerpo se liberaba de la cautividad del frío.

—Y así debe ser. Eter y yo nos hemos tomado muchas molestias para que tu hermano y tú pudierais vivir mucho tiempo con esa creencia.

—Más tarde, cuando hacía mucho que sabíamos que no existía, seguíamos fingiendo que sí.

—¿De veras?

Pareció reflexionar, hurgaba en su memoria en busca de todas aquellas nochevijas en las que había puesto los regalos empaquetados debajo del árbol, a hurtadillas, con la mayor cautela. Probablemente en su memoria solo nos veía bailando felices alrededor del árbol. Algo sentimental se extendió por su rostro. Luego, continuó:

—Hace poco hablé con la pequeña Sofía, la del patio de enfrente, ¿sabes a quién me refiero, la pequeña de los rizos? Sus padres ya no tienen trabajo, y apenas pueden mantenerse a flote. La madre de Sofía se había quejado de que este año no habría Nochevieja, porque no podía regalar nada a los niños. Y entonces se me ocurrió la solución: le conté a la pequeña Sofía que Papá Noel no vendría este año a Georgia, pero que no debía estar triste, porque este año a ningún niño le traerían nada y el año que viene habría el doble de regalos.

—¿Y no preguntó por qué no venía?

—Claro que sí.

—¿Y qué le dijiste?

Ni con la mejor voluntad se me ocurría una explicación plausible, y la miré fijamente y con curiosidad.

—Bueno, le dije que Papá Noel no podía aterrizar aquí con su trineo porque está oscuro todo el tiempo. No puede encontrar un país que está a oscuras a causa de los cortes de luz.

Necesité un segundo, pero luego estallé en una estruendosa carcajada. Reí y reí, sin poder serenarme, hasta que en algún momento ella se unió a mis risas y las lágrimas corrieron por nuestras mejillas. Atraída por nuestras risas, Eter también vino a mi habitación, y nos miró sorprendida. Yo le hice una seña de que se sentara a los pies de mi cama, y ella se sentó, titubeando.

Quizá, pensé entonces, quizá haya esperanza; ellas están aquí, pueden velar por mí, las he atraído con mi abandono y ya no las dejo salir de mi habitación, como entonces, cuando «esos caballeros» venían a visitarnos.

—Babudas... —empecé, en voz baja.

—¿Sí? —preguntaron al unísono, y me volví a sentir trasladada a mi infancia.

—¿Podéis quedaros conmigo un poco? ¿Quiero decir, hasta que me duerma?

—¿No estarás enferma, Bukashka? —preguntó Babuda uno.

—No, es que tenía tanto frío, tenía tanto frío todo el tiempo... Ahora estoy caliente. Es tan bonito.

Algo en la manera en que formulé mi ruego tuvo que moverlas a quedarse, sentadas a la cabecera y a los pies de la cama.

—Antes siempre me recitabais poemas, poemas en francés y en alemán...

Esta vez no se hicieron rogar. Oliko empezó con Éluard, y volvió a sorprenderme su impresionante capacidad de aprender de memoria tantas líneas, como si solo envejeciera su cuerpo, y jamás su mente. Mi buen alemán y mi lamentable francés siempre fueron motivo para la profunda tristeza de Oliko, pero en cambio yo siempre prefería escucharla en vez de a Eter, cuyos poemas nunca tenían la misma melodía y elegancia. Pero aquel día no disfruté menos con «Día de otoño» de Rilke.

Animada y protegida, me deslicé hacia el país seguro de los sueños. Mi último pensamiento fue para aquellas dos hechiceras, y para que quizá pudieran conseguir, mientras no se les acabaran sus versos elegíacos, mantener alejados de mí a todos aquellos indeseados «caballeros».

Celebramos Nochevieja sin Papá Noel, pero con un cochinillo que mi temerario hermano había conseguido. De hecho, la luz volvió por la tarde, y aguantó hasta las tres de la mañana. Nos sentimos humildes y agradecidos, hicimos la cuenta atrás y brindamos con champán de Crimea. Nos deseamos salud y fuerza, confianza y tiempos mejores. Mi padre puso a Cole Porter, y por una noche hicimos como si el hacha de guerra estuviera enterrada, y nos tratamos unos a otros con amabilidad y consideración. Yo me emborraché, porque también eso era una oportunidad de entrar en calor, y me ayudó a huir del abandono. Las Babudas nos abrazaron y se superaron la una a la otra en laboriosidad y en sus intentos por mantener la calma y tejer para nosotros una manta de cálidas ilusiones. Admiramos los pocos fuegos artificiales que se vieron en el cielo y nos sentimos aliviados de que no fueran disparos. Nadia Aleksandrovna se unió a nosotros, como siempre hacía en Nochevieja, y esa mujer patológicamente cortés y anticuada comió con tanta codicia, dejando de lado sus buenos modales, que casi me dio náuseas. Más tarde se sumaron Levan y Sancho, y brindaron con nosotros. Yo seguí emborrachándome sin participar en la conversación. Al final me levanté y, sin decir nada, me eché el abrigo por los hombros y fui abajo. El patio estaba iluminado, una inusual estampa. Todos estaban en casa, todos festejaban cómo y con lo que podían. No todos contaban con un hermano que, en esos tiempos difíciles, pudiera conseguir cochinillo y champán de Crimea. Pero se ayudaban, compartían lo que tenían, eran generosos y amables; era Nochevieja, queríamos poner de nuestra parte el nuevo año, apaciguar al destino.

Anano me abrió, con un vestido de fiesta, peinada y perfumada, como si fuera a una cita, y me abrazó. Lika y su hija mayor estaban sentadas en torno a la mesa redonda de la cocina, que era al mismo tiempo comedor, sin cochinillo ni champán de Crimea, pero con vino tinto y pan de maíz. Había música muy alta, y Anano bailoteaba todo el rato de un lado a otro. El alcohol había ahuyentado el frío y el abandono, y yo no quería volver a estar sobria jamás. Me serví vino y bailé con Anano. Abracé a Lika, abracé a Dina, que para mi sorpresa era la más tranquila y pensativa de todas.

Cuando se acercó a fumar a la ventana, la seguí y me senté pegada a ella, hombro con hombro, en el alféizar. Respiré su aroma, que tan familiar me resultaba. A pesar de nuestra proximidad, me dolía la nostalgia de ella. Me había librado del peso, quería sentirme a mí misma, quería volver a tener la sensación de ser parte de este mundo, por desolado e inhóspito que pudiera ser en estos tiempos. Todo me había salido bien siempre que tenía a Dina a mi lado. Enterré la cara en su cuello y me quedé un instante en esa postura. Ella me pasó un brazo por los hombros. Yo quería quedarme así, no quería volver jamás a casa, no volver a ver nunca a Rati y Levan, no volver a tener que sufrir nunca por su culpa. Quería protegerla, no quería permitir que nadie la hiriera de nuevo.

—Te echo de menos. Tengo frío todo el tiempo, por las noches estoy despierta y pienso en ti, me pregunto cómo te sientes, y al mismo tiempo sé que no estás bien. Nadie merece que hayas cambiado tanto, nadie debería tener tanto poder sobre nosotras. No quiero perderme, no quiero perdernos, somos mucho más que aquel día en el zoo, que aquellas exigencias desmedidas. Tú me has enseñado que hay que tener siempre los ojos abiertos, no importa lo que se vea...

Hablaba sin respirar, como si aquellas palabras hubieran formado un atasco en mi cabeza y la columna se pusiera por fin en movimiento. Dina no me interrumpió, algo en su actitud cambió, sentí que el alivio se extendía por su cuerpo, que se ablandaba, que volvía a permitir nuestra proximidad. Y de pronto, cuando alcé la vista, vi temblar las comisuras de sus labios, arrugarse su frente. En aquel mudo dolor se escondía una pena insondable.

—Lo siento tanto, de verdad que lo siento, Dina.

—Tenías razón, Keto. Tenía que haber sabido que él jamás me entendería, que no puede vivir con eso. Fui tan estúpida. Quizá es cierto que deberíamos haber seguido corriendo, en aquel maldito zoo...

—No, no, me asusté... No debes pensar eso, jamás, no teníamos elección, nos habríamos ido a pique.

—¿Y no nos estamos yendo a pique de todos modos?

—Quizá, es posible, pero aún podemos mirarnos a los ojos la una a la otra. Eso es algo, es mucho.

—No lo sé, Keto. Ya no soporto todo esto, este país, esta gente, no me lo imaginaba de este modo...

Era alguien que siempre había hecho frente a lo superlativo, le había plantado cara. Ahora toda fuerza había huido de ella, la vida no era más que sobrevivir, y ella se moría de hambre, se embotaba, como si esa fuera la última salvación, la última ancla.

—¿Sabes qué es lo peor? Yo... Cómo ha podido, cómo puede...

Se le quebró la voz, y miró por el rabillo del ojo a Lika y Anano, como si quisiera asegurarse de que no la escuchaban.

—Rati me ha cambiado como mercancía.

Pareció ahogarse al decir aquella frase, se rehízo:

—No puedo entender que de verdad se haya metido en eso. Pero mira a tu alrededor, Zotne le ha cedido el barrio, todo el mundo lo sabe en todo Sololaki...

Así que ella también había prestado oídos y creía lo que decían en el barrio. Pero yo seguía sin poder creerlo, estaba convencida de que mi hermano la amaba. Pero ¿qué pasaría —admití la idea por primera vez— si su decepción era tan grande que creía que debía vengarse de ella, tener que hacer algo imperdonable, porque solo así volvería a ser *libre?* ¿Si creía que debía mancillar lo más sagrado a cambio de la ilusión de la liberación? Pero no, ese no era mi hermano, ese cerdo acalorado, terco, brutal, mordaz, narcisista, amante del poder; él no era un monstruo, tenía sus propias ideas acerca de la moral y los valores, jamás entregaría tan fríamente a una persona a la que una vez había querido. Emprendí el intento de convencer a Dina. No quiso saber nada, se limitó a repetir que el hombre al que ella creía conocer, con el que había querido estar, jamás habría aceptado un trato tan repugnante para pasearse por ahí como si fuera el rey de Sololaki. Le pregunté si había hablado con Zotne, y sentí brotar en mi interior la ira reprimida contra él. Sí, dijo, se había disculpado, decía que se le había escapado.

El hecho de que ella aceptara de forma tan conciliadora la disculpa de Zotne me dio que pensar. Callé. Entendía su rabia contra Rati, pero al mismo tiempo sentía un vago temor a que Zotne pudiera ocupar el espacio que había quedado vacío en el corazón de Dina.

—¿Quiere estar contigo? —pregunté en tono sarcástico.

Ella se encogió de hombros, ignoró mi pulla. La llamaba a menudo y le enviaba regalos, se limitó a decir, lo último había sido una F2 completamente nueva.

—¿Qué es una F2? —pregunté enseguida.

Una Nikon, un clásico entre las cámaras de fotos, incluso Posner había palidecido de envidia, me aclaró.

Me pregunté qué probabilidad había de que Zotne Koridze, con sus casi infinitos recursos, pudiera tener éxito con ella. ¿O Dina quería herir a Rati con la misma monstruosidad que le achacaba a él? Al permitir acercarse a Zotne, ¿quería dinamitar la situación?

Temí por nuestra hilvanada, reconstruida cercanía, por nuestra cautelosa aproximación. La necesitaba demasiado a ella, su incondicionalidad, como para querer poner en riesgo esa cercanía con nuevas preguntas. Nos concedí un respiro, y a mí una breve estancia en mi muy personal oasis en medio del desierto posapocalíptico. Al fin y al cabo, el año no tenía más que unos minutos.

Me cogió del brazo, y echamos una mirada al sucio asfalto de la calle. Desde el sótano solo se podía ver aquello a lo que no se solía prestar atención: las primeras florecillas que brotaban del suelo cuando se anunciaba la primavera, palomas que arrullaban durante el juego del amor, gatos que se estiraban al sol, y piececitos que saltaban charcos; se podía distinguir el clima por el calzado de los transeúntes; se podía ver en las bolsas de la compra qué productos estaban de oferta; se podía adivinar, por las manos que se cogían unas a otras, cuánta confianza tenían todavía las personas.

—Estoy pensando en irme —dijo.

—Llévame contigo.

Había pensado en dejar la ciudad durante unos días, tal vez en viajar a las montañas. Le guiñé un ojo y la observé mientras apagaba el cigarrillo en una lata de conservas vacía. De pronto, se volvió hacia mí y me miró a los ojos.

—No creo que quieras venir, Keto.

Tragué saliva. Sospechaba lo que iba a decirme, y no quería oírlo.

—¡No, Dina, olvídalo, de ninguna manera!

—Soy fotógrafa, Keto, ese es mi trabajo. Quiero avanzar, en la vida, en mi profesión. Tienes razón: cerrar los ojos es estar medio muerta.

—¡No se avanza en la guerra, Dina, es la idea más estúpida y más egoísta que has tenido nunca!

Sentí que el puro horror se apoderaba de mí. Tenía que proteger a mi amiga de su propia locura.

—¡Jamás te dejaré ir a esa asquerosa guerra! ¡Y encima voluntariamente!

—Escúchame. Posner lleva tiempo pensando en ir a Abjasia. Allí tenemos a nuestra gente sobre el terreno, es seguro, los periodistas han instalado un centro de información en un sanatorio. Posner sabe lo que hace. Si yo no voy, le acompañará otro. Ya no tengo ganas de fotografiar estas caras vacías y estas calles desoladas, y además tengo que irme de aquí, tengo que apartarme de *él*...

El nuevo año empezó con una nueva disputa. Me despertó un ruido ensordecedor, y me senté de golpe en la cama. Pasó un rato hasta que pude reconocer la voz. Era Babuda dos, que emitía algo entre lamento y ataque que hacía rechinar los dientes.

Salí descalza al balcón. Allí se habían reunido mi padre y Eter en torno a Oliko, Eter estaba tomándole la tensión y mi padre le ponía un paño húmedo en la frente.

—¿Qué pasa?

Me quedé en el marco de la puerta, asustada.

—¡Chis! —me advirtió mi padre—. Por favor, vuelve a tu cuarto, o se excitará de nuevo, y se le disparará la tensión.

Me sentí como una niña a la que dan un tirón de orejas.

—Bukashka, mi pequeña Bukashka, todo está consagrado a la ruina, la esperanza se ha perdido. Oh, Dios, por qué nos pones a prueba tan despiadadamente... —se quejaba Oliko, y su caja torácica temblaba como si amenazara con perder el sentido en cualquier momento.

Yo aún estaba demasiado dormida como para poder encontrar algún sentido a sus palabras, notaba los restos de alcohol en la sangre y luchaba contra las náuseas.

—Según fuentes muy fiables de Oliko, el presidente no tiene intención de regresar —me aclaró Eter en su tono sarcástico habitual, lo que en su opinión había provocado el colapso de Babuda dos.

Oliko protestó, maldijo, gimoteó, se incorporó, volvió a desplomarse, para luego empezar otra vez su salmodia:

—Un día lo entenderéis, un día comprenderéis y recordaréis mis palabras... Llegarás a llorar amargas lágrimas por haber dejado entrar al país a ese traidor de Shevardnadze...

—¡Yo no he dejado «entrar al país» a nadie! —le corrigió Eter a vuelta de correo.

—Deda, por favor, este no es el momento —apaciguó mi padre.

—¿Qué ha pasado?

—Se ha dado cuenta de que su amado presidente no es el mesías, sino sencillamente un cobarde, y además huido. Es así de sencillo —me informó Eter sin emoción alguna.

Lo que fue un gran error, porque enseguida Oliko empezó a chillar, como si la estuvieran matando:

—¿Cómo te atreves a difundir semejantes mentiras? Deberíamos honrar a ese pobre hombre, el único que ha defendido a su país de todos esos bandidos. Y si no vuelve para salvar a su pueblo de esta ruina...

—Él es quien ha precipitado al pueblo a esta ruina, si me permites que te lo recuerde. —Eter no aflojaba.

—¡Basta, basta! —intervino mi padre, pero los sollozos de Oliko no cesaban.

Resultaba desgarrador y macabro al mismo tiempo. Yo no sabía qué decir. Puse agua en la hornilla para hacer té, y me alegré de que Rati hubiera conseguido tantos víveres y no tener que meter por segunda o tercera vez la misma bolsita incolora e insípida de Lipton.

Al final, mi padre logró acompañar a Oliko a su habitación, ponerle un medicamento en las manos y convencerla de que descansara.

Eter y yo nos quedamos sentadas a la mesa del comedor. Miré hacia el patio vacío, el grifo que antaño siempre goteaba y ahora casi no, porque el agua se cortaba a menudo. Pensé en mi conversación nocturna con Dina y volví a sentir pánico puro al pensar en su inminente viaje.

—Es una locura —dije, para pensar en otra cosa, y miré a Eter, que miraba un cuaderno escolar, con las gafas en la punta de la nariz—. Me refiero a lo de Oliko.

—Lo sé, Bukashka. Lo sé. Pero no se puede hacer nada. Ahora, tengo que prepararme. Debo dar un par de clases, suplencias. Al menos de esa forma salgo un poco y no le doy vueltas a esto —dijo con decisión, y se zambulló de nuevo en su cuaderno.

—¿Lo dices por Oliko?

—No solo. Esta mañana he discutido con tu hermano. Si sigue así, va a llevarme a la tumba en un abrir y cerrar de ojos.

—¿Qué ha hecho esta vez?

—Al barrer, he descubierto un arma en su habitación. Un arma *de verdad*, ¿te imaginas?

Pensé en la caja de zapatos debajo de la cama de Levan. Enterré el rostro entre las manos y cerré los ojos.

Ira me roza el brazo. No la he visto venir. Le arden las mejillas, probablemente también ella espera la necesaria relajación del vino, servido con generosidad. Parece conmovida, abrumada por algo. Me habla de una foto, pero estoy demasiado enredada en las mías, no puedo seguirla. Le doy a entender que entiendo su estado febril. Le aprieto la mano y siento una proximidad que aturde, tan fuerte como hacía años que no la sentía. Un impulso irracional, como un eco lejano del pasado, y sin embargo lo bastante fuerte como para caer como un rayo. No la oigo, solo observo sus labios y pienso en el día en el que pronunció su «amenaza» por primera vez, una amenaza que entonces no reconocí como tal, y por eso mismo no tomé en serio. Durante los primeros días del nuevo año, que había empezado con el deseo de Dina de ir a la guerra y el colapso nervioso de Oliko...

Giuli me abrió la puerta. También aquel día estaba agitada, y daba la impresión de que la había interrumpido mientras hacía algo importante. La casa irradiaba como siempre una forma extraña de esterilidad y desabrigo. Olía a limpiador, como si la dueña de la casa no soportara otro olor. Había plantas en todos los rincones, los muebles resultaban agobiantemente funcionales y parecían falsos. En el salón había un pequeño abeto con unos pocos adornos, parecía casi desplazado en aquel aséptico entorno. Aquel lugar siempre me había agobiado, nunca sabía muy bien cómo comportarme en presencia de la madre de Ira. Giuli murmuró algo acerca de una «llamada telefónica importante» y pasó de largo por delante de mí. Yo me sentí aliviada, y llamé a la puerta de Ira.

Sigo viendo ese cuarto siempre recogido, oscuro, como si hubiera salido de él hace pocas horas. La cama perfectamente hecha, la pequeña cómoda, en la que nunca había una mota de polvo, la lamparilla verde de biblioteca en el escritorio, con libros abiertos encima. El pesado armario, una herencia, como siempre recalcaba Ira. Nunca había ropa tirada en la cama o sobre las sillas. La silla giratoria del escritorio, en la que nos gustaba dar vueltas, el gran globo terráqueo en el rincón, el curioso cuadro encima de la cama, un anticuado bodegón que hubiera encajado mejor en casa de Nadia Aleksandrovna que en la habitación de una estudiante, y dos fotos enmarcadas: una de cuando Ira era una niña que acababa de empezar a andar y la otra de nosotras cuatro en la casa de campo de su padre en Kojori, adonde nos había llevado un fin de semana de verano, en otra vida, en otro siglo, me parecía. Ira estaba sentada en su silla giratoria, con las piernas encogidas, ensimismada en sus libros. Se sobresaltó al verme, se levantó en el acto, corrigió la posición de las gafas, que se le habían deslizado por la nariz, y me abrazó.

—Feliz año nuevo, Keto.

—Feliz año nuevo, Ira.

Me senté en su cama y pensé en que ella alisaría el sitio en el que me había sentado en cuanto me hubiera ido de la habitación.

—¿Te alegras?

—¿De qué?

—Bueno, de tu viaje.

—Aún no lo sé.

—Yo también la echo de menos —dije mirando nuestra foto, consciente de que, con su decisión, Nene se había alejado de nosotras.

—He hablado por teléfono con Guga. Me ha asegurado que está bien —añadió, y apartó los libros abiertos. Suspiró y me dirigió una muda sonrisa.

—Ira, tienes que ayudarme...

Se me llenaron los ojos de lágrimas. No pude evitarlo. Ella se sentó a mi lado al borde de la cama.

—¿Qué pasa, Keto?

Hablé, de manera confusa, del zoo, del muerto en el barro, de la jaula de los monos, hablé de mi incapacidad de vivir con aquellas imágenes, de la petición de Dina a Zotne, de la espantosa rabia de Rati, de mi impotencia, para llegar por fin a lo que importaba:

—Y ahora Dina quiere irse a Abjasia, quiere irse a la guerra.

Paré en seco. Tenía los ojos hinchados, me costaba trabajo mantenerlos abiertos. Ira me miró fijamente, parpadeó varias veces, luego abrió la boca, volvió a cerrarla, negó con la cabeza.

—¿Por qué me lo habéis ocultado, Keto? ¿Por qué no me lo has contado hasta ahora?

—¿Qué hubiera cambiado, Ira?

—Tengo que pensar, dame un poco de tiempo. Es demasiado de golpe, pero escucha —dijo, y se detuvo, fue una pausa larga, torturadora.

Su rostro se había ensombrecido, estaba cavilando algo, tomando una decisión, solo que yo no sabía cuál.

—Escúchame, Keto. Voy a prometerte una cosa, y tú tienes que prometerme otra, y luego pondré fin a toda esta mierda. Tienes que prometerme que aguantarás, que te encargarás de que aquí todo siga en marcha hasta que vuelva. Sé que puedo contar contigo. Voy a poner fin a este infierno de una vez por todas.

Su penetrante mirada me llegó desde el otro lado de las gafas. No entendí de lo que hablaba, pero parecía tan clara, tan decidida, que me hizo sentir confianza. Y quise aferrarme a esa confianza, a la fuerza que irradiaba en ese momento. De haber sospechado lo en serio que hacía su promesa, ¿qué habría hecho? Cuántas veces he vuelto a esta conversación para preguntármelo. ¿Habría callado? ¿Había hecho germinar la semilla con mi relato? ¿Habría espoleado su sentido de la justicia y su ansia de venganza? ¿Era *correcto* lo que Ira iba a hacer más adelante, de forma tan consecuente, casi obsesiva, aquello por lo que se iba a lanzar a la lucha más dura de su vida? Desde su atalaya quizá sí, porque actuó conforme a su sentido del bien y del mal. Pero hacía mucho que nuestro mundo había dejado de funcionar según esos criterios; verdadero y falso se habían convertido en parámetros intercambiables y, sobre todo, de muy corta vida.

Emití un titubeante «sí». Su decisión tenía un efecto balsámico sobre mí, parecía tan clara, como si yo no tuviera más que hacer lo que decía, simplemente obedecerla.

—No, tienes que prometérmelo, dilo. Para mí eres el puente, el puente a casa. Siempre estaré en contacto contigo. ¡Lo conseguirás!

—Sí, lo conseguiré.

A mí misma me asombró la determinación que había en mi voz.

—Está bien. Tienes que mantener la cohesión aquí. A Dina no se le pueden fundir los plomos, y Nene no debe cometer un error aún más grave, esas son las dos cosas que debes tener presentes, ¿me comprendes?

¿La entendía? Igual habría podido tumbarme en la cama y no volver a levantarme nunca. Habría podido convertirme en estatua. Habría podido cubrirme el rostro con un paño igual que un niño, con la esperanza de volverme invisible. Mi conversación con Dina la noche de Año Nuevo me había devuelto las energías durante un breve instante, pero con sus últimas frases había vuelto a arrebatármelas. Ahora, ese vacío abierto amenazaba con tragarme de nuevo. Pero yo debía detener a Dina, ahora ese era el único objetivo que tenía en mente.

—Bien, bien, te lo prometo, estaré atenta, tendré cuidado, sí, pero, Ira, ¿cómo voy a detenerla? —pregunté horrorizada.

—Déjala ir, encontrará el camino de vuelta a nosotras cuando llegue el momento —dijo ella, y yo necesito un instante para entender dónde estoy, en qué año, en qué década, en qué vida.

«Déjala ir», me dijo, en otra vida, muy lejana. Y la odié por eso; también la odio ahora, por entregarme a mi destino aquí, en esta sala. Me pongo agresiva, ella no entiende lo que me pasa, yo misma no lo entiendo.

—Me refiero a Nene, ¿no estabas hablando de Nene? —me pregunta la Ira vestida de Yves Saint Laurent, la asociada senior de Chicago, que ama los cócteles bien mezclados y seduce a mujeres, y lo hace para escapar de la Ira que está sentada en su cama junto a mí, a la luz somnolienta de la mesilla de noche de su cuarto, y tiene tanta rabia en los pulmones que se le empañan los cristales de las gafas.

—Qué he dicho, estoy un poco distraída...

—Has dicho que Nene revoloteaba como una mariposa, y que te daba la impresión de que no podía quedarse mucho tiempo quieta para que no la involucraran en una conversación que posiblemente exigiría mucho de ella.

—¿Eso he dicho?

—Sí, eso has dicho. ¿Qué pasa? ¿Has bebido demasiado?

Se ríe, enseña sus blanqueados dientes americanos.

«¿Cómo puedes decir que la deje ir? ¡Se trata de la guerra!», me oigo gritar a la Ira de entonces, escondida en un rincón oculto de esta mujer que ahora tengo delante. «Necesita una guerra ajena para poner fin a la suya. Volverá», dice Ira en otra época, y a mí ya no me quedan lágrimas.

—Nene vendrá con nosotras cuando llegue el momento —me dice la Ira del traje caro con raya diplomática.

Los padres de Ira, Dina y yo acompañamos entonces a Ira al aeropuerto. La ciudad estaba sumida en una total tiniebla, y las pocas fuentes de luz del aeropuerto, impulsadas por generadores, transmitían lo contrario de la impresión de un viaje seguro. Recuerdo que la única iluminación de la terminal de salidas procedía de un anuncio luminoso de cigarrillos. Una pareja que fumaba complacida, deslumbrada por el sol, con una verde pradera al fondo y encima el eslogan motivador: «Live light». Nuestras verdes praderas las pisoteaban los tanques, nuestro esplendoroso cielo azul lo agujereaban balas de ametralladora, nuestra radiante sonrisa se había visto sustituida por muecas devoradas por el miedo y miradas sombrías y desconfiadas. Y, en realidad, hacía mucho que llevábamos una vida «light», tan «light» que las vidas humanas no valían más que unos cuantos cupones, aquel nuevo dinero, impreso en papel malo, que parecía dinero de juguete y había sido implantado debido a la inflación.

Esperamos una eternidad. En el vuelo a Moscú había registrados alrededor de treinta pasajeros. El pequeño avión de hélices, que no inspiraba precisamente confianza, tenía que salir en un principio a las seis de la tarde, pero la falta de queroseno había generado retrasos de varias horas. La gente se había desperdigado, con sus bolsos y maletas, por una sala que parecía carente de función. Por fin, llegó el mensaje de que no se había podido conseguir queroseno y por tanto había que aplazar el vuelo por tiempo indefinido. Giuli y Tamas empezaron a agobiarse, Ira no dejó traslucir nada, pero se palpaba la tensión: sin duda la universidad no iba a pagar un segundo billete a precio desorbitado solo porque su país estuviera en ese momento sumido en una guerra civil y enredado en conflictos de intereses, y se encaminara a la ruina. Los primeros pasajeros comenzaron a indignarse, una confusión cada vez más ruidosa de voces y protestas llenó la sala. El personal del aeropuerto intentó apaciguar a aquellas gentes encrespadas, afirmó que la culpa no era de la compañía aérea, sino de la situación general del país. Pero la calma no regresó. Por fin, apareció un hombre alto, de aspecto juvenil, que se dirigió al personal, en tono algo arrogante:

—Decidme la suma de la que disponéis para comprar queroseno y dadme un teléfono que funcione. Resolveré el problema.

Mascaba chicle con un estrépito que daba asco y apestaba a agua de Colonia. Todo en él gritaba protectorado, revelaba su estatus de hijo o yerno de alguien que tenía suficiente poder como para resolver realmente el problema. Los viajeros lo miraron asombrados, y se notó a la legua que él lo disfrutaba. El personal se lo llevó en el acto a las oficinas, para que pudiera hacer sus llamadas.

Dina empezó a reír entre dientes y encendió un cigarrillo.

—Esto marcha. Por suerte tienes una escala bastante larga en Moscú. Sin duda cogerás tu conexión, ya verás, ese hijo de su madre repeinado se encargará de eso —animó a Ira, y le pasó un brazo por los hombros.

Iba a tener razón. Hacia medianoche, apareció en la pista un camión cisterna, y el avión estuvo listo en el tiempo más breve. Pasamos largo rato las tres juntas, cogidas del brazo, Dina y yo como dos escudos protectores en torno al desvalido cuerpo de Ira. Rezamos por que lo consiguiera, por que Ira pudiera dejar atrás todo aquello, a todos esos apestosos hijos de poderosos, esos aeropuertos desolados, todo el desconsuelo, e incluso a nosotras. La última mirada de Ira antes de salir a la pista me acompañará durante toda mi vida: esa enfermiza decisión, aparejada con una preocupación aplastante.

Dina y yo regresamos a la ciudad en el traqueteante coche de Tamas, nos quedamos un rato indecisas a la entrada del patio, negándonos a separarnos. Miramos hacia la calle, totalmente desierta salvo por un par de perros vagabundos.

—Nene regresa la semana próxima —me dijo.

—¿Quién te lo ha dicho?

—Keto, ¿qué pasa? ¿De ahora en adelante vas a jugar a ser la policía de las conciencias?

—No juego a nada, era una pregunta.

—No discutamos, ya es todo lo bastante deprimente, ¿vale?

—¿Te ves con él?

—Nos espera a veces delante de la redacción. Charlamos. A veces me lleva a algún sitio cuando tengo prisa. Todo ha quedado atrás.

—¿Tú misma te lo crees?

—De verdad que no tengo ganas de tus interminables condenas, Keto. Sencillamente, es demasiado sucio por tu parte.

Corrió a su casa sin esperar mi respuesta. Yo subí las escaleras, me deslicé dentro de mi fría vivienda, fui al baño, encendí una vela, me senté al borde de la bañera y me bajé los pantalones. Cogí una cuchilla de afeitar y me practiqué pequeños y precisos cortes en el muslo derecho. Cada vez lo hacía mejor, cada vez con mayor precisión, como un médico experimentado con su escalpelo. Al instante sentí el anhelado alivio, unido a un ardiente dolor. Vi cómo la sangre color vino me corría por las piernas, y respiré liberada.

Ira estaba en las nubes, hacía mucho que el avión había salido del espacio aéreo georgiano, estaba a salvo, iba de camino hacia el futuro. Menos mal, pensé, me vendé las heridas y me tendí en la cama helada.

Nene volvió, con un cutis radiante y una panza gigantesca, que llevaba como si fuera un trofeo. Yo seguí arrastrándome hasta la Academia. Habíamos creado un «servicio de calefacción»: los estudiantes nos turnábamos con los profesores para conseguir queroseno o leña. Habían instalado una sencilla estufa de chapa en nuestra aula, que con el tiempo ennegreció las paredes, pero nos hizo mínimamente posible la estancia en aquel lugar.

Levan empezó a recogerme una y otra vez con el coche delante de la Academia, y me llevaba a recorrer los alrededores. Me regalaba bombones, y en una ocasión me trajo un perfume francés que me pareció idiota y del todo inadecuado. Me sentía tan ajena a aquel regalo como es posible sentirse, y, aunque sabía que no era su intención, me parecía una burla. Le di las gracias con mucha educación y se lo regalé a las Babudas. Quería poner fin a aquel ridículo teatro, bajarme de aquel carrusel y decirle que se buscara a otra, una que fuera más adecuada para jugar al escondite, una a la que le pareciera bien tocar solo conforme a las normas al hombre que deseaba. Pero no encontraba la energía para hacerlo, me sentía miserable, me avergonzaba de mi debilidad. Y, cada vez que él me rodeaba los hombros con el brazo y me consolaba diciéndome que pronto llegaría «el momento adecuado», germinaba en mí una leve esperanza. Pero, apenas había vuelto a dejarme en casa, con la distancia de seguridad necesaria para que Rati y sus amigos no nos vieran, su beso apresurado me demostraba que cualquier esperanza era vana. Aun así, la siguiente vez volvía a subir al coche y volvía a permitir que me dejara en casa. Le seguía a dudosas viviendas de amigos, de conocidos, donde nos acostábamos en camas ajenas. El apresurado amor de dos ladrones.

Una tarde, en su coche, me hizo la pregunta que llevaba semanas esperando. Que si era cierto que el hijo de Nene era de Saba. Y, cuando le dije que sí, él se mostró satisfecho, más aún: se alegró como un niño pequeño, sinceramente y de corazón.

—Mi madre se pondrá contentísima, ¡por fin! Dios mío, se va a volver loca cuando se entere de que va a tener un nieto —anunció orgulloso, y añadió—: ¡Y con eso vamos a dar definitivamente por culo a los Koridze!

Me llegó correo de Ira, con lamentable retraso. Una carta en la que también había una postal con una foto de su campus, una pradera idílica llena de gente, con casas victorianas al fondo. Describía al detalle la habitación de su residencia, que compartía con una compañera llamada Jane, y su rutina universitaria. Parecía asombrada con todo lo que la rodeaba. Preguntaba por Nene y por Dina, me daba ánimos y me recordaba nuestra última conversación. Cuando leí sus líneas, estaba empezando a nevar. Aquella nieve era como un escándalo, estábamos tan sucios que aquel blanco chillón ponía aún más de manifiesto nuestro miserable estado. Fui presa de la ira: ¿cómo había podido prometerle algo tan necio? ¿Cómo iba a llevarlo a la práctica?

Me hice cortes precisos en la piel. Coleccionaba cicatrices. Recogí con la lengua los copos de nieve. Resistí. Me leí nuestra biblioteca entera, los libros que me interesaban y los que no. Mataba el tiempo. Mis ojos se acostumbraron a la luz de las velas, como si nunca hubieran conocido otra. Jugué a las cartas con las Babudas y guardé silencio con mi padre sentada a la mesa del comedor. Veía viejas fotos infantiles mías y de Rati y miraba una y otra vez el rostro de nuestra madre, del que no me acordaba. Me atraía y a la vez me repelía, ya no sentía nada, ya no quería nada. A veces, me emborrachaba con Dina cuando volvía a las tantas a casa de la redacción. En tardes como esas no preguntaba por Zotne, y tampoco por la guerra.

A principios de febrero, aquella voz burlona tan familiar y casi olvidada resonó en el teléfono:

—Eh, Kipiani, ¿sigues viva?

Me sentí tan aliviada de oírle que, de haberlo tenido delante, sin duda me habría lanzado encima de él.

—¡Reso! Qué alegría oírte.

—Bueno, no será para tanto. Si lo fuera, me habrías llamado antes.

—Pensaba que había que ceder la iniciativa a los hombres, porque si no se ofendían.

—Eres de lo más reaccionaria, a pesar de tu tierna edad.

—¿Cómo estás? ¿Dónde te metes? He preguntado por Maia una y otra vez, y...

—Ahora mismo estoy en Estambul, trabajando en una iglesia ortodoxa, un trabajo bonito, un desafío. De ahí también mi llamada: si puedes prescindir de un poco de tu valioso tiempo, aquí podría necesitar tu ayuda.

Le oí sonreír. Estaba abrumada. Estambul. Reso. Un encargo. No era capaz de juntar las tres cosas. Miré a mi alrededor. El periódico abierto de mi padre. El tictac del reloj de pared. El patio vacío debajo de mí. El enmudecido grifo del agua. Mis cicatrices latiendo en los muslos. La bolsita de té reutilizada dentro de mi taza, los pies fríos. Estambul. Reso. Un encargo. Una huida. Una salvación a plazo fijo de nuestra interminable carencia de expectativas.

—¿Sigues ahí? ¿Eh, Kipiani? Esto me está costando una fortuna, así que vamos, piénsalo. Tienes tiempo hasta el miércoles. Te volveré a llamar. Los honorarios no son de primera, pero están bien para tres meses. Tenemos un buen alojamiento, céntrico, bonito; comparado con la actual situación de Georgia, un auténtico lujo. Y seguro que un poco de distracción no te hace daño. Bueno, ¿qué dices?

—Yo..., gracias. Me... gustaría tanto...

—De acuerdo. Como he dicho, necesito una respuesta el miércoles.

—Gracias, Reso —murmuré, y colgué lentamente.

Después de haberme tranquilizado a medias —la alegría y la emoción me habían dejado sin habla—, me acordé de la promesa que había hecho a Ira, y que ahora me repetía cada vez más alto, como una sirena que se aproximase. Me acordé de la guerra de Dina y del niño de Nene y me cubrí el rostro con las manos. ¿Podía escapar de mi vida durante tres meses? ¡Tres meses, tres malditos meses! ¿Podía conseguirme un poco de felicidad de contrabando? Ira se había ido al otro lado del Atlántico para todo un año. ¿Podía yo también cazar al vuelo semejante oportunidad única? ¿Cuándo volvería a tener una oportunidad así? Mis compañeros habrían matado por ella, ni siquiera Maia tenía encargos. No, no podía decir que no, tenía que ir.

Dina dejó el patio en el que tenía su sede *El Dominical* y cruzó el bulevar Plejánov, con sus viejas y decadentes casas de estilo clasicista. Nevaba, los gruesos copos de nieve caían sobre su abrigo color verde abeto y la amorfa gorra de punto roja que ella misma había tejido en un arrebato de euforia y que le sentaba tan bien como todo lo demás que hacía ella misma. La bolsa de la cámara colgaba de su hombro; iba de camino a una cita para hacer fotos con su mentor.

Rati apareció sin previo aviso delante de ella. Llevaba su querida cazadora de cuero, que no se quitaba nunca a pesar del frío. Su rostro estaba oscuro y cuidadosamente afeitado, el misterioso lunar, las espesas pestañas de princesa oriental, la nariz un tanto tosca, que daba algo de brutal a su rostro, los hombros encogidos, como si siempre tuviera frío, aquel paso que le era tan familiar. Aquella sorprendente imagen tuvo que desconcertarla durante un breve instante. Tan desprevenida como estaba, sintió que la nostalgia se le clavaba como un cuchillo. Se enfadó con su cuerpo, que se entregaba con tal descaro a su euforia. Hacía un tiempo que no se veían, ambos habían puesto todo de su parte para evitar las horas en las que el uno o el otro podían salir del patio o regresar a él.

Y ahora estaba frente a ella, con el obligado cigarrillo entre los labios, los ojos oscuros y velados, como si tuviera delante una fina película de aceite.

—¿Podemos hablar? —preguntó, esforzándose por parecer casual.

Ella asintió, notando que le fallaba la voz. Avanzó unos pasos, él la siguió. Era terrible que su amor siempre estuviera hambriento y que nunca fuera posible aplacar esa hambre. En las noches en las que vagaba insomne por su casa era cuando más sentía el odio hacia él, entonces se volvía ruidoso, tan ruidoso que pensaba que tenían que oírlo varias casas más allá y reaccionar contra él con una fuerte ráfaga de insultos, con una fuerte explosión sentimental, pero se quedaba a solas con su rabia.

Él la llevó al coche, y se sentaron sin decir palabra, arrancó el motor, se fueron. Todo su cuerpo se volvía loco, no podía controlarlo, pero ni siquiera lo podía decir, cada palabra parecía ahogársele en la boca.

—Si no tienes nada en contra, te invito a comer —dijo él, con tanta indiferencia como si fueran dos conocidos que, reunidos por el azar, reviven los viejos tiempos.

Ella volvió a asentir como una niña obediente. Rati condujo en dirección al casco antiguo, y desde allí colinas de Avlabari arriba. Parecía tener un objetivo concreto en mente, puso rumbo al hotel Sheraton, el único de toda Georgia que entonces funcionaba conforme a los estándares occidentales. El hotel, que más tarde sería restaurado a fondo y equipado con toda clase de lujos, cuyo ascensor de cristal se convirtió en el símbolo del bienestar occidental y albergaba a todos los huéspedes, periodistas y jefes de Estado extranjeros, era un sitio en el que a los mortales locales no se les había perdido nada.

Rati aparcó el coche delante del hotel y entró paseándose como si fuera un cliente habitual de aquel templo del lujo. Ella no hizo preguntas, seguía sintiéndose mal y no sabía muy bien por qué estaba aceptando todo aquello; reprimió su sorpresa cuando vio que el vestíbulo estaba iluminado y caliente. Había unos cuantos extranjeros sentados en sillones de cuero leyendo periódicos, una imagen irreal, como si estuviera en un plató de cine, según me la describió más tarde. En la recepción, dos jóvenes vestidas de librea color vino los recibieron con una sonrisa amable, como si fueran jefes de Estado. Entregaron a Rati una llave, y subieron en el ascensor. Dina se preguntó cuándo había subido en ascensor por última vez, aquellos objetos antaño tan útiles habían sido entretanto condenados a no funcionar o se habían convertido en oscuras mazmorras en las que había que aguantar durante horas cuando se tenía mala suerte y se iba la luz.

Él abrió una puerta, y entraron a una estancia cálida y luminosa. En la cama, perfectamente hecha, había dos albornoces blancos y unas zapatillas de toalla retractiladas. Al verlas, toda la tensión de Dina se descargó, y estalló en sonoras carcajadas. Él se sentó en un sillón de cuero junto a una mesita y empuñó el teléfono. Poco después llamaron a la puerta. En un carrito de servir, trajeron distintos platos, que incluían vinos de importación. En medio del carrito había un pequeño jarrón con una rosa roja. Dina se sentó enfrente de Rati y miró perpleja todos aquellos alimentos de aspecto exótico y aroma exquisito que disponía el camarero de librea, quien salió de la estancia después de pronunciar un «Que aproveche». Ella pidió a Rati que abriera el vino, tenía que beber algo para poder digerir todo aquello. Él descorchó un tinto francés y llenó las copas hasta el borde, de tal modo que era imposible beber sin derramar el valioso vino.

—¿Qué hacemos aquí? —preguntó ella, inclinándose sobre la copa.

—Primero come. He pedido distintas cosas porque no sabía qué te apetecería. Espero que te guste.

Ella no podía tocar nada, todo su cuerpo se rebelaba ante la mera idea de tragar aunque solo fuera un bocado. Al mismo tiempo, tenía una sensación de injusticia por dejar que aquellas exquisiteces se estropearan mientras al otro lado de las ventanas una multitud pasaba hambre. En cambio, bebió tanto más deprisa y con más ansia. Vació la copa en pocos tragos y volvió a llenarla, mientras él empezaba a comer. Mintió, dijo que no tenía hambre. Él en cambio engullía una tras otra las pequeñas raciones, acompañadas de generosos tragos del vino francés. Entretanto, ella zapeó por los canales de televisión y se sorprendió al encontrar canales extranjeros, incluso la MTV. Miraba cautivada los videoclips que se sucedían a toda velocidad. Canciones rápidas y rítmicas. El vino se hizo notar, el mundo exterior resbaló de sus hombros como un chal de seda, abrió los brazos, cerró los ojos y empezó a bailar. Su cuerpo estaba hecho para el ritmo, se movía con una flexibilidad felina, como si hubiera practicado los movimientos delante del espejo durante horas.

Poco después, Rati también se levantó y se puso detrás de ella. Aún no se atrevía a tocarla, no, la herida entre ellos estaba abierta de manera demasiado evidente. Pero buscó su proximidad, se ajustó a sus movimientos. Eran dos actores que interpretan una vida ajena, bailaron sin tocarse hasta que, de pronto, ella se volvió hacia él y le miró a la cara.

—¿Qué hacemos aquí? —le preguntó, cogió el vino, bebió directamente de la botella.

Su verdadera naturaleza irrumpía, su verdadero rostro, sudoroso, algo achispado. No tenía sentido seguir molestándose en fingir distinción. Él observó el cambio y lo tomó como un desafío, olvidó su contención, la besó con ímpetu y se abrió paso hacia ella con todo su peso, con todo su deseo. Ella se dejó caer al suelo, lo agarró por el cinturón, tiró de él, la botella vacía rodaba de un lado para otro como si estuviera en el suelo de un barco en alta mar. Ella le puso una mano en la cara, le cerró los ojos. Él disfrutó su hambre, se entregó a ella, quería saciarla. Los dos sabían que nunca encontrarían otro cuerpo que pudiera satisfacer su desenfreno en la misma medida. Habían aprendido a amarse el uno al otro y el uno con el otro. Amar a otro era como hablar una lengua extranjera. Él la necesitaba, a ella y a su cuerpo, para tirar por la borda todas las coacciones y reglas autoimpuestas durante unas horas. Y ella le necesitaba para ver respetada su voluntad, una voluntad que a otro lo abrumaría, lo intimidaría, o al menos lo induciría a conclusiones equivocadas.

—Eres mía, me oyes, eres mía —exclamó él, antes de arrancarle la ropa del cuerpo, en el sentido más literal de la palabra.

Llegaría al hospital con los pantis rasgados. Ella lo disfrutó; exactamente así y no de otra manera era como su cuerpo quería ser amado. No lograron llegar hasta la cama, aquella cama perfectamente hecha quedó intacta, como las zapatillas de toalla y los albornoces blancos, como para confirmar que los dos estaban fuera de lugar allí, que su sitio era el suelo, el frío y desnudo suelo.

Pero también fue un error haber ido allí con él. Porque, cuando estuvieron tendidos, la mirada de él se ensombreció, había que seguir el guion, decir las palabras aprendidas de memoria.

—Follas con él, ¿eh? ¿Es cierto que sales con él? ¿También te lleva a hoteles así de finos, tu rico *bariga*? ¿Te atiende bien?

—Para... —le advirtió ella.

—¡Dilo, admítelo!

Se aferró a ella. Frotó el rostro contra su mejilla. Se encogía, como si quisiera que ella lo protegiera, que lo salvara. Ante todo, de sí mismo.

—Chis, está bien, todo irá bien... Sé quién eres, te conozco. Y tú me conoces a mí. Sabes todo lo que tienes que saber, podemos volver a ser nosotros mismos, así que deja ya eso. Me has traicionado, cómo pudiste caer tan bajo, Rati...

—¿Yo te he traicionado? —Se incorporó de golpe—. ¿Qué te ha dicho? ¿En serio ha afirmado que había aceptado su oferta, ese chupapollas?

—¿Acaso no lo has hecho? ¿Cómo te has convertido si no en el rey del barrio?

—No lo entiendo... En serio crees que yo...

Enmudeció y se levantó, dejándola desnuda en el suelo, con las invisibles huellas de su amor no llevado hasta el fin sobre su blanco cuerpo.

—Se ha largado del barrio porque ya no está bajo la protección de su gordo tío, ¿entiendes? Y porque es un puto *bariga* y ya nadie quiere tener nada que ver con él.

—Eso son tonterías. ¿Crees que me trago que Zotne va a cederte todo su territorio porque sí?

—Zotne, ya estamos con Zotne, Zotniko, seguro que le llamas así cuando te folla, ¿no?

Ella le abofeteó con insospechada fuerza. Él la miró confuso, como si no pudiera entender que de veras hubiera hecho eso, luego se llevó la mano al pantalón y sacó una navaja del bolsillo.

—Pagará por todo. Puedes decírselo. Y, si llego a enterarme de que sigues viéndote con él, te mataré, Dina, ¿me oyes? No permitiré que ensucies mi nombre.

Le acercó la punta de la navaja al cuello. Y ella volvió a echarse a reír, como cuando había visto el albornoz y las zapatillas de toalla, se rio en su cara y le provocó con su cuerpo desnudo.

—Yo no soy una mercancía. Entiéndelo de una vez. Yo soy yo, soy la que te ha hecho montar todo este circo —dijo, y siguió mirándolo a los ojos.

Se levantó. Se tambaleó, se sentía mal. Quería vomitar toda aquella monstruosidad. Quería besarle, quería estar cerca de él, quería quedarse dormida en sus brazos y olvidarlo todo, quería encontrar la paz, quería llevar hermosos vestidos de vuelo y bailar salvajemente con él. Y lo que más quería era hacer retroceder el tiempo, volver a empezar todo desde el principio aunque aún no había empezado nada, no quería que todo estuviera ya arruinado, acabado. No quería que el hombre al que amaba le pusiera un cuchillo en el cuello. Quería irse de aquella habitación, pero tampoco quería volver a su fría y oscura vivienda del sótano, en la que solo era posible esconderse, nada más. Le provocó con su desnudez. Sintió que su rabia comenzaba a hervir de nuevo. Tenía que matar todo lo que dolía, pensó, de lo contrario sucumbirían a su amor como a una enfermedad. Todo eso pensó mientras yo, sin sospechar nada, me aferraba a mi esperanza que me atraía hacia el Bósforo, y mientras Guga llevaba a Nene al hospital con una rotura de la bolsa amniótica.

Su amor no bastaba. El amor, me lo dijo a la cara esa misma noche, a la fría luz de una bombilla impulsada por un generador, en el pasillo del hospital, no curaba una mierda, no valía una mierda. Era una trampa, una cárcel rodeada de alambre de espino, una puta embustera, un sádico que disfrutaba con la ruina de sus víctimas. Y ella no quería volver a caer más en esa trampa, prefería arrancarse el corazón en vivo, prefería reventar. Podía imaginarse sin amor los placeres del cuerpo, con vino, con baile, con manos y bocas desconocidas, insignificantes, innominadas.

Pero todo eso me lo dijo después, cuando algo ya se había roto en ella, en aquel momento él fue hacia ella y la besó. Y ella se sintió mal. Tenía frío, de repente sentía un frío incomprensible apoderarse de ella, tenía que aguantar un poquito más, no podía vomitar, aún no. Tenía que mantener los ojos abiertos, mantenerse consciente. Y, sin embargo, con toda la conciencia de la imposibilidad de salir sana y salva de aquella situación, al parecer la más espantosa de las ideas era no poder volver a tocarle nunca. Él la besó con avaricia, a ella le pareció interminable, pero luego se detuvo para volver a ponerle la navaja en el cuello. No, un poco más, solo quería amarlo hasta el final... Esta vez se reencontraron en el sillón de cuero, ella encima de su regazo, los brazos de él en torno a su cintura, el cuchillo a sus pies.

—Lo digo en serio, te mataré si... —repitió él susurrando cuando se desplomaron uno en brazos del otro, agotados y sin respiración.

—Vuelve a ser tú. Por favor. Vuelve —susurró Dina en su oído.

—No puedo. Lo sabes.

—¿Por qué?

—¿Has pensado aunque solo sea un segundo en lo que significaría para mi reputación estar con una puta?

Entonces ella se levantó con toda tranquilidad, cogió la navaja abierta y se la clavó en el muslo.

Precisamente Tapora, el mismo Tapora responsable de toda la desgracia de Nene, ante el que había tenido que ocultar al nonato durante cinco largos meses, fue, al final, el que salvó la vida a su hijo. Después de diecisiete horas de dolores de parto, y con el niño en mala posición, hubo que practicar una cesárea. Pero un pálido anestesista anunció que se había acabado el anestésico, y cundió el pánico. Manana se vio obligada a llamar a Tapora, que en pocos minutos consiguió encontrar a otro anestesista, que entró corriendo con sus narcóticos y bañado en sudor en la sala de partos y se puso al instante manos a la obra. Cuando Tapora cogió en brazos a un bebé sano y bien formado, cualquier esperanza de que la paternidad correspondiera a otro que no fuera Saba Iashvili se reveló totalmente ridícula: el bebé era una copia suya.

También Dina y yo estábamos en un hospital, solo que al otro extremo de la ciudad. Pálida, con las medias rasgadas y la falda rota, la bolsa de la cámara en el regazo, ella estaba sentada en aquel pasillo pelado y miraba a través de mí después de haber abjurado del amor, después de haber dejado de soportar mi reiterada pregunta de por qué y haberme insultado llamándome «cobarde». Yo me había quedado sin palabras. Callaba y esperaba sin saber a qué.

Lika y mi padre conversaban a la puerta, sorprendentemente había una farola encendida justo delante de la entrada principal. Lika tenía los ojos enrojecidos, sin duda había llorado, y mi padre, que estaba extrañamente pálido y con la piel transparente, se mostró aliviado a ojos vistas cuando, más tarde, un médico nos dijo con aspecto de cansancio que la herida no era peligrosa y no había afectado ninguna arteria, pronto darían el alta a Rati.

—Quiero que le digas que *no* lo siento —dijo ella, y se levantó.

Hacía un frío insoportable en la sala de espera. Todo era muy grotesco, al principio no pude imaginar nada capaz de llenar el concepto de herida inciso-punzante cuando mi padre recibió la llamada y gritó en el teléfono, para luego explicarme que mi mejor amiga había herido a mi hermano con un cuchillo y teníamos que ir al hospital. Dina había *herido* a mi hermano. Aquella palabra resonó en mi cabeza durante todo el trayecto.

—¿Cómo has podido clavarle un cuchillo?

—Si hasta ahora no lo has entendido, probablemente nunca lo entenderás.

Se abrochó el abrigo a toda prisa.

—Dile que se mantenga lejos de mí. Y dile que sí, que salgo con Zotne Koridze. Dile que salgo con todos los que me apetece. Porque soy una persona libre y puedo hacer y dejar de hacer lo que quiera. Dile que estoy harta de toda esta mierda. Y, si sigues queriendo echarme la culpa de todo lo que ha pasado, en ese caso por mí puedes alejarte y buscarte una amiga mejor, que responda a tus exigencias morales.

Sin esperar mi respuesta, salió con paso rápido, pasó de largo delante de su madre, ignoró sus gritos y desapareció en la noche. Su última frase me había dejado perpleja. Había pasado un año de aquella pesadilla en el zoo, y desde entonces yo había vivido en constante preocupación por ella y por Rati, me había puesto de su parte, mi hermano apenas me dirigía ya una frase completa. Cómo podía decir algo así, era de una injusticia que clamaba al cielo. Bien, me mantendría lejos de ella. Que se buscara una amiga mejor, una que aprobara todos sus caprichos y cambios de humor, que no tuviera nada que objetar a que atacara a su propio hermano con un cuchillo, que se liara con los tipos con menos escrúpulos de toda la ciudad, que avivara sin cesar un conflicto que de por sí ardía, una amiga que no la detuviera cuando, en un ataque de absoluta arrogancia, se fuera a la guerra. Dentro de unas horas iba a llamarme Reso.

Al día siguiente me dio la dirección de una agencia de viajes, donde me esperaban un visado y un billete de autobús para Estambul.

Si no hubiera pasado aquello con Dina, ¿tal vez no habría escapado hacia aquel breve olvido? ¿Y no hubiera tenido que confesar a Ira nuestra pesadilla? Esas preguntas me perseguirán, surgirán en los momentos más inadecuados de mi vida, de pronto, sin previo aviso. La mayor parte de las veces me resistiré a ellas, porque con los años aprenderé a apaciguar mis demonios, durante la larga y profunda caída. Cuando me caiga de la vida, del aquí y ahora, cuando me precipite cada vez más hondo en el pasado, desearé no llegar al suelo, desearé quedarme con todos aquellos que no lo han conseguido, que no han sobrevivido a esa caída, los que no tienen un aquí y ahora, sino tan solo un entonces.

Esa pared lleva el letrero, de apariencia exótica y extraña sonoridad, SURB SARKIS, aunque todos ven que está dedicada a los muertos y mutilados, a los escarnecidos y expulsados. No hay placas protegidas por cristales al pie de las fotos que ahuyenten la confusión, que contribuyan a explicar nada.

Pero, antes de volvernos hacia el horror, hay aún una breve pausa para respirar; la adoro, adoro esa serie, la única original de Dina que cuelga de las paredes de mi casa y veo todos los días, y que procede exactamente de aquí, de la «serie de la montaña mágica», como yo la llamo en secreto. Las fotos del sanatorio para tuberculosos en el que estuvo alojada al principio de su periodo bélico, aquel absurdo edén en medio de las ruinas, rodeado de palmeras y abrazado por el mar. Me irrita ver colgada esa serie junto a esas nauseabundas imágenes de violencia. Esa serie merece un espacio propio. Esas fotos son la personal montaña mágica de Dina, tuve ocasión de ser la primera en admirarlas cuando se revelaron. Salas espléndidas, abandonadas, repletas de estuco, en las que de vez en cuando se ve un Kaláshnikov o una caja llena de granadas de mano. Terrazas de mármol del cambio de siglo, un paraíso en medio del infierno. Un refugio para los que estaban cansados de vivir. Admiré su decisión de dejar esos motivos sin personas. De dedicarse por entero a los espacios y hacer que su vacío volviera tangible la cercanía del peligro. Elementos perturbadores: un arma, un teléfono con conexión vía satélite, un par de botas de soldado, son los mensajeros de la amenaza que penetra incluso en aquel paraíso y pronto se apoderará por entero de él. Los comisarios han reunido todas las fotos de Abjasia y les han dado el título de una de las imágenes, «Surb Sarkis», por aquel primitivo viento armenio que viene unido a una curiosa costumbre, aquel inclemente viento de febrero que ruge por el Cáucaso durante días, hace temblar los árboles y ahuyenta, fustigándolas, a las personas. Los paneles hablan de san Sarkis, un santo nacional de la Iglesia armenia, que se supone que fue un general de la legión romana y a la vez un predicador cristiano. Lo enviaron a Capadocia para derribar los ídolos paganos y difundir en su lugar el cristianismo con la palabra y con la espada. Más tarde sirvió en Persia al sha Sapor II. Debido a su reputación como general, el sha quiso convertirlo en jefe de su ejército, con la condición de que participara en un ritual zoroástrico y renegara de su dios cristiano. Cuando Sarkis se negó, el sha decapitó delante de Sarkis a su hijo y a catorce de sus hombres, antes de darle también a él una rápida muerte por decapitación.

De lo que no habla el panel, y quizá sea lo más importante de la serie fotográfica, es de que la Iglesia georgiana, que por principio recelaba del santo armenio, no pudo impedir que la superstición unida a esa costumbre se propagara también por Georgia. Y así las georgianas cocían pan ácimo en aquellas noches de viento y lo ponían debajo de la almohada para pedir clemencia al santo Sarkis y soñar después, en esa misma noche, con sus elegidos. En Sololaki, un barrio con un elevado número de armenios, las fiestas y los subsiguientes rituales nocturnos eran un momento emocionante para las chicas como nosotras. No nos importaban los santos georgianos ni los armenios, pero sí sus supuestas capacidades proféticas. Adorábamos hacer aquellos sencillos panes a base de agua, harina y sal, y nos incitábamos, reprimiendo todo sano escepticismo, a contarnos a la mañana siguiente nuestros sueños (no pocas veces inventados). Porque ninguna quería admitir que la sagrada noche había pasado sin soñar con nadie.

Aquella costumbre infantil y aquella fiesta ventosa no tienen, a primera vista, ninguna relación con lo que aquí íbamos a ver. Pero yo sé qué vientos fueron los que se la llevaron allá donde las cosas aún eran más terribles: hasta el mar, donde georgianos, abjasios y *bad boys* chechenos o armenios locos por la guerra y pagados como mercenarios se mataban entre sí con armas rusas. Sí, era el peculiar Surb Sarkis, con sus vientos que se metían hasta el alma y sus falsas profecías, porque su elegido se había revelado equivocado. Cuando veo sus fotos de Abjasia, no puedo evitar pensar en Estambul, en el Bósforo azul oscuro, en los bocadillos de pescado en el paseo al pie de la Torre de Gálata, en el sol y en la paz. Mientras yo exploraba el conservador barrio de Fatih y el liberal Beyoğlu, ella estaba en medio de la devastación y la muerte. Mientras yo ayudaba a Reso, durante aquellas horas monocordes y sanadoras en la Hagia Kyriaki, a dar nuevo esplendor a un san Jorge de aspecto juvenil, ella huía de las granadas junto al río Gusmista. Mientras yo miraba a los ojos a aquel dragón tragafuegos, ella descendía al infierno, que no estaba poblado por demonios, sino por personas.

Recogí mis cosas y clasifiqué mis pensamientos: almacené todo lo preocupante en el rincón más hondo de mi cabeza. Besé a las Babudas y dejé que trazaran sobre mí la señal de la cruz. Me preocupaba sobre todo Oliko: su estado de salud había empeorado en los últimos meses. Ya no traducía, los ojos le daban problemas y le dolían las articulaciones, sufría de diabetes senil, hipertensión, pero sobre todo sufría por la pérdida de visión. Desde principios de año, había perdido toda voluntad de vivir, ni siquiera la eterna disputa con Eter conseguía atraerla. Ella, que antes siempre había dado tanto valor a su cuidada apariencia, se dejaba ir de una manera extraña, estaba pasando por una especie de regresión, como si cada día fuera más joven: se hacía dos trenzas que colgaban de sus hombros como dos lombrices abandonadas, se calzaba con calcetines a rayas de colores hasta las rodillas, y se ponía encima del camisón de puntillas rojas un albornoz agujereado desechado por mi padre.

Cuando no estaba viendo un obtuso programa de televisión —pero nunca las noticias, porque desde su desplome parecía no ver ya motivos para interesarse por el mundo exterior—, leía viejos libros infantiles que nos había leído a mí y a mi hermano antes de irnos a dormir, cuando aún éramos pequeños. De Charles Perrault a Saint-Exupéry, desenterraba todo lo que la ayudaba a matar el tiempo.

La noche antes de coger el autobús a Estambul, fui al salón y estudio de las Babudas, donde generaciones de discípulos habían practicado el alemán y el francés y se habían tenido que entregar a las páginas de Goethe y Baudelaire, Kafka y Proust. Entré a la habitación y me senté al borde de la cama de Oliko. Se había acostado pronto, se quejaba de dolores en las articulaciones. Me esforcé en no hacer ruido, pero enseguida me di cuenta de que estaba despierta, y noté que se alegraba de mi visita. Se incorporó, y vi su rostro cansado. No nos hicieron falta muchas palabras. Me lanzó una sonrisa suave y cansada y me cogió la mano; siempre tenía las manos calientes, daba igual cuánto frío tuviera.

—Tendrás cuidado, ¿verdad, Bukashka? —preguntó.

—Claro. Pero quiero pedirte lo mismo. Y, por favor, no discutáis mucho Eter y tú...

—Oh, no más que de costumbre, te lo prometo. Estambul... Antes se llamaba Constantinopla, y ese nombre tenía un sonido mágico a mis oídos. ¡Y ahora vas a ir allí, vas a verlo todo con tus propios ojos!

—Estoy muy emocionada.

—¿Es bueno?

Al principio no entendí de quién hablaba.

—Ese hombre que te llama a Estambul.

—¿Reso?

Tuve que pararme a pensar. ¿Era bueno? ¿Quién era *bueno*? ¿Era buena yo? ¿Actuaba de manera correcta al dejarlo todo y marcharme?

—Creo que sí. Es divertido y muy bueno en lo que hace, puedo aprender mucho de él.

—No era eso lo que quería saber.

—No estoy enamorada de él, si te refieres a eso.

Oliko siempre quería saber algo del amor, sus preguntas solían tener que ver con el romanticismo y con la esperanza de un final feliz.

—¿Sabes lo que se me ha pasado por la cabeza durante todo el día?

No prestó atención a mi respuesta.

—¿Qué?

—El poema que tanto te gustaba, «Mañana, al alba», de Victor Hugo. Cómo lo recitabas de niña, con tanta entrega. ¿Lo recuerdas aún?

Claro que lo recordaba. Era uno de los poemas que me había aprendido en francés por amor a Oliko. Me lo había leído cuando yo tenía seis o siete años, mientras se le humedecían los ojos de emoción, y por un motivo difuso a mí eso me había impresionado tanto que había querido sentir esa emoción yo misma.

—Sí, creo que sí. ¿Quieres que te lo recite ahora?

—¿Lo harías por mí?

—Sí, espera, enseguida.

Acerqué una silla, como hacía antes en mis representaciones para evitar el riesgo de no ser vista, y salté encima. Luego estiré ambos brazos hacia el cielo, alargué el cuello, puse una expresión mortalmente seria y empecé a declamar, en tono dramático:

Mañana, al alba, cuando el sol blanquea el campo,
partiré, porque sé que me esperas.
Recorreré el bosque, la montaña que cede el paso al valle,
no puedo estar lejos de ti más tiempo.
Caminaré, los ojos fijos en mis pensamientos,
sin ver nada en torno, sin oír ningún ruido, solo, desconocido,
la espalda encorvada, las manos cruzadas,
triste, y el día para mí será como la más oscura noche.

Por alguna razón, al llegar a ese punto me detuve, todo lo que venía detrás parecía borrado de mi memoria. Sabía que solo la tercera estrofa daba el giro trágico e inesperado que haría acelerarse mi corazón, pero mi cabeza estaba vacía. No era capaz de recordar cómo seguía el poema.

—Está bien. Lo has hecho muy bien, Bukashka —dijo, asintió, me dio unas palmaditas en la mano—. Te acordarás de los versos cuando llegue el momento. Ahora, lo mejor es que hagas el equipaje. ¡No te preocupes por nosotros!

Me dio un beso en la mejilla.

Aquella noche, mi padre me despertó. Alguien lanzaba piedrecitas contra la ventana, debía bajar. Era Levan, no se atrevía a subir. Nos sentamos en un banco en Sololaki, en el Jardín de Stella. Estaba húmedo y sombrío. Él fumaba.

—Me han dicho que te vas a Estambul con no sé qué tipo.

Olí el alcohol en su boca, y me arrepentí de haber bajado.

—No es «no sé qué tipo». Ya he trabajado con él en Kajetia. Es un colega y mi mentor, si quieres llamarlo así, y ha sido lo bastante amable como para conseguirme un empleo.

—¿Necesitas dinero?

Le miré, perpleja.

—No se trata de eso, pero sí, también necesito dinero.

—Tu hermano gana mucho dinero, no te falta de nada. Y también yo puedo darte todo el que necesites...

—No quiero ni su dinero ni el tuyo. Gracias.

—Así que vas a pasarte meses en Estambul con un intelectual maricón, ¿no? ¿Y yo tengo que estar aquí esperándote como una doncella?

Me estaba provocando. Quería que le hiriese para poder seguir sintiéndose en su derecho. Yo notaba que la rabia empezaba a hacerme cosquillas.

—No tienes que esperarme. No estás obligado a nada. Al fin y al cabo, no soy tu novia —dije tranquilamente, y bostecé.

—Ah, eso es nuevo para mí.

—¿Una novia a la que hay que traer a las dos de la mañana a este sucio jardín para hablar con ella? ¿Una novia a la que solo se puede besar a escondidas en el coche? ¿Una novia que se esconde a todos? Eso no es una relación, como mucho soy tu amante secreta, tu concubina, qué sé yo.

—Eso es una mierda... Te he dicho que solo es temporal, tienes que darme tiempo, no irte sin más.

—¿Qué quieres de mí? ¿Que te espere durante toda la eternidad? Tengo que vivir mi vida, Levan, tengo que avanzar de alguna manera. Quiero aprender, avanzar. Todo esto que hay entre nosotros...

Luchaba contra el deseo de lanzarme a su cuello, de besar su cansado rostro, y al mismo tiempo sabía que eso solo iba a hacer más daño.

—Está bien, si tú lo dices.

Su voz era fría y arrogante. Me levanté y di un paso hacia la salida del jardín. En algún sitio aulló un perro.

—¿Así que te vas, sin más, me dejas?

—No puedo dejarte si nunca he estado contigo.

Me miró confuso, como si no hubiera entendido, y se limitó a negar con la cabeza. Tiró la colilla al suelo.

—Como tú digas.

Di la vuelta y salí del jardín, con la esperanza de que me diera alcance, de que me retuviera. Pero no lo hizo.

Viajé a lo largo del mar. Aquel azul oscuro me puso somnolienta. El cielo estaba cubierto y nublado, pero el azul lo iluminaba. Observé aquella franja interminable, el horizonte, la distinta luz, y me arrepentí de haber dejado de dibujar. No me había despedido de Dina. No había vuelto a verla desde nuestro choque en el hospital. Había escrito una carta a Nene, que después del difícil parto había contraído una infección y continuaba en la maternidad. Guga, al que di la carta, me contó que la copia de Saba se llamaba Luka.

A cada kilómetro que dejábamos atrás me sentía más ligera, podía volver a respirar. Poco después de Sarpi llegamos al paso fronterizo, y una vez superados desmoralizadores e interminables controles dejamos atrás Georgia y seguimos viajando hacia *Constantinopla* por la orilla del mar.

Reso me esperaba en la polvorienta y atiborrada estación de autobuses. No pude evitar sonreír al distinguir su estrecha figura y su espesa mata de pelo. Llevaba unos vaqueros agujereados y una chaqueta verde pantanoso, que le colgaba de los hombros como si fuera tres tallas más grande de lo debido. Nos abrazamos, y fue un abrazo cordial, me sentó bien volver a estar ante él. Al instante me sentí más despejada y motivada, gracias a él tenía una tarea que me alegraba. Me cogió la vieja maleta marrón de mi padre, que hacía ya mucho tiempo que él no utilizaba, y me llevó hasta un pequeño coche verde.

—Este trasto es del ayuntamiento, podemos utilizarlo durante nuestra estancia aquí. Prepárate para viajes y atascos interminables —me advirtió, y me dio una palmada en el hombro—. Me alegro de verte, Kipiani —añadió, antes de pisar el acelerador.

Nos alojábamos en Ortaköy, un barrio ubicado justo a orillas del Bósforo, en una sencilla y angosta casa de madera con apartamentos limpios y luminosos, situados uno encima de otro: el de Reso estaba en el tercer piso, y el mío en el segundo. Había un huequito para la cocina, una espaciosa habitación con un balconcito y una ducha diminuta. Para mi alegría, también había una calefacción que funcionaba de fábula y que me sumió en tal estado de éxtasis que me quedé media eternidad con el cuerpo apoyado en el radiador.

Me dejó sola, dijo que volvería dentro de una hora con algo de comer, luego iríamos a la iglesia y discutiríamos nuestros futuros planes. Abrí todas las ventanas, contemplé el día soleado. Sin duda desde mi balcón no se podía ver el interminable azul del Bósforo —un frente de apiñadas fachadas cortaba la vista—, pero se oían las bocinas de barcos y transbordadores, chillar a las gaviotas, y la animada calle a mis pies prometía innumerables atractivos y descubrimientos. Estaba feliz como una niña pequeña. Por primera vez en mi vida, me encontraba en otro país y tenía la posibilidad de descubrir un nuevo mundo; un mundo sin cortes de energía y sin falta de alimentos, sin Kaláshnikov y sin agujeros de bala en las paredes. Los tres meses siguientes, los recuerdos que iba a almacenar como se guarda dinero en una hucha aún tendrían que endulzarme largas, frías y oscuras noches llenas de rencor y desesperanza. No había elección: tenía que ser feliz.

Tarareé para mis adentros, inspeccioné los armarios, desembalé mis cosas, salí una y otra vez al balcón, contemplé el agitado trajín en la calle adoquinada y bacheada y sonreí de oreja a oreja. Reso no tardó en regresar, trayendo consigo unas brochetas de pollo de exquisito aroma y ensalada de tomate, todo ello envasado en pequeños y limpios recipientes de plástico que enseguida me enviaron un soplo de estabilidad y normalidad. Comimos ruidosamente, bebimos *ayran* dejando un cerco blanco en torno a la boca. Reso habló del barrio, de los muchos restaurantes y clubes, del loco tráfico de la ciudad y la amabilidad de la gente, de la comunidad griega y de la iglesia en la que íbamos a trabajar. Todo lo que decía sonaba como un bálsamo a mis oídos, tenía un efecto tranquilizador sobre mí, e incluso si me hubiera dicho que durante las próximas semanas íbamos a trabajar en unas mohosas catacumbas, también me habría llenado de satisfacción, porque esas catacumbas habrían seguido estando muy lejos de lo que había dejado atrás.

En medio del atasco vespertino, cruzamos un puente que me parecía colgar del cielo, y contuve la respiración ante la vista: tanta vida y tanta belleza, era irreal estar allí, pasar de aquel gris aturdidor a zambullirse directamente en aquella abigarrada variedad, en aquel despreocupado caos, en aquella ciudad que se festejaba a sí misma. Desde una calle insignificante del barrio de Kumkapi, atravesando una puerta de hierro gris, llegamos a otro siglo. Comparada con las iglesias georgianas, la Hagia Kyriaki, del siglo XVI, en la que íbamos a ocuparnos de los grandes frescos de san Jorge, no resultaba ni espartana ni pomposa. Sin la cruz en lo alto de la pequeña cúpula, habría podido ser la confortable villa de un filántropo, con hermosas puertas de madera lacadas en blanco y lisas escaleras de mármol a la entrada. Por dentro era mucho mayor de lo que su exterior permitía intuir; igual que las iglesias georgianas no tenía bancos, y estaba bañada en el mismo aroma a velas, en la misma luz ocre. En la parte trasera de la iglesia, vi una barrera improvisada y un andamio bastante elevado con unos cuantos focos: el lugar de trabajo de Reso.

—Empezamos en las primeras horas de la mañana, porque por las tardes aquí hay mucho jaleo, y también misas. Pero de siete a dos nos pertenece —me indicó, mientras yo estaba al pie del andamio y estudiaba los frescos que debíamos arrancar al olvido.

Se trataba de un san Jorge que se extendía a lo largo de toda la pared, y llevaba cuatrocientos años ocupado en clavar su lanza en las fogosas fauces a un dragón traicionero. Los colores eran de un delicado pastel, con predominio de un cálido azul. Aquel san Jorge parecía muy joven, aún no acostumbrado a su aura de santo, no era como los santos que yo conocía, era audaz y seguro de sí mismo. Compartí esa observación con Reso, que rio a carcajadas. De pronto me acordé de lo fácil que me había resultado reír con él, y me di cuenta de lo mucho que había echado de menos aquella risa despreocupada. Era como si desde nuestra estancia veraniega en Kajetia se me hubiera atascado la risa en la garganta.

—Aquí se puede trabajar bien. Hay suficiente material, no tenemos que mendigar como el verano pasado. Vamos a estar bien aquí, Kipiani, ¿no te parece?

—De eso estoy segura, Reso.

Era una frase sencilla, que significaba mucho más: era una promesa que yo me hacía a mí misma en aquel momento, y que traté de mantener durante las semanas siguientes, a pesar de todas mis preocupaciones y presentimientos.

Reso me guio por las angostas calles de Beyoğlu, comió pescado fresco conmigo debajo de uno de los mil puentes de aquella ciudad, me llevó en un transbordador y me hizo ofrecer el rostro al viento desde las ventanillas bajadas del coche y admirar las mansiones distinguidas, me llevó por los puestos con colgaduras doradas del Gran Bazar y bebió conmigo *raki*, que no me gustaba y que aun así bebí, porque me parecía que tenía que rendir respeto de ese modo a aquel lugar. Y una y otra vez parábamos y disfrutábamos de las vistas del Bósforo que se ofrecían desde tantas colinas de la ciudad y que dejaban sin respiración.

Nene volvió a casa; llevaba un niño en brazos, legado inconfundible de su amado muerto, al que hizo la promesa de ser para él la madre que ella nunca había tenido: una madre de amor incondicional, libre y que no vinculara su afecto a ninguna clase de requisito.

Zotne y Guga se habían subido al negocio de la ruleta rusa, era un secreto a voces que actuaban a espaldas de su poderoso tío y que en cualquier momento cabía esperar una declaración de guerra por su parte. Anna Tatishvili se encontraba con Guga y se iban juntos a pasear al parque Vaké, comía algodón de azúcar con él y le reía los chistes que Guga se había aprendido de memoria la noche anterior, tendido insomne sobre su cama. Él le regalaba rosas y no se daba cuenta de cómo le escuchaba sin mirarle, como si estuviera buscando a otra persona; se conformaba con que la dejara acompañarla a casa cogida de su brazo, por ahora tenía que bastar. Su hermano había cumplido su palabra, el cómo y el porqué ya no representaban papel alguno; conseguiría el favor de Anna, la convencería de que había elegido bien.

Rati fue celebrado como nuevo capo del barrio, nuevo árbitro, nuevo protector. Las tasas de protección afluían íntegras a sus bolsillos, y los casinos daban porcentajes más que suficientes. Levan y Sancho le servían como «ayudantes», como solía decir mi padre con ligero sarcasmo. Su esfuerzo parecía valer la pena, la larga espera en la plaza bajo el sol parecía dar frutos. Todo encajaba. Salvo el hecho de que en el barrio se cuchicheaba que cada vez se veía más a Dina Pirveli con Zotne Koridze.

A principios de marzo, Dina había viajado a Abjasia junto con Posner y otros dos periodistas de *El Dominical*. Viajaron a Babushara en un pequeño avión de hélice. Después de la toma de Gagra, de los intentos de mediación de la OTAN y de diversos acuerdos de armisticio, las acciones bélicas parecieron amainar, y en algunos lugares retornó una normalidad desfigurada de manera dulzona. Por ese corredor de mentiras y esperanzas, de corrientes de refugiados y ametralladoras detenidas, se colaron Dina y sus compañeros, y aterrizaron en los minados campos de batalla, que, en su amenazadora calma, ejercían una tóxica atracción, y en los que chicos atiborrados de heroína jugaban a los soldados. Era un mundo posapocalíptico, de casas derruidas, perros hambrientos, vodka y *chacha* y soldados abotargados, a la espera, con una noria oxidada medio hundida en el mar, finos sanatorios convertidos en campamentos y cuarteles generales en los que antaño pasaba sus curas y vacaciones la élite de la Unión Soviética. Dina y sus colegas plantaron sus reales en un sanatorio para tuberculosos a las afueras de Sujumi. El sanatorio era una especie de centro de recolección de periodistas georgianos, y algunos extranjeros. Las fuerzas armadas georgianas les asignaron dos habitaciones venidas a menos, antaño suntuosas, con unas vistas deslumbrantes y parcos catres de campaña, y les explicaron dónde y cuándo tenían que recoger sus raciones de comida. Se llamó su atención sobre diversas autorizaciones y prohibiciones y se les asignó un chico que no paraba de masticar pipas de girasol y que debía acompañar como chófer al atareado cuarteto.

Solo al estudiar esa serie de fotos he hecho indagaciones sobre ese lugar, y averiguado que aquel sanatorio se inauguró en 1905 por orden del gran fabricante ruso Smezkoi para su esposa, enferma de tuberculosis, y que antaño fue un impresionante complejo de casitas blancas rodeado de un parque lleno de palmeras, eucaliptos y acacias, a pie de mar. Gracias a las fotografías de Dina, pude caminar por los pasillos desiertos y los jardines abandonados de aquel lugar fascinante y fantasmal de fin de siglo, por aquel paraíso consagrado a la ruina. Aquellos corredores abandonados guardaban silencio para nosotros, ella dirigía su cámara a los soldados heridos y vendados con la misma entrega masoquista con la que antes la había dirigido hacia sí misma. Siento que de sus posteriores fotos del total fracaso humano, imágenes de muertos y mutilados, crueles e implacables, emana siempre un silencio espantoso, frío, como si aquel mundo de fantasmas fuera un mundo de mudos. Nos tiró esas imágenes a los pies para enseñarnos lo que no queríamos ver. Lo que vio allí la convirtió en otra persona. Y no hizo el menor intento de despertar compasión, de provocar empatía. Sabía que nadie que no hubiera estado allí iba a poder entenderlas.

Nunca llegué a decírselo, tampoco después de que se fuera por segunda vez a la guerra, pero tras nuestro reencuentro estaba segura de que allí había enfermado de una terrible adicción: la adicción a una vida en la proximidad fatal de la muerte.

Yo me perdí en nuestro tranquilizador trabajo, que me acunaba en un pacífico equilibrio. Adoraba levantarme al amanecer, abrir de par en par las ventanas y respirar el aire salado del mar. Adoraba sorber mi yogur y esperar la llamada uniforme y contenida de Reso para subir con él al cochecito, recorrer aquella ciudad llena de promesas y descubrir una y otra vez un rincón hasta entonces ignorado o un edificio especial, para alegrarme con los divertidos mercaderes que acercaban los más extravagantes productos a nuestras ventanillas bajadas. Adoraba la música de la radio —Reso ponía cualquier emisora al azar— y adoraba el hecho de que no tuviéramos que hablar, de que pudiéramos callar juntos tan maravillosamente bien. Adoraba su calma, su diferencia, adoraba cómo me tomaba el pelo, se burlaba de mí, hacía incesantes bromas sobre mis comentarios e ideas y luego, de repente, se ponía serio, profesional, cuando estaba a su lado en el andamio y seguía sus instrucciones a aquella altura realmente sacral. Nunca revisaba lo que hacía, nunca me controlaba, partía de la base de que haría bien el trabajo, por exigente que fuera. Y nunca hablaba del incidente de Kajetia, lo que había ocurrido no era una sombra sobre nuestra relación, no se interponía entre nosotros. Me asombraba la facilidad con la que había logrado sacudirme Tbilisi y todas mis preocupaciones. Aquí me resultaba fácil olvidarme de mí, aturdir mi conciencia.

Escribí a Ira una larga carta en la que expuse con pragmatismo las causas de mi viaje y le hablé de mi día a día, rutinario y a la vez tan emocionante, le hablé maravillas de la versatilidad de la ciudad. Le conté lo poco que sabía de Nene y Dina, quería transmitirle una imagen positiva. Una vez a la semana, Reso me traía una tarjeta telefónica con una interminable sucesión de números, que tardaba quince minutos exactos en agotarse. Hablaba por teléfono con mi padre o con las Babudas, hacía que me hablaran de la invariable y omnipresente escasez y de la persistente desesperanza. En una de nuestras conversaciones, me hablaron de su preocupación por Dina, que llevaba ya dos semanas en Abjasia.

Me temblaba la mano cuando colgué. Di una patada a la pata de la mesa y sentí un sordo dolor en el dedo. Abrí la ventana, tenía que respirar. Decidí recoger mis cosas, abrí las puertas del armario, me di cuenta de lo ridículo de mi propósito. Sentía rabia, pero sobre todo miedo, un miedo existencial, desnudo, que me paralizaba. Me quedé así, rígida, con un pantalón de lino que iba a meter en la maleta en la mano, con la esperanza de que alguien viniera y me devolviera a la vida.

Era sábado por la tarde, Reso y yo teníamos libres los domingos, y por eso solíamos salir los sábados por la noche. Enseguida vendría y palparía conmigo el pulso nocturno, insomne, de la ciudad. Me sentía miserable, culpable, pequeña, insignificante. No había retenido a Dina, la había dejado en la estacada, le había hecho reproches, aunque estaba claro que tenía razón, que mi hermano la había humillado y utilizado. En el fondo la admiraba precisamente por esa incondicionalidad: para ella no había término medio. Y, una vez más, maldije el día que nos había llevado al zoo.

Volví a dejar los pantalones en el armario, me dirigí con paso seguro al diminuto baño, en el que siempre había agua caliente y podía quedarme eternamente debajo de la ducha, con la cabeza bajo el cálido chorro. Me senté en el suelo enlosado, cogí una cuchilla del neceser, me quité los pantalones, extendí una toalla, tomé todas las medidas necesarias y apliqué la cuchilla a la pierna izquierda, un poco por encima de los costurones casi blancos. El alivio llegó en cuestión de segundos, vino con el dolor ardiente, y me hizo desplomarme agotada. No había necesitado aquel alivio masoquista, doloroso, desde que estaba allí. Y ahora volvía a presentarse la necesidad, y solo hallaba una escapatoria en el dolor, siempre igual, que al parecer ya no quería apartarse de mí, que desde aquel día de febrero de hacía un año había crecido conmigo, se había convertido en parte de mi cuerpo, como las cicatrices de mis piernas.

No le oí venir y, como la puerta estaba abierta, lo hallé delante de mí, con una expresión pétrea en el rostro. Agarré la toalla y quise cubrirme las piernas, pero era demasiado tarde, había sido testigo de mi lamentable derrota.

—¿Qué haces? —su voz revelaba preocupación, pero se notaba a la legua que se esforzaba en ocultarlo—. Déjame ver la herida, quizá tengamos que ir al hospital.

Dio un paso titubeante hacia mí, pero le indiqué con la mano que se detuviera.

—Está todo controlado. Por favor, vete. Hoy me quedo en casa.

—Creo que nada está bajo control, Keto. En absoluto.

Su rostro había enrojecido, parecía agobiado, entró al estrecho cuarto de baño y se sentó a mi lado. Suspiró.

—¿Por qué, Keto, por qué? —me hablaba en voz baja, casi ronca.

—Dina se ha ido a Abjasia. Desde ayer vuelve a haber acciones bélicas —respondí en tono monocorde. Después de los cortes, un extraño y sordo vacío se había apoderado de mí.

—¿Una de las amigas que vinieron entonces a visitarte?

—Sí, mi mejor amiga.

Guardamos silencio juntos un rato. Luego se levantó, cogió mi neceser y sacó de él un poco de algodón y algo para desinfectar. Grité, pero me ignoró. Luego salió y volvió de la farmacia pocos minutos más tarde con una venda que me puso en el muslo. Acto seguido, cogió la cuchilla ensangrentada y la tiró a la basura. Yo le dejé hacer, me puse en sus manos como una niña obediente, me dejé cuidar y atender. Él volvió a bajar y regresó con las brochetas de pollo y la ensalada de tomate especiada que se habían convertido en mi comida favorita, y también había traído una botella de vino, que descorchó con destreza. Sirvió para los dos.

—Bebe un poco, creo que lo necesitas.

Me tendió el vaso. Me senté en el estrecho sofá junto a la ventana. Se sentó a mi lado. Bebimos y comimos en silencio. Yo me había puesto una falda, la sangre se filtraba por la venda y dejaba manchas rojas en la tela.

—¿Desde cuándo haces esto? —preguntó.

Me encogí de hombros.

—Por favor, no me mientas —insistió—. Sabes que no puedo soportar las mentiras.

—Hubo un incidente, hace cosa de un año... Entonces empezó.

Era un alivio no tener que ocultar nada, no tener que guardarse nada.

—¿Qué clase de incidente?

No había podido hablar de aquello con nadie. Ni siquiera con Dina parecía posible. Incluso a Ira le había enumerado una mera sucesión de hechos, pero nunca le había hablado de mis sentimientos. Pero allí, tan lejos del zoo y de aquel día, muy lejos de aquellos hombres y también muy lejos de Dina, con aquel hombre dulce y en paz consigo mismo a mi lado, me pareció de pronto una necesidad existencial encontrar palabras para todo lo ocurrido. Entre balbuceos, empecé a contar. Conté los acontecimientos de aquella tarde. Él me escuchó con calma, su rostro no revelaba nada, tan solo daba de vez en cuando un sorbo a su vino. No me interrumpió, no hizo valoraciones, y una carga pesada como una armadura se desprendió de mí. Era sanador, inesperadamente balsámico; igual que cuando antes me había curado en el baño, era agradable poder dejarse caer, apartar de una misma toda responsabilidad.

Cuando callé, me puso la mano en la rodilla, acarició con cuidado la mancha roja en mi falda. Me volvió a acometer ese apremiante sentimiento, esa codicia omnívora de olvido, me habría gustado ponerme en pie de un salto y echar una carrera con él. Pero estaba demasiado agotada, demasiado vacía, todo había escapado de mí junto con la sangre, toda preocupación, pero también toda ambición.

—Este no debería ser el mundo en el que tengas que vivir, Kipiani. No debería estar pasándote todo esto. Nadie debería verse ante una decisión así, nadie debería tener que decidir sobre la vida de otro.

Estaba ensimismado, sonaba consternado, triste. Hacía poco que se había dejado crecer una barba que le daba un aspecto confortable y borraba su aire de cigüeña. Le miré, sus ojos oscuros brillaban húmedos. Apuré mi vaso.

—Nuestro país no es bueno contigo, no es bueno con nadie ahora mismo, pero tu caso es trágico en toda regla. Tienes un futuro, Kipiani, tienes que luchar por él. No puedes salvar a nadie. Ni a tu hermano ni a tu amiga. Todos somos responsables de nosotros mismos. A nadie ayuda que te sacrifiques. Te lo dije una vez: los sacrificios no aportan nada, tan solo exigen nuevos sacrificios, nada más. Deberías pensar en ti, en todas las cosas que puedes aprender y hacer. Podrías tener una buena vida.

—¿Por qué estás tan seguro, Reso?

—Confía en mí, si no confías en ti misma.

—Pero todo parece tan absurdo...

—No hay ningún sentido, en ninguna parte, en nada. Uno se da un sentido a uno mismo y a las cosas que se hacen. Se da un sentido a aquel a quien se quiere.

Me sorprendió aquella afirmación. Era alguien tan poco sentimental, se prohibía a sí mismo cualquier capricho romántico, nunca dejaba escapar una sola palabra sobre una relación, una historia privada. La única mujer a la que mencionaba era su madre, una mujer melancólica, a la que llamaba con regularidad y que parecía pesar sobre él tanto como luchaba con su preocupación. Me volví hacia él.

—¿Has estado enamorado alguna vez, Reso? ¿Has amado a alguien, quiero decir, de verdad, tanto que pensabas que todo lo demás era superfluo y nulo si no podías estar con esa persona?

No sabía por qué se lo preguntaba. No sabía siquiera a quién iban dirigidas esas palabras. Me miró sonriente y negó con la cabeza.

—Eres una romántica recalcitrante, Kipiani, y eso es lo que hace la cosa tan condenadamente falta de expectativas.

Rio y echó mano a la botella para volver a llenar nuestros vasos. En ese momento apoyé la cabeza en su hombro y cerré los ojos. Olía a trementina y a algo viejo, familiar, como una prenda de ropa que no se ha llevado durante mucho tiempo, pero todavía conserva el recuerdo de una noche maravillosa. Al principio, aquel gesto mío pareció desbordarle. Sentí que se ponía rígido. Pero poco a poco su tensión cedió, y me pasó un brazo por los hombros.

—Voy a ayudarte, Kipiani. Si me dejas, te voy a ayudar. Luego podrás irte, estudiar, dejar atrás toda esta mierda.

—No sé si voy a poder, Reso. Por mucho que odie a veces esta vida, sé dónde estoy en casa, adónde pertenezco. Allí están las personas a las que quiero y necesito.

—Seguirás queriéndolas y necesitándolas. Si no tuviera la responsabilidad de mi madre enferma, nada me detendría, me iría sin mirar atrás siquiera.

—Tú eres distinto —dije, y me pregunté en qué consistía en realidad su diferencia—. En cierto modo, eres tan poco georgiano...

Le vi sonreír.

—¿Ah, sí? ¿Y por qué?

Me encogí de hombros.

—Eres libre.

—¿Libre, yo? —Parecía sorprendido.

—Sí. Creo que sí. Piensas tan poco en categorías, y no eres dogmático. No te importa lo que otros digan de ti. Vas a lo tuyo. Por eso me siento tan a gusto contigo.

Nos miramos largamente. Su rostro no revelaba nada. Sus ojos brillaban inquietos, pero sus rasgos estaban inmóviles, sus labios apretados. Levanté la cabeza y le besé. Él se estremeció, no respondió al beso.

—¿Qué haces, Kipiani? —Se apartó.

—Lo siento, pensaba que quizá tú también querías. Me gustas, contigo me siento libre...

Aquella idea solo se volvió tangible cuando la expresé. Ese era quizá el motivo por el que buscaba su cercanía. Con él a mi lado, gozaba de la sensación de sentir la libertad, de no ser la Keto que creía que debía ser. Era libre de mí misma. Él me veía como a mí misma me gustaría verme. Su abrupto rechazo me ofendió claramente más de lo que había esperado, y también yo me aparté de él. Fue a levantarse, pero le agarré la mano, era demasiado bueno, curativo, no quería que se fuera y me dejara sola con mi mancha de sangre, mi impotencia y mi rabia. ¿Qué quería, en realidad?

Pero algo pareció cambiar en él de golpe, había tomado una decisión. Se arrodilló delante de mí y me abrazó por el talle, enterró la cabeza en mi regazo.

—Tú también me gustas... Tú también me gustas, Keto —susurró—. Y sí, he amado a alguien. Se casó con otro. No soy un seductor que se diga, quizá soy demasiado sincero, y eso no les gusta, no le gusta a nadie. Tú eres la excepción.

Me besó las muñecas, luego me levantó la falda y pasó con cuidado la palma de la mano por la venda manchada de sangre. Sus caricias eran delicadas, no tenían nada de apremiante, de brusco, de exigente. Tenía que acostumbrarme a que fueran tan íntimas, su voluntad era distinta de la de los hombres que yo conocía, su voluntad iba dirigida a darme goce. Tenía que aprender a aceptar eso. De pronto me asaltó el deseo de hacer todas esas cosas que no podía hacer con Levan, aquello de lo que Levan siempre me había apartado, romper las cadenas que él había puesto a nuestro amor. Reso, ese hombre enjuto de cuerpo pálido y delgado, no ponía condiciones, no trazaba fronteras entre lo permitido y lo no permitido, su proximidad no exigía concesiones ni imponía deberes. Por un instante, pareció confuso cuando le desabroché los pantalones, me senté en su regazo y me apoderé de su cuerpo. Pero lo permitió, y en algún momento la sonrisa burlona volvió a sus labios. Me dejó hacer, me dejó guiar, me dejó decidir, y a cada movimiento, a cada nueva aproximación y apropiación, me quitaba, capa a capa, mis reparos. Nuestro placer no era ardiente ni torturador, sino fácil y juguetón, cambiante y múltiple. No liberaba en mí aquella pasión devoradora que había conocido con Levan y de la que pensaba que era la única forma posible del amor. El placer con Reso estaba, de una extraña manera, lleno de humor y libre de toda angustia. Estaba desnuda y, sin embargo, libre de toda duda. No me preguntaba ni si era lo bastante hermosa ni si le satisfacía verme. Ni siquiera me importaba si le gustaba.

—¿Te quedarás conmigo esta noche? —le pedí.

—Si tú quieres.

Fui consciente de que, a excepción de una única noche, que pasamos en una casa que olía a cerrado y a plantas de interior, nunca había dormido junto a Levan.

Abandono la «montaña mágica» y el sanatorio, los dejo atrás con el corazón oprimido, sigo hasta la pared siguiente, hasta la continuación de esta serie, me atrevo a asomarme a las vísceras del infierno. Un infierno que contrasta con la belleza de la naturaleza que brilla en estas fotos: orgullosas palmeras y flores que brotan, un mar infinitamente liso, acacias y almendros. Me la imagino viajando al frente en un camión, a un pueblecito llamado Achandara, a solo seis kilómetros de Sujumi, donde se combate por el puente del ferrocarril, nudo y arteria de la ciudad. La foto que contemplo muestra un puente semiderruido sobre un río caudaloso, junto a una orilla pedregosa. Del hormigón bombardeado salen vigas de acero como una corona de espinas. Se ve una larga fila de vehículos militares. En algunos de los coches hay soldados, que miran divertidos a la cámara. Probablemente les alegra la rara imagen de una mujer joven detrás de la lente, están contentos, un joven soldado de orejas de soplillo y gorra con visera hace a Dina el signo de la victoria.

En otra imagen se ve a su mentor, Posner, y otros dos compañeros correr hacia algún sitio. Más tarde, cuando pedí información para poder explicarme mejor aquellas fotos, comprendí el motivo de su huida: los abjasios habían penetrado ya hasta el límite urbano de Sujumi, se temía un cerco, pero los autodidactas georgianos, que tenían que enseñarse a sí mismos incluso a disparar y a matar, tuvieron suerte aquel día, consiguieron rechazar a las brigadas de mercenarios y abjasios.

Siguen otras imágenes: un soldado con un arma similar a un cohete en la mano grita algo. Un oficial de barba blanca da instrucciones a una pequeña brigada. Una perra con cuatro cachorrillos junto a una cesta llena de granadas de mano, unas botas de niño olvidadas en un estrecho sendero. Entretanto, una y otra vez, casas abandonadas, flores solitarias, un cielo radiante, carreteras polvorientas, vallas de madera, vacas en un prado, las ventanas, destrozadas a tiros, de una casa desierta.

Al contemplarlas se cree percibir el olor del sudor, mezclado con el de la muerte. Y yo, yo la siento a ella, defraudada, hambrienta, expuesta y engañada por su amor, vacía y agotada, que no quiere más que funcionar y lo hace tan espléndidamente como un reloj suizo. Y siento mi nostalgia de ella, lo que no fue dicho entre nosotras, que empezó junto a la jaula de los monos del zoo de Tbilisi. Más que ante la vista de la muerte, tan omnipresente en estas imágenes, se apodera de mí el horror ante la vista de la vida, con todos sus giros imprevisibles, implacables, devastadores.

Y luego me asalta esa foto, la foto para la que ya entonces, cuando la vi por primera vez, no estaba preparada. Muestra al pelirrojo del zoo; cuelga allí, en esa serie, y eso me confunde, me perturba en lo más hondo. Tengo el apremiante impulso de descolgarla en el acto, quiero llevarla a otra pared, a la pared con mi foto, mi miedo desnudo y los monos. Ahí es donde tiene que estar, justo al lado. Pero no, la foto del pelirrojo cuelga en otra parte, se tomó en otro lugar en el que nunca he estado. Me planto delante de ella con una mezcla de rabia y consternación: ha vuelto a encontrarlo. Al hombre cuya vida costó cinco mil dólares y del que no sabíamos nada.

Fue en aquel pueblo de Achandara, el día en el que hizo todas aquellas fotos y dio un rostro a la guerra. Se topó con él, y esta vez lo atrapó con su cámara, aportó la prueba irrevocable de que realmente había existido. De que seguía vivo. Se había presentado voluntario para el batallón de artillería del río Gumista, y aquel día, como por un milagro, había sobrevivido por segunda vez.

Eran sus cabellos, de un rojo brillante, los que atraían la atención hacia él. Dina y su equipo se habían atrincherado en una casa desierta cuando él apareció con un fusil de asalto y gritó algo a sus camaradas, antes de detonar una granada unos metros más allá. Todo pasó como a cámara lenta, me contó más tarde Dina, tuvo una peculiar belleza. Se ve en esa foto, a la que se adhiere una ensimismada delicadeza.

Él mira a la cámara, los ojos castaños son amables, pero el cuerpo revela agotamiento, muestra signos de miedo, parece un actor que interpreta un papel equivocado en esa obra. Es, sencillamente, demasiado joven para ese papel, para granadas que estallan y fusiles de asalto. No ha perdido esa juventud, siempre que lo he mirado me ha sorprendido, porque para mí ha seguido siendo jovencísimo, como si se hubiera detenido en la edad que tenía cuando me lo encontré en el zoo por primera vez.

Dina solo me habló de pasada del encuentro, pero hay algo de lo que aún me acuerdo bien. Al decirle ella que no había arriesgado su vida y su felicidad para que él fuera luego a la guerra, él se había limitado a reírse y había dicho que era un hombre con suerte, que no iba a pasarle nada. Y le había prometido ayudarla en caso necesario, porque ahora le tocaba a él.

Contemplo su rostro. Esa gestualidad, esos rasgos que a veces redescubro tan terriblemente copiados en mi hijo, como si un pintor hubiera hecho una falsificación. Desde hace mucho tiempo han vuelto a entrar en contacto, por iniciativa de Rati. Me miente, quiere protegerme con la ignorancia. Yo le sigo el juego. Me pregunto si él mismo tiene una respuesta clara a por qué de repente necesita a un padre que ha estado ausente dieciocho años.

He querido dar sentido a todo esto, sencillamente no podía aceptar que todo lo que pasó aquella tarde en el zoo y después no fuera más que un grotesco azar. No podía aceptar que la vida se burlara de ese modo de nosotras. Quería arrancar un significado a esa tarde y a todo lo que fue mal desde entonces. Y él debía proporcionarme ese significado, la clave de todo, que él no tenía. Era sencillamente un hombre frívolo, que quería vivir y ser joven, celebrar y entregarse a la despreocupación. Era alguien que podía dejar en paz el pasado y sacudirse incluso la guerra como quien espanta una mosca molesta en cuanto tuviera suelo firme bajo los pies. Él tenía ese talento. Yo no.

Pero fue precisamente él el único hombre al que quise tener a mi lado después del entierro. Me dejé distraer por él, algo que entonces nunca confesé a nadie, me dejé emborrachar por él, dejé que me llevara a no sé qué fiestas estudiantiles en no sé qué pisos, me dejé aturdir por sus torpes intentos de consuelo y sus fórmulas banales. Su talento único para no mirar atrás era como una medicina secreta, la única que, según creía yo, podía curarme. Y cuando, un ventoso día de abril, me propuso, borracho, ir a la iglesia más cercana y casarnos, me pareció una señal que no podía rechazar.

Mi hijo nunca sabrá cómo reaccionó su padre a la noticia de mi embarazo. Nunca le hablaré de aquella noche en la que fui la persona más solitaria de este planeta. No quiero compasión. Me lo he jurado.

Enseguida veo ese camino interminable delante de mí: desde un rascacielos en la meseta de Nutsubidze en el que habíamos festejado aquella noche con sus amigos, volví a la calle de la Vid. Nunca había sido tan fuerte y tan débil a la vez. Sí, existen esas noches en nuestra vida, unas pocas, después de las cuales ya no somos los mismos de antes. Aunque nos asusten y no sepamos cómo seguir, nos obligan a crecer por encima de nosotros mismos.

Nunca le contaré que estaba desesperada y que me planteé la pregunta de si sería capaz de ser para mi hijo la madre que merecía. Nunca le contaré lo que su padre me dijo aquella noche, antes de ponerme sola en camino a casa:

—¿Qué quieres de mí? No entiendo qué quieres de mí. No te gusta nada de lo que me gusta, no te interesa nada de lo que me interesa, mis amigos te parecen aburridos, mis temas de conversación te parecen aburridos, y aun así sigues conmigo. Vas conmigo a la iglesia, pero no quieres que nos vayamos a vivir juntos. ¿A qué viene eso? ¿Qué esperas de mí? ¿Que haga penitencia? ¿Que me arrodille delante de ti y te pida perdón por seguir vivo mientras...? ¿Me reprochas que siga vivo? ¿Es eso? Y ahora vienes y me dices que estás embarazada y quieres que te quite esa responsabilidad para que al final puedas decir: ¡lo ves, es culpa tuya! No te he pedido que me salves, entonces, en el zoo, no te pedí que volvieras, y no te pedí que salieras conmigo, que estuvieras conmigo, no soy más que un tipo alegre por haber tenido suerte, y que quiere vivir su vida. ¡Basta ya! ¡Basta de imaginarte cosas! Solamente puedo decepcionarte. Poco a poco empezarás a odiarme, a veces tengo la sensación de que ya lo haces. ¡No se debería tener un hijo de alguien a quien se odia!

Yo no dije nada. Simplemente me fui, aquella noche. Corrí sin detenerme.

Gio mantuvo su promesa: Dina dejó Abjasia a mediados de abril, con cientos de instantáneas llenas de temor, esperanza, sangre, desgarro, desesperanza, valor y miedo. Solo en las veinticuatro horas que transcurrieron entre el 16 y el 17 de marzo, murieron en Abjasia más de mil personas.

Y yo me acunaba en los brazos de Reso.

Tres días antes de dejar Estambul, de camino desde la Hagia Kyriaki hacia el mar, me acordé de la última estrofa del poema que había querido recitar para Oliko antes de mi viaje, de pie encima de una silla. Recorría la calle Çapariz cuando, como surgidos de la nada, aquellos versos irrumpieron en mi cabeza, como si de un instante al siguiente alguien hubiera descorrido una pesada cortina:

No miraré ni el oro de la tarde que cae,
ni las velas lejanas descendiendo hacia Harfleur,
hasta llegar a poner sobre tu tumba,
un ramo de acebo, y de brezo en flor.

Me asaltó una vaga sensación de inquietud. Repetí en silencio una y otra vez aquellos versos, de camino al pequeño local de pescadores al final de la calle, en el que iba a cenar con Reso y unos compañeros suyos a los que había conocido durante anteriores encargos en Turquía. Una y otra vez, mis labios les daban forma en silencio. ¿Había sido un poema de despedida, había querido Babuda despedirse de mí? Pero no estaba enferma, aunque luchaba con la edad, fatigada y agotada, después de haber invertido durante años toda su pasión y energía en el movimiento nacionalista, que por desgracia no podía salvar su mundo.

En el local, hice como si participase en las animadas charlas, comí marisco y bebí vino blanco y fresco. Sonreía cortésmente cuando me miraban, e informaba cortésmente de nuestro trabajo, concluido con éxito. Pero en mis pensamientos volvía sin cesar a la habitación apenas iluminada de Babuda y me sentaba al pie de la cama de Oliko, y sentía su cálida mano en la mía.

Hicimos el camino de regreso a pie, yo colgada del brazo de Reso, que me contaba algo que yo no escuchaba; mis pensamientos estaban junto a Babuda, los versos de Victor Hugo se negaban a salir de mi cabeza.

—Tengo que llamar a casa —dije cuando llegamos a nuestra vivienda.

—De acuerdo. Avísame si me necesitas —dijo él, como siempre comprensivo cuando quería estar sola.

Por una vez, fue Rati quien descolgó el teléfono. Tenía la voz grave y tomada.

—¿Puedo hablar con Oliko? —pregunté enseguida.

Hubo una larga pausa, antinatural, luego oí a mi hermano sonarse la nariz, y vi delante de mí las lágrimas que trataba de ocultar. Y lo supe antes de que lo dijera.

—Ya no está con nosotros, Keto, nos dejó hace un mes. Un derrame repentino, se desplomó una noche en el balcón... Yo... Lo siento, no quisimos decírtelo. Padre y Eter dijeron que de todos modos no podías hacer nada, y el tiempo que tenías en Estambul...

Yo no dije nada. En vez de eso, mis labios formaron sin ruido los versos que me habían perseguido durante todo el día.

Hasta llegar a poner sobre tu tumba,
un ramo de acebo, y de brezo en flor.

Victor Hugo había dedicado aquel poema a su hija, fallecida antes de tiempo. Con la edad, Oliko había vuelto a la infancia. Se había despedido de mí, había cambiado los papeles, y yo no lo había entendido. No había entendido su despedida. No había entendido nada.

Cuando Reso se plantó ante mi puerta poco después, con una botella abierta de vino blanco, y propuso pasar la tarde juntos en el balcón, le dije que había sido un error buscar su cercanía y abusar de su cuerpo para mi libertad, que no me conocía y no podía darle nada, que le estaba agradecida por todo lo que había aportado y hecho posible, pero que nunca debería haber venido a Estambul con él. Luego le cerré la puerta en las narices.

NUESTRA FIESTA

Guga en el hospital. Una foto para mí desconocida. Dina tuvo que visitarle allí. Su rostro maltratado, sus hinchazones, sus deformidades, las marcas de violencia, la venda en torno a la cabeza, las escayolas. Solo su mirada, sus ojos claros como el agua parecen intactos, invariables. El mismo asombro con el que mira el mundo, pero con él se mezcla algo de perplejidad, como si no pudiera entender lo que le ha ocurrido. Justo en ese momento, cuando durante años se ha tomado el mayor esfuerzo para convertirse en un gigante invencible, ha amansado y domesticado sus miedos, se ha unido a su hermano carente de escrúpulos, después de creer que por fin está a su lado la mujer que había anhelado durante tanto tiempo, justo ahora que creía estar en la cumbre, y su hermano, el rey autoproclamado, tenía en nómina batallones enteros de estadistas, políticos locales, policías e intermediarios, y por tanto podía deslizar sin molestias en el país el infernal estupefaciente, después de haber superado todos los obstáculos e incluso haber vencido al todopoderoso tío..., justo en ese instante, dos ratas enmascaradas lo habían hecho papilla. Sus ojos centelleaban y miraban un tanto confusos a la cámara, como si él mismo tuviera la culpa de hallarse en ese miserable estado. Como si no hubiera estado a la altura de las expectativas de aquel mundo durísimo, como si sus músculos no fueran más que atrezo. Por el objetivo de Dina se ve lo que no puede ocultar.

Lucho con el nudo en mi garganta, busco a Nene; de manera instintiva quiero advertirla de esa foto, pero ella va a llegar enseguida, va a reconocer a su hermano, su dolor va a revivir por enésima vez, va a mirarle a los ojos, a sus ojos asombrados e infantiles, que hasta el final no pudieron entender que el mundo no fuera más compasivo con él.

Nene se me acerca, se detiene a mi lado, la oigo respirar. La sala ha empezado a vaciarse, quizá algunos ya se hayan ido, huyendo de unas fotos que les exigen demasiado antes de una cena posiblemente ya planeada en una cálida y bella tarde de mayo. Quizá también se hayan ido ya al jardín en el que tiene lugar la fiesta. Sin pensarlo, mi mano la busca y coge su mano cálida, un tanto húmeda. Ella mira nuestros dedos entrelazados, mira nuestro inesperado pacto y lo permite, no retira la mano. Estas imágenes cuentan nuestras historias, somos protagonistas y observadoras a un tiempo. Hemos aceptado nuestra historia, nos hemos presentado ante los muertos, estamos dispuestas a rendirles el tributo necesario.

—Era tan guapo —digo.

Y es angustioso decirlo precisamente delante de esta foto en la que está desfigurado, en la que apenas sigue siendo él.

—Sí, lo era —dice ella, porque sabe que sigo viendo al hermoso Guga, siempre un poco al margen del mundo, una de las personas más inocentes que he conocido nunca, a la que el mundo no perdonó el talento para la inocencia.

Ella no aparta la vista, se expone, le mira a los ojos, contiene los recuerdos. Le aprieto más la mano.

—Tengo que fumar un pitillo —dice de pronto, y se libera, sale corriendo.

La sigo. No puedo dejarla sola. Aterrizamos en el jardín, poblado de verde, donde han montado blancas mesas altas y una mesa de DJ. Los camareros corren de un lado para otro. Ella saca un fino cigarrillo de señora del bolso, lo enciende. Sigue fumando de la misma manera apresurada que antes, cuando aún tenía miedo de que su madre o su tío pudieran dar la vuelta a la esquina y sorprenderla.

—Temía que no vinieras —digo, y lamento no tener una copa de vino en la mano.

—¿Por qué? —pregunta ella, algo más contenida; la primera calada parece haberla tranquilizado.

—Quizá por Ira. Quizá también por mí.

—Nunca te he culpado, Keto. Lo sabes. Es solo que en algún momento desapareciste de mi vida. Así son las cosas.

—El tono ligeramente sarcástico parece ser un logro de su vida adulta, que me entristece.

—Lo sé. Pero al final ya no podía mediar, tenía un pie en cada lado, y cualquier paso habría significado una decisión entre vosotras dos...

—Y por eso te limitaste a cerrar los ojos y esconder la cabeza bajo tierra. ¿Querías decirme eso? Sí, siempre fuiste la paloma de la paz que quería que todo estuviera bien, ¿verdad?

Lucho contra el deseo de volver a entrar y darle la espalda. Me cuesta trabajo no ofenderme. Sus armas son afiladas.

—No solo somos lo uno o lo otro, ¿verdad? —digo.

Lo que hay de pensativo en su mirada también me resulta desconocido. De pronto el ímpetu, la espontaneidad, la fácil irritabilidad han desaparecido de su carácter.

—Sí, puede que tengas razón. Tú fuiste la que conservó el equilibrio, tú fuiste la que más se preocupó, la que más se rompió la cabeza, la que se sintió responsable de todas. Sé lo difícil que fue para ti.

Bajo la vista, ahora no puedo permitirme sentimentalismos.

—Gracias —murmuro, y miro sus labios perfectamente maquillados, de un rojo chillón, que rodean el fino
y elegante cigarrillo con filtro—. Me resulta tan absurdo
haber estado tanto tiempo separada de vosotras —empiezo, cautelosa—. Ya no sé por qué tuvo que ser así...

—Oh, había algunas razones.

Vuelve a cambiar al tono cínico, vuelve a mirarme
burlona. ¿Sentirá también ella un soplo de nostalgia de nosotras?

—Quiso salvarte. No lo olvides. Quizá fue su mayor
error.

—¿Salvarme a mí? Lo que hay que oír... Por favor, no
intentes protegerla, de verdad que ahora no lo necesito.

—Piensa en lo que significabas para ella.

—Está obsesionada. Siempre lo estuvo. Eso es patoló-
gico, y no tiene nada que ver conmigo —dice—. Destruyó
mi vida y la de mi familia. Eso no es amor, eso no es cuidado. Eso no es más que su ego, el hecho de que siempre
quiere demostrar que tiene la razón. Pero la vida no es tan
sencilla, nunca, tú tendrías que entenderlo mejor que nadie, ¿verdad?

Me mira, provocadora, sus ojos centellean peligrosos.
Alude a Rati, a los muchos solapamientos de nuestras biografías. Y, una vez más, no puedo responderle nada.

—No creo que fuera eso lo que ella quería, creo que
tenía una intención totalmente distinta —vuelvo, a medio
gas, a intentar tomar partido por Ira.

Ella niega con vehemencia con la cabeza.

—Nunca podrás convencerme. Jamás estaré de acuerdo con esa teoría. Fue un acto de puro egoísmo. Está obsesionada, mírala. Se ha convertido en lo que quería ser, y ya
se ve lo que es.

Quiero contradecirla, quiero que cambie de perspectiva y abandone su rabia para que podamos llegar al núcleo

del conflicto. Del que nunca ha hablado, que nunca se ha confesado a sí misma. El origen de toda la tragedia que tuvo lugar entre esas dos personas.

—Llámalo como quieras, pero tú sabías lo que siente por ti, lo has sabido a lo largo de todos estos años —mi voz toma distancia, noto que el viejo y encostrado rencor brota de nuevo.

—¡Sí, solo que su amor era enfermizo!

Retrocedo, ella lo nota, me mira con aire de disculpa.

—Enfermizo o no, ¿me obliga a algo? ¡No puedo hacer nada respecto a sus inclinaciones! ¿Disculpa eso algo? ¿Que se haya atrevido a saber lo que era mejor para mí, para *nosotras*? ¿A quién ayudaba eso? Salvo que le ha ayudado a obtener cierta celebridad.

—Ella no debería haber decidido a tus espaldas, se metió en algo que no era asunto suyo. Eso no lo discuto, Nene, tampoco entonces lo discutí. Solo digo que sus motivos no eran los que tú le achacas. A Ira no le importaba su propio beneficio.

Naturalmente, no puedo evitar pensar en la mirada oscura, decidida, de Ira entonces, poco antes de partir hacia América. Una mirada que anunciaba la decisión que siguió a mi confesión...

Nene ya no replica. En silencio, observamos un rato a una guapa camarera ocupada con las copas.

—Sus sentimientos siempre me desbordaron. Para mí era como la hermana mayor que nunca tuve. Y por supuesto que notaba cómo me miraba a veces. No estoy ciega. ¿Qué habrías hecho tú en mi lugar? Dina sí, quizá Dina habría sido lo bastante libre, quizá ella hubiera sabido manejarlo. Pero yo no soy Dina. En mi mundo eso era sencillamente algo para lo que no había nombre, algo que no prometía nada bueno. Tenía miedo a rechazarla, no quería hacerle daño, pero jamás compartí sus sentimientos.

Le estoy agradecida por sus palabras, le sonrío:

—Lo sé, Nene —digo en voz baja.

Y vuelvo a verla delante de mí, entonces, a mi regreso de Estambul, con el pequeño Luka de ojos grises en brazos, que al parecer aún no se había decidido entre los colores de ojos de sus padres, aún no sabía cuál quería adoptar. Cuánto agradecí que me necesitara, iba casi todos los días a su casa a acunar a ese niño durante horas en aquella enorme habitación, junto a la ventana abierta, por la que la amable primavera de Tbilisi nos tendía los brazos.

Luka era un bebé regordete y angelical, un bebé tranquilo y observador, con grandes ojos de aquel color impreciso, espesas pestañas y cabello negro como ala de cuervo. Yo no podía quitarme de la cabeza a Saba, su vida segada de forma tan grotesca.

Nene interpretaba su papel con impresionante paciencia. A pesar de la falta de sueño de la que se quejaba constantemente, la maternidad la había calmado. Y aquel digno y pacífico orgullo que ya había irradiado durante el embarazo se había convertido en parte integrante de su ser. Su agitación había desaparecido, se diría que su pulsión por gustar había pasado también a segundo plano. Y, aunque siempre aparecía perfectamente maquillada y con vestidos pomposos, su aspecto, antaño tan excéntrico, ya no era vulgar, ya no tenía nada de provocador.

Nene y su espaciosa habitación que olía a paz y a leche fueron para mí un refugio y un oasis al mismo tiempo en las semanas que siguieron a mi regreso de Estambul. Me dejaba ir con el niño pequeño en brazos y olvidaba mis problemas, mi insatisfacción. Me sumergí en su vida cotidiana, escuché sus quejas sobre el constante apetito de su bebé, sus cólicos o lo ligero que era su sueño. Me habló de Guga y de su reciente amor, de lo feliz que era con Anna Tatishvili. Me habló de la situación cada vez más tensa entre Tapora y sus hermanos, del desgarro de Manana, que era una carga enorme para ella. Me llamó la atención que en su voz se mezclaba también cierto orgullo cuando hablaba de sus hermanos. De cómo sus hermanos la habían protegido y la habían sacado del país, de cómo la habían protegido de la omnipotente voluntad de Tapora y de la presión a la que estaban expuestos desde entonces. Se quejaba de la incapacidad de Manana para aceptar a su bebé como nieto suyo y quererlo. Sin duda apoyaba a su hija, cocinaba y la atendía, de manera que no le faltara de nada. Pero no tenía vínculo alguno con el niño. Un día en que Nina Iashvili apareció en la puerta y quiso ver a su nieto, Manana se puso furiosa y gritó que era el hijo de Otto, que cómo se le ocurría cruzar el umbral de su casa. Acto seguido, Nene fue en secreto con Luka en brazos a la calle de la Vid y llamó a la puerta de los Iashvili. Desde entonces, visitaba a sus suegros no oficiales a intervalos regulares, y disfrutaba de lo locos que estaban los abuelos con su nieto.

Tuvo que ser a mediados de mayo cuando llegó aquella llamada nocturna. Nene lloraba al teléfono, y no encontraba forma de calmarse. Tardé un rato en entender lo que me estaba diciendo. Dos hombres habían asaltado a Guga en la calle Dzerzhinski, cuando volvía a su casa, y le habían dado una brutal paliza. Iban enmascarados, le habían golpeado con culatas de rifle, derribado al suelo y pateado con botas militares, ni la cabeza ni las manos habían quedado ilesas, tenía huesos rotos. Solo al amanecer llegó la llamada decisiva del hospital: estaba fuera de peligro.

Aquella noche, Nene estaba completamente histérica, yo estaba con ella y no sabía por quién debía preocuparme más, si por ella o por su hermano. Sentía que aquella paliza era una advertencia —la única pregunta era de qué parte venía—, y rezaba por que mi hermano no tuviera nada que ver con ella. Poco después llamaron a la puerta. Estábamos solas con Luka. Fui a ver, con un mal presentimiento, pero era Dina la que se hallaba ante mí. Llevaba sin verla desde mi regreso. La había llamado, había ido a visitar a Lika, pero nunca me había encontrado con ella, y ella no me había llamado. Y ahora estaba delante de mí, de manera totalmente imprevista, y yo no sabía qué prefería hacer: si cubrirla de besos, o darle con la puerta en las narices. Le colgaba la cámara al hombro, llevaba el pelo corto, unos vaqueros desflecados y una camiseta amarilla elástica. Estaba radiante, como siempre, ninguna guerra parecía capaz de hacer nada a su energía incontenible.

—Vengo del hospital. Está bien —dijo, en vez de saludar, y entró en la casa pasando de largo.

Necesité un instante para volver en mí, me había quedado en la puerta con las rodillas temblorosas. Más tarde nos sentamos en la gran cocina, entre botes de especias, tarros de mermelada y diversos utensilios de cocina, e hicimos conjeturas acerca de los posibles motivos que había detrás del brutal ataque a Guga. ¿Quién era el responsable, cuáles las posibles consecuencias? Yo me preguntaba todo el tiempo si entretanto Dina había vuelto a ver a Zotne, si utilizaba su cámara. La maldecía.

—No, no fue Tapora. Eso sería demasiado fuerte. Más bien temo que tu hermano esté detrás —dijo Dina mirándome de reojo, y sacó del bolso un rojo paquete de Magna.

Nene se había calmado un poco, y fue al baño a lavarse el maquillaje corrido. Nos quedamos solas, cara a cara. Luka dormía pacíficamente en su cuna.

—He estado en tu casa un par de veces, he llamado, nunca me has devuelto las llamadas —me salió de pronto.

—Lo siento, he tenido mucho que hacer.

—Me esquivas.

—Tu actitud fue clara, en el hospital.

—Sabes que eso es una tontería. Estaba muerta de miedo, preocupada por ti...

—¿Por mí? No, estabas preocupada por tu hermano. Me echaste la culpa, ¿ya te has olvidado?

Noté que se me llenaban los ojos de lágrimas. Parecía tan segura de sí misma, tan curtida. Intenté descubrir en su rostro huellas de la guerra, algo que no fuera comprensible para mí. Pero no vi nada.

Nene había regresado, volvimos a hablar de Guga y de las posibles y terribles consecuencias de aquel ataque.

—Para estar seguros, tenemos que hacer una especie de oferta de paz. Tenemos que acercarnos a Tapora. Es lo que espera de nosotros.

—¿Qué clase de oferta de paz? —pregunté.

—No lo sé. Mi madre se pasa todo el tiempo de rodillas ante mí. Dice que soy la única que puede ablandarle el corazón. Ella está a punto de volverse loca. El aire está apestado, y ahora esto de Guga... Probablemente quiere que me case. Es lo que ha querido todo el tiempo. Sería la única forma de que él salvase la cara, y de eso es de lo que siempre se trata aquí, solo de eso.

—Eso sería perverso —la interrumpió Dina—. No hay modo de que puedas casarte ahora con cualquier idiota.

—Bienvenida a mi vida —dijo ella, resignada—. Todo esto no tiene ningún sentido. Si vuelvo a casarme, puede que mis hermanos sigan vivos.

Las dos la miramos perplejas. Estábamos completamente sin habla. ¿Cómo podía tomar siquiera en consideración una posibilidad así?

—Pensadlo: ¡es imposible que Tapora sea quien está detrás de esto! Da igual lo furioso que esté, nunca haría matar a su sobrino —alcé la voz.

—¡Nunca en la vida volverás a casarte!

Las dos miramos a Dina sobresaltadas.

—No puede repetirse la misma mierda una y otra vez.

La mirada de Dina era punitiva, implacable, era una mirada nueva; así que ahí estaba el cambio, los rastros de los últimos meses que yo había estado buscando.

—Dina tiene razón. No eres un cordero que se deja llevar voluntariamente al matadero cuando las cosas van mal, con la esperanza de que Dios mande buen tiempo a cambio.

No lograba entender cómo podía ella admitir con tanta facilidad aquella idea masoquista. Después de todo lo que había tenido que pasar. Pero no dijo nada más, dando el tema por zanjado. Y, cuando Manana volvió del hospital, con expresión pétrea, dejamos solas a madre e hija y salimos a la calle.

Todavía en la escalera, Dina encendió un cigarrillo. Era un día soleado, cálido, un día de esos que una quiere abrazar. Fuimos en dirección a la plaza de la Libertad. De pronto ella se detuvo en seco, se volvió hacia mí y me abrazó.

—¡Te he echado tanto de menos, Keto! —exclamó, y me estrechó entre sus brazos.

—¡Yo también te he echado infinitamente de menos!

Me cogió la mano y tiró de mí, como había hecho tantas veces cuando éramos pequeñas, como si fuera mi guía impávida a través de una vida confusa, inextricable. Yo estaba aliviada, estaba feliz, estaba agradecida por su impulsividad, por su, sí, clemencia, y por su impresionante capacidad de pasar de un estado de ánimo a otro, como en una montaña rusa que se precipita desde la mayor altura posible para volver a subir enseguida. Fuimos en una *marshrutka* a Vaké y entramos en un bloque que olía a matarratas y humedad; había sido antaño un edificio público —¿un archivo, una administración?, lo he olvidado— y ahora parecía inútil y olvidado, consagrado a la ruina. Allí, en el tercer piso, al final de un pasillo oscuro, abrió una puerta acolchada y entramos a una estancia en penumbra en la que olía a plástico y a productos químicos. En la habitación de al lado había una especie de almacén para los focos, allí había también un par de pantallas enrolladas y de sombrillas amontonadas.

—Me lo ha cedido Posner, ¿no es estupendo? —anunció orgullosa, como si se tratara de un laboratorio fotográfico equipado con la tecnología más moderna, y no de aquel chamizo.

—¡Es estupendo! —exclamé entusiasmada, espoleada por su alegría.

A ella le daba igual qué aspecto tuviera, lo más importante era disponer de un sitio propio para su pasión.

Pasamos la tarde silenciosas, en la oscuridad. Yo la veía trabajar y sentía cómo a cada segundo volvía más y más a mi presente. Ella había sobrevivido a Abjasia, yo había regresado de Estambul. No hacía falta más. Yo estaba a su lado y volvía a excavar un túnel hacia su corazón.

Precisamente ese día vi por primera vez las fotos que había tomado en aquel pueblo, en Achandara; fotos en blanco y negro de la guerra, de las que no hizo ningún comentario. Y entre aquellas imágenes, colgadas a secar en una cuerda de tendedero, descubrí el rostro del pelirrojo, y me quedé sin respiración.

—Dina, ¿lo has encontrado? ¿Y no me has contado nada?

—Sí, se llama Gio —dijo casi a regañadientes, cuando me vio delante de la foto—. Nos encontramos por casualidad. Y sí, también él ha vuelto, también él ha escapado de la guerra. ¿Qué esperas de mí ahora?

¿Esperaba yo algo, alguna explicación por su parte? ¿Por qué creía que tenía que contarme aquel encuentro inverosímilmente casual con el pelirrojo? ¿Porque yo también lo había salvado, porque creía que nos debía algo a las dos? De camino a casa, en algún sitio a la altura del parque de Msiuri, me asaltó una desesperación tan profunda que me detuve en mitad de la calle, me senté en la acera y lloré. Por suerte a esa hora tardía las calles estaban desiertas, a pesar del buen tiempo apenas pasaba gente. Dina se sentó a mi lado.

—¿Quieres conocerle? Es simpático. Estudia ingeniería o algo parecido. Pero creo que es mejor que lo dejes estar, Keto. Tu error es que siempre regresas al pasado. Y sí, si quieres saberlo, yo también me pregunto qué habría pasado si. Solo que al final son preguntas absurdas, que no ayudan a avanzar a nadie. En aquel momento, tomamos nuestra decisión.

—Fue tu decisión, Dina. La tuya.

—¿Qué quieres decir con eso?

—Yo lo había dejado allí tirado. Yo lo habría dejado morir.

Ella encendió otro cigarrillo y me pasó el brazo por los hombros. Apoyé la cabeza en el suyo.

—También tú habrías vuelto, te conozco. Quizá un poco más tarde, cuando ya hubiéramos cruzado el río, pero habrías vuelto.

—No lo hice. Salí corriendo.

—Sea como fuere: no lo dejamos allí tirado. Ha sobrevivido. En aquella ocasión acompañaba a su amigo, que quería pedir un aplazamiento para pagar sus deudas de juego. Y también ha escapado a esta guerra. Está bien, vive. Es lo único que cuenta. No ayudas a nadie con tus dudas y autoacusaciones. Déjalo —añadió, casi en tono implorante.

Qué bien me hacía volver a sentir su brazo protector en torno a mí. Siempre me había sentido como si mi verdadero destino estuviera a su sombra, como si solo fuera a dar flores como una planta de interior.

—¿Por qué te fuiste a Abjasia? ¿No tenías miedo a morir? —La pregunta me seguía ardiendo en el alma.

Ella calló un rato, dio una calada a su cigarrillo, expulsó el humo y dijo tranquilamente:

—Allí me sentía útil.

Aquella frase me sobresaltó, pero lo dejé estar. Tenía que aceptarlo, tenía que vivir con sus dolores.

—Quiero que me fotografíes.

Fue la primera y la última vez que se lo pedí. Por una apremiante necesidad de revelarme ante ella, de mostrarle todos mis miedos. Tenía que comprender que a mí no me dolía menos. Quería que viera lo que trataba de ocultar a todo el mundo, y que yo no era aquella ante la que ella tenía que cerrarse. Que seguía dispuesta a compartirlo todo con ella: la guerra interior y la exterior.

—Es gracioso, creía que lo odiabas —dijo Dina—. Pero bien, vamos, encantada incluso. Preguntaré a Posner si podemos ir al estudio, o lo haremos mañana al aire libre, a la luz.

—Ahora.

—¿Cómo que *ahora*?

—Hagámoslo ahora.

—Está demasiado oscuro, y además estoy muy cansada.

—Por favor.

Algo en mi mirada tuvo que dejarle claro lo en serio que hablaba. Dudó aún un momento, luego se levantó con un gemido.

—Está bien, déjame pensar un minuto. Pero te digo que no va a salir, no va a salir bien.

—Aun así, intentémoslo. Volvamos a tu estudio. Allí tienes focos.

—No es un sitio bonito, Keto, vamos.

—Por favor. Confía en mí.

Se rindió. Arrastrando los pies, fuimos hacia el parque Vaké. Por el camino vi un quiosco abierto y, con el dinero que me quedaba de Turquía, compré un par de limonadas y una carísima botella de vodka. Con una linternita iluminamos el trayecto por el oscuro pasillo, luego ella abrió la puerta acolchada y volvimos a estar allá donde horas antes había estado revelando sus fotos. En la habitación de al lado, encendió una bombilla solitaria.

—El milagro de este edificio es que aquí casi siempre hay luz. Han pinchado algún cable del Gobierno, por eso Posner se instaló aquí entonces.

Descubrí en un rincón un casete y lo encendí. De la cinta salió la voz de una mujer que cantaba un blues, Dina adoraba aquellos sonidos oscuros, aquella voz raspada, vivida.

—Ponte cómoda, voy a instalar un poquito de luz. Pero luego no digas que no te lo advertí, mira a tu alrededor...

Di un gran trago a la botella de vodka y me acerqué a la ventana, que estaba cubierta con una tela manchada. Quería ofrecerme algo especial si iba a plantarme delante de su cámara. Pero allí me sentía justo en el lugar adecuado y en el momento adecuado. Mi deseo era frágil, y podía haberse evaporado mañana mismo. Bebí para darme valor. Entretanto también ella dio un par de tragos, nos dejamos acunar por la voz aterciopelada y un tanto maliciosa de aquel blues y ella montó dos pequeños focos sobre dos trípodes. Luego se sentó en el suelo, con su cámara en el regazo, estaba lista. Volvimos a compartir la botella, escuchamos la música. Todavía recuerdo que llevaba una chaqueta de lino que me había comprado en Estambul, y que empecé a quitarme con lentitud. Me miró asombrada. Me consideraba muy pudorosa, y no pocas veces me tomaba el pelo por eso.

—¿Qué pasa, Keto? ¿Me he perdido algo? —Sonrió de oreja a oreja y torció el gesto después de un trago de vodka caliente.

—Simplemente quiero que me veas.

Le volví la espalda, dejé los pantalones en el suelo cubierto de polvo, dejé caer la camisa de manga corta, me desabroché el sujetador, me quité las bragas y me volví titubeante hacia ella, enseñándole mi cuerpo, mis muslos llenos de cicatrices, todo el paisaje de la desesperación.

—Keto... —susurró tan solo.

Se llevó una mano a la boca y miró fijamente mis cicatrices, como si estuviera grabando en su memoria cada una de ellas. No apartó la vista, nunca apartaba la vista.

—¿Por qué? —fue la única pregunta que me hizo.

—Creo que sabes por qué —dije yo, y cogí la botella—. Vamos, hazlo, o cambiaré de opinión.

Ella pulsó el disparador, dispuesta a documentar mi derrota en toda su espléndida extensión. Y yo empecé a fundirme con la música, con el vodka amargo, con su duro amor, que lo exigía todo de mí y sin embargo era el único verdadero.

Más tarde, mucho más tarde, supe cómo había titulado la foto. Un título que fue un desafío para mí, como mi foto del zoo. «Nuestra fiesta», llamó a nuestro exorcismo. Y, a su manera oscura y macabra, tenía razón al titular así la foto en la que se me ve bailar desnuda, bajo una luz implacable, con las piernas saturadas de señales de alarma. Sí, celebramos una auténtica fiesta, una fiesta embriagadora de destrucción y de liberación. Qué sensación de felicidad, expulsar de una la última confianza..., ¿y quién sino aquella hechicera habría podido compartir mejor esa felicidad conmigo?

Me arranco de allí, paso por delante de una mujer, una georgiana, al menos conversa en georgiano con un hombre rechoncho. Oigo palabras como «trágico» y «espantoso», estoy segura de que hablan de la imagen de mi fracaso, de los campos de batalla inscritos en mi cuerpo que acaban de admirar en la sala. No quiero oírlo, no me interesan las valoraciones, todo me da igual. Busco a Ira, ahora necesito su seguridad, su claridad. De pronto percibo ese aroma a lilas tan conocido y tan querido. Ese aroma me catapulta en cuestión de segundos a nuestro patio, al emparrado, que pisé pocos días después de mi regreso de Estambul, a ese breve respiro que la maravillosa primavera nos dio antes de la siguiente catástrofe. Olí aquel aroma intenso, que me mareó durante un segundo, me di la vuelta, no podía entender de dónde venía, de qué mar de flores, pero de hecho había ramos de lilas por todas partes. ¿Quién iba a albergarlos, a regarlos? Nunca tendremos jarrones suficientes, pensé, y además me avergonzaba tener que cogerlos en brazos y llevarlos todos a casa. Por entonces habían pasado pocas semanas de la muerte de Oliko, la echaba tan espantosamente de menos, no podía bañarme en aquel mar de gozo. Solo un momento después oí pasos, y lo vi subir por la escalera de caracol, radiante, con el cabello crecido, con su ligereza en los ojos, y mi corazón empezó a dar brincos.

—¿Te gustan? —me preguntó, parado en el último escalón.

—Sí, son maravillosas —dije, con un hilo de voz.

—Bienvenida de vuelta —respondió él, y me sentí culpable por lo que había hecho con el cuerpo de Reso y lo que había deseado poder hacer con el suyo.

—Gracias.

—Te ayudaré a meterlas en casa —dijo él, y entró bajo el emparrado.

—Pero mi hermano...

—Da igual. Todo da igual. Tu hermano tendrá que conformarse. —Sonrió, y tuve la sensación de que me iba a desmayar de alivio.

Recogimos las flores y las metimos dentro de la casa. Y yo pensé: ahora todo va a ir bien, él ha vuelto, el hombre que, con esos fuegos de artificio lilas, pone por fin su amor a mis pies.

Todo esto es ahora, en este momento estoy metiendo en casa ese ramo de promesas que aturde, río con él mientras, al mismo tiempo, vuelvo la espalda a la pared con la foto de mi cuerpo lleno de cicatrices y abrazo mi soledad.

Cuando Ira me llamó, ya era demasiado tarde. Ya no podía hacer nada, y aquella noche corté nuevos surcos en mi piel. Nene volvía al matadero. Había aceptado casarse con un socio de su tío.

La identidad de los hombres enmascarados que habían dado una paliza a Guga nunca salió a la luz, pero todos en la familia parecían asentir en secreto a la teoría de Nene: había sido un disparo de advertencia. Manana pidió de rodillas a sus hijos que se reconciliaran con su tío, de lo contrario era imposible evitar nuevas desgracias. Zotne, al que el dinero que llegaba de nuevas fuentes empezaba a afluir en creciente abundancia, no quiso saber nada. Pero era obvio que su odio a Tapora no hizo más que empeorar con lo que le había ocurrido a Guga. Y Manana apremiaba a Nene a adoptar el papel de mediadora y atender los deseos de su tío.

En aquella época, la salud de Manana empeoraba de día en día, los ataques de migraña eran cada vez más frecuentes y de intensidad cada vez mayor, se había vuelto inútil para la vida cotidiana. Nene se veía obligada a ocuparse, además de su hijo, de su madre, que ya no podía salir de la oscuridad de su dormitorio. Cuando en junio le encontraron un trombo, que pudo ser operado a tiempo, Nene lo tomó como una señal. Se sentó en la cama junto a su madre y preguntó qué tenía que hacer.

Aporrearon la puerta. Pocas personas conocían la existencia de ese lugar. Dina se sobresaltó, abrió el cuarto oscuro y fue por el almacén hasta la puerta que llevaba al pasillo en penumbra.

—¿Quién es?

—Soy yo, Zotne.

Su voz revelaba desgracia. A ella le sorprendió que la hubiera encontrado, pero él lo sabía todo, naturalmente que sabía todo lo que tenía que saber de ella. Abrió la puerta. Los ojos de él estaban enrojecidos. Ella se preguntó si lo había visto llorar alguna vez, y se acordó de su encuentro en el coche, cuando él le había regalado aquella exagerada sortija de diamantes y había visto centellear sus ojos acuosos. Esta vez, simplemente, cayó en sus brazos.

—Ha sido inútil, lo va a hacer, no se puede hablar con ella, solo repite que tiene que hacerlo por la familia. Y a mí él me exige que me aparte de la familia. Solo entonces habrá paz. Ya no soy su sobrino. Y Nene... Vaya puta mierda, ¿qué voy a hacer, pegarle un tiro a mi propio tío?

Ella le miró y comprendió que la batalla estaba perdida. No le dejó ser débil, lo sostuvo, apuntaló su desesperación.

No sé cuánto tiempo estuvieron así. Por fin, ella se liberó del abrazo, agarró sin decir una palabra la barra de metal que utilizaba para sujetar las pantallas, fue al pasillo, iluminado por la luz del almacén, y golpeó las paredes, las puertas de las oficinas vacías, los viejos archivadores y mesas, destruyó todo lo que encontró en su camino. Él la siguió, sin hacer ademán de frenar su furia. Cuando terminó, la cogió cautelosamente en brazos y la llevó al almacén en el que poco antes ella había captado mi impotencia. Luego la besó, con ternura, como si fuera el último beso que arrancaba a la muerte.

Kote Bukia. Sí, ese nombre breve, en apariencia inofensivo, irrumpe de pronto en mi memoria. Cuánto tiempo llevo sin pensar en él. Lo he visto pocas veces, y sin embargo siempre está muy presente. Era un socio de Tapora en Moscú, dieciocho años mayor que Nene y dedicado al sector de materiales de construcción, ¿o tenía una fábrica de granito? De lo que no hay duda era de que Tapora le había dado su capital inicial, y que se sentía en deuda con él por —o a pesar de— su éxito. Kote se había divorciado porque, decían, su mujer no había tenido hijos y no había nada que él deseara más que tener descendencia. Lo veo delante de mí, de punta en blanco, pelado como una anguila, un prototipo del advenedizo capitalista que en aquellos tiempos aún era poco frecuente en el hemisferio oriental; una especie de hombre de negocios al que, por una parte, se admiraba por ser lo bastante astuto como para advertir el despuntar de una nueva era y aprovechar con inteligencia y destreza la transición a la economía libre de mercado, y por otra se miraba mal y se despreciaba justo por esas mismas cualidades. Kote Bukia también habría podido ser un insignificante agente de seguros, un hombre meticuloso, medio calvo, de rasgos preocupados, de no haber sido por el olor a perfume caro, el pesado reloj en la muñeca y el traje cortado a medida. Y, sin embargo, no era posible librarse de la sensación de que sus galantes modales eran forzados, entrenados. Cuando me lo presentaron casi me eché a reír, de tan absurdo como me pareció ver a aquel hombre insípido, hecho a base de los atributos habituales de la riqueza, al lado de la efervescente, apasionada y excéntrica Nene, como si se pusiera un hámster junto a un tigre.

Manana nos había invitado a la celebración oficiosa del compromiso. En pocos días, la futura pareja se iría a Moscú. Zotne no asistió a la fiesta. Guga hizo de mediador, de manera poco convincente, y se contorsionó en un *spagat* entre la prometida y su hermano, para quien quería ser un fiel compañero. Nene exhibía su habitual máscara de despreocupación. Qué fuerza tenía, pensé con asombro. Kote parecía bien predispuesto hacia Luka, lo acariciaba sin cesar, como si quisiera, con vistas al futuro, demostrar su afecto hacia los niños. Durante los prolijos e interminables brindis de Tapora por la nueva pareja, sentí náuseas. Fue una hipócrita cena del verdugo, y nosotros éramos unos actores lamentables.

«ATÚRDEME»

Vuelvo a la sala y no advierto que Nene me sigue y se sitúa a mi lado. Huele a albaricoques y a juventud; cómo es posible, me pregunto. Apenas puedo contenerme para no tocarla. Estoy achispada, me estoy poniendo sentimental, debería trazar un gran arco alrededor de los camareros que pasan y que me ofrecen bebidas tan generosamente. Nene disfruta de sus privilegios y bebe su Martini vodka con abundante limón, como a ella le gusta. Los simples mortales beben vino, pero *madame* Koridze celebra su especial posición también aquí. ¿Qué espera de ella el joven camarero? Aún me interesa más saber si sus avances de esta noche van a tener éxito. Me divierte esta asociación desigual y muda que ambos han contraído durante unas horas... con resultado incierto. Pero Nene quiere volver a casarse, Nene está enamorada, quiere volver a conocerlo, nunca abandonará su búsqueda, nunca se cansará de descifrar el amor. Me irrita su ingenuidad. Hace mucho que tendría que haberla superado, puesto al descubierto, refutado con su vida, pero quiere conservar a toda costa dentro de sí misma a esa niña que fue, proteger el fragmento de infancia que le recuerda una vida sin mancha. Cuando tenga ochenta años, seguirá oliendo a albaricoques y a juventud, mientras nosotras dos, Ira y yo, nos habremos convertido en ancianas enjutas que rechazan toda ternura y gozan de la desconsideración de la ancianidad. Y, sin embargo, la quiero por eso, todos la queremos por eso, siempre lo hemos hecho, y al mismo tiempo negamos incrédulas con la cabeza. Como yo, esta tarde en la que flirtea con ese camarero al menos veinte años más joven que ella. Aún pueden pasar muchas cosas hasta su próxima boda, la vida entera puede pasar por la picadora de carne, los tiempos pueden volver a cambiar; ¿quién va a saberlo mejor que ella?

Nene y yo estamos ante una pared, mirando un autorretrato de Dina. No me gusta esta foto. La encuentro tan dura, tan malvada, ni siquiera sé qué concepto describiría mejor la sensación que tengo al contemplarla. Cómo odié aquella época, los primeros meses de Nene en Moscú. Y ni siquiera estoy segura de que esa foto se hiciera en aquel entonces.

Contemplamos la foto, con ese título nuevamente confuso. Un autorretrato de Dina con el torso desnudo. Los menos entenderán el sentido que hay detrás de esta curiosa composición y el título de la foto. Pero por desgracia yo lo entiendo demasiado bien: la foto es un total reproche, y su título, un legado para mí. Y sí, en los años que han seguido a su muerte he obedecido su orden de manera casi magistral.

Ira se une a nosotras. Enseguida regresa la tensión, enseguida el desgarro. Enseguida percibo la presión de tener que decidir entre ellas.

—Una foto espantosa —dice Ira, como si hubiera adivinado nuestros pensamientos, y espero un comentario mordaz de Nene.

—Se odia, y nos odia a quienes estamos viéndola —resume Nene, y percibo el alivio de Ira junto a mí, veo cómo le tiemblan las comisuras de los labios, cómo respira hondo, como si pudiera por vez primera coger aire de veras.

—Sí, porque nadie la ayuda, porque todos aceptamos lo que había ocurrido antes de que hiciera esta foto —completo.

—¿No fue después de aquella indecible fiesta? —pregunta Nene.

—Yo todavía estaba en Pensilvania, ¿no? —pregunta Ira.

—Sí, las dos cosas son ciertas.

Al fin y al cabo tengo que saberlo, yo soy la cartógrafa, yo llevo el cuaderno de bitácora, siempre tengo que acordarme por las tres, he instalado un archivo en mi cabeza en el que cada documento está siempre disponible cuando hace falta, sin duda es el castigo que yo misma me he impuesto. Ninguna catástrofe, ninguna tragedia se borra de mi memoria, ninguna quiebra se entrega al olvido.

Ira y Nene se miran. Por mí, por mi papel en aquella innombrable constelación a la que el pasado y esas fotos nos fuerzan a volver, confraternizan durante un instante ínfimo y sonríen en señal de confirmación: sí, hay cosas que no cambian nunca.

—¿No fue después de aquella fiesta cuando Levan y tú os separasteis? —pregunta Nene.

—¿Qué vez hacía esa? —comenta Ira un tanto maliciosa, y cuando Nene la mira con expresión admonitoria añade—: ¿Qué pasa? ¿No fue así? Cuántas veces Keto me escribía: «No, ya está, se acabó en serio, ya no tiene sentido», solo para volver a delirar por él en la siguiente carta.

Sonríe con suficiencia, y Nene mueve la cabeza, aunque no es más que un gesto juguetón, un eco de días pasados, cuando se enfadaba cariñosamente con Ira.

—No del todo. Tengo que aclarar los hechos...

—Yo diría que aquella fiesta fue el principio del fin.

—Aquella noche ella probablemente habría matado a aquella bestia si no...

Las dos me escuchan con atención. Desde la foto de gran tamaño, Dina nos mira con sus grávidos pechos desnudos, en los que está escrito «Atúrdeme» con lápiz de ojos negro. Nos mira de hito en hito con su rostro alterado, con tanta rabia en los ojos, tanta perplejidad y tanta fuerza que resulta inquietante. En la mano izquierda sostiene la pata de una silla, se cubre el regazo con un trozo de tela raído que hace pensar en una bandera georgiana. Al fondo cuelga de la pared una foto de prensa enmarcada en la que se ve esquemáticamente a una joven pareja con vestimenta tradicional en un baile clásico georgiano: él de negro, ella de blanco; ella delante de él, flotando, dulce; él tras ella, con el brazo extendido, protegiéndola. Leo una y otra vez la palabra escrita en sus pechos de pálidos pezones. Y pienso en el lamento que me dirigió en el camino a casa, a oscuras.

Una anciana pareja vestida con ropa discreta pero cara, envuelta en una nube de perfume noble, se acerca a nosotras. Ella es georgiana, nos habla directamente, pero su georgiano tiene ya acento francés. Nos saluda a todas por nuestro nombre, como si fuera una vieja conocida. Luego nos presenta a su marido, belga. Son coleccionistas, ya poseen algunas «Pirwelis», como ella dice. Me gustaría escupirle a la cara, para ella estas fotos no son más que una inversión económica. Para nosotras son la prueba palpable de nuestras vidas demolidas, heridas. Ella parlotea algo acerca de la terrible foto, cuenta algo acerca del punto feminista que hay en ella, y yo pienso: sí, Dina tenía un punto feminista, muy especialmente aquella noche, y su punto feminista, su superestructura teórica eran las navajas y las patas de silla. Pero dudo que la mujer vaya a entenderlo bien, así que me callo y hago como si la escuchara. Su marido se une a nuestra conversación en su inglés diplomático, y repite unas cuantas veces que es algo muy especial encontrarnos aquí a nosotras tres. Me pregunto si a sus ojos también servimos de objeto de inversión, si también nosotras —auténticas o solo en blanco y negro— podemos pervivir como obra de arte, quizá como instalaciones vivientes. En algún momento se vuelve hacia mí y me dice, con sonrisa de superioridad:

—Adoro esa foto suya, la foto de las cicatrices. Es realmente una obra de arte genial.

—A mí no me gusta. Para ser sincera, esa foto me parece una auténtica mierda.

No sé lo que su rostro revela. Le vuelvo la espalda.

El calor de julio cayó sobre nosotros, y me entregué, hambrienta y sin pensar, a la temeraria felicidad veraniega que aquel mar de lilas me había anunciado. Levan estaba cambiado. El hecho de que, como castigo por elegirme, mi hermano lo mantuviera alejado de los negocios y no cruzara palabra con él parecía importarle tan poco como el hecho de que aún no había podido encontrar a Otto.

Estaba tonto, pueril, siempre dispuesto a bromear, paseábamos con su coche por la ciudad bañada en sudor, oíamos música a todo volumen, nos besábamos en todos los cruces, olvidados de nosotros mismos, íbamos a los lagos circundantes y aprovechábamos cualquier oportunidad para estar cerca. Ya no hablábamos del pasado y nos jurábamos amor eterno, hicimos un pacto con el amor. Cuando iba a visitarle nos retirábamos a su habitación, cerrábamos la puerta y él me tocaba algo en su duduk, y, cada vez que lo hacía, yo volvía a enamorarme de él. Éramos dos niños en verano, con un tiempo infinito que recuperar. Mi viaje le había sacudido, mi ausencia le había dejado claro lo que se estaba jugando, recalcaba una y otra vez.

Para mí estaba bien, para mí todo estaba bien, salvo el hecho de que él imponía a nuestros cuerpos un lenguaje que me era ajeno y que no comprendía. Corregía mis manos, me impedía olvidarme, perder el control, no me permitía marcar el ritmo de nuestras horas de bochornoso verano, no me dejaba explorar nuevos continentes. Determinadas cosas estaban sometidas a un tabú no expreso, determinados gestos y determinadas preferencias le parecían admisibles, y otras impensables. A mí me causaban inseguridad esas reglas, que no conocía y contra las que mi cuerpo se rebelaba, que me limitaban y ofendían. Por miedo a hacer algo mal, apenas me atrevía a mostrar mi placer, a revelar mis deseos, y esperaba siempre señales suyas para reaccionar de la manera adecuada. Otro desafío de aquel verano fue ocultarle mis cicatrices. Estaba poseída por esa idea. Ahora que todo iba bien por fin, que las cosas parecían encajar, no podía poner en peligro aquella dicha frágil. Mi autodestrucción era algo que no encajaba en aquellas horas saludables, algo que podía poner a prueba nuestro alegre amor, y, al contrario que con Dina y con Reso, no estaba dispuesta a correr ese riesgo.

Él atribuyó mi capricho de no querer desnudarme nunca del todo a mi timidez adolescente. Y, aunque una parte de mí esperaba que quisiera asomarse más a mi abismo, él se daba por satisfecho y me tomaba el pelo. Yo no entendía entonces que una chica que se avergonzaba delante de un chico encajara sin más en su mundo. Pero yo no encajaba, y cuanto más nos ejercitábamos en la pareja, cuanto más intentaba colarme por la puerta trasera en ese mundo, tanto más alarmantes se volvían las diferencias entre nosotros.

En aquella fiesta de cumpleaños a la que le acompañé a Bakuriani junto a Dina, fui consciente con trágica claridad de que nuestra proximidad se había apoyado todo el tiempo en unos finos zancos, tendría que haberme dado cuenta de que en algún momento se tambalearía.

La fiesta discurría de manera jovial, el ambiente era relajado. Habíamos ido a la montaña en varios coches. El cumpleañero era un amigo común de Rati y Levan, pero solo decidimos acudir después de quedar claro que Rati no iría debido a sus negocios. Dina, que tenía libre aquel fin de semana, también dijo que sí, lo que me alegró, porque en aquella época sufría considerables altibajos en su ánimo, de los que yo no siempre podía seguir su evolución y que no era capaz de clasificar. De pronto estaba destrozada, apática y carente de impulso alguno, luego volvía a bullir de energía, imaginaba sin cesar cosas nuevas y me cubría de afecto y ternura. Aquel día parecía estar en uno de sus momentos altos. Desde que a los oídos de Levan habían llegado rumores de que Dina estaba con Zotne, la trataba con cierta distancia. Conmigo intentaba rehuir el tema.

Sentaba bien escapar del calor de Tbilisi, el fresco aire de la montaña nos sumía a todos en la euforia, habían puesto mesas en la amplia terraza, había una barbacoa, más tarde encendieron lámparas de petróleo. Unos cuantos amigos tocaban la guitarra y cantaban canciones georgianas. Yo me pegaba a Levan y disfrutaba de la normalidad, disfrutaba de ser oficialmente su novia, disfrutaba de sus pequeños y delicados gestos.

Como era de esperar, aquella noche Dina ocupaba el centro. Al contrario de Nene, que atraía la atención masculina en cuanto entraba en la sala, Dina era alguien que no pocas veces causaba rechazo. Pero aquellos que sabían apreciar su singularidad se volvían locos por su atención. Y, si el interés por Nene pronto volvía a deshincharse, en el caso de Dina era justo al contrario: solo con el tiempo se desplegaban todo su encanto y la energía que le eran propios, y con los que cautivaba a la gente.

Sin embargo, aquella noche apenas pude tomar algo, no me libraba de la inquietante sensación de que, con su carácter acelerado, Dina se exponía a aquellos hombres. Aquella curiosidad por ella contrastaba con su propio y escaso interés por ellos, y aquel conflicto tenía que descargarse ineludiblemente, yo sentía crecer la tensión casi de manera física. Animados por varias copas de vodka destilado por el padre del anfitrión, los hombres fueron volviéndose más frívolos y sus lenguas se aflojaron, la pelea por el favor de Dina adoptaba formas cada vez más extravagantes. Tan solo Levan se volvía más callado y calmado con el tiempo, se ensimismaba y parecía dirigir su disgusto hacia mí. Era como si me castigara por lo liberal de mi amiga, que bailaba salvajemente al ritmo de la música que salía de un casete a pilas. Los hombres empezaron a rodearla, era un espectáculo casi grotesco. Y entonces ocurrió: uno de ellos le tocó un pecho, y vi como a cámara lenta a Dina empujar contra la barandilla a aquel oso barbado. Dina era capaz de desplegar una gran fuerza física cuando se sentía amenazada, y el hombre tropezó, chocó contra la barandilla de madera y lanzó una atronadora maldición.

—¡Hijo de puta! —bufó Dina, y dio la impresión de que iba a pasar al ataque.

Algo en el rostro del barbudo me dio a entender que no era de los corteses y bien educados, y que reaccionaría a aquella puesta en evidencia y humillación públicas.

Levan y yo nos pusimos en pie de un salto, corrí hacia Dina y me interpuse entre ella y su enemigo. El barbudo se había levantado y en una zancada estaba delante de ella, la cogió por la cola de caballo, la arrastró por la terraza profiriendo terribles obscenidades. Yo estaba tan en shock por sus palabras que me quedé mirando horrorizada, como paralizada. Esperaba una reacción de los otros. Las mujeres habían huido a distintos rincones y nos miraban asustadas y al mismo tiempo contentas por el mal ajeno, unos cuantos hombres intentaban sin éxito calmar al barbudo.

Hay pocas certezas en una fiesta georgiana, pero siempre había estado segura de una: un hombre nunca levantaría la mano contra una mujer, por lo menos no en público. Y, si lo hacía, los otros no tardarían en hacerle entrar en razón. Que aquella ley georgiana no escrita quedara sin efecto como si tal cosa en aquella apartada casa de pueblo me estremeció casi en la misma medida que la elección de las palabras de aquel hombre que apestaba a alcohol y a quien no había forma de tranquilizar.

A pesar de los titubeantes intentos de apartarle de Dina, la tiró al suelo. Dina maldecía, no podía librarse de su presa. ¿Por qué nadie hacía nada? ¿Por qué no lo dejaban inconsciente a golpes, por qué nadie le impedía continuar aquel lamentable espectáculo?

Momentos después, oí a Levan rugir detrás de mí. Corrió hacia el hombre, levantó el puño, vi cómo el barbudo le golpeaba en la cara, lo derribaba, otro chico se llevó otro golpe, cayó de rodillas. Oí gritos de mujer, vi al cumpleañero salir corriendo y me vi a mí misma como desde fuera: aferrándome al talle de Dina para liberarla de las garras de aquel monstruo. Sentí que me caía al suelo, por un instante todo se tornó negro. Cuando volví a abrir los ojos, vi al coloso, que aún parecía más enfurecido, oí sus maldiciones y, de pronto, tuve la certeza de que iba a matarnos.

—¡Para, Paata, para! —oí la voz del cumpleañero—. No es más que una chica, suéltala, maldita sea, suéltala...

Creí volver a oír a Levan gritar algo, aunque no sirvió de nada, ya la había arrastrado casi hasta la escalera, cerca del jardín —¿es que estaba inconsciente?—, pero entonces vi a Dina coger una silla y embestir con ella las pantorrillas de su agresor. Este rugió tan fuerte que pensé que me iba a reventar los tímpanos, la soltó y se dobló, lanzando hacia ella nuevas obscenidades.

Dina se puso en pie como un rayo pero, en vez de aprovechar la oportunidad para alejarse, cogió la silla y la hizo pedazos contra el suelo. Armada con una de las patas, se dirigió a aquel animal sin escrúpulos que gritaba al pie de la escalera. Solo entonces vi que sangraba por la nariz y la boca. Pero, antes de que pudiera pensar o sentir nada, ella le golpeó con todas sus fuerzas con la pata de la silla en el vientre encogido, una y otra vez. Lo hizo con tal dureza que se me heló la sangre en las venas. Esto, pensé, son las huellas de su excursión al mar, al mar de los extinguidos. ¿O son las huellas de algo que empezó una húmeda tarde de febrero? ¿De dónde venía esa brutalidad, esa furia ciega? ¿Era quizá la revuelta, la sublevación contra todo lo que venía ocurriendo a nuestro alrededor desde hacía años, un huracán que arrancaba todo de raíz, que levantaba todo del suelo, que destruía todo lo que un día nos había sido querido?

En algún momento, volví a encontrarme en un jardín sumido en la profunda noche. Ella estaba delante de mí, jadeante, sangraba, estaba sin aliento. Ya no estaba furiosa, pero seguía manteniendo aferrada la pata de la silla y no iba a soltarla, la mantuvo en el puño todo el camino de vuelta a Tbilisi, como recuerdo, como advertencia, quizá incluso como mensaje para sí misma.

Levan vino hacia nosotras; también sangraba por la nariz, tenía el jersey roto. También el anfitrión había venido. Sobre nosotros se cernía un océano de estrellas, y me pregunté cuándo había visto por última vez una acumulación tan impresionante de cuerpos celestes, y no me acordaba de nada comparable. Una de las dos tenía una linterna, que arrojaba en el suelo un absurdo cono de luz. De arriba venía una agitada confusión de voces. Ya no se oía al demente.

—¡Maldita sea, Dina! —dijo Levan, y se inclinó hacia ella, apoyando las manos en las rodillas como un corredor de maratón que se queda sin aire poco antes de la meta.

—¿Quién demonios es ese cerdo? —pregunté yo, y miré a la cara al cumpleañero. Había empezado a temblar de pies a cabeza, como si tuviera mucha fiebre, apenas pude pronunciar las palabras.

—Es Paata Gagua, su padre está en el Parlamento —me explicó el anfitrión, como si fuera lo más importante que había que decir sobre el invitado. El mensaje era claro: no teníamos ninguna oportunidad contra Goliat.

—¡Maldita sea, os habéis comportado como dos locas! Esto nos pone en una situación de mierda.

Levan seguía en su posición, con la cabeza baja. Yo no podía creerlo.

—¿Qué quieres decir con eso? —pregunté en tono amenazador.

—¿Vais a decirme en serio que no tenéis ninguna culpa de lo que ha pasado? —Se incorporó de golpe, echándome el aliento a la cara.

—¿Culpa? ¿Nosotras? ¡Está enfermo, ese tío está completamente enfermo! —La indignación apenas me dejaba hablar—. Podría haberla matado...

Estaba perpleja porque, al parecer, Levan trataba de responsabilizarnos de aquel estallido de violencia.

—Ella se comporta como una...

Entonces fue Dina la que respondió:

—Vamos, dilo: ¿como una furcia, quieres decir? ¿Así es como me ves, Levan Iashvili? ¿Eh?

Levan estaba claramente desbordado por aquella pregunta directa. Ya parecía temer las posibles represalias, podía oler su miedo a la legua. Pero había algo más.

—¿No te basta con lo que le has hecho a Rati?

—¿Qué le he hecho, en tu opinión? —su tono tranquilo no anunciaba nada bueno.

—Dina, vámonos, esto no tiene ningún sentido —intenté.

—Abrirte de piernas para su peor enemigo, ¿no crees que a alguien como Rati no se le puede hacer nada peor?

Yo habría deseado que él no fuera tan lejos. Parecía como si aquella noche se hubiera cruzado una frontera y ya no hubiese vuelta atrás. De pronto ella se echó a reír, se rio en su cara:

—Tú no sabes nada, Levan Iashvili, ¡aún no has entendido nada! Estáis tan desvalidos en vuestra insistencia en algo que ya se está muriendo. No podéis desprenderos, os mantenéis aferrados a vuestras muertas intenciones y manifiestos, a vuestros podridos principios, no sois más que un pálido reflejo de algo que hace mucho que es historia. No podéis desprenderos porque tenéis miedo de ser insignificantes sin vuestro muerto mundo. Me dais pena.

Formábamos un triángulo, unos frente a otros, y callábamos.

—Iré a por el coche. Simplemente subid y cerrad la boca. Os llevaré a casa —dijo al fin Levan, giró sobre los talones y desapareció en la noche.

Sin esperar, agarré la mano de Dina y la arrastré hacia la empinada carretera que bajaba al valle, de donde partía la carretera principal. Habría preferido morir a sentarme en ese momento en el coche de Levan. Sentí la gratitud de Dina ante mi decisión, y eso me insufló valor. Llegaríamos a Tbilisi de algún modo, a pesar de la oscuridad y el frío, a pesar del largo camino y de nuestro estado.

No íbamos muy deprisa, porque ella cojeaba. Yo la sostuve, y poco a poco su paso se estabilizó. Seguimos caminando con certeza, sin mirar alrededor, nos extraviamos un minuto entre las casas de vacaciones y las cabañas de esquí hasta que llegamos a la carretera correcta, que estaba tan sumida en las tinieblas como el resto del mundo. Pero las estrellas eran fuente de luz, y nuestra indignación, brújula suficiente. Había dejado de temblar, todo miedo había desaparecido de mi cuerpo, me sentía inmune a cualquier peligro.

Durante bastante rato, no dijimos nada. Detrás de nosotras se oía el ruido de un motor, probablemente Levan estaba esperándonos, pero no dijimos nada, incluso sin palabras las dos teníamos claro que no había vuelta atrás.

—Lo siento por ti —dijo al cabo, y encendió un cigarrillo.

Teníamos frío, no llevábamos más que chaquetas finas, nuestras prendas de abrigo estaban en la bolsita de deporte que habíamos preparado para la excursión, y se había quedado en la casa. Nos pegamos la una a la otra, me colgué de su brazo. Dina mantenía agarrada la pata de la silla como una espada después de una victoria legendaria.

—¿Lo dices por Levan?

—Sí. Sé que le quieres.

—Cómo puedo querer a una persona con la que no puedo compartir nada —dije yo, con la esperanza de que formularlo me aliviara la separación.

—Aun así le quieres. Quiero decir que cómo vives con que alguien que te era cercano se convierta de un momento al próximo en un extraño. ¿Cómo se aclara una con eso? Un amor así no desaparece tan fácilmente, se queda, pero la persona a la que se quiere se ha vuelto extraña. Quizá también te vuelves extraña a ti misma, no lo sé, se sigue amando, pero la persona a la que se ama ya no está ahí. ¿Y dónde, maldita sea, se va con ese amor?

Dio una profunda calada y se detuvo un instante.

—¿Lo has conseguido tú? —pregunté, cautelosa, después de haberla dejado hablar.

—¿A qué te refieres exactamente?

—Me refiero a Zotne. ¿Has conseguido reemplazar a Rati por él?

¿Acaso no había hecho yo lo mismo al emplear el cuerpo de Reso en Estambul para mis deseos y ciegos intentos de liberación?

—No lo sé. Todo lo que él representa... Sí, me doy cuenta de todo, Keto. Y, sin embargo, hay algo ahí, algo como un acuerdo tácito, algo muy tranquilo, muy persistente. Él no intenta cambiarme. No sale corriendo. Me ve. No tiene miedo.

Se detuvo. No quería prestar oídos a su dolor, pero la obligaba a detenerse. Volvió a empezar:

—Cuando le seguí a aquella habitación de hotel, sabía que Rati lo había hecho porque me necesitaba. Pero comprendí demasiado tarde que me necesitaba por un motivo distinto que yo a él. Él tenía que pisotearlo todo antes de poder decirse a sí mismo que había actuado bien.

Sus palabras resonaron en la sublime oscuridad de las montañas, nuestras testigos, nuestras protectoras y nuestro paño de lágrimas a un tiempo.

—Zotne y yo nunca estaremos juntos. Yo no puedo compartir su vida, y él no puede compartir la mía. Siempre hará lo que hace, y no voy a juzgarle. Tampoco a Rati. Son un eco de nuestro tiempo.

—¡Pero nuestros padres les enseñaron otras cosas! No es que crecieran sin alternativas, no entiendo cómo puedes decir que todo es consecuente —rebatí—. ¡No es que hayan crecido privados de otros modelos!

—Ay, Keto, nuestros padres tampoco han hecho nada para impedir todo esto. Se han quedado mirando cómo se mataban unos a otros. Fueron demasiado débiles cuando hubo que impedirlo. Ya antes habían sido marionetas, y cuando de pronto les dijeron: vamos, haced algo con vuestro país, estaban desbordados, no tenían un plan, un objetivo. Solo querían que alguien viniera y les dijera qué hacer. Y entonces llegaron ellos, los tipos con fusiles y los Paatas, y de pronto se quedaron sin habla, habían olvidado que fueron ellos los que los habían llamado. Y tu hermano y Levan no hicieron otra cosa que imitar.

Todo mi ser se revolvía contra aquellas frases. Y, sin embargo, un terrible reconocimiento me obligaba a callar. Tampoco a mí me quedaba escapatoria, y ninguna excursión al Bósforo era una salida, porque era nuestra vida, nuestro tiempo, y no tendríamos otra, teníamos que vivir nuestra vida sin puerta trasera. Quizá el camino que Dina se había propuesto era el único adecuado. Era demasiado necio creer que podía escapar a mi época, que no me podía tender trampas y que podía seguir impertérrita con la versión de mí misma que un día me había pintado como mi futura yo. Hacía mucho tiempo que había caído en esa trampa, hacía mucho tiempo que era otra persona distinta de la que había sido antes de que aquella oscuridad sin límites se cerniera sobre nosotros.

Dina y yo habíamos tomado una decisión, y todo lo que vino después había sido el precio pagado por ella. El precio era que Rati la llamara puta y Zotne la esperase entre las sombras, que se hubiera ido a la guerra y que Nene siguiera a Moscú a un hombre desconocido; el precio era que yo me escondiera y escondiera mi cuerpo ante Levan hasta que empezó a ver a alguien distinto en mí. Todo eso pensé cuando huimos bajo aquel cielo cuajado de estrellas, heladas, manchadas de sangre y sin embargo tan decididas. Pero en aquella noche, al lado de su cuerpo magullado, que a pesar de los dolores bajaba libre y orgulloso la carretera llena de curvas, de pronto me pareció fácil perdonarme, porque ella estaba allí, volvíamos a ser una unidad, y apenas había nada que aún me diera miedo, ni siquiera mi odio hacia mí misma. A cada paso me hinchaba como un globo, mis pulmones se llenaban de una fuerza olvidada. Por primera vez desde hacía meses, volvía a sentirme *bien*.

Ya no sé cuánto caminamos, si una o cuatro horas, durante aquel tiempo no pasó ni un coche, no salió a nuestro encuentro ni una persona que viniera del pueblo. Dina se dejó caer sentada en el frío suelo. Ya no podía más. Le dolía todo. Tenía que descansar.

Tomé asiento junto a ella y puse mi mano sobre la suya.

—A veces odio ser yo —dijo de pronto, y me apretó la mano. Estaba helada—. A veces no quiero más que dormir y dejar de sentir. Si se pudiera inyectar algo para aturdir la propia vida... La vida seguiría, pero ya no se sentiría nada, sencillamente seguir respirando, comer, hablar, andar, ser... ¿Puedes hacerlo, puedes aturdirme, Keto?

La miré incrédula. Su belleza cansada, confundida, me conmovió de forma inesperada a la luz grisácea de la luna.

—No digas tonterías. No podemos quedarnos aquí sentadas para siempre, vamos a cogernos una cistitis...

—No, en serio. Atúrdeme. Me conoces, tienes que saber qué medio es útil, lo quiero, no puedo más, ¡atúrdeme!

Me apretaba la mano tan fuerte que pensé que me iba a romper los dedos. Pero no la retiré, aguanté el dolor.

—No querrías vivir ni un minuto así, créeme.

—Mucha gente lo hace. Mucha gente puede. ¿Por qué yo no?

—¿*Tú* quieres ser como todo el mundo?

Ni siquiera tenía fuerzas para alterarme. Tenía la boca tan seca como si alguien me hubiera echado en ella una paletada de arena. Dina nunca tuvo excusas para sí misma. Otras personas las tienen. También yo las tenía y las tengo. La gente sobrevive así. Pero Dina nunca quiso limitarse a sobrevivir, siempre quiso vivir. Se peleaba y clavaba cuchillos, se iba a la guerra, ¿qué sería lo siguiente para que siguiera siendo capaz de mantenerse fiel a sí misma? ¿Se podía inyectar un narcótico a la vida, aturdirla? Se pasó la mano libre por la cara.

—Sabes muy bien que esa no es una opción para mí.

—Sí. ¡Atúrdeme! —repitió con terquedad infantil.

—Entonces ya no serías tú misma, y si tú ya no eres tú misma, tampoco yo sé quién soy. Solo me comprendo respecto a ti.

Aquella confesión irreflexiva le arrancó una débil sonrisa.

—Siempre has tenido una opinión de mí exageradamente alta. La imagen que tienes está distorsionada, me hace mejor de lo que soy en realidad.

Ignoré su objeción y proseguí:

—Además, ya no podrías hacer esas fotos grandiosas. Ya no podrías amar como lo haces ahora. Ya no serías tan buena amiga, y no estaríamos sentadas en medio de la montaña con este frío gélido en el asfalto helado, sin saber adónde ir.

Entonces su rostro volvió a iluminarse poco a poco, y buscó los cigarrillos en el bolsillo de la chaqueta. Al cabo de unos momentos de silencio, en los que las dos contemplamos el cielo, que parecía un kilométrico collar de perlas, dijo:

—Lo que amo y cómo amo es lo que lleva a estas contusiones, a lugares absurdos como este en el que estamos ahora. Ese amor me lleva a Abjasia y me lleva hacia Zotne. Soy tan miserable, tan miserable y necesitada, tan indignamente necesitada, que lamería cualquier resto de amor del suelo, que no sirvo para nada, por eso seguí a tu hermano a aquel maldito hotel, por eso le abro la puerta a Zotne cada vez que viene, por eso voy incluso al frente, porque busco en lo más imposible, en lo más feo, en lo peor, quizá es donde más busco, por eso bajaría a cualquier infierno si supiera que allí iba a encontrar esa sensación, y lo que de verdad resulta irónico es que no necesito y no busco, como la mayoría de la gente, para ser feliz, sino para exponerme, para arrancarme otra capa de piel, porque solo así puedo ver de verdad..., a mí y todo lo que me rodea. ¿Comprendes?

—Eres todo lo contrario de indigna y miserable... ¡Para!

—No lo entiendes. Y sería muy importante que por lo menos tú me entendieras.

¿Por qué no lo entendía? ¿Por qué tuvieron que pasar años, en los que aprendí a vivir con el cráter que deja la muerte, para entender lo que había querido decirme aquella noche? ¿Quería que la protegiera? ¿Que la protegiera de sí misma, de los demás, de la falta de amor, de la falta de plenitud? ¿Habría debido *aturdirla*, como exige en esa foto que Nene odia tanto e Ira considera tan despiadada? ¿Lo habría hecho, si ella hubiera dejado de ser ella misma... pero siguiera con vida?

De pronto, un coche negro salió de la nada y se detuvo delante de nosotras con un chirrido de neumáticos. Eran dos de los invitados de la fiesta. Una parejita que me había llamado la atención por su contención. Cuando sucedió el incidente, la mujer de cortos cabellos teñidos de rubio platino había enterrado el rostro en el hombro de su amigo.

—¡Gracias a Dios, llevo una eternidad buscándoos! —dijo su acompañante, de anchos hombros, mientras bajaba aliviado del coche.

Yo ya no tenía ni una idea clara en la cabeza, tan solo agradecía poder refugiarme en el calor del coche.

—Levan me ha enviado a buscaros, era como si se os hubiese tragado la tierra.

—¿Cómo habéis podido llegar tan lejos con esta oscuridad? —nos preguntó entonces la rubia—. ¿Y en tu estado?

Dijo «estado» en un tono levemente asqueado, como si tuviera algo repugnante en la boca. Nos sentamos en el asiento trasero sin decir palabra.

—En cualquier caso, menos mal que os hemos encontrado —dijo el hombre, y se volvió hacia nosotras para cerciorarse de que estábamos bien.

Bajo las luces interiores del coche, se veía el rostro terriblemente castigado de Dina. No dejé que se me notara el susto, pero me propuse pedir al padre de Ira que la examinara en cuanto llegáramos. Dina apartó el rostro y apoyó la frente, con los ojos cerrados, en el cristal de la ventanilla.

Durante todo el trayecto no le solté la mano, mientras ella mantenía aferrada en la otra la pata de la silla, y así recorrimos la noche kilómetro a kilómetro.

Una carcajada me arranca de mis pensamientos. Quedan pocas personas en la sala, del jardín ya entra música. Ya se ha visto suficiente arte, ya se ha estado expuesto a suficientes temas sombríos. Ahora, todo el mundo reclama una charla agradable y ligera con una copa de vino en la mano, y en el jardín vespertino, maravillosamente decorado, de aquel templo del arte. A mi lado hay tres jóvenes que ríen a carcajadas. En ese mismo instante veo a Anano venir hacia mí con las mejillas encendidas, sus grandes aros bailan con furia en sus delicadas orejas. Parece preocupada.

—Keto, ven deprisa, me temo que Ira y Nene vuelven a pelearse por algo.

Quiere que aborte el lío que se avecina, que no permita que nada enturbie la inauguración de la muestra, hasta ese momento tan exitosa.

—¿Dónde están? ¿Qué pasa?

Recorro la sala con la vista buscándolas, pero por lo visto han decidido que el jardín sea la arena que lleva esperando su choque desde hace años. Un drama largamente aplazado sube al fin a escena.

—Keto, tengo que atender esto, están abajo, puedes, por favor...

La mirada de Anano es igual de implorante, igual de temerosa que hace innumerables años.

—Sí, claro, bajo enseguida.

Le doy una palmadita en el hombro y corro hacia la salida. En el jardín ya ha oscurecido. La noche es tibia, el calor del sol poniente todavía se percibe. Me abro paso por entre la gente que ríe y charla alegremente en los escalones, camino hacia la música trivial e inane. Los camareros serpentean con elegancia por entre los grupitos de personas y siguen ofreciendo sus dones, entretanto también se ven vasos de cóctel. Siento que me despejo de golpe, mi cuerpo se tensa, quiero impedir algo necesario, algo que tenía que haber ocurrido ya muchos años antes. Pero hoy es sin duda el día equivocado para que ocurra, el marco equivocado. Tengo que salvar la noche de Anano, no podemos dar más carnaza a esta chusma ansiosa de sensaciones.

Por fin las encuentro, están un poco apartadas, junto a un espeso matorral de rosas blancas. Nene fuma y habla furiosamente, Ira está delante de ella cruzada de brazos. Rodeo a algunos caballeros de traje negro, casi tropiezo con un perrillo blanco con un collar color verde abeto, me disculpo ante su anciana propietaria y voy hacia ellas.

—No os dais cuenta de que no puede haber peor momento... —digo sin resuello. No sé qué palabras acaban de decirse, no sé lo que ambas pretenden.

El rostro de Nene no anuncia nada bueno.

—¡Estaba claro que tenía que venir la conciliadora! —dice en tono exageradamente alto, y noto que algunas personas giran la cabeza hacia nosotras. Está bebida, aun así no ha olvidado repasarse el carmín.

—¡Basta ya! —siseo.

—¿Por qué? ¿Tan importante te parece que demos una buena impresión a esta refinada sociedad?

Tiene ganas de pelea, espoleada por su Martini vodka; conozco ese humor, esa salida de su carácter por norma tan dulce, tan armonioso, como si debajo de esa superficie amable, sentimental, tranquilizadora, hubiera algo indeciblemente duro, algo que anhelara la destrucción.

—¿De veras crees que este es el momento adecuado para volver sobre lo que pasó? —pregunto, algo irritada.

—¿Lo que pasó? No pasó, estás muy equivocada, Keto. Es mi vida, es mi presente. Vivo día tras día las consecuencias de eso que *pasó*.

Me echa el humo del cigarrillo a la cara y me mira provocativa a los ojos, quiere que pierda el control, quiere bronca y furia.

—Aun así, por Dina, no deberíamos aprovechar esta velada para gritarnos todo esto a la cara. —Me esfuerzo por conseguir un tono conciliador, aunque me cuesta, aunque mi rabia va en aumento.

—Por Dina, por Dina. ¡Déjame que me ría! Por Dina, ambas habríais podido esforzaros un poco más en valorar lo que había quedado de nuestra amistad.

Mira a Ira. Ira baja la vista. Nene sigue ejerciendo un inexplicable poder sobre ella, y lo sabe.

—Quise liberarte, quería que fueras libre, ¿cuándo vas a entenderlo de una vez? —dice Ira, y enseguida me doy cuenta de que habría hecho mejor en cerrar la boca y dejar que pasara esa tormenta.

—Liberar, liberar, ¿has oído? ¿Has oído eso, Keto? ¡Quería liberarme! ¡Ha destruido a mi familia y metido a mi hermano en la cárcel! Nos ha espiado como si fuera del KGB y transmitido informaciones privadas que yo le había dado en confianza. ¿Y a eso lo llama «liberar»?

—Lo siento —implora Ira—, ¿cuántas veces tengo que decírtelo? Lo hice sabiendo que era la única opción. Y que tenía que hacerlo a tus espaldas para no ponerte en peligro. No quieres entenderlo, pero sin mi ayuda nunca habrías podido salir de ese círculo infernal.

Su voz se quiebra, toda su seguridad en sí misma parece haber desaparecido.

—¿Nunca se te ha pasado por la cabeza que tal vez yo no quería salir de él?

El tono de Nene sigue siendo cortante, no está dispuesta a retroceder, no quiere suavidad alguna, está llena de ira, llena de aversión, y disfruta de no tener que seguir refrenándola.

—¿Así que fue tu libre voluntad no estar con Saba, no dar a Luka el apellido de su padre sino el de un lacayo de tu tío? ¿No querías decidir con quién pasar tu tiempo, con quién irte a la cama? ¿Tampoco querías estudiar, viajar, probar cosas?

—Si el precio era la ruina de mi familia, no —dice resuelta, y apura su copa de un trago.

—Y, sin embargo, te encontrabas con Saba en secreto, y más tarde quisiste cambiar el apellido de Luka por Iashvili. ¿Por qué te has buscado un ejército de amantes, si no era todo eso lo que querías?

—¡Todo eso te importa una mierda, Irine Zhordania!

Ella sabe cuánto odia Ira que la llamen Irine, que ha hecho todo lo posible porque Irine pertenezca al pasado. Pero, al parecer, el esfuerzo ha sido vano, al parecer en una orilla invisible para la mayoría sigue estando la pequeña Irine, con sus gafas y su uniforme escolar pardo, sus cabellos severamente peinados hacia atrás, y saluda incansable y triste a la exitosa abogada y activista por encima de todas esas décadas.

—¡No tenías derecho a abusar de mi confianza, no tenías derecho a actuar a mis espaldas, no tenías derecho a espiarnos, no tenías derecho a dirigirte a esos medios de comunicación de mierda, me traicionaste y destruiste a mi familia!

A cada palabra Nene sube el volumen, y siento las miradas confusas de quienes nos rodean como estridentes focos.

—¿Qué familia? ¿La familia que te vendió como un penco a completos desconocidos? Tú no has tenido vida, te lo han quitado todo, no has podido amar...

—¡Aun así, a ti nunca te habría querido, no *a tu manera*, da igual lo libre que hubiera sido! ¡Eso es lo que tienes que comprender! No tengo «inclinaciones desviadas», me gustan los rabos, ¿comprendes?

Enmudecemos. Sus frases gotean sobre nosotras como brea apestosa, todo se pega, no podemos movernos, tan solo sentimos sobre nosotras el peso de toneladas de esa masa densa y grave. Me gustaría tanto abrazar a Ira, acunarla en mis brazos, taparle los ojos y los oídos.

Nunca he puesto en cuestión sus motivaciones, siempre he entendido por qué libró su lucha con tan poco miedo. No merece mirar esa mueca que Nene nos muestra en este instante. Veo que la mandíbula de Ira empieza a temblar, abre los labios, quiere decir algo, pero ningún sonido sale de su boca. La sentencia que Nene ha dictado sobre ella es demasiado espantosa, demasiado definitiva. No puede defenderse, sigue sin poder decir que lamenta el día en que conoció a Nene Koridze. Porque eso significaría negar una parte de sí misma que tal vez sea la más auténtica.

—Tienes razón —dice de pronto, con una voz baja con la que enseguida se mezclarán las lágrimas—. Siempre te he considerado una persona merecedora de todo el amor del mundo. Pero me he equivocado. No lo mereces, Nene. Nunca mereciste que pusiera mi vida a tu servicio. Quiero disculparme de corazón por eso. La verdad es que pensaba que era la única que no estaba bien, y pasé totalmente por alto lo *desviada* que te ha vuelto tu familia.

Se da la vuelta de golpe y desaparece entre los circundantes. No tiene sentido correr tras ella, ha de cargar sola con esa condena. No abandonará la fiesta, terminará esa tarde, esa noche con nosotras, me lo ha prometido. Y, al contrario que yo, Ira siempre mantiene sus promesas.

El rostro de Nene revela un triunfo fugaz, se considera la ganadora de esta ronda, pero su victoria no puede ser dulce, pronto revelará ser un colosal error.

—Cuándo te has convertido en esta mierda —le pregunto, y miro fijamente sus ojos turquesa.

—Después de que esa rata arruinara mi familia y tú desaparecieras —responde con toda la calma del mundo.

Siento que estoy a punto de perder el control, el impulso de agarrarla es tan grande que retrocedo por instinto.

—Deja de decir cosas que no piensas. Deja de arrojar mierda sobre nosotras —susurro, y me muerdo el labio inferior para reprimir el grito que tengo en la garganta.

—¿Qué esperabas, maldita sea, qué esperabais? ¿Que me lo iba a guardar todo y a seguir siendo la dulce Nene, que os divierte cuando os hace falta?

—Nunca me has divertido. Desde que te conozco, he pasado la mayor parte del tiempo preocupándome por ti. Todas nos hemos preocupado por ti.

Me gustaría ahuyentar a las gentes alegres que me rodean, quiero estar sola con estas mujeres destrozadas que se arrojan cosas imperdonables, quiero librar este combate hasta el final. Quiero que todas perdamos, porque es la única salida lógica. Quiero que después llegue al fin la paz que se nos ha negado desde hace décadas.

—Y luego lamentasteis esa preocupación, ¿no? Antes o después todo el mundo tiene que buscar su felicidad personal, ¿verdad?

Nunca dejó traslucir nada cuando seguimos nuestros caminos. Siempre nos había animado. Qué ingenuas habíamos sido al creer que su alegría por nosotras era sincera. Qué sola estaba en su hermético mundo, que solo conocíamos desde fuera, una campana de cristal blindado en la que nuestra ayuda y nuestros esfuerzos rebotaban igual que gotas de lluvia. Y qué ingenuo por nuestra parte asumir que lo arreglaría todo, con sus trucos y maniobras dilatorias, cuando se fue a Moscú para proteger a su familia de otra catástrofe. Pienso en el odio que ha tenido que acumular durmiendo junto a hombres que le repugnaban, pienso en sus silenciosas y secretas rebeliones, y en que engañaba solo por engañar. Qué triste es ese rostro que me mira ahora mismo, el rostro de una niña a la que se ha vestido con las ropas de una mujer sin haberle dado nunca la posibilidad de llegar a serlo.

Mi rabia, mi furia se disipan delante de sus ojos claros. Me acerco a ella, que retrocede, pero yo soy más rápida. La abrazo tan fuerte que no le queda más remedio que entregarse, tarda, pero luego se rinde. Lo sucedido cae sobre nosotras, nos entierra bajo su peso. Ella se aferra con sus cuidadas uñas pintadas de rojo a mi camiseta, se desploma, la sostengo, sabe de sobra cómo es no poder recuperar la vida. Ya no dice nada. De pronto, como si despertase de un sueño, se libera de mi abrazo, se yergue, se seca el rostro con un pañuelo, se disculpa y corre de vuelta al edificio.

Yo me quedo atrás, miro confusa a mi alrededor, cojo la copa de vino más próxima. Me siento sorprendida, me siento huérfana. También regreso a la exposición, entre las fotos vuelvo a saber por qué estoy aquí. De vuelta en la sala respiro, disfruto de la calma de las estancias casi vacías, ahora tengo las fotos para mí sola. Ahora ya no he de seguir la cronología, no he de correr con los otros detrás de las agujas del reloj de la historia, puedo establecer mi propio cómputo del tiempo.

Me detengo delante del retrato de mi hermano. El efecto es como una bofetada. Conozco esa foto, pero hacía mucho que no pensaba en ella. No es una de esas fotos que han sido su tarjeta de visita, no es una foto para enseñar. Es más bien una foto sigilosa, insignificante a primera vista, no tiene ese efecto inmediato de absorberla a una. Es una toma hecha de cerca, él está tendido en la cama, con el torso desnudo. No conozco el sitio, ¿en casa de quién se colaron para poder amarse sin que los molestaran? Él yace extendido entre las sábanas revueltas, fuera tiene que haber hecho calor, porque no se ve ninguna manta. Pero quizá tampoco necesitaban manta, quizá su deseo calentaba lo suficiente. Sus ojos arden, parece tan satisfecho, tan joven, tan fuerte. Juguetea en sus labios una sonrisa pícara, su lunar es lo único inocente en su rostro. Tiende la mano, parece querer atraerla hacia él, no quiere que interrumpa su cercanía con el clic de la cámara, quiere seguir estando con ella sin molestias, sin ser observados.

¿Habría supuesto entonces que algún día cientos de personas se inclinarían sobre los restos de su bacanal pagana, un soleado día de mayo, en el corazón de Europa, en una pomposa sala; que habría tantas personas presentes, y que no estarían ni él ni la fotógrafa? ¿Qué habría pensado? ¿Qué habría hecho de haber sabido que aquel día espléndido, mientras todos esos invitados vestidos de fiesta celebraban a la maga que había detrás de la cámara, a la que él había amado con semejante olvido de sí mismo, precisamente ellos ya no estarían con vida?

LAS MONEDAS DE JUDAS O LAS LÁGRIMAS DE JESÚS

El laberinto del recuerdo ya es intrincado. Me sorprendo cuando, al detenerme delante de esta foto, pienso en aquella planta tan peculiar que adornaba el salón de los Koridze, metida en grandes jarrones chinos. De niña, siempre me fascinó aquella singular vegetación, pero solo muchos años después, cuando yo misma planté un jardín, me enteré de que pertenecía al género lunaria y que tiene muchos nombres, aunque en Europa Occidental suele denominarse *Lunaria rediviva*. Esta planta decorativa, que florece en un lila estridente y que, cuando se caen los carpelos, deja unos septos transparentes, a los que se llama falsos, que muestran un surrealista brillo plateado, tiene en Georgia una caprichosa denominación: «lágrimas de Jesús». Ese nombre siempre me ha desestabilizado. Tanto más me sorprendió que en Alemania se llamara precisamente «monedas de Judas». Nunca pude decidirme entre la denominación georgiana y la alemana. ¿Fueron las lágrimas que Jesús derramó cuando se enteró de la profetizada traición de su discípulo, o fueron las traidoras monedas de plata de ese mismo discípulo? ¿Qué historia es más digna de ser contada: la del traidor o la del traicionado?

Un día que estaba en mi jardín, disfrutando del floreciente esplendor de mis flores, pensé que en el fondo era la misma historia, a la que una se puede aproximar desde dos extremos distintos. Desde entonces digo siempre los dos nombres, porque solo las dos perspectivas, tomadas como una unidad, hacen que para mí la historia sea completa. También nuestra historia puede contarse solo desde extremos distintos. Cuando Nene acusa a Ira de haber destrozado su vida, tiene razón y no la tiene al mismo tiempo. Cuando Ira dice que quiso dar la libertad a su amiga, su afirmación es cierta y es al mismo tiempo una petulancia. Veo el rostro feliz de mi hermano y pienso en el rostro horrorizado de Dina saliendo a mi encuentro en el pelado pasillo del hospital. Cuando miro las fotos de ambos, esa felicidad desvergonzada, no puedo por menos de pensar en Guga, aquel gigante inocente, sacándome de la cama en mitad de la noche. Y de aquella conmoción tenían la culpa tanto su hermano pequeño como el mío. A aquella conmoción contribuimos todos, todos juntos fuimos distintos extremos de la misma historia, traidores y traicionados a la vez.

La voz somnolienta y enfadada de Eter me había despertado. Me forcé a levantarme de la cama y salí al balcón, donde ella estaba apoyada en la pared, con su camisón hasta los pies, y me tendía el teléfono.

—¿Quién es? ¿Qué hora es?

—Es el hermano de Nene. Quiere hablar contigo. ¡Y sí, es tarde, tardísimo! —dijo, y salió del balcón.

No estaba bien; desde la muerte de Oliko estaba huérfana, ninguna otra palabra describe mejor aquel estado. Cuando la veía, sentía el vacío que Oliko había dejado. No había dicho de cuál de los hermanos se trataba. Alarmada por la tardía llamada, que sin duda no presagiaba nada bueno, dije un asustado «¿Sí?» en el auricular. Estaba segura de que a Nene le había pasado algo, de que se había peleado con su rico marido moscovita y había hecho algo preocupante.

Era Guga.

—¿Qué ha pasado? ¿Cómo está Nene, dónde está?

—No se trata de Nene. ¿Puedes venir, por favor?

—¿Ahora?

—No te lo pediría si no fuera algo grave.

Sonaba desesperado, deshecho. Intenté sacarle alguna información útil, pero cuando me di cuenta de que era en vano le prometí que estaría en su casa lo antes posible.

Me vestí en la oscuridad a toda prisa, por entonces tenía práctica en encontrar mi ropa en el armario solo al tacto, para no depender de una fuente de luz; me recogí el pelo y dejé una nota para Eter y mi padre sobre la mesa. El reloj de la cocina marcaba las dos de la mañana.

Poco después subía sin aliento las escaleras de mármol y llamaba sigilosa a la gran puerta de metal. Tras unos pocos segundos, Guga abrió. Tenía los ojos enrojecidos y el color parecía haberse esfumado de su rostro. Todas las luces estaban encendidas, así que partí de la base de que Manana no estaba, podía moverme con libertad y hablar sin reparos. En el salón descubrí unos zapatos de tacones altos, salpicados de barro, y miré confundida a mi alrededor. Oí que alguien se duchaba en la parte de atrás de la casa. Me sorprendió, tardé un rato en comprender que aquellos zapatos pertenecían a Anna Tatishvili. Jamás habría podido imaginármelos como pareja. Desconfié del repentino cambio de opinión de Anna, porque todo el barrio sabía que llevaba años enamorada del otro hermano Koridze. Pero me alegré por Guga, cuya tierna entrega y lealtad conocía demasiado bien.

—¿Está Anna en la ducha? —pregunté con cautela.

Él asintió, y me hizo una seña para que nos sentáramos. Tomamos asiento en el amplio tresillo, había junto a nosotros uno de esos jarrones con un ramo imponente de lágrimas de Jesús. Guga apoyó el rostro entre las manos y movió la cabeza con energía.

—No sé qué hacer, algo no está bien. De momento la he mandado a ducharse. No he querido contactar con

Zotne, ahora mismo está en Zugdidi. Y si vuelven Tapora y Manana, que se han ido al campo al entierro de un pariente, seguro que no sería bueno que la encontraran aquí. Es solo que no sabía a quién llamar.

—No te preocupes por eso, olvídalo; Guga, dime de una vez qué ha pasado. ¿Le ha ocurrido algo a Anna?

Mientras esa idea empezaba a tomar forma en mi cabeza, ya sabía que había ocurrido lo peor.

—Está confundida, y no me habla. Me llamó a medianoche desde una cabina telefónica, cerca de esa fábrica abandonada que hay a la salida de la ciudad...

Por alguna razón, parecía importarle explicarme con exactitud dónde había encontrado a Anna, y asentí comprensiva.

—La recogí allí, estaba completamente sucia, como si se hubiera revolcado por el suelo, tenía un aspecto terrible, y el vestido, el vestido... Ignoró mis preguntas y no decía más que cosas inconexas, estaba como loca.

Parecía completamente confuso, como si de verdad no se hiciera idea de qué podía haberle ocurrido a una mujer a medianoche en una fábrica abandonada al borde de la ciudad. Me pregunté de manera febril qué hacer. Tenía que hablar con Anna, aunque no éramos lo que se dice amigas. Pero tenía que saber con exactitud qué le había pasado y sobre todo *a manos de quién*, para estar segura de que mi hermano o Levan no tenían nada que ver con eso.

En ese instante, Anna apareció en el salón. Estaba completamente desnuda, e incluso en aquella situación por entero absurda era imposible no ver su belleza: el espeso cabello chorreando, que bajaba por su espalda como astutas serpientes, su cuerpo marmóreo de muslos tersos y tobillos delicados, los pesados pechos y el cuello largo e inmaculado me hicieron pensar en la Venus de Botticelli. Pero cuando salió a la luz vi las numerosas manchas azules y los grandes derrames en la parte alta de sus muslos y el vientre. Me puse en pie de un salto y traje a toda prisa una toalla del baño, que le eché por los hombros. No parecía muy sorprendida de verme. Me saludó con exagerada amabilidad, incluso me dio un beso en la mejilla. Debía de tener dolores que pasaba por alto, yo sabía lo que era eso. Fuera lo que fuese lo ocurrido a las afueras de la ciudad, había sobrevivido, y ahora no quería sino olvidarlo.

—¿Tenéis algo de comer? Me muero de hambre —dijo, y se frotó las manos.

La toalla cayó al suelo, no hizo ningún intento por ocultar su desnudez. Saltaba a la vista que se hallaba en estado de shock, yo tenía que hacer algo.

—Guga, ve a ver qué tenéis.

Quería hablar con ella sin testigos masculinos, quería despertarla de su pesadilla, hermanarme con ella y localizar a los responsables. De pronto me parecía de una importancia existencial, como si de ello dependiera mi propio destino. Si aquella maltratada belleza lo lograba, también yo lograría no sucumbir.

—Creo que sería bueno que te pusieras algo.

Me esforcé por mostrar un tono animado. Me siguió al dormitorio de Nene. Reprimí la agobiante sensación que surgió en mí al entrar en la abandonada habitación de mi amiga y abrí deprisa uno de sus armarios. Anna era mucho más alta que Nene, pero encontré un amplio jersey de algodón y una falda dada de sí. Me senté en la cama de Nene con la esperanza de que ella también lo hiciera. Pero ella se quedó delante del tocador, y por fin se sentó en el pequeño taburete que había enfrente.

—Guga es un amor, de veras... —dijo, mirándose al espejo, y cogió uno de los lápices de labios que había en el tocador.

—Sí que lo es. Parece feliz contigo.

No se me ocurrió otra cosa. No estaba hecha para ese juego, me faltaban tablas para actuar, sentía crecer en mí la necesidad de ir al cuarto de baño y buscar un objeto cortante.

—Yo también soy feliz, sí, incluso mucho...

Aquella mentira me hizo sentir un escalofrío. La miré en el espejo y vi que se untaba el rostro de rojo, en una superficie cada vez más extensa, vi que se ponía unas pinturas de guerra propias de un payaso, y me sentí impotente. No podía salvarla de sí misma, como tampoco podía protegerme de mí misma. De la vida que no nos perdonaba, quizá porque creía que éramos los más bravos de sus soldados, su brigada más dura. Su pesadilla me atraía, la fascinación de la aniquilación era poderosa. Quizá pintarnos una cara de bufón era el último y ridículo refugio que nos quedaba.

Entonces, de pronto, Guga se precipitó en la habitación. Le imploró que le contara qué le había pasado. Era espantoso ver cómo buscaba una explicación lógica para todo aquello y no permitía siquiera el pensamiento más evidente, como si no pudiera imaginar ni en sueños que la hubieran violado para averiguar algo sobre el paradero de su hermano.

Mientras él le hablaba, ella estaba sentada delante del espejo con una suave sonrisa, y se miraba sin parar. Lo eché, le dije que era más útil fuera, y obedeció sin rechistar. Poco después le oímos trajinar en la cocina, y el olor a mantequilla y cebolla se extendió por la casa.

Fui a la ventana, la abrí de par en par, el aire en la habitación estaba viciado, la ausencia de Nene pendía en la estancia. Luego me volví hacia ella.

—¿Quién ha sido, Anna? Tienes que decírmelo. No pueden quedar impunes.

—Me cogieron en la calle y me metieron en un coche, luego me vendaron los ojos.

—¿Era por Otto?

—Fue una divertida excursión. Muy divertida —dijo de pronto, y rio.

Me estremecí.

—¿Cuántos eran? —Quería encontrar algún punto de apoyo, obtener de ella alguna información útil.

—Dos, o quizá cinco. Fue divertido, en el coche pusieron todo el tiempo a Whitney Houston. ¿Conoces a Whitney Houston? La adoro. Me parece que tiene una voz sencillamente increíble.

—Anna, ¿quieres que te vea un médico?

—¿Por qué un médico? —Se volvió de golpe hacia mí y me miró sorprendida—. No estoy enferma. Tan solo hicimos una excursión.

Pensé en Ofelia, pensé en la Ofelia muerta en su lecho de nenúfares. Años después, cuando vi aquel cuadro de Millais en la Tate Gallery, sentí en el acto un fuerte malestar, como si el rostro pintado de la bellísima Anna me mirase con su pintura roja, y salí a toda prisa de la sala.

—No ha sido una excursión, Anna. Tenemos que examinarte, no tienes buen aspecto. ¿Viste sus rostros, fue alguien que conocieras? ¿Se trataba de tu hermano?

Al hacer la pregunta sentí náuseas, era paradójico que precisamente yo, la novia del hermano de Saba y la hermana de Rati, la formulara. Sentí que una vergüenza aturdidora se apoderaba de mí. Y al mismo tiempo esperaba que ni Levan ni Rati tuvieran nada que ver con aquello.

—¿Sabías que Guga me ha pedido en matrimonio? Llevamos ya bastante tiempo viéndonos, ¿sabes? ¡Ya no sé cuánto tiempo! ¿Te gusta Whitney Houston? ¡La adoro, me parece grandiosa! Tengo que recuperar dos exámenes, en primavera no me fue demasiado bien, me cuesta trabajo concentrarme. ¿Sigues con el joven Iashvili? Creo que hacíais una pareja encantadora...

Volvía a hablar con su imagen en el espejo, y yo retrocedí, consciente de mi impotencia.

—No sé por qué no me caías bien en el colegio, creo que era por culpa de tu amiga. ¿Seguís siendo tan íntimas, Dina y tú? Inseparables..., como mis chicas y yo. Pero apenas las veo, después de lo de mi hermano... También pienso a menudo en Tarik, qué muerte tan absurda...

Yo no quería interrumpir su verborrea, quizá llegara por sí misma a los acontecimientos de aquella noche.

—... igual que lo de Saba.

De pronto me miró con sus ojos claros, y su boca se torció en una mueca de dolor. No pude evitar pensar en sus espléndidas expectativas, la promesa que la vida le había hecho cuando era una muchacha, y ahora estaba sentada allí, vestida con las ropas de mi amiga ausente, pintada como un payaso de cara roja y con el cuerpo maltratado. ¿Qué dioses enfermos jugaban aquel juego con nosotras?

—¿Por qué? ¿Por qué?

Las palabras salieron sin control de mi garganta y se convirtieron en una acusación. Anna me miró sorprendida, luego asintió de pronto, comprensiva, y se levantó del taburete. Vino hacia mí, me dio unas palmaditas maternales en la mejilla y susurró muy cerca de mi oído, antes de salir de la habitación:

—Porque las mujeres lo aguantamos.

Lo desperté de un grito. Me lancé sobre su cama y lo agarré por los hombros. Tenía la última noche clavada en la nuca, la locura de Anna se había apoderado de mí. Quería hacer pedazos la inaccesibilidad y superioridad que en los últimos meses él había levantado como un muro a su alrededor, destrozar todo su mundo degenerado, en el que las mujeres se convertían en Ofelias; le escupí a la cara mi propia insuficiencia y el desconsuelo al que en este país daban el nombre de futuro, me lancé con todo mi peso contra la falta de expectativas. No quería tener que *aguantar* nada más. Ya no quería esperar, ya no quería soportar nada. Aquella mañana estaba dispuesta a enfrentarme a ese mundo, sin importarme las consecuencias. Dina tenía razón, hacía mucho que la guerra estaba aquí, tenía lugar en nuestras calles, en nuestro patio, en nuestras cocinas, en nuestras camas. Era ridículo querer protegerse de ella, ya no había ningún escondite, los santuarios no eran más que otra trampa. Debía pedir a Dina que me llevara consigo, impregnarme de todos los campos de batalla, no volver a cerrar los ojos ante nada, no huir de nada, debíamos mostrarnos a todos, revelar a todos nuestras cicatrices, él tenía que verme, mi hermano tenía que verme.

—¿A qué viene esto? —Se sentó con el torso desnudo, se frotó los ojos y me miró furioso—. ¿Has perdido el juicio?

—¿Qué habéis hecho con ella? —gritaba como si me estuvieran despellejando.

—¿Con quién, de qué hablas? ¿A qué viene esto? —Me agarró por las muñecas y me tiró a la cama—. ¡Cálmate, estás completamente histérica!

—¡No quiero calmarme, quiero saber si tienes algo que ver con ese repugnante asunto! ¿Enviaste a alguien?

Él seguía sujetándome con fuerza, empezaban a dolerme las muñecas. Pero me resistí, ofrecí resistencia, no cedí, así que se vio obligado a aplicar aún más fuerza.

—¿De qué hablas? ¿Has tomado algo?

—¡Anna Tatishvili! ¿Qué habéis hecho con ella?

—¿Anna? ¿Qué dices de Anna? ¿Qué ha pasado?

—La pasada noche... La han...

Tenía la sensación de estar ahogándome. Aun así, Rati pareció comprender.

—¿Me tomas por alguien que le haría algo así a una mujer?

—Amenazaste a Dina con un cuchillo.

Me miró horrorizado. Entonces saltó de la cama y comenzó a vestirse apresuradamente.

—¡Júrame que no has tenido nada que ver con eso!

Él seguía de espaldas a mí, luego se dio la vuelta con lentitud, y entonces reconocí en él al niño que había sido, ese niño cordial, necesitado, que me revolvía el pelo y me chinchaba a todas horas, que se cercioraba sin cesar de mi amor, que veneraba a nuestra madre muerta y cubría las manos de Babuda de besos ruidosos cuando estaba especialmente feliz, que le contaba chistes guarros a mi padre solo para ver su cara de indignación, ese niño travieso e inquieto que tenía la risa más bonita del mundo, lo reconocí. Y me propuse no volver a dejarlo escapar.

—Te lo juro por Deda —se limitó a decir.

Le creí.

—¿Levan? —murmuré.

—¿Qué quieres?

—Levan. Tráelo aquí. Tienes que interrogarle.

—Jamás, jamás haré algo semejante... ¡En ningún caso!

—Está obsesionado con vengarse de Otto, quizá se le hayan cruzado los cables. ¡Tráelo aquí!

Me parecía vital, como si mi existencia entera dependiera de ellos, asegurarme de que aquellos dos hombres no tenían culpa alguna. La desdicha de Anna era también la mía, su ruina o su supervivencia también iban a ser mías.

—Levan jamás haría una cosa así. No a mis espaldas.

—Estás ciego, no se trata de ti, no siempre eres el centro del universo. Él tiene que luchar con sus demonios, y en las últimas semanas tú le has dado la espalda, desde que él y yo...

—Con razón. ¡Es el precio por tirarse a mi hermana!

Él había terminado de vestirse y estaba a punto de salir de la casa. Aproveché mi última oportunidad y me aferré a él. Intentó en vano librarse de mí, así que me arrastró consigo al emparrado, donde me di con la cabeza contra uno de los pesados maceteros de Nadia Aleksandrovna, grité y me quedé tirada. Él se sobresaltó, se inclinó al instante hacia mí, se sentó en el suelo polvoriento y apoyó mi cabeza en su regazo. Yo me encogí, quería que me retuviera y quería retenerlo, al hermano de mi infancia.

—Keto..., ¿te duele?

—Tráelo.

Poco después, Levan estaba a la puerta de nuestra casa. Desde que había hecho oficial nuestra relación, la suya con Rati se había enfriado. No ocultaba su disgusto porque Rati lo degradara y le encargara tareas indignas, aunque hacía mucho que se había convertido en su mano derecha. También yo llevaba sin verlo desde nuestra excursión a Bakuriani, tan completamente descarrilada. En secreto, esperaba que se disculpara, pero al mismo tiempo sabía que no iba a suceder. Sentí el chisporroteo entre nosotros en cuanto entró a la casa, pero ahora eso no tenía importancia. Nos sentamos los tres a la mesa del comedor.

—¿Qué corre tanta prisa? —preguntó al fin Levan.

—Anna Tatishvili.

El rostro de Levan se mantuvo imperturbable, miró a mi hermano levantando las cejas y dio una calada a su cigarrillo.

—A Anna le ha ocurrido algo, pero Keto no me ha dicho exactamente qué.

Rati sorbía su café como si aquello no fuera con él, y deseé por un momento que hubieran visto lo que yo había visto aquella noche: el rostro de Anna pintado de rojo, su preocupante risa, su baile al borde del abismo.

—Ya le he explicado que nosotros no tenemos nada que ver con eso. Y quiere oírte decir lo mismo.

Miré a Levan desde su costado y creí ver el inquietante brillo de algo que aún no podía concretar en palabras. Volví a sentir un soplo de vértigo. Me apresuré a abrir la ventana.

—¿Qué le ha pasado a Anna?

Ahí estaba otra vez esa inquietud centelleante que se dibujaba entre sus cejas.

Miré de frente a Levan.

—¿Has tenido algo que ver con eso?

—¿Qué es esto? ¿Un interrogatorio? No tengo ni idea de adónde quieres ir a parar.

Y entonces, en ese instante, supe que estaba perdido para mí, que nunca más volvería a mi lado, que hacía mucho que había desterrado toda música de su vida. Comprendí que su ansia de venganza había expulsado de él todo cuanto era bueno y amable. De pronto pude ver en su interior, y vi lo que mi hermano no veía. Vi su nerviosismo, que llenaba su frente de arrugas, su creciente pánico, que le hacía rascarse sin parar la cabeza, y en la forma en que fumó irritado el cigarrillo advertí su sensación de estar siendo acorralado.

—Fuiste tú —dije con respiración ahogada, y me levanté con lentitud de la silla.

—¡Estás loca! —se indignó él.

—Tan solo di lo que has hecho —dije, en tono amenazadoramente bajo, volviéndole la espalda. Mi reacción había despertado la desconfianza en Rati, también él miraba a Levan.

Me di la vuelta, fui hacia Levan. Sabía que era la última vez que estaba tan cerca de él. Caí de rodillas ante él y apoyé mis manos en su regazo, toqué su mano fría, húmeda. Luego le miré directamente a los ojos oscuros de espesas pestañas. Me despedí de él, la persona que habría podido ser a su lado se despidió de él, que ya nunca sería para mí, me despedí de todo lo que no había vivido, lo que no había dicho ni tocado, me despedí del chico que era capaz de hablarme durante horas de la belleza de la música.

—¿Por qué?

Rati, al que resultaba obvio que aquella imagen desbordaba, apartó el rostro de nosotros.

—¡Levan, dime ahora mismo que no tienes nada que ver con esa mierda!

La voz de mi hermano resbaló una octava más abajo. Levan me miró, y el espanto empezó a extenderse por su rostro, como si solo en ese momento fuera consciente de lo que había desencadenado. Me agarró la mano.

—¿Qué han hecho con ella? —me preguntó con voz temblorosa.

—Eran varios —me limité a decir.

No bajé la mirada, aguanté su desplome, me enfrenté al mundo.

—¿Qué has hecho?

Rati vino hacia nosotros, lo agarró por el pelo y lo levantó de la silla. Los ojos de Levan echaban chispas.

—¡Lo has olvidado sin más! Lo has traicionado como el resto, para hacer negocios con Zotne Koridze. ¡Saba era mi hermano, maldita sea, y era tu mejor amigo! Y yo pensaba que moverías montañas para encontrar a su asesino. Estaba convencido de que no descansaríamos hasta que Otto Tatishvili recibiera lo que merece. Pero tú lo has olvidado sin más, como si nunca hubiera existido. No quería más largas, ¿comprendes? Tú no tienes que oír todas las noches a tu madre matándose a llorar. Y que tú te hayas puesto de acuerdo con ese aborto de Koridze después de que se follara a tu novia... ¡Y sí, he encontrado a unos cuantos hombres que cumplen con su palabra, que tienen huevos!

Rati no se movió. Incluso sin ver su rostro, sabía lo que pasaba en su interior.

—¿Me estás diciendo en serio que has acudido a los cerdos del Mjedrioni?

La voz de mi hermano sonaba como si viniera de muy lejos. Ya no había ira, en su lugar había una abismal decepción, una profunda ofensa. Solo entonces me di cuenta, claro, aquella implacable libertad de hacer lo que quisieran, la absoluta despreocupación ante cualquier castigo, solamente podían permitírsela aquellos mercenarios. Y que Levan hubiera ido precisamente a los archienemigos de Rati a pedirles ayuda era para mi hermano una traición imperdonable, colosal.

—Espero que sepas lo que has hecho. Desde ahora, esos asesinos y violadores te tienen en sus manos.

Fue lo último que Rati le dijo. Como si de golpe todo su valor le hubiera abandonado, Levan me miró en busca de ayuda.

—Tienes que creerme, Keto. Keto, mírame, yo nunca haría una cosa así, quiero decir que no sabía que iban a ir tan lejos. ¡Nunca en la vida! ¡Keto, por favor! ¡Keto!

Sus palabras ya no me alcanzaban. Sentí una calma absoluta, como si me sumergiera en un lago transparente de aguas azul oscuro. El mundo exterior se alejó de mí, de pronto todo estaba tranquilo y pacífico. Si en ese momento mi hermano hubiera matado a Levan, no me habría movido.

Los calurosos días de aquel verano lamían mi piel herida. Pasaba mucho tiempo en el deteriorado y sin embargo tan querido estudio de Dina, la esperaba durante horas en la pequeña habitación de al lado mientras revelaba en el cuarto oscuro fotos que luego me enseñaba llena de entusiasmo, haciéndome el honor de ser la primera en ver sus nuevas obras de arte. Mientras aguardaba, a veces paseaba sin rumbo por los pasillos desiertos y las estancias abandonadas de aquel edificio del que nada sabía ni quería saber. Registraba oxidados archivadores y revolvía en viejas montañas de papel que se acumulaban en la planta baja. Amaba la húmeda soledad y el vacío con olor a papel de aquella casa abandonada, que solo nos pertenecía a nosotras y a la que nadie más venía. No hablábamos mucho, ella estaba esperando la luz verde de la redacción para volver a viajar a Abjasia. Yo temía su partida, y sin embargo ya no decía nada, lo asumía como una inevitable necesidad. La vida, o lo que había quedado de ella, nos encontró de todos modos, rastreaba cada uno de nuestros escondites.

De Ira me llegaban cartas con regularidad. Como me había asignado el papel de mediadora, me escribía a mí en vez a Nene o Dina, yo era la elegida, de la que quería saberlo todo y a la que le contaba todo, aunque desde la nueva boda de Nene su tono se había vuelto más brusco y sonaba menos entusiasta. Describía al detalle su día a día en Estados Unidos, metía de vez en cuando Polaroids suyas dentro de las cartas, o postales de la Pensilvania rural. En las fotos llevaba ropa que parecía extraña, que no podía poner en relación con la Ira que yo conocía, sudaderas desproporcionadamente grandes con el escudo de la universidad o una gorra de béisbol en la cabeza. Parecía ejercitarse en la adaptación, había pasado al carril de adelantamiento, su disciplina y su ambición me hablaban desde cada una de sus líneas. Un día me contó que había solicitado y obtenido la prórroga de su beca, y que por tanto iba a prolongar su estancia: tenía la rara oportunidad de empezar estudios en la renombrada Universidad de Stanford, con todos los gastos vinculados a esa universidad de élite incluidos, de ninguna manera podía decir que no.

Cuando leí sus líneas, pensé en la frase que nos había dejado perplejas a Nene y a mí cuando decidió de un día para otro dejar de jugar al ajedrez: «Quiero hacer cosas con las que pueda ganar algo *de verdad*». Por supuesto que me alegraba por ella, y me pregunté lo que significaba para ella quedarse en América. Dina acogió la noticia con tanta relajación como si nunca hubiera esperado algo distinto.

De pronto, en una de mis visitas a Dina, apareció Zotne. Yo estaba en ese momento ayudándola a instalar un gran foco, y se diría que a él no le hizo ninguna gracia encontrarme allí. Llevaba consigo una cesta de exquisiteces, que engullimos encima de una manta extendida en el suelo, y un licor caro y dulce que ni a Dina ni a mí nos gustó, pero aun así bebimos.

Fue parco en palabras, y en la manera en que miraba a Dina pude advertir aquel deseo sumergido, durmiente en las profundidades, que tan a menudo había visto también en los ojos de mi hermano. Nunca pude disfrazar muy bien mi aversión y mi desconfianza hacia él, y tenía cuidado de no volver a darle a Dina la sensación de que la juzgaba. Estaba tan cansada como yo de los días calurosos, unos idénticos a otros, que llevaban consigo una extraña apatía y vacío a los que no teníamos nada que oponer, que incluso disfrutábamos. Estábamos exhaustas y agotadas por los acontecimientos acumulados en los últimos meses, de manera que agradecíamos esa uniformidad.

Zotne nos enseñó una foto de Luka, en la que se veían sus preciosos ojos grises y sus regordetas mejillas. Nene tenía en brazos al bebé y sonreía de oreja a oreja a la cámara. Llevaba al cuello un collar tan ostensiblemente caro que parecía fuera de lugar incluso en ella. Zotne nos habló del inminente viaje que iba a hacer a Europa con su marido. Dina y yo escuchamos en silencio; qué íbamos a decir, nos costaba tanto trabajo imaginar a nuestra amiga al lado de ese hombre, con su amabilidad aprendida como de memoria. Ni siquiera podíamos imaginarnos su riqueza, mientras aquí comprábamos albóndigas empanadas con restos de pan seco y gasolina en pequeñas garrafas de plástico. ¿Qué podíamos imaginar bajo el concepto de un viaje a Europa? ¿Íbamos a ponernos a mirar postales de Venecia, París y Londres mientras aquí estábamos en las trincheras? Tan solo esperábamos que estuviera mejor que nosotras.

No me atreví a preguntar por Guga. Después de aquella noche horrible, había vuelto a verle una vez. Lo había consolado lo mejor posible, acariciado sus anchas espaldas, le había asegurado que todo iría bien, aunque ni yo misma me lo creía. Porque Anna se mantenía fiel a su locura, se negaba a hablar de lo ocurrido y rechazaba cualquier ayuda; sus padres la habían enviado a terapeutas, hasta entonces en vano. Guga me había preguntado si debía intentar hablar con su hermano. ¿Qué debería haberle aconsejado? Hablarle de eso a Zotne llevaría a más dolor, a nuevos actos de venganza y represalias, el interminable carrusel de violencia seguiría girando. Por otra parte, no se podía olvidar sin más semejante crueldad, no se podía dejar sencillamente que la hierba creciera sobre ella.

Mientras nos tomábamos, sentados en el suelo en la manta de lana en el estudio de Dina, las pequeñas exquisiteces que Zotne había comprado en un supermercado recién abierto en el que se pagaba en dólares, todas ellas de sabor forastero, y por consiguiente tanto más emocionantes —aceitunas en salmuera, alcaparras, que probábamos por primera vez, diminutas crackers británicas y patatas fritas con sabor a vinagre—, no tuve valor de preguntar por Anna. Aún no estaba lista para el próximo horror. Necesitaba una pausa para respirar, me aferraba a la lentitud de los tranquilos días del verano. Los recogía en el puño, los inhalaba, me saciaba de ellos, los necesitaba como reserva para el otoño, los necesitaba en la lucha contra mí misma, contra el torturador deseo de hacerme cortes. Eran el remedio contra aquella sombría y estupefaciente adicción.

A principios de agosto lo llamé. No había contado con que se pusiera al teléfono, pero lo hizo. Necesité unos segundos para lograr decir una palabra, antes de sentirme lo bastante segura como para pronunciar su nombre. Al principio se mostró reservado, aquella conversación parecía molestarle. Yo contaba con ello, repetí una y otra vez mi deseo de vernos y poder explicarle, y en algún momento se dejó convencer. Nos citamos en el parque Vaké, que no estaba lejos del edificio abandonado en el que pasaba con Dina mis cansados días. Como punto de encuentro elegimos el monumento al soldado desconocido, con su llama eterna, en la que durante los fríos días de invierno se había calentado más de uno en no pocas ocasiones.

Reso se había dejado barba y parecía pálido, como si llevara semanas esquivando el sol. Mi corazón latía con tanta fuerza que estaba segura de que él iba a oírlo cuando fuera a su encuentro. No nos besamos para saludarnos. En vez de eso le puse en la mano un helado que había comprado en un quiosco a la entrada del parque, y le pedí que se sentara conmigo en la escalera de piedra. Subimos sus muchos peldaños, desde lo alto de los cuales todo el parque quedaba a nuestros pies, allí no nos molestarían.

—Tengo que pedirte perdón —dije sin grandes rodeos, una vez que nos sentamos.

Él guardó silencio. Yo respiré hondo antes de pronunciar las palabras que me había preparado.

—Fui muy desagradable contigo, habría entendido que no quisieras volver a verme. Pero quiero decirte lo importante que eres para mí y lo agradecida que te estoy por todo lo que me has hecho posible, pero sobre todo por tu amistad. Mi vida es como una interminable tormenta, me aferro a un madero y veo esas olas gigantescas precipitarse sobre mí, y cada una de ellas estoy segura de que será la última, la que me arrastrará definitivamente y después de la cual ya nunca volveré a la superficie. Y entonces, como por un milagro, sobrevivo a ella. Pero no dejan de abatirse sobre mí otras nuevas, y no hago otra cosa que intentar sobrevivir. Fuiste como un bote salvavidas salido de ninguna parte, pero me he dado cuenta de que se me había olvidado cómo era sentirme segura. La lucha por la supervivencia es lo único que me da un sentido; si me falta, no soy nada. Y por eso en Estambul, en medio de aquella paz, de aquella belleza, tuve tanto miedo que salté al agua, y volví nadando a mi balsa.

Él se tomó un tiempo terriblemente largo. Se comió su helado como un buen chico y se acarició la espesa barba; con su gesto serio y su expresión dolorida, un tanto asqueada, habría podido salir de una novela de Dostoievski.

—Me hiciste mucho daño, Kipiani —dijo al fin, y aquella frase sonó como una sentencia—. Siempre te he querido, y creía que era mutuo. Pero al parecer me equivocaba.

—Yo te quiero, incluso te quiero mucho, Reso. Me haces bien. Pero ya no sé estar bien, ¿entiendes?

Una vez más, se tomó mucho tiempo para responder. Yo miraba al suelo, avergonzada. Pero él esperó. Esperó hasta que yo levanté la vista. Me pareció que nos mirábamos una eternidad sin decir nada. Había en aquel momento algo penetrante, desnudo, desprotegido. Él estaba tan presente, con su paciencia y su aire un poco melancólico y a la vez burlón, que sentí que algo se ablandaba dentro de mí, se descongelaba, desaparecía. Sonreí.

—¿Se han sumado muchas cicatrices nuevas? —me preguntó.

—No tantas, no. Hago lo que puedo —admití.

—Bien, eso es importante. En septiembre me marcho a Kiev, tengo allí un gran encargo. Van a restaurar por completo la famosa iglesia de San Alejandro, y yo voy a encargarme de uno de los frescos. ¿Quieres venir?

Había esperado cualquier cosa menos eso. Su generosidad y su incondicional voluntad de ser bueno conmigo eran mucho más difíciles de soportar que cualquier decepción de las que había vivido con Levan.

—Esta vez los clientes son católicos, así que tendrás que portarte bien —dijo, y de pronto se echó a reír.

—No sé qué decir, Reso, estoy demasiado sorprendida.

—No tienes que decir nada ahora. Piénsalo. También es un reto para mí. Y es un encargo importante, quiero hacerlo bien. Así que podría necesitar tu ayuda.

—No soy tan buena como crees —objeté.

—Siempre soy yo quien decide lo que yo creo. —Se levantó del escalón.

—¿Adónde vas?

—Que te vaya bien, Kipiani.

Me dio la espalda y bajó la larga escalera con pasos lentos. Yo me quedé sentada a los pies del soldado desconocido, y lo seguí con la mirada largo rato.

Ira aparece a mi lado, se diría controlada y contenida. La ausencia de Nene relaja la situación por un instante.

Ahora las dos bebemos agua, necesitamos tener la cabeza lo más despejada posible. Nuestras conversaciones son demasiado acaloradas, nuestras diferencias demasiado oscuras y demasiado vagas, nuestros recuerdos juegan con nosotras, nos extraviamos en los caminos del tiempo, intentamos reconstruir, con nuestra memoria deformada por él, la sucesión de determinados acontecimientos, pero los de aquel final de verano y aquel otoño se solapan en mi recuerdo. Piezas dispersas, contradictorias del puzle se niegan a ensamblarse de manera armoniosa en una imagen global. Estoy furiosa, porque Ira enumera hechos, clasifica sucesos que tienen una lógica aparente y dibuja el tiempo como una línea de causalidades, aunque entonces estaba al otro lado del mundo. Y porque afirma que precisamente por eso su mirada sobre las cosas es más precisa. Que desde la distancia se ve con más claridad y que la nostalgia aguza el entendimiento, vuelve más atenta. Había clasificado por fechas cada una de mis cartas retrasadas, había levantado con todas mis palabras un altar doméstico en la pequeña estancia abuhardillada de su residencia en California.

Aunque yo sé que aquellos acontecimientos sin duda tienen una sucesión determinada, pero en absoluto una estructura ordenada, ni siquiera les concedería un orden determinado. Más bien pienso en ellos como eternos paralelismos: Dina en Sujumi, en una ciudad infectada de odio; Nene y las fotos pegadas en un álbum que me enseña orgullosa y en las que se la ve ante la Torre Eiffel o el Coliseo, luego delante de la Acrópolis, siempre con ese hombre calvo como una anguila, con pantalones de lino beis, a su lado, sonriendo amablemente a la cámara, aquel bebé encantador en su cochecito, empujado por una delgadísima niñera rusa. Y pienso al mismo tiempo en las extrañas gorras de béisbol de Ira y en los shorts con los que rema en una canoa. Pienso en mí en Kiev, en el gigantesco hotel que aún no había conseguido la transición desde la era soviética y apenas tenía huéspedes, en el que Reso y yo desayunábamos pepinillos ácidos y embutido seco y aun así nos sentíamos bien, en cuyos larguísimos pasillos de papel pintado que se desprendía y candelabros impresionantes volvimos a echar carreras.

En mi recuerdo, todo se convierte en un único acontecimiento, es la misma historia, contada desde los distintos extremos. Son mis lágrimas de Jesús y mis monedas de Judas, contemporáneas en mi recuerdo, inseparables, indispensables; tan solo en su integridad arrojan la suma de todo lo que éramos y somos. Nosotras, que ahora intentamos liberar nuestra historia, arrancar a estas fotos nuestros secretos; nosotras, personajes que anhelan un fin para sí mismas, que no dejan de intentar nada para poder definir la sentencia, recaída hace ya mucho, sobre el curso de nuestra propia historia. Aquí estamos, el trío que ha escapado, que ha logrado dar el salto al presente, las supervivientes, que intentamos vivir en representación de todos aquellos que no lo consiguieron, y que seguirán siendo eternamente jóvenes en estas fotos. Tenemos que aferrarnos a la vida con todos nuestros sentidos, absorber todo lo que tiene que darnos, para recibir al menos lo que les ha quedado vedado a los otros. Estamos aquí y no admitimos que esa tarea nos viene demasiado grande, porque sus deseos y expectativas son de un tamaño inhumano, porque no hay nada capaz de llenar esos huecos. Queremos seguir manteniendo en secreto ante el mundo que estamos huyendo de esa carga, de ese destino injusto, que a veces deseamos ser aquellos que han quedado al otro lado de las imágenes para no tener que fracasar ante esas colosales expectativas. Así recorremos este museo, este museo de los errores, nos entregamos a la ilusión de devolver la vida a los muertos al menos por unas horas.

La profecía de Rati se cumplió. Levan, al que Rati había desenmascarado en público, repudiado y apartado de todas sus tareas, se puso el uniforme de camuflaje, se colgó un Kaláshnikov al hombro y se pasó al campo enemigo: se unió al Mjedrioni. En el grupo hubo disensiones, algunos de los chicos se mantuvieron al lado de Levan y se distanciaron de Rati, que los expulsó, furioso y ofendido. Dado que las maquinaciones ilegales constituían su única fuente de ingresos, aquellos golfillos no quisieron aceptar así como así su exclusión; se diría que la escalada del conflicto y la escisión del grupo eran tan solo cuestión de tiempo.

La ascensión meteórica de Zotne como barón de la droga dio la puntilla a Rati. Hacía mucho que las drogas se habían convertido en parte integrante de nuestra vida cotidiana, y una vez más Zotne parecía un paso por delante, una vez más sus caminos se cruzaban peligrosamente, una vez más Rati creía que iba a perder frente a él.

Así que empezó por declarar la guerra al Mjedrioni con el fin de prepararse para la siguiente, la decisiva. Había puesto más casas de apuestas bajo su control, y los beneficios ya no iban al Mjedrioni como de costumbre, a lo que de inmediato siguieron represalias y maniobras de intimidación. Quioscos y tiendas que se encontraban bajo la protección de Rati fueron asaltados y saqueados, y atacaron a Sancho en plena calle. Rati se vengó rompiéndole algunas costillas a uno de ellos.

Y así la calma y la monótona uniformidad de mis días de verano terminaron de golpe cuando, una noche, nuestra casa de la calle de la Vid se vio asaltada por una unidad del Mjedrioni armada con metralletas, registrada y puesta patas arriba. Todo fue muy rápido, pero después nos quedamos largo tiempo en estado de shock, con las piernas temblorosas. Mi padre fue humillado, Eter perseguida por la casa por los hombres armados, yo empujada de una habitación a la siguiente, mientras mi hermano, desquiciado de ira, empezaba a cometer un error tras otro.

El aire era espeso. Mi hermano se refugió en su vergüenza y se entregó a la nutritiva energía de la destrucción.

Bebía y se peleaba con todo el mundo. Mi padre amenazó con echarlo de casa. Rati dio un portazo y estuvo varios días desaparecido. Eter, que se moría de preocupación, acusó a mi padre de no hacer más que espolear al chico a hacer más tonterías. A mi padre no se le ocurrió otra cosa que poner a Dizzy Gillespie y discutir con el espíritu de nuestra madre muerta, que supuestamente le había colocado en aquella mala situación. Yo me escurría fuera de casa, ya no soportaba el ambiente que reinaba en ella. Vagaba por las calles y hallaba refugio en la pequeña isla de Dina. Me escurría de la vida que me habían impuesto, en busca de otra.

Pocos días antes de su nueva salida para Abjasia, Dina volvió tarde de la redacción. Habían tenido una reunión larga y estaba muy cansada. Debido a lo avanzado de la hora, ya no había podido coger ninguno de los de por sí escasos medios de transporte públicos, y había dejado que Zotne la llevara a casa. En realidad, evitaba dejarse ver con él en nuestro barrio. La mayor parte de las veces él iba a su estudio. Su relación, de la que yo había sido testigo varias veces durante las semanas anteriores, me parecía nebulosa y difícil de resumir en palabras. Era indiscutible que había una peculiar proximidad entre ambos, aunque evitaban determinados temas. Él nunca contaba lo que estaba haciendo, y también ella le informaba raras veces de sus planes. Pero estaba ahí, y eso era, al parecer, lo que les importaba a ambos. Zotne le daba a entender, entre otras cosas con pequeños gestos de atención, que podía contar con él. De vez en cuando le hacía un regalo valioso, como por ejemplo un reloj Casio, que a Dina le gustaba mucho, o preciados volúmenes de imágenes de los fotógrafos a los que ella apreciaba. Lika me había dicho de pasada en una ocasión que había un «admirador secreto» que les abastecía de gas y petróleo, sin revelar su identidad.

¿Qué sucedía en el interior de ese hombre? Al cabo, dejé de buscar el núcleo de aquella relación, que nunca acabaría de ver clara. La pasión de Dina por Rati había sido visiblemente desbordante, pero en presencia de Zotne se mostraba contenida, casi fría, como si diera el mayor valor a no mostrarse necesitada. Él no parecía perturbarla en eso. No reclamaba nada. Yo no me libraba de la sensación de que ambos eran dos personas hipercautelosas, marcadas a fuego por la vida, que conocían la fragilidad de su cercanía y no querían ponerla en juego bajo ninguna circunstancia. En presencia de ella no solo el lenguaje de él cambiaba —renunciaba a la vulgaridad del argot callejero—, sino también su actitud física. Estaba controlado y cuidadoso, como si se moviera entre porcelana. En su presencia ella parecía más relajada, quizá también más equilibrada. Pero ante mí recalcaba una y otra vez que sus encuentros eran casuales y no planificados. Nunca se citaban como una pareja normal, nunca hacían nada juntos, nunca se mostraban en público. Pero tampoco caían en una reacción de haber sido pillados en falta cuando se les sorprendía juntos. Solo viví una vez una pelea entre ellos, que no obstante Zotne ahogó en sus inicios con su autocontrol. Zotne sabía mucho mejor que mi hermano que solo podía tener a Dina cerca si la dejaba completamente libre. Pero también él sufría por su decisión de volver a la guerra. Y una noche, en uno de nuestros pícnics que se habían hecho ya casi regulares encima de la manta del estudio de Dina, hubo una disputa cuando él manifestó que no comprendía la decisión de ella.

—A ti te importan una mierda las vidas humanas —replicó ella en el acto, con inusual dureza.

—¿Por qué dices eso? —preguntó él, levantando las cejas.

—Lo que haces habla por sí solo —respondió ella sarcástica, y se metió un trozo de chocolate en la boca.

—¿En serio crees que la gente no se colocaría si no fuera por mí?

Yo no había contado con aquella sinceridad. Todos evitaban ese tema, nadie hablaba nunca en presencia de Zotne de sus negocios con las drogas.

—Pues claro que lo harían. Pero eso no te releva de tu responsabilidad.

—Hace mucho tiempo que la he asumido, no te preocupes.

—Lo has hecho, ¿eh?

Ella le miraba con ojos centelleantes de ira.

—¿Estarías dispuesta a quedarte en Tbilisi si dejara el negocio?

Aquella pregunta nos dejó estupefactas a las dos. Yo me quedé sin habla. Dina se tomó tiempo, masticó el chocolate, lo tragó y luego dijo, en un tono muy tranquilo y serio:

—Nunca esperaría eso de ti. No creo en los sacrificios calculados, que obtienen recompensa. Mira a tu hermana. Y tampoco deberías exigirme a mí uno. Incluso en el caso, extremadamente improbable, de que te comportaras como un ciudadano modelo, nunca lo serías para otras personas. Igual que yo, da igual que me quede en casa haciendo bizcochos o que haga fotos en el frente. La única razón por la que estás aquí es porque nos cagamos en la moral y al menos lo reconocemos, al revés que la mayoría. En realidad, todos nos cagamos en la moral cuando las circunstancias lo permiten, pero la mayoría no lo reconoce. Rati es así, por eso tú estás aquí y él no.

Con eso concluyó la discusión.

Más tarde, poco antes de que saliéramos juntos del edificio, oí decir casi de pasada a Zotne, que nos sujetaba la puerta:

—Tu vida es para mí igual de valiosa que la mía.

Pero Dina ya no respondió.

Pocos días antes de su partida, yo estaba en casa cuando ella tiró sus principios por la borda y dejó que Zotne la llevara desde la redacción hasta la calle de la Vid; era poco después de medianoche, había luz eléctrica, y yo estaba leyendo un libro sobre frescos que me había prestado Maia y con el que quería ganar puntos ante Reso. Babuda se había ido a la cama y mi padre estaba en su despacho. Rati no se encontraba en casa.

En contra de su tácito acuerdo de trazar un gran arco en torno a nuestra calle, Zotne aparcó directamente a la entrada del patio. Se quedó un rato con ella en el coche, conversaron. Más tarde ella me dijo que había querido convencerla de que se fuera de viaje con él unos días. Pero justo en ese momento mi hermano vino por sorpresa a casa. Venía a pie, y cuando dobló hacia la calle de la Vid tuvo que reconocer el coche de Zotne al primer vistazo. Dina y Zotne no le vieron, al menos eso me contó Dina después. Tuvo que quedarse observándolos un rato, luego subió a casa. Yo oí cómo se abría la puerta y cómo se metía en su habitación, y me propuse ir a verle después, quería terminar de leer el capítulo. Pero de pronto oí que la puerta de la casa volvía a abrirse y se cerraba de un portazo, lo que no prometía nada bueno. Enseguida dejé el libro a un lado y fui a su cuarto para ver la calle desde su balcón. La vieja lamparilla seguía encendida y los armarios estaban abiertos, había unas cuantas prendas de vestir tiradas por el suelo, como si hubiera estado buscando algo. Me asomé a la calle, al principio no pude distinguir nada. Luego vi el coche de Zotne a la entrada del patio. Acto seguido corrí al pasillo, me eché una chaqueta de verano por los hombros; era un día de viento. Me preparé para una pelea y me irritó que Zotne se atreviera a entrar al coto de Rati. Estaba segura de que estaría en el coche con uno de sus compañeros. Como Dina nunca se mostraba en público con Zotne, ni se me pasó por la cabeza que pudiera estar con él.

Aún se hallaba en la desmoronada escalera de nuestra casa cuando oí la detonación sorda, a la que siguió otra, y otra más. Me quedé clavada en el sitio, se me aflojaron las rodillas, estuve a punto de caerme y tuve el tiempo justo de agarrarme a la barandilla. Había perdido bien pronto la inocencia en lo que a esto se refería, y no me hizo falta ni un segundo para comprender que habían sido tiros. Mi pensamiento quedó suspendido por un segundo. El ruido continuado de una bocina atravesó la noche, poco después oí un grito y reconocí la voz de Dina. Bajé corriendo las escaleras, saltando varios escalones de una vez, y me precipité a la calle.

Curiosamente, siempre es a Dina a la que veo primero ante mí cuando recuerdo aquel instante, cuando caigo en la escena, aunque en ese momento aún estaba en el coche. Pero en el coche había luz, y pude distinguir con claridad su rostro. Me acuerdo de que pensé que no tenía color. No estaba pálido, no, tan solo era que no tenía color, como tiza borrada en una pizarra, extendida hasta resultar irreconocible, tenía la boca muy abierta, pero no se movía, su gestualidad era rígida, los rasgos de su rostro estaban congelados, de su boca deformada salía un grito ininterrumpido. La cabeza de Zotne estaba caída sobre el volante. Mi hermano estaba delante del coche. Tenía un arma en la mano. No emitía sonido alguno, solo estaba ahí, inmóvil por completo. En ese instante fue como si fuera testigo de una maldición, que le hacía sufrir terribles dolores y la condenaba a soportarlos en silencio, y yo no podía hacer nada. Enseguida tuve claro que ya había visto esa arma. Hacía mucho, mucho tiempo, me parecía, había salido de debajo de una cama y me había sido presentada de manera orgullosa, el día en que me dieron el primer beso de mi vida.

Corrí hacia Dina y abrí la puerta del coche. Empecé a gritar:

—¡Llamad a una ambulancia, llamad a una ambulancia, enseguida, necesitamos un médico, necesitamos un médico!

Se habían abierto muchas ventanas: sobresaltados por los disparos y la bocina que no se detenía, los vecinos querían ver qué estaba pasando ahí abajo. Pero los últimos años habían vuelto dubitativa a la gente. Ya estaban acostumbrados a ciertas cosas, y nadie quería buscarse problemas, nunca se sabía con quién habría que vérselas.

Cogí a Dina por la muñeca y la saqué del coche, obedeció sin oponer resistencia. Tenía todo el tiempo la mirada fija en Rati, que a su vez miraba como hechizado a Zotne. Solo cuando la tuve delante me di cuenta de que tenía todo el costado derecho manchado de sangre. Grité su nombre y la sacudí. No sirvió de nada. No dejaba de gritar, y le di una bofetada, lo había visto a menudo en las películas. Y la verdad es que enmudeció y me miró sorprendida, como si no supiera a quién tenía delante. Se oyeron balcones que se abrían y se cerraban, empezó a extenderse una confusión de voces, alguien gritó, en algún sitio se abrió una puerta. Por encima de todo se escuchaba la constante bocina.

—¿Qué has hecho?

Dina se acercó a mi hermano y se quedó frente a él. Rati dejó caer el arma. Y entonces, de pronto, se deslizó al suelo como a cámara lenta y se quedó allí tendido. Ella se lanzó sobre él, y por un momento quedaron en una pose extrañamente retorcida, como dos amantes, de una manera arcaica y hermosa. Y quizá se habrían quedado así para siempre, entrelazados, felices de un modo cruel, brutal, feo, conmigo a su lado, inmóvil, como una plañidera muda.

Pero, en contra de lo que esperamos, el tiempo no se detiene. La gente comenzó a arremolinarse en torno a nosotros, las mujeres gritaban, los hombres daban instrucciones a voces, se encendían luces, se abrían puertas, apareció el padre de Ira, y sacaron del coche el cuerpo inanimado de

Zotne y lo tendieron en el suelo bajo las rigurosas indicaciones de Tamas. La bocina enmudeció de golpe, y nos dejó un silencio cruel, interminable.

En algún momento, unas luces azules inundaron la calle, subieron a Zotne a una camilla y lo metieron en una ambulancia. Hombres de camisas negras cogieron a mi hermano, lo levantaron y lo introdujeron en un coche de cristales tintados, que brillaba a la luz de las farolas.

Cuando el coche que llevaba a mi hermano arrancó, algo se desencadenó en mi interior. No fueron más que impulsos que obedecí a ciegas, así que empecé a correr detrás del coche gritando el nombre de Rati. Corrí y corrí, casi sorprendida yo misma de dónde sacaba las fuerzas, la resistencia, porque no me desplomé hasta la plaza de la Libertad, cuando el coche con mi hermano dentro había dejado atrás las estrechas calles de Sololaki y desapareció en la noche. Sin retorno. Para siempre.

CIRCULUS VITIOSUS

—¿No quieres bajar? Creo que ya le has dedicado bastante tiempo a las fotos —dice Nene, guiñándome un ojo.

Ya no se ve a Ira. Parecen haber desarrollado una secreta coreografía, un baile en el que cada una hace un solo, sin cruzarse nunca.

Estoy delante de la pared con las fotos de guerra del año 1993, la época de la toma de Sujumi. Parece consecuente que los campos de batalla me atraigan tanto, puesto que mi corazón es un cementerio. Mis pensamientos tropiezan sin cesar con lápidas. Aquí me oriento, aquí me muevo en terreno conocido.

Y, sin embargo, delante de mí veo el rostro de Gio, el hombre que siempre ha sobrevivido a todo y no obstante jamás ha llegado a ningún sitio. Quizá en eso nos parecemos. Es el hombre que me ha hecho el mayor regalo de mi vida, y al que aun así jamás podré perdonar haber estado en el lugar equivocado en el momento equivocado.

—¿Cuánto es bastante? —pregunto a Nene, sin sarcasmo alguno.

Abajo resuena la música que anima al baile. La sala de arriba está casi vacía. Solo quedamos aquí Nene, una joven parejita al otro extremo y yo. ¿Qué hora será? Sí, me gustaría saber cuánto es bastante.

—Creo que, cuando ya está bien, se nota —dice con seriedad—. ¿Sabes en quién he estado pensando todo el día? —empieza de nuevo Nene, y me pasa el brazo por los hombros.

Es mucho más bajita que yo, y sin embargo tiene esa fuerza indomable, que me da la sensación de palidecer cuando estoy a su lado. Pero eso no me importa, nunca me ha importado.

—¿En quién?

—En tu hermano.

Yo callo, y pienso en la foto que acabo de ver: Rati en la cama, el bello y joven Rati que cree tener la suerte de su lado.

—Sí, yo también pienso todo el tiempo en nuestros hermanos.

—¿Sabes?, por favor no te rías de mí, pero a veces, a veces hablo con todos esos muertos —dice Nene, y baja la cabeza.

Me gustaría abrazarla, quiero decirle que a mí también me persiguen. En vez de eso asiento, comprensiva.

—No me he atrevido a preguntarte por qué entonces él fue a psiquiatría.

Nene siempre había evitado hablar de nuestros hermanos, y hacía bien, porque nuestros hermanos son un campo de minas que hasta hoy se extiende entre nosotras. Me tomo tiempo con la respuesta mientras miro al mar, siempre el mar, captado por Dina durante un baño de sangre en Sujumi. Me asombra ver que en el mar no se nota nada, nada parece poder alterar su eterna calma, sus mareas. La serie lleva el título «*Circulus vitiosus*».

En julio de 1993 volvió a firmarse un acuerdo de paz. Ese acuerdo preveía que todos los mercenarios tenían que abandonar la zona de combate. También preveía que la mayor parte del ejército georgiano se retirase de territorio abjasio, y que las fuerzas armadas rusas estacionadas en él asumieran el control de la artillería abjasia. Estaba claro para todo el mundo que aquel acuerdo significaba la capitulación oficiosa.

Dina y sus compañeros de la redacción sabían adónde iban cuando fueron a Abjasia por segunda vez. Dina huyó. Cuando abandonó Tbilisi, aún no sabía si Zotne saldría con vida. Pero prefería aquella guerra ajena a la propia.

—¿Por qué a psiquiatría? —insiste.

Nene parece hacer acopio de todo su valor. Noto que no le resulta fácil. No le gusta hablar del pasado. No habla de cosas que ya no se pueden cambiar.

—Cuando quedó claro que tu hermano sobreviviría, los guardianes de la ley se pusieron nerviosos. Les hubiera gustado acusar de asesinato a Rati, pero ya no era posible. Consideraban muy probable que Zotne no testificara; en vista de sus negocios, colaborar con la pasma habría sido grotesco. Íbamos día sí día no a prisión preventiva, a pesar de las maniobras de intimidación y las malas pasadas. Rati se negó a hablar, no quería declarar, no quería un abogado, no quería cooperar con nadie. Mi padre envejeció de un día para otro; Babuda se desplomó, no podía asumir que Rati era capaz de disparar a alguien. Mi padre temía perder no solo a su hijo, sino también a su madre. Era insoportable. Hasta que un compañero de mi padre que tenía buenos contactos entre los psiquiatras se enteró de que se podía conseguir un certificado de incapacidad. En vez de entre cinco y siete años, Rati posiblemente volviera a salir al cabo de dos. En vez de a la cárcel, iría al psiquiátrico. No sonaba tan mal a oídos de mi padre. Allí se le podría visitar, habría acceso a él, pensaba.

Me quedo sin respiración. Estoy viendo el hospital. El jardín bañado en una luz ocre. La gente apática sentada en los pasillos, fumando o mirando al cielo. Y Rati entre ellos, atiborrado de medicamentos, sedado. Un hermano que ya no era el mío, al que ya no conocía. Quiero escapar, salir de ese edificio, salir de ese museo de los muertos, irme a casa, subir al primer avión. Pero entonces oigo pasos, Ira se nos acerca sin llamar la atención. A pesar de la herida que le ha infligido Nene, vuelve a estar ahí, la amazona eterna.

—¿Y entonces? —Nene no afloja.

—Mi padre aceptó el trato. Rati tenía antecedentes, era una presa fácil para la fiscalía. Incluso si tu hermano se hubiera negado a testificar, pendía sobre su cabeza una larga pena de prisión. Eso todos lo teníamos claro, así que mi padre consiguió aquel certificado. Ningún médico habló nunca con Rati, nadie lo examinó jamás. El diagnóstico fue «trastorno de la afectividad».

Callamos un rato y miramos las fotos del cerco. Tras un plan del Estado Mayor ruso los georgianos retiraron a su gente y sus armas de Abjasia, siguiendo el acuerdo de julio. Cómo sobrevivió a esto, me pregunto contemplando sus fotos, y enseguida siento esa rabia desnuda, animal, que siento siempre que pienso en su muerte. Sí, ¿cómo pudo sobrevivir a todo y optar después por la cuerda de una anilla de gimnasia?

—¿Cuánto tiempo estuvo Zotne en el hospital? —pregunta dubitativa Ira.

—Ya no me acuerdo. Perdí toda noción del tiempo. Fueron tantas operaciones. Tuvo una suerte inconcebible. Todos los órganos vitales estaban intactos, pero la columna vertebral... Tapora tiene conocidos en Israel, y lo llevaba a rehabilitación a Tel Aviv. Y entonces, cuando vuelve, justo el día en que mi madre y yo vamos a recogerlo al aeropuerto, muere Tapora.

Nene habla deprisa, sin control, como si quisiera librarse de un golpe de todo lo no dicho.

Todavía guardo un vívido recuerdo del macabro y barroco entierro de aquel Minotauro. La pacífica muerte de Tapora fue el escarnio de su vida: su corazón se detuvo mientras estaba en el baño, solo en la casa en la que mi amiga había vendido su cuerpo a su sobrino para salvar a mi hermano, que no quería ser salvado. Lo encontraron con los pantalones abiertos, meado, delante del váter, con el rostro caído en el suelo. La muerte no había estado a la altura de sus aspiraciones.

—Te llamé aquel día. Hacía tanto tiempo que no oía tu voz..., ¿te acuerdas? —dice Ira, y se detiene.

Se ha traicionado, aquel «tanto tiempo» la vuelve pequeña, necesitada. Nunca aprenderá, pienso; ella, que solo reconoce las victorias, perderá siempre que esté ante esta mujer bajita, fuerte, maquillada. Nene la mira, pero su mirada no es malvada, está llena de comprensión. Me vuelvo a mirar otra foto, es una salvajada, una abuela que llora a su nieto muerto. La foto se ha reproducido ya muchas veces en distintos volúmenes gráficos, y presentado en exposiciones. ¿Cómo se ha acercado tanto a esa mujer en su dolor, cómo ha podido captarla sin hundirse ella misma? Pero hace mucho que conozco la respuesta: no lo logró, se hundió.

—Me acuerdo —dice Nene mirando a Ira, y en esa escueta frase hay tanta comprensión y tanta decepción que los ojos de Ira se empequeñecen detrás de sus gafas de moda.

Me gustaría dejarles el campo libre, pero sé que enmudecerían en cuanto me alejara.

—Estabas completamente rota.

—Sí, es cierto. La idea de que podía haber vida sin mi tío me resultaba absurda.

—Cuando Stalin murió, la gente que por su culpa estaba en el gulag se desplomó de pena. La variante oriental del síndrome de Estocolmo —comenta secamente Ira.

De pronto, no puedo evitar reír. Me sale de repente, a voz en cuello. Las dos me miran confundidas, pero luego también Nene ríe. Es receptiva a toda forma de humor, se deja contagiar con facilidad. Ira sonríe y niega con la cabeza al vernos.

De pronto el camarero tatuado aparece, se diría que atraído por nuestra inesperada jovialidad, pero su verdadero propósito queda enseguida al descubierto. Pregunta si necesitamos algo más, si *ella* necesita algo.

—Por qué no —dice ella, y le sonríe, y él está feliz de complacerla y poder prepararle otra bebida.

—¿En qué va a terminar lo de este pobre chico? —pregunto, y sonrío cuando desaparece.

—Me gusta —dice Nene con ambigua sonrisa.

—¿Vas a volver a contraer pronto un vínculo de por vida? —pregunta Ira. Y enfatiza el «de por vida».

—Sí, ¿y qué?

—¿Quién es el nuevo elegido? ¿Qué hace?

—Oh, os gustaría. Koka es estupendo. También los chicos le quieren —añade con una sonrisa astuta.

Nene y los hombres. Le pido fotos de sus hijos. Saca el móvil y nos las enseña de buen grado. ¿Cuántos años tiene ya Luka? Debe de andar al final de la veintena, y seguro que es el más razonable y calmado de la familia. Ya de pequeño era pensativo y tranquilo, parecía haber heredado el ánimo delicado de su padre.

El entierro de Tapora. Vuelvo a él. Pienso en el mar de flores y coronas y en el incesante sollozar de Manana, que se arrojó encima del ataúd. Y en la larga cola de condolencias delante de la iglesia, como en un funeral de Estado. La columna de coches negros y la primera limusina de mi vida, que rodó con dramática lentitud por las calles mojadas por la lluvia hasta el cementerio.

En algún momento de la noche, después del funeral en casa de los Koridze, Nene dejó de llorar de golpe y me dijo con los ojos muy abiertos, con una bandeja de plata con restos de comida en la mano, sorprendida y un poco incrédula, como si ella misma no pudiera creerlo, que ahora podría tener por amante a quien ella quisiera. Todavía recuerdo que aquella frase me dejó de piedra, que busqué las palabras para encontrar una respuesta adecuada, pero no las había. Había esperado que me hablaría de divorcio, de un regreso a Tbilisi, pero su razonamiento me resultaba completamente incomprensible.

—¿Por qué? ¿No puedes separarte de tu marido?

Ella me miró perpleja.

—¿Cómo que separarme? Tengo una buena vida en Moscú. Kote es un buen hombre. Me deja hacer lo que quiero. Tiene su ambiente y, si no me pongo demasiado tonta, también podría atender mis gastos.

Desapareció en la cocina, y yo me quedé petrificada en el pasillo y me asomé al salón iluminado, que pocas horas antes había estado tan lleno de gente que casi no era posible moverse, y en el que ahora solo estaba Zotne, con traje negro en su silla de ruedas, mirando al frente. La última vez que lo había visto estaba cubierto de sangre e inconsciente mientras lo metían en la ambulancia. Rati había errado el primer tiro. Había agujereado el parabrisas, le había rozado la oreja izquierda y había salido por la trasera. La segunda bala le había dado en el hombro izquierdo, la tercera le había penetrado en la columna vertebral y se había detenido en algún lugar de la médula. O mi hermano no era un tirador muy bueno, o había fallado a sabiendas para no darle en la cabeza o el corazón, nunca lo sabremos.

Yo era incapaz de apartar la vista de él. Se notaba a la legua que Zotne tenía dolores, y sin embargo su actitud irradiaba algo imperativo, casi autoritario, sentado en una silla de ruedas que igualmente habría podido ser un trono. Le observé por la rendija de la puerta: algo en su mirada me dio miedo. Parecía serio e introvertido, y justo en esa tranquilidad había algo de imprevisible, algo del todo arbitrario. Va a ocupar el sitio de Tapora, va a hacerse elegir nuevo rey... Aquella idea me alcanzó como un rayo. Sí, estaba segura de que iba a heredar a Tapora, e iba a ser más terrible que él. Porque lo que mi hermano le había hecho le había arrebatado hasta el último resto de clemencia.

Avanzada la noche, después de que se marcharan todos los condolientes, Nene nos pidió a Dina y a mí que fuéramos a su habitación. Habían ido todos: políticos y funcionarios, autoridades del mundo de las sombras, parientes lejanos que debían un favor a Tapora, súbditos e incluso algunos de sus enemigos. Solo habíamos quedado la familia, Dina y yo. Dina se encontraba hundida, su rostro estaba vacío y triste, porque no había logrado hablar con Zotne. Él la había rechazado, como si los disparos también hubieran aplastado y destruido de forma irrevocable su vínculo titubeante e innominado.

Cuando entramos al cuarto de Nene, la novia de su hermano estaba delante de la ventana como Dios la trajo al mundo, presentando su cuerpo encantador a un grupo de jóvenes que rugía y silbaba en la calle. Se retorcía y estiraba, se pasaba la mano, coqueta, por los brazos y pechos, se apartaba los espesos cabellos, largos hasta la cintura, y reía encantada una y otra vez.

Nene y Dina, totalmente desbordadas por aquella estampa, se quedaron en el umbral de la puerta, mientras yo me acerqué con tiento a Anna, le pasé un brazo por los hombros y la envolví en un albornoz. Espanté a los chicos y corrí las cortinas.

—Anna, ¿qué haces? —preguntó Dina desconcertada.

—Me encuentran hermosa. —Anna nos brindó una sonrisa radiante.

—¡No te encuentran hermosa, te explotan, se ríen de ti!

Me sorprendió la brutalidad de Dina. Traté de darle a entender con una mirada que debía tener cuidado, pero ignoró mi advertencia.

—¡Mientes! ¡Siempre me has tenido envidia! —respondió Anna, haciendo una pirueta delante de nuestros ojos.

Nene estaba en medio de la habitación, con la boca abierta, y me miraba impotente.

—¿Qué te han hecho? —gritó Dina.

—No os preocupéis. A pesar de todo Guga quiere casarse conmigo —nos tranquilizó Anna, y se tiró encima de la cama—. ¡Me parece bonito que al final vayamos a ser amigas!

Se sentó en la cama en la posición del loto y nos miró expectante.

—Y seguro que Guga y yo tenemos hijos. Quiero niño y niña. No les he dicho nada. No les he revelado nada. Otto está en algún sitio en Bulgaria. No sé más. Ojalá que mi hija no sea tan alta como yo, así podrá aprender ballet.

Nos quedamos a su alrededor, como en un aquelarre, mirándola con ojos muy abiertos. Dina se sentó muy despacio a su lado en la cama, encogió las piernas, le pasó el brazo por los hombros y la miró profundamente a los ojos.

—¿Qué demonios ha pasado, maldita sea? Mi hermano no podrá digerir esto, no puede ser verdad —gritó Nene—. ¿Dónde está? ¿En qué sitio exacto de Bulgaria está Otto?

—Pregunta a tu hermano —siseó Dina.

—Por favor, parad. Dina, déjala en paz, te tiene miedo —tercié yo.

—No tiene por qué, no voy a hacerle nada. Ya te han hecho bastante —dijo, volviéndose a Anna, y apoyó la cabeza en su hombro.

—Todos me quieren. Los chicos me quieren. La belleza también es una carga, como suele decir mi madre.

De pronto oí un sonido como un lamento, tardé un rato en comprender que era Dina. No me atreví a tocarla, como si temiese que pudiera convertirse en polvo. Tan solo Anna le acariciaba la cabeza una y otra vez.

—Está bien, está bien. A ti también te querrán. Encontrarás al adecuado, no te preocupes, a ti también te quieren... —repetía una y otra vez, y sus frases me hacían estremecer.

En algún momento, Dina volvió a sentarse y se secó las lágrimas.

—¿Sabes qué?, te entiendo, de hecho te entiendo muy bien. Has elegido la locura para ser libre. Quizá sea lo único que nos quede.

Y Dina empezó a arrancarse la ropa del cuerpo, hasta quedar igualmente desnuda. Anna no necesitó más, se quitó el albornoz, y las dos saltaron como acróbatas, chillando y descorriendo las cortinas para ponerse en la ventana y atraer a los mirones.

—¿Cómo no perdió el juicio después de todo lo que vio? —pregunta Nene, ensimismada en la serie de Sujumi.

—Lo perdió. No de golpe, sino a plazos, si quieres —respondo secamente, y me dedico también a las imágenes.

Durante un rato no decimos nada, luego Nene cambia de tema.

—Luka estudia Psicología, ¿os lo podéis imaginar? Está en Suiza, en Basilea. Pronto habrá terminado. Sigo sin poder entenderlo. El primer hombre con estudios de mi familia. Siempre le digo que desde luego nos puede venir muy bien un psicólogo, y se ríe.

—Es estupendo, de verdad, estupendo, Nene. Me alegro por ti y por Luka.

—Sí, no hay que preocuparse por él. Solo los gemelos me procuran dolores de cabeza. Adoran a mi hermano, aunque hace mucho que él... —Lanzó una severa mirada en dirección a Ira—. Siempre están de fiesta, y los estudios que su padre los obliga a hacer no les interesan en lo más mínimo. Tienen la cabeza llena de pájaros. Pero los tiempos han cambiado, Tbilisi se ha convertido en una ciudad distinta. Ese es mi único consuelo. Kote está a tope con la nueva, pero sigue prestándoles atención. Es un buen padre, al fin y al cabo —añade con un poco de maldad.

Pienso en los gemelos que Nene trajo al mundo en Moscú, en aquella pareja impetuosa, esos pequeños demonios, los únicos de su familia que no han heredado los llamativos ojos Koridze, y que se han criado con diversas niñeras y a todo lujo. Siempre me dieron un poco de miedo esos niños, porque me parecían imprevisibles, muy al contrario que su hermano mayor. Es injusto que prefiera tan decididamente a Luka, con la irracional idea de que ese niño es mucho más razonable y dulce porque nació del amor, mientras que los gemelos son el resultado de un pacto..., una especie de garantía para la continuidad de una familia que jamás lo fue.

Poco a poco supimos que incluso después de la boda Kote nunca había renunciado a su compañía femenina, pero a cambio tenía la generosidad de cerrar los ojos a las pequeñas aventuras sin importancia que durante los años que pasó a su lado Nene mantuvo con extrema habilidad y discreción. Dina decía que era la manera de Nene de rebelarse. Y quizá tenía razón.

—Estoy pensando en volver a Tbilisi —dice Ira de pronto, y las dos nos giramos sorprendidas hacia ella.

—¿Cómo?

Creo que no he oído bien.

—Sí, por qué no. Me molesta trabajar todo el tiempo para hijos de puta. Podría ser útil. Tengo un par de contactos con distintas ONG y defensoras de los derechos de la mujer en Georgia. De vez en cuando las asesoro *pro bono*, y me gusta. Y sí, no puedo estar más de acuerdo con Nene, los tiempos han cambiado, Tbilisi es otra ciudad, y eso da esperanza. Hay una conciencia totalmente distinta de los abusos, la nueva generación ya ni siquiera puede imaginar la vida que nosotras hemos llevado. Por ejemplo, que no haga ni veinticinco años desde que la gente se mataba en plena calle. Los chicos quieren hacer algo, quieren vivir en un Estado de derecho. Tengo suficiente dinero, no necesito ganar más. Además, desde la muerte de mi madre, mi padre está muy solo, y podría ocuparme más de él. Ya he estado viendo unas cuantas viviendas, y estoy pensando en comprar una.

Eso no me lo esperaba, admito, y pienso en qué me parece la idea.

—¿Y todo lo ocurrido está olvidado y quedó atrás? —pregunto.

—Bueno, quedar atrás...

Ahora es Nene la que interviene, no del todo carente de sarcasmo:

—Para nosotras es una auténtica heroína, determinados círculos la veneran como si fuera la reina Tamara en persona, es un auténtico mascarón de proa de la izquierda...

—¿En serio? Naturalmente que sé que después de los juicios eras muy conocida, y que la sociedad se dividió en dos bandos, pero no sabía que tu fama hubiera durado hasta hoy.

—Bah, eso son tonterías. Quizá algunos aún me recuerden de entonces, y mantengo el contacto con determinadas personas de círculos especializados, pero sin duda no soy ningún mascarón de proa.

—¿Quieres decir que todas las vejaciones y amenazas han quedado olvidadas? —insisto.

Veo a Ira delante de mí, dando nuevamente la espalda a Georgia, desesperada, y buscando su segunda oportunidad en América. Pienso en la mierda que le lanzaron después de ganar el proceso, en las amenazas e intentos de intimidación, y luego en las fotos de ella con aquella chica pelirroja con rastas, tomada en algún sitio de California, la foto de un beso cauteloso, y en las estigmatizaciones y denigraciones que le siguieron.

—Sí, eso espero.

No mira a Nene, pero se palpa la incómoda tensión que se ha formado en cuestión de segundos.

El 1 de septiembre de 1993, al terminar las vacaciones de verano, los niños de Abjasia volvieron a la escuela como de costumbre. La paz parecía frágil, pero la gente estaba tan agotada y tan sedienta de un poco de normalidad que se entregó de buen grado a esa paz mezquina, ilusoria, que aceptaron como nueva normalidad. Miles de desplazados regresaron a sus casas por orden del Gobierno. La artillería georgiana, los tanques y cohetes fueron retirados. El plan de asalto elaborado por el Estado Mayor ruso preveía el cerco de la ciudad. El 16 de septiembre, los abjasios abrieron fuego. La llamada misión de paz rusa no hizo el menor intento de impedir el asalto. Los abjasios tuvieron pleno acceso al arsenal de armas ruso y a los bombarderos. Pero el objetivo principal era tomar el edificio del Gobierno y liquidar a todos los representantes georgianos en él. Dina escapó de aquel infierno gracias al apoyo de un equipo de evacuación francés. Las tres semanas que pasó en Sujumi hicieron los cambios irrevocables de su ser.

Como la última vez, en primavera, no habló mucho de sus pesadillas, pero se trajo de vuelta a Tbilisi todas aquellas fotos que dejaban sin respiración. Así que, durante aquel otoño en el que mi hermano fue a parar al psiquiátrico de la calle Asatiani y a Tapora lo encontraron muerto delante de su váter, en el que Zotne tuvo que volver a aprender a andar, en el que Anna decidió buscar la libertad en la locura y en el que Nene me explicó su macabra estrategia de supervivencia para su segundo matrimonio, Dina se vio asediada una y otra vez por gentes desconocidas que la necesitaban como testigo ocular. De pronto sus fotos de la guerra empezaron a ser reproducidas. Se convirtieron en prueba irrefutable de lo indecible, se mostraron en televisión y aparecieron en las portadas de los periódicos.

Por halagüeño que fuera para Dina como fotógrafa alcanzar esa repercusión pública, aquella atención también sería una insana tortura para su persona. Su fama y su repentina celebridad se basaban en el sufrimiento, en la muerte y en el indecible espanto. Y en la muerte de dos personas que habían sido su apoyo y su orientación, con las que había formado equipo, de las que lo había aprendido todo. Porque Posner y otro compañero habían perdido la vida en un tiroteo en Sujumi. Aquel día Dina había dado la vuelta a mitad de camino, porque Posner le había dicho que regresara al cuartel general; la situación era demasiado peligrosa y no quería correr ningún riesgo. La muerte de Posner, al que todos los periodistas y fotógrafos del país respetaban, dejó un gran vacío; con los movimientos independentistas, la guerra civil y todas las manifestaciones y revoluciones, se había convertido en algo parecido a la conciencia de la nación. Había estado tanto en la guerra de Osetia como en la de Abjasia, no había habido un día sangriento desde 1989 que él no hubiera captado con su cámara. Y ahora pedían a Dina, su discípula, que siguiera sus pasos. Aquella chica joven y sin miedo parecía reunir las condiciones para hacerlo, no en vano él la había convertido en su mano derecha, no en vano la había apadrinado. Pero sin duda Dina no tenía semejante plan cuando, gracias a una sencilla recomendación, entró con toda la pasión por delante en la redacción de *El Dominical*. Jamás había pensado en fotografiar a personas que huían por las montañas caucásicas y cuyos hijos morían congelados por el camino, a abuelas que acusaban al mundo porque a sus pies yacía un nieto muerto, o en documentar los cadáveres de los miembros del Gobierno georgiano frente a la sede gubernamental. A pesar de esa fachada de dureza, a pesar de toda la fuerza y estabilidad que la distinguían, no estaba preparada para un sufrimiento de aquellas dimensiones. Cuando le encargaron aquel papel, a la muerte de Posner, no se atrevió a rechazarlo, también porque pensaba que debía algo a los muertos. Y nosotras, las personas cercanas, subestimamos aquella carga; al fin y al cabo, ella siempre había tenido aquella cualidad, que me resultaba profundamente ajena y sin embargo envidiable, de sacudirse sin esfuerzo todo lo que la arrastraba al fondo. Pero como es natural todo aquello se iba acumulando en su corazón, aquella carga la enfermó, claro que lo hizo, claro.

A su regreso de Sujumi, que coincidió con una espantosa masacre sobre la población civil, el 27 de septiembre de 1993, que recuerdan todas esas plaquitas escritas en filigrana debajo de sus fotos, después de que los tres representantes gubernamentales georgianos más importantes fueran ejecutados y la ciudad quedase reducida a cenizas, su habitual estrategia de retirarse y esconderse dejó de ser una posibilidad: ya no podía pasar un cerrojo de hierro ante lo ocurrido. De un día para otro se había convertido en una personalidad pública, debía prestar a la gente sus recuerdos, recuerdos de la matanza de muchos miles de personas, debía alimentarla con ellos, debía hablar en representación de todos los que ya no podían hacerlo.

Mi hermano ingresó en la clínica Asatiani para enfermedades psíquicas; el diagnóstico oficial, «trastorno de la afectividad», se incluía entre los síntomas de la esquizofrenia; no se podía evitar el tratamiento médico. Necesité varias semanas para encontrar las fuerzas para ir a visitarle. El estado de Zotne mejoró gracias a numerosas rehabilitaciones, aunque su pierna izquierda seguía negándose a prestarle servicio. Entre dolores, todos los días se obligaba con férrea disciplina a dar un nuevo paso, pero solo la pierna derecha obedecía, la izquierda seguía arrastrándose detrás. Sin duda negándose a aceptar la negativa de su cuerpo, en algún momento se hizo con aquel bastón de empuñadura de oro que probablemente aún conserve. Con el dinero de Tapora, amplió su imperio, duplicó las cantidades de heroína que metía en el país. Regresó a la casa de la calle Dzerzhinski, con su madre y su hermano, que ya no era capaz de entender el mundo desde que la chica a la que quería convertir en su mujer se mostraba desnuda a desconocidos a la primera de cambio. Manana puso sus condiciones. Guga no iba a llevar a casa a «la enferma» en ese estado. Ella ya tenía bastante castigo con la muerte de su cuñado, el embarazo ilegítimo de su hija y su constante preocupación por su hijo inválido.

¿Qué más, me pregunto, qué he olvidado? ¿Qué ha borrado el tiempo como los restos de tiza de la pizarra después de la última hora de clase?

Sí, mi padre... Mi entretanto completamente envejecido padre, cuyas manos temblorosas apenas podían sostener un vaso sin derramar su contenido. La noche antes de mi partida para Kicv, me senté en su despacho, en el brazo de su antiquísimo sillón, y cogí su mano entre las mías. Nos quedamos un rato callados, hasta que de pronto me dijo esas palabras que no puedo evitar recordar ahora:

—He fracasado, Keto. Siento tanto no haber podido protegeros...

—¿Protegernos de qué? —pregunté yo enseguida, porque tales confesiones sentimentales eran raras en mi padre, y agucé los oídos cuando empezó a hablar.

—De la violencia, de esta violencia increíble, integral. Esto no tendría que haber ocurrido. Eso que llaman nuestra *intelligentsia* ha fracasado, se mostró totalmente desvalida e incapaz ante esta violencia. Nosotros, que fuimos alimentados con los mitos soviéticos, nosotros, que crecimos lejos de toda realidad, que nos quedamos siempre en nuestro microcosmos, hemos demostrado ser existencias impotentes, fracasadas, incapaces de hacer nada y de impedir nada. Así de sencillo. Justo eso, pienso a veces, tiene que haberle pasado a la nobleza, aquel grupo decadente, alejado de la realidad, que daba por sentados sus privilegios antes de que los bolcheviques llamaran a sus puertas y rodaran las cabezas. Ah, Keto, me gustaría saber qué es *mejor*: el testigo mudo que no hace nada y que al final se convierte él mismo en víctima del sistema, o el oprimido que toma en sus manos el derecho a decidir lo que es bueno y malo, y está sediento de sangre. No lo sé. Probablemente la respuesta la dé la historia misma, pero para cuando eso ocurra yo ya no estaré vivo.

No dije nada. Me limité a sostener su mano temblorosa y recé por que mi padre pudiera encontrar las fuerzas para perdonarse a sí mismo.

Eter ya no salía de casa, ya no recibía a alumnos y jugaba al backgammon contra sí misma. La guerra contra «el cartel» de mi hermano, como yo había llamado en broma antaño a su banda, alcanzó nuevos niveles cuando los hombres del Mjedrioni, animados por la ausencia de Rati, entraron en el barrio y se fueron apropiando poco a poco de sus negocios y fuentes de ingresos. Y Levan, ahora de uniforme, pudo llevar sus armas a la vista de todos y ya no tuvo que seguir escondiéndolas debajo de la cama.

Me fui a Kiev. Me alojé en aquel hotel gigantesco y desierto. Seguí todos los pasos de Reso, seguí minuciosamente sus instrucciones. Trabajamos en *La anunciación del Señor*, una pintura mural del siglo XVIII. Yo callaba, comía *pelmeni* con nata y evitaba tocarle.

Cuatro
ფდзΩвϑξçòδ / Dios de ti mismo

Y, como la vida late de este modo,
¡cierra todas las puertas de la muerte
y bendice el día
en que vinimos al mundo!

LADO ASATIANI

Nos sentamos en el jardín atiborrado, la música toca melodías un poco más tranquilas, no debe faltar cierto recogimiento a pesar del hermoso entorno, el buen humor y las exquisitas bebidas. Anano se ha unido a nosotras. Charlamos sobre lo conseguido de la velada, la elogiamos, la halagamos y queremos festejarla. Todas nos alegramos de tenerla entre nosotras. La queremos para nosotras, es un impulso arbitrario, posesivo; nos une el deseo irracional de tener a través de ella un trozo de Dina en nuestro centro. Quiero tocarla sin parar, su piel tiene la misma condición que la de su hermana, su olor me recuerda a mi amiga, a la que de pronto echo de menos de forma tan insoportable que me levanto, me abro paso por entre los grupos de personas que hablan a voz en cuello en todas las lenguas imaginables y me oculto en un rincón oscuro, al pie de una planta puesta en una maceta que mantiene sus hojas extendidas justo para las que buscan protección como yo.

Tengo su risa áspera en los oídos, veo ante mí sus ojos centelleantes. Han pasado tantos años, y sin embargo mi cuerpo no puede conformarse con el hecho de que no está, de que nunca podré volver a tocarla, de que nunca podré volver a quejarme de ella ni a quererla como solo he podido quererla a ella..., sin consideración, sin piedad, sin ningún temor, sin ninguna cautela. Tal como ella me enseñó a querer, y como solo hacen las menos de las personas.

De pronto pienso en Gio, salgo un momento de mi escondite y cojo otra copa de vino que una camarera me ofrece en una bandeja. Pienso en sus rizos pelirrojos. Pienso en cómo volví a verlo por primera vez después de que Dina regresara a Tbilisi de la guerra.

Era finales de octubre, se celebraba el cumpleaños de Dina, y Lika esta tan contenta de tener a su hija de vuelta sana y salva que dio una fiesta sorpresa. Cuando volvió de la redacción, nos encontrábamos todas en su casa del sótano, con espumillón y una tarta de leche condensada. Ella no estaba para fiestas, llevaba los horrores demasiado dentro, la muerte de sus compañeros era demasiado reciente. Se había vuelto arisca y, cuando no la invitaban a un programa de radio o se veía obligada a dar una entrevista, se retiraba a su estudio a la menor oportunidad.

El hecho de que Rati estuviera internado en un psiquiátrico con un falso diagnóstico y Zotne sentado en una silla de ruedas parecía empeorar aún más su estado. Cuando volví de Ucrania, estaba llena de callados reproches y hostilidad, como si me reprochara haber huido a la seguridad mientras ella se exponía a vida o muerte a todas las catástrofes.

No sé cómo pudo Lika encontrar a Gio, Dina tuvo que haberle mencionado y Lika haber dado con su número; sea como fuere lo había invitado a la fiesta. Íbamos a reunirnos en el comedor y guardar silencio hasta que llegara Dina, para sorprenderla. A pesar de todos los esfuerzos, fue una fiesta triste porque, de todas las personas cercanas, exceptuando a la familia, solo yo estaba presente.

Lo descubrí enseguida, aunque la habitación se hallaba a oscuras. Probablemente era la primera vez en todos aquellos años en la que renunciábamos de forma voluntaria a la luz eléctrica, para que Dina no nos descubriera antes de tiempo. Enseguida llamaron mi atención sus rojos cabellos. Aunque nuestro último encuentro había tenido lugar hacía casi dos años, seguía teniendo el mismo aspecto que en mi memoria. Había vuelto a verlo en las fotos de Dina, pero para mí siempre había sido inaprehensible, una sombra salida de una pesadilla, una persona que solo había existido durante aquel día, cerca de una jaula de monos y con barro debajo de los pies. Cuando de pronto estuvo ante mí, no supe qué pensar ni qué sentir. No sabía nada de él, y en aquel momento me pareció falso, antinatural. Lo miraba, a él, dos veces superviviente, y no sentía nada. ¿Qué había esperado? ¿Tal vez algo grande, dramático? En vez de eso, simplemente estaba ahí, con la vista puesta en él, y sentía un sordo vacío. Trataba de apreciar si me había reconocido, lo que saltaba a la vista que no era el caso, ni siquiera parecía advertir mi presencia. Y, cuando nuestras miradas se cruzaron por casualidad, me sonrió con la misma cortesía que a todos los demás. En algún momento ya no aguanté más, hice acopio de todo mi valor y fui hacia él. Me miró intrigado, como si esperase una explicación a mi acercamiento no solicitado. Sus ojos eran más oscuros de lo que yo recordaba, su piel más clara, tan solo los cabellos eran exactamente así de rojos como el fuego. Tampoco podía acordarme del hueco, bastante llamativo, entre sus dientes.

—¿En qué puedo ayudarte? —preguntó, y me sonrió.

Nunca le había visto sonreír. En mi memoria no sonreía, en mi memoria temía por su vida.

—¿Ya no sabes quién soy? —pregunté, y me sentí idiota. ¿Por qué quería que se acordara de mí a toda costa?

De repente su rostro se ensombreció, sus párpados temblaron, y abrió un par de veces la boca sin decir nada. Y entonces, de pronto, abrió los brazos y me estrechó entre ellos, fuerte, tan fuerte que creí que me iba a ahogar. Fue quizá el abrazo más asombroso, más íntimo de mi vida. Todo a mi alrededor, los otros invitados, el lugar en el que nos hallábamos, los ruidos, los murmullos —se hablaba en voz baja, esperando a la cumpleañera— pasaron a un segundo plano, y no quedamos más que nosotros dos y el zoo.

Estaba tan sorprendida, tan abrumada por aquel gesto, que me quedé sin habla.

Permanecimos así una eternidad, o al menos eso me pareció. No lograba poner los brazos en torno a él, pero tampoco me soltaba. Una extraña euforia se apoderó de mí, todo parecía encajar, ante mí estaba aquel hombre consagrado a la muerte, sano y vivo, y me estrechaba con fuerza, tan fuerte que no me dejaba más alternativa que aceptar lo que era. A su llegada, Dina se mostró desagradablemente sorprendida, y se esforzó a ojos vistas por disimular su malestar. Se obligó a una cansada sonrisa cuando todos cantamos cumpleaños feliz, y sopló las velas de buen grado como una niña buena. Imposible no darse cuenta de que soportaba la velada. En algún momento vino hacia mí, arrastrando a Gio, y dijo:

—Veo que os habéis reencontrado.

No dijo os habéis encontrado, sino os habéis reencontrado, pero yo no pregunté por qué lo expresaba así. Asentí y le sonreí. Gio, ese hombre que siempre parecía contento, pasó bienhumorado el brazo en torno a los hombros de Dina y entonó incansables himnos de alabanza a ella, que sonaban como los enfáticos brindis de un *tamada*, cosa que a Dina le repugnaba, eso estaba claro.

A lo largo de la tarde tuve tiempo de estudiarlo con detalle. Con el rabillo del ojo, buscaba en vano indicios, puntos de apoyo para nuestra comunidad de destino. Se mostró como un alegre compañero, de buen humor, atento y servicial, tenía un marcado sentido de la comicidad y pronto entabló conversación con la gente, tocando sin parar a sus interlocutores. Nada en él revelaba al superviviente. Al contrario, me asombró su ligereza, su relajación, su elocuencia. A diferencia de Dina, la guerra parecía haber pasado por él sin dejar huella.

Más tarde, cuando los invitados se hubieron ido y Lika nos prohibió que la ayudásemos a recoger, nos sentamos los tres en torno a la mesa redonda y nos miramos incrédulos, como niños conscientes de su desnudez por vez primera.

—Siento tanto lo de Posner —empezó él la conversación, y tocó la mano de Dina. Ella no dijo nada, se limitó a asentir apenas—. Y tus fotos son grandiosas. Ayer vi tu serie de Sujumi en *El Dominical*, y entendí de verdad por primera vez lo que estaba pasando. Cuando yo estaba allí, se trataba tan solo de pelear y sobrevivir. Me concentraba exclusivamente en mis órdenes y no veía nada de lo que ocurría a mi alrededor. Hasta que vi tus fotos y me quedé sin habla. Solo tú me has hecho entender aquello por lo que hemos pasado.

Dio un sorbo a su copa de vino. Le ardían las mejillas, y se pasaba sin cesar la lengua por los resecos labios.

—Y ahora te conozco también por fin a ti —dijo volviéndose hacia mí, con una cierta humildad en la voz.

—¿Y qué vas a hacer ahora? —preguntó Dina.

—Continuaré mis estudios —dijo, y volvió a mirarme—. E intentaré dejar quietos los pies.

Me guiñó un ojo, y no entendí a qué se refería con eso.

—¿Qué estás estudiando? —pregunté por cortesía.

—Oh, es una larga historia. He tirado dos veces la toalla. Empecé con una ingeniería en la politécnica; mi madre quería que lo hiciera a toda costa, pero en realidad a mí no me interesa. Luego quise seguir con la informática, pero la facultad está muy atrasada, no tienen equipos. Quise hacer el examen de ingreso en Matemáticas, pero soy muy perezoso, y la guerra fue una buena excusa —dijo, y volvió a guiñarme alegremente el ojo.

Yo no sabía si debía encontrar aquel chiste insípido o logrado. De alguna manera, su conducta no encajaba con la de alguien que manejaba cifras, por otra parte me preguntaba qué me había imaginado, qué camino habría encajado con las sombras de mi memoria.

—Bien, hazlo —dijo Dina, y encendió un cigarrillo.

Su rostro estaba cansado, las ojeras profundas, las mejillas caídas. Se notaba a la legua que había adelgazado durante los últimos meses, y no le sentaba bien, lo enérgico y sano de su cuerpo siempre había sido parte de su aura.

—Asegúrate de no volver a meterte en ningún lío —dijo, en tono marcadamente relajado, y le dio una palmadita en el hombro—. Y ahora disculpadme, tengo que irme a la cama, me muero de cansancio. Sabía que os entenderíais bien —añadió con aire significativo, antes de levantarse de la mesa con gesto de disculpa; le deseamos buenas noches.

No nos quedamos más de diez minutos, y después de despedirme de Lika y Anano salimos al patio desierto.

—Me gustaría acompañarte a casa, pero creo que sería un poco ridículo. ¿No podemos hacer como si vivieras muy lejos, y dar un paseo? —me propuso.

Se veía que estaba achispado, yo en cambio había bebido poco, pero no quería irme a casa, y acepté su propuesta a pesar del tiempo desapacible y húmedo. Recorrimos las calles angostas y adoquinadas de Sololaki. Mientras hablábamos de cosas sin importancia, y me preguntaba por mis estudios y mis intereses, yo trataba de averiguar qué era lo que sentía en su presencia. Pero no lo lograba. Para mí era una contradicción en sí mismo, y no hacía luz. No parecía tener nada quebrado, herido, y algo en esa actitud jovial, en apariencia impenetrable, me estimulaba: quería descubrir grietas, heridas, algo en lo que poder enganchar. Durante los últimos años, había aprendido a responder con desconfianza a cualquier clase de fingido optimismo, me costaba trabajo soportar su autosatisfecha jovialidad.

Al final volvimos al patio, nos quedamos aún unos instantes el uno frente al otro, luego él volvió a abrazarme. Me pidió permiso para llamarme.

—¿De veras piensas que es una buena idea? Quiero decir...

—¿Por qué no? —preguntó con desarmante ingenuidad—. Os he buscado durante mucho tiempo, y no pasaba un solo día sin que pensara en vosotras.

Advirtió mi titubeo.

—Bien, vamos a hacer una cosa: te daré mi número. Si cambias de opinión, llámame. Vendré en cuanto me llames —dijo, y aquella frase sonó extrañamente hermosa y desmedida a un tiempo.

Me dictó su número de teléfono y lo repitió hasta que se me quedó grabado. Al final, tuve que recitárselo entre risas. Luego se me acercó, tanto que pude oler su aliento alcoholizado y su loción de afeitar, y me apartó del rostro un mechón de cabello. Cuando me tocó, sentí un peculiar cosquilleo en la piel.

—Gracias, Keto, gracias —dijo, y desapareció en la noche.

—¿Todo bien?

Es Anano, que ha venido a buscarme. Asiento con vehemencia, pero no me cree.

—No es tan fácil, comprendes... —digo en voz baja, y ella me mira de reojo, tan cariñosa, tan comprensiva, que por un instante deseo que me coja de la mano y no me suelte ya en toda la noche. Su confianza alcanzaría para las dos.

—Lo sé —dice, y me acaricia la espalda—. Ven con nosotras. Somos un grupo alegre. Te animaremos. Nene nos mantiene de buen humor a todas.

Nene, la dama de salón nata, una mujer hecha para el escenario sin que nadie se lo reconociera nunca, el alma de cualquier reunión. Ha cultivado sus extravagancias a lo largo de los años, tiene práctica, su alegría es contagiosa.

—Es única, de veras —dice Anano, y reconozco la admiración que siempre ha sentido por Nene.

Tengo miedo a esas fotos, y sin embargo me siento aún más perdida cuando no las tengo delante. Así que decido volver a la exposición. Quiero estar segura, no dejarme nada, no pasar nada por alto. Prometo a Anano volver enseguida, unirme al alegre grupo que se ha formado en torno a Nene. Vuelvo a subir las señoriales escaleras, ahora la sala está totalmente vacía.

La imagen de Anna es la primera que me salta a la vista. Anna después de haber perdido el juicio. No, no lo ha perdido, alguien se lo ha robado. La foto cuelga, en la serie de retratos, entre Zotne y mi hermano. Sí, ahí es donde tiene que estar, no lejos de la foto del maltratado Guga que Dina tomó en el hospital. Anna con el lápiz de labios rojo chillón embadurnándole la mitad de la cara. Ni siquiera esa máscara puede reducir su belleza, los rasgos simétricos de su rostro resplandecen con dignidad a través de la locura que ha anidado en sus ojos. Me quedo ante ella, me acerco a ella hasta lo insoportable.

Es Nene la que me arranca sin previo aviso de mi sueño despierta, en el que Anna sale desnuda del baño. Apenas puedo creer que haya abandonado a *su* grupo solo para seguirme.

—No volveré a estar tranquila hasta que vengas. Tenemos que brindar juntas. Tenemos que contarnos de una vez algo de nuestro presente. Ella no habría querido este eterno luto, ¡vamos, Keto! No quiero estar sin ti ahí abajo.

—De verdad que prefiero quedarme aquí, toda esa gente me pone nerviosa.

—No he dicho que tengas que ir con esa gente, sino con nosotras.

De pronto, ve la foto y cierra los ojos.

—¿Por qué no se casaron? —le pregunto.

—Que por qué. Ninguna terapia sirvió de nada. Incluso empeoró. Guga me llamó entonces y me pidió que encontrara una buena clínica para ella, en algún sitio del extranjero. Estaba poseído por la idea de casarse con ella ese mismo verano. Por fin, una clínica suiza se declaró dispuesta a aceptar a Anna. Iba a ir en febrero o en marzo, pero entonces... entonces Guga topó con Zotne, y todo se lo llevó la corriente.

—¿Qué fue exactamente lo que pasó? Sé cómo terminó el conflicto, pero desconozco la razón.

—Guga se negó a hablar de eso, y tampoco Zotne dijo una palabra, así que al final yo misma me he hecho mi composición de lugar. Estaba embarazada cuando se produjo la escalada, y fui un par de veces a Tbilisi a apoyar a mi madre, que estaba completamente destrozada. Pero ¿qué iba a hacer? Solo más tarde comprendí que se trataba de Anna, ella apenas decía dos palabras seguidas que tuvieran sentido. Mira esa foto... A veces no puedo creer que todo aquello sucediese de veras. Cuando intento reconstruir los hechos, me dan la impresión de ser inventados. Y entonces pienso que, si todo esto fuera una película, me parecería completamente exagerada. Cuando a veces intento contárselo a mis hijos, casi no me creo a mí misma, ¿cómo van a creérselo ellos? Aunque no hace tanto tiempo, si das una vuelta por Georgia ya casi ningún rastro parece conducir a aquella época.

—Entiendo lo que quieres decir. Yo tampoco he conseguido explicárselo a nadie, ni a mis amigos en Europa ni a mi propio hijo.

—¿Tienes contacto con su padre? —pregunta.

Niego con la cabeza.

—No, en realidad no. Últimamente Rati está buscando el contacto con él, lo he averiguado por casualidad.

Pero sigue contando —le pido, y ella no se hace rogar:

—Anna vino a vernos sin avisar, Guga no estaba, y Zotne tenía entonces unos dolores tan fuertes que se pasaba horas sin hacer otra cosa que ver la televisión. Y entonces, al menos así me lo he explicado yo, Anna debió de desnudarse delante de Zotne. Guga volvió, vio a su prometida desnuda delante de su hermano y perdió los nervios. Es inimaginable que Guga pegue a alguien indefenso, pero eso fue lo que ocurrió. Hubo que llamar a urgencias, había perdido el control por completo. Con lo que él había creído en una nueva vida, sobre todo desde la muerte de Tapora. Con aquel golpe todo se acabó. Cualquier buen comienzo, cualquier buena intención... Estábamos metidos en la mierda hasta las rodillas. Parece ser una tradición familiar —me dice con un triste sarcasmo en la voz.

Nos reímos, sabiendo que hay poco de lo que reír.

—¿Vienes de una vez?

—No sé...

—Por Dios, Keto, nunca has sabido poner punto final. Es insoportable.

Me tiende la mano, la miro, esa mano blanca y bien formada llena de sortijas relucientes, mis dedos se deslizan entre los suyos.

—Esta vez no te nos vas a escapar, ¿prometido?

Me pregunto si puedo prometérselo.

Tuvo que ser en la primavera de 1994 cuando vi por primera vez a Guga Koridze con los ojos vidriosos en un cruce de la calle Lérmontov. Tenía prisa por llegar a la Academia, porque tenía un examen parcial. Él andaba por ahí con unos personajes equívocos, y me sorprendió, porque normalmente no lo hacía nunca, me pregunté qué se le había perdido allí. Con su estatura de titán y su vestimenta llamativamente clara, parecía fuera de lugar entre aquellos matones que llevaban bandanas y Ray-Ban y vestían de negro. Miré a mi alrededor, busqué a su hermano, pero no había ni rastro de Zotne. Así que fui hacia él y le saludé. Y vi sus ojos. Parecían de cristal.

—¿Todo bien, Guga? —pregunté, preocupada.

Aquellos tipos me diseccionaron con la mirada, un par de ellos me saludaron respetuosos, yo seguía siendo la hermana de Rati.

—Oh, hola, Keto, ¿todo bien?

Se rascaba el brazo de manera maniática, y de repente me sentí mal, quise irme lo antes posible.

—¿Cómo está Anna? Hace mucho que no la veo...

—Ya no tengo nada que ver con esa puta —me espetó, se apartó de mí y fue hacia su grupo.

Fui con mi padre a visitar a mi hermano a la clínica y reprimí las lágrimas mientras le contaba en el jardín de la intimidatoria institución cosas sin importancia de nuestra vida cotidiana, y le daba los *éclairs* que había preparado la propia Eter. Parecía apático, como si se encontrara en un lugar inalcanzable para nosotros. De vuelta en la calle, apremié a mi padre para que lo sacáramos de allí lo antes posible. Cualquier cárcel me parecía mejor que saber detrás de aquellos altos muros de piedra a una persona desconocida que ya no tenía nada que ver con mi hermano. Mi padre me consolaba: «Dos años, no son más que dos años —repetía sin parar—, luego saldrá libre y podrá volver a empezar su vida». Odiaba a mi padre por aquella mentira.

Una noche de lluvia, llamé a Gio Dwali, al que en adelante ya no volví a llamar «el pelirrojo». Supo enseguida quién era yo, como si hubiera estado esperando mi llamada. Nos citamos después de las clases y fuimos al parque de Msiuri, a cuya espalda se encontraba la canalización sobre el Vere que llevaba al zoo. Hablamos de cosas cotidianas, me hizo cumplidos que yo recibí codiciosamente, como si llevara todo el tiempo esperando una confirmación por su parte. ¿Había esperado una desmesurada gratitud, o incluso entrega? Su jovialidad sin reparos me sobresaltaba una y otra vez. Aun así, me había propuesto quererle, quería terminar, quería aprender de una vez a poner punto final. Él coqueteó conmigo también en nuestras siguientes citas, era encantador; yo seguía sin tener claro por qué lo hacía, pero lo aceptaba, de manera semiconsciente albergaba la esperanza de dejar atrás el zoo de una vez por todas. Y cuando, en uno de los muchos paseos que dimos en aquella época, me apretó en un portal contra la pared y me besó, yo seguía creyendo que de ese modo podía hacer las paces con lo ocurrido, e ignoré que no sentía nada con sus besos.

Nadia Aleksandrovna murió, y dejó su legado al patio en forma de cinco gatos y cientos de plantas en macetas que habrían hecho aplaudir de alegría a cualquier botánico. Veía raras veces a Reso, pero cuando lo hacía me sentía agradecida y feliz por nuestras profundas conversaciones, por su conocimiento, que me transmitía con tanta generosidad, por su interés en mi vida y sus preguntas. En una ocasión, me invitó junto a Maia y otros compañeros a su casa, donde también vivía su madre enferma, que no paraba de llamarle desde la habitación de al lado. Nunca volvimos a hablar del incidente de Estambul. Solo de cuando en cuando me lanzaba una mirada penetrante que yo no era capaz de clasificar. Hacía más de seis meses que no veía a Levan.

Sigo a Nene al jardín, de vuelta al presente, y dejo las fotos donde están, en un pasado que nunca termina de pasar. El grupo que entretanto se ha formado en torno a Anano e Ira, entre ellos también los comisarios y la anfitriona, ríe relajado. Es obvio que todos se alegran de volver a ver a Nene, y unos cuantos incluso la aplauden cuando nos unimos a ellos, lo que me parece completamente exagerado. Una inglesa me pregunta qué hago y cuál era mi relación con Dina. Dos georgianos de la embajada se pierden en elogios. Nene cuenta una anécdota de nuestra infancia, todos reímos conscientemente alto. Se abre paso una extraña desinhibición entre aquellos testarudos invitados. Ira tiende a Nene un encendedor que ella ha estado buscando. No la pierde de vista, una parte de ella siempre está a su lado. Es increíblemente conmovedor e increíblemente triste al mismo tiempo.

Veo a Nene delante de mí con su panza esférica, embarazada de los gemelos, cuando llega a Tbilisi en primavera porque un Guga completamente descontrolado se ha convertido en una amenaza para toda la familia. Veo el rostro enjuto de Dina, que me mira sin cesar desde las pantallas de televisión. Gio, que me lleva consigo, en rascacielos anónimos, a fiestas de sus compañeros, que escuchan a los Boyz II Men. Veo que Gio que coge mi mano entre las suyas y dice de pronto:

—Llevo tiempo pensando que me gustas, pero creo que me he enamorado de ti.

Yo no respondí nada, pero recuerdo que aquella misma noche hice el amor con él por primera vez, en la despensa de una vivienda ajena, mientras fuera la gente bailaba a la luz de las velas. Me acuerdo de cómo me levantó la falda, me encogió la pierna izquierda, y yo me sentí agradecida a la oscuridad. Me susurró al oído lo hermosa que era, lo bien que olía, lo infinitamente feliz que estaba de que estuviera con él. Yo no sentía nada, y aquella noche lo ignoré. Veo los ojos vidriosos de Guga, recorriendo las calles agresivo, atiborrado de la heroína de su hermano, irreconocible, incitando a la gente, a Zotne con su bastón sobredorado, empezando a andar otra vez con su extraña cojera, a Rati en el jardín de la clínica, haciendo sus preguntas repentinas y desconcertantes: ¿puedo comprar un perro? Días que se parecen, recuerdos que sin embargo siempre son crueles de una manera nueva... Hay que escapar de ellos, sí, hay que lograrlo.

¿Por qué de pronto se me pasa por la cabeza *El paraíso* de Tintoretto? Un gran encargo que he terminado hace poco en Venecia, durante meses he estudiado con otras dos colegas a sus bendecidos y elegidos, sus ángeles y querubines, su María que concibe a su hijo. Ese cuadro tiene determinada irradiación que inspira confianza. Me sorprendí encontrando rostros familiares entre aquellas cabezas y cuerpos. Me pregunté si estaba perdiendo el juicio, pero con el tiempo comprendí que era mi propio y pequeño paraíso el que veía en el monumental refugio de Tintoretto, que lo poblaba con mis personales santos y querubines. Cuando llegó el momento de partir y volver a dejar a Tintoretto en manos del museo y sus visitantes, me asaltó una sensación agobiante, como si fuera a dejar atrás algo muy valioso. Por primera vez, mis muertos me parecían estar en el lugar oportuno, un lugar pacífico y maravilloso lleno de colores pálidos y una falta de límites en el aire. El primer rostro que descubrí entonces fue el de Guga. Sus ojos celestes me miraron de pronto desde aquella obra maestra: habían aparecido entre los santos, los redimidos y los bendecidos, y yo había retrocedido por puro instinto. Pero luego sentí una paz tan inesperada ante la idea de que era él, de que de verdad podía encontrarse en aquel cuadro, que poco a poco empecé a ubicar en él también a todos los demás, a los que el tiempo había segado la vida de manera tan cruel.

¿Era junio o julio cuando murió Guga? Me acuerdo de que fue en el verano de 1994 porque a Nene le faltaban pocas semanas para el parto y se había quedado en Tbilisi porque estaba preocupada por su familia. Ella y Luka pasaron en casa las largas vacaciones, pero una de cada dos noches Nene, en avanzado estado de gestación, se levantaba a buscar a su hermano, que a veces yacía inconsciente en una escalera, a veces apaleaba a gente en la dacha de un amigo o había que rescatarlo de una estación de la milicia.

Y aún recuerdo que fue Dina la que aquella noche llamó a mi puerta y me dio la noticia. Había muerto en casa, en su cama. Con el brazo aún cogido con la goma, la cabeza echada hacia atrás, los ojos vueltos hacia arriba, una cucharilla de té quemada a sus pies.

Nene entretiene a los reunidos contando anécdotas de los años noventa. El juego del «¿Te acuerdas?» ha empezado. Los georgianos participan, se superan los unos a los otros en las más extrañas situaciones, dejan perplejos a los invitados occidentales al reírse con desenfado de los tanques aparcados en las calles, los niños que juegan con armas manipuladas, o al contar las peleas a navajazos entre compañeros de clase y los secuestros de chicas; los ejemplos habituales, el personal cotidiano aquellos días; los no georgianos se quedan cada vez más callados. Ira y yo no decimos nada, nuestros recuerdos no sirven para este juego, porque al final de nuestras anécdotas se encuentra inevitablemente la muerte. Nene domina ese arte, incluso en las horas de su más honda desgracia fue capaz de hacer una representación. Ira y yo nos apartamos un poco del grupo.

—¿Sabes lo que encontré el verano pasado cuando vacié la casa de veraneo en Kojori? —me pregunta Ira.

—Oh, no, no me digas que has vendido la casa de Kojori.

—Sí, mi padre ya no podía ocuparse de la finca, y todo estaba venido a menos, una triste imagen. Pero ¿sabes lo que encontré allí? Una cosa prehistórica, tuve que pensar mucho, como si estuviera viendo una pieza en el Museo de Historia Natural y no pudiera clasificarla.

—Suéltalo de una vez.

—¡Un hervidor! Creo que ya solo por el nombre ninguno de mis amigos americanos sabía lo que es.

Nos reímos alegremente, es una de las primeras risas relajadas de aquella noche.

—¿Nos vamos? —pregunta de pronto Ira.

—¿Cómo, ahora?

—Las tres. Anano lo entenderá.

—¿Y adónde vamos a ir? No sé ni qué hora es, pero tiene que ser cerca de medianoche.

—Bah, es sábado, y hace un tiempo maravilloso. Y estamos en el centro. Conozco unos cuantos locales, he dado conferencias a menudo en Bruselas.

—No sé... Mira a Nene, no puede estar más en su elemento.

—¿Te apuestas a que viene?

Me sorprende la repentina ansia de aventura de Ira. Quizá en los años que nos separan ha encontrado el gusto a las correrías nocturnas, ya se ha ejercitado lo bastante en la disciplina militante y, debido a su carrera, ha renunciado a muchas cosas, de forma que entretanto ha cogido gusto a los excesos, a las odiseas relajadas y espontáneas por ciudades nocturnas desconocidas. Pero de repente su idea me gusta, mi cansancio se esfuma, pienso en mi propósito de que esta noche me vaya bien. Nada me une a los otros huéspedes, no quiero charlar con ellos acerca de cosas superficiales. Las únicas de las que quiero saber cosas son Ira y Nene. Asiento, acepto. Ahora se trata de liberar a Nene de las garras de sus admiradores y hacer una salida elegante.

—Yo me encargo de Anano, tú te ocuparás de Nene —dice Ira, acostumbrada a delegar.

Obedezco. Con una disculpa, me infiltro en el grupo y pido a Nene que venga conmigo un segundo.

—¿Adónde queréis ir? —Me mira levemente irritada, con las cejas levantadas.

—Bueno, ya acabaremos en alguna parte. En este barrio hay mucho movimiento. Ira hablará con Anano.

Nene titubea, no quiere poner fin antes de tiempo a su espectáculo, ni renunciar a sus espectadores. Duda.

—... pero en cuanto empiece con la mierda de siempre me largo —me advierte, debo trasladar su exigencia a Ira—. Nos veremos en la salida dentro de veinte minutos —dice, y vuelve con su grupo sin esperar mi respuesta.

Me despido de Anano. Le encantaría pasar la noche con nosotras, dice con una sonrisa pícara, pero tiene que quedarse. Quizá podamos desayunar juntas, propone. Yo asiento comprensiva. Ira ha desaparecido, ya está esperando a la salida. Antes de dejar el espléndido jardín, veo cómo Nene susurra algo al oído del camarero.

A la salida, dos guardias de seguridad me abren la puerta y me despiden cortésmente. En un rincón veo a Ira, con su maleta de aluminio, que me hace una seña. Nene se toma tiempo, tenemos que esperarla lo que parece una eternidad, luego la vemos: sale del palacio como una pequeña zarina, y lanza un beso con la mano a los guardias antes de conquistar la noche con nosotras.

—¡Me muero de hambre! ¡Esos ridículos canapés! —es lo primero que dice, y decidimos ir a tomar unas patatas, por los callejones de la ciudad vieja llega a nosotras el seductor olor de la fritura.

Pasamos ante el Museo Real, dejamos a un lado la estación, nos vemos arrastradas por la multitud y llevadas al casco antiguo. Los locales están llenos, gente con botellas de cerveza en la mano parece aprovechar cada centímetro libre de las calles. Nos dejamos contagiar por el ambiente festivo. Nene se detiene y gime al ver el adoquinado, en el que sus tacones se quedarán clavados.

—Llevo aquí unas chanclas. Seguro que te quedan grandes, pero puedes probártelas, cualquier cosa es mejor que esos zapatos asesinos.

Nene acepta la oferta y cambia los tacones por las chanclas negras, demasiado grandes, de Ira. Ahora es más diminuta aún que de costumbre. Nos ponemos en la cola delante de un quiosco que vende gofres belgas y patatas fritas. Nos salimos un poco del marco, ni nuestra edad ni nuestro atuendo encajan con la clientela, pero nos da igual, nos sentimos libres y disfrutamos del anonimato. Nos sentamos en el bordillo y nos comemos las patatas, chupándonos los dedos.

Con la boca llena, Nene empieza a tomarnos el pelo con niñerías, cuenta una anécdota tras otra, está en plena forma, el alcohol parece estimularla, tiene la lengua afilada y rápida. Reímos hasta que se nos saltan las lágrimas, he olvidado muchas de las cosas que cuenta. Me sorprende que mi cerebro haya borrado todo lo frívolo y despreocupado. Me aferro a los recuerdos de Nene, son tan luminosos y ligeros..., la envidio por ese don, y se lo digo.

—¿Cómo lo conseguís? Desde que he entrado a esa exposición, no puedo dejar de pensar en la muerte, no puedo dejar de ver todo aquel espanto.

Las dos dejan de golpe de reír y me miran. Nene enciende un cigarrillo y mira al suelo.

—Pero todo lo hermoso *también* estuvo allí, Keto. Todo eso también lo tuvimos —dice Nene, y su mirada está tan llena de bondad, tan llena de conciliación, que me gustaría apoyar la cabeza en su regazo y pasarme allí toda la noche—. No puedes separar las cosas. Hasta que cumplimos veinticinco años, vivimos tantas cosas, vimos tantas cosas, sentimos tantas cosas como la mayoría de la gente no alcanza a hacer en toda su vida. A veces siento incluso algo así como gratitud por esas experiencias.

Miro asombrada a Nene, cómo puede decir eso, cómo puede sentir gratitud por todo lo que la vida le ha exigido. Pero al mismo tiempo siento una profunda nostalgia de la manera condescendiente con que habla de aquello.

—Lo siento, pero yo renunciaría a todo aquello sin pestañear —digo.

—No lo harías —responde muy decidida Nene, y se levanta gimiendo del bordillo—. No querrías echar de menos todo aquello ni un segundo.

—¿Por qué no? La violencia, el miedo, las pérdidas, la guerra, la muerte sin sentido, ¿qué es lo que iba a echar de menos?

—Toda la vida que hubo en medio —dice Ira, y excepcionalmente ella y Nene parecen tener la misma opinión.

—Exacto. La vida y el amor que hubo en medio. Lo mucho que fuiste querida y lo mucho que tuviste la ocasión de querer. ¿No crees que eso es un regalo?

—¿Qué amor...?

—¿Qué te parece el nuestro? —pregunta, un tanto ofendida, y me mira directamente a los ojos.

Yo bajo la vista.

Nos ponemos en camino y vamos a parar a las cercanías de la Bolsa. Nos dirigimos al primer bar que tiene una mesa libre fuera. Yo sigo con el vino blanco, Ira pide un whisky, Nene no logra decidirse. Hablamos de lo bien que ha salido la exposición, elogiamos a Anano por su entrega y nos reímos de los engreídos visitantes.

—Seguro que a ella le habría gustado. Creo que sí —dice Ira, y da un sorbo a su copa.

Nosotras asentimos, y nos sumimos durante unos momentos en un pensativo silencio.

—Bien, ahora voy a pedir un vodka, y luego estaré lista, sí, creo que ahora estaré lista para que hablemos de esto —dice Nene con decisión, y mira a Ira. Enseguida sabemos a lo que se refiere.

—¿Qué quieres que te diga? —Ira se tensa, todo su cuerpo parece contraerse de pronto.

—Algo sincero. No quiero saber nada de mis derechos como mujer y toda tu cháchara de ONG.

—¡«Cháchara de ONG»! No es ninguna cháchara, sino mis principios; hago las cosas porque creo en ellas. Y, si desprecias mis convicciones, es una base muy mala para una conversación sincera.

Ira se esfuerza por mantener un tono neutro, pero no lo consigue. La herida no está curada, la fractura parece irreparable.

—Bien, de acuerdo, entendido. Me esforzaré, me contendré, de verdad que quiero entenderlo —de pronto la voz de Nene es suave, la agresividad ha desaparecido.

—Muy bien, al fin y al cabo tenemos a Keto como mediadora.

No intento contener el alud, una vez que acepto el papel que nuestra amistad me ha conferido, y casi yo misma me sorprendo de que de pronto sea posible.

—Te he querido, Nene —empieza cautelosa Ira—. Quizá esa sea la única verdad que podrías aceptar. Te he querido como amiga, como mujer, como ser humano.

Esas palabras, pronunciadas de forma tan lapidaria por primera vez y sin embargo tan desarmantes en su efecto, resuenan como un eco. Ira se detiene por un instante, luego sigue, prudente:

—Y era desdichada al ver que te trataban como a una esclava. Entiendo que querías y necesitabas a tu familia, por supuesto que lo entendía. Pero, precisamente después de la muerte de Guga, tu actitud cambió, dijiste en llamadas telefónicas que culpabas a Zotne de la muerte de Guga, que se había vuelto incontrolable e iracundo, megalómano y cruel, incluso con Manana y contigo. En pocas palabras, lo calificaste de imprevisible, y querías que aquello terminara. Temías por tus hijos, volabas desesperada entre Moscú y Tbilisi... Me acuerdo de todo, de cada detalle. Nunca llegué a integrarme en Stanford, solo pasé por allí, y estudié como una loca para graduarme lo antes posible. Era insano, pero fui hasta mis propios límites, estaba segura de que solo podías ser libre de ese modo.

Nene fuma, mira hacia otro lado, como si observara la mesa vecina, pero registra cada una de las informaciones que Ira le da, las compara con sus recuerdos. Sigue luchando contra la aversión, pero desaparecerá enseguida, enseguida podrá entregarse, podrá aceptar, aunque solo sea un segundo, solo ahora, solo aquí, ver las cosas con los ojos de Ira.

—Presenté mi candidatura a la fiscalía de Tbilisi cuando todavía estaba en Stanford. Sabía que sola iba a poder hacer muy poco. Tu hermano tenía sobornada a media ciudad, era intocable, eso lo tuve claro desde el principio. Pero podía dejarlo al descubierto, ese era el único camino:

generar presión pública y obligarlos a todos a actuar. A través de Dina, entré en contacto con determinados periodistas, sin que ella supiera a qué me estaba ayudando. No olvides que la gente estaba tan harta de aquel mundo corrupto, estaba tan furiosa, tan desprotegida, tan tutelada, tan robada y engañada, que simplemente era el momento adecuado, yo sabía que la presión pública iba a ser enorme. Solo entonces me quedó de verdad clara la dimensión que en ese tiempo había alcanzado el problema de las drogas. Todos lo sufrían, las familias, los amigos, todos se sentían abandonados a su suerte y desbordados por esa muerte lenta. Yo necesitaba pruebas y la opinión pública a mi lado, esa era mi única oportunidad.

—¿Por qué te aceptó la fiscalía? Quiero decir, nunca lo he entendido, tendrían que haber sabido que una gatita ambiciosa, emergente, formada en Stanford, significaba un peligro dentro de sus propias filas —pregunta Nene.

—En aquella época necesitaban una candidata modelo, a la que poder enviar al frente en los procesos mediáticos y de la que luego pudieran decir: ella lo hace todo bien, qué más queréis de nosotros. Yo tenía fantásticas referencias, habrían necesitado una razón convincente para rechazarme. Además, nadie contaba con que pudiera hacerles nada. Todos estaban en el mismo barco, y creían que podrían controlarme. En aquellos días, Shevardnadze hablaba sin parar de leyes anticorrupción y las campañas correspondientes. Y, aunque todos supieran que nunca iban a entrar en vigor, estaba bien visto hablar de ellas. Al menos hacían como si quisieran establecer un Estado de derecho.

—Parecías muy distinta cuando volviste. —La mirada de Nene se aparta, y en su voz vibra cierta pena.

—Sí, y de pronto tú eras madre de tres hijos. Tuve que acostumbrarme.

De golpe Ira parece agotada, como si quisiera poner fin a aquella conversación lo antes posible. Pero Nene insiste:

—¿Cuándo empezaste a colaborar con *El Dominical*?

—Tanteé con cuidado, y conocí relativamente pronto a Ika. Enseguida supe que era el hombre adecuado. Ese barbudo y poco hablador compañero de Dina...

—¿Dina estaba al tanto? —Es evidente que esa pregunta ha ocupado dolorosamente a Nene durante todos estos años.

—No, cuántas veces tengo que repetírtelo: ella no sabía nada. Por aquel entonces estaba muy ocupada con sus exposiciones y sus apariciones en la televisión, con su nueva camarilla. Y ¿cómo iba a decírselo? ¿Te acuerdas de cómo se puso cuando os hablé por primera vez de mi proyecto? Jamás hubiera puesto en peligro a ninguna de vosotras. En un asunto así hay una cantidad insensata de gente involucrada, en aquel caso en concreto incluso ese mafioso de Rusia, ese gnomo megalómano llamado Begemot.

Nene aparta la vista de Ira. Nos traen el vodka.

—Es tan repugnante que hicieras todo eso a mis espaldas. Hasta hoy, Zotne sigue sin creer que yo no sabía nada.

—Lo sé, lo siento.

Ira da un sorbo a su copa, me mira intrigada. Yo no digo nada, me atengo a mi nuevo papel, pero sé que ella tiene una oportunidad. Sin duda la cuerda es muy fina, pero por primera vez puede que se mantenga en equilibrio encima de ella.

—No te haces una idea de lo que me hiciste, de lo que significó para todos nosotros. Gente a la que no conocía de nada me insultaba y escupía por la calle, me llamaba traidora, puta. A sus ojos, yo era la mujer que había entregado a su hermano. Era una paria, casi tres años después del proceso seguía sin poder regresar a Tbilisi.

De pronto a Nene se le llenan los ojos de lágrimas, cierra el puño derecho, veo crecer la agresividad, veo que va a perder el control. En cualquier momento saltará y nos mandará al infierno, y se irá de allí con su dolor. Pero se queda sentada, aguanta.

—Si pudiera, si fuera posible volver atrás, al pasado, te ahorraría mi amor. Si pudiera, no volvería a seguir a Dina y Keto al parque después de que me devolvieran mi diario.

Algo en la declaración de Ira nos hace estremecer. Estremecer ante la idea de que Ira nunca hubiera sido parte de nuestra vida. Veo que Nene reflexiona sobre esa versión del pasado. Su rostro sigue desfigurado por el dolor.

—¿Cuándo pinchaste su casa? —Lucha consigo misma, con Ira, con las palabras.

—El día del cumpleaños de Zotne, Ika vino conmigo desde *El Dominical*. Lo presenté como un pariente que estaba de visita en mi casa. Inspeccionó el piso mientras estábamos sentados a la mesa. Un veterano de Afganistán le había dado instrucciones, y lo hizo. Fue algo muy delicado.

Veo el rostro barbudo del periodista delante de mí, creo recordar que más tarde hizo carrera en la televisión.

Yo misma no estaba allí, no sé nada del cumpleaños de Zotne, de que haya celebrado siquiera sus cumpleaños después de que mi hermano lo encadenara a su silla de ruedas, después de que su hermano sucumbiera a la heroína.

Aquel verano yo estaba ocupada con mis exámenes finales. De paso, trataba de convencerme de que mi destino era amar a Gio Dwali, y vivía en una incesante preocupación por Rati, que nos estaba llevando a todos a la ruina psíquica, física, económica. ¿Cuándo lo soltaron exactamente? ¿Por «haber concluido con éxito el tratamiento y por buena conducta»? ¿En primavera, o incluso ya en verano? Mi hermano, libre pero desvalido, dependiente de los fármacos, que a pesar de su recobrada libertad ya no salía de su habitación y oscilaba entre el absoluto abatimiento y una euforia maniaca. Pronto ya no quedó sitio en mis muslos donde poder aplicar la cuchilla. Me cortaba las cicatrices, sin perdonar las infectadas. También Dina, la forma de vida de Dina, me desconcertaba. Había alcanzado algo así como una fama trágica, y participaba en exposiciones colectivas de jóvenes artistas, viajaba al Báltico y a Polonia, hablaba de «la cuestión abjasia» en congresos internacionales de paz en Estrasburgo y Milán, reunía bandadas de jóvenes amigos del arte a su alrededor y parecía no tener nada que ver con su antigua vida. Se diría que había aprendido a disfrutar de su inesperado estatus, a aceptar el respeto que se le ofrecía. Empezó entre titubeos a definirse como artista, pronunciando siempre esa palabra con ligera torpeza, como si aún tuviera que acostumbrarse a ella. Se vestía de forma distinta, hablaba de manera distinta, se envolvía en esa aura misteriosa, artificial, se veía en sótanos y bares improvisados con músicos y actores, pintores y periodistas, que le hacían la corte y caían a sus pies. Se quitó de encima el mundo, nuestro mundo, en el que se había sacrificado por ideas equivocadas y amores equivocados. Ya no quería tener que sacrificarse por nadie, ¿quién podía reprochárselo?

Al principio, me alegró sinceramente su recién obtenida libertad y su repentina fama como fotógrafa valerosa y no convencional, a la que querían conocer en Occidente por sus ideas *correctas* y principios humanísticos, solo para volver a convencerse de su propia superioridad. Me alegraba también ese mundo nuevo y distinto en el que se encontraba en casa, y en el que no marcaban la pauta ni los Kaláshnikov ni las Obrez, sino ella misma. Pero poco a poco mis dudas fueron en aumento. Sin duda interpretaba con bravura el papel de aquella artista amante de la libertad, pero también allí imperaban reglas y leyes claras que la constreñían a un determinado papel. Era un mundo aparente lleno de empatía e intereses. Y se enmudecía de golpe y se cambiaba de tema en cuanto alguien se apartaba del guion del pacifismo de moda y empezaba a hablar de los problemas sociales, que parecían no afectarles. Porque la mayoría de ellos eran hijos de la élite, con dinero que sus padres habían salvado de los tiempos soviéticos y trasladado a esa nueva anarquía. Lo que hacían y decían era pura copia, imitación barata del pensamiento liberal, cháchara superficial que no costaba nada, impulsada por el insaciable deseo de destacarse a toda costa del pueblo llano. Yo veía que esa gente no era como Dina; era un grupo engreído que fanfarroneaba sin descanso hablando de libertad y miraba de arriba abajo a todos los que no pertenecían a su casta, y que declaraba atrasado al país entero. En realidad, tenían miedo al mundo de los Zotne y Rati, tenían miedo a los inválidos que volvían de la guerra, tenían miedo a la violencia desatada de las bandas del Mjedrioni, temían sobre todo lo que estaba fuera de su protegido horizonte, y disfrazaban ese miedo con su omnipresente desprecio. Pero Dina venía de esa ciénaga que los otros solo conocían de oídas. No había escogido su arte como flirteo, más bien surgía de una voluntad de sobrevivir, era su único medio para escapar de aquel infierno que la rodeaba. Y el infierno deja huellas, la llena a una de quemaduras, que tal vez se puedan ocultar, pero no por eso duelen menos.

Con el tiempo, desarrollé una auténtica aversión hacia sus nuevos amigos, que ella prefería en vez de a mí, a nosotros. No entendía a Dina, pero constataba con horror que empezaba a evitarnos; para ella representábamos la parte de la vida con la que ya no quería tener nada que ver. Ni visitaba a Rati ni tenía contacto con Zotne, que desde la muerte de Guga se había retirado a su envoltorio de implacabilidad y silencio. Ira tiene razón, me acuerdo de que Nene empleaba cada vez más a menudo la palabra «imprevisible» al referirse a su hermano.

—Sí, después de la muerte de Guga se volvió totalmente imprevisible —dice de pronto Nene, como si me hubiera leído el pensamiento. Enciende otro fino cigarrillo y vuelve a parecer controlada.

—Apostó a ir a por todas con aquel gnomo ruso —comenta Ira, esforzándose por mantener un tono objetivo—.

Zotne ganaba entonces un porcentaje de beneficio mayor del acordado, y aquel gnomo era realmente un matón, un asesino, no puede decirse de otro modo. En 1998 o 1999 lo mataron como a un cerdo en su ascensor, en Rostov.

Lo de siempre, dice Ira, y el modo en que lo dice tiene algo de sereno, duro, quizá hasta despiadado, tanto que me pregunto si todas causaremos en los demás esa impresión serena, dura, despiadada, por ejemplo, en esa ilustre ronda que se congregó en torno a Nene hacía pocas horas. Si no percibirán en nosotras a animales de rapiña a los que sin duda se ha domesticado, pero cuya verdadera naturaleza puede salir a flote en cualquier momento, en las circunstancias adecuadas.

Desde mi traslado a Alemania, siempre he puesto un cuidado exquisito en no molestar demasiado a mis congéneres. Siempre he dicho tan solo lo imprescindible y medido cuidadosamente mis palabras, me he ejercitado en no asustar en exceso con mi pasado, en vez de eso he hecho mías, rápido y bien, las reglas de juego de un mundo pacífico. Siempre he cosechado simpatías con mi anticuado alemán de Hölderlin y Novalis y el inglés especializado que aprendí después, he realizado mi trabajo con más celo y entrega que muchos colegas, no me he hecho acreedora de nada malo, me he impuesto la tarea de ser más ordenada que cualquier otra y he atendido mis deberes cívicos con un sentido casi devoto de la responsabilidad. Durante mis primeros años en Europa, consideraba un gran privilegio poder hacer, tener la oportunidad de hacer, exactamente esto, que se nos había vedado durante todos los años anteriores. Mi recién adquirida autodeterminación en Alemania me parecía un regalo inmerecido, y saqué de él todo el valor y la energía que pude. Puse todo de mi parte para no dejar en herencia a mi hijo las pesadillas de mi pasado, me ejercité en ser obediente servidora de mi libertad. Pude ofrecer a mi hijo todos los privilegios que yo misma nunca pude disfrutar en mi juventud; fui una amiga comprensiva, una colega responsable, a veces hasta una mujer cariñosa... Siempre presté atención a ser mejor, más amable, más servicial, para ser reconocida, aceptada, querida. Pero jamás esperé amor. Jamás he tenido esa pretensión, porque sabía que mi amor a esas personas, esas tareas, esa vida solo era una forma *domesticada* de amor, aceptable y nunca incondicional, nunca un amor como el que era propio de mi mundo destrozado.

Dejé atrás mi amor en un mundo que ya no existe y que, esta noche, ha estado mirándome desde esas paredes impresionantes. Lo he dejado en un sitio al que jamás volveré, entre personas que solo existen dentro de mi cabeza, en forma de sombras. Mi amor, estoy segura, será también el destino de Ira y Nene: es un amor de dinosaurio, una forma extinguida de amor, sucia y brutal, un amor que desemboca en cuchilladas, heridas sangrientas y disparos, uno acostumbrado a esquivar prohibiciones y barreras, es un amor de camaleón, que tiene que mentir para sobrevivir, sí, tiene que ser así. Nuestro amor no conoce la libertad y la despreocupación, no es fácil y no es en absoluto civilizado, no conoce la ligereza ni la juventud, es un amor que abruma de manera insana a las personas que no son de este mundo, que las atemoriza y perturba. Y tienen razón. Pero no puedo traicionarlo, no puedo desprenderlo de mí, porque ese amor es el único que tengo. Y, sin tener que preguntarles, sé que esas dos mujeres que se sientan enfrente de mí, que prolongan la noche, que mezclan el pasado con el presente como una bebida preparada con destreza, lo sienten exactamente igual. Y sí, es cierto, las tres sabemos que lo que cuelga expuesto en las blancas paredes de ese hermoso palacio en medio de esta alegre y cálida ciudad muestra en primer término un mundo exótico, un mundo destrozado, mágico, atractivo a los ojos occidentales..., un mundo que a nosotras nos llega para diez vidas. Hemos vivido, hemos vivido por muchos, y no podríamos ser infieles a esa vida solo porque el dolor nunca se apague del todo.

Quizá ese fue el punto en el que se produjo la auténtica ruptura, la auténtica tragedia entre Dina y yo. Quizá fue eso: que en los últimos años de su vida intentó volver la espalda precisamente a esa vida, se apartó de todo lo que nos unía y que yo había tratado de defender con toda el alma, por los medios erróneos y por los correctos. Durante años, incluso después de su muerte, estuve ciega de ira porque ella no quisiera reconocer que no podía limitarse a tapar su infierno sin más con un hermoso manto. Se había negado a enfrentarse a las contradicciones, y al final, en su desesperación, ni siquiera había pensado que, al decidir buscar la redención en una anilla de gimnasia, también nos mataría un poco a todas.

—¡No intentes ahora que tu intrigante proceder suene como un acto de bondad!

La voz de Nene vuelve a tener la agresividad de costumbre. Increpa a Ira, pero en esta ocasión no me parece una mala señal. Al contrario, me alegra su recuperado espíritu de lucha.

—¡No fue mi intención! —intenta defenderse Ira—. Siempre tuve a tu hermano por un buen hombre de negocios, lo digo en serio. Lo habían preparado desde pequeño para ese papel, tenía todas las capacidades y conocimientos necesarios. Pero se aventuró en terrenos muy peligrosos. Y las pérdidas, el dolor por Guga y quizá también la desaparición de Dina de su vida le hicieron volverse descuidado. Nunca habría sospechado que iba a proporcionarnos tantas pruebas. Quizá a partir de un punto determinado todo le daba igual. Recuerdo el miedo que tenía a cruzarme con él durante los meses que pasé preparando el proceso. Tenía mucho miedo a su odio. Pero, cuando me lo encontré ante el tribunal, me miró con una indiferencia tan extraña que me estremeció. No me libraba de la sensación de que no se quería defender, de que se sometía, de que estaba casi aliviado...

—¿Aliviado? ¡Destruiste su vida!

—Su vida estaba destruida mucho antes de que yo apareciera.

Ira se inclina sobre la mesa y coge la mano de Nene. Yo espero que ella la retire, pero no lo hace, y siento que todo mi cuerpo se distiende de alivio.

—Lo hice porque era la única salida que veía para aquella pesadilla. Y quiero que me creas una cosa: no me puse a salvo. Recibí amenazas de muerte, me insultaron llamándome «lesbiana perversa», Giuli murió solo dos años después: una mujer sana como una manzana, después de todo aquel proceso tenía los nervios destrozados. Mi padre tuvo que cambiar de hospital, vendimos la casa, nos mudamos a otro barrio. Me presentaron como una andrófoba enfermiza, como espía rusa, como sociópata. Tú supiste todo eso, Nene, y, aunque no quisiste verme durante todos esos meses, aguantamos juntas, y tuve que soportar exactamente igual que tú todo lo que te hicieron.

Nene no retira la mano. Pero aparta la vista e interrumpe la confesión de Ira:

—Tú eras la fiscal, eras el enemigo ya de entrada. Yo en cambio era una rata a sus ojos. Todos pensaron que estaba de acuerdo contigo y que había traicionado a mi propio hermano.

Sigo un viejo impulso y trato de decir algo, pero Nene no me deja hablar:

—¡Dios mío, ten por una vez un punto de vista *propio*! ¡Ira no necesita ninguna abogada, ella es abogada! ¡Siempre ese estar en medio! ¡Tiene que resultarte insoportable también a ti!

—¿Qué esperas de mí? —levanto yo también la voz.

—¿Por qué no tienes contigo y tu familia, con tus hombres, el mismo don de entenderlo y perdonarlo todo que me exiges a mí? ¿O es que no es tan fácil estar por encima de todo cuando se trata de ir al grano? —Los ojos de Nene centellean de manera febril mientras me lanza a la cara esas frases.

—Yo no soy comprensiva —protesto—, soy lo contrario de eso. ¡Estoy furiosa! Estoy furiosa con mi hermano y con tu hermano, estoy furiosa con Levan y con ese cerdo de Otto, estoy furiosa con Gio, que llevó mi vida a un callejón sin salida. Estoy furiosa conmigo misma, porque no he podido cambiar nada por más que me he esforzado. Estoy furiosa con mi silencio, que me protege de todos los que no son vosotras. Estoy furiosa con mi incapacidad para una relación, estoy furiosa con el hecho de que todos a los que quiero desaparecen un día y ahuyento a todos los que me quieren. ¡Estoy furiosa cada maldito día de mi vida, y además muy furiosa! También estoy furiosa con Dina; a pesar de todo el dolor, esa rabia parece no desaparecer nunca de veras. Simplemente lo siento, lo siento tanto...

Enmudezco. Las dos me miran con los ojos muy abiertos. Yo misma estoy sorprendida de las palabras que acaban de salir de mi boca. No siento vergüenza, no bajo la mirada. Sé que estoy a salvo. ¿Cuándo he tenido esa sensación por última vez? Y ni siquiera me parece sorprendente sentirme segura precisamente en medio de una pelea. Bebo agua.

—Lo siento, Keto —dice Nene al cabo de un rato, y ensaya una sonrisa.

—Quizá tengas razón, en cierto modo. He intentado tanto verlo todo con los ojos ajenos que en algún momento he perdido mi propio punto de vista. Hace años que ya no tengo un lápiz en la mano.

La noche acaricia nuestras sienes. Qué pocas noches como esta he vivido fuera de Georgia. Noches tan empapadas del calor del día que siguen calentando en medio de la más negra oscuridad. Noches que te mecen en sus brazos como a una niña. Hoy es una de esas noches, aquí, en esta hermosa ciudad, la noche nos es propicia y parece brindarnos todo el tiempo que necesitamos.

—Ella lo ha logrado, pensé al menos entonces. Pensé que de verdad había dejado atrás toda esta mierda: a vuestros hermanos, la guerra, esa manía autodestructiva. Ella había llegado, había conseguido tanto reconocimiento. Estaba segura de que seguiría su propio camino.

Ira habla en voz baja, y empieza a buscar algo en su maleta.

—Qué tontería —responde Nene—. Era una huida condenada al fracaso de antemano. Intenté varias veces hablar de eso con ella, como muy tarde desde que nos llevó a aquella gloriosa fiesta de artistas, ¿te acuerdas, Keto, de la que armé con aquellas dos pavas arrogantes?

Sí, me acuerdo, y sobre todo aún estoy viendo la expresión de la cara de aquellas dos estudiantes de pintura vestidas de manera pseudoindividualista y que tan increíblemente se esforzaban en ser distintas, cuando miran a Nene, a aquel ser tan suave y en apariencia inofensivo al que al principio sonrieron con suavidad, y que de pronto se convirtió en un animal de rapiña. Y no puedo evitar reír a carcajadas.

—A veces pienso que todo habría sido distinto si Dina se hubiera quedado con mi hermano —dice Nene, y pienso que linda con la ironía que yo haya pensado a menudo lo mismo de mi hermano.

—¿Volvieron a verse Dina y Zotne después del entierro de Guga? —pregunta Ira.

—Él ya no podía. Se consideraba un lisiado. Creo que ella intentó hablar con él, pero era tan duro, tan cerrado... Y después de la muerte de Guga perdió ya toda fe, rechazaba a la gente, la hería con toda intención. Y se perdió en sus nuevas ocupaciones.

Siento crecer la amargura cuando pienso en aquellos largos meses en los que intenté seguir el paso a Dina, la perseguí, la sorprendí con llamadas y visitas espontáneas, hice todo lo que pude por retenerla.

Por fin Ira ha encontrado lo que busca; sostiene una bolsita de plástico en la mano y comienza a liarse un canuto. Nene y yo intercambiamos una mirada de desconcierto.

—¿Qué pasa?

—¿En serio has empezado con el kif a punto de cumplir los cincuenta?

Nene parece realmente divertida.

—No, simplemente hace mucho que no me ves.

—Sí, por desgracia tenía mis motivos.

El tono de Nene cambia de golpe:

—¿Qué pasó entonces? —retoma el hilo—. ¿Cómo es posible que el tribunal admitiera a trámite tanto material obtenido por medio de escuchas?

No, nunca acabará. Ella nunca cejará. Igual que Dina y yo nunca hemos salido del zoo, Nene nunca dejará de desgarrarse entre la lealtad a su familia y sus propias necesidades. Pero está claro que Ira se ha propuesto extender esta noche su paciencia hasta el infinito:

—Tenía que demostrar riesgo en la demora. Con esa norma, las escuchas se admiten en casos excepcionales.

—¿Y me haces el favor de decirme quién estaba en peligro?

—¿De verdad quieres saberlo?

—Sí, claro que quiero saberlo, ¿qué te has creído?

—Zotne se había convertido en un dolor de muelas para el Mjedrioni. Era demasiado influyente y demasiado rico, hubo asaltos y coacciones. Y el que tiraba de todos esos hilos era Levan Iashvili. Había declarado la guerra a tu hermano. Zotne *tenía* que actuar. A corto o medio plazo, tenía que eliminar a Levan.

Enmudezco. Me río, no sé por qué lo hago. Lo que dice suena tan absurdo. En aquel hermoso lugar, entre toda esa gente que festeja, aquella frase suena desfigurada, suena como la frase de una mala película. También Nene levanta los ojos al cielo.

—¿Qué estás diciendo?

—Levan fue mi bola de nieve, Nene. Con él lo eché todo a rodar. La bola de nieve que más tarde se convirtió en alud. Sin esa información, no habría podido llevar el proceso.

—Me refiero a qué quieres decir con eso de que Zotne iba a... Levan...

—Puedes creerme o no. Ya no tengo fuerzas. Solo puedo repetirme, nada más. Puedo explicártelo todo desde el punto de vista jurídico, puedo darte acceso a cada detalle, volver a sacar los expedientes, pero no puedo seguir justificándome. Sé que nunca me perdonarás. Está bien, Nene. No voy a seguir suspirando por tu compasión. Ahora voy a fumarme este canuto y a estirar un poco las piernas. Tengo que volver al presente —dice Ira, y pide la cuenta.

No le llevamos la contraria, nos sometemos a su plan. Me pregunto qué hora es. Sí, también a mí me gustaría caminar un poco; pienso en el hermoso parque que hay junto al Museo Real, donde paraba a menudo a mediodía con Norin, pero seguro que ya está cerrado. Entonces me acuerdo del Jardin Botanique, allí estuvimos tumbados en el césped observando los pájaros. Pero me pregunto si encontraría el camino, además de que seguramente también estará cerrado. Mis pensamientos siguen pegados a la información que ha proporcionado Ira.

—¿Por qué Levan? —murmuro, aunque hace mucho que conozco la respuesta.

—Había diversas razones. Pero creo que lo decisivo fue lo de Anna. Él lo supo desde el principio. Me refiero a Zotne. Culpó a Levan de la muerte de Guga. «Él empujó a mi hermano a la muerte», decía en una de las llamadas pinchadas. Además, consideraba verosímil que los hombres del Mjedrioni, que iban hasta arriba de heroína, quisieran a la corta o a la larga quedarse también con ese negocio. Y, al contrario de Rati, al que sin duda despreciaba, pero también respetó siempre, Levan le repugnaba en lo más hondo, le consideraba carente de principios, también porque había traicionado a Rati y se había pasado al Mjedrioni. Y Levan era más implacable que Rati, él no fallaría si alguna vez lo encañonaba, y Zotne contaba con que eso iba a ocurrir tarde o temprano.

Ira paga con su tarjeta de crédito. Yo guardo silencio. Intento, de manera febril, completar el puzle; pienso en Levan, pienso en mi primer encuentro con él después de la violación de Anna, que nunca terminó en denuncia. Pienso en mi amor, que enfermó tan imperceptiblemente, en los rasgos de su rostro deformados por el ansia de venganza, en su desesperación, que con los años se convirtió en un odio ciego, y en que no fue ni una sola vez a visitar a mi hermano, inflado de medicamentos. Pienso en la aterradora sensación de ser consciente de que nunca llegué a conocerlo de veras, de haber amado a un desconocido que nunca quiso ver mis cicatrices.

—Me gustaría tumbarme en el césped en alguna parte —dice Nene ahora, y yo propongo el Parc de Bruxelles y el jardín botánico, pero añado en tono de lamento que seguro que ya están cerrados.

Nene se echa a reír a carcajadas.

—No lo dices en serio, ¿no? —Ríe y ríe, y yo no entiendo dónde está la gracia.

Ira también sonríe, y niega con la cabeza sin parar.

—¡Siempre se te dieron bien las sorpresas! —exclama Nene, y se cuelga de mi brazo, con los pies todavía calzados con las chanclas de Ira, y exclama, como un pequeño general que arenga a sus hombres—: ¡Vamos al jardín botánico, Kipiani! Si entonces lo conseguimos, también esta noche lo conseguiremos.

—¡Sí, entraremos! —dice Ira.

Solo entonces comprendo la razón de su jovialidad, no había pensado en eso ni por un instante, y yo misma me asombro de cómo no he podido advertir la evidente referencia.

Busco el camino en mi smartphone. Tenemos que superar alrededor de kilómetro y medio, debería ser posible.

Marco el ritmo, dirijo a mis pequeñas soldados, mis más fieles compañeras sin miedo. Por el camino, compramos en un quiosco vino, agua y unas bolsas de patatas y frutos secos. Continuamos adelante impertérritas, marchamos hacia nuestro objetivo, atravesamos la Grande-Place. Dejamos atrás los angostos y atiborrados callejones de la ciudad vieja y seguimos nuestra propia música. Nadamos contra la corriente, no nos detenemos en ninguna parte, nos abrimos paso por entre la achispada multitud, queremos ir al jardín botánico, y por tanto al principio de nuestra historia.

«LET THE MUSIC PLAY»

—¿Qué pasa con tu vida amorosa, querida Keto?

Nene vuelve a estar en su elemento.

—¡Queremos saberlo todo! —exclama, vivaz, y camina segura junto a mí.

—¿Es que no vas a madurar ni un poco, Nene Koridze? —Suspiro, y lanzo otra mirada al plano virtual de la ciudad, para asegurarme de que no nos apartamos del camino.

—Por favor, soy una mujer en la flor de la vida, me encuentro en el cénit de mi evolución sexual, por así decir. Vamos, suéltalo, cuenta.

—No tengo ninguna relación estable, si te refieres a eso. Y, antes de que lo preguntes: no echo de menos nada.

—Pero te concederás alguna alegría, ¿no?

Me pellizca en el costado, grito.

—Sí, de vez en cuando, aunque seguramente no puede compararse ni de lejos con tu vida amorosa —digo.

—Bueno, por fin, queremos saber más de ese «de vez en cuando». —Se ríe como una niña de quince años.

—Lo de «queremos» no es del todo cierto —me defiendo mirando a Ira.

—A mí también me interesaría saber con quién se divierte la señora Kipiani —refuerza Ira.

—No es nada serio.

Pienso en Norin y en lo que diría si pudiera oír mi resumen de nuestra relación: «No es nada serio». Me avergüenzo de esa frase. No quiero que lo vean así, aunque tampoco sepan nada concreto de su existencia. Debo revisar esa imagen. Así que empiezo a contar, busco las palabras, intento describir la esencia, que, como en casi todas las relaciones, resulta inexplicable para quienes están al margen, en este caso incluso para mí. Me gustaría disculparme ante él por todo lo que he dicho en relación con nosotros, y que él nunca sabrá. Así que hablo de nuestros singulares y repetidos encuentros, repartidos a lo largo de los años y de diversas ciudades, y me asombra lo poco que yo misma puedo decir de esa singular relación. Y de que tuvo su origen precisamente en esta ciudad, en estas calles. Busco los conceptos adecuados para describirlo como el más atento de los oyentes que jamás he encontrado, su amor al detalle, que me sorprende una y otra vez, su ingenuidad, que a veces me pone al rojo vivo, y la melancolía que en ocasiones le asalta sin razón, aquella gravidez a la que se entrega sin resistencia. Ese hombre intacto que, de alguna manera, ha logrado pasar cincuenta años en este mundo haciendo que todas las tragedias, todas las catástrofes, describan un gran arco a su alrededor. Cuyo mayor punto de inflexión vital se produjo hace cuatro años, con la muerte de su padre, de ochenta y ocho años, que se quedó dormido pacíficamente, deteriorado por la edad, en un apartamento de un proyecto residencial tutelado y no volvió a despertar. Y que aun así no puede evitar entronizar su dolor, declararlo reina de su reino y hacer realidad cada uno de sus deseos. Que, a causa de su melancolía, acude a un psicoanalista desde hace muchos años.

Así que soy la única mancha sombría en su vida. Represento todas las tragedias que nunca tuvieron lugar en ella, y ocupo sin esfuerzo ese lugar; él palpa en mí todas las pesadillas que solo conoce por los cuadros y obras de arte. Soy Saturno devorando a sus hijos, y el monstruo de *El infierno* de El Bosco, soy Salomé con la cabeza del decapitado Juan el Bautista, soy Medusa con las serpientes. Y no me libro de la sensación de que eso es justo lo que necesita, porque su vida es demasiado soleada, demasiado alegre, demasiado estructurada, y echa de menos el caos que trato de ocultar por todos los medios ante él. Y, sin embargo, él lo busca cuando recorremos juntos las noches, en esa frase imprudente que me ronda los labios, sigue como un perro de presa las huellas que he dejado por descuido hacia esa anhelada oscuridad. Nada le atrae tanto como el instante del absoluto derrumbamiento, que lo haría libre, libre de toda la predestinación de su vida analizada hasta la muerte. Y yo entiendo esa sensación y soy indulgente, cuando yo misma no quiero otra cosa que seguridad y paz. Solo en muy pocos, muy exclusivos momentos de descuido, de pasión, de ligereza, nuestros deseos se superponen, se hacen uno durante un breve segundo, porque en esos raros minutos también yo querría mandarlo todo al infierno, lanzar al viento todos los acuerdos, tirar por la borda todas las promesas, renunciar a todas las seguridades, cortar esa red de mentiras de protección y precipitarme en ese caos que Norin invoca, quizá la forma más pura y sincera de vida. Sí, hurgo en busca de palabras y tropiezo con frases, hasta que Nene me dice que me detenga, se planta delante de mí y dice en voz baja:

—Todo bien, Keto, no tienes que explicarte, te conocemos. ¿Le quieres?

La pregunta de las preguntas, el amor, la respuesta de Nene para todo. Ira sonríe y vuelve a ponerse en movimiento, la seguimos, tenemos un objetivo. Vamos al jardín botánico para entrar en él, volvemos a tener catorce años, estamos en la calle Engels, y nuestra amiga ha pasado ya una pierna por entre los barrotes doblados y nos hace señas de que la sigamos a lo salvaje y desconocido.

—A veces no basta con el amor, no es un medicamento contra todas las enfermedades, no lo endereza todo, no nos cura y no suprime nuestros problemas. Lo sabes —digo, y me pregunto por qué pongo tanto empeño en justificarme.

—¡Pero eso es justo lo que tendría que hacer! Y, si no lo hace, es que no lo es —responde Nene, y es absurdo llevarle la contraria; tiene que defender su ingenuidad, al fin y al cabo gracias a ella ha superado cada destrucción, cada matanza de su amor.

—No entiendo por qué no estás con él. Quiero decir, ¿cuántos años lleváis así, doce, trece? Eso ya no es un lío.

Esta vez es Ira la que pregunta. Aún no les he contado que entretanto Norin vive en Amberes con la propietaria de un restaurante con estrellas y tiene una hija de cuatro años. Que a la larga ese amor caótico, incontrolado, ajeno a la civilización, que tanto anhela, no aguanta. Y que hace siete años, llorando e implorando, esperando mi comprensión, me explicó que ya no aguantaba más ese ir y venir, que tenía que «protegerse» casándose con la cocinera con estrellas para escapar de mi destructivo desorden, mi falta de constancia y mi incapacidad para la adhesión. Y, en vez de explicarles con más exactitud estas circunstancias, les explico a las dos lo que nunca le he explicado a él. Que no he optado conscientemente en su contra, sino que he aprendido una lección de manera insoluble: que a veces a la vida le da del todo igual por quién o por qué se opta, que es ridículo hacerse promesas, porque la única seguridad que poseemos es la absoluta ignorancia de lo que nos espera.

—Sí, sé lo que quieres decir, pero hay que permitirse esa ilusión, de lo contrario nunca podrás tener una relación —objeta Ira, y me mira inquisitiva.

—Por eso no tenemos una relación —me limito a responder, y quiero zanjar de una vez el tema, vuelvo a mirar la pantalla reluciente para conseguir un breve descanso.

—Pero tú tienes planes. ¡Tenéis una relación! Trece años, por favor. Conoces a ese hombre y él te conoce, compartes con él tu vida...

Nene se pone en marcha. Tengo que pararla antes de que ya no sea posible.

—No, no la tenemos. Compartimos determinados segmentos de nuestra vida, los pocos que queremos compartir. Todo lo demás lo dejamos fuera. Eso no es una relación. Es una proximidad racionada, bien dosificada.

Me vuelvo a avergonzar de empequeñecer de esa manera lo que hay entre Norin y yo, para lo que no tengo nombre alguno. Una vez más, he de protegerlo, protegernos. Y por eso cuento, sin haberlo pretendido, que no deja de venir a verme, que ni la cocinera ni el niño le parecen un obstáculo, una carga moral. Y no sé qué pensar de que no tenga reparos a la hora de aceptar con intención encargos en las ciudades en las que yo trabajo. Y de que yo no pueda más que dejarlo entrar en mi vida una y otra vez, en todas las incontables viviendas de alquiler, y alegrarme en cada ocasión de su llegada como una niña pequeña.

Nene se ríe y bate palmas, yo me río confusa, Ira se limita a negar con la cabeza. Norin, que en estos momentos no está demasiado lejos de aquí y sin embargo está inalcanzablemente lejos, a buen seguro durmiendo con su cocinera; Norin, que antaño había deseado tener hijos conmigo y una casa con un jardín silvestre, para darse cuenta al cabo de los años de que yo no quería traer a ningún otro hijo al mundo... con nadie. Ese hombre alto con las manos más suaves y la mirada más precisa, ese grandioso restaurador que, cada vez que nos hemos amado y yacemos desnudos el uno junto al otro, acaricia mis cicatrices como si tan solo con sus incansables caricias pudiera hacerlas desaparecer.

—¿Estáis oyendo?

Es Ira la que se detiene de golpe y nos pide que escuchemos. Distingo una melodía lejana, estamos delante de un alto edificio de oficinas, al menos eso indica el frontal de cristal. Hemos dejado atrás el casco antiguo y nos encontramos junto a una avenida ancha y desapacible. En el complejo de oficinas parece haber un club, porque ahora siento los graves y la vibración debajo de mis pies; tiene que ser un local subterráneo.

—¡Esto es un guiño del destino, tenemos que ir ahí!

—grita Nene, y corre, sin esperar nuestro asentimiento, en la dirección de la que viene la música.

—No estáis hablando en serio, ¿no? ¿De veras vamos a entrar a algún club lleno de adolescentes solo porque estén tocando a Barry White?

Me altero, no me apetece nada esa loca idea, y me niego a ver en ella ningún guiño del destino.

—¡Vamos, la noche es nuestra!

También Ira parece buscar distracción y olvido de sí misma, quizá como válvula de escape tras la funesta conversación entre ellas dos, cuya sentencia aún está pendiente. Saca del bolso el canuto recién liado, lo enciende y sigue a Nene con grandes y alegres pasos. Así que no me queda otro remedio que ir tras ellas.

Se trata de alguna versión bailable, más rápida, de «Let The Music Play». Me pregunto si podría calificarse esa melodía —de ese cantante de rhythm & blues de dulce voz, absolutamente apolítico y muy lleno de amor— como himno de una década georgiana, y llego a la conclusión de que sí se podría, porque desde 1994 o quizá 1995 más o menos carecía de competencia: aquella canción sonaba en las estrechas pistas de baile de los domicilios privados, a toda potencia en los coches, pero también en los pocos clubes que se iban abriendo, con un equipamiento muy amateur y una muy escasa oferta de bebidas y técnica. Es la melodía órfica definitiva de mi generación. Precisamente nosotros, los hijos de los noventa, que cambiamos la infancia y juventud por los Kaláshnikov y la heroína, precisamente nosotros escuchábamos a Barry White y no deseábamos otra cosa que el amor eterno, los frutos del éxtasis de ese amor, la alegría y la embriaguez. Precisamente nosotros hicimos que *la música siguiera tocando*. ¡Vaya si lo hicimos! ¡La tocamos hasta el amargo final!

Un vigilante de anchos hombros y con cascos nos mira y nos encuentra, al parecer, lo bastante inofensivas como para dejarnos entrar a su reino. Barry White suena cada vez más alto y nos atrae al inframundo con su voz profunda y aterciopelada. Veo a Nene bajar los escalones delante de mí. Ha vuelto a quitarse las chanclas y saca del bolso sus criminales tacones. Veo que Ira la sigue con párpados pesados, y veo al mismo tiempo su pálido rostro aquel día en el que se unió a nosotras, cuando ya no era posible ocultar el lazo que había puesto al cuello de los Koridze. Veo el espanto de Dina y el odio abierto que lanzó sin freno a la cara de Ira, y tiemblo, aquí, en estos escalones iluminados por neones.

Dina vio en la campaña de venganza de Ira una traición colosal e imperdonable. Estoy casi segura de que su horror fue incluso mayor que el de Nene, a quien aquello tocaba directamente, y dudo que si Dina siguiera con vida hubiera estado nunca en condiciones de perdonar a Ira. Nene sigue hoy buscando los motivos que explican la decisión de Ira. Dina en cambio tuvo desde el principio una opinión muy clara: creía conocer todos los porqués de la campaña de Ira, y no estaba dispuesta a apartarse un milímetro de esa convicción.

Mientras entramos a la sala, grande y oscura, con la pista de baile llena de brillantes reflejos de colores, intento de manera convulsiva reconstruir dentro de mi cabeza la sucesión de aquellos días. Cómo entonces, en la sombría vivienda de Ira, nos sentamos a una mesita en un nicho en la pared, solo que esta vez no estamos todas. Hace mucho que a nosotras, las mosqueteras, nos ha abandonado nuestro D'Artagnan.

Nene asalta la pista de baile cuando sus intentos de animarnos a bailar fracasan, y se sumerge en una bruma de cuerpos sudorosos, perfume intenso y la atractiva voz de Barry White. Ira y yo intentamos reducir el lugar a una fórmula. Ira le pone la etiqueta de «intento de *posh*». En contra de mis expectativas, el público es variado, no es que llamemos la atención por la edad. Las mujeres van bastante arregladas, los hombres son poco fiables, muchos de ellos llevan el pelo llamativamente peinado con fijador. Aun así, el sitio no parece barato, y el diseño tiene un toque futurista, con muchos tubos de neón y nichos blancos en las paredes. Barry White parece estar en una *extended version*, que no deja de sonar. Oigo a Ira en otro siglo, en su sombría habitación, decirnos:

—Mañana se hará público, y por eso quería que primero lo supierais por mí.

Bajó la cabeza y trató de controlar el temblor de sus manos y de su voz. Dina, a la que llevaba semanas sin ver, me miró confundida, yo me encogí de hombros. Nene se tomaba su café turco y parecía ausente. Ella, madre de tres hijos, sola con el desvelo por su propia madre, con el luto por su hermano muerto, preocupada por su hermano el criminal, tenía a menudo la mente en otro sitio en los últimos tiempos.

Ninguna de nosotras había contado con una conversación así. Nadie había contado con ese giro, ni con las palabras que Ira nos dirigió entonces.

—¿De qué está hablando?

Dina miró a Nene. Pero esta se limitó a apartar la vista. Nene parecía la última a la que esta conversación profetizaba tan fatal desenlace.

—La señora fiscal ha estado tan ocupada últimamente que apenas le queda tiempo para sus amigas, así que ¿cómo lo iba a saber?

El reproche de Nene también iba dirigido a Dina, porque desde la escaramuza entre ella y las dos aspirantes a artistas de la fiesta sentía que Dina la había dejado en la estacada.

—Por favor, dejad que me explique. No es fácil para mí, porque lo que voy a deciros va a cambiarlo todo, y quiero que sepáis por qué lo considero el único camino correcto.

Ira estaba pálida, con unas ojeras tan profundas que parecía enferma. Nene aguzó el oído. Dina frunció el ceño. Yo me estiré y me incliné un poco sobre la mesa. Y entonces Ira habló de su decisión de «poner fin a todo esto». Habló de su vida en América, de su soledad, de sus esfuerzos, su manera de aferrarse a su objetivo, que se lo reclamaba todo. Callamos, recuerdo el gélido silencio en la habitación, que me hizo estremecer. Tan solo la nerviosa voz de Ira resuena en medio de aquel silencio. Entonces habló de su plan, nos explicó cada paso, nos dejó seguir su camino, con la boca abierta. No podíamos creer la dirección que iba a tomar todo aquello, no podíamos creer que de verdad pudiera llevar a la práctica todo eso que ahora sospechábamos.

—Ika presentará mañana a las ocho, en el Canal Dos, un corte en directo de una llamada telefónica hecha por tu hermano.

Nene, que parecía haber perdido el hilo en algún momento, despertó de golpe de su letargo y miró a Ira.

—¿Qué acabas de decir?

—Esto tiene que acabar antes de que cueste innumerables vidas humanas más.

Ira alzó la vista y nos miró, volvía a estar controlada.

—¿Estas preparando una acusación contra Zotne? Y para qué la televisión, qué tiene Ika que ver con esto, no lo entiendo...

Dina se apresuró a encender un cigarrillo y se levantó de golpe; empezó a caminar de un lado a otro como una fiera enjaulada.

—Ika es la cara oficial del caso. Hemos pinchado la casa de Tapora, y tenemos varias grabaciones de conversaciones y llamadas telefónicas. Mañana estallará la bomba, y no habrá vuelta atrás. Trabajo en la acusación desde hace años: tráfico de drogas, extorsión criminal, varias lesiones físicas graves, posesión ilegal de armas.

Una risa me arrancó de mi estupefacción.

—Estás de broma, ¿no?

Nene repetía la pregunta sin dejar de reír. Me acuerdo del puro espanto en su rostro que siguió a la risa. Volví a acordarme de lo que Ira me había dicho en su cuarto antes de su viaje, y sentí que un sudor frío me perlaba la frente. En aquel momento, yo no había dado gran importancia a sus palabras, y además no había mantenido mi promesa. No había tomado en serio la rocosa decisión que había en su voz.

—Vas a llamar a Ika inmediatamente. Vais a destruir ese material —la voz de Dina interrumpió el monólogo de Ira.

—¿Cómo dices? —Ira se levantó.

—Ya me has entendido. No somos traidoras. Nosotras no hacemos algo así. ¿Has pensado aunque solo sea un segundo en Nene? ¿En su madre? Y Zotne tampoco me da igual. —Las aletas de su nariz temblaban, su mandíbula temblaba—. Lo que pretendes es lo último, es peor que todo lo que Zotne ha hecho nunca.

Se volvió hacia mí.

—¿Tú sabías esto?

—¿Estás loca? No, no sabía nada.

Su sospecha era una bofetada para mí, sobre todo porque hacía meses que se comportaba como si ya no estuviéramos a la altura de sus exigencias.

—A ti te conviene, Zotne dejará de representar una amenaza para tu hermano...

No daba crédito a mis oídos. ¿Cómo podía atreverse a atribuirme una cosa semejante? La miré, sus ojos estaban llenos de desprecio. Su frase era una flecha disparada justo entre mis costillas.

—¡Basta! ¡Nadie sabía nada, nadie!

Ira se interpuso. Y, antes de que pudiera saltar sobre Dina y derribarla en tierra, estrangularla o sacarle los ojos —cualquier cosa era posible en aquel momento—, oímos caer algo y vimos que Nene se deslizaba al suelo.

Ahora estaba bailando. Me asombra sin cesar esa fuente inagotable de energía. De dónde saca, después de todo lo que lleva a la espalda, esa alegría de vivir, ese olvido de sí misma y ese loco amor, todo lo necesario para sobreponerse al paralizante silencio de su interior. Al mismo tiempo sé que ese es su camuflaje, que tiene que ser como un torbellino para no quedarse atrás entre el silencio fúnebre que han dejado tras de sí todas las personas a las que amó, y que ya solo existen en fotografías en blanco y negro. Tiene que bailar a Barry White sobre unos tacones de vértigo y coquetear con un camarero tatuado para sobrepujar ese silencio. Lo sé, lo entiendo. Todas tenemos nuestras mentiras, que a veces nos sirven de muletas. Tiene que hacerlo, igual que Ira tiene que perseguir el éxito y yo tengo que revivir el arte antiguo.

—¿Te acuerdas de cuando hiciste estallar la bomba y Dina quiso encontrar a Zotne? —le grito a Ira al oído.

Ira ha pedido bebidas en la barra, y esperamos ansiosas nuestra agua, aunque antes nos hemos aprovisionado en el quiosco no nos atrevemos a sacarlo aquí.

—Me escupió en la cara, ¿te imaginas?, aquella tarde, antes de irse... Y sí, también intentó localizar a Ika, pero yo había contado con eso y le había enviado unos días al campo, ni siquiera yo sabía dónde estaba. El día de la emisión iría directamente a la emisora.

—¿Nunca dudaste? ¿Quiero decir después, cuando tuviste claro que Nene y Dina jamás te perdonarían?

—Estaba firmemente convencida de que algún día me comprenderían. Se me había metido en la cabeza.

—¿Crees que Dina lo habría superado si siguiera con vida?

Ira se encoge de hombros. De pronto su rostro parece pálido y cansado, como si alguien hubiera pulsado un interruptor en ella. La luz ultravioleta resalta su aire perdido. Ira pasó por todo aquello. Y ha aceptado todo lo que vino después.

—¿Por qué no se fue Zotne? Hubiera podido desaparecer.

Vuelve a encogerse de hombros.

—No lo sé. Creo que midió mal sus fuerzas, pensaba que su *Krysha* era omnipotente, y subestimó a la opinión pública, la presión de los medios, el gusto de la gente de a pie por ver hundirse a los grandes y poderosos. Y el ambiente había cambiado en el país: Shevardnadze había metido entre rejas a sus mayores contrincantes, y contenía el aliento en espera de un gran proceso contra el jefe del Mjedrioni. Por aquel entonces, todo el mundo era consciente de que se había producido un cambio de era y el dominio de las bandas tocaba a su fin.

Me veo delante del televisor con Eter, y el rostro del barbudo periodista palpitando en la pantalla mientras se reproduce la grabación. La respiración contenida y la sensación de que todo aquello no es real, sino tan solo una puesta en escena. Veo a mi hermano entrar en la habitación con los hombros caídos, la cara pálida, las uñas mordidas hasta hacerse sangre, cuando reconoce la voz de Zotne. Mi sensación de estar desbordada, el deseo de mantenerlo alejado de todo lo que pudiera ir en contra de su curación, el intento de evitar cualquier recuerdo de su vida anterior, y la imposibilidad de semejante propósito.

Ira vacía el vaso de agua que nos ha traído una chica de falda corta, y se levanta con ímpetu. Me tiende la mano.

—¡Ven, vamos a bailar!

La miro incrédula. Ira no ha bailado en su vida, me pregunto dónde ha ido a parar su cansancio.

—¿Tú quieres bailar?

Grito la frase, porque ahora, una vez que Barry White ha cumplido su función de atraernos aquí, ha empezado una música electrónica impulsada a golpe de bajo con la que es imposible conversar. Cojo la mano de Ira y la sigo obediente a la repleta pista de baile.

—A estas alturas se me da tan bien que no salgo sin una acompañante de ningún club —me grita Ira al oído, y ríe pícara.

Me sorprenden sus modales adolescentes. Buscamos a nuestra amiga, ansiosa de fiesta.

¿Es ella? ¿Somos aún nosotras? ¿Se puede utilizar ese concepto cuando desde hace años solo se llama los días de fiesta y se deja el encuentro personal al azar? ¿Dura una amistad eternamente solo porque se le ha entregado la mutua infancia y juventud? ¿Ese eco lejano es lo que nos mantiene juntas, o unas cuantas fotos en blanco y negro en las que estamos atrapadas? ¿Nos convertiríamos en compañeras hoy? ¿No serían nuestros deseos, nostalgias, aspiraciones y codicias, tan distintos entre sí, suficiente obstáculo como para contraer semejante alianza? ¿No nos habrían alertado de inmediato nuestras experiencias, miedos, escepticismos, y ante todo nuestras mentiras?

Y, sin embargo, hay algo en mi interior que me dice que todo tiene su orden, que los años no van a cambiar nada.

Una melodía oriental se mezcla con la música, mi cuerpo empieza a vibrar, me pregunto qué hora es, compruebo que hace mucho que he perdido toda noción del tiempo. Al otro extremo de la pista descubrimos a Nene, que baila con una joven pareja, aunque está muy claro que su atención va dirigida al hombre, que lo disfruta de manera visible, su acompañante los mira divertida. Avanzamos bailando hacia ella. ¿Cuándo he bailado por última vez? ¿Cuándo he olvidado el tiempo por última vez? ¿Cuándo tuve por última vez dieciséis años? Mi cuerpo se deshiela. Abro los brazos. Los movimientos de Ira no son tan flexibles como los de Nene, pero tienen estilo. Nene nos observa, se ríe de nosotras, su rostro brilla a la luz del estroboscopio.

Cierro los ojos y veo a Dina delante de mí. Qué poco parece costarle bailar un rock'n'roll con mi hermano. Abro los ojos y veo que Nene viene hacia nosotras, con el rostro cubierto de sudor. Cierro los ojos y veo a Reso delante de mí, su prolongado, levemente interrogativo «Kipiani» me atrae, me sumerjo en lo mucho que hay enterrado en mí. Con nadie era el deseo tan libre y la convivencia tan imposible. Vuelvo a abrir los ojos y veo que Ira se fija en una mujer rubia con botas altas. Quiere mostrarme una cara suya que no conozco, se revela ante mí la Ira americana, que nunca se va a casa sin recompensa, la seductora. Envuelve a la mujer, es una araña que atrae a la presa a su red, paciente y llena de seguridad en sí misma; y la mujer, sorprendida y curiosa, se deja atraer.

Cierro los ojos y veo la cuchara llena de hollín en la cocina. El primer indicio de la ofensiva mortal que también había entrado en mi casa. Me quedo de piedra, contengo la respiración, las épocas se solapan como cortinas: veo esa cuchara en el invierno del año 1997, pocos días después de que Ira haya detonado el explosivo y nuestra amistad haya saltado por los aires como una granada y se haya descompuesto en mil trocitos rojos como la sangre. Una cuchara, privada de su finalidad, en la mesa de nuestra cocina, y veo una cuchara ennegrecida por la llama de un mechero tres años antes, junto al cuerpo muerto de Guga.

Así que sabía con qué tenía que vérmelas. Sabía que el veneno mortal también corría ahora por las venas de mi hermano, y yo había perdido. Y eso que desde hacía unas pocas semanas habíamos creído que remontábamos, parecía más estable, ya no tan apático, se reducía la dosis de los medicamentos, la sensación de hambre regresaba, sus ojos ya no centelleaban de forma tan maniaca. Cualquier acción autónoma, por pequeña que fuera, nos hacía saltar de alegría. Cualquier palabra adecuada que nos dirigía parecía un alivio. Volvía a afeitarse, salía, incluso hacía pequeñas compras, veía películas, oía música y de vez en cuando quedaba con Sancho o uno de sus amigos, con los que se encerraba en su cuarto. En una ocasión me preguntó por Dina, y dudé si decirle que Dina se había buscado una vida nueva y más hermosa. Y entonces vi esa cuchara y supe que nos había mentido a todos.

Abro los ojos y veo que Ira pasa los brazos en torno al talle de la rubia. Me guiña un ojo. Nene aparece a mi lado y observa fascinada las artes de seducción de Ira. Ella, la maestra en esa especialidad, no parece menos impresionada. Nene y yo bailamos juntas, ella es flexible, suave, su cuerpo está lleno de inesperadas curvas y recovecos. Su cuerpo es engañoso, su cuerpo finge que está intacto, invulnerado y ágil, lleno de placer y de pulsante erotismo. No revela nada de los muertos que pavimentan su camino, de los miles de gritos reprimidos y deseos decapitados, de las innumerables heridas que se ha infligido.

Cierro los ojos y veo el cuerpo muerto de mi abuela, que una mañana se negó a levantarse y de la que yo escondía cada jeringuilla, cada cuchara y cada goma con el fin de mantener la ilusión para ella de que Rati estaba en vías de mejorar. Mi primer pensamiento después de que mi padre saliera de su dormitorio con rostro inexpresivo, como una máscara, fue que había ido a reunirse con su eterna adversaria y más fiel amiga, y que discutiría sobre Rilke y Baudelaire con la más leal de sus compañeras.

Abro los ojos, Ira está a punto de besar a la rubia, quiere demostrarnos algo, ya no tiene nada que ocultar. Es libre. Sí, somos libres, por fin estamos en libertad, en esa ciudad festiva, en ese club futurista, a años luz de las fotos en blanco y negro de la tarde de hoy. Sí, por fin somos *nuestras propias diosas.*

Cierro los ojos. Me muevo al son de los bajos, subrayados por sonidos de balabán, ¿a qué me recuerda esta melodía? Sí, claro, al duduk, aquella melodía tan simple y sollozante del duduk. Veo a Levan tocar el duduk con la máxima concentración y una íntima expresión en el rostro; veo sus espesas pestañas, su risa cuando me mira desde el asiento del conductor y me guiña un ojo. La condición de su piel aceitunada, su calor, que me envuelve como una manta. Su aliento en mi oído, su risa resonante, su rapidez, sus ojos centelleantes cuando me habla de Stravinski o quizá de Debussy, ya no me acuerdo, y además da igual. ¿Cuándo vendieron su casa los Iashvili? ¿Fue antes de mi traslado a Alemania o después? ¿Y en cuál de los numerosos entierros lo vi por última vez? No, el último encuentro tuvo que ser en el Maidán, en una de mis vacaciones de verano. Iba acompañado de una belleza rusa a la que me presentó como «conocida» suya. Una mujer que era absolutamente lo contrario de mí. No sé qué fue lo que más me perturbó entonces: aquella mujer de largas piernas, vestida de manera provocativa, o él mismo. Me asaltó una extraña debilidad, y me agarré al cochecito en el que se sentaba mi hijo pequeño. Cómo nos miró a mí y al niño. Cómo se forzó a sonreír, me pasó el brazo por la cintura y dijo: «Ay, Keto, Keto, la indestructible». Su cabello corto estaba ya entreverado de gris, y unas gafas de piloto colgaban de una cadena negra en torno a su cuello. Hacía mucho que no veía a nadie llevar de esa forma unas gafas de sol. Parecía como de otra época, con sus vaqueros negros y el palillo entre los dientes. Su loción de afeitado predominaba hasta la vulgaridad, su cadena de oro era demasiado pesada y su antigua curiosidad había dejado paso a un apresurado nerviosismo. Miraba sin descanso a su alrededor, como si fuera un fugitivo, y quizás lo fuese; él, que durante toda su vida había estado buscando a su adversario, se había convertido en perseguido: después de la oleada de detenciones y de la destrucción del Mjedrioni, había huido a Rusia antes de que lo detuvieran. Allí, decían, había ascendido hasta el máximo rango del mundo de las sombras ruso y había amontonado bastante dinero, pero después de la ascensión de Putin había caído en desgracia y había tenido que abandonar el país. Cuando lo vi así, ya no sabía qué nos había unido en el pasado. Estaba delante de él y reprimía el ardiente deseo de levantarme el vestido y enseñarle mis cicatrices, curadas y empalidecidas. Su mirada se detuvo largo rato en el niño, como si buscara huellas que no encontraba.

—¿Te va bien, Keto? —preguntó, mirándome de arriba abajo.

—Sí, me va bien, Levan. ¿Y a ti?

Qué iba a decirle, qué iba a preguntarle.

—Cómo me va a ir sin ti —dijo, y volvió a guiñarme un ojo.

Antes de que pudiera responder nada, llamó a su lado a su conocida.

Abro los ojos y me inclino hacia Nene:

—¿Sigues en contacto con los Iashvili? ¿Tienes idea de dónde está Levan? —le grito al oído.

—¿Cómo se te ocurre pensar en eso ahora? —pregunta ella. Huele a violetas y a polvos. Exactamente igual que entonces, exactamente igual que siempre—. Hasta donde sé, Levan está en algún sitio de Bakú, hace algo con petróleo, ni idea, seguramente corre detrás del gran dinero para poder seguir financiando a sus espías y buscar a Tatishvili. Ha repartido por toda Europa Oriental tres o cuatro niños que Nina y Rostom nunca han llegado a ver. Bueno, ya le conoces...

No, no le conozco, quizá nunca le he conocido, pero no se lo digo.

—Entonces ¿no ha encontrado a Otto?

El ruido me obliga a repetir dos veces la pregunta. Las pupilas de Nene se agrandan, su rostro se ensombrece. Niega con la cabeza. Algunas cosas no prescriben nunca. Algunas cicatrices no palidecen nunca. Algunas personas nunca son encontradas, ni siquiera aunque otras pierdan el juicio o se conviertan en desplazadas por ellas. Cierro los ojos y veo la risa desesperada de Anna Tatishvili cuando descubre sus pechos. Mantengo los ojos cerrados, me detengo un momento en mi recuerdo, donde están todos los fragmentos de mi yo, todas las variantes de mi yo, toda la pólvora absurdamente disparada, todos los sueños reducidos a cenizas, los dejo llover sobre mí, les tiendo la cabeza, me dejo llamar de vuelta al pasado para volver a sentir en la nariz toda la loción de afeitado vulgar y ver ante mis ojos toda la vida vivida.

—He vivido, he vivido para dar y tomar, Keto —me lo dijo con decisiva claridad, con su intimidante determinación.

La frase de Dina, pocos días antes de su muerte, no admitía réplica.

Y mi cuerpo la busca, me tiendo hacia algo que no viene, que ya nunca vendrá, y me quedo así, mientras a mi alrededor la gente se disuelve en la música. Mi cuerpo me indica que su ausencia es una injusticia que clama al cielo, un hecho escandaloso con el que no me quiero conformar. Pero mi cabeza sabe que hace mucho que se ha conformado. Desde hace diecinueve años, todos los días aprende a vivir con eso, y desde hace diecinueve años borra el recuerdo una y otra vez. Como si cada día se negara de nuevo a ser capaz de algo que ha aprendido hace mucho. Estiro los brazos, busco a Dina entre todas esas personas que me rodean, sabiendo que no voy a encontrarla, y sin embargo no puedo hacer otra cosa. Enseguida tengo en el oído su risa sucia, áspera, su dura risa de marinero, sus cabellos me hacen cosquillas en la punta de la nariz, sus manos delicadas y sin embargo fuertes se posan en mis hombros, y nos mecemos de un lado para otro, reventamos la fiesta, somos las aguafiestas que les atacan los nervios a todos, que les pisan los pies a todos, nosotras; dos locas divertidas, perfectamente sincronizadas.

Abro los ojos. Estoy sola. Hace diecinueve años que estoy sola. Hace diecinueve años que busco respuestas que ella se ha llevado a la eternidad. Nene se pega a mí, me gustaría tanto preguntarle a qué sabe su libertad, desde que Ira la ha puesto a sus pies como un animal abatido para ella. Esa libertad que Nene nunca quiso tener.

La mirada de Nene va una y otra vez hacia Ira, que se separa de golpe de la mujer, como si hace unos segundos no hubiera fingido pasión por ella. Mira a Nene. La luz estroboscópica se detiene, los ojos se vuelven más tranquilos, una nueva melodía llena la pista de baile, la gente modifica sus movimientos, se adapta al nuevo ritmo, parece formar una ola, como en una coreografía estudiada. Ira se dirige hacia Nene, que titubea, quizá aún no quiere decidirse, aún quiere castigar a su interlocutora con la incertidumbre. Pero Ira hace acopio de su valor, y la rubia se aleja ofendida. Observo a Nene e Ira y no puedo por menos de sonreír; algo en esa pareja desigual es tan tranquilizadoramente familiar, algo en ellas es tan eternamente igual. Cautelosa, Nene también empieza a bailar, deja que su cuerpo hable por ella, echa atrás la cabeza y se deja tocar por Ira, deja que Ira le coja la mano.

Nos sentamos en la acera delante del club, necesitamos aire, estamos sudorosas y agotadas. Bebemos ansiosas el agua del quiosco, nos pasamos la botella. Nene enciende un cigarrillo y ríe contenta.

—Aún estamos en forma, ¿eh, chicas? —exclama, y bate palmas, satisfecha.

Ira se despereza y se apoya mientras alza la mirada al cielo. Solo aquí y allá se ven brillar unas pocas estrellas, la iluminación callejera es demasiado fuerte.

—¿Hay una catarata en este jardín botánico? —pregunta Nene—. No nos vendría mal refrescarnos.

—No que yo sepa —respondo, un poco defraudada con mi constatación—. ¿De verdad aún queremos ir? —De pronto ya no estoy segura de que esa idea sea tan brillante.

—¡Claro! —dice con decisión Ira, se pone en pie y me tiende la mano para que me levante.

Obedezco. Nene vuelve a calzarse las chanclas de Ira y continuamos nuestro camino.

Caminamos despacio, tenemos que detenernos una y otra vez. No tenemos prisa, hemos dejado atrás y hemos revuelto todo el tiempo, estamos en el entonces, en el ahora, somos también un trozo de lo que seremos después de esta noche.

—¿Por qué no te quedaste con Reso?

Me sorprende que a Nene se le ocurra ahora pensar en Reso, y me asombra a mí misma haber pensado tanto en él esta noche.

—¿Cómo es que se te ocurre pensar en él?

—Te quería. Y en cierto modo hacíais buena pareja, mucho mejor que tú y Gio o tú y Levan. Y probablemente también mejor que tú y tu belga.

—No es posible programarse para amar al que te conviene.

Ira hace esa objeción, y sabemos muy bien a quién se refiere.

—Le hice daño. Incluso mucho. Sin querer. O quizá me daba igual. No lo sé.

De pronto tengo una gran necesidad de contarlo todo, de no fingir nada, de no tener que guardarme nada.

—Él me salvó, y de alguna manera odié esa sensación, esa dependencia, esa deuda. Cuando me llamó y me ofreció aquel programa de estudios, de verdad quería ayudarme. Para entonces, hacía mucho que no le veía. Se había enterado de la muerte de Rati, y quería hablar conmigo.

Por esa época ya vivía en Dresde, tenía allí una plaza de profesor invitado. Era un profesor fantástico, todos le querían. Enseñaba pintura mural. Su madre había muerto poco antes, y en cierto sentido yo tenía la sensación de que ya nada lo retenía, de que no iba a quedarse en Georgia. Y entonces me llama y me ofrece ese programa de máster de dos años. Siempre quiso que pasara de las pinturas murales a los cuadros, siempre me animó. Pero en aquella época me resultaba inimaginable, solamente me acuerdo de manera fragmentaria de aquel tiempo, no tengo un recuerdo lineal, como si entretanto hubiera habido una larga hibernación. Me parecía como si se me fueran a llevar a Marte; todo lo que decía estaba tan lejos como si hablara una lengua extranjera. De alguna forma, yo continuaba en marcha por mi padre, tenía mucho miedo por él, y simplemente seguí adelante, conseguía comida y restauraba viviendas.

—¿Sabíais que, de todos los Estados postsoviéticos, Georgia fue el que sufrió el mayor desplome económico? Nadie quedó tan de puta pena, por expresarlo así, como nosotros. Si no recuerdo mal, el producto interior bruto se redujo en un setenta por ciento. Hay que intentar imaginar eso.

—Espera, déjala hablar, ¡a la mierda la economía!

Nene no se interesa por los hechos, nunca lo ha hecho, menos aún por las cifras y estadísticas.

—Y lo rechazaste, ¿no?

—Sí, lo rechacé. Pero después de Dina, hubo ese momento en el que supe que, si no salía de aquí, reventaría. Me rompí tanto que hubo que recoserme.

Nos detenemos. Las dos guardan silencio. Nunca he hablado con tanta sinceridad ante ellas. Y, sin embargo, pienso que lo saben, que siempre lo han sabido. No quiero compasión, no quiero palabras de consuelo, así que sigo, casi sin resuello:

—Y luego estaba el embarazo. Estaba segura de que no iba a tener el niño. Por algún instinto de supervivencia muy oculto, llamé a Reso y le pregunté si su oferta seguía en pie. Y me propuse abortar en cuanto estuviera en Alemania. Es inimaginable cuando lo pienso hoy, pero entonces estaba segura de que iba a hacerlo. Todo se prolongó, tardé una eternidad en conseguir el visado, cada vez necesitaba más papeles, y, cuando por fin llegué a Dresde, estaba ya en el quinto mes. Fue Reso el que me dio fuerzas para creer que lo conseguiría. Que lo conseguiríamos. Que a partir de ahí fuéramos una familia ocurrió sin palabras, sin acuerdo alguno. Y, como si fuera obvio, empecé a dormir en su cama. No puedo reprochárselo, sabía que él partía de esa base cuando le di mi aprobación. Lo organizó todo, no tuve que preocuparme por nada, y además habría sido en balde, él lo arregló todo por mí. Asumí ese papel sin preguntarme si realmente quería, quién era yo. Vivía al día. Y cuando, en algún momento, comprendí que de verdad el bebé iba a venir y que tendría que cuidar de él, me pareció casi lógico quedarme con Reso y ofrecer a ese niño una familia. Me pareció impresionante el modo en que Reso se metió sin esfuerzo en el papel de padre. Pero, muy dentro de mí, yo sabía que solo jugábamos a ser esa familia. Le admiro, aún hoy, pero no éramos una pareja, sencillamente no debíamos serlo.

—Pero teníais sexo, ¿no?

Nene no sabe parar.

—Sí, claro que teníamos sexo. Y entonces Rati vino al mundo, y Reso fue tan cariñoso y tan atento... Cuanto más tiempo pasaba, tanto más obligada con él me sentía. Tanto más dependiente me volvía. Terminé yendo a la universidad, aprobé el examen de lengua y fui a clase, volví a la vida. Me busqué a una persona que estuviera con el niño. Pero nunca fui una auténtica estudiante. En cuanto salía de la universidad, volvía a ser madre y esposa. Al menos intentaba serlo. Le estaba agradecida, él me animaba constantemente a estarlo, y al final odié esa sensación; la odié mucho, de hecho.

—Para mí es un enigma cómo lograste completar esa carrera, en tu estado y con un bebé —dice Ira, volviéndose hacia mí.

—Siempre he sido capaz de funcionar bien. Y con el pequeño Rati no podía parar, tenía que estar ahí para él. Eso me sostuvo. Y quería apoyar a mi padre, no teníamos nada más. Todo se había vendido, robado, saldado. Así que jugamos a ser una familia.

—¿Cuándo te diste cuenta de que no podía ser? —pregunta Ira.

—Tuve la suerte de que justo después de obtener el título me salió una plaza temporal de asistente en las colecciones de arte, y pude trabajar con un par de expertos. Era un gran proyecto de la ciudad de Dresde en cooperación con La Haya, habíamos hecho radiografías y fotografías infrarrojas de los siete Rembrandt que hay en Dresde. Poco a poco, eso me dio una nueva seguridad en mí misma. Quería emanciparme y trabajar. Sentí que él se resistía, empezó a hablar de que debíamos tener un hijo, estaba casi obsesionado con esa idea. Yo era demasiado cobarde para decirle abiertamente que eso ni se me pasaba por la cabeza, le había mentido y seguía tomando precauciones. Entonces me recomendaron para otro proyecto en el MAS de Amberes, estaba loca de alegría cuando llegó la oferta del museo. Estuve un tiempo yendo y viniendo entre Amberes y Dresde, al cabo de unas semanas conseguí una plaza en una guardería para Rati, conmigo en Amberes, y sentí que comenzaba a respirar, sola con él en esa ciudad desconocida. En Amberes tuve, por primera vez desde hacía años, la sensación de volver a acercarme a una vida, una vida que fuera más que una mera existencia. Todos los años previos había creído que eso se había acabado, que mi vida iba a agotarse para siempre en la monotonía y en el mero funcionar.

—¿Y entonces conociste a ese apuesto belga?

Nene me pellizca, y chillo.

—¿De dónde te has sacado que es apuesto?

—Bueno, desde que he llegado a esta ciudad veo hombres apuestos, sin duda tu belga no será una excepción.

—Nene, eres un caso perdido... —resopla Ira.

—¿Qué pasa? ¿No vas a concederle a nuestra Keto un amante apuesto?

—Lo conocí allí, sí, trabajamos juntos, pero entonces no teníamos mucho que ver el uno con el otro, yo estaba a años luz de cualquier amorío.

—¿Amorío? ¿Qué palabra prehistórica es esa? —Ríe Nene.

—En Amberes no pude evitar darme cuenta de que la brecha entre Reso y yo se agrandaba cada vez más, y aun así seguía sin tener el valor de decir lo que ya estaba allí desde hacía tanto tiempo. Cuando vino a visitarme y encontró las píldoras en mi cómoda, se desprendió el alud. A la mañana siguiente cogió el primer tren de vuelta a Alemania. Yo me quedé atrás con Rati dormido, y por primera vez no sentí miedo a no conseguirlo. Incluso se negó a dejarme volver a la casa de Dresde, y me envió mis cosas y las de Rati a Amberes.

—¿Qué hace? ¿Dónde está ahora? ¿Mantenéis contacto? —pregunta Ira.

—Vive en Maguncia y da clases. Está casado con una profesora de arte alemana y tiene dos hijos. Mantiene el contacto con Rati, siempre le felicita por su cumpleaños e incluso en una ocasión se lo llevó a Suecia durante las vacaciones de verano. Pero nosotros no hemos vuelto a hablar desde entonces. Hoy he pensado a menudo en él, tal vez debería llamarle, disculparme con él.

—No tienes que disculparte con él, por favor... —Ira me mira indignada.

—Sí, podría hacerlo. Al fin y al cabo, estuvo fingiendo ante él durante años. —La actitud de Nene me sorprende.

—¿Ah, sí?

Vemos que el rostro de Ira se ensombrece.

—¡Aquí estamos! —exclamo, y me detengo ante la verja cerrada.

—¿Y qué hacemos ahora?

Ira, siempre pensando en soluciones, enseguida tiene un plan. Un plan de allanamiento. Yo agrando mi mapa virtual y busco información útil. Ambas inclinan la cabeza sobre la reluciente pantalla. Al final, Ira toma el mando. Ira, que hace más de treinta años apenas podía moverse de miedo cuando cruzamos la verja de la calle Engels. Teclea algo en mi móvil, desplaza la pantalla, busca en el mapa, todo a un ritmo que Nene y yo no podemos seguir, y que nos hace apartar nuestros cansados ojos de la pantalla.

—Okay, el parque es gigantesco y hay varios accesos, no todos parecen asegurados. En algún sitio detrás del invernadero tiene que haber una zona de juegos y, si las fotos están actualizadas, las puertas de ese lado son muy bajas. ¿Os parece si lo intentamos por allí?

Agradecemos que tome las riendas, con mi teléfono en la mano se dirige hacia nuestro objetivo como una *girl scout* experimentada. La seguimos por las calles desiertas. ¿Cuánto tiempo nos queda hasta que rompa el día?

—Qué locura, ¿no soy condenadamente buena?

Ira nos lleva hasta una calle lateral, tras la que atisbamos la valla baja de una zona de juegos por la que podemos trepar sin esfuerzo.

—¡Eres la mejor! —exclamo, y me sorprende mi sincera alegría.

Nene levanta el pulgar, ya se ha quitado las chanclas para trepar mejor. Ira mira a su alrededor, no se ve a nadie, tan solo nosotras y la promesa de una aventura. Volvemos a tener catorce años, ninguna reja, ninguna puerta cerrada puede impedirnos que nos abramos paso hacia la libertad. Ira pasa su maleta de aluminio por encima de la valla, cae con un seco estrépito sobre la tierra seca. Nene es la primera en trepar, y aterriza con elegancia al otro lado. Ira me tiende la mano, la tomo, trepo por la barrera, me cuesta trabajo apoyar los pies, me tuerzo un poco el tobillo al caer, pero no me duele nada. Ira aterriza con seguridad sobre ambos pies.

—No hay una catarata, pero sí una fuente, eh, Nene, ¿te sigue apeteciendo refrescarte? —pregunta, a todas luces complacida en el papel de guía.

—¡Claro que sí! Estoy calada de sudor —responde Nene.

—¡Entonces vamos, muéstranos el camino! —digo de buen grado.

Continuamos nuestra marcha a pie. El parque está oscuro, no hay farolas. Ira ilumina el suelo con el móvil. También Nene saca su teléfono. Caminamos durante un rato por un estrecho sendero bordeado de palmeras. Atravesamos la gran plaza con el edificio principal. Ira nos lee en internet informaciones acerca de la historia del parque, de sus terrazas francesas, italianas e inglesas. Nene y yo nos divertimos, le tomamos el pelo, pero Ira no se altera y prosigue impertérrita su camino. El móvil de Nene pita, y ella escribe algo con rapidez. Como no considera necesario decirnos quién le escribe a esas horas, parto de la base de que tiene que tratarse de Koka. Anhelo un lugar en el que poder estirarme, la espalda me da guerra, pero descarto todo agotamiento y sigo las indicaciones de Ira. En una ocasión tenemos que corregir el rumbo, hemos girado mal y damos la vuelta. Después de haber dejado atrás el edificio principal, descubrimos la fuente, no tan pequeña, pero comprobamos para decepción nuestra que el surtidor está apagado. No obstante la pileta está llena de agua limpia, y el borde, con su hermosa forma redondeada, ofrece una buena posibilidad para sentarse.

Nos acomodamos. Ira extiende su chaqueta y saca un jersey de la maleta; nos sentamos encima. Salen a relucir los vasos de plástico, se descorchan las botellas de agua y de vino. Con el tiempo nuestros ojos se han acostumbrado al azul saturado de la noche. Me tumbo y apoyo la cabeza en el regazo de Nene. Me acaricia el pelo. Brindamos con vasos de plástico.

—¿Por qué brindamos? —pregunto.

—Bueno, por nosotras, ¿no? —dice Nene.

—¡Por nosotras y por Dina! —dice Ira.

—¡Por nosotras y por Dina! —decimos las tres, y juntamos los vasos.

—Hoy sería feliz de estar aquí —dice Ira, y queremos creerla.

Yo quiero creerla.

—Un año, ¿no pasó casi un año exacto entre la muerte de ambos? —pregunta Ira, y mira fijamente la oscuridad.

—Sí —dice Nene, y me mira con extraña expectación.

¿Qué debo añadir? ¿Qué puede oponerse a ese carácter definitivo? No hay palabras en el mundo con ese poder. Así que callo.

—¿Al final volvieron a estar juntos o no?

Ira quiere seguir el hilo de los pensamientos hacia el pasado. Ahora las dos me miran. Soy el puente hacia ese capítulo negro.

Pero mis recuerdos de esa época no están ordenados. Tengo lagunas, como agujeros negros en el cerebro. Las palabras y sensaciones de aquellos meses son caóticas, arbitrarias e incontrolables. Sin embargo, hay ciertos momentos que puedo invocar al instante cuando pienso en aquellos meses. Por ejemplo, la interminable búsqueda de mi hermano. Su desaparición durante días y mis esfuerzos por ocultar a mi padre el horrible secreto que guardaba desde que descubrí la cuchara ennegrecida en la mesa. Mis eternas llamadas telefónicas, llamadas implorantes: «¿Dónde está Rati, está con vosotros, lo habéis visto? Por favor, llamad si se presenta en vuestra casa». Su obsesión de los últimos meses por recuperar su antiguo estatus de promesa del hampa. Y, cuando las llamadas se revelaron inútiles, el mísero vagar por la ciudad, peinando todos los agujeros posibles en los que podía meterse el siguiente chute.

Poco a poco, aprendí a pensar como él. Poco a poco aprendí a pensar como un adicto. Si faltaba un jarrón, una joya, un reloj (aunque ya no quedaran muchos objetos de valor), o más tarde incluso su vídeo y su cadena de música, sabía a qué casa de empeño ir, con qué gente tenía que contactar para recuperar nuestras propiedades; con dinero prestado o duramente ahorrado gracias a los pequeños encargos que me pasaba Lika. También sabía lo que había que hacer para bajar la fiebre en la que caía cuando, sometido a nuestra vigilancia, se quedaba encerrado en casa; sabía reaccionar a sus gritos y maldiciones e ignorar su apatía o agresividad. Aprendí a distinguir sus mentiras: entre mentiras peligrosas y menos peligrosas, amenazadoras para él y amenazadoras para otros. Aprendí a ignorar sus interminables amenazas, sus implorantes monólogos, sus gimoteos, sus ataques de ira. Pero también aprendí a soportar los reproches y la autocompasión de mi padre, su incansable lamento y sus furiosas apelaciones a su madre muerta, a su suegra muerta y a su esposa muerta, que le habían impuesto el destino de quedarse solo con toda esa miseria. Aprendí a acallar mi rabia, mi frustración, mi desesperación; aplicaba los cortes a mis muslos con tal precisión y rapidez que podía salir en cualquier momento a buscar a mi hermano y vagar todo el día por calles y casas ajenas sin que mi propio dolor me lo impidiera. Y tuve que aprender que cada privación terminaba en una embriaguez antes desconocida. Aprendí a no plantear exigencias, a nada ni a nadie, a no esperar ayuda de nadie y ahogar de raíz cualquier autocompasión. Me convertí en reina en el parque reino de la renuncia. Perfeccioné las despedidas. Cuando Nene volvió a Moscú después de la detención de Zotne, le pedí que se mantuviera lejos de nuestra ciudad tanto tiempo como fuera posible. Cuando Ira se vio obligada a salir del país por las amenazas de muerte recibidas después de la sentencia, la llevé al aeropuerto y le pedí lo mismo. No volví a llamar a Dina. No volví a buscar su proximidad y, cuando la veía en antena, apagaba la tele. Cuando encontré una exposición de sus fotos en una galería recién inaugurada, di vueltas y más vueltas en torno a la entrada y miré por el escaparate para asegurarme de que ella no estaba.

Solo en una ocasión, mientras regresaba a pie de uno de los recién construidos bloques de viviendas en el barrio de Vaké, porque había rescatado con mi último dinero la alianza de mi padre y ni siquiera tenía calderilla suficiente para coger el trolebús, al pasar por delante del complejo de viviendas abandonado en el que estaba el estudio de Dina, no pude soportar la tentación. La puerta seguía sin estar cerrada, y subí. Me preguntaba si no habría encontrado hacía ya tiempo un lugar mucho más cuidado para su trabajo, pero algo me atraía, y me llevó por los oscuros corredores. La puerta roja acolchada estaba cerrada, pero hasta el pasillo sin luces llegaba música. Me aterró la perspectiva de que sus nuevos amigos pudieran estar allí, de que encontraría una situación que enseguida me haría emprender la fuga, pero llamé, y segundos después ella abrió la puerta. Llevaba unos vaqueros recortados y una camisa de hombre de tamaño desproporcionado. El pelo le colgaba salvaje sobre la cara, su mirada revelaba que estaba sorprendida, pero sobre todo abrumada.

—¿Keto?

Repitió incrédula mi nombre. Yo, llena de manchas de pintura, con un peto negro que me venía dos tallas grande, con las manos heridas y el pelo grasiento, estaba ante ella como un montón de mierda, mientras ella miraba florecer la vida con su espontánea elegancia.

—¿Ha pasado algo? —preguntó, y me di cuenta de que se quedaba en la puerta, como si me quisiera impedir el paso.

—No sabía que necesitaba una razón para verte.

—Lo siento, no quería decir eso, es solo que no contaba contigo, y...

—¿Puedo pasar?

—¿Sabes?, la verdad es que no es un buen momento, porque...

De pronto me llamó la atención que de fondo sonaba Elvis Presley, y la música me hizo aguzar los oídos. La sospecha que tuve me parecía demasiado audaz, pero su actitud, su tono despertaron mi desconfianza, y me detuve, aunque un segundo antes iba a volver la espalda y salir corriendo del edificio.

—No puede ser... Dime que no es cierto... —murmuré al tiempo que la apartaba, y entré.

La sala estaba recién pintada y recogida, habían puesto ventanas nuevas, y nuevo era también el archivador de sus negativos; unas cuantas fotos enmarcadas decoraban las blancas paredes. Tan solo las anillas de gimnasia seguían colgando donde siempre habían colgado. En un colchón tirado en una esquina yacía mi hermano; se notaba a la legua que dormía su chute.

—Por favor, no me montes una escena, ya ves que está dormido, vamos a la puerta y lo aclararemos todo —dijo en voz baja, y me cogió la mano.

Pero me negué. Estaba tan horrorizada que no sabía qué decir. Miré la espalda desnuda de Rati, vi a su lado los símbolos de nuestra ruina familiar: la odiada cuchara, el mechero, el cinturón y una jeringuilla estaban dispuestos junto al colchón como piezas asépticamente alineadas de una exposición. Negué con la cabeza, no hice otra cosa que negar con la cabeza, mientras Dina tiraba de mi brazo y me sacaba de la habitación.

—¿Qué tenía que hacer? ¿Echarle como a un perro? ¡Míralo! ¡Hubieras preferido que se pinchara en cualquier sótano lleno de mierda, o en el pasillo de una casa, donde pudieran pillarle?

Estuve a punto de darle una bofetada.

—¿Te das cuenta del infierno que estoy viviendo por su culpa? ¿Te das cuenta de lo que mi familia tiene que aguantar por él? ¡Me dedico a restaurar cualquier casa de mierda de cualquier estúpido nuevo rico para pagar sus deudas! ¡Ten claro lo que pasa con él! Mientras recorro toda la ciudad buscándolo, día y noche, ¿tú le dejas pincharse heroína aquí? ¿Qué tienes en la cabeza, maldita sea, qué es lo que no te funciona? ¿Cuánto lleváis con esto? ¿También le das dinero para que pille el material? ¿Es así?

Estaba fuera de mí, gritaba mientras ella me arrastraba lejos de la puerta y me apretaba contra la pared del oscuro pasillo.

—Tranquilízate, mírame, tranquilízate... Puedo explicártelo todo, puedo explicártelo todo... Keto, mírame, soy yo.

Las lágrimas corrían por sus mejillas.

—¿De veras eres tú? Ya no te conozco. Ya no quieres tener nada que ver conmigo. Y, dicho sea con toda sinceridad: ¡tampoco yo quiero a una traidora como amiga! ¡Y ahora suéltame, maldita sea!

Pero ella no me soltó.

—Me he perdido, Keto. Me he equivocado, me he dicho que podía empezar de cero, pero el pasado no desaparece así como así. Primero el escándalo con Ira, luego la detención de Zotne, y ahora Rati... Cuando apareció aquí hace unas semanas, pensé que tenía que dejar de imaginarme cosas y ayudarle. Sí, pensé que al menos le podía ayudar. Y que podía saldar mis deudas de una vez por todas si le sacaba de esta mierda.

—¿De qué deudas estás hablando? ¡Ayudarle! Este ya no es Rati, es un monstruo, un monstruo que lo vende todo y a todos para conseguir la siguiente dosis. ¡No lo comprendes! Quieres jugar a rescatadora, pero no es el marco adecuado. Está enfermo, Dina, hace meses que no intento otra cosa que sacarlo de esta mierda, pero se hunde cada vez más en ella.

De pronto, ella comenzó a sollozar de un modo tan desgarrador que la apreté instintivamente contra mi pecho. Y, sin más, empezó a hablarme de la noche con Zotne, por primera vez me habló de los besos que habían intercambiado, de las palabras que se habían dicho, de los sentimientos que hubo que aturdir cuando, con sus botas blancas y su minifalda vaquera, fue a casa de Tapora para *salvar* a Rati, que luchaba ahora por su vida, por su última oportunidad. Yo no entendía por qué estaba dispuesta precisamente ahora, después de todos aquellos años, a iniciarme en ese oscuro capítulo. Se había negado durante todo ese tiempo. ¿Era esa su manera de decirme que quería volver a estar tan desnuda, tan sin protección, como habíamos estado antaño la una frente a la otra? Como hablaba sin apenas aliento, como su discurso era como una confesión, yo no me atrevía a interrumpirla. Y, mientras contaba, se detenía una y otra vez y hacía preguntas. Preguntas al universo, preguntas a mí, preguntas a mi hermano que deliraba y al lisiado Zotne. Hacía preguntas a un dios que había sido expulsado hacía mucho de nuestro país, con Kaláshnikov e infinita oscuridad, consciente sin duda de que no había respuestas a sus preguntas. Y comprendí que no se trataba de las respuestas. Comprendí que era más bien una oración, y que sus preguntas en forma de exigencia eran un regalo para mí. Un intento desvalido, y aun así apremiante, de reconciliarnos durante una fracción de segundo con lo irreconciliable de nuestro pasado.

Keto, ¿cómo puede volver a crecer el corazón, una vez arrancado?

Keto, ¿cómo es posible no poder dominarse una misma, pero dejar que otro te domine?

Keto, ¿cómo es posible que hallase la felicidad por puro azar junto a Zotne, mientras luchaba por exprimir la felicidad del mundo al lado de Rati?

Keto, ¿cómo es posible que a lo largo de su vida el ser humano no se vuelva inmune al sufrimiento, pero sí al amor?

—Me ha dicho que necesita una razón, una motivación, y que, si me quedo con él y le perdono, si volvemos a empezar desde el principio, podrá conseguirlo —dijo, y se desplomó agotada en el suelo.

—¿Y tú le crees? ¡De su boca no salen más que mentiras, Dina!

—Tienes que creer en él, tenemos que creer en él, y lo conseguirá. Lo conseguiremos por fin.

—¡Ojalá Ira lo hubiera metido también a él en el trullo! ¡Quizá entonces tendríamos paz por fin! —grité.

—¿Cómo puedes decir algo así? Ira nos ha traicionado. No puedo entender que la protejas.

Me senté junto a ella en el suelo sucio. Sacó un cigarrillo del bolsillo trasero del pantalón y lo encendió. Nos quedamos sentadas en el oscuro pasillo, agotadas, debilitadas, hombro con hombro. Y, a pesar de toda la rabia que sentía, noté que volvía a estar allí, conmigo. Y pensé que tal vez aún hubiera una pequeña esperanza y que, con ella a mi lado, yo aún tuviera una oportunidad.

—¿Cómo quieres hacerlo? ¿Quieres empezar otra vez toda esta mierda desde el principio? —le pregunté, y le di un pañuelo para que pudiera limpiarse las lágrimas y el rímel corrido—. Tienes una nueva vida, nunca te he reprochado que optaras por otro camino, al contrario. Simplemente no he entendido por qué nosotras tres, tus personas más próximas, ya no teníamos lugar en él.

Tan solo las caladas al cigarrillo rompían el silencio. Elvis se había extinguido. Rati no se movía.

—Las cosas no desaparecen sin más con taparse la cara con las manos. De niña creía que funcionaría. Pero ya no soy una niña, y el zoo nunca ha terminado. Rati nunca ha terminado. Zotne nunca ha terminado. Los disparos nunca han terminado. La guerra nunca ha terminado. Todo sigue ahí. No he hecho más que cerrar los ojos. Y no quiero volver a cerrarlos —dijo ella de pronto, en voz baja, y al mismo tiempo con una increíble decisión en la voz.

—¿Y tú crees que terminará si Rati deja las drogas?

—No, no creo que nada termine nunca. Creo tan solo que se puede aprender a vivir con eso si se mira, si se mira durante el tiempo suficiente.

—Te he echado tanto de menos, Dina...

—Lo sé. Yo a ti también. —Me rodeó los hombros con un brazo—. He ahorrado un poquito de dinero. Dos de mis fotos se han vendido en Francia. Podríamos enviarlo a una buena clínica, en algún sitio del extranjero, a una cura de privación.

No dije nada. Solo veía el humo del cigarrillo subiendo al techo manchado de hollín. Antaño alguien había hecho allí una fogata, habían arrancado el parquet y lo habían quemado para calentarse.

He dejado de contar. Comemos patatas con sal y damos sorbos a nuestros vasos de plástico. La noche nos envuelve en sus brazos. Por fin estamos donde pertenecemos: somos hijas de la oscuridad, y la noche lo sabe.

—No hubo cura de privación, ¿no? —pregunta cautelosa Ira, y se me acerca un poco más. Estamos sentadas muy juntas, como tres niñas que comparten un secreto.

—No. Dos días antes del viaje previsto, desapareció. Lo buscamos por todas partes, peinamos toda la ciudad. Dina lo había organizado al detalle. Había gastado todo su dinero en eso. Solo tenía que subir al avión con él y volar a Antalya, y allí ir a la clínica. Lo habría acompañado. Quería estar con él a toda costa. Estaba convencida de que, con ella a su lado, él lo conseguiría. Él le había regalado un anillo de plástico, ya sabéis, uno de esos de las máquinas de chicles, y le había dicho que «el de verdad» vendría cuando volvieran a estar juntos. Ella nunca se lo quitó. Lo llevó hasta el final. Apostó a esa carta. Iba a cambiar su vida si lograba hacer exposiciones, viajar con él, cada uno de sus planes estaba ligado a su curación. Y entonces llegó la llamada de Sancho. Supe enseguida de qué se trataba. Hacía una eternidad que estaba preparada para eso, lo esperaba conteniendo la respiración.

—No es posible prepararse para algo así. Da igual cuánto se cuente con la probabilidad —dice Nene, y me coge la mano.

—Tuvo que robar a alguien y comprar una doble dosis. Fue rápido.

—Fue en marzo de 1998, ¿no?

Ira necesita cifras, ella siempre necesita hechos.

—No, era febrero —corrijo. Sí, conozco esa aspiración a clasificar la desgracia con toda la exactitud posible, para entregarse a la ilusión de poder evitar lo siguiente—. Dina murió un día de marzo.

—Estaba tan furiosa con ella... Estuve tanto tiempo tan furiosa con ella que durante una eternidad no pude ni siquiera guardar el duelo de pura rabia —tercia Nene, y yo asiento en silencio.

—Perdió pie, y no estábamos allí... No estábamos allí para sujetarla. Pero, Keto, me he preguntado muchas veces si hubiéramos podido cambiar algo de haber estado cerca, todas juntas.

—Durante la época que siguió al entierro de Rati estuvo totalmente fuera de sí.

Hablo despacio, me siento como si hubiera atravesado un desierto infinito.

—Lika quiso llevarla al médico, que le prescribiera tranquilizantes. Empezó a beber, a todas horas quería llevar a cabo ideas absurdas. Pero poco a poco pareció recobrar el control. Volvía a ir a la redacción y hacía fotos; yo lo interpretaba como una buena señal. En verano incluso fuimos unos días a Batumi, estuvimos bañándonos. Hablaba del futuro, tenía algunas ofertas de exposiciones colectivas en el extranjero, hicimos planes. Jamás hablábamos de Rati, no hablábamos de nada que hubiera pasado. Yo estaba convencida de que lo había superado. Pero luego, en otoño, su estado cambió de forma radical. Me eludía, desaparecía, a veces ni siquiera iba a casa, no acudía a citas...

Y, de pronto, oigo la voz de Dina dentro de mi cabeza, las palabras que me dirigió cuando habló conmigo por última vez. Les cuento a las dos cómo en esa época fui a su estudio y llevé pan caliente del *tone*. ¿Cómo es que esos detalles siguen siendo importantes? ¿Cómo es que mi memoria se aferra a esas naderías? Les cuento a las dos cómo nos sentamos en el suelo y partimos con las manos el pan caliente.

—Mi soldadito de plomo.

Me lo dijo entonces, y me sorprendió que me llamase así. Les hablo de cómo intenté llevar la charla a la futura exposición colectiva en Alemania y animarla a hacer pronto la selección de las fotos. Les hablo de cómo me eludía una y otra vez, de cómo cambiaba una y otra vez de tercio.

—A veces tengo la sensación de tener cien años. Es gracioso, ¿no?

—¿De qué estás hablando? ¿No sabes lo joven que eres? ¿Todo lo que puede venir aún?

—¿Tú crees? ¿Crees que aún nos espera algo?

—Nos queda un buen trecho, claro, vamos, empecemos a hacer la selección. Te ayudo. ¿Cuántas fotos pueden ser?

—Durante estos años hemos vivido tantas cosas como algunas personas no viven en toda su vida. Quizá eso tenga su parte buena.

—Lo dudo. Vamos, levanta.

—¿Sabes lo que creo? Creo que hemos vivido de más.

Les hablo de cómo sonreía al decir eso, y de que aquella sonrisa me hizo estremecer. Una sonrisa que estaba llena de lamento y a la vez llena de paz. Una tranquilidad que nunca fue propia de Dina. ¿Qué habría hecho de haber sabido que iba a ser nuestra última conversación? ¿Qué habría hecho, qué habría dicho, si entonces hubiera comprendido que estaba ya a punto de probar la muerte?

—Lo siento tanto, lo siento tantísimo, Keto —dice Nene, y deja libre curso a sus lágrimas.

—¿Qué quieres decir exactamente?

Me mantengo contenida, he aprendido a no inclinarme demasiado sobre aquel abismo.

—Que tuvieras que encontrarla...

—¿Qué? ¿De qué estás hablando?

Ira y Nene me miran perplejas. No entiendo lo que quieren de mí. Nene mira confusa a Ira.

—¡Yo no encontré a Dina! ¿Cómo se te ocurre?

—Claro que lo hiciste —insiste Ira.

Me pongo furiosa. ¿De dónde sacan esa afirmación? La primera vez que la vi después de lo que pasó estaba en su casa, en el ataúd, con el anillo de plástico de mi hermano todavía en el dedo. Fue la noche antes de la ceremonia fúnebre, cuando oí por primera y última vez a Lika cantar esa antigua canción georgiana con tanto fervor, con los ojos cerrados, al pie del ataúd. Por su hija. Su hija muerta.

—Yo no la encontré. ¿Cómo se os ocurre? ¿Estáis locas?

—Keto, me estás asustando, claro que la encontraste. Entraste en su estudio y la viste allí, colgando de la cuerda...

Me pongo en pie de un salto. No puede ser cierto lo que dicen, ¿quién les ha contado esa insensatez, se trata de una broma macabra?

—¡Estáis locas! ¡No la vi hasta que estuvo en su ataúd! Anano me llamó. Yo no...

Nene e Ira se levantan, vienen hacia mí, me siento como una perturbada a la que dos enfermeras ponen una camisa de fuerza.

—No, Keto, fuiste *tú*...

—No me lo puedo creer, ¿qué es esto? ¿Un interrogatorio?

Les chillo. Quiero que vuelvan a sentarse, que me dejen en paz.

—Keto, tú fuiste al estudio y la encontraste. Todo el mundo lo sabe. No puedes haberlo olvidado.

Ira me habla con el tono de una médica que trata de serenar a una paciente completamente desquiciada. Eso me pone aún más furiosa.

—¡Yo no he olvidado nada! ¡Vosotras no estabais ahí! ¿Cómo se supone que podéis saberlo con tanta exactitud?

A Nene vuelven a correrle las lágrimas por el rostro. Ira se muerde, nerviosa, el labio inferior. Yo ya no entiendo nada, no hago más que mirar a la una y a la otra, me siento como un animal acorralado. No tengo por qué seguir escuchando esta locura, cojo mi bolso, salto del borde de la fuente y me voy.

Me detengo unos metros más allá, como herida por el rayo. Entro al oscuro pasillo. Y, como siempre, me irrita que no haya puesto ni una bombilla, una puede romperse la cabeza con esos agujeros en el parquet. Dina siempre tiene luz, así que podría poner una bombilla. Por enésima vez, decido comprar una maldita bombilla. Sigo andando, con dos delgadas bolsas de plástico con alimentos, ese día he cobrado y quiero darle a Dina una alegría. Me ha prometido que haremos juntas la selección de fotos para la exposición, el plazo termina mañana, los organizadores no pueden esperar más tiempo. Me detengo ante la puerta acolchada de color vino. Llamo. Nuestra llamada, dos golpes rápidos encadenados, una pausa, y luego otro. Espero. Nadie me abre. Veo luz por la rendija. Quizá haya bajado un momento al quiosco, a comprar cigarrillos. No pienso en nada al presionar el picaporte, que cede. Si no estuviera, seguro que habría cerrado, seguimos en caída libre, aquí no se puede dejar nada abierto. Es probable que esté en el baño, al otro lado del pasillo. O en el cuarto oscuro, que está bastante bien aislado. Entro a la sala, manejando las bolsas, trato de depositarlas con cuidado para que no se caiga nada fuera. Y me detengo, de piedra, mientras todavía estoy agachada. Veo sus pies. Sus pies... en el aire. Sus pies no pueden estar en el aire, ¿o es que se ha hecho unas alas y ha aprendido a volar? No entiendo nada. Me incorporo muy despacio, miro a mi alrededor, veo una silla volcada, una anilla de gimnasia cortada que yace en el suelo junto a la silla. Mi mirada se dirige a sus pies desnudos, con las uñas cortas y redondeadas. Mi mirada sube por sus piernas vestidas con vaqueros claros, por el jersey azul oscuro que ha traído de Riga, que tanto me gusta y que tantas veces ha querido regalarme, pero que a mí me gusta en ella, y solo en ella. Mi mirada sigue subiendo hasta sus estrechos hombros y su orgulloso cuello, en torno al cual hay atada una gruesa soga. Estoy muda. Sigo sin entender lo que veo. Mi cerebro se niega a dar un sentido a esa espantosa imagen. Miro al suelo, a la anilla cortada, de pronto sin objeto. Vuelvo a alzar la vista. Y esta vez la miro a la cara. Su rostro tiene un color enfermizo. Está ligeramente amoratado. Y entonces, de golpe, me acomete una ajena pulsión de actuar, ese color enfermizo tiene que desaparecer de su rostro. Tengo una misión. Enderezo la silla, me subo encima, abrazo sus piernas, la levanto, es tan pesada, Dios mío es tan pesada, ¿por qué es tan pesada? Me tambaleo, pierdo el equilibrio, me caigo. No importa, tengo que conseguir que recupere el color sano de su rostro. Me incorporo, pongo la silla en su sitio, esta vez estoy mejor preparada, vuelvo a levantarla y le digo: «Dina, basta, Dina, tienes que ayudarme, tenemos que bajarte. No puedes quedarte ahí. Tienes un extraño color en el rostro, Dina. No puedes quedarte así. Vamos, te has subido ahí, eso está bastante alto... Haz el favor de bajar, tienes que ayudarme, yo no puedo sola...».

No sé cuánto tiempo paso hablándole, no sé cuánto tiempo exhorto a mi amiga muerta a volver a la vida, cuánto tiempo necesito para comprender que se ha ido para siempre, que todas las puertas están ya cerradas, el regreso es imposible. No sé cuántos intentos hago de librarla de la soga, cuánto tiempo necesito para comprender que su rostro luminoso no volverá a resplandecer, cuánto tiempo necesito para ser consciente de que nadie me ha perdonado. Ni la vida ni ella. No sé cuándo comprendo que nunca volverá a entrar conmigo por la verja doblada de la calle Engels a abrirme un mundo nuevo del que regresaré más valiente y más adulta. No sé cuándo comprendo que nunca volveré a verla bailar rock'n'roll embriagada y olvidada de sí misma, que nunca volverá a espantar mis miedos y dudas con un movimiento de la mano, que nunca volveré a reír con ella hasta que mi cuerpo se doble de dolor, que nunca volverá a apretarme contra ella y decirme que todo irá bien. No sé cuándo comprendo que nunca volverá a mirarme en toda mi desollada desnudez y me perdonará. No sé cuándo comprendo que nunca volverá a correr junto a mí a través de la noche e, impertérrita e implacable, se detendrá a mitad de camino sobre el Vere y me obligará a hacer lo único correcto para poder seguir viviendo.

Pero en algún momento lo comprendo, grito.

Grito. Grito muy fuerte, entonces y ahora.

Grito hasta que todo el aire escapa de mis pulmones.

Luego me desplomo de rodillas y apoyo la cabeza en la tierra fresca de la noche, y me quedo inmóvil.

Siento que Nene me pasa el brazo por los hombros, siento que Ira me envuelve en su chaqueta. Me levantan y me conducen muy despacio de vuelta a la fuente. Nos sentamos al borde de la pileta. Me dan un trago de agua de la botella, Ira me lo lleva a los labios. Nadie dice nada.

No sé cuánto tiempo pasamos así sentadas. En silencio, juntas. En el cielo ya se ve una hermosa aurora. Nene estornuda, se limpia con una punta del vestido el rostro sucio. Acto seguido se levanta y empieza a desnudarse. Las dos la miramos asombradas.

—¿No pensarás en serio bañarte en la fuente?

Ira la mira escéptica. Yo espero. Se desnuda por completo, incluso se quita la ropa interior. Vemos a nuestra amiga, desnuda, orgullosa como una reina, saltar al agua con la cabeza erguida, como si saltara desde un acantilado y no desde el borde de una fuente que le llega hasta la cintura. Da un gritito, luego oímos un gemido de satisfacción.

—¡Está estupenda! ¡Vamos! ¡No seáis aguafiestas! Dina no aceptaría ninguna excusa.

Ira y yo cruzamos una breve mirada. Nos levantamos, titubeantes, y comenzamos a desnudarnos. Nos quedamos en ropa interior y metemos, cautelosas, los pies en el agua fría. La noche lucha ya con la claridad, enseguida el sol traicionará nuestro infantil proyecto, pero aun así subimos a la pileta y nos dejamos caer al agua. Nene chilla y nos salpica, y nosotras nos lanzamos sobre ella y le hacemos una aguadilla. Ella tose y huye, y en ese preciso instante la fuente se pone en marcha, como probablemente haga todas las mañanas al amanecer. Nos quedamos incrédulas viendo cómo se alza el poderoso chorro de agua para caer después en la pileta.

En algún momento Nene sale del agua, coge su móvil —«¡Sumergible!», chilla orgullosa— y hace una foto de las tres, empapadas y agotadas, pero felices al pie de la fuente.

Ira nos ofrece su pijama y camisetas de su maleta para secarnos. El móvil de Nene pita, pero ella lo ignora. Nos quedamos sentadas mirando el chorro de agua. De la maleta de Ira, que yace abierta ante nosotras, se ha caído un gran bloc de notas encuadernado en cuero. Lo toco, ausente, y me sorprende el buen tacto del material.

—Es nuevo, está sin estrenar. Te lo regalo, si quieres —dice cuando advierte mi interés.

—No, no, no tienes que hacer eso, no lo necesito...

—Lo compré en el aeropuerto, en la escala en Londres. Quédatelo, seguro que encuentras el modo de utilizarlo.

—No, de verdad, Ira, no tienes que...

—Cógelo.

Le doy las gracias, y lo acaricio con la palma de la mano. Me gusta el tacto, y me resulta familiar de una forma que me da miedo. El móvil de Nene ya no deja de pitar. Ella cede, lo coge y teclea rápidamente algo.

—Bueno, *ladies*, tengo que ir despidiéndome. Tengo una cita —dice, nos guiña un ojo y empieza a vestirse a toda prisa.

—¿Cómo? —Se me queda la boca abierta de la sorpresa.

—¿Con quién tienes una cita a esta hora?

—Con..., espera, tengo que mirarlo, ¡con Theo! Es un bonito nombre, ¿verdad?

—¿No será el camarero de la exposición?

Al parecer, Ira tampoco logra comprenderlo.

—¿Cuándo has conseguido citarte con él? —estoy sin habla.

Ella se limita a sonreír de oreja a oreja, y a mí me asombra que no se le note la larga noche.

—¿Y dónde habéis quedado?

Ira vacila entre el rechazo y algo parecido a la admiración.

—Bueno, en mi habitación del hotel, por supuesto. ¿Piensas que voy a irme a desayunar con él, o algo por el estilo?

Saca una polvera del bolso y empieza a maquillarse delante del espejito. Sus movimientos son diestros y rápidos.

—A propósito: ¿por qué no venís a mi boda a finales de julio? Os prometo que no será nada pomposo. Lo celebraremos en el viñedo de Koka en Kajetia, vais a alucinar de lo bonito que es. Un grupo pequeño y simpático, nada de velos y nada de vestidos blancos. ¡Y os prometo lanzaros el ramo a vosotras y nada más que a vosotras! —Ríe, y da la última pasada a su lápiz de labios rojo chillón.

—¡Por el amor de Dios! —gime Ira.

—Por otra parte, Zotne no vendrá. Se ha apartado de todos los placeres terrenales.

Mi padre me contó hace dos años que Zotne era ahora sacerdote y tenía un cargo eclesiástico en una comunidad rural, pero sigo sin poder creerlo del todo. Ira, que no quiere tocar el delicado tema, también guarda silencio. Nene vuelve a ponerse los zapatos altos y deja las chanclas junto a la maleta de Ira. Luego se recoge con destreza el pelo mojado con una horquilla y lanza una última mirada al espejito. Parece satisfecha consigo misma.

—Bueno, ¿qué decís?

Miro a Ira, Ira me mira, nos encogemos de hombros.

—El 24 de julio. Solo tenéis que ir a Tbilisi, del resto me encargo yo. Y encantada si traéis acompañante, claro: apuestos belgas o —se detiene— apuestas belgas.

Ira sabe que es algo así como una oferta de paz. Asiente.

—Okay —murmura.

—Bien, por qué no —digo, titubeante.

—¡Fabuloso! —Bate palmas—. ¿Y cómo salgo yo de aquí con mi sentido de la orientación? No tengo ni idea de dónde está mi hotel.

—¿Quieres que te acompañe?

La pregunta de Ira pende de un hilo de seda, oigo su miedo al rechazo, pero Nene asiente agradecida.

—Bueno, vosotras dos no tenéis que levantar la tienda por mí...

—Está bien, yo también estoy cansada —digo, y doy a entender a Ira con la mirada que estoy totalmente de acuerdo con que acompañe a Nene.

—¿Seguro? —pregunta Nene una vez más.

—Absolutamente. Vamos. Marchaos. Ya has hecho esperar bastante a Theo.

Me río, y también por el rostro de Ira pasa una sonrisa mientras se viste a toda prisa, se limpia las gafas con la camiseta y cierra la maleta.

—Maravilloso. Te orientarás, ¿verdad? —pregunta Ira, y guarda los vasos de plástico, las botellas y bolsas de patatas vacías en una bolsa de plástico.

Me levanto. Luego abro los brazos, y nos quedamos las tres unos momentos fuertemente abrazadas. A continuación, Nene e Ira se ponen en marcha y me quedo mirándolas largo rato, una pareja desigual que marcha rumbo al hermoso y viejo edificio principal, mientras charlan.

Cojo el bolso y miro a mi alrededor. No lejos de la fuente, encuentro un banco y me siento en él. Junto a mí está el bloc de notas de Ira. Saco mi teléfono del bolso. El reloj marca las 5.55. Miro a ver si me ha escrito mi hijo, pero a él y su Bea no parece faltarles de nada. Tengo un mensaje nuevo de Nene Koridze. Lo abro y veo la foto que acaba de hacer de nosotras tres en la fuente. Ira guiña los ojos y se tapa la nariz, yo estoy agachada y parezco un perro mojado, solo Nene está en pie, radiante, sosteniendo el teléfono por encima de nuestras cabezas y con el otro brazo extendido, como si hiciera sitio para alguien que tendría que estar justo allí.

Debería ir poniéndome en marcha hacia el hotel, un paseo matinal me haría bien, a mí y a mi dolor de cabeza, y luego dejarme caer en la suave cama del hotel y dormir. Sin sueños, sin recuerdos. Pero, en vez de eso, busco un rotulador en mi bolso, abro el bloc de Ira, dejo mi teléfono con la foto delante de mí y empiezo a dibujar. Yo misma me sorprendo de lo fáciles que me resultan los primeros trazos, como si no hubieran pasado muchos años, como si nunca hubiera dejado de hacerlo. Ante mi ojo interior aparece de pronto otra imagen, una foto de la exposición titulada «La luz perdida». También en ella aparecemos nosotras tres.

Tuvo que tomarla poco después de la muerte de Saba. Ya no recuerdo la situación exacta. Al fondo se ve la habitación de Nene, su cama, el gran espejo, la cómoda con todos los frasquitos y botecitos que siempre ha amado y coleccionado. Hay pocas imágenes que Dina haya hecho de nosotras en las que no aparezca ella misma. En cierto modo, cuando años después estuvimos por vez primera delante de esta foto, tanto a ella como a mí nos pareció antinatural habernos fotografiado solo a nosotras tres, sin estar ella misma delante de la cámara. Por esa razón, la imagen me hizo volver a estremecerme. Tuvo que sorprendernos con la cámara, no es una de sus tomas preparadas.

Nene está tumbada en la cama, Ira se ha sentado a la altura de su cabeza y tiene la mano puesta en el hombro de Nene, como si quisiera animarla a algo. El rostro de Ira está inclinado, sus ojos parecen tristes y pensativos detrás de los cristales de las gafas. Yo estoy sentada un poco en primer plano, con el pelo levantado en un moño desordenado, y llevo un jersey de Rati que me queda grande, con el letrero PEACE. Mi gesto revela mi inseguridad, está claro que no me dio tiempo de esquivar la cámara o volver el rostro. Lo especial de la foto es la claridad; la luz del sol inunda toda la habitación —tuvo que ser en primavera, el sol baña la estancia—, y aun así lleva el título de «La luz perdida». El título no me deja descansar, no puedo evitar pensar en él mientras mi mano lleva al papel nuestras siluetas debajo del chorro de la fuente. ¿Por qué llamó precisamente así a esa foto? Y, sin embargo, hace mucho que conozco la respuesta...

Cuando, después de separarme de Reso, alquilé mi primer estudio, en un oscuro patio trasero a las afueras de la ciudad, y poco después comprobé que justo delante de mi mísera ventana levantaban un cobertizo que me disputaba la ya de por sí escasa luz, y me quejé a la administración de la finca, un caballero atildado me explicó con una amable sonrisa que no tenía derecho a tener más luz. Sacó de su cajón una calculadora, garabateó unas cuantas cifras en un papel, las sumó, volvió a repasarlas y me plantó delante de la nariz el resultado, lo que sin duda pretendía dar énfasis a sus palabras. Según su cálculo y mi contrato de alquiler, yo solo tenía derecho a una determinada cantidad de luz, un valor que se mantenía garantizado incluso con el cobertizo. Desbordada e impresionada por su complejísima fórmula, me di por vencida y me resigné a mi destino. Cuando, a pesar de diversas lámparas y reflectores, tuve que aceptar que trabajar en aquel local me era imposible, rescindí el contrato y, cuando nos reunimos para devolver las llaves, no pude contenerme y le lancé a la cara la frase que ahora me vuelve a la cabeza sin que yo pueda evitarlo: «¡Todo el mundo debería tener derecho a tener luz suficiente!».

Mucho antes de mí, mucho antes de todas nosotras, ella había llegado a la misma conclusión, y no estaba dispuesta a conformarse con esa *escasez*. Luchó hasta el final por tener más luz.

Mi rotulador corre sobre el papel, nos plasmó en él con frágiles trazos. Y, lo mismo que ante la foto en la exposición de Dina, no puedo librarme de la incómoda sensación de que no está completa, de que no está bien. Aferro el rotulador, lo aplico de nuevo. Allá donde Nene ha dejado espacio con el brazo, la dibujo: dibujo sus hombros y su cuello, su rostro, tal como lo recuerdo, como voy a recordarlo para siempre, antes de que el mundo apagara para ella todas las luces. Dibujo su espeso cabello y los hoyuelos que se formaban en sus mejillas cuando reía con su inconfundible risa, sus ojos hambrientos llenos de fuego, su ancha boca, su nariz tan especial, levemente respingona, su desenfrenada alegría, su contagiosa ligereza. Todo está ahí. Todo vuelve a estar ahí. Solo que no ha envejecido con nosotras. Se ha mantenido joven para siempre, más terca y obstinada que los tiempos.

Me levanto del banco. Me duele la espalda, me estiro con un profundo suspiro. Guardo en el bolso el bloc con el dibujo. Oigo el despertar de la ciudad. En algún sitio, detrás del jardín botánico, un tranvía pasa estrepitoso y suena el claxon de un coche. Camino hacia el ruido. Hay luz.

Este libro se terminó
de imprimir en
Sabadell, Barcelona,
en el mes de
enero de 2023